Das Buch

An den Schauplätzen New Orleans, Key West und Mexico City inszeniert Action-Spezialist David Morrell eine Parforce-Jagd hochkarätiger Spannung – bis hin zu einem furiosen Finale in den Tempelruinen der Maya im Dschungel von Yukatan. Buchanan ist Sonderagent einer Kommandoeinheit der US-Armee. Er arbeitet undercover und wechselt die Namen wie sein Hemd – ein Meister der Tarnung, dessen wahre Identität niemand kennt. Sein Alptraum beginnt in Mexiko. Als das Kokainkartell ihn brutal in die Zange nimmt, bleibt ihm nur ein Ausweg; Mitwisser zum Schweigen zu bringen, die eigene Spur verwischen und eine Identität annehmen, die er am wenigsten kennt – die eigene. Nur eine Frau kennt seine Vergangenheit. Und sie muß er um jeden Preis finden, um den Killern der Drogenbosse zu entkommen. Unbeirrt folgt Buchanan einer vielversprechenden, aber tödlichen Spur.

Der Autor

David Morrell, ehemaliger Professor für amerikanische Literatur, ist der Erfinder der Filmfigur ›Rambo‹. Seine Thriller – Gesamtauflage über 10 Millionen – sind regelmäßig Bestseller in den USA, die in zwanzig Sprachen übersetzt und für Leinwand und Fernsehen verfilmt wurden. Er lebt in Santa Fé, New Mexico.

Als Heyne Taschenbücher sind erschienen: *Der fünfte Beruf* (01/8776), *Der Geheimbund der Rose* (01/6850), *Schwur des Feuers* (01/9569) und *Verrat* (01/7760).

DAVID MORRELL

DER MANN MIT DEN 100 NAMEN

Roman

Aus dem Englischen
von Gisela Petersen und Hans Petersen

WILHELM HEYNE VERLAG
MÜNCHEN

HEYNE ALLGEMEINE REIHE
Nr. 01/10112

Titel der Originalausgabe
ASSUMED IDENTITY
erschienen bei Warner Books, Inc., New York

Umwelthinweis:
Das Buch wurde auf
chlor- und säurefreiem Papier gedruckt.

2. Auflage

Die Hardcover-Ausgabe erschien im Scherz Verlag
Printed in Germany 1997
Umschlagillustration: Tony Stone/Bilderwelten/Richard A. Cooke
Umschlaggestaltung: Atelier Ingrid Schütz, München
Satz: Pinkuin Satz- und Datentechnik, Berlin
Druck und Bindung: Elsnerdruck, Berlin

ISBN 3-453-11713-1

Zudem, was ist denn eine Lüge?
Eine maskierte Wahrheit.
George Lord Byron, *Don Juan* (1819)

Prolog

Mexiko 1562

Vierzig Jahre nach der Ankunft der spanischen Eroberer in der Neuen Welt war die systematische Ausrottung der einheimischen Bevölkerung bereits in vollem Gang. Der Völkermord wurde noch durch die epidemische Verbreitung in der Neuen Welt bisher unbekannter Krankheiten wie Pokken, Masern, Mumps und Grippe unterstützt. Diejenigen, die nicht den Seuchen zum Opfer fielen, wurden mit der Peitsche in die Knie gezwungen und versklavt, unzählige Dörfer dem Erdboden gleichgemacht und die Bewohner in Arbeitslagern zusammengetrieben. Mit allen Mitteln, besonders mit der Folter, zwangen die Spanier die Eingeborenen zur Unterwerfung unter die Kultur der europäischen Machthaber.

Auf der Halbinsel Yucatán im äußersten Südosten Mexikos empörte sich Diego de Landa, ein Missionar des Franziskanerordens, heftig über Schlangenverehrung und Menschenopfer in der Maya-Religion. Entschlossen, diesen heidnischen Grausamkeiten ein Ende zu setzen, ordnete er die Zerstörung von Tempeln, Statuen, Fresken und allen Gegenständen mit religiöser Bedeutung an. Damit raubte er den Indianern nicht nur ihre Kultsymbole, er machte zugleich späteren Historikern die Entdeckung von Hinweisen unmöglich, die sie zur Entschlüsselung der erhalten gebliebenen schriftlichen Informationen über die verlorenen, uralten Bräuche benötigten.

Den größten Triumph seines Vernichtungswerks feierte de Landa im Dorf Maní, wo er auf eine ganze Bibliothek von Maya-Handschriften stieß. Diese unersetzlichen Texte, wie dünne Fächer gefaltet, ›enthielten‹ – so de Landas Report an seine Vorgesetzten – ›nichts als Aberglauben und teuflische Lügen. Wir haben alle verbrannt.‹

Wir haben alle verbrannt.

Ein heutiger Bewunderer des Altertums stöhnt vor Verzweiflung angesichts der selbstgerechten, engstirnigen Überzeugung, die aus diesen Worten spricht. Wie die Bücherverbrenner aller Zeiten war der blasierte de Landa vom unerschütterlichen Glauben an die eigene Unfehlbarkeit erfüllt. Aber er hatte sich getäuscht. In mehrfacher Hinsicht. Die Maya-Codices enthielten außer den Lügen, wie de Landa die phantasievollen Mythen bezeichnete, historische und philosophische Wahrheiten. Und nicht alle Codices wurden zerstört. Die mit der Verbrennung beauftragten Spanier bargen drei der Faltbücher und nahmen sie als Souvenirs heimlich nach Europa mit, wo man später ihren unschätzbaren Wert erkannte.

Sie werden als Codex Dresdensis, Codex Tro-Cortesianus und Codex Peresianus bezeichnet und gehören heute Bibliotheken in Dresden, Madrid und Paris. Ein vierter Codex, als Codex Grolerii bekannt und in Mexico City aufbewahrt, ist nach Expertenmeinung eine Fälschung und wird zur Zeit wissenschaftlich untersucht. Hartnäckigen Gerüchten zufolge gibt es einen fünften, angeblich authentischen Codex, der mehr Wahres als die anderen enthält, vor allem *eine* Wahrheit, eine *entscheidende* Wahrheit.

Ein Beobachter unserer Tage mag fragen, wie Bruder de Landa reagieren würde, wenn man ihn aus der Hölle zurückholen und zwingen könnte, Zeuge eines Gemetzels zu sein, das – wenn nicht in seinem Ausmaß, so doch in seiner Unbarmherzigkeit mit de Landas Massaker im 16. Jahrhundert vergleichbar – vermieden worden wäre, wenn seine Inquisition nie stattgefunden hätte oder wenn de Landa der Profi gewesen wäre, der zu sein er vorgab, und seine abscheuliche Aufgabe tatsächlich hundertprozentig erfüllt hätte. Maní, der Name des Dorfes, wo de Landa die Handschriften fand und zerstörte, ist das Maya-Wort für ›es ist vollendet‹.

Doch nichts war vollendet.

Erstes Kapitel

1

»Nun, ich kann mir vorstellen, daß Sie gern etwas über Menschenopfer hören möchten«, begann der Professor und ließ boshaft die Augen blitzen, um anzudeuten, daß das Studium der Geschichte auch einen Sinn für Sarkasmus erfordert. Jedesmal, wenn er dieses Seminar abhielt – und das tat er seit dreißig Jahren immer wieder –, eröffnete er es mit derselben Bemerkung, und jedesmal kam die erhoffte Reaktion: Die Studenten kicherten, warfen sich zustimmende Blicke zu und lehnten sich bequem zurück.

»Zum Beispiel, wie man Jungfrauen das Herz herausschneidet«, fuhr der Professor fort, »wie man sie von Felsen hinab in Brunnen stürzt oder ähnliche Dinge.« Er machte eine wegwerfende Handbewegung, als sei er mit den Prozeduren des Menschenopfers so sehr vertraut, daß ihn die Einzelheiten schon langweilten. Stephen Mill, achtundfünfzig Jahre alt, klein, schlank und mit spärlichem grauen Haar, war bei Kollegen und Studenten gleichermaßen beliebt und geachtet. Für ihn begannen nun die letzten siebzig Minuten seines Lebens, und wenn es dabei überhaupt einen Trost gäbe, dann diesen: Sterbend war er wenigstens mit dem beschäftigt, was ihm am meisten Spaß machte.

»Eigentlich hatten die Maya wenig Interesse daran, Jungfrauen zu opfern«, fügte Professor Mill hinzu. »Die meisten in heiligen Brunnen – diese werden übrigens als *cenotes* bezeichnet – gefundenen Skelette stammen von männlichen Wesen, und zwar hauptsächlich von Knaben.«

Die Studenten verzogen angewidert die Gesichter.

»Natürlich haben die Maya die Herzen aus dem lebenden Körper herausgeschnitten«, sagte Professor Mill. »Doch das ist der langweiligste Teil des Rituals. Sie nahmen also einen Feind gefangen, entkleideten ihn, malten ihn blau an, schleppten ihn hinauf auf eine Pyramide, wo sie ihm das

Rückgrat brachen, ohne ihn zu töten. Zumindest nicht gleich, denn fürs erste kam es darauf an, ihn zu lähmen. Dann rissen sie ihm das noch pochende Herz heraus, und jetzt erst starb er. Im gleichen Augenblick hielt der Opferpriester das Herz hoch und zeigte es der Menge. Das heraussprudelnde Blut wurde über die Göttermasken geschmiert, die in die Mauern des Tempels gehauen waren. Es gibt Hinweise darauf, daß der Priester das Herz anschließend verspeist hat. Soviel steht aber fest: Der verstümmelte Leichnam des Opfers wurde die Stufen der Pyramide hinuntergeworfen.«

Professor Mill wechselte gekonnt die Tonart, aus dem Entertainer wurde wieder der Dozent. »Wie Sie wissen, ist dies ein interdisziplinäres Seminar. Einige von Ihnen sind Kunsthistoriker, andere Ethnologen und Archäologen. Wir sind hier, um Maya-Hieroglyphen zu untersuchen, zu entziffern und das gewonnene Wissen zur Rekonstruktion der Maya-Kultur einzusetzen. Bitte schlagen Sie Seite neunundsiebzig in Charles Gallenkamps *Maya: The Riddle and Rediscovery of a Lost Civilization* auf.«

Mißmutig betrachteten die Studenten ein verwirrendes Diagramm, das einem Totempfahl glich und zwei absteigende Reihen von Grimassen darstellte, von Linien, Punkten und Schnörkeln eingerahmt.

»Ja, ich weiß, Sie fürchten, diesen Wirrwarr von Symbolen nie enträtseln zu können. Aber ich versichere Ihnen, Sie werden bald in der Lage sein, mit diesen Hieroglyphen Laute zu verbinden und sie zu lesen, als seien es Sätze.« Er machte eine dramatische Pause und richtete sich auf. »Sie werden lernen, die alte Maya-Sprache zu sprechen, und dann werden Sie mir recht geben: Geschichten über Menschenopfer sind langweilig. Hier« – er deutete auf die Schriftzeichen in Gallenkamps Buch – »hier hingegen wird es wirklich aufregend.«

Er griff nach einem Stück Kreide und schrieb hastig Zeichen auf die Wandtafel.

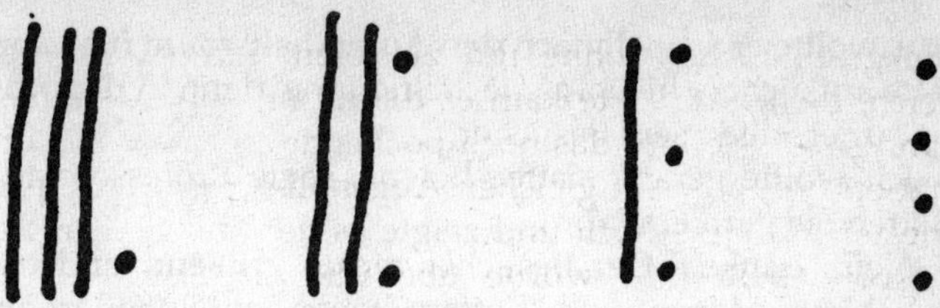

»Sie werden feststellen, daß viele Hieroglyphenspalten so aussehen. Es handelt sich dabei um eine Datumsangabe. Jeder Punkt hat den Wert 1. Ein Strich oder Balken bedeutet 5. Folglich bedeutet die erste Gruppe 4, die zweite 8, die dritte 12 und die vierte 16. Aber wenn Sie alle Zahlen zusammenfügen, ergibt die Jahreszahl überhaupt keinen Sinn für Sie. Denn die Maya benutzten einen anderen Kalender als wir. Einen bedeutend komplizierteren. Der erste Schritt zum Verständnis der Maya-Zivilisation ist also das Verständnis ihres Zeitbegriffs.«

Professor Mill dozierte auf diese Weise weiter und hatte offenbar großen Spaß an dem Thema. Noch hatte er etwa zwanzig Minuten zu leben. Er beendete das Seminar mit einem Scherz, den er stets an dieser Stelle einflocht, beantwortete einige Fragen wartender Studenten und packte danach Bücher, Notizen und den Stundenplan in seine Aktentasche.

Sein Büro lag nur fünf Minuten zu Fuß vom Lehrgebäude entfernt. Professor Mill atmete beim Gehen tief und zufrieden durch. Alles in allem fühlte er sich hervorragend, und sein Wohlbehagen wurde noch durch die Vorfreude auf die Verabredung nach dem Seminar erhöht.

Sein Büro befand sich in einem unansehnlichen Backsteinbau, doch die trostlose Umgebung beeinträchtigte Professor Mills Stimmung nicht. Vielmehr war er so energiegeladen, daß er sich nicht den Studenten am Fahrstuhl anschloß, sondern die beiden Treppen zu dem spärlich erleuchteten Korridor hinaufeilte. Nachdem er die Tür zu seinem Arbeitszimmer aufgeschlossen (noch zehn Minuten zu leben!) und die Aktentasche auf den Schreibtisch gestellt hatte, wollte er schnell noch den Aufenthaltsraum für Lehrkräfte aufsuchen, hielt aber lächelnd inne, denn in der offenen Tür erschien sein Besucher.

»Ich wollte gerade Kaffee holen«, sagte Professor Mill. »Hätten Sie gern einen?«

»Nein, danke.« Der Besucher nickte grüßend und trat ein. »Mein Magen und Kaffee stehen miteinander auf Kriegsfuß. Ich leide ständig unter Sodbrennen. Vermutlich bekomme ich ein Magengeschwür.«

Er war ein distinguiert aussehender Herr Mitte Dreißig. Das gepflegte Haar, der maßgeschneiderte Zweireiher und die leichten Schuhe aus Kalbsleder entsprachen seiner Tätigkeit als hochdotierter leitender Angestellter eines Industriekonzerns.

»Magengeschwüre und Streß hängen eng zusammen. Sie sollten beizeiten etwas kürzertreten.« Professor Mill schüttelte ihm die Hand, und der Besucher setzte sich. »Nun, was haben Sie mir gebracht?«

»Wieder Hieroglyphen zum Übersetzen.«

»Ist es viel?«

Der andere zuckte mit den Achseln. »Fünf Seiten.« Als auf dem Korridor einige Studenten vorbeigingen, runzelte er die Stirn. »Mir wäre es lieber, wir könnten das diskret behandeln.«

»Selbstverständlich.« Professor Mill erhob sich, schloß die Tür und kehrte an den Schreibtisch zurück. »Maya-Seiten oder normale Seiten?«

Der andere schien verwirrt und begriff dann. »Richtig, ich vergesse immer wieder, daß Maya-Seiten größer sind. Nein, unsere Seiten. Fotos im Format zwanzig mal fünfundzwanzig. Ich gehe davon aus, daß das beim letztenmal vereinbarte Honorar akzeptabel ist.«

»Fünfzigtausend Dollar? Sehr akzeptabel. Solange man mir genügend Zeit läßt.«

»Kein Problem. Sie haben vier Wochen Zeit, wie beim letzten Mal. Derselbe Zahlungsmodus – die erste Hälfte jetzt, die zweite Hälfte bei Ablieferung. Ansonsten dieselben Bedingungen. Sie dürfen die Seiten nicht kopieren. Sie müssen über Ihre Arbeit Stillschweigen bewahren und dürfen die Übersetzung nicht mit einem Dritten besprechen.«

»Seien Sie unbesorgt. Das werde ich nicht tun, und ich habe es bisher nicht getan«, antwortete Professor Mill, »obwohl die Übersetzung nichts enthält, was andere außer Ihnen, mir und Ihrem Chef interessieren könnte. Darf ich die Seiten mal sehen?«

»Selbstverständlich.« Der Besucher griff in seine Aktentasche aus Krokodilleder und holte einen großen braunen Briefumschlag heraus.

Professor Mill, der nur noch knapp eine Minute zu leben hatte, entnahm dem Umschlag fünf Fotos mit vielen Hieroglyphenreihen. Er schob Bücher auf dem Schreibtisch beiseite und breitete die Fotos so aus, daß die Schrift vertikal stand.

»Gehören sie zum selben Text?«

»Keine Ahnung. Ich habe nur den Auftrag, die Fotos abzugeben.«

»Wahrscheinlich derselbe Text.« Professor Mill beugte sich mit einer Lupe dicht über die Fotos. Schweißperlen standen ihm auf der Stirn. Er schüttelte den Kopf. »Ich hätte die Treppe nicht so hinaufrennen sollen.«

»Wie bitte?«

»Nichts. Nur Selbstgespräche. Ist Ihnen auch warm?«

»Ein bißchen.«

Professor Mill zog sich die Jacke aus und wandte sich abermals den Fotos zu. Noch fünfzehn Sekunden zu leben. »Gut, lassen Sie sie hier und ...«

»Ja?«

»Ich ...«

»Was?« fragte der andere.

»Mir wird so komisch. Meine Hände ...«

»Was ist mit Ihren Händen?«

»Gefühllos. Mein ... Gesicht. Heiß.«

Plötzlich rang Professor Mill nach Luft, griff sich an die Brust und sackte zusammen. Schlaff, mit offenem Mund und hängendem Kopf fiel er auf dem quietschenden Drehstuhl nach hinten. Sein Körper erbebte und regte sich gleich darauf nicht mehr.

Der kleine Raum schien zu schrumpfen, als der Besucher aufstand. »Professor Mill?« Er fühlte den Puls, zuerst am Handgelenk, dann am Hals. »Professor Mill?« Er holte Gummihandschuhe aus seiner Aktentasche und streifte sie über, dann nahm er die Fotos mit der rechten Hand und ließ sie in den großen braunen Umschlag gleiten, den er mit der Linken aufhielt. Nun zog er sich vorsichtig zunächst den rechten, dann den linken Handschuh aus, darauf bedacht, keine Stelle zu berühren, die mit den Fotos in Kontakt gekommen war. Er ließ die Handschuhe in einen zweiten Umschlag fallen, schloß ihn und steckte beide Umschläge in die Aktentasche.

Er öffnete die Tür. Keiner der Studenten oder Dozenten auf dem Korridor achtete auf ihn. Nach seiner Überzeugung war die beste Täuschung immer noch die Wahrheit. Deshalb eilte er ins Sekretariat, trat aufgeregt ein und rief der Sekretärin zu: »Schnell. Rufen Sie einen Arzt. Professor Mill … Ich war gerade bei ihm … Ich glaube, er hat einen Herzanfall.«

2

Guatemala City

Trotz der Reise von sechsunddreißig Stunden und seines Alters von vierundsechzig Jahren war Nikolai Petrowitsch Bartenjew energiegeladen und aufgeregt. Er und seine Frau waren auf Einladung der neuen guatemaltekischen Regierung von Leningrad, pardon, von St. Petersburg über Frankfurt und Dallas nach Guatemala gekommen. Ohne das Ende des kalten Krieges wäre die Reise nicht möglich gewesen. Nach vierzigjähriger Unterbrechung hatte Guatemala erst vor kurzem die diplomatischen Beziehungen zu Rußland wieder aufgenommen, und das russische Ausreisevisum war mit erstaunlicher Schnelligkeit ausgestellt worden. Fast sein ganzes Leben lang beherrschte Bartenjew ein einziger Traum: nach Guatemala zu reisen. Nicht weil er unbedingt Rußland den Rücken kehren wollte, sondern weil Guatemala ihn in seinen Bann geschlagen hatte. Aber immer wieder war sein Reiseantrag abgelehnt worden.

Die Boeing 727 stieß durch die Wolken an Bergen vorbei nach unten und näherte sich einer Stadt, die weit auseinandergezogen in einem Tal lag. Die Lichter von Guatemala City glitzerten. Verzaubert blickte Bartenjew aus dem Fenster, sein Herz klopfte vor Aufregung wie bei einem Kind. Seit seinem achtzehnten Lebensjahr, seit er zum ersten Mal Fotos der Maya-Pyramiden von Tikal in Guatemala gesehen hatte, fühlte er sich auf unerklärliche Weise mit dem fast ausgestorbenen Volk verbunden, das sie gebaut hatte. Ihm war, als sei er dabei, als sei er einer von ihnen gewesen, als hätte er mit seiner Kraft und seinem Schweiß dazu beigetragen, die herrlichen Pyramiden und Tempel zu errichten. Und ihn faszinierten die Maya-Hieroglyphen. Heute, viele Jahre später, war er einer der fünf bedeutendsten Kenner der altamerikanischen Kultur, ohne je einen Fuß in eine Maya-Ruine gesetzt zu haben, ohne auf eine Pyramide geklettert zu sein und ohne einem aus den Handschriften vertrauten Maya-Antlitz mit Hakennase, hohen Wangenknochen und niedriger Stirn von Angesicht zu Angesicht gegenübergestanden zu haben. Die Sonne begann hinter die Berge im Westen zu sinken. Die Dunkelheit wurde undurchdringlich und nur von den aufblitzenden Lichtern des Flughafenterminals durchbohrt. Voll nervöser Erwartung löste Bartenjew den Sicherheitsgurt, griff nach seiner Aktentasche und folgte seiner Frau und den anderen Passagieren zum Ausgang. Als er die Gangway zum Rollfeld hinunterstieg, sog er die trockene, kühle Gebirgsluft ein und ließ die Bedeutung des Augenblicks auf sich einwirken.

Kaum hatte er den Terminal betreten, löste sich ein fahriger, dünnlippiger Mann in dunklem Anzug von einer Gruppe uniformierter Beamter und kam auf ihn zu. »Professor Bartenjew?«

»Ja.«

»Ich bin Hector Gonzales vom hiesigen Nationalen Archäologischen Museum.«

»Ja, ich habe Ihre Briefe erhalten.« Sie sprachen spanisch. »Das ist meine Frau Elena.«

»Ich freue mich, Sie kennenzulernen, Señora. Wenn Sie mir bitte folgen wollen ...«

Im nächsten Augenblick stand Bartenjew vor finsteren Soldaten mit Schnellfeuergewehren und wich unwillkürlich zurück. »Stimmt etwas nicht? Gibt es Probleme?«

»Nein, nein«, sagte Gonzales übereifrig. »Nur Komplikationen bei der Unterbringung. Nichts Ernsthaftes. Hier entlang. Durch diese Tür und diesen Gang entlang. Beeilen Sie sich, oder wir kommen zu spät.«

»Zu spät?« Bartenjew schüttelte den Kopf, als er und seine Frau durch den Korridor eilten. »Zu spät wozu? Und unser Gepäck?«

»Das wird erledigt. Das Gepäck wird in Ihr Hotel gebracht. Sie brauchen die Einwanderungs- und Zollkontrolle nicht zu passieren.«

Sie kamen zu einem Parkplatz, wo eine schwarze Limousine und zwei mit bewaffneten Soldaten besetzte Jeeps warteten, einer vor dem Wagen, einer dahinter.

»Ich bestehe darauf zu erfahren, was hier vorgeht. In Ihren Briefen erweckten Sie den Eindruck, daß ich hier willkommen sein würde. Ich fühle mich aber eher als Gefangener.«

»Sie müssen verstehen, Professor Bartenjew, die Lage in Guatemala ist verworren. Bei uns ist es politisch gesehen immer unruhig. Diese Soldaten hier dienen Ihrem Schutz.«

»Warum brauche ich Schutz?«

»Bitte, steigen Sie ein, wir können uns während der Fahrt darüber unterhalten.«

Kaum hatte einer der Begleiter die Wagentür hinter den Bartenjews, Gonzales und zwei Beamten geschlossen, raste die Limousine davon, flankiert von den beiden Jeeps.

»Wie ich bereits sagte, die leidige Politik. Jahrelang wurde Guatemala von Rechtsextremisten regiert.« Gonzales schielte unbehaglich zu den Beamten hinüber, als ob sie seine Wortwahl mißbilligen könnten. »Vor kurzem gelangten gemäßigte Kräfte an die Macht. Die neue Regierung ist dafür eingetreten, daß Ihr Land mit unserem wieder diplomatische Beziehungen unterhalten sollte. Das erklärt auch, warum Sie eingeladen wurden. Sie waren der geeignete erste Gast, denn Sie sind kein Politiker, und Ihr Fachgebiet hat etwas mit der guatemaltekischen Geschichte zu tun.«

»Wenn ich Sie so höre ...« Der Professor zögerte. »Ich habe den Eindruck, Sie arbeiten gar nicht für das Nationale Archäologische Museum, sondern für die Regierung. Wie hieß die Dynastie, die über Tikal herrschte?«

Gonzales antwortete nicht.

»In welchem Jahrhundert befand sich Tikal auf dem Höhepunkt seiner Macht?«

Gonzales schwieg weiter.

Bartenjew lachte höhnisch.

»Sie befinden sich in Gefahr«, preßte Gonzales hervor.

»Wieso? Ich verstehe wirklich nicht ...«

»Die Rechtsextremisten sind entschieden gegen Ihren Besuch. Trotz des Zerfalls des Kommunismus im Ostblock betrachten sie Ihren Aufenthalt als Beginn einer marxistischen Einflußnahme. Die ehemalige Regierung hat Todesschwadronen benutzt, um ihre Herrschaft zu sichern. Diese Einheiten gibt es noch. Es hat Morddrohungen gegen Sie gegeben.«

Bartenjew sah ihn entsetzt an, Verzweiflung packte ihn. »Ich soll wohl wieder abreisen?« fragte er düster. »Das kommt nicht in Frage. Meine Frau bringe ich in Sicherheit, aber ich habe nicht die weite Reise unternommen, um das Land wieder zu verlassen, bevor sich mein Traum erfüllt hat. Ich bin zu alt. Wahrscheinlich habe ich so eine Chance nie mehr.«

Gonzales schüttelte den Kopf. »Sofort wieder abreisen, das wäre politisch genauso schädlich wie der Versuch, Sie umzubringen. Aber wir müssen sehr vorsichtig sein. Wir bitten Sie, sich in der Stadt nicht öffentlich zu zeigen. An Ihrem Hotel stellen wir Wachen auf. Wir bringen Sie so rasch wie möglich nach Tikal. Und dann ersuchen wir Sie, nach Verstreichen einer glaubhaften Zeitspanne – nach ein, zwei Tagen höchstens –, eine Krankheit vorzutäuschen und nach Hause zurückzukehren.«

»Ein Tag nur?« Bartenjew fiel das Atmen schwer. »Oder zwei? So wenig, nachdem ich so viele Jahre auf diese Gelegenheit gewartet habe …«

»Professor Bartenjew, hier geht es um politische Realitäten.«

Politik, dachte Bartenjew und hätte am liebsten geflucht. Er war es jedoch ebenso wie Gonzales gewohnt, mit solch widerlichen Realitäten fertig zu werden, und analysierte hastig die Situation. Er war außerhalb Rußlands und konnte gehen, wohin er wollte – das war die Hauptsache. Es gab noch zahlreiche andere bedeutende Maya-Ruinen. Zum Beispiel Palenque in Mexiko. Emotional und wissenschaftlich reizte es ihn nicht so wie Tikal, doch es lag in erreichbarer Nähe, und dort wären sie sicher. Wenn die guatemaltekische Regierung es ablehnte, für weitere Kosten aufzukommen, spielte das keine Rolle, denn Bartenjew besaß eine heimliche Geldquelle, von der er nicht einmal seiner Frau erzählt hatte.

Auch Geheimhaltung war mit dem blonden Amerikaner vereinbart worden, der in Bartenjews Büro in der Petersburger Universität aufgetaucht war und ihm mehrere Fotos von Maya-Hieroglyphen gezeigt hatte. In perfektem Russisch hatte er sich erkundigt, wieviel Bartenjew für die Übersetzung der Hieroglyphen und für die diskrete Behandlung des Auftrags verlangte. »Wenn die Handschrift interessant ist, verlange ich gar nichts«, hatte Bartenjew geantwortet, doch der Amerikaner bestand auf Bezahlung. Das Honorar war unerwartet großzügig gewesen: fünfzigtausend Dollar. »Um Ihre Diskretion im voraus zu honorieren, habe ich einen Teil in Rubel gewechselt«, erklärte der Fremde und überreichte dem Professor den Gegenwert von zehntausend Dollar in Rubel. Der Rest, so fuhr er fort, werde auf ein Schweizer Konto überwiesen. Vielleicht hätte Bartenjew eines Tages die Möglichkeit, in den Westen zu reisen, und in diesem Fall könne er leichter über das Geld verfügen. Noch zweimal war der Amerikaner gekommen, jedesmal mit anderen Fotos von Maya-Hieroglyphen und dem gleichen Honorar.

Bislang war das Geld für Bartenjew weniger wichtig gewesen als die faszinierende, wenn auch verwirrende Botschaft der Bilderschrift, die einem kodierten Rätsel glich. Nun aber erhielt das Geld große Bedeutung, und Bartenjew war fest entschlossen, es voll und ganz zu nutzen.

»Ich verstehe«, sagte er zu Gonzales, »politische Realitäten. Ich reise ab, wann immer Sie wollen.«

Gonzales schien sich zu beruhigen, wenn auch nur für einen Augenblick. Jetzt hielt die Limousine vor einem Hotel, dessen modernes Stahl-Glas-Design unangenehm aufdringlich und unspanisch wirkte. Die Soldaten eskortierten das Ehepaar im Eilschritt durch die Eingangshalle zu einem Lift, der sie zum elften Stock brachte.

Als Gonzales die Tür zur Suite öffnete, Licht machte und die Bartenjews eintreten ließ, klingelte bereits das Telefon. Es gab sogar zwei Apparate – einer stand auf einem Tisch neben dem Sofa, ein zweiter auf einer Bar.

Gonzales verriegelte die Tür hinter ihnen. Das Telefon klingelte weiter. »Nein, lassen Sie mich abheben«, sagte er, als Bartenjew sich dem Apparat am Sofa näherte, und ging zu dem anderen Telefon. »Hallo.« Er knipste eine Lampe an. »Warum möchten Sie mit ihm sprechen?« Er fixierte Bartenjew. »Einen Augenblick.« Er hielt die Hand über die Sprechmuschel. »Ein Mann, angeblich Journalist. Vielleicht wäre es klug, ein Interview zu geben. Public Relations. Ich höre auf diesem Apparat mit.«

Bartenjew wandte sich dem Telefon am Sofa zu. Seine Silhouette spiegelte sich im Fenster. »Hallo.«

»Scher dich zum Teufel, du verdammter Russe.«

Das Fenster zersplitterte. Bartenjews Frau schrie auf. Eine Kugel durchschlug seinen Kopf, Blut spritzte auf das zerberstende Glas. Er war auf der Stelle tot.

3

Houston, Texas

Die Raumfähre ›Atlantis‹ befand sich seit zwei Tagen im All – ein Bilderbuchstart, alle Systeme arbeiteten normal, und Albert Delaney langweilte sich. Wenn nur etwas los wäre, damit die einförmige Routine ein Ende hatte. Er wünschte sich nicht gerade etwas Aufregendes, denn das konnte gleichbedeutend mit Katastrophe sein. Es durfte für die NASA auf keinen Fall noch mehr Zwischenfälle und schlechte Publicity geben. Ein zweites ›Challenger‹-Desaster mußte um jeden Preis vermieden werden. Wenn so was noch einmal passierte, dann konnte die NASA wahrscheinlich den Laden dichtmachen, und das bedeutete, daß er ohne Job dastand. Da war ihm Langeweile allemal lieber, als arbeitslos zu sein. Nein, Aufregung wollte er nicht, doch ab und an wäre ihm eine erfreuliche Überraschung willkommen gewesen.

Schuld an seinem Frust war zum Teil, daß sein Büro am Rande der NASA-Zentrale lag. Abseits vom Kontrollzentrum vermißte er die Motivation zu sinnvollem Einsatz der grauen Zellen, der die dort Beschäftigten wohl beflügelte. Außerdem mußte sogar er zugeben, daß seine Spezialgebiete Kartographie, Geographie und Meteorologie, verglichen mit der Erforschung des Alls, geisttötend waren. Wenn er wenigstens Gelegenheit gehabt hätte, Aufnahmen von neuentdeckten Saturnringen oder Jupitermonden zu studieren. Nein, er mußte Fotos von irdischen Gebieten prüfen, von Gebieten, die er in- und auswendig kannte. Obwohl diese Bilder schließlich an andere Regierungsstellen weitergereicht wurden, war er für die erste Bewertung zuständig – für den Fall, daß es was Ungewöhnliches zu sehen gab, etwas, womit die NASA für sich Reklame machen konnte.

Die Raumfähre hatte diesmal den Auftrag, über dem Karibischen Meer einen Wettersatelliten auszusetzen, eine Reihe von Wetterbeobachtungen und Experimenten durchzuführen und Fotos zurückzufunken. Das Bild, das Delaney gerade vorlag, zeigte einen Teil der mexikanischen Halbinsel Yucatán. Seit mehreren Jahren wurden die Palmen dort von Palmbrand befallen, und Delaney sollte nun feststellen, wie weit sich die Krankheit ausgebreitet hatte, was leicht daran zu erkennen war, daß die kahlen Bäume auf den Fotos ein auffälliges Muster bildeten. Der Brand hatte jedenfalls weit um sich gegriffen, wie ein Vergleich mit Aufnahmen des Vorjahres bewies.

Plötzlich störte ihn etwas. Er hatte das Gefühl, daß etwas nicht stimmte. Er legte die Aufnahme beiseite und griff noch einmal zu der vorher bearbeiteten. Da, dieses kleine Gebiet in der Ecke unten links. Die Schatten zwischen den Palmen ... Was hatten die dort zu suchen? Sie waren wie perfekte Dreiecke und Quadrate geformt, aber so etwas gab es doch nicht in der Natur. Nein, sie konnten nur von Sonnenlicht verursacht werden, das auf bestimmte Objekte, auf große, hohe Objekte traf. Im allgemeinen waren Schlagschatten nichts Geheimnisvolles. Hügel, zum Beispiel, waren immer als Schatten zu erkennen. Aber hier handelte es sich um das nördliche Tiefland von Yucatán. Delaney stellte rasch einige Berechnungen an. Solche Objekte oder Hügel mitten im bekanntlich völlig flachen Teil des Regenwaldes von Yucatán? Was zum Teufel war da los?

4

»In unserem letzten Bericht geht es um etwas sehr Altes, das mit modernen Mitteln wiederentdeckt wurde. Von der Raumfähre ›Atlantis‹ empfangene und kontrastverstärkte Fotos lassen vermuten, daß sich in einem unzugänglichen Teil der mexikanischen Halbinsel Yucatán ein ausgedehntes Gebiet mit bisher unbekannten Maya-Ruinen befindet. Der Regenwald ist dort dicht und undurchdringlich, so daß es wahrscheinlich Monate dauern wird, bevor eine erste Bewertung der Ruinen vorliegt. Ein Sprecher der mexikanischen Regierung gab zu verstehen, die vermutete Größe der Ruinen könnte sogar den Pyramiden, Palästen und Tempeln des legendären Chichén Itzá Konkurrenz machen. Dan Rather sprach CBS-Nachrichten. Guten Abend.«

5

St. Thomas, Jungferninseln

Dem Besucher entging nicht, daß die Sammlung um einige Gegenstände – kleine Tonfiguren, Keramik und Masken – erweitert worden war. Alles authentische, teure und auf illegalem Weg beschaffte Beispiele uralten Maya-Kunsthandwerks. »Die Frau ist verschwunden.«

»Was?« Der alte Mann, bisher abgelenkt durch die Befestigung eines Tropfs an seinem Arm, riß den Kopf hoch. »Verschwunden? Sie haben mir versichert, daß es unmöglich wäre.«

»Das dachte ich«, sagte der blonde Mann ernst. »Sie wurde so gut bezahlt und so großzügig behandelt, daß eine Flucht völlig unvorstellbar war.«

Der Alte blickte finster drein, der dünne Körper war starr vor Wut. Er saß auf einem Ledersessel in der Luxuskabine seiner sechzig Meter langen Jacht und richtete sich ächzend auf. Seine hagere Gestalt mit den durch die Brille stark vergrößerten Augen, dem verkniffenen Gesicht und dem buschigen weißen Haar beherrschte die Kabine, obwohl er nicht groß war. »Die menschliche Natur. Verdammt, damit haben Sie schon immer Schwierigkeiten gehabt. Taktisch sind Sie hervorragend, aber Ihr Einfühlungsvermögen ist so unterentwickelt, daß Sie nicht begreifen ...«

»Sie fühlte sich einsam«, sagte der Mann mit dem kalten Blick. »Das habe ich ihr angesehen. Meine Leute haben sie überwacht, damit sie keine Dummheiten macht. Ihr Dienstmädchen, der Butler, der Chauffeur, der Portier im Apartmenthaus in Manhattan – sie alle haben für mich gearbeitet. Jeder Ausgang des Gebäudes wurde rund um die Uhr überwacht. Wenn sie bei seltenen Gelegenheiten ausgehen durfte, wurde sie beschattet.«

»Trotzdem gelang es ihr, sich davonzumachen«, schnarrte der Alte und seine Nasenflügel weiteten sich vor Hohn. »Sie sind schuld!« Er deutete mit dem knochigen rechten Zeigefinger auf den anderen. »Von ihr hängt alles ab. Wie um Gottes willen ist das passiert?«

»Ich weiß es nicht. Es geschah gestern nacht. Zwischen zwei, als das Mädchen sie zum letztenmal sah, und morgens, als man nach ihr sehen wollte. Als ich davon erfuhr, wollte ich es Ihnen lieber persönlich mitteilen und nicht per Telefon. Ich habe die erste verfügbare Maschine genommen.«

Der alte Mann kniff die Augen zusammen. »Hat sie Zugang zu ihrem Konto?«

»Nein. Da ihr jeder erdenkliche Komfort zur Verfügung stand, brauchte sie kein Geld. Folglich wußte sie nicht, daß die ihr vorgelegten Rechnungen über Honorarzahlungen zu einem Konto gehörten, für das beim Abheben auch meine Unterschrift nötig ist. Sie kommt nicht an das Geld ran.«

»Schmuck?«

»Sie hat alles mitgenommen. Allein die Diamantenkette ist theoretisch vierhunderttausend Dollar wert. Allerdings sind die Klunkern nicht echt. Im Raum New York City gibt es nur bestimmte Unternehmen, die so etwas ankaufen könnten. Und da sie nicht weiß, daß es eine Imitation ist, wird sie dort aufkreuzen. Meine Leute liegen auf der Lauer.«

Der Alte runzelte die Stirn. »Nehmen wir an, sie verschafft sich Geld – und wahrscheinlich gelingt ihr das. Wohin geht sie? Welche Möglichkeiten hat sie?«

»Sie wäre verrückt, wenn sie zu ihrer bisherigen Lebensweise zurückkehren würde. Sie muß damit rechnen, daß wir ihre Verwandten, ihre Freunde und Geschäftspartner überwachen, Telefone anzapfen und so weiter. Wenn sie clever ist, taucht sie unter.«

»Wenn sie vor der Einsamkeit geflohen ist, dann taucht sie ganz bestimmt nicht unter. Sie braucht Freunde. Sie braucht die Sicherheit und Erfüllung eines selbstbestimmten Lebens. Sie wird nicht ein Gefängnis gegen das andere tauschen.«

»Was dann …?«

»Hilfe wird sie suchen. Es gibt nur zwei Gründe, einem anderen zu helfen. Geld und Liebe. Ich nehme an, daß eine Frau in ihrer Lage sich eher auf Liebe verläßt oder zumindest auf Freundschaft. Wer aus ihrem bisherigen Leben kann ihr helfen?«

»Wie ich schon sagte – Familie, Freunde und ehemalige Bezugspersonen werden beobachtet.«

»Das genügt nicht. Sie wäre nicht ohne Plan geflohen. Irgendwo gibt es jemanden, mit dessen Hilfe sie rechnen kann. Jemand, der uns nicht auf Anhieb einfällt. Einer, dem sie vertraut.«

»Ich kümmere mich sofort darum.«

»Sie haben mich enttäuscht. Ihr Erfolg in Chicago und Guatemala hat mich so beeindruckt, daß ich an eine Belohnung dachte. Aber ich fürchte, daraus wird jetzt nichts.«

Die Gegensprechanlage neben dem Sessel des Alten summte. Er drückte auf einen Knopf. »Ich habe gesagt, keine Störung.«

»Scheich Hazim, Herr Professor«, ertönte eine weibliche Stimme.

»Ach ja. Stellen Sie durch.« Er griff zum Telefon, doch bevor er den Hörer abnahm, warnte er seinen Besucher: »Enttäuschen Sie mich nicht noch einmal.« Er regulierte den Tropf, aus dem mit Lämmerhormonen angereichertes Blut in seine Vene floß. »Fassen Sie das Miststück, bevor sie alles kaputtmacht. Wenn Delgado erfährt, daß sie entkommen ist, dann ist sie dran – und wir wahrscheinlich auch.«

»Mit Delgado werde ich fertig.«

»Das bezweifle ich nicht. Aber ohne Delgado sind die Ruinen unerreichbar für mich. Das würde mich sehr enttäuschen und für Sie sehr unangenehm werden.«

»Ja, Sir.«

»Raus.«

Zweites Kapitel

1

Cancún, Mexiko

Die terrassenförmig angelegten Hotels waren Maya-Tempelpyramiden nachgestaltet und säumten den vierspurigen Highway, der die vor fünfundzwanzig Jahren noch unbewohnte Sandbank durchschnitt. Während die Dämmerung in Nacht überging, beobachtete Buchanan beunruhigt die Touristen in seiner Nähe, das bedrohliche Donnern und die grellen Autoscheinwerfer zu seiner Rechten, die verdächtigen Schatten unter den Palmen zu seiner Linken, tat aber so, als würde er gelassen weitergehen.

Etwas stimmte nicht. Instinkt und Intuition warnten ihn. Er verspürte Magendruck und versuchte sich einzureden, daß es lediglich eine Art Lampenfieber sei. Doch die Erfahrung vieler gefährlicher Einsätze hatte ihn gelehrt, die aus dem Bauch kommenden Warnsignale nicht zu überhören.

Was aber war ungewöhnlich? Er dachte angestrengt nach. Seine Vorbereitungen waren gründlich gewesen. Der Köder für den Gegenspieler würde einwandfrei funktionieren. Warum in Gottes Namen war er so nervös? Zu viele Einsätze? Zu viele Identitäten? Zu viele riskante Unternehmen? Nein, dachte Buchanan, ich weiß, was ich tue. Acht Jahre habe ich das überlebt und kenne den Unterschied zwischen schwachen Nerven und …

Trotz des beklemmenden Gefühls in der Brust änderte Buchanan seine Gangart nicht. Er bewegte sich im Schatten dichter, bunt blühender Sträucher, die die Zufahrt säumten, und näherte sich allmählich der strahlenden Pyramide des Club Internacional.

2

Buchanan war für halb zehn Uhr verabredet, doch er wollte zehn Minuten eher da sein, um den Treffpunkt noch einmal zu überprüfen und sich davon zu überzeugen, daß sich vor Ort nichts verändert hatte, was das Vorhaben gefährden konnte. An den drei vergangenen Abenden hatte er das Hotel zur selben Zeit besucht und jedesmal kontrolliert, ob alles in Ordnung war.

Ein Plan, der auf dem Papier ideal aussah, mußte zur ›wirklichen Realität‹ passen, und diese konnte sich von einem Tag zum andern wandeln. Es gab zu viele veränderliche Größen. Falls ihm etwas störend auffiel, würde er wieder in der Nacht untertauchen, als sei nichts geschehen. Wenn dann der Gesprächspartner um halb zehn erschien und Buchanan nicht entdeckte, bedeutete dies – so war es vorher ausgemacht –, daß die Umstände nicht günstig waren und das Treffen am nächsten Tag um acht Uhr morgens in einem anderen Hotel stattfand. Selbstverständlich hatte Buchanan einen Reserveplan vorbereitet, falls das zweite Treffen ebenfalls verschoben wurde. Es galt, der anderen Seite zu beweisen, daß alles getan worden war, um jedes Sicherheitsrisiko zu vermeiden.

Buchanan schlenderte an den beiden Portiers vorbei. Am Ende des Foyers zögerte er ganz kurz, als ein japanischer Gast links neben der Geschenkboutique durch eine Tür trat. Wie er wußte, führte sie zum Strand. Einer von vielen Fluchtwegen. Alles in Ordnung.

Er folgte rechts einem kurzen Korridor und kam zu einer in ein Restaurant führenden Treppe. Das Restaurant war, wie an den vergangenen Abenden, ziemlich gut besucht. Er und sein Gesprächspartner würden also nicht auffallen. Andererseits war es nicht so voll, daß sie von möglichen Zuhörern umgeben wären.

Auch in Ordnung. Vielleicht täusche ich mich, dachte Buchanan. Vielleicht läuft alles gut. Doch eine warnende Stimme riet ihm, weiterhin auf der Hut zu sein.

Zunächst war er beruhigt, als sich ein mexikanischer

Kellner näherte und ihn zu dem gewünschten Tisch in einer entfernten Ecke geleitete. Buchanan setzte sich mit dem Rücken zur Wand, so daß er die Treppe im Auge behielt. Die Klimaanlage kühlte seine schweißbedeckte Stirn. Er blickte auf die Uhr – neun Uhr fünfundzwanzig. In fünf Minuten würde der andere erscheinen. Buchanan tat, als lese er die Speisekarte, und versuchte, ruhig zu wirken.

Plötzlich entdeckte er oben an der Treppe zwei Männer. Sein Puls raste. Er hatte bloß einen Mann erwartet.

Beide waren Lateinamerikaner. Sie trugen beigefarbene, modisch zerknitterte Leinenanzüge, die gelben Seidenhemden standen weit offen. Sie waren hager, in den Dreißigern, mit markanten, strengen Zügen und dunklem, angeklatschtem Haar, das zu einem Pferdeschwanz gebunden war. Die Augen unter den schweren Lidern waren dunkel wie das Haar, glitzernde, unbarmherzige Raubtieraugen. Es waren *gemelos*, Zwillinge, und wie sie so das Restaurant betraten, strafften sie beide gleichzeitig die Schultern, warfen sich in die Brust, ein Selbstvertrauen ausströmend, als gehörte die Welt ihnen.

Buchanan versuchte, locker zu wirken, ohne in seiner Wachsamkeit nachzulassen. Die beiden Männer steuerten ohne Zögern auf ihn zu. Ihr Fußvolk hatte ihnen bestimmt eine genaue Beschreibung von ihm geliefert. Außerdem war er wohl heimlich fotografiert worden. Buchanan haßte Fotos. Er erhob sich und gab den beiden die Hand. Um zu zeigen, daß er unbewaffnet war, hatte er absichtlich kein Jackett angezogen. Das eng sitzende marineblaue Hemd trug er in der Hose, ein Zeichen dafür, daß er weder eine Pistole noch ein Tonbandgerät oder einen Sender verbarg. Er wußte, daß die beiden Männer eine solche Geste der Offenheit schätzen würden. Andererseits ließen sich solche Burschen nichts vormachen: Moderne Sendegeräte waren so winzig, daß man sie leicht in Form eines Knopfs am Hemd tragen konnte. Eine Handwaffe brauchte Buchanan auf so kurze Entfernung nicht. Der Kugelschreiber in der Hemdtasche wirkte, wenn es sein mußte, ebenso tödlich.

Sie begrüßten ihn auf englisch.

Buchanan antwortete auf spanisch. »Vielen Dank, daß Sie gekommen sind.«

»*De nada* – keine Ursache«, sagte der erste und forderte Buchanan mit einer Handbewegung auf, wieder Platz zu nehmen.

Die beiden sahen sich aufmerksam um, schienen mit der Umgebung zufrieden und setzten sich ebenfalls. Sicherheitshalber legten sich beide eine Serviette auf den Schoß und schoben mit einer geschmeidigen, geübten Handbewegung eine Pistole darunter. Dann musterten sie ihr Gegenüber.

»Sie haben Mut«, sagte der eine Zwilling.

»*Gracias.*«

»Und das Glück der Dummen«, sagte der zweite. »Wir hätten Sie jederzeit für immer ausschalten können.«

»*Claro que si* – versteht sich. Aber ich hoffte, daß Sie vernünftig sind. Denn ich bin sicher, daß ich Ihnen ein gutes Angebot zu machen habe.« Buchanan sprach mit leiser Stimme. »Sie wissen, wie gut meine Geschäfte laufen. Ich gehe davon aus, daß ich es mit erfahrenen Geschäftsleuten zu tun habe. Mit Profis. Daß Sie mich wegen meines Unternehmens nicht – wie Sie es ausdrücken – für immer zum Schweigen gebracht haben, ist ja ein Beweis dafür. Ihnen ist ...« Buchanan räusperte sich diskret und deutete zur Warnung mit dem Kopf nach links.

Der Kellner näherte sich und überreichte ihnen die Speisekarte. »Möchten Sie etwas trinken, Señores?«

»Für mich Tequila. *Y para mis compadres* – und für meine Freunde?« fragte Buchanan.

»Das gleiche«, antwortete der erste. »Mit Limone und Salz.«

»Doppelte für jeden«, sagte der zweite.

Nachdem der Kellner gegangen war, lehnte sich der erste Zwilling drohend über den Tisch und flüsterte Buchanan heiser zu: »Schluß mit dem Blödsinn, Señor Potter. Was wollen Sie von uns? Das ist Ihre einzige Chance.« Er klopfte auf die Pistole unter der Serviette. »Nennen Sie uns einen Grund, warum wir Sie nicht töten sollten.«

3

Die Einsatzbesprechung hatte vor drei Monaten an einem sicheren Ort in Fairfax, Virginia, stattgefunden, in einer Wohnung im ersten Stock eines verzweigten Gebäudekomplexes. Buchanan hatte sie unter dem Decknamen Brian MacDonald gemietet. Er besaß einen Führerschein, einen Reisepaß, eine Geburtsurkunde und mehrere auf diesen Namen ausgestellte Kreditkarten, außerdem eine detaillierte erfundene Lebensgeschichte. Brians angeblicher Beruf war Programmierer. Für Computer besaß Buchanan Interesse und Talent, so daß dieser Teil seiner Identität realistisch war. Jeder, der ihn fragte, bekam zu hören, daß er zu Hause arbeite, eine Behauptung, die der leistungsfähige IBM-Computer in seiner Wohnung bestätigte.

Er bemühte sich, die erforderliche Geduld und Disziplin aufzubringen, während er gespannt auf seinen eigentlichen Job wartete. Als endlich ein leitender Angestellter der angeblichen Computerfirma New Age Technology in Boston bei ihm anrief und mitteilte, er habe geschäftlich in Fairfax zu tun und würde gern bei ihm vorbeikommen, dachte Buchanan: Bald habe ich eine Aufgabe. Bald ist Schluß mit dem Frust.

Der Leitoffizier klopfte an einem Freitag nachmittag pünktlich an die Tür, und Buchanan-MacDonald ließ ihn ein, nachdem er durch den Spion gespäht hatte. Der kleine, hagere Mann im zerknitterten Anzug stellte seine Aktentasche auf den Couchtisch im Wohnzimmer und wartete, bis Buchanan-MacDonald die Tür verriegelt hatte. Routinemäßig musterte er den Raum. »Was ist Ihnen lieber? Spaziergang oder hier?«

»Die Wohnung ist clean.«

»Gut.« Der hohlwangige Typ öffnete die Aktentasche. »Ich brauche Ihren Führerschein, den Reisepaß, die Geburtsurkunde, Kreditkarten – alle Dokumente, die auf den Namen Brian MacDonald ausgestellt sind. Hier ist meine Vollmacht, und dies sind Ihre neuen Dokumente. Ihr neuer Name lautet Edward Potter. Sie waren tätig als ... Na, es steht alles in den Unterlagen. Jedes Detail Ihrer neuen Identität. Ich weiß, Sie haben ein blendendes Gedächtnis, also denke ich, Sie können sich die Informationen bis morgen früh einprägen. Ich komme vorbei und hole die Unterlagen wieder ab.«

»Warum hat es ganze zwei Monate gedauert, bis Sie wieder Kontakt zu mir aufgenommen haben?« fragte Buchanan.

»Nach Ihrem letzten Einsatz mußten Sie eine Zeitlang aus dem Verkehr gezogen werden. Außerdem dachten wir, wir könnten Sie noch einmal als Brian MacDonald gebrauchen. Wir haben jetzt aber eine viel interessantere Aufgabe für Sie. Wird Ihnen gefallen.«

»Lassen Sie hören.«

Der Leitoffizier fixierte ihn. »Manchmal vergesse ich, wie hochmotiviert unsere Geheimagenten sind, direkt geil auf einen neuen Auftrag. Gerade deshalb sind sie ja Agenten geworden. Weil –«

»Weil? Das habe ich mich selber schon oft gefragt. Wie lautet die Antwort?«

»Das liegt doch auf der Hand. Es macht Ihnen Spaß, die Identität zu wechseln.«

»Ja, genau. Also verraten Sie mir: Was motiviert mein neues Ich?«

4

Im Restaurant des Club Internacional in Cancún ließ sich Buchanan nicht aus der Ruhe bringen, als der eine Zwilling ihn bedrohte. »*Einen* Grund, mich nicht zu töten?« wiederholte er scheinbar nachdenklich. »Ich meine, da gibt es viele Millionen Gründe.«

»Millionen haben wir genug«, scherzte der zweite Zwilling. »Wie kommen Sie darauf, daß wir wegen ein paar Millionen ein Risiko eingehen und Ihnen vertrauen?«

»Die menschliche Natur. Egal, wieviel Geld einer hat, es

ist nie genug. Übrigens biete ich Ihnen nicht ein paar Millionen, sondern viele.«

»Wir haben etwas gegen Konkurrenz.«

Buchanan blieb gelassen. »Ich will nicht mit Ihnen konkurrieren, im Gegenteil. Ich weiß, daß Sie einen Partner brauchen. Ich habe mich gründlich informiert, bevor ich mich hier etablierte.«

»Nicht nur hier, sondern auch in Mérida, in Acapulco und in Puerto Vallarta«, warf der erste Zwilling wütend ein.

»Und in mehreren anderen Urlaubsorten, wovon Sie offenbar noch nichts wissen.«

»Sie geben also zu, daß Sie sehr fleißig gewesen sind, und zwar auf *unsere* Kosten.«

»Wie sonst hätte ich Sie auf mich aufmerksam machen sollen? Stellen Sie sich mein Risiko vor. Ich, ein *norteamericano*, steige auf Ihrem Territorium, in den Urlaubsorten Ihres Landes, noch dazu in Cancún, ins Geschäft ein. Trotz meiner guten Informationen hatte ich keine Ahnung, an wen ich mich wenden sollte. Fernandez, bei Ihnen hatte ich einen Verdacht.« Buchanan wandte sich an den ersten. »Doch wußte ich nicht, daß Sie einen Zwillingsbruder haben – und, um ehrlich zu sein, ich habe keine Ahnung, welcher von Ihnen Fernandez ist. Mir leuchtete allerdings nie ein, wie Fernandez sich gleichzeitig an zwei Orten – zum Beispiel in Mérida und in Acapulco – aufhalten konnte.«

Fernandez I verzog die Lippen zu einer Art Grinsen. »Verwirrung stiften war Absicht.« Plötzlich wurde er ernst. »Wie haben Sie herausgekriegt, daß einer von uns beiden mit Vornamen Fernandez heißt?« Er sprach schneller und drohender. »Was meinen Sie mit guten Informationen? Warum haben Sie um diese Unterredung gebeten und unseren Männern diese Namenliste gegeben?« Er knallte sie auf den Tisch. »Darunter sind die Namen von einigen unserer zuverlässigsten Partner.«

Buchanan zuckte mit den Schultern. »Nun, das zeigt mal wieder, wie man sich in zuverlässigen Partnern täuschen kann.«

»Hurensohn, was soll das heißen?« fragte Fernandez II.

Sie beißen tatsächlich an, dachte Buchanan. Geschafft! Sie sind aufmerksam geworden! Sie wären nicht zu zweit hier aufgekreuzt, wenn sie unbesorgt wären. Die Liste hat sie noch mehr erschreckt, als ich hoffte. »Das soll heißen: Vertrauen Sie mir und nicht diesen Gaunern. Ich habe einmal für die ...«

Der Kellner brachte auf einem Tablett Limonenscheiben, ein Salzgefäß mit Löffel und sechs Schnapsgläser mit bernsteinfarbenem Tequila.

»*Gracias*. In zehn Minuten möchten wir das Essen bestellen«, sagte Buchanan und wandte sich wieder an die beiden Brüder. »Ich glaube, wir werden zu einer guten Zusammenarbeit kommen.« Er sah zu, wie sie etwas Salz von der Hand leckten, den Tequila hinterhergossen und die Limonenscheiben kauten. Gleich darauf streuten sie sich abermals Salz auf die Hand und warteten, bis Buchanan ihrem Beispiel folgte. Dies ist, so dachte er, einer der wenigen Berufe, bei denen Alkoholkonsum obligatorisch ist. Seine Gegenspieler würden keinem trauen, der nicht mit ihnen trank. Durch vorsichtige Übung hatte Buchanan die Grenzen seiner Alkoholverträglichkeit getestet und gelernt, überzeugend Trunkenheit vorzutäuschen und sich damit den Anschein der Glaubwürdigkeit zu geben. Die dunklen Augen der Zwillinge funkelten vor Erwartung, daß er bald die Kontrolle verlieren und sich verraten würde.

»Sie erwähnten«, sagte Fernandez I, »daß Sie die Zuverlässigkeit unserer Partner bezweifeln, weil Sie einmal für die ...«

5

»Drug Enforcement Administration«, hatte Buchanans Leitoffizier vor drei Monaten vorgeschlagen. »Sie müssen Ihre Zielpersonen davon überzeugen, daß Sie früher mal Drogenfahnder bei der DEA waren.«

»Weiter«, drängte Buchanan.

»Sie wollten wissen, was Sie in Ihrer neuen Rolle als Potter motiviert. Nun, hauptsächlich kotzt es ihn an, daß der Kampf gegen die Dealer zu einer Farce wird. Nach seiner Meinung hat die Regierung nicht genügend Mittel bereitgestellt, um zu beweisen, daß sie es ernst meint. Es stinkt ihm, daß die CIA sich einmischt, sobald die DEA den wirklich großen Bossen auf der Spur ist. Der Mann, den Sie verkörpern sollen, geht davon aus, daß diese Händler von der CIA bezahlt werden. Dafür liefern sie Informationen über die Pulverfässer der dritten Welt, aus denen sie ihre Ware beziehen. Klar, daß die CIA der DEA auf die Füße tritt, sooft einer ihrer Informanten in der Scheiße sitzt.«

»Na, das läßt sich problemlos machen. Daß die CIA die Drogenbosse in der dritten Welt besticht, ist eine bekannte Tatsache.«

»Hundertprozentig. Aber ihre Informationen sind einen Dreck wert. Die denken, sie können die Gelder der Agency einstreichen, praktisch nichts dafür bieten und ihr obendrein in die Suppe spucken. Offenbar haben sie aus unserer Invasion in Panama nichts gelernt.«

»Natürlich nicht«, sagte Buchanan. »Nachdem wir Noriega kassiert hatten, waren andere Dealer zur Stelle. Alles war beim alten, außer daß Kinder wegen des Wirtschaftsembargos verhungerten.«

»Toll. Sie hören sich an wie der neue Mann. Sehr überzeugend, obwohl ich weiß, daß Sie sich verstellen. Sie haben eine verdammt gute Chance, die Zielpersonen einzuwickeln.«

»Aber ich verstelle mich gar nicht.«

»Okay, schon gut. Wir müssen noch eine Menge Kleinkram besprechen. Ihre Hauptaufgabe ist es, den Informanten aus der Drogenszene, die für die Agency arbeiten, einen ordentlichen Schrecken einzujagen.«

»Nein. Das ist Buchanans Motivation, die will ich nicht hören. Ich will mir nicht das Gehirn infizieren lassen. Erzählen Sie mir einfach was über Edward Potter.«

»Hören Sie, Buchanan –«

»Nennen Sie mich nicht Buchanan. Ich heiße Edward Potter.«

»Potter. Manchmal gefällt mir das nicht. Manchmal glaube ich, daß Sie sich zu sehr mit Ihrer Rolle identifizieren.«

»Sie müssen ja nicht den Kopf hinhalten, wenn ich vergesse, wer zum Teufel ich eigentlich bin. Also mischen Sie sich nicht in *meine Leben* ein. Von jetzt an bin ich für Sie Edward Potter.« Der andere seufzte. »Wie Sie wollen, Edward.«

6

»Sie haben früher mal als Fahnder für die DEA gearbeitet?« Fernandez I sprach leise, aber mit fast komisch wirkendem Nachdruck. Entrüstet lehnten sich die beiden Brüder zurück.

»Beruhigen Sie sich«, sagte Buchanan. »Ich stehe jetzt auf Ihrer Seite.«

»Und Sie erwarten tatsächlich von uns, daß wir Ihnen das abkaufen?« wollte Fernandez I wissen. »Wir sollen Ihnen abnehmen, daß Sie die Fronten gewechselt haben?«

»Schließlich habe ich bewiesen, daß ich keine Hintergedanken habe.« Er deutete auf den gefalteten Bogen, den der andere mit der Hand bedeckte. »Wenn Sie die Bankangestellten auf den Bahamas, Ihre Geldwäscher, unter Druck setzen, werden Sie hören, daß alle angeblich zuverlässigen Partner auf meiner Liste geheime Konten besitzen, auf denen sie für schlechte Zeiten weitaus höhere Summen zurückgelegt haben, als die von Ihnen bezogenen Schmiergelder und Beteiligungen ausmachen.«

Fernandez II kniff die Augen zusammen. »Nehmen wir mal an, Ihre Informationen treffen zu …«

»Oh, die sind absolut korrekt. Schließlich garantiere ich dafür mit dem besten Pfand, das man sich vorstellen kann – mit meinem Leben. Wenn ich Ihnen über diese Konten Lügen auftische – und es wird Ihnen nicht schwerfallen, das zu checken –, dann lassen Sie mich umlegen.«

»Inzwischen aber könnten Sie untertauchen.«

Buchanan machte eine wegwerfende Geste. »Schlage vor, Sie überprüfen erst die Männer auf der Liste und entscheiden, ob meine Informationen stimmen. Vorher machen Sie keine Geschäfte mit mir.«

»Angenommen, diese geheimen Bankkonten auf den Bahamas gibt es tatsächlich. Woher kommen diese Gelder? Es kann sich nur um Bestechungsgelder von der Drogenfahndung handeln. Die einzige andere Erklärung wäre, daß sie einen Teil der Ware oder einen Teil des eingenommenen Geldes stehlen.«

Buchanan schüttelte den Kopf. »Bestechungsgelder allein erklären die riesigen Summen nicht. Sie wissen selber, Drogenfahnder sind noch nie dafür bekannt gewesen, mit Bestechungsgeldern besonders großzügig umzugehen. Dafür reichen die Mittel nicht. Nein, Ihre Männer sahnen auf raffiniertere Weise ab – nämlich obendrein noch bei Ihnen.«

»Was?« Fernandez II schien fassungslos. »*No es posible* – unmöglich!«

»Es ist nicht nur möglich – es ist so! Sie machen gemeinsame Sache mit korrupten DEA-Beamten. Wie viele Sendungen haben Sie letztes Jahr verloren? Ungefähr zehn Prozent?«

»Mehr oder weniger. Es läßt sich nicht vermeiden, einige Ladungen werden entdeckt. Kuriere verlieren die Nerven und machen Fehler. Oder DEA-Beamte sind zufällig zur rechten Zeit am rechten Ort.«

»Was wäre, wenn einige Kuriere gar nicht so nervös sind, wie sie tun?« fragte Buchanan. »Und wenn die DEA-Beamten vorher informiert würden und zur Stelle wären?«

Die drei Männer schwiegen, als der Kellner die zweite Runde brachte. Sobald er gegangen war, vergewisserten sie sich, daß niemand mithören konnte, hoben die Gläser und widmeten sich dem Ritus von Salz, Tequila und Limone.

»Natürlich wissen die Behörden und die amerikanische Öffentlichkeit nicht, daß einige Sendungen mehr als gemeldet beschlagnahmt und an amerikanische Drogenhändler weiterverkauft werden. Die Gewinne – Millionen – teilen sich die korrupten DEA-Beamten und Ihre zuverlässigen Partner. Wie Sie selber sagten: Verluste sind einkalkuliert. Solange Sie Ihren üblichen Profit minus zehn Prozent Schwund erhalten, denken Sie nicht an Betrug, stimmt's?«

»Woher wissen Sie das?« fragte Fernandez II.

»Wie gesagt, ich war früher mal bei der DEA. Ich war unbestechlich und habe meine Arbeit gemacht. Ich sah, was da lief – ich bin ja nicht blind. Da man die eigenen Kollegen nicht verpfeift, mußte ich schweigen. Und dann ...« Buchanan goß das zweite Glas Tequila hinunter.

»Ja? Und dann?«

»Das geht Sie nichts an.«

»Hoppla, unter den gegebenen Umständen geht das uns sehr wohl etwas an.«

»Ich hatte persönliche Probleme«, sagte Buchanan.

»Haben wir das nicht alle? Wir sind Männer von Welt. Wir haben Verständnis für persönliche Probleme. Schütten Sie Ihr Herz aus. Was für Probleme könnten ...«

»Ich will lieber nicht darüber sprechen.« Buchanan tat, als sei er bereits betrunken und ließ absichtlich den Ellbogen von der Tischkante gleiten. »Ich habe Ihnen gesagt, was zu sagen ist. Lassen Sie die Bankkonten Ihrer Partner überprüfen. Wenn sich herausstellt, daß ich die Wahrheit gesagt habe, werden Sie zur Zusammenarbeit bereit sein.«

Buchanan blieb beinahe das Herz stehen. An der Treppe erkannte er einen Amerikaner, der einen Kellner um einen Tisch bat. Er war Anfang Vierzig, groß, mit auffallend breiten Schultern und massiger Brust. Verdammt, dachte Buchanan und überlegte fieberhaft.

»Crawford!« dröhnte eine Stimme durch den Raum.

Buchanan tat, als achte er nicht darauf.

»Crawford! Herrgott noch mal, lange nicht gesehen! Das war doch ...« Der Satz endete in einem Raucherhusten.

Buchanan ließ sich nicht ablenken und beobachtete seine Gesprächspartner.

»Crawford!« Die Stimme wurde lauter. »Sind Sie taub? Hören Sie nicht? Wo sind Sie bloß nach der Sache im Irak abgeblieben?«

Die aufdringliche Stimme war so nahe, daß Buchanan sie unmöglich weiter überhören konnte. Er wandte den Blick von den beiden sichtlich irritierten Drogenbossen ab und starrte dem von Sonne und Alkohol geröteten vierschrötigen Amerikaner ins Gesicht. »Ja, bitte?«

»Crawford. Erkennen Sie Ihren alten Kumpel nicht? Big Bob Bailey. Ach, kommen Sie, Sie können mich doch nicht vergessen haben. Wir waren in Kuwait City und Bagdad zusammen eingesperrt.«

Buchanan schüttelte verwirrt den Kopf. »Freue mich, Sie kennenzulernen, Bob. Offenbar verwechseln Sie mich.«

Die Zwillinge ließen Buchanan nicht aus den Augen.

»Sie heißen nicht Crawford – Jim Crawford?«

»Ehrlich, ich bin nicht Jim Crawford. Ich heiße Ed Potter und bin Ihnen noch nie begegnet. Wer immer Jim Crawford ist, er scheint mir zu ähneln.«

»Na, da soll mich doch ...« Der Amerikaner schüttelte verwundert den Kopf und zog sich leicht schwankend zurück.

»Nicht so schlimm. Kann jedem mal passieren«, rief Buchanan ihm nach.

7

Doch es war sehr schlimm. Die Gefahr, daß eine frühere Kontaktperson plötzlich in einen neuen Einsatz hineinplatzte, gehörte zu Buchanans Alpträumen. Auf die Vorsicht eines Profis konnte er sich verlassen, gegen die Spontaneität eines ahnungslosen Zivilisten half nichts – außer vielleicht dreistes Lügen. Der bullige Amerikaner hatte Buchanan tatsächlich in Kuwait City und Bagdad kennengelernt. Buchanan hieß damals Jim Crawford und war angeblich auf den Ölfeldern tätig. Buchanan war einen Monat lang mit Bailey und anderen Arbeitern der Ölgesellschaften zunächst in einem zerstörten Hotel in Kuwait City zusammengewesen, später auf einem Lastwagen, der die gefangenen

Amerikaner von Kuwait nach Irak transportierte, und schließlich in einem Gefängnis in Bagdad. Als sie nach der Freilassung auf dem Frankfurter Flughafen ankamen, verschwand Jim Crawford in der Menge, von Sicherheitsbeamten in Zivil geschützt, die ihn zu intensiver Befragung an einen sicheren Ort brachten. Dazwischen lagen andere Einsätze, und Buchanan war längst nicht mehr Crawford.

Verdammt, dachte Buchanan, der ist so sauer, daß er vielleicht noch mal ankommt, und dann ist meine Tarnung vermutlich völlig im Eimer. »Der hat alle auf uns aufmerksam gemacht«, sagte Buchanan.

»*Sí,* je eher wir hier abhauen, desto besser«, sagte Fernandez II.

»Ganz meiner Meinung. Gehen wir.« Buchanan erhob sich und steuerte auf die Treppe zum Foyer zu.

»Nein, hier entlang«, sagte Fernandez I und deutete auf den Hinterausgang, durch den man in den stockdunklen Hotelgarten gelangte.

»Guter Vorschlag«, sagte Buchanan. »Schneller und weniger auffällig.« Dem Kellner gab er zu verstehen, daß das Geld auf dem Tisch lag.

Als Buchanan aus dem Restaurant in die feuchten, duftenden Gartenanlagen trat, hatten die Zwillinge ihn in die Mitte genommen. Ihm entging nicht, daß sie noch immer ihre Servietten in der Hand hielten – und die Servietten sahen nicht leer aus. Obendrein fiel ihm auf, daß sich aus dem Dunkel der hohen Büsche ein Schatten löste.

Der Leibwächter war Lateinamerikaner, ungewöhnlich groß, Bodybuilding-Figur. Genau wie die Zwillinge war er mit einer Pistole bewaffnet. Er nahm eine Sonde vom Gürtel und tastete Buchanan schnell, aber routiniert ab. Der Detektor piepte dreimal.

»Gürtelschnalle, Schlüssel, Kugelschreiber«, sagte er.

»Nimm den Gürtel ab«, befahl Fernandez I. »Gib die Schlüssel und den Kugelschreiber her.«

Buchanan gehorchte. Fernandez II stieß Buchanan in Richtung Garten. Der Gorilla folgte, die Beretta unauffällig im Anschlag.

8

Im ausgedehnten, dicht mit Ziersträuchern bepflanzten Garten gab es plätschernde Teiche und verschlungene Wege. Überall auf den Rasenflächen waren kleine bunte Lampen angebracht; verglichen mit den hellerleuchteten Fenstern des Hotels war der Garten dennoch in Dunkel gehüllt. Wenn jemand hinausblickt, sieht er bloß die undeutlichen Schatten von vier Spaziergängern, dachte Buchanan. Gewiß würde einem Beobachter nicht auffallen, daß drei der Gestalten mit Pistolen bewaffnet waren. Das konnte man vergessen. Selbst wenn jemand die Waffen bemerkte und sich veranlaßt sah, die Polizei anzurufen, wäre das, was geschehen sollte, bei Ankunft der Streife schon längst vorbei.

Auf dem Weg durch den Garten zum Strand durchdachte Buchanan seine Möglichkeiten. Er konnte sich die Dunkelheit zunutze machen, seine Bewacher überwältigen und fliehen. Zumindest könnte er versuchen zu fliehen. Die Schwierigkeit bestand darin, daß sie den Fluchtversuch wohl voraussahen. Sie wären also auf eine plötzliche Aktion eingestellt und würden in diesem Fall sofort schießen. Der Schalldämpfer auf der Beretta des Gorillas würde dafür sorgen, daß der Schuß im Hotel nicht zu hören war. Bis Buchanans Leiche entdeckt würde, wären die drei weit weg.

Viel wichtiger schien Buchanan die Frage, ob die Rauschgifthändler ihn vielleicht nur bedrohten, um ihn zu prüfen. Schließlich war nicht zu erwarten, daß ihm die Zwillinge seine Geschichte abnahmen, nur weil er sie sicher und überzeugend vorgebracht hatte. Sie würden also nach allerlei Beweisen für seine Zuverlässigkeit suchen.

Die Gangster dirigierten ihn über einen Pfad zu einer aus Holzpfählen mit Strohdach errichteten Bar am Rande des Strandes, deren Lichter gedämpft schimmerten. Bambustische und Stühle, um die ovale Theke gruppiert, gewährten den Gästen einen Blick auf die weißen Schaumkronen der Wellen.

»Erwarte nicht, daß die Leute da dir helfen«, flüsterte Fernandez I Buchanan zu, als sie sich der Bar näherten. »Wenn du Ärger machst, knallen wir dich vor ihren Augen ab. Sie stören uns nicht.«

»He, wollen wir uns nicht mal abregen? Wovor habt ihr Schiß? Was soll das Gerede über Erschießen?« fragte Buchanan. »Würdet ihr mir freundlicherweise mal verraten, was in euch gefahren ist? Ich habe mich ohne Hintergedanken mit euch getroffen. Ich war unbewaffnet. Ich bedrohe euch nicht. Und plötzlich …«

»Halt's Maul, bis wir an der Bar vorbei sind«, befahl Fernandez I auf spanisch.

»Oder deine nächsten Worte sind deine letzten«, sagte der Bruder. »*Entiende* – verstanden?«

»Eure Logik ist umwerfend«, höhnte Buchanan.

Als Buchanan und seine Bewacher vorbeikamen, blickten einige Touristen von ihren Margaritas auf. Dann erzählte einer der Gäste einen Witz zu Ende, und alle brachen in lautes Gelächter aus. Der Gorilla und die Zwillinge waren abgelenkt, und Buchanan hätte das wahrscheinlich ausnutzen und sich in die Büsche schlagen können. Obwohl er sicher war, daß er es geschafft hätte, handelte er nicht. Denn auf seine Sicherheit kam es nicht an. Wenn es bloß danach gegangen wäre, hätte er den Einsatz gleich ablehnen können. Nein, es ging um den Auftrag.

Als Buchanan und die drei Männer den dunklen Strand erreichten, überlegte er, wie er es seinen Vorgesetzten erklärt hätte. Die Aktion sei schiefgegangen, weil er die Gegenspieler getötet hatte? Deine Karriere wäre zu Ende, dachte er. Es ist nicht das erstemal, daß dich einer mit der Pistole bedroht. Du weißt verdammt gut, daß es bei diesem Auftrag früher oder später dazu kommen mußte. Diese Kerle sind Pfeifen. Und sie trauen dir nicht, bis sie merken, daß du mit Streß umgehen kannst. Also bleib cool und spiel deine Rolle weiter.

Zum Club Internacional gehörte ein Gehweg, der parallel zum Strand verlief. Die Sterne leuchteten hell, doch der Mond war noch nicht aufgegangen. Vom Meer wehte eine kühle Brise herein. Buchanan blieb am Rande des Gehwegs stehen.

»Okay«, sagte er. »Wir sind am Strand. Hübsch, wirklich hübsch. Nun steckt mal die Kanonen ein und verratet mir, was das in Gottes Namen zu bedeuten hat. Ich habe nichts getan, was ...«

9

»In *Gottes* Namen?« fauchte Fernandez I. »Führst du etwa auch den?« Er stieß Buchanan vom Weg auf den Sand. »Namen – zu viele Namen. *Darum* geht es. Ed Potter. Jim Crawford.«

Buchanan versank mit den Füßen im Sand und wandte sich den Männern zu, die ihn leicht überragten. »He, nur weil ein Besoffener glaubt, er kenne mich? Seid ihr nie verwechselt worden?«

»Nur mit meinem Bruder«, sagte Fernandez II.

»Hör doch auf! Der Betrunkene hat zugegeben, daß er sich geirrt hat!«

»Aber er war nicht überzeugt«, sagte Fernandez I scharf.

»Hier können wir nicht bleiben«, zischte der andere. »Das Hotel ist zu nah, vor allem die Bar.«

Der Gorilla sah sich nach allen Seiten um und empfahl dann: »*Por allí* – dorthin!«

Buchanan folgte seiner Geste und erkannte die deutlichen Umrisse einiger Sonnenschutzdächer. Jedes der kleinen Gebilde hatte ein abfallendes, rundes, aus Palmwedeln gebildetes Dach und ruhte auf etwa zwei Meter hohen Holzpfählen.

An einem der Schutzdächer angekommen, gab einer der Männer Buchanan wieder einen Stoß, so daß er der Länge nach über einen Plastiktisch fiel.

Er raffte sich auf und schwang sich herum. »Nun reicht es aber! Mach das nicht noch mal! Wenn ihr Fragen habt, dann fragt. Ich erkläre alles, was euch fischig vorkommt.

Das Mißverständnis läßt sich beseitigen. Aber nehmt die Pfoten weg, verdammt!«

»Die Pfoten wegnehmen?« Fernandez I trat ganz nah an Buchanan heran, packte ihn am Hemd, drehte die Faust und zog ihn hoch, so daß er zu schweben schien. »Ich hätte Lust, dir die Hand in den Rachen zu stopfen und das Gedärm rauszureißen.« Dann ließ er ihn plötzlich wieder los.

Buchanan fiel nach hinten, so daß er wieder ausgestreckt über dem Tisch lag, nur diesmal auf dem Rücken anstatt auf dem Bauch. Er mußte sich sehr beherrschen, um nicht zurückzuschlagen. Sein einziger Gedanke war: Nur keine Panik! Er fixierte Fernandez I, der ihn abermals packte und auf einen Stuhl warf. Buchanan prallte mit dem Rücken gegen die Plastiklehne.

»Du versicherst, daß du es erklären kannst. Dann mal los. Das wird ein Spaß, wie du das angebliche Mißverständnis beseitigen willst.« Im gleichen Augenblick preßte er Buchanan die Mündung seiner 9-mm-Browning an die Stirn.

Der Kerl hat die Pistole nicht entsichert, dachte Buchanan, und einen Schalldämpfer hat die Browning auch nicht. Schwitzend und zu allem entschlossen, bemerkte Buchanan, daß Fernandez II nähertrat.

Er stellte sich neben seinen Bruder und sah Buchanan an. Selbst in der Dunkelheit erinnerten die blitzenden Augen an einen Falken. »Mach die Ohren auf. Wir reden jetzt über Namen. Nicht über den, den der betrunkene Amerikaner im Restaurant genannt hat. Nicht über Jim Crawford oder zumindest nicht nur. Auch nicht über Ed Potter, sondern über andere, viele andere Namen. Eigentlich so viele, daß ich mir nicht alle merken kann.« Er zog einen zusammengefalteten Bogen aus der Jackentasche. »Du hast uns eine Liste mit den Namen von Partnern gegeben, die uns angeblich betrügen. Nun, hier ist eine andere Liste mit anderen Namen.« Er knipste eine Minitaschenlampe an und las: »John Block. Richard Davis. Paul Higgins. Andrew Macintosh. Henry Davenport. Walter Newton. Michael Galer. William Hanover. Stuart Malik.«

Fernandez II legte das Blatt wieder zusammen, steckte es ein und hielt Buchanan ruckartig die Stablampe ganz dicht vors Gesicht, so daß ihr Strahl das rechte Auge traf.

Buchanan riß den Kopf zur Seite. Da preßte ihm der Leibwächter, der hinter ihn getreten war, plötzlich die Hände an den Schädel, daß ihm die Ohren dröhnten. Der unerwartete, bohrende Druck wirkte wie ein Schraubstock. Buchanan wollte sich zur Seite drehen, doch es gelang ihm nicht. Ebensowenig konnte er dem grellen Lichtstrahl ausweichen, der ihn blendete. Er griff nach hinten, um dem Gorilla die kleinen Finger zu brechen und damit die Umklammerung zu lösen.

Er führte das Vorhaben nicht aus, denn Fernandez I entsicherte die Browning und hielt sie ihm an die linke Schläfe.

»*Bueno. Muy bueno* – gut, sehr gut«, sagte der Gangster. »Mach keinen Ärger – in deinem Interesse.«

Die Stablampe war noch immer auf Buchanans Auge gerichtet. Er blinzelte mehrmals und kniff die Augenlider zu, das Licht drang dennoch durch die dünne Haut. Eine Hand packte ihn grob im Gesicht und schob mit Gewalt das Augenlid hoch. Wieder traf der grelle Strahl das Auge, das heiß wurde und anzuschwellen begann. Buchanan mußte seine ganze Selbstbeherrschung aufbieten, um sich nicht aus dem Griff zu befreien. Denn er war sicher, daß Fernandez I ihm beim nächsten Versuch einer Gegenwehr das Gehirn herauspusten würde.

»*Bueno*«, wiederholte Fernandez I. »Wenn dir dein Leben lieb ist, dann verrate uns, was die vielen Namen gemeinsam haben, die mein Bruder dir eben vorgelesen hat. Überlege gut, bevor du antwortest.« Er drückte die Pistole noch fester gegen Buchanans Schläfe. »Die Namen. Wer verbirgt sich dahinter?«

Buchanan schluckte. »Es waren meine Namen«, antwortete er mit heiserer Stimme.

10

Die Zwillinge und der Leibwächter waren zunächst wie erstarrt. Plötzlich kam Bewegung in sie. Der erste zog die Pistole zurück, der zweite ließ Buchanans Augenlid los und knipste die Stablampe aus, und der Gorilla gab Buchanans Kopf frei.

Fernandez I musterte Buchanans Gesicht. »Die Wahrheit habe ich nicht erwartet.« Er ließ sich auf einen Stuhl fallen und legte die Browning auf den Tisch, die Hand auf der Waffe und die Mündung auf Buchanan gerichtet. »Ich habe dich schon mal gefragt, und ich frage wieder: Wer bist du?«

»Ed Potter.« Buchanan schloß das rechte Auge und massierte das noch immer geblendete Lid.

»Und nicht John Block oder Richard Davis? Oder Paul Higgins?« fragte Fernandez I.

»Oder Jim Crawford?« bohrte der Bruder.

»Von Jim Crawford habe ich nie gehört. Ich weiß zum Teufel nicht, was der Besoffene im Restaurant meinte. Aber was John Block und die anderen Namen betrifft, das sind … Wie habt ihr meine Decknamen rausgekriegt?«

»Du hast keine Fragen zu stellen.« Fernandez I klopfte mit dem Lauf seiner Pistole auf den Tisch. »Warum hast du dir die Namen zugelegt?«

»Ich bin doch nicht blöde«, antwortete Buchanan. »Glaubt ihr, ich komme nach Mexiko, fange an, Drogen nach dem Norden und Waffen nach dem Süden zu schmuggeln – und alles unter meinem richtigen Namen? Hier in Mexiko, wo ein *yanquí* auffällt, hatte ich allen Grund, unter falschem Namen zu reisen.«

Fernandez I ließ wie zur Warnung die Lampe aufblitzen. »*Ein* Tarnname ist erklärlich.«

»Aber so viele?« Der Bruder klopfte weiter mit der Pistole auf den Tisch.

»Hört mal, ich habe doch gesagt, ich habe nicht nur in Cancún Geschäfte«, antwortete Buchanan. »Ich habe mich in Mérida, Acapulco, Puerto Vallarta und anderen Urlaubsorten etabliert, die ich nicht erwähnt habe.«

»Kommt noch«, sagte Fernandez II, »kommt noch.« Seine Stimme bebte vor Erregung. »Antworte!« schnauzte er.

»Überall, wo ich im Geschäft bin, brauche ich Händler, und wo ich mich aufhalte, brauche ich eine Geschichte zur Tarnung, die meine Anwesenheit erklärt. In mexikanischen Ferienorten trifft man am häufigsten auf amerikanische Geschäftsleute, die Ferienwohnungen verhökern. Wenn es um Immobilien geht, haben amerikanische Touristen nun mal kein Vertrauen zu mexikanischen Maklern. Auf einen Amerikaner verlassen sie sich. Überall, wo ich zu tun habe, habe ich unter falschem Namen die Behörden davon überzeugt, daß ich ein gesetzestreuer Bürger bin. In jeder Stadt benutze ich einen anderen Namen und habe die entsprechenden gefälschten Dokumente, versteht sich.«

Fernandez I beugte sich nach vorn, die Hand an der Pistole. »Weiter.«

»Jeder der Männer, in deren Haut ich schlüpfe, bevorzugt einen eigenen Stil in der Kleidung, er hat eine Vorliebe für gewisse Speisen und besitzt individuelle Angewohnheiten. Der eine hat zum Beispiel eine schlechte Haltung. Der andere pflegt stockgerade wie ein ehemaliger Soldat dazustehen. Der dritte stottert leicht. Jeder hat etwas Auffallendes an sich. Wenn also die Polizei nach einem Mann mit einem bestimmten Namen und bestimmten Eigenarten forscht, dann wird es schwierig sein, ihn ausfindig zu machen, denn die Eigenarten sind so falsch wie der Name. In den Augen der Mexikaner ähneln sich die meisten Amerikaner. Wir sind dick, wir sind ungeschickt, laut, vulgär, haben viel Geld, gehen aber nicht gerade großzügig damit um. Wenn also meine Leute mich und meine speziellen Eigenheiten beschreiben müssen, brauche ich mir bloß ein paar andere anzugewöhnen und werde damit unsichtbar.«

Buchanan beobachtete die Zwillinge, um herauszufinden, ob sie ihm seine Erklärungen abnahmen.

Fernandez I verzog das Gesicht. »Wenn du so viele falsche Namen benutzt, woher sollen wir dann wissen, ob Ed Potter deine echte Identität ist?«

»Warum sollte ich euch Lügen auftischen? Ich mußte

euch meinen richtigen Namen nennen, sonst könntet ihr nämlich die Sache nicht nachprüfen und euch davon überzeugen, daß ich keine Gefahr darstelle.«

Buchanan wartete in der Hoffnung, daß er ihre Bedenken damit zerstreut hatte.

»Vielleicht können wir zusammenarbeiten«, sagte Fernandez 1.

»Vielleicht? *Madre de Dios,* was muß ich noch tun, damit ihr mir glaubt ?«

»Erst überprüfen wir deine Geschichte.«

»Unbedingt«, stimmte Buchanan zu.

»Dann untersuchen wir, ob wir von einigen Partnern tatsächlich betrogen wurden.«

»Versteht sich.« Buchanan triumphierte innerlich. Ich hab's geschafft, dachte er.

»Und du bleibst bei uns, bis uns deine Angaben bestätigt worden sind«, befahl Fernandez II.

»Bei euch bleiben?«

»Paßt dir das nicht?« fragte Fernandez I.

»Darum geht es nicht«, antwortete Buchanan. »Allerdings kein guter Anfang für eine Partnerschaft, mich zum Gefangenen zu machen.«

»Habe ich Gefangener gesagt?« fragte Fernandez II lächelnd. »Du bist unser Gast. Es wird dir an nichts fehlen.«

Buchanan zwang sich, das Lächeln zu erwidern. »Hört sich gut an. Ich könnte mal den Lebensstil schmecken, den ich mir angewöhnen will.«

»Da ist aber noch was«, fuhr Fernandez II fort.

»So? Was denn?«

Fernandez II knipste die kleine Taschenlampe wieder an und ließ ihren Strahl über Buchanans rechtes Auge huschen. »Der betrunkene Amerikaner im Restaurant ... Du mußt uns Beweise bringen, daß du zur fraglichen Zeit nicht in Kuwait und im Irak gewesen bist.«

»Verdammt noch mal, könnt ihr den Saufsack nicht mal vergessen? Ich verstehe nicht, warum ...«

11

»Crawford!« kam eine röhrende Männerstimme von der Bar her.

Nein, dachte Buchanan, verflucht, nein! Jetzt, wo ich die Panne von vorhin beinahe ausgebügelt habe.

»Crawford!« brüllte Big Bob Bailey wieder. »Was fummeln Sie da drüben mit der Taschenlampe herum?« Er torkelte schwer atmend näher. »Ich will wissen, warum Sie mich belügen. Sie und ich, wir wissen doch beide, Sie sind Jim Crawford. Und wir waren in Kuwait und im Irak zusammen in Gefangenschaft. Warum wollen Sie das nicht zugeben? Ist doch keine Schande.«

»Mir schmeckt das nicht«, sagte Fernandez I.

»Da ist was faul«, pflichtete der Bruder bei.

»Ganz faul.« Fernandez I wandte den Blick von Baileys massiger Silhouette ab und heftete ihn auf Buchanan. »Mit dir gibt es nur Ärger. Ihr Amerikaner habt ein Sprichwort: ›Besser Vorsicht als Nachsicht‹.«

»Hör auf, bloß ein Besoffener!« sagte Buchanan.

»Knall ihn ab«, befahl Fernandez I dem Leibwächter.

»Knall sie beide ab«, fügte Fernandez II hinzu.

Aber Buchanan war schon in Aktion. Er sprang auf, hechtete nach links, wo Fernandez I mit der Browning stand. Der Leibwächter schoß von hinten, seine Beretta machte nur gedämpft *peng!* Die Kugel verfehlte Buchanans Hinterkopf, traf ihn aber an anderer Stelle. Sie schnitt ihm wie Feuer in die Schulter, als er sich aufrichtete und nach vorn stürzte. Bevor der Gorilla noch einmal feuern konnte, war Buchanan mit Fernandez I in den Clinch gegangen, hatte ihn über einen Stuhl geworfen und gleichzeitig nach der Waffe gegriffen. Der Gangster wollte sie nicht loslassen.

»Schieß!« rief Fernandez II dem Leibwächter zu.

»Kann nicht! Könnte Ihren Bruder treffen!«

Buchanan warf sich im Sand herum, mit aller Kraft bemüht, den Gegner beim Ringen um die Waffe fest an sich zu pressen. Sand geriet in die Wunde.

»Näher ran!« schrie Fernandez II. »Ich leuchte.«

Das Blut aus Buchanans Wunde beschmierte auch seinen Gegner, und die Schulter schmerzte so stark, daß es ihm schwerfiel, Fernandez I festzuhalten und als lebenden Schild zu benutzen. Und plötzlich schoß der Gangster. Der Schuß dröhnte ungeheuer laut, denn anders als die Waffe des Leibwächters hatte die Browning keinen Schalldämpfer. Der Gorilla und der Bruder fluchten und entfernten sich überstürzt aus der Schußlinie. Buchanan, mehr auf seinen Tastsinn als auf seine Augen angewiesen, wälzte sich noch immer mit Fernandez I auf der Erde und versuchte, ihm die Pistole zu entreißen. Doch seine Arme begannen ihm steif zu werden.

Fernandez I feuerte noch einmal. Soweit Buchanan es beurteilen konnte, ging das Geschoß gerade nach oben in die Luft und durchschlug die Palmwedel des Daches. Er spürte, daß der Gorilla und Fernandez II sich auf ihn werfen wollten, aber nun gelang es ihm mit einem Mal, den rechten Daumen seines Gegners zu packen, zu drehen und nach hinten zu reißen.

Der Daumen brach am ersten Gelenk mit einem leisen knorpeligen Geräusch, das eher einem Knirschen als einem Knacken ähnlich war. Der Verletzte schrie auf und ließ automatisch die Pistole los. Sofort entriß ihm Buchanan die Waffe und warf sich zur Seite. Der Leibwächter schoß. Buchanan kullerte weiter, die Kugel schlug neben ihm ein, und nun feuerte er viermal in rascher Folge. Der Gorilla fiel getroffen hintenüber.

Blitzartig drehte sich Buchanan um, feuerte zweimal nach links und erwischte Fernandez II zwischen Magen und Brust. Das Blut schoß aus dem offenen Seidenhemd hervor, der Getroffene krümmte sich und brach zusammen.

Der Gorilla war noch nicht erledigt. Buchanan vermutete, daß er eine kugelsichere Weste trug. Er schickte sich gerade an, noch einmal zu feuern, da schoß Buchanan ihm in die Stirn. Rechts neben ihm suchte Fernandez I fluchend nach seiner Waffe. Buchanan schoß ihm in die linke Schläfe, der Gangster zuckte und starb.

Buchanan atmete tief durch und zitterte, von Adrenalin

überflutet. Durch jahrelange Gewohnheit hatte er im stillen jeden seiner abgegebenen Schüsse mitgezählt. Vier auf den Leibwächter, zwei auf Fernandez II, dann drei weitere auf den Wächter und schließlich einen auf Fernandez I, der zuvor selber zweimal geschossen hatte. Das waren insgesamt zwölf. Buchanan hatte die Munition sorglos verschossen, denn er wußte, daß die Browning dreizehn Schuß im Magazin und einen in der Kammer hatte. Unter normalen Umständen hätte er nicht so viele Kugeln benötigt, in der Dunkelheit jedoch war genaues Zielen unmöglich. Falls die Schießerei die anderen Gorillas des Gangsterpärchens herbeirief, würden die verbleibenden zwei Kugeln nicht ausreichen. Rasch duckte er sich hinter den Tisch. Eine aufgeschreckte, lärmende Menge hatte sich auf dem Gehweg versammelt, einige Männer deuteten dorthin, wo Buchanan sich verbarg. In aller Eile vergewisserte er sich, daß der Leibwächter und Fernandez I tot waren. Er durchsuchte die Kleider des Gangsters und nahm sein Eigentum – Gürtel, Schlüssel und Kugelschreiber – an sich. Nichts auf dem Schauplatz des Kampfes durfte auf ihn deuten. Aus der Jacke des ebenfalls regungslosen Fernandez II fischte er die Liste heraus, die seine Pseudonyme enthielt. Die andere Liste mit den Namen der betrügerischen Helfershelfer ließ er zurück. Die Behörden würden diese Namen überprüfen und sie mit dem Tod der drei Männer in Zusammenhang bringen.

Zumindest hoffte Buchanan das. Er wollte seinen Auftrag in Cancún wenigstens teilweise erfüllen und dem Drogenhändlerring so viel wie möglich schaden. Wenn bloß der Einsatz nicht schiefgegangen wäre, wenn bloß dieser Hornochse von Bailey …

Buchanan erstarrte.

»Crawford?« Big Bob Baileys Stimme klang merkwürdig gedämpft.

Da erinnerte sich Buchanan, daß Bailey kurz vor der Schießerei auf seinen Tisch zugesteuert war. Als die Kugeln pfiffen, mußte er sich auf den Strand geworfen haben. Seine Stimme klang so dumpf, weil er auf dem Bauch lag, das Gesicht im Sand.

»Herrgott, Mann, sind Sie okay?« murmelte Bailey. »Wer ballert denn hier so rum?«

Jetzt entdeckte Buchanan die dunkle Gestalt, die sich platt auf den Boden preßte. Er warf einen Blick auf die Menge an der Bar; sie war größer geworden und lauter, doch noch immer wagte es niemand, sich dem Ort zu nähern, wo die Schüsse gefallen waren. Andere Leibwächter der Fernandez-Brüder oder Polizisten, die ihn verfolgen könnten, entdeckte er nicht. Ich muß hier weg, dachte er.

Die Schmerzen in seiner Schulter wurden stärker. Die Wunde schwoll an und pochte heftiger. Gerade als er sich Fernandez I noch einmal zuwandte, um dem Toten seine Waffe in die Hand zu legen, vernahm er Baileys Stimme, die jetzt kräftiger klang.

»Crawford? Sind Sie verletzt?«

Halt's Maul, dachte Buchanan.

Die Menge in der Nähe der Bar wurde unruhig. Der Lichtschein des Hotels reichte aus, um zwei Polizisten in Uniform zu erkennen, die auf den Strand zu rannten. Buchanan machte kehrt, lief geduckt an der Brandungslinie entlang und gab sich Mühe, daß die blutende rechte Schulter möglichst von den aufspritzenden Wellen getroffen wurde. Das Blut sollte abgespült werden, damit die Polizei den Spuren nicht folgen konnte.

»*Alto!* Halt!«

Buchanan lief schneller, weiterhin geduckt.

»*Alto!*«

Buchanan rannte weiter, so schnell er konnte.

»He, was fällt euch ein? Ich habe nichts damit zu tun«, wehrte sich Big Bob Bailey mit der Entrüstung des Betrunkenen.

Die Polizisten hatten einfach den ersten besten festgenommen, der ihnen über den Weg lief.

Trotz der Schmerzen und seiner verzweifelten Lage mußte Buchanan grinsen. Großartig, Bailey, dachte er, schließlich bist du doch noch zu etwas zu gebrauchen.

Drittes Kapitel

I

Baltimore, Maryland

Die wie eine Stadtstreicherin gekleidete Frau schob erschöpft einen quietschenden Wagen durch eine dunkle, feuchte Gasse im Stadtzentrum. Seit fast zwei Tagen hatte sie nicht geschlafen und davor schon längere Zeit in ständiger Angst gelebt. Genau genommen, seitdem sie Alistair Drummond begegnet und auf seinen Vorschlag eingegangen war.

Dabei hatte sich der Auftrag so einfach angehört. Immerhin, das Honorar war beträchtlich, die Wohnung komfortabel, und sie brauchte selten aufzutreten. Meist saß sie bloß in der in Manhattan gelegenen Eigentumswohnung mit herrlicher Aussicht auf den Central Park herum und ließ sich von Bediensteten verwöhnen. Ab und zu nahm sie gnädig einen Telefonanruf entgegen, faßte sich dabei aber kurz und täuschte Halsschmerzen vor. Angeblich hatte ihr Arzt Polypen diagnostiziert und von der Notwendigkeit einer Operation gesprochen. Sie ging selten aus und nur bei Nacht, stets per Limousine, mit Schmuck behängt, in Pelz und einem teuren Abendkleid und stets von gutaussehenden Beschützern begleitet. Diese Ausflüge galten im allgemeinen der Metropolitan Opera oder einer Benefizveranstaltung, wo sie gerade lange genug ausharrte, daß ihre Anwesenheit zur Kenntnis genommen und in der Gesellschaftsspalte erwähnt wurde. Sie lehnte jeglichen Kontakt mit früheren Freunden oder ihrem Ehemann ab. Sie stand – so deutete sie in einem der wenigen Zeitschrifteninterviews an – am Anfang einer Periode der Selbstprüfung und suchte die Abgeschiedenheit, um sich auf den zweiten Akt in ihrem Leben vorzubereiten. .. Es war eine ihrer besten Rolleninterpretationen. Niemand hielt ihr Benehmen für ungewöhnlich, denn geniale Menschen neigen nun einmal zum Exzentrischen.

Aber sie verspürte Angst, und diese hatte sich allmählich gesteigert. Zunächst hatte sie ihr Unbehagen dem Lampenfieber zugeschrieben, der Anpassung an eine neue Rolle und der Aufgabe, ein ihr unbekanntes Publikum zu überzeugen und natürlich Alistair Drummond zufriedenzustellen. Der nervte sie ganz besonders. Sein Blick war so bohrend, daß sie den Verdacht hegte, die Brille sollte nicht etwa sein Sehvermögen verbessern, sondern das kalte Glitzern der Augen noch verstärken. Niemand kannte mit Sicherheit sein Alter; man war sich nur einig, daß er die Achtzig überschritten hatte, obgleich er eher wie ein runderneuerter Sechzigjähriger aussah. Zahlreiche Faceliftings, verbunden mit einer makrobiotischen Diät, hohen Vitamindosen und wöchentlichen Hormoninfusionen schienen die Anzeichen fortschreitenden Alters zum Stillstand gebracht zu haben.

Er ließ sich gern mit Professor anreden, obwohl er nie gelehrt und den Doktortitel nur ehrenhalber erhalten hatte, als Dank für ein neues Kunstmuseum, das er für eine in finanzielle Schwierigkeiten geratene Elite-Universität hatte bauen lassen und das seinen Namen trug. Eine der vertraglichen Bedingungen war, daß sie jederzeit für den Professor zu sprechen war und sich mit ihm in der Öffentlichkeit zeigte, wann immer er es verlangte. Ebenso eitel wie reich, mekkerte er amüsiert, sooft er seinen Namen neben ihrem in den Gesellschaftsspalten las, vor allem dann, wenn der Zeitungsschreiber ihn als Professor betitelte.

So furchteinflößend sie Alistair Drummond fand, noch beängstigender war sein persönlicher Assistent, ein blonder, gutgekleideter Mann, den sie nur als Raymond kannte. Sein Gesicht zeigte stets den gleichen Ausdruck, ein fröhliches Grinsen, gleichgültig, ob er Drummond bei der Hormoninfusion behilflich war oder sie in einem tief ausgeschnittenen Abendkleid musterte. In ihrer Gegenwart achtete Drummond strikt darauf, nie über geschäftliche Einzelheiten zu sprechen; für sie stand jedoch fest, daß jemand, der soviel Reichtum und Macht angehäuft hatte, logischerweise rücksichtslos sein mußte. In ihrer Vorstellung waren deshalb die Sonderaufträge, die Raymond bekam, stets anrüchig und illegal.

Was ihre Unruhe in panischen Schrecken verwandelt hatte, war die plötzliche Gewißheit, daß sie nicht nur ein zurückgezogenes Leben vortäuschen mußte, sondern daß sie eine Gefangene war. Zugegeben, es war dilettantisch von ihr gewesen, aus ihrer Rolle ausbrechen zu wollen. Kaum war ihr der Einfall gekommen, allein im Central Park spazierenzugehen und anschließend vielleicht das Metropolitan Museum of Art zu besuchen, verwarf sie ihn schon wieder. Für einen Augenblick hatte sie sich frei gefühlt, danach jedoch resigniert. Ich habe einen Vertrag unterschrieben. Ich habe ein Honorar, ein hohes Honorar für die Verkörperung einer Rolle angenommen. Ich kann nicht gegen die Abmachung verstoßen. Und wenn ich es täte, was wären wohl die Folgen?

Die quälende Frage ließ ihre eingeengte Welt noch unerträglicher erscheinen. Abgesehen von einigen genehmigten Stadtbesuchen und dem einen oder anderen Telefonat verbrachte sie fast den ganzen Tag mit Gymnastik, Lesen, Videos, Musik und mit den Mahlzeiten. Das alles hatte sich anfangs wie ein Urlaub angehört, bis sie gezwungen war, so zu leben. Die Tage waren lang und länger geworden. Zwar war ihr in Gegenwart von Alistair Drummond und seinem Assistenten unbehaglich zumute, doch ihre Besuche waren ihr beinahe willkommen. Eine Abwechslung, wenn auch eine beängstigende.

Sie war eine erfahrene Beobachterin. Schon als sie das Apartment zum ersten Mal verlassen durfte und zu Drummonds Limousine begleitet wurde, fiel ihr auf, daß das Gebäude überwacht wurde: von einem Blumenhändler auf der anderen Straßenseite, einem Würstchenverkäufer an der Straßenecke, zweifellos auch vom Portier des Hauses und einer Pennertype am Hintereingang. Sie war allerdings davon ausgegangen, daß diese Posten die Aufgabe hatten, die ehemaligen Freunde ihres Rollenvorbilds daran zu hindern, unerwartet einzutreffen und sie zu überraschen. Aber bald war ihr klargeworden, daß die Bewachung des Gebäudes einem doppelten Zweck diente: ihr das Verlassen, anderen den Zugang zu verwehren.

Wann wird es mir gelingen, aus der Sache wieder herauszukommen? hatte sie sich gefragt. Wann wird das Spiel zu Ende sein? Wird es überhaupt ein gutes Ende finden?

Als sie eines Abends ihre Diamantenkette anlegte, die ihr Drummond nach ihrer Annahme des Auftrags überreicht hatte, fuhr sie aus Versehen mit dem größten Stein über ein Wasserglas. Er hinterließ keinen Kratzer, und das bedeutete, daß es kein Diamant war. Und das wiederum hieß, daß die Kette wertlos war.

Mißtrauisch geworden, prüfte sie den Kontoauszug, der ihr regelmäßig geschickt wurde. Das Ergebnis: Jeder Auszug bestätigte, daß das monatliche Honorar wie versprochen überwiesen worden war. Da sie mit allem Lebensnotwendigen versorgt sei, brauche sie das Geld momentan nicht, hatte Drummond erklärt, und so könne sie nach Ablauf des Vertrags die ganze riesige Summe auf einmal abheben.

Sie wagte nicht, ihr Telefon zu benutzen, also wartete sie auf eine der seltenen Gelegenheiten, wenn sie das Haus tagsüber verlassen durfte und die Bank geöffnet war. Während einer Programmpause bei einem Essen mit Politikern hatte sie Alistair Drummond zugeflüstert, daß sie zur Damentoilette müsse. Ohne das Gesicht zu verziehen, hatte Drummond zustimmend genickt und einen Leibwächter angewiesen, sie zu begleiten.

»Nein, ich will keinen Begleiter«, hatte sie geflüstert und sich mit der Brust an ihn gelehnt, »ich brauche lediglich fünfzig Cent. Soviel kostet nämlich die Klobenutzung.«

»Sagen Sie nicht ›Klo‹.« Drummond hatte bei diesem Fauxpas mißbilligend den Mund verzogen.

»Wenn Sie wollen, nenne ich es Rosenvase. Trotzdem brauche ich fünfzig Cent. Und etwas Trinkgeld für die Frau, die mir ein Handtuch reicht. Ich brauchte Sie nicht darum zu bitten, wenn Sie mir ab und zu ein bißchen Geld in die Hand gegeben hätten.«

»Für alle Ihre Bedürfnisse ist gesorgt.«

»Richtig. Außer wenn ich mal aufs Klo muß – Entschuldigung, auf die Rosenvase.« Sie preßte ihre Brust nachdrücklicher gegen den knochigen Arm.

Drummond wandte sich an Raymond, der neben ihm saß. »Begleiten Sie sie. Geben Sie ihr, was sie braucht.«

Sie ging in Raymonds Begleitung durch die Reihen, ohne die neugierigen Blicke von Prominentenanbetern zu beachten. Raymond hatte ihr diskret seine Geldbörse überreicht, und kaum hatte sie den luxuriösen Ladies-Room betreten, war sie auf den Münzfernsprecher zugesteuert, hatte die Nummer ihrer Bank gewählt und sich mit der Kontoführung verbinden lassen. Einige Damen der Gesellschaft, auf samtbezogenen Stühlen vor den Spiegeln mit ihrem Makeup beschäftigt, wandten sich um, als sie den berühmten Star erkannten. Sie nickte, und ihr herrischer Blick bedeutete: »Ich darf wohl sehr bitten! Keine Störung.«

»Kontoführung«, näselte eine männliche Stimme.

»Würden Sie bitte diese Nummer überprüfen.« Sie nannte die Kontonummer und das Codewort.

»Einen Augenblick ... Ja, das Konto erscheint auf meinem Bildschirm.«

»Wie lautet der Kontostand?«

Die näselnde Stimme gab Auskunft. Die Summe entsprach dem neuesten Auszug.

»Ich könnte über diesen Betrag also verfügen?«

»Bei Abhebungen ist eine zweite Unterschrift erforderlich.«

»Wessen Unterschrift?«

»Die von Mister Drummond oder seinem Sekretär.«

Da war ihr klar, daß ihr Auftraggeber sie aus ihrer Rolle nicht lebend zu entlassen gedachte ...

Ihre Vorbereitungen zum Ausstieg zogen sich über mehrere Wochen hin. Sie wartete auf den geeigneten Augenblick. Niemand schöpfte Verdacht, dessen war sie sicher. Sie gab sich den Anschein, wunschlos glücklich zu sein – die beste schauspielerische Leistung ihres Lebens. Am letzten Abend begab sie sich um Mitternacht in ihr Schlafzimmer und hielt die Augen geschlossen, als das Dienstmädchen um zwei Uhr nach ihr sah; dann wartete sie noch zwei

Stunden. Schnell hatte sie Turnschuhe und ihren grauen Jogginganzug mit Kapuze angezogen. Die Kette, die Armbänder und Ohrringe stopfte sie in ihr Portemonnaie, denn Drummond sollte annehmen, daß sie noch an die Echtheit des Schmuckes glaubte und ihn verkaufen wollte. Seine Leute würden mit der Befragung von unzähligen Händlern viel Zeit verlieren. Sie besaß etwas Geld: ein paar Dollar, die sie Münze für Münze ihrer Bewacherin gestohlen hatte, während diese nebenan beschäftigt war, und die fünfundzwanzig Dollar, die sie an ihrem ersten Arbeitstag gerade in der Tasche trug. Das würde natürlich nicht lange reichen, sie benötigte mehr.

Zuallererst mußte sie die Wohnung verlassen. Da sie eine Gefangene war, ging sie davon aus, daß die Tür mit einer Alarmanlage versehen war, die losschrillen würde, sobald sie nachts zu fliehen versuchte. Dies war einer der Gründe, weshalb sie mehrere Wochen gewartet hatte. So lange dauerte es, bis sie hinter Möbeln und Gemälden nach dem verborgenen Schalter gesucht und ihn endlich gefunden hatte. Er war hinter der Hausbar angebracht. Sie hatte ihn abgestellt, leise die Tür geöffnet und dann auf dem Korridor nach links gespäht. Der Posten, der zur Bewachung des Lifts für gewöhnlich auf einem Stuhl an der Ecke saß, war nicht zu sehen. Höchstwahrscheinlich schlief er um vier Uhr morgens in irgendeiner Ecke und verließ sich darauf, vom Fahrstuhlgeräusch geweckt zu werden.

Sie hatte jedoch keineswegs vor, den Lift zu benutzen. Sie ließ ihre Tür angelehnt, wandte sich nach rechts und schlich über den Teppichboden lautlos zum Notausgang. Dieser war, im Unterschied zu der ins Foyer führenden Treppe, nicht bewacht. Mit äußerster Vorsicht öffnete sie die Tür, schloß sie leise hinter sich und wischte sich aufatmend den Schweiß von den Händen.

Sie eilte durch das kalte, dunkle Treppenhaus hinunter, ihre Gummisohlen machten kaum ein Geräusch. Neununddreißig Stockwerke später erreichte sie, energiegeladen und nicht etwa ermüdet, die Tür zum Foyer, blieb aber nicht stehen, sondern wandte sich dem ›Durchgang zur Garage‹ zu.

Drei Minuten später atmete sie die kühle Spätherbstluft Manhattans ein.

Am liebsten hätte sie einen Mantel mitgenommen, aber in ihrem Kleiderschrank hingen nur teure Stücke, dazu gedacht, über der Abendgarderobe getragen zu werden. Etwas Unauffälliges wie eine Windjacke gab es dort nicht. Egal. Sie war frei.

Ohne Perücke, besonderes Make-up und maskenbildnerische Hilfsmittel glich sie nicht mehr der Frau, die sie darstellen sollte. Auf der Straße würde man sie zwar nicht erkennen, doch Alistair Drummond besaß eine Fotografie mit ihrem eigentlichen Aussehen, so daß sie kein Taxi zu nehmen wagte. Der Fahrer würde sich daran erinnern, wann und wo die dunkelhäutige Lateinamerikanerin eingestiegen war. Er würde sich auch merken, wo er sie abgesetzt hatte. Es war nach ihrer Meinung besser, Drummond keinerlei Anhaltspunkte zu liefern und sich statt dessen einfach in Luft aufzulösen.

So rannte sie los, allem Anschein nach eine Joggerin, die in der Morgendämmerung durch die fast menschenleeren Straßen lief. Am Central Park angekommen, benahm sie sich wie das ideale Opfer für Streuner und Drogensüchtige.

Sie hatte Glück. Es dauerte nicht lange und aus dem Halbdunkel der Büsche trat mit gezücktem Klappmesser ein junger Bursche auf sie zu. Mit dem speziellen Hieb, den man ihr für genau solche Situationen beigebracht hatte, schlug sie ihm die Waffe aus der Hand, bevor sie dem Verdutzten in den Unterleib trat und ihm, den Kopf an den Haaren hochreißend, seine Barschaft, ganze vierzehn Dollar, abnahm, die er sich ohne weiteren Widerstand aus der Hosentasche ziehen ließ.

Danach stärkte sie sich an einem Tag und Nacht geöffneten Hamburgerstand, opferte einen Teil ihrer bescheidenen Mittel für einen Becher heißen Kaffee und einen Pappteller voll Pommes frites. Nicht ihr gewohntes Frühstück, doch im Hinblick auf den vermutlich aufregend werdenden Tag brauchte sie wenigstens ein paar Kalorien und Kohlehydrate.

Als einzige Frau in einem Nonstopkino gegen sieben Uhr morgens wußte sie, daß sie in den fast leeren Sitzreihen Sittenstrolche anziehen würde. Genau das war ihre Absicht. Am Ende des Films verließ sie den Saal mit weiteren fünfzig Dollar, die sie drei Männern abgenommen hatte. Sie hatte sie mit einem Schlag in den Unterleib außer Gefecht gesetzt, als sie sich im Abstand von jeweils einer halben Stunde neben sie setzten und sie zu belästigen begannen.

Um diese Zeit waren bereits ein paar Billigläden geöffnet, wo sie eine einfache Wollmütze, ein Paar Wollhandschuhe und eine schwarze Thermojacke kaufte, die zu ihrer grauen Sportkleidung paßte. Sie verbarg das Haar unter der Mütze, und da der etwas weite Jogginganzug ihren üppigen Busen und die Hüften verbarg, wirkte sie übergewichtig und geschlechtslos. Die Verkleidung war nahezu perfekt. Sie unterschied sich nicht von den meisten Stadtstreichern, nur sahen die Kleidungsstücke zu neu aus; dem half sie ab, indem sie Mütze, Handschuhe und Jacke einmal kurz durch den Rinnstein zog.

Dann war es Zeit, sich unter den Straßenhändlern einen Platz zu suchen, die am Broadway ihre Ware feilzubieten begannen. Nach zwei Stunden und mehrmaligem Standortwechsel hatte sie es geschafft, den gesamten Schmuck für zweihundertfünfzehn Dollar an Touristen zu verkaufen.

Das reichte zwar nicht für ein Flugticket, wohl aber für eine Fahrkarte. Da ein Busticket noch billiger war und ihre Kleidung im Bus weniger auffiel, begab sie sich zu der von Junkies belagerten Endhaltestelle der Greyhound-Linien. Gegen Nachmittag war sie bereits auf dem Weg nach Baltimore.

Zu Baltimore hatte sie keinerlei Beziehungen. Ihre Wahl war zufällig auf die Stadt gefallen. Drummond konnte nicht darauf kommen, gerade dort nach ihr zu suchen. Trotzdem mußte sie wachsam bleiben.

Während der Fahrt beobachtete sie die anderen Passagiere und überlegte, ob sie eine Gefahr bedeuten konnten. Sie hatte genügend Zeit, ihre Möglichkeiten zu durchdenken. Zu ihrer alten Lebensweise wagte sie nicht zurückzukehren, denn bei ihrer Familie und ihren Freunden würden Drummonds Leute natürlich mit der Suche beginnen. Sie mußte eine neue Rolle kreieren, die nichts mit ihren bisherigen Rollen zu tun hatte. Sie mußte sich neue Freunde und neue Verwandte suchen. Was den Broterwerb betraf, so würde sie annehmen, was am einträglichsten war, vorausgesetzt, es hatte keine Beziehung zu ihrer früheren Arbeit. Sie mußte mit der Vergangenheit rigoros brechen. Die Umstellung auf eine neue Identität würde nicht schwierig sein – darin war sie Expertin.

Abends um neun Uhr traf der Bus in Baltimore ein. Ein kalter Sprühregen ließ das Stadtzentrum trostlos erscheinen. Sie nahm wieder eine billige Mahlzeit zu sich – Koffein, Kalorien und Kohlehydrate. Da sie den Rest ihres Geldes nicht für ein Hotelzimmer ausgeben wollte, strich sie eine Zeitlang durch enge Seitenstraßen, in der Hoffnung, von einem Mann angesprochen zu werden. Einem, der handgreiflich wurde, brach sie das Schlüsselbein; er hatte leider nur fünfzig Cent in der Tasche.

Sie war müde, durchnäßt, deprimiert, und sie fror; sie mußte sich ausruhen, sie brauchte einen Platz, wo sie sich einigermaßen sicher fühlte, wo sie nachdenken und schlafen konnte. Als sie einen Einkaufswagen stehen sah, entschloß sie sich zu einer neuen Rolle. Sie beschmierte sich das Gesicht mit Schmutz und belud den quietschenden Karren mit altem Zeug. Mit hängenden Schultern und irrem, leerem Blick in den Augen schob sie durch den feinen Regen – eine Stadtstreicherin auf dem Weg zu einem Obdachlosenheim.

Was soll ich tun? fragte sie sich. Das Selbstvertrauen, das sie während der Flucht angespornt hatte, war auf einmal verflogen. Die Härte ihres neuen Daseins lastete schwerer auf ihr, als sie erwartet hatte. Verflucht, es wäre schön, wieder die Alte zu sein.

Um das zu erreichen, müßtest du Drummond loswerden, und dazu ist er zu mächtig. Warum hat er mich angeheuert? Weshalb sollte ich diese Rolle übernehmen? Was für einen Plan hatte er? Wenn ich das herauskriege, ist er vielleicht zu schlagen. Eines ist sicher. Ohne Geld und ein Dach überm Kopf brauchst du Hilfe. Aber an wen kann ich mich wenden? Freunde – das ist zu gefährlich. Außerdem haben sie nicht die geringste Ahnung, was sie tun sollen und worauf sie sich einlassen.

Der Sprühregen wurde zum Regenguß. Die durchnäßten Kleider klebten ihr am Körper. Im Dunkel fühlte sie sich ganz wie die armselige Stadtstreicherin, die sie zu sein vorgab.

Mach dir nichts vor. Du kannst dich nur einem Menschen anvertrauen, der so anonym, so chamäleongleich, so unsichtbar und nirgendwo bekannt ist, als habe er nie existiert. Und er müßte ein Überlebenskünstler sein.

Plötzlich hatte sie einen Einfall, und als sie vor dem Obdachlosenasyl stand, kam ihr ein Mann in schwarzem Anzug und weißem Kollar entgegen.

»Treten Sie ein, Schwester. Kein Wetter, draußen zu bleiben.«

Im Einklang mit ihrer Rolle zögerte sie.

»Kommen Sie, Schwester. Drinnen ist es warm. Es gibt Essen. Einen Platz zum Schlafen.«

Ihr Widerstand erlahmte.

»Ich verspreche Ihnen, hier sind Sie sicher. Ich bringe Ihr Wägelchen unter und gebe acht auf Ihre Habe.«

Das überzeugte. Sie ließ sich wie ein Kind aus dunkler Nacht in das hellerleuchtete Heim führen, wo es nach Kaffee, in altem Fett gebackenen Pfannkuchen und Kartoffeln roch. Sie kam sich wie auf einem Bankett vor. Sie hatte einen Zufluchtsort gefunden, und als sie zu einer dichtbesetzten Holzbank schlurfte, wiederholte sie im Geist den Namen des Mannes, den sie um Hilfe bitten wollte. Der Name beherrschte ihren Geist wie eine Zauberformel. Ob er ihn noch benutzte, war fraglich. Er war ständig unterwegs. Offiziell gab es ihn gar nicht. Doch wie in aller Welt konnte sie mit einem Menschen Verbindung aufnehmen, der so gestaltlos und flüchtig wie der Wind war?

2

Cancún, eigentlich eine Sandbank, hat die Form einer Sieben. Etwa zwanzig Kilometer lang und einen halben Kilometer breit, ist es mit dem Festland an beiden Enden durch eine Brücke verbunden. Das Club Internacional Hotel liegt am oberen Querstrich der Sieben. Als Buchanan über den Strand flüchtete, achtete er nicht auf die glitzernde Fassade zu seiner Linken, sondern überlegte, was zu tun war, sobald er die Brücke am nördlichen Ende der Sandbank erreicht hatte.

Die beiden Ordnungshüter am Tatort hatten ihre Kollegen auf dem Festland vermutlich bereits per Funksprechgerät verständigt, und diese würden die Brücken sperren. Ein dreifacher Mord rechtfertigte jede Maßnahme. Zur Beruhigung der Touristen mußte rasch eine Verhaftung vorgenommen werden.

Unter anderen Umständen hätte Buchanan keine Bedenken gehabt, auf dem Gehweg entlang des Highways die Brücke zu überqueren und dort die Fragen der Polizisten höflich zu beantworten. Doch mit der verletzten Schulter und den blutbefleckten Kleidern würde er auffallen und auf der Stelle verhaftet werden. Er mußte das Gebiet auf anderem Weg verlassen, und so entschloß er sich zu schwimmen.

Auf einmal verspürte er eine leichte Benommenheit. Erschrocken merkte er, daß ihm die Beine wegknickten. Sein Herz raste, und es fiel ihm schwer, durchzuatmen. Das Adrenalin ist schuld, versuchte er sich einzureden, und die beiden doppelten Tequila natürlich auch. Obwohl Adrenalin und er alte Bekannte waren, hatte es ihn noch nie benommen gemacht. Ja, eine kleine Übelkeit, aber nie derart benommen. Der Blutverlust war wohl höher als erwartet. Wenn er die Blutung nicht zum Stillstand bringen konnte, würde er womöglich zusammenklappen.

Buchanan war als Sanitäter ausgebildet und wußte, daß man eine Blutung am besten mit einem Druckverband stoppte. Da er keine Erste-Hilfe-Ausrüstung bei sich hatte, blieb nur die früher empfohlene, heute aber verpönte Methode – die Knebelpresse. Sie hatte den Nachteil, daß sie die Blutzufuhr zum ganzen Glied unterbrach, in diesem Fall zu Buchanans rechtem Arm.

Ihm blieb keine andere Wahl. Mit heulenden Sirenen und blinkenden Lichtern hielten Unfallfahrzeuge auf der Brücke. Am Rande der Wasserrinne zwischen Sandbank und Festland blieb er stehen und sah sich mißtrauisch um – kein Verfolger zu sehen oder zu hören. Schnell zog er den zusammengerollten Gürtel aus der Hosentasche, den er dem toten Fernandez II wieder abgenommen hatte. Es war ein geflochtener Ledergürtel ohne Ösen. Buchanan legte ihn um die geschwollene rechte Schulter oberhalb der Wunde und befestigte ihn, indem er mit der linken Hand am losen Ende zog, dabei den rechten Arm nach oben beugte und den Dorn mit den zittrigen Fingern der Rechten durch das Leder steckte. Er schwankte, ihm wurde schwarz vor Augen. Doch nur für einen Augenblick. Er durfte jetzt nicht schlappmachen. Unter Aufbietung aller Kräfte bewegte er die Beine. Auch wenn er es nicht sehen konnte, spürte er, daß die Blutung nachließ.

Er fürchtete, die blauen, klatschnassen Leinenschuhe zu verlieren, also zog er sie aus, knotete die Schnürsenkel zusammen und band sie sich fest um das rechte Handgelenk. Nachdem er die Liste mit seinen Decknamen in kleine Fetzen zerrissen hatte, watete er in das dunkle, lauwarme Wasser. Als die Wellen ihm gegen die Brust schlugen, stieß er sich vom sandigen Grund ab und schwamm los. Eine starke Strömung zerrte an ihm. Die Papierschnipsel ließ er erst nach und nach los.

Er schwamm nur mit dem linken Arm, doch die Stöße seiner muskulösen Beine gaben ihm genügend Schwung. Die am Handgelenk befestigten Schuhe bremsten natürlich etwas. Er mußte die Beinarbeit noch verstärken.

Das Wasser durchtränkte den Gürtel an Buchanans rechter Schulter, das Leder dehnte sich, so daß der Druck oberhalb der Wunde nachließ. Sein rechter Arm wurde gut durchblutet und reagierte auf die zerrende Strömung. Das

Salzwasser brannte in der Wunde. Vielleicht wirkt es desinfizierend, dachte er, bis er die auf der Oberfläche schwimmende, von den zahlreichen Motorbooten stammende Öl- und Benzinschicht roch und begriff, daß eher das Gegenteil der Fall sein würde. Die lockere Knebelpresse bedeutete, daß das Blut wieder reichlicher floß, und Blut könnte ...

Er schwamm schneller, denn zwischen den zahlreichen Riffen vor der Küste wurden oft Barrakudas gesichtet, und manchmal wurde sogar von Haien berichtet, die in die Fahrrinne und in die Lagune zwischen Insel und Festland kamen. Da berührte etwas seinen Fuß. Vielleicht ein Stück Holz oder ein Büschel treibender Seetang. Es konnte aber auch ...

Die Mündung der Fahrrinne war etwa dreißig Meter breit. Ein Viertel der Strecke hatte er hinter sich. So weit vom dunklen Ufer entfernt kam er sich klein und verlassen vor, andererseits fühlte er sich von der Nacht verborgen. Plötzlich drang das Brummen eines Motors an sein Ohr, er blickte besorgt nach links. Das Brummen wurde zum Dröhnen, schon sah er die Lichter des sich schnell nähernden Motorboots. Es kam aus der Lagune, raste unter der Brücke hindurch in Richtung Meer auf ihn zu. Ein Polizeiboot? Buchanan versuchte mit aller Kraft auszuweichen. Der anhaltende Blutverlust schwächte ihn. Entsetzt blickte er auf das näherkommende Boot und erkannte im Schein seiner Lichter, daß es kein Polizeischiff war, sondern eine Jacht mit feiernden Männern und Frauen.

Buchanan spürte die Vibrationen des Motors schon so nahe, daß er fürchtete, in wenigen Sekunden entdeckt oder angefahren zu werden. Er holte tief Atem, tauchte und mußte sogar den verletzten Arm zu Hilfe nehmen, um schneller voranzukommen und dem Rumpf und den Schrauben auszuweichen.

Das Rumpeln der starken Maschinen war unerträglich für seine Ohren. Als er tiefer und tiefer sank, behinderten die Turnschuhe am Handgelenk die ohnehin ungeschickten Bewegungen des verletzten Arms. Das laute Dröhnen war unmittelbar über ihm. Kaum ließ es nach, schoß

Buchanan wild nach oben, die Benommenheit war wieder da, die Luft ging ihm aus. Abermals streifte er etwas Unbekanntes.

Er schlug mit dem Schädel gegen etwas Großes, Hartes. Der Aufprall traf ihn so unvorbereitet und war so schmerzhaft, daß Buchanan unwillkürlich einatmete, dabei Wasser schluckte und husten mußte. Mit aller Macht strebte er nach oben. Noch einmal stieß er irgendwo an, kam an die Oberfläche, füllte sich gierig die Lunge mit Luft und kämpfte gegen den Brechreiz. Er litt Todesqualen und versuchte verzweifelt, sich zu orientieren. Mit den Blicken verfolgte er das Heck des Kajütbootes, dem ein langer, niedriger Schatten folgte. Das war es, woran er gestoßen war: das Beiboot am Schlepptau der Jacht.

Wieder streifte etwas seine Beine. Die Angst trieb ihn an. Ohne auf die Schmerzen in Schulter und Schädel zu achten, drehte sich Buchanan auf den Bauch und schwamm mit beiden Armen und Beinen weiter. Das andere Ufer, die erleuchteten Hotels entlang der Küstenlinie, kamen rasch näher. Dann berührten seine Zehen Sand, er hatte das flache Wasser erreicht. Er richtete sich auf und stürzte zum Strand, seine Knie pflügten durch die Wellen. Hinter ihm spritzte es auf. Am Ufer angekommen, drehte er sich um und sah noch den phosphoreszierenden Streifen, den das ihn verfolgende Ungeheuer im dunklen Wasser bei seiner Umkehr zurückließ. Vielleicht lebte es aber auch nur in seiner Fantasie …

Schwer atmend wäre er am liebsten einfach auf den Strand hingesunken und hätte sich ausgeruht. Doch das ohrenbetäubende, an- und abschwellende Heulen der Polizeisirenen sagte ihm, daß er trotz der Dunkelheit nicht hierbleiben durfte. Er riß sich zusammen, wandte sich fest entschlossen von der Brücke ab und folgte schwankend dem Uferbogen.

3

Hier war der Strand menschenleer, die Touristen gingen früh schlafen oder feierten in den zahlreichen Nachtclubs von Cancún. Buchanan wählte ein Hotel ohne Bar im Freien und steuerte darauf zu. Er hielt sich im Schatten, bis er unter einer Palme einen Sessel fand und sich erschöpft darauf fallen ließ. Was ihm wie ein Geschenk des Himmels erschien, war das Handtuch, das ein Gast hier vergessen hatte.

Er entfernte den Gürtel von der rechten Schulter, preßte das gefaltete Handtuch auf die Wunde und schlang den Gürtel wieder mehrmals darüber; er zog fest zu, um die Wirkung eines Druckverbands zu erzielen. Obwohl das Handtuch stellenweise feucht wurde und sich dunkel färbte, schien es den Blutverlust einzudämmen. Ob das reichte, wußte er nicht. Er hatte jetzt keinen anderen Wunsch, als sich auszuruhen.

Er entknotete die Schnürsenkel und nahm die Turnschuhe vom rechten Handgelenk. Sie anzuziehen und zuzubinden, gehörte zu den schwierigsten Aufgaben, die er je zu lösen hatte. Sein Schädel pochte noch vom Zusammenstoß mit dem Beiboot. Vorsichtig tastete er mit der linken Hand über das Haar, berührte eine klaffende Wunde und eine großflächige Schwellung. Da das Haar naß war, konnte er nicht feststellen, ob die Wunde noch blutete.

Was die rechte Schulter betraf, so hatte das Salzwasser die Schmerzen beträchtlich verstärkt. Außerdem zitterten ihm die Finger der rechten Hand und schienen zugleich gefühllos zu sein. Er machte sich wirklich Sorgen, daß er ernsthaft verletzt war.

Reg dich ab. Du tust, als seist du noch nie in eine Schießerei verwickelt gewesen. Beweg dich lieber, statt hier herumzusitzen.

Mühsam näherte er sich der Hinterfront des Hotels. Geduckt betrat er eine betonierte Fläche, ging an Palmen vorbei und stand im gedämpften Licht eines ovalen Schwimmbeckens. Menschenleer, nur tropische Sträucher und Terrassenmöbel. Er hielt sich im Schutz der Büsche, bis er unter der ersten trüben Laterne feststellte, daß seine nassen Schuhe Spuren auf dem Boden hinterließen. Auch Hemd und Hose tropften noch. Gut nur, daß die Wellen das Blut von den Kleidern gespült hatten. Hemd und Hose würden nicht auffallen, wenn sie trocken waren, nur das blutige Handtuch würde die Aufmerksamkeit der Leute erregen. Er brauchte ein Jackett, doch das war nur durch einen Einbruch in ein Hotelzimmer zu beschaffen und kam deshalb nicht in Betracht.

Er wandte sich zu einem Durchgang. Eine Betontreppe führte rechts zu den Räumen der oberen Stockwerke. Seine ganze Aufmerksamkeit galt der Treppe, die nach unten führte, wo sich wahrscheinlich Lager- und Wartungsräume befanden.

Buchanan warf rasch einen Blick auf seine Digitaluhr. Sie hatte das Bad gut überstanden, und auf Knopfdruck zeigte das Display die Zeit: 23.09. So spät arbeiteten die Monteure wohl nicht mehr. Er lauschte auf Stimmen und Schritte. Es war alles ruhig, und er stieg hinunter.

Seine Gummisohlen machten fast kein Geräusch. Er kam in einen spärlich beleuchteten Gang, wo es nach Moder roch. Am Fuß der Treppe sicherte er nach beiden Seiten und schlich dann bis zu einer Eisentür, wo er horchte und, als er nichts vernahm, den Türknopf drehte. Sie war verschlossen.

An der nächsten Tür lauschte er abermals und atmete auf, als der Knopf sich drehen ließ. Behutsam öffnete er, suchte an der Wand nach dem Schalter und machte Licht. Die von der Decke baumelnde Birne brannte im gleichen fahlen Gelb wie die Lampen im Gang. An den Wänden standen Metallregale mit Geräten und Ersatzteilen. Ein kleiner Schreibtisch aus rostigem Metall stand in eine Ecke gequetscht und darauf ein Telefon.

Er schloß die Tür, verriegelte sie und hob den Hörer ab. Das Herz schlug ihm schneller, als er das Amtszeichen hörte. Fieberhaft wählte er eine Nummer.

Eine Männerstimme – Buchanans Einsatzleiter. Er hatte eine Wohnung in dem zum Festland gehörenden Teil von Cancún gemietet, um in dieser Phase des Unternehmens in

Buchanans Nähe zu sein. Im allgemeinen verständigten sie sich durch kodierte Mitteilungen, die sie in toten Briefkästen hinterließen. Wegen zu befürchtender elektronischer Lauschangriffe telefonierten sie selten miteinander und dann auch nur von bestimmten Telefonzellen. Solange Buchanan als verdeckter Ermittler arbeitete, hatten sie sich nie getroffen. Wenn Buchanan in Gefahr zu sein glaubte, stand ihm zu seinem Schutz für gewöhnlich ein Reserveteam zur Verfügung. Das krankhafte Mißtrauen der beiden Drogenbosse hatte sie jedoch veranlaßt, auf das Team zu verzichten. Schließlich hatte kein Grund zu der Annahme bestanden, daß das Treffen total schiefgehen könnte. Bis Big Bob Bailey aufkreuzte. Wenn Buchanan jetzt seinen Einsatzleiter verständigte, brauchte er sich um seine Tarnung keine Gedanken mehr zu machen.

Konnte es noch schlimmer kommen? Und ob! Die mexikanische Polizei konnte ihn festnehmen, und dann wären seine Vorgesetzten ebenfalls in drei Morde verwickelt.

»Ja«, sagte Buchanans Einsatzleiter.

»Sind Sie es, Paul?«

»Tut mir leid. Hier wohnt niemand, der so heißt.«

»Ist dort nicht ...« Buchanan nannte – langsam, zum Mitschreiben – Ziffer für Ziffer eine Telefonnummer.

»Bedaure.«

»Entschuldigen Sie.«

Buchanan legte auf und rieb sich die schmerzende Stirn. Die von ihm durchgesagte Nummer war eine kodierte Mitteilung, die – vollständig übersetzt – etwa bedeutete. »Einsatz abbrechen, völliger Fehlschlag, verletzter Agent auf der Flucht, sofort aus dem Einsatzgebiet herausholen.« Wie vereinbart, würde sich der Einsatzleiter anderthalb Stunden nach Buchanans Anruf im Zentrum von Cancún vor einer Cantina mit ihm treffen. Wie jeder Plan, so war auch dieser durch Vorkehrungen für unvorhergesehene Ereignisse abgesichert und hatte mehrere Ersatzvarianten.

In neunzig Minuten, dachte Buchanan. Ich muß zu dieser Kneipe. Ein Krampf in der rechten Hand lenkte ihn ab. Er sah hin, die Finger zuckten, als gehörten sie gar nicht zu ihm. Es fiel ihm schwer, sich zu konzentrieren. Der Schmerz im Schädel wurde heftiger, und auch die Schußverletzung tat verdammt weh. Etwas Warmes, Feuchtes sickerte durch das Handtuch.

Plötzlich hallten Schritte durch den betonierten Gang und wurden lauter. Vor der Tür hörten sie auf. Buchanan begann zu schwitzen, als der Türknopf sich drehte. Wer immer da draußen stand, arbeitete wahrscheinlich im Hotel und besaß einen Schlüssel. Als die Tür nicht gleich aufging, drückte der andere kräftiger und stemmte schließlich die Schulter dagegen. Es half nichts.

»Wer ist da drin?« fragte eine barsche Männerstimme auf spanisch. Dann wurde an die Tür gedonnert. »Aufmachen!«

Wenn er einen Schlüssel bei sich hat, benutzt er ihn jetzt, dachte Buchanan. Warum will da einer mitten in der Nacht in diesen Raum? Jetzt waren langsame Schritte auf dem Gang zu hören. Es schien, als suche der Mann etwas.

Buchanan schob sich leise neben die Tür, wo er das Licht löschen und den Mann packen konnte, sobald er eintrat. Ein Blick auf seine Füße und er wußte, der Mann suchte tatsächlich etwas. Buchanans durchnäßte Kleider hatten eine Spur im Gang hinterlassen.

Nervös wartete Buchanan auf das metallische Geräusch des Schlüsselumdrehens, doch es gab nur noch ein paar hämmernde Schläge, noch einmal die ärgerliche Frage: »Wer ist da drin?« Dann war es still.

Die Schritte entfernten sich, polterten durch den Gang und verloren sich auf der Treppe.

Bevor er zurückkommt und Hilfe mitbringt, muß ich hier raus, dachte Buchanan. Er riegelte auf, öffnete die Tür, kontrollierte den Gang und wollte gerade gehen, als er auf einem Regal so etwas wie einen Stoffballen entdeckte. Er erwies sich als eine zerknitterte, schmutzige Arbeitsjacke und eine ramponierte Baseballmütze. Er riß die Sachen an sich. Zuerst wischte er mit der Jacke seine Fingerabdrücke von allen Gegenständen, die er berührt hatte, dann rannte er durch den Gang und die Treppe hinauf. Er hinterließ nasse Spuren.

Das störte ihn nicht mehr. Er mußte nur raus aus diesem Hotel. Möglicherweise rief der Arbeiter gerade die Polizei an und meldete eine verdächtige Person.

Buchanan lief auf den Strand zu und hielt sich zwischen dem Wasser und den Hotels. Eine angenehme Brise kühlte ihm den Schweiß auf der Stirn und blies so heftig, daß sogar die nasse Kleidung allmählich trocken wurde.

Die zerknitterte Arbeitsjacke und die Baseballmütze hatte er unter den rechten Arm geklemmt. Behutsam setzte er die Mütze auf; sie war zwar so abgetragen, daß sie auffallen konnte, doch ohne ihren Schutz würde das Blut am Kopf die Blicke der Leute auf ihn lenken. Schwer atmend zog er die Jacke über die rechte Schulter und verbarg damit das um die Wunde gebundene Handtuch. Nun konnte er sich in die Öffentlichkeit wagen. Als er noch einmal auf seine Digitaluhr sah, stellte er erschrocken fest, daß seit seinem Anruf bereits eine Stunde vergangen war. Unmöglich, dachte er, ich habe den Lagerraum doch erst vor kurzem verlassen. Junge, du hast wohl Blackouts.

Buchanan überlegte. Er mußte die Schnellstraße erreichen und sich ein Taxi schnappen, sonst würde er den Treffpunkt nicht zur vereinbarten Zeit erreichen.

4

»Mein Gott«, sagte Buchanans Einsatzleiter, »die Wunde muß genäht werden. Nehmen Sie die Mütze ab. Lassen Sie mal sehen … Mann, und die Schramme am Kopf auch.«

Nachdem Buchanan mit dem Taxi ins Stadtzentrum gefahren war, hatte er höchstens eine Minute vor dem gutbesuchten Lokal gewartet, als der Einsatzleiter mit einem gemieteten Ford erschien und ihn einsteigen ließ.

Er war ein Mann in den Fünfzigern, mit beginnender Glatze und Bauchansatz. Als Tourist getarnt, trug er Sandalen, ein zitronengelbes Poloshirt und limonenfarbene Shorts. Sie hatten noch nie zusammengearbeitet. Buchanan kannte ihn nur als Wade, was vermutlich weder sein richtiger noch sein Deckname war.

Wade stöhnte auf, nachdem Buchanan ihm alles erklärt hatte. »Scheiße. Völlig daneben. Meine Güte ... Denken wir mal nach.« Er trommelte mit den Fingern auf das Lenkrad. »Wir müssen aufpassen ... Die Bullen bewachen den Flughafen in der Stadt und wahrscheinlich auch den drüben in Cozumel. Bleibt uns als Ausweg nur ...«

»Mérida«, sagte Buchanan.

Wade beschleunigte. »Das heißt, am besten bringen wir Sie außer Landes. Vielleicht sollten Sie sich irgendwo verkriechen. Abtauchen. Na, die Polizisten haben nichts weiter als eine Personenbeschreibung, die auf unzählige Amerikaner zutrifft. Kein Foto, vermutlich auch keine Fingerabdrükke. Dafür haben Sie hoffentlich gesorgt.«

Buchanan nickte. Ihm war übel. Mit dem unverletzten linken Arm wischte er sich immer wieder den Schweiß von der Stirn. »Meine größte Sorge ist, daß viele im Restaurant gehört haben, wie Bailey mich Crawford nannte und ich darauf bestand, Ed Potter zu sein. Folglich hat die Polizei einen Namen, auf den die mexikanische Paßkontrolle auf den Flughäfen achten wird.«

»Macht nichts«, sagte Wade. »Ich habe Ihnen einen neuen Reisepaß und eine Touristenkarte mitgebracht. Auf einen neuen Namen natürlich.«

»Klar! Aber die Polizei hat Bailey gekrallt. Er wird ihnen bei einem Phantombild helfen müssen, und sobald das an jeden Flughafen und jeden zuständigen Beamten gefaxt worden ist, halten sie jeden fest, der auch nur halbwegs ähnlich aussieht. Ich muß das Land verlassen, bevor das Bild verteilt ist. Außerdem ...« Buchanan sah auf die zukkenden Finger an der rechten Hand. Der verletzte Arm brannte wie Feuer. Das Handtuch war völlig blutdurchtränkt. »Ich glaube, ich brauche einen Arzt.«

Wade blickte in den Rückspiegel. »Keine Autoscheinwerfer hinter uns.« Er spähte nach vorn auf den durch Wälder führenden Highway. Sie befanden sich inzwischen etwa dreißig Kilometer westlich von Cancún. »Die verlassene

Tankstelle da eignet sich ganz gut.« Er fuhr an den Straßenrand, stieg aus und nahm etwas vom Rücksitz.

Nachdem er Buchanans Tür geöffnet und sich unter dem Strahl einer Taschenlampe die Verletzungen angesehen hatte, murmelte er: »Verflucht, Sie brauchen wirklich einen Arzt. Das muß genäht werden.«

»Man kann sich doch nicht darauf verlassen, daß ein einheimischer Arzt die Schußverletzung nicht bei der Polizei meldet«, wandte Buchanan ein.

»Kein Problem«, antwortete Wade. »Ich habe Kontakt zu einem amerikanischen Arzt hier in der Gegend. Er hat bereits für uns gearbeitet. Er ist zuverlässig.«

»Das wäre Zeitverschwendung.« Buchanans Kehle war trocken, und er sprach krächzend. »Bald liegt der Polizei das Phantombild vor. Ich muß nach Mérida. Bis Florida sind es mit dem Jet bloß ein paar Stunden. Ich brauche einen Arzt – *in den Staaten.* Je schneller ich hier abhaue, desto eher kann ich ...«

»Bis dahin verbluten Sie. Sie müssen unbedingt genäht werden. Wenn das reicht. Was mit der Schramme am Kopf ist, weiß ich nicht. Die Wunde an der Schulter sieht jedenfalls böse aus.«

»Kann ich mir denken. Was haben Sie da unten hingestellt?«

»Einen Verbandskasten. Aber bei Ihren Verletzungen nützt so ein Kasten nicht viel.«

»Machen Sie mal auf. Mal sehen, was Sie drin haben. Schön. Passen Sie auf und tun Sie, was ich Ihnen sage. Wir müssen die Blutung stillen. Und die Wunden säubern.«

»Wir? Hören Sie, davon verstehe ich nichts.«

»Ich kenne mich aus. Nehmen Sie den Gummischlauch und binden Sie ihn oberhalb der Einschußstelle um die Schulter. In fünf Minuten richtet so eine Knebelpresse keinen Schaden an.« Buchanan riß ein Päckchen auf und schüttelte einige Mulltupfer heraus.

Wade hatte inzwischen den Schlauch an der Schulter befestigt. Die Blutung hörte sofort auf.

»Da, der Plastikbehälter mit Äthanol. Gießen Sie etwas

auf die Tupfer und wischen Sie das Blut von der Wunde.« Buchanan hatte den Eindruck, daß seine Stimme von weit her kam. Er kämpfte gegen die nachlassende Konzentration. Er nahm eine styroporverpackte Injektionsspritze und las, was darauf stand. Es war ein Antibiotikum. »Reiben Sie mit einem sauberen Tupfer etwas Äthanol auf den rechten Oberarm.«

Wade gehorchte und fuhr dann mit der Säuberung der Schußverletzung fort.

Buchanan injizierte sich den Wirkstoff mit beängstigend zitternder Hand.

»So«, sagte Wade, »die Wundränder sind sauber.«

»Nun gießen Sie Wasserstoffperoxid darüber.«

»Gießen? Das brennt doch bestimmt wie Feuer.«

»Besser als an einer Blutvergiftung sterben. Die Wunde muß desinfiziert werden. Los!«

Wade schraubte die Flasche auf, preßte die Lippen zusammen und träufelte die durchsichtige Flüssigkeit auf den langen Riß.

Buchanan sah plötzlich alles doppelt, er schwankte.

»Buchanan?« Wade hielt beunruhigt inne.

»Noch einmal.«

»Wirklich?«

»Noch mal. Ich muß sicher sein, daß die Wunde sauber ist.«

»Wie Sie wollen.« Auf der Wunde bildeten sich jetzt Blasen, die Ränder wurden weiß, geronnenes Blut wurde herausgeschwemmt. Buchanans Gesicht war schweißgebadet.

»Und nun einen Schuß davon auf die Kopfwunde«, murmelte er.

Wade gehorchte ohne Widerrede. Du machst dich, dachte Buchanan trotz der Schmerzen. Bin gespannt, wie du reagierst, wenn du hörst, was du als nächstes zu tun hast.

Buchanan stöhnte. »Okay. Das hätten wir. Die Tube da im Verbandskasten. Das ist eine extrastarke antibiotische Salbe. Drücken Sie etwas davon auf die Kopfwunde und eine größere Portion auf die andere.«

Wades Bewegungen wurden sicherer.

Buchanan spürte den Druck der Knebelpresse an der Schulter; bis auf die höllischen Schmerzen schien der geschwollene Arm gefühllos zu sein. »Fast fertig«, sagte er. »Nur noch eins.«

»Was noch?«

»Sie hatten recht. Ich muß genäht werden.«

»Was meinen Sie damit?«

»Sie müssen die Wunde nähen.«

»Ich und nähen ...? Mein Gott.«

»Hören Sie zu. Ohne Naht verblute ich, sobald wir die Knebelpresse abnehmen. In der Plastikpackung finden Sie eine sterile chirurgische Nadel und Faden. Waschen Sie sich die Hände mit Äthanol, öffnen Sie die Packung und nähen Sie die Wunde zu.«

»Ich kann nicht mal einen Knopf annähen.«

»Sollen Sie auch gar nicht, Wade«, sagte Buchanan. »Es ist ganz einfach. Mir ist scheißegal, wie es aussieht. Und ich erkläre Ihnen, wie man den Knoten macht. Aber es muß sein! Wenn mein linker Arm länger wäre, würde ich es selber tun.«

»Die Schmerzen«, wandte Wade ein. »Sie brauchen ein Betäubungsmittel.«

»Selbst wenn wir eins hätten, könnte ich es nicht riskieren. Ich muß fit sein. Auf der Fahre nach Mérida müssen Sie mir alles über meine neue Identität eintrichtern.«

»Buchanan, Sie sehen jetzt schon aus, als würden Sie jeden Moment ohnmächtig.«

»Sie Anfänger! Tun Sie das nicht noch einmal!«

»Was? Was meinen Sie?«

»Sie haben mich Buchanan genannt. Buchanan, den habe ich vergessen. Ich kenne ihn nicht. Bei diesem Einsatz heiße ich Ed Potter. Nein, falsch. Ich bin nicht mehr Ed Potter. Ich bin ... Sagen Sie mir, wer ich bin. Welche Identität habe ich jetzt? Welchen Background? Womit verdiene ich mein Geld? Bin ich verheiratet? Verdammt, so reden Sie doch schon.«

Mit Flüchen, Beschimpfungen und Befehlen zwang Buchanan Wade, die Wunde mit der gebogenen Nadel zu-

zunähen. Bei jedem Einstich preßte er die Zähne fester aufeinander, bis ihm der Kiefer weh tat und er um sein Gebiß fürchtete. Einzig und allein die Notwendigkeit einer neuen Identität bewahrte ihn davor, die Besinnung zu verlieren. Er erfuhr, daß er Victor Grant aus Fort Lauderdale, Florida, war. Er baute Kajütboote und Jachten um und war auf den Einbau von Elektronik spezialisiert. In Cancún hatte er sich aufgehalten, um mit einem Kunden zu sprechen. Wenn nötig, konnte er dessen Namen und Anschrift nennen, denn er war Mitarbeiter von Buchanans Behörde.

»Okay«, sagte Wade. »Es sieht ziemlich beschissen aus, aber es wird schon halten.«

»Streichen Sie antibiotische Salbe auf eine Mullkompresse und legen Sie diese fest auf die Naht. Befestigen Sie die Kompresse mit einer Binde und kleben Sie Heftpflaster darüber.« Buchanan ächzte vor Schmerzen, seine Muskeln waren verkrampft. »Gut. Nun lösen Sie die Knebelpresse.«

Das Blut begann wieder zu strömen. Die Gefühllosigkeit ließ nach, die Schmerzen wurden dadurch noch schlimmer. Er nahm sich vor, sie, so gut es ging, zu ignorieren. Sollte jedoch die Naht nicht halten und die Wunde wieder aufplatzen, brauchte er sich über seine neue Identität keine Gedanken mehr zu machen. Oder über die Ankunft am Flughafen von Mérida, wenn das Phantombild dort bereits vorlag. Diese Probleme wären bedeutungslos, weil er nämlich zu diesem Zeitpunkt vollends verblutet wäre.

Er starrte auf den Verband – es kam kein Blut durch. »Okay, fahren wir weiter.«

»Es wird auch Zeit. Von hinten nähern sich Lichter.« Wade schloß den Verbandskasten, knallte Buchanans Tür zu, setzte sich in fliegender Eile ans Steuer und fuhr auf die Straße, bevor die Wagen angekommen waren.

Buchanan lehnte den Kopf zurück und atmete rasselnd. Er hatte einen ganz trockenen Mund. »Haben Sie etwas zu trinken?«

»Tut mir leid. Ich habe nichts mitgebracht.«

»Tolle Leistung.«

»Vielleicht ist ein Laden offen, wo wir was kaufen können.«

»Bestimmt.«

Buchanan starrte durch die Windschutzscheibe und folgte den Strahlenkegeln der Scheinwerfer ins Dunkel. Ständig wiederholte er im stillen: Ich heiße Victor Grant, aus Fort Lauderdale, Bootsbauer, Elektronik, geschieden, keine Kinder. Dichter Tropenwald säumte zu beiden Seiten die schmale Straße. Manchmal bemerkte er Gruppen von Hütten, mit Palmwedeln bedeckt, und wußte, daß sie von Maya-Indianern bewohnt wurden, von Menschen mit breiten Gesichtern, hohen Wangenknochen und der Augenwinkelfalte ihrer Vorfahren, jenen Schöpfern bedeutender Bauten in Chichén Itzá und in anderen alten Städten, die nun auf der Halbinsel Yucatán verkamen. Vor allem fiel ihm auf, daß, sooft sie sich einem Dorf näherten, ein Straßenschild mit der Aufschrift TOPE – Langsam fahren – stand. Dann ruckte der Wagen jedesmal über eine Stoppschwelle und schleuderte Buchanan so heftig hin und her, daß die Schmerzen in Kopf und Schulter unerträglich wurden. Victor Grant. Fort Lauderdale. Vergnügungsboote. Elektronik ... Victor Grant, Victor Grant, Victor ...

Buchanan verlor die Besinnung.

5

Obwohl Hochnebel das Licht von Mond und Sternen verhüllte, war es für Balam-Acab nicht schwer, sich nachts durch den Regenwald zu bewegen. Seine Geschicklichkeit war vor allem darauf zurückzuführen, daß er hier geboren wurde. Er fand den Weg zwischen den engstehenden Bäumen und Lianen auch deshalb so gut, weil er durch die dünnen, leichten Sandalen die Trittsteine spürte, die vor tausend Jahren einen fortlaufenden Pfad gebildet hatten, den die Menschen damals *sacbe* – ›weiße Straße‹ – nannten. Es war einst eine ebene Straße von fast fünf Metern Breite und annähernd hundert Kilometern Länge gewesen. Seit der Ausrottung so vieler Vorfahren von Balam-Acab hatte sich niemand mehr um die Erhaltung und Reparatur der Straße gekümmert. Der Regen der Jahrhunderte hatte die Steine unterspült, so daß sie verrutschten, und zu ähnlichen Folgen führten wie die hierzulande häufigen Erdbeben und die wuchernde Vegetation. Nur ein Mann wie Balam-Acab, der mit dem alten Wissen vertraut und auf den Geist des Waldes eingestimmt war, konnte dem in tiefes Dunkel gehüllten Weg so sicher folgen.

Indem er sich schrittweise vorantastete, unsichtbaren Bäumen auswich, in gebückter Haltung durch bloß erahnte Rankenvorhänge kroch und auf die kleinste Unebenheit des Bodens achtete, blieb Balam-Acab im Gleichgewicht. Und das mußte er unbedingt, denn wenn er hinfiel, konnte er die Arme nicht benutzen, um nach einem Halt zu suchen. An die Brust gedrückt, trug er ein kostbares Gefäß, das zum Schutz in eine weiche Decke gehüllt war. Unter den gegebenen Umständen hatte er es nicht gewagt, die Schale mit in den Rucksack zu packen, der gar zu oft einen Ast oder einen Baum streifte. Der Inhalt des Rucksacks war unzerbrechlich, nicht aber die Schale.

Die Feuchtigkeit im Unterholz ließ ihm den Schweiß nur so über das Gesicht strömen, Baumwollhemd und Hose klebten am Körper. Der Dreißigjährige war nur etwa ein Meter sechzig groß, für die Männer seines Stammes charakteristisch. Obwohl kräftig, war er dünn, was auf das anstrengende Leben im Dschungel und die unzureichende Nahrung zurückzuführen war, die auf den Feldern des Dorfes wuchs.

Da die Region so unzugänglich war und die spanischen Eroberer sich geweigert hatten, sich mit den Maya zu vermischen, wurden Balam-Acabs Züge von denselben genetischen Merkmalen geprägt wie die seiner Vorfahren auf dem Höhepunkt der Maya-Kultur vor Hunderten von Jahren: runder Schädel, breites Gesicht, hohe Wangenknochen, glattes, glänzend schwarzes Haar. Die wulstige Unterlippe war auffällig nach unten geschwungen, und die

Lider der dunklen mandelförmigen Augen hatten eine Lidfalte.

Balam-Acab wußte, wie er den geplanten Ritus zu vollziehen hatte, denn als Häuptling und Dorfschamane war ihm die Kenntnis von seinen Vorgängern überliefert worden. Sie hatten ihm die heiligen Geheimnisse offenbart, genau wie sie seinen Vorgängern offenbart worden waren. Und das reichte zurück auf das Jahr 13.0.0.0.0.4 *Ahau 8 Cumku,* den Beginn aller Zeit.

Der Pfad bog nach links, und er war fast am Ziel angekommen. Obwohl seine Bewegungen nahezu lautlos gewesen waren, mußte er sich jetzt noch vorsichtiger bewegen, mit der Eleganz des pirschenden Jaguars schleichen, denn bald erreichte er den Rand des Dschungels und dort, an der kürzlich geschlagenen Lichtung, standen Wachposten.

Schon roch er ihre Ausdünstungen, den Tabakrauch und das Gewehröl. Mit geweiteten Nasenlöchern hielt er inne, um die Entfernung und die Richtung einzuschätzen. Gleich darauf ging er weiter, er mußte nun den alten verborgenen Pfad verlassen und sich weiter links halten. Seit die neuen Eroberer im Land waren, die Bäume fällten, den Fels mit Dynamit in die Luft jagten und den Boden für den Bau einer Start- und Landebahn planierten, wußte Balam-Acab, daß das von den Vorfahren prophezeite Unglück bald eintreten würde. Wie die früheren so waren auch die jetzigen Eroberer vorausgesagt worden, denn – das wußte Balam-Acab – die Zeit bewegte sich in Kreisen. Sie drehte sich, und jede Periode stand unter der Obhut eines Gottes.

Balam-Acab fürchtete die Posten, gleichzeitig glaubte er jedoch an den Erfolg seines Vorhabens. Wenn die Götter nicht besänftigt werden wollten und unversöhnlich wütend waren, dann hätten sie ihn schon längst bestraft. Nie hätten sie ihm gestattet, so weit vorzudringen. Nur ein Liebling der Götter konnte in der Dunkelheit nicht von Schlangen gebissen werden, die in diesem Gebiet weit verbreitet waren. Bei Tageslicht konnte er die Schlangen sehen und ihnen ausweichen oder sie durch Geräusche fortscheuchen, aber bei Nacht? Das war unmöglich. Ohne den Schutz der Götter wäre er nicht auf flache Steine, sondern auf den Tod getreten.

Auf einmal schien sich das Dunkel etwas zu erhellen. Balam-Acab hatte den Rand des Dschungels erreicht. Sich hinkauernd sog er den würzigen Duft des Waldes ein, der den sauren Schweißgeruch der Wachen überlagerte. Plötzlich zerteilte sich der Nebel, als sei unbemerkt eine Brise über die Lichtung gestrichen. Mond und Sterne leuchteten wieder, und bestürzt sah Balam-Acab, wie weit die Arbeit der Eindringlinge seit seinem letzten Besuch vor nur zwei Tagen gediehen war. Ein riesiges Waldstück war abgeholzt worden, so daß mit Büschen bestandene Erhebungen zum Vorschein kamen. Ohne Bäume, die die Sicht auf den Horizont versperrten, erkannte man auch die düsteren Konturen beträchtlich höherer Hügel auf dem Terrain. Balam-Acab nannte sie Berge, und sie waren ein Teil des Weltgeists. Zugegeben, sie waren nicht natürlichen Ursprungs, denn dieses Gebiet von Yucatán wurde als Tiefland bezeichnet; Erhebungen und Hügel gab es nicht, ganz zu schweigen von Bergen. Sie alle waren vor über tausend Jahren von den Vorfahren Balam-Acabs erbaut worden. Obwohl das Unterholz die Treppen, Portale, Skulpturen und Reliefs überwuchert hatte, wußte Balam-Acab, daß sich darunter Paläste, Pyramiden und Tempel verbargen. Die alten Maya hatten ihre Kenntnis von den Geheimnissen der Sonne genutzt, um die besten Standorte für die zu Ehren der Götter errichteten Gebäude zu ermitteln. Bei ihrer Arbeit konzentrierten sie die Energie der Unterwelt und der Himmelsgötter auf diesen geheiligten Bereich.

Wachsam gegenüber den bewaffneten Eindringlingen erreichte Balam-Acab die höchste Erhebung. Die Arbeiter hatten die Vegetation zu ebener Erde vernichtet, doch die Bodenerhebungen hatten sie noch verschont. Er prüfte die Sträucher und Schößlinge, denen es irgendwie gelungen war, Wurzeln zu schlagen zwischen den riesigen Steinquadern, aus denen das Gebäude einst errichtet worden war. Ohne die Bäume würde sich der vermeintliche Berg als eine gewaltige, terrassenförmig angelegte Pyramide entpuppen, auf deren Spitze ein Tempel stand. Er war dem Gott Kukulcán geweiht, dessen Name »Federschlange« bedeutet.

Da ragte am Fuß der Pyramide das verwitterte steinerne Ebenbild eines gigantischen Schlangenkopfs, mit offenem Maul und entblößten Fängen aus den Sträuchern hervor. Es gab mehrere solcher Statuen. Sie flankierten die Treppen, die auf jeder Seite der Pyramide über die Terrassen nach oben führten. Froh darüber, unbehelligt so weit gekommen zu sein, und in der festen Überzeugung, daß die Götter sein Vorhaben billigten, hielt Balam-Acab die Opferschale an die Brust und begann mit dem Anstieg zur Spitze.

Jede Stufe war kniehoch und der Steigungswinkel der Treppe beträchtlich. Bei Tageslicht konnte der Aufstieg schon schwindelerregend sein, denn mächtige Baumwurzeln und der Regen der Jahrhunderte hatten die Stufen gesprengt und die Quader verschoben. Die eigene Sicherheit war für ihn nicht wichtig, sonst wäre er das Risiko nicht eingegangen, von Schlangen gebissen oder von Wachtposten erschossen zu werden. Was ihn keinesfalls gleichgültig ließ, das waren die wertvollen Gegenstände in seinem Rucksack und vor allem die heilige Schale. Er durfte nicht fallen und sie zerbrechen. Denn das wäre unentschuldbar und würde mit Sicherheit den Zorn der Götter erregen.

Endlich, mit schmerzenden Knien und wild klopfendem Herzen, erreichte er die obere Plattform des Tempels. Dreihundertfünfundsechzig Stufen über der Erde – diese Zahl symbolisierte die Tage im Sonnenjahr. Balam-Acabs Vorfahren hatten sie errechnet, lange bevor die Konquistadoren zu Beginn des sechzehnten Jahrhunderts in Yucatán einfielen. In den Bau der Pyramide waren noch andere heilige Zahlen der Maya eingegangen. Die zwanzig Terrassen zum Beispiel bedeuteten die Einheiten von jeweils zwanzig Tagen, in die das zweihundertsechzig Tage umfassende zeremonielle Jahr eingeteilt war.

Behutsam stellte Balam-Acab die Tonschale ab und befreite sie von ihrer Umhüllung. Sie wirkte unscheinbar. Bei einem Durchmesser von etwa vierzig Zentimetern war sie daumendick und gewiß uralt, aber anstelle leuchtender Farben war sie bloß mit einer stumpfen, dunklen Schicht überzogen. Ein Weißer hätte sie wahrscheinlich häßlich genannt.

Nicht länger durch den kostbaren Kultgegenstand behindert, nahm Balam-Acab nun den Rucksack von der Schulter, holte ein Messer mit Obsidianklinge, eine lange mit Dornen besetzte Schnur und Streifen aus Feigenbaumrinde heraus. Rasch zog er das durchgeschwitzte Hemd vom Leib und entblößte auf diese Weise die Brust vor dem Gott der Nacht.

Balam-Acab stellte sich am Tempeleingang auf, das Gesicht gen Osten, wo die Sonne, das Symbol der Wiedergeburt, ihren täglichen Lauf begann. Von hier oben hatte er eine gute Aussicht über das Land. In kaum fünfhundert Metern Entfernung zu seiner Rechten machte er den Flugplatz aus, die vielen großen Zelte der Eindringlinge und die aus gefällten Bäumen errichteten Blockhäuser. Bald würden Flugzeuge weitere Eroberer und Maschinen einfliegen, und der Wald würde noch mehr geschändet. Bulldozer bauten bereits eine neue Straße durch den Dschungel. Es mußte etwas getan werden, um dem Einhalt zu gebieten.

Die Zeit bewegt sich kreisförmig, und genauso regelmäßig hatten sich die Maya immer wieder gegen ihre Unterdrücker erhoben. Ihrer Kultur beraubt und versklavt, hatten sie im siebzehnten Jahrhundert, dann im neunzehnten Jahrhundert und zuletzt zu Beginn unseres Jahrhunderts rebelliert. Jedesmal waren sie besiegt worden. Die Übriggebliebenen mußten sich in die entlegensten Teile des Dschungels zurückziehen, um der Verfolgung und den schrecklichen Krankheiten zu entgehen, die die Ankömmlinge eingeschleppt hatten.

Und nun waren die Fremden wieder erschienen. Balam-Acab wußte, daß sie sein Dorf zerstören würden, wenn sie nicht daran gehindert wurden. Er stand hier, um den Göttern ein Opfer zu bringen, sie um ihren weisen Rat und ihre Hilfe zu bitten.

Er hob das Messer. Das schwarze vulkanische Glas der Klinge besaß eine stilettähnliche Spitze, die er unter seine ausgestreckte Zunge führte. Er schloß die Augen, stieß mit der Rechten nach oben und stach zu. Das gelang ihm nur, weil er die Zunge mit den Zähnen festhielt, so daß das ungeschützte, glatte Fleisch nicht ausweichen konnte. Blut schoß aus dem Mund und spritzte ihm auf die Hand. Er zitterte.

Trotzdem stieß er weiter. Erst als die Spitze die Zunge ganz durchbohrt hatte und die Zähne berührte, zog er sie heraus. Tränen strömten ihm aus den Augen, er verbiß sich einen Schmerzensschrei. Noch die Zunge festhaltend, legte er behutsam das Messer beiseite und nahm die Dornenschnur zur Hand. Wie seine Vorväter fädelte er sie in die Wunde und begann sie nach oben zu ziehen. Der erste Dorn erreichte schnell die Wunde, und obwohl er hängenblieb, zerrte Balam-Acab weiter und zwängte einen zweiten Dorn durch die Zunge. Und dann noch einen. Das Blut lief in Strömen über die Schnur und durchtränkte die Rindenstreifen, die an ihrem Ende in der Schale lagen.

Der Sinn dieser rituellen Handlung bestand darin, durch Schmerz und Blut einen visionären Zustand zu erreichen, mit dem Jenseits in Verbindung zu treten und den Rat und die Befehle der Götter zu erfahren.

Geschwächt sank Balam-Acab in die Knie, wie um die blutgetränkten Rindenstreifen in der Schale anzubeten. Sobald die Dornenschnur ganz durch die Zunge gezogen war, würde er sie in die Schale legen und eine Weihrauchkugel aus Kopalharz dazuwerfen. Dann würde er Streichhölzer nehmen – die einzige Verfälschung des Ritus, die er sich gestattete – und das Opfer anzünden, so daß die Flammen sein Blut kochten und schließlich verbrannten.

In seinem Kopf wirbelte alles durcheinander. Er schwankte und gab sich Mühe, eine ekstatische Balance zwischen Bewußtsein und Ohnmacht zu bewahren. Seine Vorväter übrigens hätten diesen Ritus nicht ohne Beistand vollzogen. Er dagegen würde sich aufraffen müssen, um allein durch den Dschungel ins Dorf zurückzukehren.

Er glaubte, die Götter zu sich sprechen zu hören. Er fühlte ihre Nähe …

Ein Beben durchzuckte ihn, doch es wurde nicht von Ekstase oder Schmerz verursacht. Die Druckwelle einer Sprengung hatte es ausgelöst, mit der die Arbeiter trotz der nächtlichen Stunde ihr Zerstörungswerk fortsetzten. Das Grollen klang wie das Stöhnen eines ungeduldigen Gottes.

Balam-Acab zündete ein Streichholz an und ließ es auf die Rindenstreifen in der heiligen Schale fallen.

Auch diese heilige Stätte wurde von den Eroberern entweiht.

Sie mußten vernichtet werden.

Viertes Kapitel

I

Schweißgebadet und mit trockenen Lippen erwachte Buchanan. Er hatte Fieber und würgte einige Aspirin hinunter. Inzwischen war es Morgen. Er und Wade befanden sich in Mérida, dreihundertzweiundzwanzig Kilometer westlich von Cancún. Anders als Cancún erinnerte Mérida mit den um die Jahrhundertwende erbauten Herrenhäusern an die Alte Welt. Verständlich, daß die Stadt früher einmal das Paris Lateinamerikas genannt wurde. Mérida besaß noch viel von seinem europäischen Charme, doch Buchanan fieberte zu sehr, um sich für die schattigen Boulevards und ihre Cafés zu interessieren. »Wie spät ist es?« wollte er wissen.

»Acht Uhr.« Wade parkte in der Nähe eines noch geschlossenen Markts. »Haben Sie was dagegen, wenn ich Sie mal allein lasse?«

»Wohin gehen Sie?«

Buchanan hörte die Antwort nicht mehr. Er schlief schon wieder.

Er erwachte erst, als Wade die Wagentür aufschloß und einstieg. »Tut mir leid, daß ich so lange gebraucht habe.«

»Wie spät ist es jetzt?«

»Gleich neun Uhr. Die meisten Geschäfte sind noch immer geschlossen. Mir ist es gelungen, eine Flasche Wasser für Sie aufzutreiben.« Wade öffnete den Verschluß und hielt Buchanan die Flasche an die ausgetrockneten Lippen.

»Geben Sie mir mehr Aspirin.«

»Noch Fieber?«

Buchanan verzog das Gesicht und nickte. »Und die verdammten Kopfschmerzen hören nicht auf.«

»Halten Sie die Hand auf. Ich gebe Ihnen Tabletten.«

Buchanans linke Hand war schlaff, und die rechte begann plötzlich wieder zu zittern. »Stecken Sie sie mir lieber gleich in den Mund.«

Wade machte ein ernstes Gesicht. »Sie müssen bei Kräften bleiben. Sie können nicht nur von Wasser und Pillen leben«, warnte er. »Ich habe Pfannkuchen, Milch und Kaffee gekauft.«

»Die Pfannkuchen vertrage ich wahrscheinlich nicht.«

»Sie machen mir Sorgen. Wir hätten in Cancún den Arzt aufsuchen sollen, den ich kenne.«

»Das haben wir schon abgehakt«, murmelte Buchanan. »Ich muß das Land verlassen, bevor das Phantombild verteilt ist.«

»Wie wäre es mit Orangensaft? Versuchen Sie wenigstens den.«

»Ja, das ist gut.« Er trank drei Schlucke.

»Ich bin auf eine Frau gestoßen, die vor Öffnung des Marktes Kartons auspackte. Sie hat mir diesen Strohhut verkauft. Er verdeckt die Kopfwunde. Und dann habe ich einen weiten Umhang gekauft. Sie können ihn über Ihren verbundenen Arm legen, wenn Sie die Kontrolle passieren.«

»In Ordnung«, sagte Buchanan schwach.

»Vorher habe ich mit einigen Fluglinien telefoniert. Sie haben Schwein. Die Aeroméxico hat noch einen Platz nach Miami frei.«

Buchanans Stimmung wurde besser. Bald, dachte er, bald bin ich nicht mehr hier. Ich kann im Flugzeug schlafen. Wade ruft an, meine Leute erwarten mich und bringen mich in eine Klinik.

»Da gibt es bloß noch ein Problem«, sagte Wade.

»Ein Problem?«

»Die Maschine startet erst um zwölf Uhr fünfzig.«

»O Gott, das ist doch erst in vier Stunden.«

»Eine andere Maschine fliegt zwar eher, aber nach Houston. Da war ein Platz frei, wenn die Zwischenlandung nicht ...«

»Was kümmert mich eine Zwischenlandung! Warum haben Sie nicht diese gebucht?«

»Weil sie in Cozumel, also in der Nähe von Cancún, zwischenlandet. Wie ich hörte, müssen die Passagiere die Maschine verlassen.«

»Okay, zwölf Uhr fünfzig nach Miami.«

»Das Ticket kann ich Ihnen nicht kaufen. Zum Eintragen des Namens muß man seinen Paß vorlegen. Nur wenige Menschen überlassen einem anderen den Paß, und schon gar nicht bei der Ausreise. Wenn die Polizei die Beamten angewiesen hat, auf jeden zu achten, der sich verdächtig benimmt, dann würde das genügen, Sie zu verhören.«

»Sogar uns beide. Sie haben recht. Ich kaufe das Ticket lieber selber. « Er sah aus dem Fenster, der Verkehr wurde dichter, Menschen drängten an ihrem Ford vorbei. »Am besten fahren wir jetzt etwas herum. Die Parkerei macht mich nervös.«

»Einverstanden.«

Wade fädelte sich in den Verkehr ein, Buchanan griff mit zitternder Hand nach hinten und zog einen wasserdichten Plastikbeutel aus der Gesäßtasche. »Hier – Ed Potters Reisepaß.«

Wade nahm den Beutel entgegen. »Ich kann Ihnen keine offizielle Empfangsbestätigung ausstellen. Habe keine Formulare bei mir.«

»Scheiß auf die Quittung. Reichen Sie Victor Grants Papiere rüber.«

Wade übergab ihm eine braune Brieftasche aus Leder.

Noch während Buchanan danach griff, spürte er, wie ihm Ed Potter entglitt und Victor Grant von seinem Bewußtsein Besitz ergriff. Schwach und alles andere als wach folgte er seiner Gewohnheit, seine neue Rolle mit Eigenschaften auszustatten. Erst öffnete er die Hülle und prüfte den Inhalt.

»Keine Sorge. Alles da«, beruhigte ihn Wade. »Einschließlich Touristenkarte.«

Buchanan nickte müde und runzelte dann die Stirn. »Ich habe in Cancún eine Menge lockere Fäden zurückgelassen. Hier sind meine Schlüssel. Sobald Sie wieder in Cancún sind, schließen Sie das Büro, das ich gemietet hatte. Sie kennen den Vermieter. Rufen Sie ihn an. Sagen Sie ihm, ich hätte das Geschäft aufgegeben. Den Rest der Miete kann er behalten. Die Schlüssel schicken Sie ihm, nachdem Sie meine Sachen rausgeholt haben.

Das gleiche gilt für meine Wohnung. Verwischen Sie überall meine Spuren. Sie wissen, wo ich mich in Acapulco, Puerto Vallarta und in den anderen Ferienorten aufgehalten habe. « Buchanans Kopf dröhnte. »Was wäre da noch? Fällt Ihnen etwas ein?«

»Ja. Die Kontaktleute, die Sie dort angeworben haben. Sie werden wissen wollen, was aus Ihnen geworden ist, also Fragen stellen ...«

Natürlich, dachte Buchanan. Warum ist mir das nicht eingefallen? Die Benommenheit ist schlimmer, als ich dachte. Ich muß mich mehr konzentrieren. »Kennen Sie alle toten Briefkästen, die ich benutzt habe?«

»Selbstverständlich. Schlage vor, ich hinterlasse für jeden Kontaktmann eine Nachricht mit einer Entschuldigung in Ihrem Namen – Ärger mit der Polizei und so. Dazu noch einmal Schmiergeld, großzügig, damit sie das Maul halten.«

Buchanan grübelte. »Ist das wirklich alles? Irgendwas fehlt noch ...«

»Wenn ja, dann weiß ich nicht, was.«

»Gepäck! Wenn ich das Ticket kaufe, habe ich keinen Koffer, und das fällt auf.«

Wade verließ den Paseo de Mayo und hielt in einer Nebenstraße. Die Geschäfte waren inzwischen geöffnet.

»Ich bin nicht kräftig genug, um etwas Schweres zu tragen. Achten Sie darauf, daß es ein Rollenkoffer ist.« Buchanan nannte Wade seine Größen. »Ich brauche Unterwäsche, Strümpfe, T-Shirts ...«

»Ja, das Übliche.« Wade stieg aus. »Kein Problem. Ich habe so was schon mal gemacht.«

Buchanan sah dem leicht übergewichtigen Mann im zitronengelben Poloshirt nach, der in der Menge verschwand. Dann verriegelte er die Tür und legte den Kopf zurück. Seine rechte Hand zitterte, sein ganzer Körper erschauerte. Das Fieber hat mich voll im Griff. Ich verliere die Kontrolle. Wade ist für dich lebenswichtig. Verärgere ihn nicht.

Mit den Füßen stieß Buchanan an die Tüte mit Pfannkuchen. Der Gedanke an Essen ließ Übelkeit in ihm aufsteigen. Nur noch ein paar Stunden, beruhigte er sich. Gib nicht auf. Du brauchst nur durch die Flughafenkontrolle zu kommen. Er zwang sich, noch etwas Orangensaft zu trinken. Die Säure drehte ihm den Magen um. Victor Grant, dachte er und begann, an einem Pfannkuchen zu knabbern. Victor Grant. Fort Lauderdale. Bootsbauer. Installiere Elektronik. Victor …

Er fuhr zusammen, als Wade die Fahrertür aufschloß und einen Koffer auf den Rücksitz legte.

»Sie sehen furchtbar aus«, sagte er. »Ich habe Ihnen auch Toilettenartikel mitgebracht – Seife, Zahnpasta, kleinen Rasierapparat mit Batterie …«

2

Sie fuhren zu einem Park, wo es einen öffentlichen Waschraum gab. Wade riegelte die Tür zu und stützte Buchanan, der zitternd über dem Waschbecken hing und sich rasierte, so gut er konnte. Er versuchte, sich das blutverkrustete Haar zu kämmen, aber viel Erfolg hatte er dabei nicht. Deshalb entschloß er sich, den blöden Strohhut aufzusetzen. Mit dem Wasser aus der Flasche putzte er sich die Zähne und fühlte sich danach etwas wohler. Er zog ein frisches Hemd und eine neue Hose an, und als sie wieder draußen standen, stopfte Buchanan die blutverschmierten und schmutzigen Sachen in den Müllcontainer. Da die Seiko-Uhr in seiner Vorstellung eng mit dem vergessenen Ed Potter verbunden war, tauschte er sie gegen Wades Timex. Alles half, ein Gefühl für die neue Identität zu entwickeln.

Es war elf Uhr.

»Wir müssen los«, sagte Wade.

Der kleine, trostlose Flughafen wollte nicht recht zu der großen und malerischen Stadt passen. Wade fand einen Parkplatz direkt vor dem flachen Terminal. »Ich trage Ihren Koffer nur bis zum Eingang …«

»Verstehe.«

Buchanan sah sich unauffällig um. Keiner schien auf sie zu achten. Er gab sich Mühe, ganz normal zu gehen und keinerlei Schwäche zu verraten. Vor der Pendeltür schüttelte er Wade die Hand. »Vielen Dank. Ich weiß, ich war ein paarmal eklig. Tut mir leid.«

»Schon gut. Das war ja kein Beliebtheitswettbewerb.« Wade ließ Buchanans Hand nicht los. »Ihre Finger zucken noch ziemlich stark.«

»Nicht so schlimm.«

»Okay. Bis bald, Victor.« Er betonte den neuen Vornamen. »Guten Flug.«

»Das hoffe ich.«

Buchanan vergewisserte sich, ob der Umhang fest auf seiner rechten Schulter saß und den Verband verdeckte. Er packte die Zugschlaufe des Koffers und betrat das Flughafengebäude.

3

Einige Dinge mißfielen ihm sofort. Der Terminal war heiß, winzig und überfüllt. Jedermann, ein paar weiße Amerikaner ausgenommen, schien sich im Zeitlupentempo zu bewegen. Als einer der immer seltener werdenden schlanken Gringos fiel Buchanan auf; die Mexikaner musterten ihn, als er sich durch die beklemmende Menge langsam vorwärtsarbeitete. Das Anstehen in der Schlange am Ticketschalter der Aeroméxico nervte ihn. Es dauerte eine halbe Stunde, bevor er vor der attraktiven Dame am Schalter stand. Schreck durchfuhr ihn, als sie keine Reservierung für Victor Grant fand, aber schließlich erschien sein Name doch noch auf dem Bildschirm. Mit äußerster Sorgfalt fotokopierte sie seine Kreditkarte, bat ihn um eine Unterschrift und zog die Quittung ab.

»*Gracias.*« Beeil dich, dachte Buchanan. Seine Beine wurden immer wackliger.

Noch sorgfältiger betätigte sie die Computertasten und

wartete, bis der Drucker, der ebenfalls im Zeitlupentempo arbeitete, das Ticket ausspuckte.

Endlich hielt Buchanan es in der Hand, bedankte sich noch einmal und ging. Mit dem Koffer im Schlepp wühlte er sich durch die Menge und steuerte auf den Scanner der Sicherheitskontrolle zu. Mit aller Kraft hob er den Koffer auf das Fließband. Als er den Grenzpolizisten mit der Sonde passierte, geriet er aus dem Gleichgewicht, so daß er beinahe gegen einen Pfosten gestoßen wäre. Das Gerät reagierte nicht. Erleichtert, daß die Sicherheitsbeamten sich nicht für ihn interessierten, wuchtete er den Koffer am anderen Ende vom Band und schleppte sich wieder geduldig durch die Menge.

Bald geschafft, dachte er. Noch zwei Checks, und ich bin durch. Er stellte sich bei der Zollkontrolle an. In Mexiko war man in vielen Dingen lax, aber nicht, wenn es darum ging, die illegale Ausfuhr antiker Kunstgegenstände zu unterbinden.

Der hagere Zollbeamte zeigte auf Buchanans Koffer. »*Abralo* – öffnen.« Er wirkte bekümmert.

Buchanan kam der Aufforderung mit schmerzenden Muskeln nach.

Der Beamte wühlte in Buchanans Sachen, runzelte die Stirn, als er nichts Verdächtiges entdeckte, und entließ ihn mit einer Handbewegung.

Buchanan ging weiter. Nur noch ein Check, dachte er. Ausreisebehörde. Ich brauche nichts weiter zu tun, als meine Touristenkarte abzugeben und die Ausreisegebühr von fünfzehn Dollar zu entrichten – vorausgesetzt, daß dem Beamten mein Phantombild nicht vorliegt.

Hastig schob sich Buchanan durch das Gedränge und merkte plötzlich, daß die Konturen der Menschen um ihn herum zu verschwimmen begannen und seine Knie weich wurden. Er griff nach vorn, um sich irgendwo festzuhalten, doch da war kein Halt, und er fiel hin. Mit der rechten Schulter schlug er schwer auf den harten Boden auf. Durch den Schmerz bekam alles Verschwommene wieder scharfe Umrisse. Ein paar Leute blieben stehen, wollten ihm helfen, aber er kam von allein wieder auf die Beine. Während er seinen Umhang zurechtrückte, stellte er zu seiner Beruhigung fest, daß die Polizeibeamten, ganz damit beschäftigt, Touristenkarten einzusammeln und Ausreisegebühren zu kassieren, den Sturz offenbar nicht bemerkt hatten.

Buchanan näherte sich der Kontrolle und atmete erleichtert auf, als er am Schalter kein Phantombild aushängen sah. Er rieb die schweißnasse linke Hand an der Hose trokken, griff in die Hemdtasche und überreichte dem Beamten die gelbe Touristenkarte und die Ausreisegebühr. Der Mann nahm beides und würdigte ihn kaum eines Blickes. Auf einmal wurde er aufmerksam und hob stirnrunzelnd die Hand. »*Pasaporte, por favor* – den Paß bitte.«

Warum? dachte Buchanan erschrocken. Er hat mein Gesicht doch wohl nicht mit einem Phantombild verglichen? Aber wieso hält er mich sonst auf?

Buchanan reichte ihm mit der Linken den Reisepaß. Der Beamte schlug ihn auf, verglich die Fotografie mit Buchanans Gesicht, las das Signalement und sah ihn mißbilligend an.

»*Señor Grant, venga conmigo* – begleiten Sie mich.«

Buchanan setzte eine respektvoll-fragende Miene auf. »*Porqué?* Stimmt etwas nicht?«

Der andere deutete auf Buchanans rechte Schulter. Buchanan blickte hin und ließ sich trotz seiner Überraschung nichts anmerken.

Der Umhang war blutbefleckt. Was er als Schweiß empfunden hatte, war Blut, das ihm sogar aus dem Ärmel tropfte. Mein Gott, dachte er, als ich vorhin gestürzt bin, ist die Naht gerissen.

Der Beamte deutete auf eine Tür. »*Venga conmigo. Usted necesita un medico* – Sie brauchen einen Arzt.«

»*Es nada. No es importante* – nichts Ernstes«, sagte Buchanan. »Ich bin eben gestürzt. Eine kleine Verletzung. Das bringe ich in der Toilette in Ordnung und erreiche dann noch mein Flugzeug.«

Der Beamte griff mit der rechten Hand zum Pistolenhalfter und wiederholte in strengem Ton: »Kommen Sie mit.«

Buchanan folgte ihm zu einer Tür und tat, als sei es völlig normal, wenn einem das Blut von der Schulter lief. An Flucht war nicht zu denken, denn er war sicher, gefaßt zu werden, bevor er sich durch die Menge drängen und einen Ausgang erreichen konnte. Er mußte sich durch Dreistigkeit retten, bezweifelte jedoch, den Mann, wenn dieser erst die Wunde gesehen hatte, mit seiner erfundenen Erklärung überzeugen zu können. Er würde Fragen über Fragen beantworten müssen. Vermutlich war inzwischen auch das Phantombild eingetroffen. Eins stand fest: Die Maschine um zwölf Uhr fünfzig nach Miami würde ohne ihn starten. Schade, beinahe hätte es geklappt, dachte er.

4

In den USA ist ein Verdächtiger unschuldig, bis seine Schuld erwiesen ist. In Mexiko, das seine Rechtsprechung auf den Code Napoléon gründet, ist es umgekehrt: Ein Verdächtiger ist schuldig, bis seine Unschuld erwiesen ist. Gefangene werden nicht darüber informiert, daß sie das Recht zur Aussageverweigerung haben oder daß ihnen ein Anwalt zur Verfügung gestellt wird, falls sie sich keinen leisten können. Das Recht, innerhalb von zwei Tagen verhört zu werden, sowie ein Recht auf ein umgehendes Gerichtsverfahren gibt es nicht. Solche Anschauungen werden in Mexiko belächelt. Ein Gefangener hat keine Rechte.

Buchanan teilte einen muffigen, von Flöhen befallenen Käfig, sechs Meter lang und fünf Meter breit, mit zwanzig zerlumpten Gefangenen, meist wohl Dieben und Vagabunden. Um niemanden anzurempeln und darüber in Streit zu geraten, achtete Buchanan darauf, daß er sich nicht von der Stelle rührte. Die anderen schliefen eng beieinander im schmutzigen Stroh auf der Erde, er hockte an der Wand und döste, den Kopf auf den Knien. Solange wie möglich zögerte er die Benutzung eines Lochs in der Ecke hinaus, das als Toilette diente. Trotz seiner Benommenheit gab er sich Mühe, gegen einen möglichen Angriff auf der Hut zu sein. Als einziger *yanquí* war er ein bequemes Opfer. Uhr und Brieftasche waren ihm zwar abgenommen worden, doch seine Kleider und vor allem die Schuhe, besser als die der anderen Gefangenen, waren eine Versuchung.

Die meiste Zeit verbrachte Buchanan nicht in der Zelle, und die Übergriffe gingen nicht von den Mitgefangenen, sondern von den Wärtern aus. Auf dem Weg von der Zelle zum Verhör wurde er gestoßen und Treppen hinuntergeworfen. Während der Befragungen wurde er mit Stöcken traktiert und mit Gummischläuchen geschlagen, immer an Stellen, die von der Kleidung bedeckt waren, niemals ins Gesicht oder an den Kopf. Dennoch erlitt er Kopfverletzungen, als sie nämlich den Stuhl umstießen, an den er gefesselt war. Wenn ein Arzt die Schulter nicht noch einmal genäht und verbunden hätte, wäre er im Gefängnis von Mérida wahrscheinlich an Blutverlust und einer Infektion gestorben. Natürlich wurde der Arzt nicht aus Mitleid geholt, sondern einfach aus praktischen Erwägungen: Ein toter Mann kann keine Fragen beantworten. Buchanan war mit dieser Einstellung vertraut und wußte, daß die Inquisitoren, hatten sie die gewünschten Auskünfte einmal erhalten, sich nicht zu weiteren medizinischen Aufmerksamkeiten verpflichtet sahen.

Seine Weigerung, eine Aussage zu machen, wurde von drei Umständen begünstigt: Erstens bedienten sich seine Peiniger ungeschickter, brutaler Methoden, denen leichter zu widerstehen war als der gekonnten Anwendung von Elektroschocks kombiniert mit Wahrheitsdrogen. Zweitens neigte er in seinem geschwächten Zustand dazu, während der Folter ohnmächtig zu werden, was einer natürlichen Betäubung gleichkam. Und drittens hatte er eine vorgeschriebene Rolle zu spielen und einem Szenario zu folgen, das ihm sein Verhalten vorschrieb.

Die Grundregel lautete, daß er als Gefangener nie die Wahrheit gestehen durfte: Teilwahrheiten konnte er preisgeben, um darauf eine glaubhaftere Lüge aufzubauen. Die ganze Wahrheit war nicht erlaubt. Buchanans Geständnis, daß er in Notwehr drei Mexikaner getötet hatte, die nachweislich Drogenhändler waren, und als verdeckter Ermittler für eine geheime Abteilung der United States Army tätig war, hätte ihm zwar das Leben gerettet, doch hätte er davon nicht viel gehabt. Als Lehre für die USA, sich nicht in mexikanische Angelegenheiten einzumischen, hätte er eine sehr lange Gefängnisstrafe in Mexiko absitzen müssen. Wenn man die harten Bedingungen in mexikanischen Gefängnissen, vor allem für *yanquís*, berücksichtigte, dann würde das einem Todesurteil gleichkommen. Andererseits, wenn Mexiko ihn als Geste des guten Willens (und für Gegenleistungen) an die USA auslieferte, dann würden ihm seine Vorgesetzten das Leben zur Hölle machen, weil er seinen Vertrag gebrochen hatte.

5

»Sie sind also Victor Grant«, sagte der fette, schnauzbärtige Vernehmer mit dem öligen schwarzen Haar zu Buchanan. Sie befanden sich in einem kleinen, kahlen Raum, der außer einer Bank und einem Stuhl nichts enthielt. Aus dem Mund des rundgesichtigen, schwitzenden Beamten klang der Name Victor Grant wie ein Wort für Durchfall.

»Richtig.« Buchanans Kehle war so trocken, daß ihm die Stimme versagte, und sein Körper so dehydriert, daß er schon lange nicht mehr schwitzte. Das Seil, das ihn an den Stuhl fesselte, schnitt in die verletzte Schulter.

»Sprich spanisch, verdammt!«

»Aber ich kann nicht spanisch sprechen.« Buchanan holte Luft. »Wenigstens nicht besonders gut.« Er versuchte zu schlucken. In seiner neuen Rolle – das hatte er sich überlegt – sprach er kein Spanisch. Auf diese Weise konnte er stets so tun, als habe er die Fragen nicht verstanden.

»*Cabrón* – Hurensohn! Mit dem Beamten auf dem Flughafen hast du spanisch gesprochen.«

»Ja, das stimmt.« Buchanan ließ den Kopf hängen. »Aber nur ein paar Worte. Ein Spanisch für den Notfall.«

»Notfall?« fragte ein Wachtposten mit tiefer Stimme, der hinter ihm stand. Er packte ihn am Schopf und riß ihm den Kopf nach hinten. »Wenn wir dir die Haare nicht ausreißen sollen, sprichst du jetzt spanisch – sonst wird es ein Notfall.«

»*Un poco* – ein bißchen. Mehr kann ich nicht.«

»Warum hast du die drei Männer in Cancún getötet?«

»Wovon sprechen Sie? Ich habe niemanden getötet.«

Der Dicke in der durchgeschwitzten Uniform stieß sich von der Sitzbank hoch, watschelte näher und hielt Buchanan ein Phantombild unter die Nase.

»Kommt dir das bekannt vor?« knurrte er. »Mir schon. Es erinnert mich an dich. Wir haben einen Zeugen, sogar einen Landsmann von dir. Er hat gesehen, daß du die Männer getötet hast.«

»Tut mir leid, ich weiß nicht, wovon Sie reden.« Buchanan sah ihn feindselig an. »Das Bild ähnelt mir vielleicht, ein paar hunderttausend anderen Amerikanern aber auch.« Er gönnte seiner heiseren Stimme eine Pause. »Ich gebe zu, vor ein paar Tagen in Cancún gewesen zu sein. Aber von diesen Morden weiß ich nichts.«

»Du lügst!« Der Inquisitor holte mit einem Stück Gummischlauch aus und schlug Buchanan heftig auf den Bauch.

Buchanan stöhnte auf, konnte sich aber wegen des Seils, mit dem er an den Stuhl gefesselt war, nicht zusammenkrümmen. Hätte er nicht gesehen, wie der Mann den Schlauch schwang, er hätte dem Schmerz nicht durch Muskelanspannung begegnen können. Er tat, als sei der Hieb schmerzhafter gewesen, kniff die Augen zusammen und warf den Kopf zurück.

»Beleidige mich nicht!« schrie der Fettwanst. »Gib es zu! Du lügst!«

»Nein«, murmelte Buchanan. »Ihr Zeuge lügt. Wenn es einen Zeugen gibt. Wie wäre das möglich ? Ich habe niemanden getötet. Ich habe keine Ahnung von ...«

Der Beamte hielt Buchanans Reisepaß hoch und wiederholte im gleichen verächtlichen Ton wie vorher: »Victor Grant.«

»Ja.«

»Sogar das Paßbild ähnelt dem Phantombild.«

»Das Phantombild taugt nichts«, widersprach Buchanan.

»Welchen Beruf hast du?« Der Schlauch tippte gegen den Verband an Buchanans Schulter.

Zusammenzuckend erzählte Buchanan seine Geschichte.

Das Klopfen verstärkte sich. »Und was hattest du in Mexiko zu tun?«

Buchanan nannte den Namen des Kunden, mit dem er angeblich gesprochen hatte. Die Wunde schwoll an, und bei jeder Berührung des Schlauchs wurden die Schmerzen schlimmer.

»Du behauptest also, du bist geschäftlich hier und nicht zum Vergnügen?«

»Ein Aufenthalt in Mexiko ist natürlich stets ein Vergnügen, stimmt's?« Buchanan sah auf den Schlauch, der nun härter zuschlug. Bald würde er wieder ohnmächtig werden.

»Warum hast du kein Geschäftsvisum?«

»Weil ich erst kurz vor der Reise erfuhr, daß der Kunde meinen Besuch erwartet. Die Ausstellung eines Geschäftsvisums braucht Zeit. Also habe ich eine Touristenkarte genommen. Das ist viel einfacher.«

Der Beamte stieß Buchanan mit dem Schlauchende unter das Kinn. »Du bist illegal nach Mexiko eingereist.«

»Erst beschuldigen Sie mich, drei Männer getötet zu haben.« Das Atmen fiel ihm immer schwerer. »Nun werfen Sie mir vor, daß ich kein Geschäftsvisum habe. Was kommt als nächstes? Werden Sie mir vorwerfen, daß ich auf Ihren Fußboden gepinkelt habe? Denn das muß ich tun, wenn ich nicht gleich auf die Toilette darf.«

Der Mann hinter ihm zerrte ihn wieder an den Haaren, so daß ihm Tränen in die Augen traten. »Du denkst wohl, das ist alles nicht ernst gemeint?«

»O nein. Glauben Sie mir. Ich weiß, das Sie es sehr ernst meinen.«

»Aber man merkt dir keine Furcht an.«

»Nicht? Ich fürchte mich aber sehr.«

Der Dicke strahlte zufrieden.

»Weil ich unschuldig bin, habe ich andererseits Wut im Bauch. Mir reicht's jetzt.« Jedes Wort kostete ihn große Anstrengung. »Ich möchte einen Anwalt sprechen.«

Der Vernehmer starrte ihn ungläubig an und brach schließlich in dröhnendes Gelächter aus, wobei sein Wanst wackelte. »Einen Anwalt?«

Auch der Wachtposten platzte los.

»Un jurisconsulto?« fragte der Beamte höhnisch. »Wozu?« Er schlug Buchanan mit dem Schlauch über die Schienbeine. »Ich habe dir schon gesagt, du brauchst keinen Anwalt, du brauchst einen Priester. Denn dir helfen jetzt nur noch Gebete.«

»Ich bin Bürger der Vereinigten Staaten von Amerika. Ich habe das Recht ...« Buchanan konnte sich nicht länger beherrschen. Seine Blase war bis zur Schmerzgrenze voll. Er mußte sich entleeren. Das warme Naß ergoß sich über den Stuhlsitz und tropfte auf den Boden.

»*Cochino* – Schwein!« Buchanan bekam einen Hieb auf die verletzte Schulter. Er wurde am Hemd gepackt und nach vorn gezerrt. Dabei kippte der Stuhl um und riß Buchanan mit.

Er schlug mit dem Gesicht auf den Betonboden. Er hörte noch, daß sein Peiniger auf spanisch nach einem Scheuerlappen rief. Der Gringo solle die Sauerei selber aufwischen. Doch Buchanan bezweifelte, daß er dazu in der Lage sein würde. Er bemerkte, daß sein Urin rot war. Sie haben mir innere Verletzungen zugefügt, ich habe Blut im Urin, dachte er.

»Weißt du, was ich glaube, Gringo? Ich glaube, du bist in Drogengeschäfte verwickelt. Du und die Männer, die du gekillt hast, ihr habt euch um Einnahmen gestritten. Ich ...« Die Stimme des Beamten wurde leiser und verhallte wie ein Echo. Buchanan war bewußtlos.

6

Buchanan saß wieder aufrecht, noch immer an den Stuhl gefesselt. Es dauerte geraume Zeit, bis er deutlich sehen konnte und sein Geist wieder aufnahmefähig war. Er konnte sich nicht vorstellen, wie lange er ohnmächtig gewesen war. Die Urinlache war verschwunden. Nicht einmal ein feuchter Fleck ist geblieben. Viel Zeit muß vergangen sein, schloß er. Doch meine Hose ist noch naß. Verdammt, sie haben mich einfach in einen anderen Raum geschleift. Sie wollen mein Gehirn manipulieren.

»Wir haben einen Freund herbestellt.«

»Endlich«, sagte Buchanan.. »Mein Kunde kann meine Aussage bestätigen. Wir können die Sache aufklären.«

»Kunde? Habe ich Kunde gesagt?« Der Dicke öffnete die Tür, und flankiert von zwei Wachen trat ein großer Kerl mit breiten Schultern ein: Big Bob Bailey – in denselben Klamotten, mit denen er in das Restaurant des Club Internacional in Cancún gekommen war. Der Mann wirkte erschöpft, das unrasierte Gesicht war gerötet, aber nicht von Sonne oder Alkohol, sondern vor Aufregung.

Die Wachtposten stießen Bailey in den Raum und hielten ihn mit festem Griff an den Ellbogen. Er tappte unsicher voran.

Na, die haben dich ordentlich in die Mangel genommen, seit sie dich am Strand festgenommen haben, dachte Buchanan. Sie haben jede kleine Information aus dir herausgepreßt, und da sie dir übel mitgespielt haben, bestärkt dich das, bei deiner Geschichte zu bleiben.

Der Vernehmer drückte Buchanans Gesicht mit dem Schlauchende nach oben. »Ist das der Mann, den Sie in Cancún gesehen haben?«

Bailey zögerte.

»Antworten Sie.«

»Ich …« Bailey fuhr sich mit zittriger Gebärde über den Bürstenschnitt. »Könnte sein.« Seine Stimme war heiser, er roch nach Zigarettenqualm.

»Könnte sein?« Der Beamte zeigte ihm das Phantombild.

»Als sie der Polizei dabei geholfen haben, muß Ihre Beschreibung ganz eindeutig gewesen sein.«

»Na ja, aber ...«

»Aber?«

Bailey räusperte sich. »Ich hatte getrunken. Mein Verstand war wohl nicht ganz klar.«

»Sind Sie jetzt nüchtern?«

»Ja, leider ganz nüchtern.«

»Dann müßte Ihr Verstand wieder klar sein. Ist das der Mann, der drei Männer am Strand hinter dem Hotel erschossen hat?«

»Moment mal. Ich habe nicht gesehen, wie jemand erschossen wurde. Ich habe bei der Polizei in Cancún lediglich ausgesagt, daß ich einen Bekannten mit drei Mexikanern gesehen habe. Es war dunkel. Schüsse fielen. Ich bin in Deckung gegangen. Ich weiß nicht, wer wen erschossen hat, aber mein Bekannter hat es überlebt und ist weggerannt.«

»Logisch, daß der Überlebende für den Tod der anderen verantwortlich ist.«

»Ich bin nicht sicher.« Bailey fuhr sich mit der Pranke ungeschickt über den Nacken. »Ein amerikanisches Gericht würde sich dieser Logik nicht anschließen.«

»Wir sind hier in Mexiko. Ist das der Mann, der weggerannt ist?«

Bailey kniff die Augen zusammen. »Er hat jetzt andere Sachen an. Sein Haar ist blutverschmiert, sein Gesicht schmutzig. Er hat aufgeplatzte Lippen. Er ist unrasiert und sieht alles in allem mies aus. Er ähnelt meinem Bekannten höchstens.«

»Ähnelt nur? Können Sie das nicht genauer sagen, Señor Bailey? Denn je eher wir das klären, desto früher können Sie in Ihr Hotel zurückkehren.«

»Okay. Ich glaube, ja, er ist mein Bekannter.«

»Das stimmt nicht. Ich habe den Mann in meinem ganzen Leben nie gesehen.«

»Er behauptet, er hat dich in Kuwait und im Irak getroffen. Während des Golfkriegs.«

»Was für ein Unsinn!« Die Schmerzen in Buchanans Unterleib wurden stärker. Er biß sich auf die Lippen und fuhr gequält fort: »Und dann soll er mir in Cancún rein zufällig über den Weg gelaufen sein? Hören Sie, ich war nie in Kuwait oder im Irak, und ich kann es beweisen. Sie brauchen bloß die Stempel in meinem Paß zu prüfen. Der Kerl kennt sicher nicht mal meinen Namen.«

»Jim Crawford«, sagte Bailey wütend. »Aber Sie haben mich belogen. Sie haben gesagt, Sie heißen Ed Potter.«

»Jim Crawford? Ed Potter? Was soll das? Weiß dieser Kerl nicht einmal, daß ich Victor Grant heiße? Zeigen Sie ihm meinen Paß. Ich bin nicht der, für den er mich hält, und über die drei ermordeten Männer weiß ich auch nichts.«

»Meine Kollegen in Cancún ermitteln gegen einen Ed Potter. Angenommen, du hast Señor Bailey nicht angelogen, dann hast du dort Spuren hinterlassen. Irgendwo hast du gewohnt, hast deine Sachen untergebracht. Du mußt irgendwo geschlafen haben. Das kriegen wir heraus. Es gibt Leute, die dich dort getroffen haben. Diese Leute stellen wir dir gegenüber, und sie werden dich als Ed Potter identifizieren und Señor Baileys Aussage bestätigen.« Der Beamte bedrohte Buchanan wieder mit dem Schlauch. »Und dann wirst du uns erklären, warum du die drei Männer erschossen hast, einen Paß mit anderem Namen besitzt, und warum du so viele Namen benutzt.«

»Sollen sie ermitteln«, sagte Buchanan. »Sie können meinetwegen gegen Ed Potter ermitteln, wer immer er sein mag. Ich mache mir darüber keine Sorgen. Denn dieser Mann bin ich nicht. Das Schlimme ist nur, daß Sie Ihre Zeit vergeuden, während Sie mich hier zusammenschlagen. Aber Sie werden Ihr Ziel nicht erreichen, denn ich schwöre Ihnen, ich gestehe nichts, was ich nicht getan habe.« Er warf dem massigen, nervösen Texaner einen wütenden Blick zu. »Wie hat der Bulle Sie genannt? Bailey?«

Bailey verlor die Geduld. »Crawford, Sie wissen verdammt gut, daß Ihr Name ...«

»Hören Sie auf, mich Crawford zu nennen. Oder Potter. Sie haben einen großen Fehler begangen, und wenn Ihr Gedächtnis nicht besser wird ...«

Buchanan konnte abermals den Druck in der Blase nicht länger aushalten und wollte es auch nicht. Ihm fiel eine neue taktische Variante ein. Er ließ den Urin laufen und brauchte nicht hinzusehen, um zu wissen, daß er rot war.

Denn Bailey erbleichte, bedeckte den Mund mit der Hand und stotterte:

»Mein Gott ... Sehen Sie ... Er ... Er ist ...«

»Ja, Bailey, sehen Sie sich das genau an. Sie haben mich so in die Mangel genommen, daß innen etwas verletzt wurde. Und Sie tragen die Verantwortung, wenn sie mich umbringen, bevor sie merken, daß Sie sich geirrt haben.«

Bailey wurde noch bleicher.

»Dich umbringen? Das ist lächerlich«, unterbrach ihn der Beamte. »Offenbar hast du nicht nur an der Schulter und am Kopf Verletzungen. Das habe ich nicht gewußt. Sobald Señor Bailey dieses Dokument unterschrieben und dich identifiziert hat, kann er gehen, und ich lasse einen Arzt holen.«

Er schob Bailey einen Kugelschreiber und eine maschinengeschriebene Erklärung hin.

»Na los, unterschreiben Sie«, sagte Buchanan. »Und dann beten Sie, daß die Polizei den Irrtum merkt, bevor ich noch mehr geschlagen werde und soviel Blut verliere, daß ... Wenn sie mich umbringen, sind Sie der nächste.«

»Wieso?« fragte Bailey. »Was soll das heißen?«

»Seien Sie nicht blöde, Bailey. Überlegen Sie mal. Man wird Ihnen die Schuld geben. Es geht dann um den Tod eines amerikanischen Bürgers in einem mexikanischen Gefängnis. Meine Leiche wird nicht aufzufinden sein. Über meine Verhaftung gibt es keine Aufzeichnungen. Und der einzige, der die Wahrheit aufdecken könnte, sind Sie.«

Bailey sah den Beamten ratlos und entsetzt an.

Dieser packte ihn am Arm. »Der Gefangene fantasiert natürlich. Wir müssen ihn ausruhen lassen. Sie unterschreiben das Dokument im Vorzimmer, und ich kümmere mich inzwischen um einen Arzt.«

Zögernd ließ sich Bailey zur Tür schieben.

»Klar«, sagte Buchanan, »einen Arzt. Dabei meint er nur weitere Schläge mit dem Schlauch, weil ich Ihnen erklärt habe, wie schlimm Sie dran sind. Denken Sie nach, Bailey. Sie haben zugegeben, betrunken gewesen zu sein. Warum geben Sie nicht zu, daß ich höchstwahrscheinlich nicht der Mann bin, den Sie in Cancún gesehen haben?«

»Genug jetzt.« Der Beamte bohrte Buchanan den Schlauch in die Schulter. »Jeder Narr sieht, daß du schuldig bist. Wie erklärt sich sonst deine Schußwunde?«

»Es ist keine Schußwunde.« Buchanan sprach mit zusammengebissenen Zähnen.

»Aber der Arzt hat gesagt ...«

»Woher will der das wissen? Er hat die Wunde nicht untersucht. Er hat sie bloß wieder zugenäht.« Buchanan verzog das Gesicht. »Ich wiederhole nochmals: Ich habe mir die beiden Verletzungen bei einer Bootsfahrt zugezogen. Ich bin beim Auslaufen aus dem Hafen besoffen von der Jacht meines Kunden gefallen. Mit dem Kopf bin ich an den Rumpf geschlagen ... Eine der Schrauben hat die Schulter gestreift ... Glücklicherweise habe ich überlebt.«

»Alles erlogen.«

»Na schön, beweisen Sie es. Beweisen Sie, daß ich lüge. Um Himmels willen, tun Sie, worum ich gebeten habe. Holen Sie meinen Kunden her, fragen Sie ihn, ob er mich kennt. Fragen Sie ihn, ob er meine Verletzungen erklären kann.«

»Ja, der Vorschlag ist gar nicht schlecht«, sagte Bailey. »Ich glaube ja bloß, daß er dem Mann, den ich kenne, ähnlich sieht.« Nachdenklich rieb sich Bailey mit der großen schwieligen Hand über die Bartstoppeln. »Nun bin ich nicht mehr so sicher. Ich brauche Zeit zum Nachdenken. Die Sache ist ziemlich ernst.«

»Jeder macht mal einen Fehler«, sagte Buchanan. »Ihr Wort gegen meins. Darauf läuft es hinaus. Bis mein Kunde seine Aussage macht.«

Bailey fixierte die Urinpfütze auf dem Boden. »Ich unterschreib' nichts. Der Kunde, von dem er spricht, wäre doch der viel bessere Zeuge. Holen Sie den her!«

»Charles Maxwell. Seine Jacht hat in der Nähe des Columbus-Kais in Cancún festgemacht.« Buchanan frohlockte im stillen. Dann überließ er sich seinem Schwindelgefühl.

Er hatte getan, was er konnte. Nachdem er zusammengesackt war, drang noch eine Weile der erregte Wortwechsel zwischen dem Beamten und Big Bob Bailey an sein Ohr.

7

Er wurde in die Zelle zurückgebracht. Als er hineinwankte und sich bemühte, die anderen Gefangenen nicht anzustoßen, fielen ihm unbekannte Gesichter auf. Müde stellte er Vermutungen darüber an. Neue Betrunkene waren anstelle der ausgenüchterten aufgenommen worden; nur Diebe und andere Halunken wurden länger festgehalten und irgendwann vor Gericht gestellt. Er ahnte, daß es aufgrund seines geschwächten Zustands nicht lange dauern würde, bis die Räuber über ihn herfielen. Er fand einen Platz an der Wand und ließ sich nieder, bemüht, wach zu bleiben; er erwiderte ihre feindseligen Blicke, verbarg die Schmerzen und überlegte, wie er sich am besten verteidigen sollte. Doch bevor er sich für eine der möglichen Taktiken entschieden hatte, wurde die Zelle aufgeschlossen und zwei Wachtposten forderten ihn auf mitzukommen.

Sie brachten ihn nicht in das Vernehmungszimmer, sondern in einen Teil des Gefängnisses, den er nicht kannte. Die Wachen stießen eine Tür auf, und Buchanan riß erstaunt die Augen auf. Er hatte seinen Peiniger erwartet, aber er stand vor einem Waschbecken und einer Dusche. Ihm wurde befohlen, sich auszuziehen, zu duschen und sich zu rasieren. Auf einem Stuhl lagen ein weißes Baumwollhemd, eine Hose und ein Paar Gummisandalen bereit. Gern gehorchte er. Das kalte Wasser frischte seine nachlassenden Kräfte auf. Die Posten hielten Wache. Nachdem Buchanan sich angezogen hatte, erschien ein anderer, dritter Wächter und stellte ein Tablett auf das Waschbecken. Zu Buchanans Erstaunen stand ein Teller mit aufgewärmten Bohnen und Tortillas darauf, die erste warme Nahrung, die ihm seit seiner Einlieferung angeboten wurde. Schwäche und Schmerzen hatten sein Hungergefühl unterdrückt, und so griff er unwillkürlich zu etwas anderem: einer Flasche Trinkwasser. Gierig öffnete er den Verschluß und trank in großen Schlucken. Nicht zuviel, ermahnte er sich. Es könnte dich krankmachen.

Er sah die Speisen an, deren Duft ihn teils anzog, teils abstieß. Sie könnten vergiftet sein, dachte er, die Dusche und die sauberen Kleider sind vielleicht ein Trick, damit ich mein Mißtrauen ablege und die Nahrung annehme. Doch ich muß das Risiko eingehen. Es dauerte lange, bevor er den ersten Löffel Bohnen hinunterschluckte. Da sein Magen sich nicht auflehnte, trank er noch etwas Wasser und biß von einer Tortilla ab.

Er konnte die Mahlzeit nicht beenden. Ein weiterer Wachtposten erschien und führte ihn mit steinerner Miene an der überfüllten Gemeinschaftszelle vorbei zu den Vernehmungsräumen. Warum? fragte sich Buchanan. Warum durfte ich mich waschen und etwas essen, wenn sie doch nur vorhaben, mich wieder mit dem Schlauch zu traktieren?

Der Raum, zu dem Buchanan gebracht wurde, war für ihn neu, der Mann hinter dem Schreibtisch nicht. Es war der fette Vernehmer mit dem dicken Schnauzbart. Ihm gegenüber saß ein Amerikaner, Mitte Vierzig, mittelgroß, mit vorstehendem Kinn, zusammengekniffenen Lippen, schmaler Nase und dichten, dunklen Augenbrauen, die sich gegen die schütteren, von der Sonne ausgebleichten Haare abhoben. Er war braungebrannt und trug einen teuren, dunkelblauen Anzug. Vornehm. Imponierend. Ein Mann, den man gern als Verbündeten hätte.

Buchanan hatte keine Ahnung, wer der Besucher war. Er wagte nicht zu glauben, daß der dicke Beamte auf seine Forderung eingegangen war und Charles Maxwell, seinen angeblichen Kunden, benachrichtigt hatte. Zwar hatte Wade dieses Alibi im letzten Augenblick arrangiert, doch Buchanan zweifelte nicht, daß dieser Maxwell seine Aussage voll und ganz bestätigen würde. Was aber, wenn der Vernehmer sich einen Amerikaner besorgt hatte, der nur als Maxwell auftrat? War es möglich, daß er Buchanan dazu bringen wollte, den Amerikaner als vermeintlichen Bekannten zu begrüßen und damit Buchanan als Lügner zu entlarven?

Erwartungsvoll erhob sich der Amerikaner.

Buchanan mußte reagieren, er konnte nicht einfach vor sich hinstarren. Er seufzte, ging auf den Amerikaner zu und legte ihm die Hand auf die Schulter.

»Schön, daß Sie gekommen sind!«

Es war eine wohlüberlegte Begrüßung, die sich sowohl auf Maxwell als auch auf einen ihm unbekannten Amerikaner beziehen konnte. Schlaff ließ er sich auf einen Stuhl neben dem ramponierten Schreibtisch fallen. Die Spannung verstärkte seine Schmerzen.

»Selbstverständlich bin ich sofort gekommen«, sagte der Amerikaner.

Das deutete zwar auf eine enge Beziehung zwischen dem Amerikaner und Buchanan hin, war aber für Buchanan nicht eindeutig genug, seinen Besucher als Charles Maxwell zu behandeln. Mach schon, gib mir ein Zeichen. Gib mir zu verstehen, wer du bist.

»Was ich hörte, hat mich beunruhigt«, fuhr der Amerikaner fort. »Ich muß zugeben, Sie sind in besserer Verfassung, als ich befürchtete, Mr. Grant.«

Mr. Grant? dachte Buchanan.

»O ja, hier fühlt man sich wie in einem richtigen Country Club«, sagte Buchanan.

»Es war bestimmt schrecklich für Sie.« Der Amerikaner sprach mit tiefer Stimme. »Doch das ist nun vorbei.« Er reichte Buchanan die Hand. »Ich bin Garson Woodfield. Von der amerikanischen Botschaft. Ihr Freund Robert Bailey hat uns angerufen.«

Der fette Beamte war sauer.

»Bailey ist nicht mein Freund«, sagte Buchanan betont. »Hier habe ich ihn zum erstenmal getroffen. Er hat die fixe Idee, daß er mich in Cancún gesehen hat und mich bereits zuvor in Kuwait kennenlernte. Es ist im Grunde seine Schuld, daß ich in der Tinte sitze.«

Woodfield zuckte die Achseln. »Nun, anscheinend will er alles wiedergutmachen. Auch Charles Maxwell hat er angerufen.«

»Einer meiner Kunden. Meine Hoffnung war, daß er herkommt.«

»Wie Sie wissen, hat Mr. Maxwell großen Einfluß. Er ging jedoch davon aus, daß es unter den gegebenen Umständen das beste wäre, den Botschafter anzurufen und zu ersuchen, dieses Problem durch offizielle Intervention zu lösen.« Woodfield betrachtete eingehend Buchanans Gesicht. »Sie haben aufgeplatzte Lippen. Und einen blauen Fleck am Kinn.« Nachdenklich wandte er sich an den Beamten. »Dieser Mann ist geschlagen worden.«

Der Fettwanst reagierte beleidigt. »Geschlagen? Unsinn. Als er herkam, war er aufgrund seiner Verletzungen so wackelig auf den Beinen, daß er eine Treppe hinuntergefallen ist.«

Woodfield erwartete von Buchanan ein Dementi. Doch der bestätigte:

»Mir wurde schwindelig, und ich ließ das Treppengeländer los.«

Woodfield war überrascht, der Beamte verdutzt.

»Wurden Sie bedroht, damit Sie nichts über die Behandlung hier sagen?« fragte Woodfield.

»Sie sind nicht gerade sanft mit mir umgegangen«, antwortete Buchanan, »aber bedroht haben sie mich nicht.«

»Robert Bailey behauptet, Sie seien an einen Stuhl gefesselt worden«, fuhr Woodfield fort.

Buchanan nickte.

»Und mit einem Schlauch geschlagen worden.«

Buchanan nickte wieder.

»Und Sie haben Blut im Urin.«

»Stimmt.«

»Sie wissen, daß ich im Fall nachgewiesener Mißhandlung diplomatische Maßnahmen ergreifen könnte, um Ihre Freilassung zu erwirken.«

»Der Herr hier glaubt, ich hätte drei Männer getötet. Was er mit mir angestellt hat, um ein Geständnis zu erpressen, ist von seinem Standpunkt aus verständlich. Aber er hat mir nicht erlaubt, meine Unschuld zu beweisen – darüber bin ich empört. Er wollte meinen Kunden, meinen Entlastungszeugen, nicht kommen lassen.«

»Darum haben wir uns gekümmert«, sagte Woodfield. »Ich habe hier eine Erklärung« – er zog sie aus der Aktentasche – »aus der hervorgeht, daß Mr. Victor Grant sich zum Zeitpunkt der Morde auf Mr. Maxwells Jacht aufhielt. Sie haben eindeutig den falschen Mann verhaftet, Señor!«

»Für mich ist das nicht eindeutig.« Das Doppelkinn des Dicken wabbelte entrüstet. »Ich habe einen Zeugen, der diesen Mann am Tatort gesehen hat.«

»Messen Sie etwa Mr. Baileys Wort mehr Gewicht bei als der Erklärung eines so angesehenen Mannes wie Mr. Maxwell?«

»Wir sind in Mexiko. Hier sind alle gleich.« Der Beamte ließ wütend die Augen blitzen.

»Ja. Genau wie bei uns.« Woodfield sprach jetzt zu Buchanan. »Mr. Maxwell bat mich, Ihnen diesen Brief zu überreichen.« Er holte ihn aus der Aktentasche und gab ihn Buchanan. »Inzwischen möchte ich einmal Ihren Waschraum benutzen.«

»Oh, die Toilette. *Sí.*« Der Beamte quälte den massigen Leib aus dem Stuhl, öffnete die Tür und wies einen Posten an, Mr. Woodfield zum *sanitario* zu begleiten.

Buchanan las den Brief.

Vic,
tut mir leid, daß ich nicht selber kommen konnte. Ich komme, wenn es nötig ist, aber erst sollten wir andere Möglichkeiten ausschöpfen. Schauen Sie mal in die Kameratasche, die Woodfield bei sich hat. Falls der Inhalt nach Ihrer Meinung etwas nützt, dann versuchen Sie es. Hoffe, Sie bald wieder in den Staaten zu sehen.

Chuck

Neben Woodfields Stuhl stand die graue Kameratasche aus Nylon.

Der Vernehmer war neugierig auf den Brief. »Sie haben die Schläge verschwiegen. Warum?« Er trat näher.

»Ganz einfach. Ich möchte, daß wir Freunde sind.«

»Warum?«

»Weil ich ohne Ihre Hilfe hier nicht rauskomme. Woodfield kann Ihnen bei Ihren Vorgesetzten und bei Politikern großen Ärger machen. Dennoch würde ich vielleicht erst nach der Entscheidung eines Richters entlassen, und bis dahin bin ich Ihnen ausgeliefert.« Buchanan machte eine Pause und gab sich Mühe, erschöpft auszusehen. »Manchmal passieren schlimme Unfälle im Gefängnis. Manchmal stirbt ein Gefangener, bevor ein Richter dazu kommt, ihn anzuhören.«

Buchanan deutete auf die Kameratasche. »Darf ich?«

Der Dicke nickte.

Buchanan stellte sich die Tasche auf die Knie. »Ich bin unschuldig. Bailey ist ein Wirrkopf. Er weiß nicht mehr, wen er gesehen hat. Mein Paß beweist, daß ich ein anderer bin. Mein Kunde bezeugt, daß ich nicht am Tatort war. Sie aber haben viel Zeit und Mühe in Ihre Ermittlungen investiert. Mir, an Ihrer Stelle, wäre es auch nicht recht, meine Energie vergeudet zu haben. Die Regierung zahlt Ihnen für all Ihre Mühe nicht genug.« Buchanan öffnete die Tasche und legte den Inhalt auf den Schreibtisch. Es waren ordentliche Stapel benutzter amerikanischer Zehndollarscheine. Buchanan durchblätterte eines der Bündel.

»Das sind insgesamt zehntausend Dollar.« Buchanan legte die Scheine in die Tasche zurück. »Mißverstehen Sie mich nicht. Ich bin kein reicher Mann. Ich arbeite hart, genau wie Sie, und soviel Geld hab ich nicht flüssig. Es gehört einem meiner Kunden. Er leiht es mir, damit ich meine Rechtsanwaltkosten bezahlen kann. Aber ich sehe nicht ein, warum ein Anwalt es kriegen soll, wenn ich doch unschuldig bin und er nicht viel zu tun braucht, um mich freizubekommen.«

Buchanan warf einen Blick zur Tür.

»Woodfield kommt gleich zurück. Warum tun Sie uns beiden nicht den Gefallen, nehmen das Geld und lassen mich frei?«

Der Dicke trommelte mit den Fingern auf den Schreibtisch.

»Ich schwöre Ihnen: Ich habe niemanden getötet«, half ihm Buchanan beim Überlegen.

Mit Bedacht öffnete der zurückkehrende Woodfield die Tür ganz langsam und ließ dem Vernehmer Zeit, die Banknotenbündel in seiner Schublade verschwinden zu lassen. Erst dann trat er ein.

»Es würde in der Tat aller Gerechtigkeit hohnsprechen, wenn wir den Fall weiterverfolgen würden«, sagte der dikke Beamte. »Señor Grant, Sie erhalten Ihren Paß und Ihr Eigentum zurück. Sie sind frei.«

8

»Man sieht, daß Sie einen Arzt brauchen«, sagte Woodfield.

Sie verließen das Gefängnis und überquerten eine staubige Straße. Unter einer Palme war eine schwarze Limousine geparkt.

»Ich kenne in Mérida einen ausgezeichneten Arzt«, fuhr Woodfield fort. »Ich bringe Sie gleich hin.«

»Nein.«

»Aber hören Sie ...«

»Nein«, wiederholte Buchanan. Nach dem langen Aufenthalt im Gefängnis blendete ihn die grelle Sonne, was die Kopfschmerzen verschlimmerte. »Ich will unbedingt raus aus Mexiko.«

»Je länger Sie den Arztbesuch hinausschieben ...«

An der Limousine angekommen, wandte sich Buchanan um. Er wußte nicht, wie gut der Diplomat Bescheid wußte. Wahrscheinlich gar nicht.

»Ich gehe zum Arzt, sobald ich mich sicher fühle. Ich kann noch immer nicht glauben, daß ich frei bin. Ich glaube es erst richtig, wenn ich im Flugzeug nach Miami sitze. Dieser Trottel könnte es sich anders überlegen und mich wieder einsperren.«

Woodfield legte Buchanans Koffer in den Kofferraum. »Diese Gefahr besteht doch wohl nicht.«

»Trotzdem. Am besten bringen Sie mich zum Flughafen.«

»Sind Sie sicher, daß Sie den Flug durchhalten?«

»Das muß ich.« Buchanan befürchtete, daß die Polizei in Cancún seine frühere Identität überprüfte. Er mußte Mexiko schleunigst verlassen.

»Ich rufe den Flughafen an und versuche, für die nächste Maschine einen Platz zu buchen.«

»Danke.« Mechanisch überblickte Buchanan die Straße, die Fußgänger, den Verkehr. Er erstarrte, als er in einiger Entfernung im Gedränge auf dem Bürgersteig eine Frau bemerkte, die gerade fotografierte. Offenbar eine Amerikanerin: Ende Zwanzig, rothaarig, gute Figur. Sie trug eine beigefarbene Hose und eine gelbe Bluse. Buchanan fiel sie jedoch nicht wegen ihrer Nationalität oder ihrer Haarfarbe oder ihres Aussehens auf.

»Einen Augenblick«, sagte er zu Woodfield und ging schnell auf die Frau zu. Kaum sah sie ihn näherkommen, nahm sie die Kamera vom Gesicht, machte kehrt und verschwand um die Ecke. Die unerträgliche Hitze schwächte Buchanan. Schwankend blieb er stehen.

»Was ist los?« fragte Woodfield.

Buchanan schüttelte den Kopf.

»Ich dachte eben, Sie wollten abhauen.«

Buchanan blickte noch einmal zur Ecke und öffnete die Wagentür. »Ja, mit Ihnen. Schnell. Zu einem Telefon. Buchen Sie für mich Miami.«

Auf der ganzen Strecke zum Flughafen grübelte Buchanan über die rothaarige Dame nach. Warum hatte sie ihn fotografiert? War sie einfach eine Touristin und er zufällig im Schußfeld vor einem malerischen Gebäude? Vielleicht. Wenn ja, warum war sie davongelaufen, als er auf sie zusteuerte? Zufall? Wenn Sie keine Touristin war, was war sie dann? Ihm blieb nur ein Trost. Als sie die Kamera herunternahm, hatte er sich ihr Gesicht eingeprägt.

Und daran würde er sich immer erinnern.

9

Acapulco, Mexiko

Unter den zahlreichen Jachten in der berühmten Bucht des Ferienorts war es eine besonders große, die Esteban Delgados Aufmerksamkeit auf sich lenkte. Ihr leuchtendes Weiß hob sich eindrucksvoll vom schimmernden Blaugrün des Pazifiks ab. Sie war schätzungsweise sechzig Meter lang und hatte drei Decks; auf dem obersten war ein Helikopter festgezurrt. Das Schiff kam Delgado unheimlich bekannt vor. Er hätte schwören können, daß diese Jacht mit der seiner schlaflosen Nächte identisch war, mit dem Schiff seines Feindes, das in seinen Alpträumen eine so große Rolle spielte. Es war unwichtig, daß sie unterschiedliche Namen trugen. Delgado hatte in seinem Verfolgungswahn schon das Stadium erreicht, wo er den Verdacht hegte, der Name sei verändert worden, um ihm Angst einzujagen. Sein Assistent hingegen hatte nicht oft genug beteuern können, daß die ›Poseidon‹ seit dem Nachmittag mit Delgados Feind an Bord von den Jungferninseln weg mit Kurs auf Miami segelte.

Trotzdem konnte er, am Panoramafenster seiner Villa stehend, sich nicht beruhigen. Er achtete nicht auf die Musik, das Lachen und den Partytrubel unten am Pool. Er achtete nicht auf die vielen schönen Frauen. Sein Blick war einzig auf die Jacht gerichtet, die jener anderen glich; nur sie beschäftigte ihn – und das Geheimnis von der Macht seines Feindes über ihn.

Was ihn schließlich ablenkte, war eine dunkle, im Sonnenlicht glänzende Limousine. Sie erschien auf der ansteigenden Straße und passierte nun das Tor und die Wachtposten. Ihm war trotz der leistungsfähigen Klimaanlage heiß. In letzter Zeit waren ihm leise, besorgte Bemerkungen über sein Aussehen zu Ohren gekommen, über den Gewichtsverlust während der vergangenen Monate, den lockeren Sitz seiner maßgeschneiderten Anzüge. Seine Mitarbeiter hegten den Verdacht, daß der Gewichtsverlust auf eine Krankheit – Gerüchte sprachen von Aids – zurückzuführen sei, aber das traf nicht zu.

Schuld waren die Qualen der Ungewißheit.

Ein Klopfen an der Tür störte ihn auf und riß ihn in die Gegenwart zurück. »Was gibt es?«

»Ihr Gast ist eingetroffen, Señor Delgado«, antwortete die heisere Stimme des Leibwächters vor der Tür.

Delgado wischte sich die klebrigen Hände an einem Tuch der Hausbar ab und wappnete sich mit der offiziösen Miene des zweitmächtigsten Mannes der mexikanischen Regierung. »Führen Sie ihn herein.«

Die Tür öffnete sich, und der finstere Leibwächter ließ einen etwas kurz geratenen Herrn mit beginnender Glatze eintreten. Er war nicht ganz fünfzig Jahre alt und trug einen bescheidenen, ungebügelten Straßenanzug. Er hatte eine abgenutzte Aktentasche bei sich, rückte seine Brille zurecht und wirkte, nachdem die Tür wieder geschlossen war, noch unsicherer.

»Professor Guerrero, ich bin sehr erfreut, daß Sie kommen konnten.« Delgado durchquerte den Raum und schüttelte ihm die Hand. »Willkommen. Wie war der Flug von der Hauptstadt?«

»Gott sei Dank ohne Zwischenfälle.« Der Professor wischte sich die nasse Stirn mit einem Taschentuch. »Ich fühle mich in der Luft nie wohl.«

»Darf ich Ihnen etwas zu trinken anbieten?«

»Vielen Dank, Señor, lieber nicht. Ich bin es nicht gewohnt, so früh am Nachmittag zu trinken.«

»Unsinn. Was möchten Sie gern? Tequila? Rum? Ich habe ausgezeichneten Rum.«

Professor Guerrero ließ sich von der Macht des Mannes, der ihn herbestellt hatte, überreden. Delgados offizieller Titel lautete Innenminister, doch dieser einflußreiche Posten im Kabinett des Präsidenten sagte nichts über den noch größeren Einfluß aus, den er als engster Freund und Berater des Staatsoberhaupts besaß. Delgado war sein Wahlmanager gewesen, und es galt allgemein als sicher, daß der Präsident Delgado zu seinem Nachfolger bestimmt hatte.

Delgado wußte, daß ihm all das und die hohen, mit dem Amt des Präsidenten verbundenen Bestechungs- und

Schmiergelder entgehen würden, wenn er nicht tat, was ihm befohlen wurde. Denn in dem Fall würde der Erpresser Delgados Geheimnis preisgeben und ihn ans Messer liefern. Das mußte um jeden Preis verhindert werden.

»Gut«, sagte Professor Guerrero, »wenn Sie darauf bestehen. Rum mit Cola.«

»Ich glaube, da schließe ich mich Ihnen an.« Als er die Drinks mixte und sich dabei wie ein Mann des Volkes aufführte, der keinen Diener braucht, deutete er mit dem Kopf auf die lärmende Party am Pool. »Später können wir uns der Gesellschaft anschließen. Sie haben doch bestimmt nichts dagegen, den Straßenanzug gegen eine Badehose zu vertauschen – und ein paar schöne Frauen kennenzulernen?«

Professor Guerrero blickte unbehaglich auf seinen Ehering. »Eigentlich habe ich nicht viel für Partys übrig.«

»Sie müssen ausspannen.« Delgado stellte die beschlagenen Gläser auf ein Glastischchen und bot Guerrero einen Plüschsessel an. »Sie arbeiten zuviel.«

Der Professor setzte sich steif. »Leider reichen unsere Mittel nicht aus, um mehr Leute zu beschäftigen und meine Aufgaben zu reduzieren.« Er brauchte nicht zu erklären, daß er Direktor des mexikanischen Nationalinstituts für Archäologie und Geschichte war.

»Vielleicht können wir zusätzliche Mittel lockermachen. Sie haben ja Ihren Drink noch nicht berührt.«

Zögernd nahm Guerrero einen Schluck.

»*Salud.*« Delgado trank ebenfalls und machte dabei ein ernstes Gesicht. »Ihr Brief hat mich beunruhigt. Warum haben Sie nicht einfach zum Telefon gegriffen und mich angerufen? Es ist effizienter und persönlicher.«

»Ich habe mehrmals versucht, mit Ihnen darüber zu sprechen«, beteuerte Guerrero. »Sie waren nicht zu erreichen. Ich habe Mitteilungen hinterlassen. Sie haben nicht darauf geantwortet.«

Delgados Mißbilligung dieser Kritik war nicht zu übersehen. »Es gab einige wichtige Vorgänge, die meine ganze Aufmerksamkeit beanspruchten. Sobald es meine Zeit erlaubte, wollte ich Ihre Anrufe beantworten. Sie müssen Geduld haben.«

»Ich habe versucht, Geduld zu üben.« Der Professor wischte sich aufgeregt über die Stirn. »Was an diesem neuen Ausgrabungsort in Yucatán vor sich geht, ist unverzeihlich. Das muß aufhören.«

»Professor Drummond hat mir versichert …«

»Er ist kein Professor. Sein Doktortitel ist ehrenhalber, und er hat nie an einer Universität gelehrt«, unterbrach Guerrero den Minister. »Abgesehen davon begreife ich nicht, warum Sie es gestattet haben, daß ein archäologischer Fund von solcher Bedeutung ausschließlich von Amerikanern erforscht wird. Es handelt sich um unser Erbe, nicht das ihre! Und ich verstehe diese Heimlichtuerei nicht. Zwei meiner Mitarbeiter wollten sich dort umsehen, durften aber den Ort nicht betreten.«

Delgado beugte sich schroff vor. »Professor Drummond hat keine Ausgaben gescheut, die besten Archäologen einzustellen, die es gibt.«

»Die besten Experten auf dem Gebiet der Maya-Kultur sind Bürger unseres Landes und arbeiten in meinem Institut.«

»Sie haben selber erwähnt, daß Sie gern größere Mittel hätten«, antwortete Delgado mit schneidender Stimme. »Betrachten Sie es doch so: Durch die großzügige finanzielle Hilfe von seiten Professor Drummonds reichen Ihre Gelder etwas länger. Das Gebiet ist gesperrt, damit Diebe aus den neuentdeckten Ruinen nicht unersetzliche Kunstgegenstände entwenden können. Es läßt sich alles leicht erklären. Es gibt keine Heimlichtuerei.«

Guerrero wurde noch erregter. »Mein Institut …«

Delgado hob die Hand. »*Ihr* Institut?«

Rasch korrigierte sich Guerrero. »Das Nationalinstitut für Archäologie und Geschichte sollte allein darüber entscheiden dürfen, wie die Ausgrabungen vorgenommen werden und wer die Erlaubnis dazu erhält. Ich verstehe einfach nicht, warum Vorschriften und Verfahrensweisen verletzt wurden.«

»Professor, Ihre Naivität ärgert mich. Alistair Drummond war ein großzügiger Förderer der mexikanischen Kunst. Er hat Millionen von Dollar für den Bau von Museen und für Stipendien von hoffnungsvollen Künstlern gespendet. Muß ich Sie daran erinnern, daß Drummond Industries gerade die Ausstellung der bisher umfangreichsten Sammlung mexikanischer Kunst gesponsert hat, die in der ganzen Welt gezeigt wurde? Muß ich Sie daran erinnern, daß die internationale Anerkennung für diese Ausstellung unseren Public Relations einen erfreulichen Auftrieb gegeben hat? Touristen kommen jetzt in noch größerer Zahl, nicht nur, um unsere Urlaubsorte zu besuchen, sondern um unser Erbe zu bewundern. Touristen«, dozierte Delgado, »sorgen für öffentliche Einnahmen, Arbeit und die gesamte Entwicklung einer ansonsten ungenutzten Region von Yucatán.«

»Ungenutzte Region?« wiederholte Professor Guerrero aufgebracht. »Bedeutet Ihnen unser Erbe nicht mehr als Touristen und Geld?«

Delgado seufzte. »Ich bitte Sie. Der Nachmittag ist doch viel zu angenehm für einen spitzfindigen Streit. Ich muß einige Telefonate erledigen. Warum gehen Sie nicht hinunter zum Pool und genießen die Aussicht auf die Bucht? Machen Sie sich mit ein paar jungen Damen bekannt. Später, beim Dinner, können wir unsere Unterhaltung fortsetzen, bis dahin haben wir uns beruhigt.«

»Ich sehe nicht ein, warum die schöne Aussicht mich veranlassen sollte, meine Meinung zu ändern …«

Delgado unterbrach ihn. »Wir setzen diese Unterhaltung später fort.« Er begleitete ihn zur Tür und befahl einem der Wachtposten: »Zeigen Sie Professor Guerrero den Besitz. Führen Sie ihn durch den Garten. Zum Pool. Sorgen Sie dafür, daß man alle seine Wünsche erfüllt. Professor, ich bin in einer Stunde wieder bei Ihnen.«

Bevor Guerrero Gelegenheit zu einer Antwort hatte, schob Delgado ihn sanft aus dem Zimmer und schloß die Tür.

Delgados Lächeln verschwand, als er nach dem Telefon

auf der Bar griff. Er hatte sein Bestes getan, das Problem auf sanfte, diplomatische Weise zu lösen. Ohne Erfolg. Nun waren andere Methoden nötig. Wenn Professor Guerrero sich sträubte, dann wäre er die längste Zeit Direktor des Nationalinstituts für Archäologie und Geschichte gewesen. Für den neuen Direktor, den Delgado bereits im Visier hatte und der ihm wegen verschiedener Gefälligkeiten verpflichtet war, wäre es gewiß keine Zumutung, Drummonds Archäologen die weiteren Ausgrabungen an den Maya-Ruinen zu gestatten.

Delgado hob den Hörer ab, ohne zu wählen, denn auf der Konsole begann eine Lampe aufzuleuchten. Das bedeutete, daß ein Gespräch über seine Geheimleitung angekommen war. Nur sehr wenige Menschen wußten, daß Delgado unter dieser Nummer zu erreichen war. Er drückte den entsprechenden Knopf. »Pfeil«, sagte er. Das war sein Kennwort. »Was gibt es?«

Von atmosphärischen Störungen überlagert, kam aus der Ferne die Stimme eines engen Mitarbeiters. »Köcher.« So lautete dessen Kennwort. »Es geht um die Frau.«

Delgado schnürte sich die Brust zusammen. »Ist Ihr Anschluß sicher?«

»Ja, sonst hätte ich nicht angerufen.«

»Was ist mit der Frau?« fragte Delgado gespannt.

»Ich glaube nicht, daß Drummond sie noch in der Gewalt hat. Die Wachen sind abgezogen worden. Zuerst dachten wir, Drummond habe andere Überwachungsmethoden eingeführt. Aber das war ein Irrtum. Der Pförtner hat keinen Assistenten mehr, die Bediensteten der Frau haben heute früh das Haus mit Sack und Pack verlassen. Die Beobachter vor dem Gebäude sind verschwunden.«

»Vielleicht ist sie umquartiert worden.«

»Nein. Mein Team hätte sie weggehen sehen. Bei früheren Stadtbesuchen wurde sie von Bodyguards begleitet. Heute sind sie allein gegangen. Gestern früh herrschte hier ungewöhnliche Betriebsamkeit, Drummonds Männer eilten aufgeregt hin und her, vor allem sein Assistent. Ich glaube nicht, daß sie noch da ist.«

»Drücken Sie sich klarer aus!«

»Ich glaube, sie hat den Vertrag mit Drummond gebrochen. Sie hat Lunte gerochen, und es ist ihr gelungen zu fliehen, wahrscheinlich vorletzte Nacht. Das erklärt die Hektik am Morgen darauf.«

»Gütiger Himmel. Wenn sie weg ist, wenn sie redet, dann bin ich ... Sucht nach ihr.«

»Die Suche wurde natürlich sofort eingeleitet, aber es ist schon kostbare Zeit verstrichen. Wir untersuchen ihren Background, um rauszukriegen, wo sie sich verstecken und wen sie um Hilfe bitten könnte. Wenn Drummonds Leute sie finden, dann wird er sie bestimmt zu sich bringen lassen.«

»Logisch. Ohne sie hat er weniger Macht über mich. Er tut alles, um sie zurückzukriegen.«

Und was ist, wenn sie zu den Behörden geht? Was ist, wenn sie singt, um sich zu retten? Nein, dachte Delgado. Den Behörden vertraut sie nicht, höchstens im äußersten Notfall. Sie muß damit rechnen, daß Drummond die Behörden schmiert.

Der Mitarbeiter hatte inzwischen weitergesprochen.

»Was sagten Sie?« fragte Delgado.

»Ich habe gefragt, was wir tun sollen, wenn wir sie fassen oder Drummonds Leute uns zu ihr führen.«

»Das entscheide ich, wenn es soweit ist. Ende.«

Delgado legte den Hörer auf und hatte bereits entschieden, was zu tun war. Damit seine Magengeschwüre sich beruhigten. Um sich von seinen Alpträumen zu befreien und wieder schlafen zu können.

Wenn seine Leute die Frau aufspürten, sollte sie aus dem Weg geräumt werden.

Und anschließend Drummond.

Fünftes Kapitel

I

Miami, Florida

Blechern schallte eine Männerstimme aus der Lautsprecheranlage des Flughafens. »Mr. Victor Grant. Mr. Victor Grant. Bitte begeben Sie sich zu einem gebührenfreien Telefon.«

Buchanan war gerade auf dem Miami International Airport eingetroffen. Als er den Einreise- und Zollbereich verließ, dachte er darüber nach, ob Woodfield Charles Maxwell benachrichtigt hatte und wie das Treffen geplant war. Im lauten Trubel des Terminals verstand er die Durchsage kaum und wartete auf die Wiederholung, bevor er sich einem weißen Telefon näherte. Es hing an der Wand neben einer Reihe von Münzfernsprechern und hatte keine Wählscheibe. Er nahm den Hörer ab und hörte ein Summen, das sich wiederholte, während es am anderen Ende klingelte. Eine Frau antwortete, er nannte seinen Namen und erfuhr, daß er am Informationsschalter erwartet werde.

Buchanan dankte, legte den Hörer wieder auf und ging die Taktik des Treffens noch einmal durch. Ein Team von Beobachtern überwacht die gebührenfreien Telefone, schloß er, und paßt nun auf, ob mir jemand folgt.

Um den Überwachern genügend Zeit zu geben und weil seine Schmerzen eine schnellere Gangart verhinderten, bewegte sich Buchanan gemächlich in Richtung Informationsschalter und zog seinen Koffer hinter sich her. Ein freundlicher Mann in den Dreißigern, lässig gekleidet und athletisch, löste sich aus der wogenden Menge. Lächelnd streckte er die Hand aus und sagte: »Hallo, Vic! Schön, Sie zu sehen. Wie geht es Ihnen? Wie war der Flug?«

Buchanan gab ihm die Hand. »Gut.«

»Okay. Zum Wagen hier entlang. Kommen Sie, ich ziehe Ihren Koffer.«

Der Mann nahm Buchanan am Ellbogen und führte ihn zum Ausgang. Buchanan folgte, obwohl ihm unbehaglich zumute war; schließlich hatte er keinerlei Erkennungskode erhalten. Er wurde erst lockerer, als der andere sagte: »Übrigens sollen wir gleich Charles Maxwell und Wade anrufen, damit sie wissen, daß Sie okay sind.« Mehrere Leute waren über seine angebliche Geschäftsbeziehung zu Charles Maxwell informiert, doch nur seine Leitoffiziere wußten, daß Buchanans Einsatzleiter in Cancún den Namen Wade benutzte.

Auf der überfüllten Parkrampe gegenüber vom Terminal schloß der Mann einen grauen Lieferwagen auf; in weißer Schrift stand darauf BON VOYAGE, INC. Hatten sie bisher über Belangloses gesprochen, so schwieg Buchanan jetzt. Er wartete darauf, daß der Mann ihn über das Szenario aufklärte, dem er folgen sollte.

Nachdem sie den Parkplatz verlassen hatten, drückte der Mann auf einen Knopf. Das Gerät, zu dem er gehörte, sah wie ein Kofferradio aus und war unter dem Armaturenbrett befestigt. »Okay. Der Verzerrer ist eingeschaltet. Wir können jetzt ungestört sprechen. Ich gebe Ihnen erst mal eine Kurzfassung und komme später zu den Details. Mein Name ist Jack Doyle. Ich war bei einer amphibischen Spezialtruppe – SEAL, Sie wissen schon. Danach habe ich in Fort Lauderdale ein Geschäft gegründet: Ausrüstung von Motor- und Segeljachten. Von Zeit zu Zeit tue ich meinen ehemaligen Vorgesetzten einen Gefallen. Sie haben mich zum Beispiel gebeten, bei Ihrer Tarnung mitzumachen. Sie sind angeblich bei mir angestellt. Ihre Leitoffiziere haben die notwendigen Dokumente für Ihren Background bereitgestellt, Sozialversicherung, Steuern und Ähnliches. Als Victor Grant waren auch Sie bei den SEALs. Verständlich, daß ich Sie nicht als einfachen Angestellten behandle. Sie haben eine Wohnung über meinem Büro. Sie sind ein Single und viel in meinem Auftrag unterwegs ...«

»Seit wann arbeite ich für Sie?«

»Seit drei Monaten.«

»Wie hoch ist mein Lohn?«

»Dreißigtausend Dollar im Jahr.«

»Dann verlange ich gleich mal eine Lohnerhöhung.«

Doyle lachte. »Gut. Sie haben Sinn für Humor. Wir werden uns verstehen.«

»Bestimmt. Und noch besser verstehen wir uns, wenn Sie da vorn an der Tankstelle anhalten.«

»Wieso?«

»Weil ich sonst Ihren Wagen mit blutigem Urin versaue.«

»Mein Gott.«

Doyle verließ sofort die Autobahn und steuerte auf die Tankstelle zu. Als Buchanan wieder aus der Herrentoilette kam, hatte Doyle gerade telefoniert. »Ich habe einen Verbindungsmann am Flughafen angerufen. Er ist sicher, daß niemand Ihnen gefolgt ist.«

Buchanan war außer Atem, als hätte er einen Langstreckenlauf hinter sich. »Am besten bringen Sie mich ...« Mehr brachte er nicht heraus. Aber Doyle wußte Bescheid.

2

Der Arzt stand an Buchanans Bett, las die Fieberkurve, hörte Herz und Lunge ab und prüfte den Tropf. Er nahm die Bifokalbrille ab und kratzte sich am Bart. »Sie haben eine erstaunliche Konstitution, Mr. Grant. Normalerweise kriegen wir Leute, die in einen schweren Verkehrsunfall verwickelt waren.« Er kratzte sich am Kopf. »Bei Ihnen sieht es eher so aus, als wären Sie in etwas anderes verwickelt gewesen, nämlich in eine ...«

Er beendete den Satz nicht, doch Buchanan war sicher, daß der Arzt ›Schießerei‹ sagen wollte.

»Ihre Wunde ist infiziert«, fuhr er fort. »Ich habe sie neu vernäht und verbunden und Sie auf Antibiotika gesetzt. Ich nehme an, daß die Sache jetzt ohne Komplikationen heilt. Das Fieber sinkt bereits.«

»Da Sie trotzdem ein so ernstes Gesicht machen, vermute

ich, die schlechte Nachricht betrifft die inneren Blutungen«, sagte Buchanan.

Der Arzt lächelte. »Sie waren bestimmt erschrocken über das Blut im Urin. Ich kann Sie beruhigen: Die Blutung wird von einem geplatzten Blutgefäß in der Blase verursacht. Eine Operation ist nicht notwendig. Wenn Sie sich ausruhen und nicht überanstrengen, hört die Blutung sehr bald auf.«

»Was ist es dann?« Buchanan war unbehaglich zumute. »Was gibt Ihnen Anlaß zu Besorgnis?«

»Ihre Kopfverletzung, Mr. Grant, und das in Abständen auftretende Zittern der Finger an Ihrer rechten Hand.«

Buchanan überlief es eiskalt. »Ich dachte, das hängt mit dem Nervenschock bei der Schulterverletzung zusammen. Wenn die Wunde heilt, dachte ich …«

»Es hat etwas mit den Nerven zu tun. Aber anders, als Sie glauben, Mr. Grant: Sie haben eine Schädelfraktur und eine Gehirnerschütterung. Ehrlich, als ich Ihre Verletzung auf dem Computer-Axialtomographen sah, war ich erstaunt, daß Sie noch auf den Beinen sind. Ganz zu schweigen davon, daß Sie noch denken können. Sie müssen bemerkenswerte Widerstandskraft besitzen.«

Buchanans Stimme wurde leise. »Sie meinen also, ich habe ein Gehirntrauma?«

»Zweifellos.«

»Was geschieht nun? Operation?«

»Nicht ohne eine zweite Diagnose«, sagte der Arzt. »Ich müßte einen Spezialisten konsultieren.«

»Ich frage Sie nach *Ihrer* Meinung.«

»Haben Sie mehr als üblich geschlafen?«

»Schlaf?« Buchanan hätte am liebsten gelacht, aber er ließ es bleiben, denn es hätte sich bestimmt hysterisch angehört. »Ich war viel zu beschäftigt, um zu schlafen.«

»Haben Sie sich übergeben?«

»Nein.«

»Haben Sie irgendwelche abnormen körperlichen Begleiterscheinungen beobachtet, abgesehen von Schwindelgefühl, verschwommener Sicht und dem Zittern in der rechten Hand?«

»Nein.«

»Ihre Antworten machen mich optimistisch. Trotzdem möchte ich einen Neurologen hinzuziehen. Vielleicht müssen wir nicht operieren. Zunächst beobachten wir Sie sorgfältig und machen noch eine Tomographie, um festzustellen, ob die Druckstelle auf dem Gehirn kleiner geworden ist.«

»Nehmen wir den günstigsten Fall an: Die Stelle wird kleiner, und eine Operation ist nicht nötig ...«

»Beschädigte Gehirnzellen regenerieren sich nicht. Ich an Ihrer Stelle würde mich sehr vorsehen, damit mich nie wieder etwas am Kopf trifft.«

3

Der Flachbau, dessen einfache Konstruktion von üppigen Sträuchern verdeckt wurde, stand in Plantation, einem Vorort von Fort Lauderdale. Das Grundstück wurde sichtlich liebevoll gepflegt. Ob Doyle sich wohl als Hobbygärtner betätigte? Ihre Unterhaltung auf der Fahrt vom Krankenhaus zu Doyles Heim ergab, daß die Rezession sein Geschäft in Mitleidenschaft gezogen hatte. So war er wohl kaum in der Lage, sich einen Gärtner zu leisten. Nachdem er geparkt und Buchanan durch den mit Fliegendraht bespannten Seiteneingang ins Haus geführt hatte, stellte sich rasch heraus, wer für die Gartenpflege verantwortlich war.

Doyle war verheiratet. Buchanan sah sich einer lebhaften, zierlichen Frau gegenüber, die, etwas jünger als Doyle, um die dreißig Jahre alt war. Ihre Augen strahlten, sie hatte Sommersprossen und ein sympathisches Lächeln. Die Haarfarbe war nicht zu erkennen, denn sie trug ein schwarz-rot kariertes Kopftuch. Sie hatte eine weiße Baumwollschürze umgebunden, und ihre Hände waren mehlbestäubt, da sie am Arbeitstisch in der Küche gerade Teig knetete.

»Oje, ich dachte nicht, daß ihr so früh hier seid«, sagte sie mit angenehmem Südstaatenakzent und faßte sich verlegen an die Wange, um einen Mehlfleck zu entfernen.

»Es ist alles okay, Cindy. Wirklich«, sagte Doyle. »Der Verkehr war nicht so schlimm, wie ich dachte. Deshalb sind wir früher da. Tut mir leid.«

Er deutete auf Buchanan. »Das ist also der Freund, von dem ich dir erzählt habe. Vic Grant. Wir kennen uns seit unserer Militärzeit. Es trifft sich gut, daß er gerade nichts Besseres vorhat und für mich arbeiten kann. Jetzt war er gerade bei einem Kunden in Mexiko.«

»Nett, Sie kennenzulernen.« Cindy streckte ihm die Hand entgegen, wollte sie aber gleich wieder zurückziehen, weil sie mit Mehl bestäubt war.

»Lassen Sie nur«, sagte Buchanan und schüttelte ihr die Hand.

Sie musterte den Gast und deutete auf den dicken Kopfverband. »Ich habe so ein schwarz-rot kariertes Tuch, das sieht bestimmt lustiger aus als das.«

Buchanan grinste. »Ich soll das eine Weile tragen. Es nützt nicht viel, aber es erinnert mich daran, daß ich mich vorsehen muß. Noch einen Schädelbruch hält mein Kopf wahrscheinlich nicht aus.«

Buchanan erwartete nun die Frage, wie er zu der Verletzung gekommen sei. Er war schon darauf eingestellt, die Geschichte über den Sturz vom Boot zu wiederholen, aber Cindy überraschte ihn. Sie wechselte unvermittelt das Thema und zeigte auf den Teigkloß. »Ich mache einen Obstkuchen. Hoffentlich mögen Sie Florida Lime Pie.«

»Ich esse selten selbstgebackenen Kuchen. Aber er schmeckt bestimmt toll.«

»Ich zeige Ihnen das Gästezimmer«, sagte Doyle.

»Wenn Sie was brauchen, melden Sie sich«, rief Cindy Buchanan nach.

»Ach, ich habe bestimmt alles, was ich brauche«, sagte Buchanan. »Ich bin Ihnen sehr dankbar, daß Sie mich aufnehmen. Ich habe keine Familie oder so, und der Arzt hat gemeint, es wäre ganz gut, wenn ...«

»Lassen Sie! Für die nächste Zeit sind wir Ihre Familie.«

Als Doyle ihn durch den sonnigen Flur führte, blickte Buchanan sich um; Cindy hatte sich wieder ihrer Küchenarbeit zugewandt. Dabei fiel ihm etwas auf. Ein gedrungener 38er Revolver hing in einem Holster, das unter dem Wandtelefon in der Nähe der Fliegentür angebracht war. Buchanan wußte, daß Doyle eine solche Waffe nie für sich gewählt hätte. Der kompakte Revolver gehörte offenbar Cindy, und Buchanan zweifelte nicht, daß sie damit umzugehen verstand.

Er folgte Doyle durch den Flur und erinnerte sich an dessen Bemerkung, er tue manchmal seinen ehemaligen Vorgesetzten einen Gefallen. Es war so gut wie sicher, daß der Revolver nicht die einzige Waffe im Haus war und daß Doyle sie angeschafft hatte, damit Cindy sich gegen mögliche Folgen jener Gefälligkeiten verteidigen konnte.

»Hier herein.« Doyle zeigte ihm ein hübsches, gemütliches Schlafzimmer mit Spitzengardinen, einem alten Schaukelstuhl und einem Orientteppich auf dem Dielenboden. »Zum Bad geht es durch diese Tür. Nur für Sie, allerdings ohne Badewanne, mit Dusche.«

»Sehr schön, ich dusche lieber.«

Doyle stellte Buchanans Koffer auf eine polierte Bank am Fußende des Bettes. »Das ist im Augenblick wohl alles. Pakken Sie aus. Ruhen Sie ein bißchen. Dort auf dem Regal stehen genügend Bücher. Oder sehen Sie fern.« Er deutete auf ein kleines Gerät auf einer Eckkommode. »Fühlen Sie sich wie zu Hause. Ich komme wieder und sage Ihnen Bescheid, wenn das Essen fertig ist.«

»Danke.«

Doyle blieb noch stehen. Er schien plötzlich besorgt.

»Ich kenne Ihre wirkliche Geschichte nicht und brauche sie auch nicht zu kennen. Ich habe mich an die Regeln gehalten und Ihnen keinerlei Fragen gestellt. Alles, was ich wissen muß, wurde mir wahrscheinlich mitgeteilt. Nur eine Sache: Nach dem, was geschehen ist und wie Sie hierhergekommen sind … Besteht Gefahr für Cindy?«

Buchanan gefiel dieser Mann auf einmal sehr. »Nein. Meines Wissens besteht für Cindy keine Gefahr.«

Doyles Gesicht entspannte sich. »Gut. Sie weiß nichts von meinen Gefälligkeiten. Als ich bei den SEALs war, wußte sie nie, wohin man mich schickte und wie lange ich wegbleiben würde. Nie hat sie gefragt. Hat alles in gutem Glauben akzeptiert. Wollte nicht mal wissen, warum sie schießen lernen sollte oder warum ich überall im Haus Waffen liegen habe.«

»Wie zum Beispiel den Revolver vor der Küche?«

»Ja, ich weiß, Sie haben ihn gesehen. Und hier ist auch einer.« Doyle hob die Tagesdecke hoch und zeigte Buchanan einen 9-mm-Colt, der in einer Halterung am Bettgestell befestigt war. »Nur für alle Fälle. Es ist mir egal, was mit mir geschieht, aber Cindy … Sie ist eine tolle Frau. Viel zu gut für mich. Und sie verdient es nicht, daß ich ihr Ärger ins Haus bringe.«

»Sie ist sicher, Jack.«

»Gut«, wiederholte Doyle.

4

Das leise Läuten eines Telefons weckte ihn. Buchanan war sofort hellwach und nahm das als ein positives Zeichen. Seine Überlebensinstinkte waren noch intakt. Er sah vom Bett zu dem kleinen Tisch und konnte kein Telefon sehen. Dann blickte er auf die geschlossene Tür, hinter der wieder das Klingeln ertönte, durch die Entfernung gedämpft, wahrscheinlich unten aus der Küche. Er hörte undeutlich eine weibliche Stimme, Cindys. Dann Jacks Stimme. Die Unterhaltung war kurz, es wurde wieder still im Haus.

Buchanan sah auf die Uhr und war überrascht, daß es bereits halb eins war. Was ihm wie ein kurzer Schlaf vorgekommen war, hatte fast zwei Stunden gedauert. Der Arzt hatte ihn davor gewarnt, mehr als sonst zu schlafen. Er runzelte die Stirn. Das Essen war wohl jetzt fertig, und er wunderte sich, daß Cindy oder Jack ihn nicht geweckt hatten. Er streckte die Arme aus, um festzustellen, wie steif die Schulter nach der neuen Naht noch war, zog dann die Schuhe an und erhob sich.

Er hörte ein leises Klopfen an der Tür.

»Vic?« flüsterte Cindy.

»Herein. Ich bin schon aufgestanden.« Buchanan öffnete die Tür.

»Essen ist fertig.« Wieder das Lächeln.

Buchanan fiel auf, daß sie die mehlbestäubte Schürze abgenommen hatte, das Kopftuch aber nicht. Vielleicht muß sie zum Friseur und hatte keine Zeit, dachte er, als er ihr zur Küche folgte.

»Der Kuchen ist zum Abendbrot. Zu Mittag gibt es bei uns nur was Leichtes«, sagte Cindy. »Jack nimmt es mit dem Cholesterin sehr ernst. Ich hoffe, Sie mögen einfaches Essen.«

Auf jedem Platz stand ein dampfender Teller Gemüsesuppe, daneben ein Thunfisch-Sandwich und eine Platte mit rohen Gemüsescheibchen: Stangensellerie, Möhren, Blumenkohl und Tomaten.

Doyle saß bereits am Tisch, scheinbar ganz fasziniert von seiner Gabel.

»Haben Sie gut geschlafen?« fragte Cindy.

»Ja, danke.« Buchanan setzte sich erst, als sie schon Platz genommen hatte, und wartete, bis sie den Löffel in die Suppe getaucht hatte. »Das schmeckt.«

Er wunderte sich, daß Doyle weder sprach noch aß. Es schien ihn etwas zu bedrücken. Buchanan entschloß sich, ihm ein Stichwort zu liefern. »Wette, ich wäre nicht aufgewacht, wenn das Telefon nicht geklingelt hätte.«

»Ach, das habe ich befürchtet«, sagte Cindy.

»Ja«, sagte Doyle endlich. »Ich habe das Telefon im Büro so schalten lassen, daß Gespräche, die während unserer Abwesenheit dort ankommen, hierher weitergeleitet werden. Na, und da hat jemand im Büro angerufen und wollte Sie sprechen. Ich habe ihm gesagt, daß Sie eine Zeitlang nicht zu erreichen sind. Er sagte, er ruft noch einmal an.«

Buchanan war bemüht, sich seine Besorgnis nicht anmerken zu lassen. »Wahrscheinlich jemand, für den ich gearbeitet habe. Vielleicht will er was zu einem Gerät fragen, das ich installiert habe. Hat er seinen Namen genannt?«

Doyle schüttelte den Kopf.

»Dann war es wohl nicht so wichtig«, sagte Buchanan. Das sollte ungezwungen klingen.

»Das habe ich mir auch gedacht. Übrigens muß ich nach dem Essen mal ins Büro. Muß ein paar Dinge kontrollieren. Wenn Sie sich okay fühlen, können Sie mich ja begleiten.«

»Jack, er soll sich doch ausruhen, nicht arbeiten«, sagte Cindy.

Buchanan kaute und schluckte. »Kein Problem. Der Schlaf hat mir mächtig gutgetan. Ich fahre mit.«

»Fein.« Doyle begann endlich zu essen, hielt jedoch wieder inne und wandte sich an Cindy. »Schaffst du es, wenn wir nicht hier sind?«

»Warum nicht?« Ihr Lächeln wirkte gezwungen.

»Die Suppe schmeckt wunderbar«, sagte Doyle.

»Freut mich, daß sie dir schmeckt.« Das Lächeln wirkte noch gezwungener.

5

»Etwas stimmt nicht«, sagte Buchanan.

Doyle schwieg, er starrte nach vorn und gab vor, sich nur auf den Verkehr zu konzentrieren.

Buchanan ließ nicht locker. »Ihre Frau ist so betont freundlich, daß ich das Gefühl habe, sie zwingt sich dazu. Sie stellt keine Fragen, aber sie hat eine Antenne für Gefahren. Zum Beispiel der Telefonanruf. Sie glaubt auch nicht einen Moment, daß wir beide alte Freunde sind. O ja, sie tut so, aber die Wahrheit ist, daß ich ihr Angst einjage, und beim Essen ist es ihr nicht mehr gelungen, das zu überspielen. Wenn sie nervös wird, muß ich wohl gehen.«

Doyle starrte unbeirrt weiter nach vorn. Brücken überspannten Kanäle, darauf Jachten, die unter Palmen und vor teuren Häusern vertäut lagen. Das Sonnenlicht war unbarmherzig. Doyle schien es weniger zu stören als das Gesprächsthema.

Buchanan drang nicht weiter in ihn, sondern wartete, bis er von selber zu sprechen anfing.

»Sie sind nicht das Problem«, sagte Doyle schließlich. »Ich wünschte, das Leben könnte so einfach sein. Cindy freut sich über Ihren Besuch. Wirklich. Sie möchte, daß Sie so lange wie nötig bleiben. Wenn es um meine Arbeit geht, hat sie unglaublich viel Geduld. Ich kann mich noch erinnern ... Ich war in Coronado, California, stationiert. Cindy und ich wohnten nicht auf dem Stützpunkt. Eines Morgens verabschiedete ich mich von ihr, fuhr zum Dienst – und plötzlich wurde mein Kommando in Alarmbereitschaft versetzt. Höchste Geheimhaltungsstufe. Keine Mitteilungen an Leute außerhalb des Stützpunkts. Klar, ich konnte ihr nicht sagen, daß ich ausgeflogen wurde. Ich stellte mir vor, wie sie sich sorgte, wenn ich am Abend nicht nach Hause kam.« Doyles Stimme wurde hart. Er sah Buchanan an. »Sechs Monate war ich weg.« Buchanan merkte, daß er nicht erwähnte, wo er hingeschickt worden war, und er hätte ihn nie danach gefragt. Er ließ ihn weiterreden.

»Wie ich später erfuhr, hatte ein Reporter rausgekriegt, daß ich bei den SEALs war. Er kreuzte in unserer Wohnung auf und wollte von Cindy hören, wohin man mich geschickt hatte. Eine weniger entschlossene Frau wäre überrascht gewesen, von einem Journalisten mit Fragen überhäuft zu werden und von ihm zu erfahren, daß ihr Mann bei einer geheimen Einsatztruppe war. Es wäre eine verständliche Reaktion gewesen, wenn sie ihre Überraschung gezeigt und ihn gefragt hätte, ob ich in großer Gefahr schwebte. Nein, nicht Cindy. Sie ließ ihn eiskalt auflaufen und behauptete, nicht zu wissen, wovon er rede. Andere Zeitungsschreiber meldeten sich, auch die fertigte sie kurzerhand ab. Ihre Antwort war immer die gleiche: ›Ich weiß nicht, wovon Sie reden.‹ Erstaunlich. Sie hat nicht einmal in meinem Büro angerufen, um zu erfahren, wo ich abgeblieben sei. Sie tat, als sei alles in Ordnung, von Montag bis Freitag ging sie zur Arbeit, und als ich schließlich zurückkam, gab sie mir einen langen, innigen Kuß und sagte, ich hätte ihr gefehlt. Nichts weiter.«

Buchanan nickte, fragte sich aber weiterhin, was denn sonst, wenn nicht er, für den nervösen Zustand verantwortlich war.

»Cindy hat Krebs«, sagte Doyle.

Buchanan war fassungslos.

»Leukämie.« Doyles Stimme klang verzerrt. »Sie trägt das Kopftuch, um den kahlen Kopf zu verbergen. Die Folgen der Chemotherapie.«

Buchanan war wie gelähmt. Nun wußte er, warum Cindys Wangen zu glühen schienen, warum ihre Haut durchsichtig war. Die Medikamente und die psychische Belastung verliehen ihrer Haut diesen geradezu übernatürlichen ätherischen Schimmer.

»Sie ist erst gestern, nach einer dreitägigen Routinebehandlung, aus dem Krankenhaus entlassen worden.«

»Mein Gott, Sie haben doch wahrlich genug Sorgen. Warum haben Sie diesen Auftrag nicht abgelehnt? Meine Leitoffiziere hätten bestimmt jemand anderen gefunden, der mich unterschlüpfen läßt.«

»Anscheinend nicht. Denn sonst hätten sie mich nicht gefragt.«

»Haben Sie ihnen gesagt, daß ...?«

»Ja«, kam es bitter von Doyle. »Das hat sie nicht abgehalten. Egal, wieviel Cindy ahnt, sie darf nie erfahren, daß dies ein Auftrag ist. Trotzdem weiß sie es, ich bin ganz sicher. Und ebenso sicher, daß sie das mit Würde durchstehen will. Sie kommt dabei auf andere Gedanken ...«

»Was sagen ihre Ärzte? Schlägt die Behandlung an?«

»Sie meinen, ob sie es schafft? Ich weiß es nicht. Die Ärzte ermutigen uns, legen sich jedoch nicht fest. Eine Woche geht's ihr gut, die nächste schlecht. Aber wenn ich eine eindeutige Antwort geben sollte ... Ja, ich glaube, sie wird sterben. Deshalb habe ich Sie gefragt, ob unser Auftrag sie in Gefahr bringt. Ich fürchte, ihr bleibt nur wenig Zeit. Es wäre unerträglich für mich, wenn sie vorzeitig an etwas anderem sterben würde. Ich würde verrückt werden.«

6

»Wer hat Ihrer Meinung nach bei Ihnen angerufen und nach Victor Grant gefragt?«

Doyle, der lange nachdenklich geschwiegen hatte, wandte sich wieder Buchanan zu. »Ich kann nur sagen, wer es nicht war. Nicht Ihre Leitoffiziere. Sie sagten mir, sie würden nur um acht Uhr morgens, drei Uhr nachmittags oder zehn Uhr abends anrufen.«

»Wenn es also nicht die Zentrale war … Außer der mexikanischen Polizei weiß niemand, daß ich Victor Grant heiße und in Fort Lauderdale als Bootsbauer arbeite.«

Doyle schüttelte den Kopf. »Der Anrufer hatte keinen spanischen Akzent.«

Buchanan konnte den Verdacht nicht loswerden, daß er hier nicht sicher war und daß sich die Situation verschlechtern würde.

»Da Sie angeblich für mich arbeiten und über meinem Büro wohnen, sehen Sie sich dort am besten mal um«, schlug Doyle vor.

Er bog von der Hauptstraße ab und hielt schließlich vor einem öden einstöckigen Hohlziegelbau. Er stand zusammen mit mehreren anderen von gleicher Art am Ufer eines Kanals, an dessen Kai Boote zur Reparatur festgemacht hatten.

»Meine Werkstatt ist hinten. Manchmal bringen meine Kunden die Boote her, doch zumeist besuche ich sie.«

»Was ist mit Ihrer Sekretärin?« fragte Buchanan mißtrauisch. »Sie weiß, daß ich nicht für Sie gearbeitet habe.«

»Ich habe keine. Bis vor drei Monaten hat Cindy den Bürokram erledigt. Doch dann ging es nicht mehr … So konnte ich ihr sagen, daß Sie bei mir angefangen haben, nachdem sie aufgehört hat.«

Buchanan tastete behutsam an seinem Kopfverband herum und begriff, wie sehr er damit auffiel. Er fühlte sich unbehaglich. Doyle schloß die Tür mit der Aufschrift BON VOYAGE, INC. auf. Drinnen stellte er die Zeitschaltuhr für die Alarmanlage ab, und Buchanan besichtigte das Büro. Es war ein langer, schmaler Raum, an den Wänden hingen Fotos von Jachten und Kajütbooten, nautische Instrumente lagerten auf Regalen; auf Tischen standen verschiedene Miniaturschiffchen.

»Ein Brief für Sie«, sagte Doyle, der gerade die Post durchblätterte.

Buchanan nahm ihn entgegen, ohne Überraschung darüber zu äußern, daß ihn jemand unter seinem Decknamen angeschrieben hatte. Dieses Büro bot einem, der ihm nachschnüffelte, ein ideales Versteck für eine Wanze. Solange Doyle ihm nicht versicherte, daß man sich hier ungestört unterhalten konnte, wollte er nichts sagen, was Victor Grant nicht auch sagen könnte. Und bei Doyle setzte er voraus, daß er nichts erwähnen würde, was nicht zu ihrer Tarnung paßte.

Der Brief kam aus Providence, Rhode Island. Buchanan riß den Umschlag auf und las die beiden Seiten, die genauso gekritzelt waren wie die Adresse.

»Wer schreibt Ihnen?«

»Meine Mutter.« Buchanan schüttelte bewundernd den Kopf. Die tüchtigen Leitoffiziere scheuten keine Mühe, seine neue Identität mit entsprechendem Material zu erhärten. »Wie geht es ihr?« »Gut. Nur die Arthritis gibt keine Ruhe.« Das Telefon klingelte.

7

Buchanan verzog das Gesicht.

»Ruhig«, sagte Doyle. »Vergessen Sie nicht, ich bin Geschäftsmann. Um ehrlich zu sein, ich könnte ein paar Aufträge gebrauchen.«

Er nahm den Hörer ab – »Bon Voyage, Incorporated« – und verzog ebenfalls das Gesicht. Er legte die Hand auf die Sprechmuschel. »Ich habe mich geirrt. Es ist wieder dieser Kerl, der Sie sprechen will. Was soll ich ihm sagen?«

»Am besten lassen Sie mich mit ihm sprechen. Bin gespannt, wer es ist. Hier Victor Grant.«

Die tiefe, unfreundliche Stimme war nicht zu verwechseln. »Sie heißen nicht Victor Grant.«

Obwohl Buchanans Herz heftig klopfte, beherrschte er sich und heuchelte Verwirrung. »Was? Wer spricht dort? Mein Boß sagte, daß jemand mit ... Moment mal. Ist dort ...? Sind Sie der Kerl, der in Mexiko ...?«

»Ja, Bailey. Big Bob Bailey. Verdammt, Crawford, fallen Sie mir nicht schon wieder auf die Nerven. Sie wären noch im Gefängnis, wenn ich nicht die amerikanische Botschaft angerufen hätte. Zeigen Sie wenigstens etwas Dankbarkeit.«

»Dankbarkeit? Ich wäre nicht im Gefängnis gelandet, wenn Sie mich nicht verwechselt hätten. Wie oft soll ich es wiederholen? Ich heiße nicht Crawford, sondern Victor Grant.«

»Na klar, vormals Ed Potter. Ich weiß nicht, was Sie für eine Masche abziehen. Nach meiner Meinung haben Sie mehr Namen, als im Telefonbuch stehen. Und wenn Sie die weiterhin benutzen wollen, müssen Sie was dafür bezahlen.«

»Zahlen? Was meinen Sie?«

»Nach dem, was in Kuwait abgelaufen ist, bin ich nicht scharf darauf, weiter auf den Ölfeldern im Mittleren Osten zu arbeiten«, sagte Bailey. »In den Staaten stellen die großen Ölgesellschaften die Bohrungen ein. Ich bin zu alt, um mich auf riskante Erdölgeschäfte einzulassen. Also muß ich mich auf meine alten Kumpel verlassen. Auf Leute wie Sie, Crawford. Also frage ich Sie: Haben Sie hunderttausend Dollar für mich übrig?«

»Hunderttausend ...? Sind Sie besoffen?«

»Und ob!«

»Sie sind verrückt. Zum letztenmal, hören Sie gut zu: Ich heiße nicht Crawford. Ich heiße nicht Potter. Ich heiße Victor Grant und weiß nicht, wovon Sie sprechen. Lassen Sie mich endlich in Ruhe!«

Buchanan knallte den Hörer auf.

8

Doyle riß die Augen auf. »Was Schlimmes?«

Buchanan preßte die Kiefer aufeinander. »Ich bin nicht sicher. Mal abwarten.« Er nahm die Hand nicht vom Telefon.

Es dauerte höchstens zehn Sekunden, da klingelte es wieder.

Buchanan nahm erst nach dem dritten Mal ab. »Bon Voyage, Incorporated.«

»Crawford, Sie irren sich. So leicht laß' ich nicht locker. Die mexikanische Polizei und die amerikanische Botschaft können Sie zum Narren halten, aber – auf mein Wort – mich nicht. Ich weiß, daß Ihr richtiger Name nicht Grant ist. Auch nicht Potter. Und da kommen mir plötzlich Zweifel, ob Sie wirklich Crawford sind. Wer sind Sie eigentlich, Kumpel? Mich an Nachforschungen zu hindern, müßte Ihnen doch lausige hunderttausend Dollar wert sein.«

»Meine Geduld ist zu Ende. Hören Sie auf, mich zu belästigen.«

»He, Sie wissen wohl nicht, was belästigen heißt.«

»Ich meine es ernst. Lassen Sie mich in Ruhe, oder ich benachrichtige die Polizei.«

»Ja, die Polizei – eine gute Idee. Vielleicht kriegt sie raus, was hier vorgeht und wer Sie sind. Die könnte mir helfen herauszubekommen, ob Sie ein unbescholtener, ehrlicher Bürger sind. Würde ihnen gern von den drei Drogenhändlern erzählen, die Sie in Mexiko umgelegt haben, und fragen, warum Sie wohl so viele verschiedene Namen benutzen.«

»Was soll ich noch tun, um Sie zu überzeugen ...?«

»Zu überzeugen brauchen Sie mich überhaupt nicht. Zahlen Sie mir hunderttausend Dollar – das ist alles. Danach können Sie sich meinetwegen Napoleon nennen.«

»Sie haben mir offenbar nicht zugehört.«

»Alles, was ich hören will, ist: ›Hier ist das Geld.‹ Crawford – oder wer zum Teufel Sie sonst sind –, wenn Sie es nicht anders wollen, rufe ich gleich jetzt die Bullen an. Das schwöre ich Ihnen!«

»Wo sind Sie?«

»Sie erwarten doch nicht, daß ich das verrate. Wenn Sie die Kohle parat haben, erfahren Sie den Ort der Übergabe.«

»Wir müssen uns sprechen. Ich kann beweisen, daß Sie sich irren.«

»Und wie wollen Sie das anstellen, Kumpel? Mit Ehrenwort und solchem Kram?« Bailey lachte.

Und dieses Mal knallte er den Hörer auf.

9

Buchanan verspürte einen pochenden Schmerz im Kopf. »Ja, es ist schlimm«, sagte er zu Doyle.

Er durfte nicht vergessen, daß im Büro eine Wanze versteckt sein könnte. Bisher hatte er nichts Belastendes gesagt. Egal, wie er es Doyle erklärte, es mußte nur zur Geschichte von Victor Grant passen. »Es ist der Trottel, der mir in Mexiko so geschadet hat. Er glaubt, ich habe da unten drei Drogenhändler abgeknallt. Nun will er mich erpressen. Wenn ich nicht zahle, will er die Polizei informieren.«

Auch Doyle spielte seine Rolle gut. »Soll er es doch versuchen. Glaube nicht, daß die hiesigen Bullen sich darum scheren, was in Mexiko passiert. Der Kerl würde ein Eigentor schießen, denn Sie können ihn wegen Erpressung belangen.«

»So einfach ist das nicht.«

»Warum?«

Buchanan verspürte ein schmerzhaftes Ziehen in der Wunde, als ihm plötzlich ein Gedanke kam. Das Telefon hatte geklingelt, kurz nachdem er und Doyle das Büro betreten hatten. Ob das bloßer Zufall war? Verdammt!

Buchanan rannte zum Vordereingang, riß die Tür auf und blickte in beide Richtungen die Straße hinunter. Eine Frau schleppte Lebensmittel zu einem Boot. Ein Auto fuhr vorbei. Ein Jogger trainierte. Zwei Bootsbauer luden eine

Kiste von einem Lastwagen. Ein Kind auf einem Fahrrad guckte neugierig auf Buchanans Kopfverband.

Buchanan achtete nicht darauf und konzentrierte sich auf das Ende der Straße, den Zugang zum Strand. Dort stand ein großgewachsener Mann mit breiten Schultern und Bürstenschnitt – Bailey. Er stand vor einer Telefonzelle und beobachtete Doyles Haus.

Bailey hob grüßend den kräftigen rechten Arm. Als Buchanan auf ihn zurannte, stieg er grinsend in ein verschmutztes Auto und fuhr davon.

10

»Cindy?« Doyle eilte ins Haus.

Niemand war in der Küche.

»Cindy?«

Keine Antwort.

»Die Tür war abgeschlossen, aber ihr Auto steht da. Wohin sollte sie zu Fuß gehen? Warum ...? Cindy?« Doyle suchte weiter.

Buchanan wartete in der Küche und spähte durch ein Seitenfenster auf Einfahrt und Straße.

»Cindy?« kam es aus einem Zimmer am Ende des Flurs.

Auf einmal wurde Doyles Stimme leiser. »Gott sei Dank! Entschuldige, Liebling, ich habe dich geweckt. Ich wußte nicht, daß du schläfst. Die Tür war abgeschlossen, und ich hatte Angst, daß etwas ...«

Doyles Stimme wurde noch leiser, Buchanan konnte nichts mehr verstehen.

Doyle kam in die Küche zurück und rieb sich, an den Kühlschrank gelehnt, die mageren Wangen.

»Geht es ihr gut?« fragte Buchanan.

Doyle schüttelte den Kopf. »Nachdem wir fort waren, hat sie ihren Lunch wieder rausgebracht. Sie fühlte sich ganz schlapp und hat sich hingelegt. Sie hat den ganzen Nachmittag geschlafen.«

»Haben Fremde angerufen oder sie hier belästigt?«

»Nein.«

»Warum war dann die Tür abgeschlossen?«

Doyle verwirrte die Frage. »Vermutlich hat sie es getan, um sich sicherer zu fühlen.«

»Schön, aber als wir ankamen, waren Sie überrascht, daß die Tür abgeschlossen war. Sie dachten, sie sei weggegangen. Das heißt doch, für gewöhnlich schließt sie die Tür nicht ab, wenn sie zu Hause ist.« Buchanan trat auf Doyle zu. »Nicht wahr, sie schließt die Tür ab, weil *ich* hier bin? Sie spürt, daß ich Gefahr bedeute. Und sie hat recht. Ich gehöre hier nicht her. Sie können nicht gleichzeitig für mich und für sie sorgen …«

Das Läuten des Telefons schien besonders laut.

Doyle zuckte zusammen.

Buchanan bedeutete ihm, den Hörer abzunehmen. »Das ist Ihr Haus. Wenn ich mich melde, fällt das auf. Wir müssen so tun, als sei alles normal. Schnell, bevor Cindy …«

Doyle griff zum Hörer. »Hallo? … Wer spricht dort? Was wollen Sie von ihm? … Hören Sie, Sie Mistkerl! Meine Frau hätte am Telefon sein können. Wenn Sie sie belästigen, dann …«

Die Situation ist nicht mehr zu retten, dachte Buchanan. Wenn jetzt einer eine Tonbandaufnahme unserer Gespräche hätte, müßte er sich fragen, ob ich tatsächlich der Mann bin, der ich zu sein vorgebe. Er winkte energisch ab und riß Doyle den Hörer aus der Hand. »Ich habe Ihnen gesagt, Sie sollen nicht mehr anrufen.«

»Crawford, Ihr Kumpel wirkt ziemlich gestreßt«, sagte Bailey. »Wahrscheinlich, weil seine Frau krank ist, stimmt's? Bedauerlich. So ein gutaussehendes Mädchen.«

O ja, du hast deine Hausaufgaben gemacht, dachte Buchanan. Du hast mich beschattet. Du bist gleich nach mir nach Miami geflogen.

Du bist nach Fort Lauderdale gefahren und hast rausgekriegt, wo ich angeblich arbeite. Du hast ermittelt, wo mein angeblicher Boß wohnt. Du hast gewartet, bis ich aus dem

Krankenhaus entlassen wurde. Ging ich nicht arbeiten, dann wäre erwiesen, daß ich ein anderer bin. Und dann konntest du deine Schau abziehen.

»Hunderttausend Dollar. Morgen, Crawford. Wenn Sie denken, ich mache Spaß, werden Sie sich wundern. Ich hetze Ihnen todsicher die Bullen auf den Hals.«

Nachdenklich legte Buchanan den Hörer auf.

»Jack, Liebling?«

Die beiden wirbelten herum.

Cindy stand schwankend in der Küchentür und hielt sich am Pfosten fest. Ihre Haut war blaß. Das schwarz-rote Kopftuch war verrutscht und ließ einen Teil des kahlen Kopfes sehen. »Wer war das? Wen habt ihr so angebrüllt?«

Aus Doyles Kehle kam ein erstickter Laut. Er ging auf Cindy zu und umarmte sie.

11

Der Intracoastal Waterway reicht von Trenton, New Jersey, im Osten der USA bis Brownsville, Texas. Diese Binnenwasserstraße, die aus miteinander verbundenen Flüssen, Kanälen, Lagunen, Buchten und Meerengen besteht, verläuft parallel zum Atlantischen Ozean. Im Norden wird sie meist von Handelsschiffen benutzt, doch im Süden, besonders in Florida, beherrschen Jachten den Wasserweg, zu dessen attraktivsten Teilen die Gegend um Fort Lauderdale gehört.

Um acht Uhr morgens parkte Buchanan Doyles Lieferwagen neben Bon Voyage, Inc. und schloß das Gebäude auf. Am Abend zuvor war er zu einem Einkaufszentrum gefahren, wo er von einem Münzfernsprecher mit seinen Leitoffizieren Kontakt aufnahm. Jetzt trug er einige Kisten mit elektronischem Zubehör zu Doyles Motorboot, das am Kai hinter dem Büro vertäut lag. Buchanans verletzte Schulter pochte, und ihm dröhnte der Kopf vor Anstrengung. Endlich war alles sicher verstaut, und nachdem er das Gebäude abgeschlossen hatte, machte er los und steuerte das Boot aus dem Kanal auf die weite Fläche des Intracoastal Waterway.

Restaurants, Hotels und Apartmenthäuser flankierten die Wasserstraße zu beiden Seiten und natürlich Kais und Boote. Er folgte Doyles Hinweisen und hielt sich südlich. Er tat, als genieße er die Brise und den erfrischenden Salzgeruch des Wassers. Nicht ein einziges Mal blickte er sich nach möglichen Verfolgern um. Es war unbedingt notwendig, daß er den Harmlosen und Naiven spielte und sich von Baileys Drohungen nicht beeindruckt zeigte. Bailey hatte noch zweimal angerufen, um Mitternacht und um zwei Uhr morgens; jedesmal war Cindy aufgewacht. Wütend hatte Doyle das Telefon abgestellt. Je öfter Buchanan darüber nachdachte, desto mehr wurde ihm klar, daß Bailey nicht sein einziges Problem war.

Immer weiter gen Süden fahrend, passierte Buchanan weitere Brücken, bewunderte scheinbar andere Gebäude und Boote, bis er schließlich, nach Osten abdrehend, auf eine exklusive Kaianlage zuhielt, die als Pier 66 bezeichnet wurde. Es dauerte eine Weile, bevor er die richtige Stelle fand und schließlich Bord an Bord mit einer dreißig Meter langen, aus dunklem Holz gefertigten Jacht lag, auf der sich zwei Männer und eine Frau aus ihren Liegestühlen erhoben und vom Heck auf ihn hinuntersahen. Einer der Männer war groß und schlank, mit harten Zügen und kurzem angegrauten Haar. Er war in den Fünfzigern, trug eine weite Sporthose und ein monogrammbesticktes grünes Seidenhemd. Der andere war jünger, in den Vierzigern, nicht so groß und weniger teuer gekleidet, aber muskulöser. Die Frau, blond und in den Dreißigern, sah prächtig aus. Sie hatte einen kurzen blauen Bademantel an, der offenstand und einen umwerfenden Bikini enthüllte, dessen leuchtende Farbe zu ihrem Lippenstift paßte.

Der große Mann, offenbar der Boß, fragte: »Kommen Sie von …?«

»Bon Voyage, Incorporated«, antwortete Buchanan. Er

nahm die Sonnenbrille und die Mütze mit dem Emblem der Miami Dolphins ab, so daß sie ihn besser erkennen konnten. »Ich bringe die bestellte Ausrüstung.«

»Bringen Sie das Zeug an Bord«, sagte der Große. Er gab dem jungen, muskulösen Mann – er war anscheinend sein Leibwächter – ein Zeichen, Buchanan zu helfen.

Buchanan warf Leinen von Bug und Heck hinauf, damit man sein Motorboot festmachte, wobei ein dicker Gummifender dafür sorgte, daß die Wand der Jacht nicht zerkratzt wurde. Dann reichte er dem Leibwächter die Kisten hinauf, darauf bedacht, nicht das Gleichgewicht zu verlieren, da das Boot leicht schaukelte. Der Leibwächter warf ihm eine Strickleiter zu. Buchanan stieg an Deck und versuchte, die Frau nicht anzusehen.

»Wohin soll ich die Sachen bringen?«

»Hier hinein.« Der Leibwächter deutete auf eine Kabine am Heck, diesmal ohne Buchanan zu helfen.

In der Kabine, mit mahagonigetäfelten Wänden, antiken Einrichtungsgegenständen und einem Stutzflügel ausgestattet, stapelte Buchanan die Kisten. Der muskulöse Mann schloß die Tür, die Vorhänge waren bereits zugezogen. Buchanan wartete. Er wußte nicht, wie sie es sich vorgestellt hatten.

»Willkommen, Captain Buchanan«, sagte der Boß.

Es ging also formell zu.

»Colonel.« Buchanan grüßte.

»Das ist Major Putnam.« Der Große deutete auf den angeblichen Leibwächter. »Und das Captain Weller.« Er stellte die Frau vor, die den Bademantel geschlossen hatte, sobald sie nicht mehr die Blicke möglicher Beobachter auf sich zog.

»Major. Captain.« Buchanan grüßte beide.

»Zum Teufel, was ist los?« fragte der Colonel nachdrücklich. »Die letzten Tage waren ein Alptraum für die Behörde, eine politische Zeitbombe. In Langley drehen sie durch, weil in Cancún etwas schiefgelaufen ist. Die Enthüllung Ihrer Identität bei den mexikanischen Behörden und unserer Botschaft hätte alles gefährden können.«

»Sir, ich dachte, Sie sind über die Ereignisse in Mexiko

informiert worden. Als ich im Krankenhaus lag, wurde ich über den Einsatz befragt.«

»Von der Agency. Ich ziehe es vor, nicht von Zivilisten, sondern von meinen eigenen Leuten informiert zu werden.«

Es dauerte anderthalb Stunden. Gelegentlich wurde Buchanan unterbrochen und um ausführlichere Darstellungen gebeten. Je aktueller sein Bericht wurde, desto ernster reagierten seine Befrager.

»Einhunderttausend Dollar?« wiederholte der Colonel.

»Damit wäre er nach meiner Auffassung aber nicht zufrieden«, sagte Buchanan. »Sobald ich das Geld hingeblättert und damit klein beigegeben habe, wird er immer mehr fordern.«

»Dieser Bailey schnüffelt nur so herum«, sagte Major Putnam. »Er hat nichts in der Hand.«

Der Colonel sah Buchanan prüfend an. »Glauben Sie das auch, Captain?«

»Bailey ist primitiv, aber er ist kein Idiot, Sir. Er hat mich unter drei verschiedenen Decknamen kennengelernt. Er weiß genau, irgendwas stimmt bei mir nicht, bloß kann er es nicht beweisen. Also testet er mich, um zu sehen, ob ich in Panik gerate und mich verrate, indem ich zahle.«

»Na, offensichtlich geraten Sie nicht in Panik«, sagte Major Putnam. »Er vertut bloß seine Zeit.«

Captain Weller, die hinreißende Frau, kam schließlich auch zu Wort. »Bailey kann sehr wohl die ganze Operation ins Schleudern bringen, wenn er seine Drohung wahr macht und die Polizei informiert.«

»Korrekt. Die Polizei hat hier im Land genügend Probleme und muß sich nicht um Mordfälle in Mexiko kümmern. Aber eine mehrfache Identität könnte heiß genug sein, um sie aufmerksam zu machen. Wenn sie zu der Meinung gelangt, daß ich ein Drogenhändler bin, wenn sie die DEA und den FBI hinzuzieht ...«

»Ihre Tarnpapiere sind perfekt«, sagte der Colonel. »Verdammt, Ihr Reisepaß kam direkt vom State Department. Die anderen Dokumente auch. Und jede Datei wird gelöscht, sobald Sie die entsprechende Identität ablegen. Die DEA und der FBI erfahren nichts. Aufgrund der Unterlagen gibt es keine Möglichkeit, Jim Crawford und Ed Potter mit Victor Grant zu verbinden.«

Die Frau ließ nicht locker. »Dennoch würden sich die Behörden für den Captain interessieren. Er müßte im Endeffekt aus dem Verkehr gezogen werden.«

Der Colonel tippte die Fingerspitzen gegeneinander. »Es erhebt sich also die Frage, was wir mit dem unbequemen Mr. Bailey tun. Zahlen wäre ein Eingeständnis der Schuld. Wenn der Captain andererseits nicht auf ihn eingeht und Bailey die Behörden informiert, läßt der FBI Buchanan wahrscheinlich überwachen.«

»Es steht eine Menge auf dem Spiel«, fügte sie hinzu. »Wir müssen die Möglichkeit berücksichtigen ...«

Der Colonel stellte sich ratlos. »Sagen Sie, was Sie meinen.«

»Man sollte Bailey liquidieren«, antwortete die Lady.

In der Kajüte wurde es still.

Der muskulöse Mann meldete sich zu Wort. »Ich würde mich nur ungern dafür aussprechen. Schließlich schafft die Liquidierung womöglich mehr Probleme, als sie löst. Wir wissen nicht, ob Bailey einen Komplizen hat. In diesem Fall wäre die Bedrohung durch Baileys Tod nicht aus der Welt geschafft. Eigentlich wird sie dann noch größer, denn der Komplize könnte Baileys Tod zusätzlich benutzen, um bei der Polizei auf Interesse zu stoßen.«

»Reine Vermutungen«, meinte der Colonel ungeduldig. »Wir haben nicht genügend Informationen. Major Putnam, unsere Leute sollen Baileys Background gründlich checken. Ich muß wissen, mit wem wir es zu tun haben. Außerdem sind die Hotels und Pensionen am Ort zu beobachten. Finden Sie heraus, wo er wohnt. Lassen Sie ihn observieren. Vielleicht hat er keinen Mittäter. In diesem Fall, wenn er weiter Ärger macht ...«

Sie warteten.

»... könnte Liquidierung in Frage kommen«, schloß der Colonel. Wieder wurde es still in der Kajüte.

»Sir, gestatten Sie, eine Überprüfung von Baileys Background braucht eine Menge Zeit«, sagte Buchanan. »Dasselbe trifft für die Organisation der Überwachung zu. Aber wir stehen unter Zeitdruck. Bailey erwartet meine Entscheidung noch heute. Nach meiner Meinung drängt er so, damit ich keine Gegenmaßnahmen ergreifen kann. Ganz gleich, wie wir mit ihm verfahren, es muß bis heute abend geschehen.«

Ihnen war unbehaglich zumute.

»Da ist noch ein Problem«, fuhr Buchanan fort.

Der Colonel runzelte die Stirn. »Nämlich?«

»Jack Doyle.«

»Haben Sie Bedenken gegen ihn?«

»Ich bin sicher, er war ein verdammt guter Soldat.«

»Das war er«, antwortete der Colonel. »Alle unsere Aufträge hat er blendend erledigt.«

»Na ja, er ist nicht mehr derselbe Mann«, sagte Buchanan. »Seine Frau leidet an Krebs. Auf die Behandlung spricht sie nicht an. Wahrscheinlich wird sie bald sterben. Doyle ist außerordentlich um sie besorgt. Verständlicherweise. Er steht unter großem Streß. Er glaubt, Bailey bedeute eine Bedrohung für sie. Er ... Sagen wir so: Ich glaube sogar, Doyle wird die Nerven verlieren und Bailey angreifen, wenn er weiterhin Druck ausübt und durch seine Anrufe die arme Cindy beunruhigt. Ich muß raus aus Fort Lauderdale, weg von Jack Doyle und seiner Frau. Denn wenn Doyle gegen Bailey vorgeht, ist es unüberlegt und nicht professionell. Es wäre eine Affekthandlung, und wir könnten dabei nichts vertuschen. Gott weiß, was der Untersuchungsrichter alles über Doyles Vergangenheit und unsere Aufträge herausfinden würde.«

»Scheiße«, sagte Major Putnam.

»Das habe ich auch gedacht«, stimmte Buchanan ihm zu. »Ich bin ganz schön in Schwierigkeiten. Ich glaube, Victor Grant muß hier weg.«

»Käme das nicht einem Eingeständnis Ihrer Schuld gleich?« fragte Captain Weller. »Würde Bailey Ihnen nicht um so entschlossener auf den Fersen bleiben?«

»Erst einmal müßte er mich finden. Und sobald ich verschwunden bin und eine neue Identität angenommen habe, schafft er das nie.«

»Bleibt noch Jack Doyle«, sagte der Major. »Bailey würde wiederkommen und Doyle unter Druck setzen.«

»Doyle müßte sagen, daß er nichts über mich weiß. Außer, daß ich, ein alter Bekannter aus der Armee, vor drei Monaten aufgekreuzt bin und ihn um einen Job gebeten habe. Doyle beschwert sich bei der Polizei über Baileys Belästigung. Und dann fahren Doyle und seine Frau weg – auf Kosten früherer Freunde –, an einen Ort, wo es ausgezeichnete Möglichkeiten für die Krebsbehandlung gibt.«

»Möglich«, sagte der Colonel und trommelte mit dem Finger gegen die Stuhllehne. »Das ist bestimmt ein Weg, den wir im Auge behalten werden.« Er blickte auf die Uhr. »Wir besprechen das noch ausführlich. Jetzt gehen Sie am besten wieder. Wenn die Jacht beobachtet wird, ist es auffällig, daß wir alle so lange in der Kajüte sitzen. Wir müssen die Tarnung beibehalten – das ist wichtig.«

»Was ist mit Bailey?« wollte Buchanan wissen.

»Wir teilen Ihnen unsere Entscheidung später mit.«

»Sir, die Zeit ist knapp.«

»Das wissen wir, Captain.« Der Colonel schien indigniert. »Wie gesagt, wir melden uns wieder.«

»Was soll ich inzwischen tun?«

»Das liegt doch auf der Hand – oder? Das, was nach Ihrer Meinung Victor Grant tun würde.«

Eine vage und aalglatte Antwort. Buchanan machte sich plötzlich Sorgen.

12

Buchanan kletterte an der Strickleiter hinunter in das Motorboot, ohne den verletzten rechten Arm zu belasten. Er setzte die Mütze und die Sonnenbrille wieder auf; die beiden Männer und die Frau blickten ihm nach. Sie schlug den blauen Bademantel auf und ließ den engsitzenden roten Bikini sehen, spielte die Rolle einer Femme fatale.

»Schicken Sie uns einfach die Rechnung«, sagte der Oberst.

»Ja, Sir. Danke.« Buchanan fing die beiden Leinen auf, die ihm der Major zuwarf. Er startete den Motor und ließ die Jacht hinter sich.

Herrgott, dachte er. Die sind ratlos. Ich brauche eine Entscheidung, und sie haben nichts entschieden. Ich darf nicht ohne Befehl handeln. Wenn ich bis heute abend nichts von ihnen höre, wie soll ich dann Bailey hinhalten?

In Gedanken vertieft, näherte sich Buchanan dem Ende eines Kanals, auf der einen Seite ein Kai, auf der anderen eine von Palmen umstandene Villa, und befand sich wieder auf der weiten Fläche des Intracoastal Waterway. Plötzlich drängte sich das Problem Bailey geradezu auf, denn an Backbord, neben einer Fahrwasserboje saß Bailey in einem Motorboot, das Buchanans eigenem glich. Der Motor lief nicht, das Boot lag ruhig, nur vom Kielwasser vorbeifahrender Schiffe bewegt.

Bailey strich sich mit der Hand über die Bürste und schnippte lächelnd seine Zigarette ins Wasser.

Buchanan nahm etwas Gas weg und bemerkte die mit Teleobjektiv ausgestattete Kamera, die Bailey um den bulligen Hals trug. Buchanan hielt sich an seine Instruktionen: Er entschloß sich, als Victor Grant diesen Erpresser zu behandeln, wie er es verdiente.

Er nahm Kurs auf Bailey, stoppte den Motor, ließ sich auf Bailey zutreiben und hielt sich dann an dem anderen Fahrzeug fest.

»Wie geht's, Crawford?«

»Ich kann es Ihnen wohl nicht oft genug sagen – ich heiße nicht Crawford.«

Bailey zog an der Reißlasche einer Büchse Blue Ribbon. »Ja, ich denke mittlerweile auch, daß Sie recht haben. Wahrscheinlich heißen Sie ganz anders. Aber mit absoluter Sicherheit nicht Victor Grant.«

»Hören Sie endlich auf! Ich habe Sie im Gefängnis in Mexiko zum erstenmal gesehen.«

»Da sind Sie auf dem Holzweg.« Bailey nahm die Füße von der Konsole des Boots und setzte sich gerade hinter das Steuer. »Ich habe was zu verkaufen, und Sie müssen es kaufen. Als Sie sich mit den Typen auf der Jacht trafen, dachte ich mir, Sie wollen die hunderttausend von dort holen. Aber Sie sind mit leeren Händen weggefahren. Die Zeit vergeht. Beeilen Sie sich und treiben Sie das Geld irgendwo auf. Denn nach Mitternacht ... Übrigens, das Weib auf der Jacht ist toll, was? Durch das Teleobjektiv habe ich sie ganz nahe heranholen können ... Ich habe ein paar wirklich gute Aufnahmen von ihr, von den beiden Kerlen und von Ihnen auf Deck. Fotografieren ist mein Hobby. Ich habe da gerade ein paar Aufnahmen ...«

»Ich bin nicht interessiert.«

»Oho, ich garantiere Ihnen, daß die Bilder wirklich interessant für Sie sind. Ich muß aber zugeben, ich habe sie nicht selbst geschossen. Habe sie von einem Videoband kopieren lassen.«

»Wovon reden Sie eigentlich?«

»Verdammt noch mal, dann gucken Sie sich die Bilder doch an, Crawford!«

Zögernd griff Buchanan nach dem braunen Briefumschlag, den Bailey ihm hinhielt. Beklommen überlegte er nur, welche Bedrohung die erwähnten Fotos darstellen könnten. Denn die Offiziere waren in der Öffentlichkeit nicht bekannt. Wenn Bailey die Aufnahmen an die Polizei weitergab und wenn der Colonel im Verlauf der Nachforschungen identifiziert wurde, dann hätte das allerdings katastrophale Folgen.

Doch als er die Hochglanzfotos, schwarzweiß und im Format 20 × 25, betrachtete, wurde ihm mit einemmal klar, daß er sich über etwas ganz anderes viel mehr Gedanken machen mußte. Denn was er sah, war eine Szene in Frankfurt am Main, im Dezember 1990: Amerikanische Geiseln, kurz zuvor von den Irakern freigelassen, bei der Ankunft auf dem Frankfurter Flughafen. Und hier, aus der Ferne und als Nahaufnahme, war Big Bob Bailey zu erkennen, der gerade aus dem Flugzeug stieg, in Begleitung …

»Sieht Ihnen verdammt ähnlich, Crawford«, sagte Bailey. »Ich besitze Kopien des Originalvideos, also kann niemand behaupten, die Bilder seien frisiert. Wenn ich auf Sie sauer werde, weil Sie nicht mit den Kohlen rausrücken, dann – das schwöre ich Ihnen – schicke ich sie an die Bullen, dazu das Phantombild von Ed Potter aus Mexiko und dazu meine Bilder von Victor Grant.«

Von Victor Grant? überlegte Buchanan erschrocken. Er blätterte weiter und starrte plötzlich auf drei Aufnahmen, die ihn vor dem mexikanischen Gefängnis im Gespräch mit Garson Woodfield zeigten.

»Wieder gut getroffen«, sagte Bailey. »Falls Sie's nicht begreifen: Der Bursche von der Botschaft mußte mit drauf sein, der absolut einwandfreie Zeuge, der Sie als Victor Grant identifiziert hat. Ich habe Sie in drei verschiedenen Ausfertigungen, Crawford. Sie sitzen in der Falle.«

Um Zeit zum Nachdenken zu gewinnen, beschäftigte sich Buchanan lange mit dem Inhalt des Umschlags. Wie hatte er die Bilder in Mexiko geschossen? Sofort erinnerte er sich. Während er mit Woodfield sprach, war ihm unter den Passanten eine Amerikanerin aufgefallen, die eine Kamera auf ihn gerichtet hielt.

Buchanan hob den Blick. Nun gab es keinen Zweifel mehr: Bailey hatte einen Komplizen. Vermutlich mehr als einen. Ihn auszuschalten konnte schwierig werden. Ich muß den Colonel warnen.

»Behalten Sie die Fotos. Ich habe noch mehr davon an einem sicheren Ort, zusammen mit den Negativen. Außerdem habe ich Kopien von dem deutschen TV-Nachrichtenvideotape.« Bailey lehnte sich hinüber. »Geben Sie es zu, Crawford, Sie sind beschissen dran. Mimen Sie nicht den Unschuldigen. Wenn man geschnappt wird, muß man dafür zahlen. Reichen Sie einfach die hunderttausend rüber.«

Während der ganzen Unterhaltung hatte Bailey das Gesicht leicht nach links gewandt, als hätte er einen steifen Hals.

Steifen Hals? Blitzschnell drehte sich Buchanan zu dem Kai gegenüber um. Und dort stand zwischen zwei vertäuten Segelbooten die rotblonde Frau aus Mérida und fotografierte ihn und Bailey.

»Nun haben Sie meine Freundin entdeckt. Sie können Ihr Problem also nicht lösen, indem Sie mich loswerden. Sie hat oft draufgedrückt, und wenn mir was passiert, kriegt die Polizei alle Aufnahmen. Sie hat mir geholfen, die Bilder da zu machen, und hat Sie auch zusammen mit den Leuten von der Jacht auf dem Film. Könnte interessant sein herauszukriegen, wer die sind.«

Die rothaarige Frau ließ die Kamera sinken und sah über das Wasser zu ihnen hinüber. Eindeutig dieselbe Person, dachte Buchanan.

»Crawford, bisher hatten Sie eine Menge zu sagen. Was ist los mit Ihnen?« fragte Bailey. »Hat es Ihnen die Sprache verschlagen? Aber vielleicht fällt Ihnen nicht mehr Blödsinn ein. Passen Sie auf. *Ich will mein Geld.*«

Buchanan zögerte, bevor er fragte: »Wann und wo?«

»Ich rufe heute abend um halb neun bei Ihrem Kumpel Doyle an und gebe Ihnen Anweisungen.«

13

Draußen war es dunkel. In seinem Zimmer schaltete Buchanan nicht das Licht an, sondern verließ sich beim Packen auf die schwache Beleuchtung aus dem Flur. Nachdem er fertig war und sich vergewissert hatte, nichts vergessen zu haben, spielte er einen Augenblick mit dem Gedanken, die am Bett befestigte Pistole mitzunehmen, entschied sich jedoch dagegen. Wenn es Ärger gab, könnte die Polizei Doyle als den Besitzer ermitteln, und er wollte nicht, daß Doyle noch mehr in die Angelegenheit verwickelt wurde.

Er verließ das Gästezimmer und wandte sich zu einer Tür weiter rechts. Er klopfte – keine Antwort. Da die Tür angelehnt war, drückte er dagegen und klopfte abermals.

»Cindy?«

»Was ist?« kam eine müde Stimme aus dem Dunkel.

Buchanan trat ein, durchquerte das Zimmer und blieb vor dem Bett stehen. Undeutlich erkannte er Cindys Gestalt unter den Decken. »Ich habe Sie beim Abendbrot vermißt.«

»War so müde«, flüsterte sie. »Hat der Schmortopf ...«

»Hat ausgezeichnet geschmeckt. Sie hätten sich nicht so anzustrengen brauchen. Jack und ich hätten uns was holen können.«

»Das gibt es in *meinem* Haus nicht.« Trotz ihrer Erschöpfung gelang es ihr, das Wort zu betonen.

»Nun, ich wollte Ihnen bloß sagen, wie sehr ich Ihre Mühe zu schätzen weiß, und Ihnen für alles danken.«

Langsam drehte sie sich zu ihm. »Verlassen Sie uns etwa?«

»Ich muß.«

Sie wollte sich aufsetzen, schaffte es aber nicht. »Ich hoffe, nicht meinetwegen.«

»Nein, nein!«

»Ich hatte im stillen gehofft, daß Sie hierbleiben und Jack Gesellschaft leisten.« Ihr stockender Atem verriet Buchanan, daß sie sich bemühte, nicht zu weinen. »Ich liege die meiste Zeit im Krankenhaus oder im Bett. Ich komme damit klar, aber mir tut Jack so leid.«

»Er liebt Sie sehr.«

»Ich weiß.«

»Er hat mir erzählt, wie stolz er auf Sie war, weil Sie mit allen Problemen fertig geworden sind, als er bei der Armee war, und wie Sie die Zeitungsleute kurzerhand abgefertigt haben.«

»Ja, ich war hart im Nehmen. Schöne Zeiten damals. Bloß war Jack so oft weg, und nun sind wir zusammen, und ich ...«

»Darauf kommt es an – Sie sind zusammen. Und mich brauchen Sie hier nicht, das ist einer zuviel. Auf Wiedersehen, Cindy.«

»Nehmen Sie meinen Wagen.« Sie berührte seine Hand.

»Seit ich das letztemal im Krankenhaus war, fahre ich sowieso nicht mehr. Nehmen Sie ihn. Bitte.«

»Sie kriegen ihn bestimmt wieder.«

»Eilt wirklich nicht.«

Buchanan beugte sich zu ihr, küßte sie sanft auf die Wange und hatte auf den Lippen den Geschmack salziger Tränen. »Machen Sie's gut.«

14

Doyle hockte in der Küche und legte eine Patience. Er blickte nicht auf, als Buchanan eintrat. »Ich hab alles mitbekommen.«

»Und?«

»Danke. Freunde bedeuten ihr viel. Im Augenblick hat sie kaum welche. Die meisten sind weggeblieben, als sie erfuhren, wie krank sie ist. Sind zu einfallslos, ein paar Worte zu finden – anders als Sie eben.«

»Was habe ich denn gesagt?«

Doyle blickte auf. »Cindy hat recht. Es ist eine gute Idee, ihr Auto zu nehmen und nicht den Lieferwagen. Fällt nicht so auf. Wenn Sie es nicht mehr brauchen, sagen Sie Bescheid, wo ich es holen kann. Und diese Idee ist auch gut.« Doyle langte unter den Tisch, wo sich offenbar ebenfalls eine Halterung befand, denn als er die Hand wieder hervorzog, hielt er eine Beretta 9 mm.

Buchanan sah rasch zum Fenster. Die Jalousien waren heruntergelassen, von außen konnte niemand die Waffe bemerken. Doch noch immer fürchtete er versteckte Mikrofone. Anstelle einer Antwort schüttelte er den Kopf.

Warum nicht? Doyle bewegte bloß lautlos die Lippen.

Buchanan griff nach einem Notizblock, der auf dem Arbeitstisch lag, und schrieb: »Was ist, wenn sie mir abgenommen wird?«

Doyle nahm den Kugelschreiber und schrieb: »Gehörte einem toten Soldaten in Panama. Kann nicht mit mir in Verbindung gebracht werden.«

Buchanan sah ihn forschend an und nickte. Er prüfte, ob der Ladestreifen voll war, und schob die Waffe hinten in den Gürtel. Um sie zu verdecken, zog er eine dunkelbraune Nylonwindjacke an, die er sich von Doyle geliehen hatte.

Doyle kontrollierte, wie es aussah. »Paßt hervorragend.«

Die Uhr über dem Herd zeigte acht Uhr fünfundzwanzig. In fünf Minuten mußte Baileys Anruf kommen. Doyle wandte sich wieder seiner Patience zu und schien zu akzeptieren, daß Buchanan nicht nach Small talk zumute war.

Halb neun. Buchanan fixierte das Telefon. Fünf Minuten vergingen, zehn Minuten. Sein Schädel pochte. Endlich, dreiviertel neun, klingelte es.

Buchanan riß den Hörer an sich, bevor Cindy wach wurde.

»In Ihrer Nähe, auf der Pine Island Road, ist ein Minimarkt. Bloß wenige Blocks vom Sunrise Boulevard entfernt«, sagte Bailey.

»Kenne ich. Bin schon vorbeigefahren.«

»Gehen Sie zu der Pizzabude. Rechts vom Eingang. Um neun.«

Bevor Buchanan die Hinweise wiederholen konnte, legte Bailey auf.

»Muß was erledigen«, sagte Buchanan zu Doyle.

»Die Autoschlüssel liegen in der Schublade dort.«

»Danke.« Buchanan reichte ihm die Hand.

Mehr Gefühl wagte er nicht zu zeigen. Er nahm die Schlüssel, schnappte sich seinen Koffer und eine kleine rote Picknick-Kühlbox und nickte Doyle zu, der ihm die Tür öffnete.

Kaum zwei Minuten später war er auf dem Weg zum Treffpunkt.

15

Die rote Kühlbox enthielt einen weißen Plastikeinsatz mit einem Apfel und zwei Salami-Sandwiches. Im Einsatz darunter lagen Eiswürfel und noch weiter unten einhunderttausend Dollar in Hundertdollarscheinen. Der Behälter stand auf dem Beifahrersitz, Buchanan vergewisserte sich im Rückspiegel, ob er verfolgt wurde.

Die Box mit dem Geld hatte er am Nachmittag erhalten, als er auf dem Rückweg zu Doyles Haus an einer Ampel hielt. Nach dem Gespräch mit Bailey hatte Buchanan sofort den Colonel verständigt, der ihn aufforderte, bis drei Uhr im Büro von Bon Voyage, Inc., zu warten. Dann sollte er losfahren, ohne das Fenster am Beifahrersitz zu schließen. An der nächsten Ampel hatte kurz ein Motorradfahrer neben ihm gestoppt und die Box durch das Fenster geschoben.

Nun parkte Buchanan mit erhöhtem Pulsschlag vor dem überfüllten Minimarkt in der Pine Island Road. Er trug seine wertvolle Last zum Pizzaladen und wartete rechts neben dem Eingang. Kunden kamen und gingen, ein Botenjunge brauste davon.

»Heißen Sie Grant?« fragte eine Stimme.

In der offenen Tür des Pizzaladens stand ein schlaksiger, pickeliger junger Mann in einer weißen, mit Sauce beschmierten Schürze.

»Stimmt.«

»Da hat eben einer angerufen. Hat gesagt, er ist ein Bekannter von Ihnen. Und Sie geben mir fünf Dollar, wenn ich Ihnen was ausrichte.«

»Ist in Ordnung.« Buchanan gab ihm die fünf Dollar. »Und die Nachricht?«

»Sie sollen ihn in zwanzig Minuten in der Eingangshalle vom Tower Hotel treffen.«

Buchanan überlegte. »Tower Hotel? Wo ist das?«

»Broward Boulevard, Nähe Victoria Park Road.«

Buchanan nickte und ging rasch zum Auto. Bailey besitzt einen guten Instinkt, dachte er, während er auf dem Stadtplan nachsah und dann zum nächsten Treffpunkt fuhr. Das

Team, das ihm unauffällig folgte, hatte den Auftrag, Bailey nach der Aushändigung des Geldes zu beschatten und herauszufinden, wo er das Videotape, die Fotos und die Negative aufbewahrte, vor allem die mit Buchanan und den drei Offizieren.

Auf dem Broward Boulevard überprüfte Buchanan noch einmal im Rückspiegel, ob ihm jemand folgte. Er hielt nach Bailey Ausschau, nicht nach dem Team des Colonel, denn das hätte er sowieso nicht bemerkt. Bailey würde es noch weniger gelingen. Gleichgültig, welche Ausweichmanöver er versuchen mochte, das Team würde ihm auf der Spur bleiben. Denn Augenkontakt war nicht nötig. Sie brauchten bloß auf ihren audiovisuellen Monitor zu schauen und den Peilsignalen zu folgen, die der batteriegespeiste Standortsender aussandte. Er war im Plastikboden der Kühlbox versteckt.

Zwei Minuten vor der angegebenen Zeit erreichte Buchanan den Glaspalast des Tower Hotels. Er rief dem Parkplatzwächter zu, daß er sofort wieder wegfahren werde, und stürzte in die feudale Lobby. Eine Gruppe von Herren und Damen in festlicher Abendgarderobe starrten den Mann in Jeans und Nylonjacke mit der Kühlbox in der Hand amüsiert an.

Buchanan, stets darauf bedacht, nicht aufzufallen, wurde unsicher. Er suchte Bailey unter den Gästen, ohne sich große Hoffnung auf Erfolg zu machen, und war gespannt, wie Bailey ihn diesmal benachrichtigen wollte. Die Uhr an der Rezeption zeigte neun Uhr zwanzig, genau die Zeit, zu der Buchanan …

»Mr. Grant?« redete ihn ein livrierter Diener an.

Buchanan war der kleine Puertoricanertyp mittleren Alters schon aufgefallen, als er von einem Gast zum anderen ging und alle höflich ansprach. »Ja, richtig.«

»Ein Bekannter von Ihnen hat diesen Umschlag für Sie abgegeben.«

Er suchte sich eine stille Ecke und riß den Umschlag auf.

Warten Sie dreiviertel zehn am Eingang von Shirttail Charlies Restaurant.

16

Buchanan kam pünktlich am Riverside Hotel auf dem Las Olas Boulevard an. Bailey erschien abermals nicht zur vereinbarten Zeit. Zwanzig Minuten nach elf war Bailey noch immer nicht aufgetaucht, die Lobby wie ausgestorben.

»Mr. Grant?«

Buchanan saß auf einem Rattanstuhl in der Nähe einer großen Glasschiebetür, damit er auch von draußen gesehen werden konnte. Die Augenbrauen hochgezogen, rief ihn die Frau an der bescheidenen Rezeption zu sich.

»Ja.«

»Ein Anruf für Sie.«

Buchanan, die Kühlbox in der Hand, übernahm das Gespräch.

»Benutzen Sie die Hintertür, überqueren Sie die Straße und gehen Sie durch das Tor, vorbei an dem Swimmingpool.« Baileys Instruktionen endeten im Surren des Wähltons.

Buchanan reichte dankend das Telefon zurück und begab sich zum Hinterausgang. Er sah das Tor auf der anderen Straßenseite und einen Pfad durch einen kleinen, dunklen Park; der Pool lag verlassen da, alle Lichter gelöscht.

Als er unter den Palmen stand, erwartete er, Baileys Stimme aus dem Dunkel zu hören und die Aufforderung, das Geld auf den kaum erkennbaren Tisch am Pool zu legen. Statt dessen vernahm er tuckerndes Motorengeräusch und dann die Stimme eines Mannes: »Mr. Grant? Es fehlt noch ein Mr. Grant.«

Der Ruf kam von einem Ausflugsboot, dessen Lampionlichter er jetzt zwischen den Bäumen entlang des Kanals bemerkte.

»Komme schon«, antwortete er, den verspäteten Gast spielend, und näherte sich dem Schiff. Es war etwa sechs Meter lang und sein Deck mit einer gelb-grün gestreiften Markise überspannt. Buchanan konnte die Gäste, die sich darunter bewegten und unterhielten, nicht erkennen. Er schätzte, daß es mindestens fünfzehn waren.

»Ja, ich bin Grant. Danke, daß Sie gewartet haben«, sagte er zu dem Mann mit der goldbetreßten, weißen Kapitänsmütze, der ihm zum Einsteigen die Hand entgegenstreckte.

»Ich wußte nicht, ob Sie noch kommen. Eine Minute später, und ich hätte abgelegt. Ihr Bekannter erwartet Sie da vorn an der Bar, nehme ich an.«

»Was kostet denn der Spaß?« fragte Buchanan.

»Ihr Freund hat bereits für Sie bezahlt.«

»Wie großzügig.«

»Hier hinten, Vic«, rief eine bekannte Stimme vom Heck her.

Während der Führer die Leinen losmachte, hatten sich Buchanans Augen so weit an das schwache Licht gewöhnt, daß er Bailey auf einer Bank hingeflegelt sah.

Bailey winkte einladend mit seiner Pranke.

»Wie geht's, Kumpel?«

Buchanan nahm neben ihm Platz und stellte die Kühlbox dazwischen.

»Ihren Lunch hätten Sie nicht mitzubringen brauchen«, witzelte Bailey.

Buchanan sah ihn bloß wütend an, während das Boot rückwärts hinausfuhr und auf dem Kanal schneller wurde. Clever, dachte er. Der Kerl hat mich von meinem Team getrennt. Die Leute hätten nicht von Bailey unbemerkt an Bord kommen können.

Buchanan sah zu, wie sein Nachbar ein Mobiltelefon zusammenlegte und in einer Tasche am Gürtel verstaute.

»Praktische Dinger«, sagte Bailey. »Man kann von jedem Ort aus anrufen.«

»Zum Beispiel vom Auto aus in einer Pizzastube. Oder von einem Ausflugsboot in einer Hotellobby.«

Bailey deutete auf die Box. »Hoffentlich ist das nicht Ihr Lunch, und hoffentlich haben Sie alles.«

Die anderen Passagiere unterhielten sich so laut, daß ihr Gespräch unterging.

»Alles, was Sie bestellt haben«, sagte Buchanan leise.

Bailey hob die bulligen Schultern. »Ich bin nicht unersättlich. Ich brauche bloß einen Zuschuß für meine Ausgaben, eine kleine Belohnung für meine Mühe.«

»Ich habe mich ganz schön anstrengen müssen, das da drin aufzutreiben. Noch mal tue ich das nicht.«

»Erwarte ich auch nicht.«

»Wie mich das beruhigt.«

Das Boot erreichte ein Weinrestaurant, auf einem Schild am Kai prangte der Name: *Paul's on the River.* Das elegante, langgestreckte und niedrige Gebäude bestand fast ganz aus Glas, nur von weißen Mauersegmenten unterbrochen. Der Bootsführer schob die Laufplanke aus, vier Passagiere gingen mit unsicheren Schritten an Land.

Unerwartet stand Bailey auf und riß die Kühlbox an sich. »Hier trennen sich unsere Wege, Crawford – ich meine natürlich Grant. Warum bleiben Sie nicht an Bord und genießen die Fahrt?«

»Ja, warum nicht?«

Bailey schien sehr mit sich zufrieden. Vergnügt sagte er: »Auf Wiedersehen!«

»Gewiß nicht.«

»Auch gut«, brummte Bailey und trug die Beute vom Boot auf den Kai. Er schlenderte über den bunt illuminierten Rasen und verschwand in der Menge.

17

Zwei Stunden später brachte das Boot Buchanan wieder zum Riverside Hotel. Er kehrte nur zurück, um seinen Koffer aus Cindys Wagen zu holen, den er in einer stillen Straße in der Nähe des Hotels abgestellt hatte. Er versteckte die Schlüssel unter der Fußmatte am Fahrersitz und bestellte vom Hotel aus telefonisch ein Taxi. Als Ziel nannte er eine rund um die Uhr geöffnete Mietwagenfirma am Flughafen von Fort Lauderdale. Buchanan fuhr mit dem Leihwagen zu einer Telefonzelle und teilte Doyle mit, wo er Cindys Auto finden konnte. Als nächstes kaufte er in einem Laden ein

Zwölferpack Bier und goß es in einer dunklen, menschenleeren Straße über die Vordersitze und den Wagenboden. Als er damit fertig war, warf er die leeren Büchsen einfach hinein und fuhr los. Wegen des widerlichen Biergestanks öffnete er alle Fenster.

Er fuhr in Richtung Meer. In der Nähe des Intracoastal Waterway gab er plötzlich Vollgas, bremste gleich darauf scharf, um auf dem Straßenpflaster deutliche Bremsspuren zu hinterlassen, bevor er den Wagen in der folgenden Kurve gegen das Schutzgitter donnern ließ. Er stieg aus und schob den Wagen ein paar Meter weiter geradeaus über den Abhang. Noch bevor er auf der Wasseroberfläche aufklatschte, war Buchanan in der Dunkelheit verschwunden. Den Koffer und die Ausweistasche, die in Doyles Nylonjakke steckte, hatte er nicht an sich genommen, nur ein paar hundert Dollar und seinen Reisepaß. Sobald die Polizei den scheinbaren Unfall entdeckt und das Fahrzeug aus dem Wasser gehievt hatte, würde sie die Bierdosen finden. Daraus würde sie folgern, daß der Fahrer – Victor Grant, wie dem Ausweis in der Brieftasche und dem Vertrag mit dem Autoverleiher im Ablagefach zu entnehmen war – unter Alkoholeinfluß durch das Gitter gefahren und ertrunken war. Wenn man die Leiche nicht fand, würde man Taucher und Schleppnetze einsetzen, aber bald aufgeben und zu dem Schluß kommen, daß sie in wenigen Tagen ohnehin irgendwo an die Oberfläche steigen würde. Sollte das nicht eintreten, würden die Beamten annehmen, die sterblichen Reste seien entweder unter einem Kai eingeklemmt oder von der Strömung auf die offene See getrieben worden. Was noch wichtiger war: Buchanan hoffte, auch Bailey würde das annehmen.

Jedenfalls hatte der Colonel Buchanan befohlen, Victor Grant verschwinden zu lassen. Buchanan hatte Doyle und seiner Frau nicht erzählt, was er plante, denn sie sollten wirklich überrascht sein, wenn die Polizei sie verhörte. Grants Verschwinden würde den Zusammenhang zwischen Buchanan und Bailey zerstören und Buchanan von den Ereignissen in Mexiko trennen. Falls die mexikanischen

Behörden sich entschlossen, den Fall Victor Grant noch einmal aufzurollen, und die Amerikaner um Unterstützung baten, gäbe es niemanden mehr, gegen den man ermitteln konnte.

Alle Probleme gelöst, dachte Buchanan, als er vom Unfallort weglief und erst in einer dunklen Nebenstraße langsamer wurde. Bis zum Morgen würde er irgendwo unterschlüpfen, sich einen Rasierer kaufen und in einer öffentlichen Toilette waschen. Dann wollte er die vierzig Kilometer nach Miami mit dem Bus zurücklegen. Die Eisenbahn würde ihn von dort als anonymen Passagier nach Norden bringen, nach Washington. Es war höchste Zeit für einen neuen Anfang.

Nur etwas bereitete ihm Kopfzerbrechen. War es so sicher, daß der Colonel alle Fotos und Negative in die Hand bekam? Wenn Bailey nun in die erstbeste Herrentoilette ging, die Scheine aus der Box nahm und diese einfach dort stehenließ? Wenn das geschah, wäre das Beobachterteam nicht in der Lage, Bailey zu seinem Versteck zu folgen, wo sich wahrscheinlich die Aufnahmen befanden. Und schließlich war da noch diese Frau, die ihn vor dem mexikanischen Gefängnis, auf der Jacht und auf dem Waterway geknipst hatte. Sollte Bailey sie bezahlt haben und sich nie wieder mit ihr treffen, dann war sie für das Team unauffindbar.

Buchanan eilte durch eine einsame, teure Wohngegend, darauf vorbereitet, hinter einem der zahlreichen Blütensträucher Deckung zu suchen, sobald sich Scheinwerfer näherten. Im Grunde ist es völlig egal, sagte er sich, ob Bailey die Kühlbox irgendwo stehengelassen hat und das Team weder Fotos noch Negative findet. Die Aufnahmen haben ohnehin keinen Wert mehr. Weder für Bailey noch für den Mann, den er erpreßt hat. Denn beide sind tot.

18

Explosion – drei Tote

Fort Lauderdale – Gestern abend, kurz vor Mitternacht, zerstörte eine Explosion ein Auto auf dem Parkplatz von ›Paul's on the River‹. Der Insasse, durch einen Rest seines Führerscheins als Robert Bailey, 48, aus Oklahoma identifiziert, verbrannte in dem Wagen. Des weiteren starben zwei Gäste, die das Restaurant gerade verließen. Verkohlte Schnipsel einer beträchtlichen Geldsumme wurden am Tatort gefunden. Die Behörden gehen davon aus, daß die Explosion mit dem seit kurzem eskalierenden Krieg zwischen Drogenhändlern in Zusammenhang steht.

19

Mord – Selbstmord

Fort Lauderdale – Von einem Nachbarn telefonisch herbeigerufen, untersuchte die Polizei heute morgen eine Schießerei in der Glade Street, Plantation. Sie fand Jack Doyle (34) und seine Frau Cindy (30) tot in ihrem Haus, beide durch Kugeln getötet. Es wird angenommen, daß Mr. Doyle, über die Krebserkrankung seiner Frau verzweifelt, die Schlafende mit einem 38er Revolver erschoß und anschließend Selbstmord beging.

20

Halbinsel Yucatán

Jenna Lane zog noch eine Gerade auf die vor ihr liegende Karte, obwohl es schwerfiel, sich bei dem Getöse der Bulldozer, Laster, Jeeps, Kettensägen, Generatoren und dem

Gebrüll der Bauarbeiter zu konzentrieren. Am Rand von Büchern gehalten, war die Karte auf einem Block ausgebreitet, der in einem 6 × 3 Meter großen Zelt, ihrem Büro, stand. Schweiß rann ihr über das Gesicht und sammelte sich tröpfchenweise am Kinn.

Im offenen Eingang des Zelts erschien ein Schatten. Aufblickend erkannte sie McIntyre, den Projektleiter. Er nahm den Schutzhelm ab, tupfte sich mit einem karierten Taschentuch über die verschwitzte Stirn und schrie, um den Lärm zu übertönen: »Er kommt!«

Jenna sah ärgerlich auf ihre Uhr, deren Metallarmband sandverkrustet war. »Schon? Es ist zehn Uhr. Er sollte doch erst um ...« Sie legte den Bleistift hin und ging zum Zelteingang. McIntyre deutete nach Osten, wo im gnadenlosen Sonnenlicht des kobaltblauen Himmels über dem Dschungel ein kleiner Fleck näherkam. Schließlich erkannte sie den Hubschrauber und hörte ihn dann sogar auf dem Landeplatz in der Nähe des Camps aufsetzen.

Staub wirbelte auf, jene dünne Bodenkrume, die bloßgelegt wurde, als dieser Teil des Waldes abgeholzt, in die Luft gesprengt oder von Bulldozern entwurzelt worden war. Fahrer und Bauarbeiter hielten einen Augenblick lang in der Arbeit inne und sahen zum Landeplatz. Es handelte sich diesmal nicht um einen der gewaltigen, häßlichen Transporthelikopter, wie sie zur Beförderung von Fahrzeugen und Baugeräten benutzt wurden, sondern um den kleinen, schnittigen Passagierhelikopter, der einem der reichsten Geschäftsleute der Welt gehörte. Selbst aus dieser Entfernung war an der Bordwand der Maschine das rote Symbol von DRUMMOND INDUSTRIES zu erkennen. Wie Jenna bemerkte, beachteten die Wachtposten die Ankunft nicht weiter. Sie patrouillierten, ihre Maschinenpistolen im Anschlag, stur auf und ab, Profis, die die Augen nur auf den Dschungel ringsherum richteten.

»Wir lassen ihn lieber nicht warten«, sagte McIntyre.

»Bloß nicht! Verdammt, sieh dir das an. Er ist schon ausgestiegen. Er erreicht noch vor uns das Hauptbüro. Ich habe gehört, daß er jeden Morgen sechzig Bahnen schwimmt.«

»Ja, der alte Schweinehund hat wahrscheinlich mehr Energie als wir beide«, murrte McIntyre, und Jenna rollte die Karte zusammen und klemmte sie unter den Arm.

Sie eilten im Laufschritt zum stabilsten Gebäude des Camps. Der Flachbau war aus Baumstämmen errichtet und diente als Lager für lebenswichtige Vorräte – Nahrungsmittel, Treibstoff, Munition, Dynamit – Dinge, die es vor dem Klima oder stöbernden Tieren und besonders vor Menschen zu schützen galt. Hier war auch das Verwaltungszentrum, wo McIntyre die Aufzeichnungen über das Projekt stapelte, Funkkontakt mit dem Arbeitgeber aufrechterhielt und täglich Besprechungen mit den Vorarbeitern durchführte.

Jenna behielt recht. Als sie sich dem Gebäude näherten, hatte Alistair Drummond es bereits erreicht. Gerüchte nährten seine zwielichtige Berühmtheit. Wieviel Reichtum hatte er angehäuft? Welchen Einfluß besaß er auf den Ministerpräsidenten der Volksrepublik China? Welche Rolle hatte er im arabischen Ölembargo des Jahres 1973 gespielt? Wie weit war er in die Iran-Contra-Affäre verwickelt? War er im mittleren Alter tatsächlich mit Ingrid Bergman, Marlene Dietrich und Marilyn Monroe ins Bett gestiegen? Welcher Art waren seine Beziehungen zu Maria Tomez, der berühmten Operndiva, die man in jüngster Zeit häufig in seiner Begleitung sah? Alistair Drummond war sechsmal geschieden, er verbrachte mehr Tage des Jahres in seinem Jet als auf den Anwesen, die er in elf Ländern besaß. Die über ihn kursierenden Geschichten und Rätsel stellten ihn als einen Mann voller Widersprüche dar, die man auf die unterschiedlichste Weise interpretieren konnte. Zum Beispiel sein Engagement für die Aidsforschung: Bewegten ihn tatsächlich humanitäre Motive oder ging es ihm nur darum, riesige Profite einzustreichen? Oder beides? Jedenfalls war er eine imposante, geheimnisvolle Figur, und deshalb blieb er allen, die je mit ihm zu tun hatten, im Gedächtnis haften.

Ich vergesse ihn schon gar nicht, dachte Jenna, und diesen Job ganz bestimmt auch nicht. Beim Vorstellungsgespräch hatte er mit unverhohlen geilem Blick ihre üppige, feste Brust, ihre schlanken, ebenfalls festen Hüften abgeschätzt und ihr mit krächzender Stimme, die ihr einen Schauder über den Rücken jagte, einen Job angeboten, obwohl es eher wie ein eindeutiger Antrag klang. Ohne Zweifel war Drummond der gefühlloseste, gemeinste Hund, der ihr je begegnet war, andererseits aber auch der großzügigste. Ihr Gehalt entsprach der Summe der Gehälter für ihre letzten zehn Stellen. Verdientermaßen. Denn diese Arbeit war eine Schande, und wenn sie schon ihre Berufsehre verkaufte, dann auf keinen Fall für einen Apfel und ein Ei.

Als Jenna und McIntyre auf dem gestampften Fußboden des Büros standen, wurde Jennas Blick sofort von Drummond angezogen, der bereits eine Gruppe von Aufsehern mit Fragen bombardierte und ihnen Befehle an den Kopf warf. Daß er in seinem dunkelblauen Nadelstreifenanzug nicht in diese Umgebung paßte, fiel nur den Männern in ihrer durchgeschwitzten Arbeitskluft auf, nicht ihm. Im Gegensatz zu ihm schien sich der blonde, ebenfalls gutgekleidete Herr neben ihm schon eher deplaziert vorzukommen. Es war Drummonds Sekretär Raymond, und sein eiskalter Blick war für Jenna eine Warnung, die angenehmen Züge seiner attraktiven Erscheinung nicht überzubewerten. Sie hegte sogar den Verdacht, daß dieser Raymond sich nur dann in seinem Element fühlte, wenn er Menschen Schmerz zufügen konnte.

»Nein«, sagte Drummond mit brüchiger, aber energischer Stimme zu einem Aufseher. »Nein! Sie haben einen Vertrag unterschrieben, der Ihnen bestimmte Beschränkungen auferlegt. Unter keinen Umständen ist es Ihnen oder Ihren Leuten gestattet, das Camp zu verlassen, bevor die Arbeit abgeschlossen ist. Ich zahle anständigen Lohn für eine Siebentagewoche, und ich erwarte für mein Geld eine maximale Gegenleistung. Weiber ins Camp holen? Kommt nicht in Frage. Das Funksprechgerät für private Zwecke nutzen? Auf keinen Fall. Bringen Sie so etwas nie wieder zur Sprache.«

Drummond wandte sich rüde von den Männern ab und sah Jenna und McIntyre an der Tür stehen. »Gut, mit Ihnen beiden muß ich sprechen.« Er gab Raymond ein Zeichen, die Aufseher nach draußen zu führen, und winkte Jenna und McIntyre mit einer Handbewegung heran. »Haben Sie es gefunden?«

Die beiden blickten zur Seite.

»Die Frage sollte ich mir wohl lieber sparen«, sagte Drummond. »Wenn es so wäre, dann hätten sich diese Idioten eben nicht beherrschen können, sondern hätten es hinausposaunt. Das heißt, sie haben noch keine Ahnung. Trifft das zu?«

McIntyre räusperte sich. »Ja, es trifft zu.«

»Das gefällt mir nicht, das gefällt mir überhaupt nicht«, sagte Drummond. »Ich habe Ihnen alle notwendigen Informationen gegeben. Praktisch haben Sie eine detaillierte Gebrauchsanweisung. Trotzdem sind Sie noch nicht fündig geworden.«

McIntyre murmelte etwas vor sich hin.

»Was?« Drummond war wütend. »Verdammt, Mann, sprechen Sie lauter.«

»Ich bitte um Verzeihung.«

»Keine Entschuldigungen. Ich mag Gewinsel nicht. Vielleicht haben Sie deshalb Ihr Ziel nicht erreicht, weil Sie nicht das Zeug dazu haben, die Sache zu leiten.«

»Die Gebrauchsanweisung war nicht so detailliert, wie Sie behaupten«, unterbrach ihn Jenna.

»So?« Der Alte wandte sich zu ihr. »Sie sprechen wenigstens deutlich. Aber ich erinnere mich nicht, Sie um Ihre Meinung gebeten zu haben.«

»Wenn ich erst darum gebeten werden muß, bin ich keine gute Mitarbeiterin, glauben Sie nicht auch?«

»Eine ausgezeichnete Antwort.« Drummond musterte sie. »Weiter.«

»Eine verwaschene und wahrscheinlich fehlerhafte Übersetzung – so etwas bezeichne ich nicht als detaillierte Gebrauchsanweisung.«

Drummond ging hoch. »Die Übersetzung ist fehlerfrei. Mit der Entschlüsselung des Textes wurden Experten von Weltrang beauftragt.«

»Selbst diese Experten verstehen nicht alle Maya-Schriftzeichen.«

»Und Sie sind als Landvermesserin oder Kartographin Expertin genug, das zu beurteilen? Arbeiten Sie härter. Suchen Sie nicht nach Entschuldigungen. Die Übersetzung kann nicht besser sein. Und sie ist präzise. Was wir suchen, befindet sich hier. Warum orten Sie es nicht?«

»Die Topographie in Yucatán ist ziemlich einheitlich, die im Text beschriebene Stelle kann überall sein. Dazu kommt, daß dieses Gebiet geologisch labil ist. In den tausend Jahren seit der Niederschrift können einige der Merkmale, nach denen wir suchen, durch Erdbeben verschwunden sein.«

Mürrisch wandte sich Drummond wieder McIntyre zu. »Verzögerungen kann ich mir nicht leisten. Der Dschungel ringsherum muß weg. Ihre Männer haben bei weitem nicht das geschafft, was sie schaffen sollten. Sie haben Ihren Arbeitsplan nicht eingehalten.«

»Der Plan hat Sabotageakte nicht berücksichtigt«, antwortete McIntyre.

»Sabotageakte?«

»Jemand hat sich an den Bulldozern und den Lkws zu schaffen gemacht: Dreck in den Benzintanks, Kühlwasserschläuche zerschnitten. Aufgeschlitzte Reifen.«

Drummond rastete aus. »Warum hat man mich darüber nicht informiert?«

»Wir dachten, wir werden damit fertig, ohne Sie zu behelligen. Wir haben die Fahrzeuge wieder repariert und Posten aufgestellt.«

»Und?«

»Wegen der Posten am Fuhrpark hatten wir weniger Leute für die Sicherung des Campbereichs. Eine Nacht später wurde uns eine Menge Werkzeuge gestohlen. Die Wasservorräte wurden verunreinigt, die Treibstoffbehälter angebohrt. Die Helikopter-Crew hat Extraschichten eingelegt, um Ersatzteile anstelle neuer Geräte einzufliegen.«

»Das ist keine Lösung!« schnauzte Drummond. »Finden Sie die Saboteure. Welche von Ihren Leuten kommen in Betracht?«

»Es ist niemand von uns. Es sind Eingeborene«, erklärte Jenna.

Drummond war erstaunt. »Wollen Sie behaupten, ein paar unwissende Indianer seien fähig, Sie zu überlisten und das Projekt lahmzulegen?«

»Sie sind zahlreicher, als Sie glauben. Und was die Ignoranz betrifft – wir befinden uns vor *ihrer* Haustür, nicht vor unserer. Sie kennen das Land viel besser als wir.«

»Faule Ausreden.«

»Sie beobachten aus dem Dschungel heraus jede unserer Bewegungen«, fuhr Jenna fort. »Und ich vermute, daß dieser Ort religiöse Bedeutung für sie hat. Sie sind erzürnt über das, was wir hier tun.«

»Aberglauben und Blödsinn. Es ist grotesk, daß davon das Projekt beeinträchtigt wird. Aber Sie bringen mich auf einen Gedanken. Sie haben recht: Wir befinden uns vor *ihrer* Haustür.« Er wandte sich an den Mann, der an der Tür lehnte. »Raymond, würden Sie gern mal wieder auf die Jagd gehen?«

»Sehr gern, Mr. Drummond.«

»Der Hauptmann der Wache wird Sie entsprechend ausrüsten lassen.« Drummond fragte Jenna: »Wo leben diese Eingeborenen? Haben Sie das Dorf auf Ihrer Karte eingezeichnet?«

»Wir sind mitten im Regenwald. Es gibt keine Wege. Wir haben keinen einzigen Eingeborenen zu Gesicht bekommen, ganz zu schweigen von einem Dorf.«

»Trotzdem sind Sie sicher, daß sie die Täter sind? Raymond, spüren Sie sie auf. Legen Sie ihnen das Handwerk.«

»Ja, Sir.« Raymond öffnete die Tür.

»Noch eines, Raymond ... Da wir sozusagen vor ihrer Haustür stehen und sie sich gründlich auskennen, brauche ich einen Eingeborenen, der noch sprechen kann. Bringen Sie ihn ins Camp zum Verhör. Vielleicht weiß er, wo wir suchen müssen.«

Als Raymond ging, erschien ein Mann in der blauen Pilotenuniform der Drummond Industries.

»Sir, ein Anruf für Sie über das Funksprechgerät im Helikopter.« Er war etwas außer Atem.

»Stellen Sie es hierher durch. McIntyre, auf welcher Frequenz senden Sie?«

McIntyre informierte den Piloten, der davoneilte.

Drummond deutete auf die Karte, die Jenna unter dem Arm trug. »Lassen Sie mal sehen, was Sie da gemacht haben.«

Jenna breitete die Karte auf dem Tisch aus.

»Nein, nein, nein«, sagte Drummond.

»Stimmt etwas nicht? Ich habe alles zweimal gecheckt ...«

»Das ist es ja gerade. Sie waren zu gründlich. Dabei habe ich es Ihnen deutlich zu verstehen gegeben: Ich benötige eine Karte, die auf die mexikanischen Behörden überzeugend wirkt.« Drummond führte sie vor die Tür und deutete mit großer Geste auf das geschäftige Treiben auf dem Gelände, wo Arbeiter Bäume wegräumten und Ausrüstungsgegenstände stapelten.

Gegen das grelle Sonnenlicht hielt Jenna die Hand schützend über die Augen und folgte Drummonds Blicken. Ein Baum nach dem anderen wurde gefällt und zum Verbrennen abgeschleppt, immer mehr Sträucher fielen den Planierraupen zum Opfer, und die scheinbaren Hügel waren deutlich als Ruinen von Pyramiden, Tempeln und Palästen, als das Erbe des einst mächtigen Maya-Reiches zu erkennen.

Jennas Herz hämmerte.

»Was Sie da sehen, existiert nicht«, sagte Drummond. »Ihre Karte darf nicht ...«

Er wurde von einer knatternden, durch atmosphärische Störungen verzerrten Stimme unterbrochen.

»Ihr Gespräch auf der Funksprechanlage«, sagte McIntyre.

»Warten Sie hier. Es dauert nicht lange.«

Drummond verschwand im Gebäude, Jenna und McIntyre blieben draußen. Jenna schüttelte den Kopf, frustriert, verwirrt und verärgert. »So ein Schweinehund.«

»Nicht so laut«, warnte McIntyre, »er könnte dich hören.«

McIntyre hat recht, dachte Jenna. Sie stand unmittelbar

an der Tür, so daß ihre Stimme trotz des Lärms von Fahrzeugen und Arbeitern womöglich drinnen zu hören war. Aber das galt doch auch umgekehrt ...

Die Tür war nicht genau in den rohen Rahmen eingepaßt. Nachdem Drummond sie geschlossen hatte, war sie wieder aufgesprungen. Jenna vernahm gelegentliche heisere Ausbrüche.

»Machen Sie die Frau ausfindig. Wenn Delgado erfährt, daß sie nicht mehr mitmacht, war alles umsonst. Suchen Sie sie. Jedes Mittel ist recht. Mir egal, was Sie tun ... Liquidieren, wenn ...«

Mehr mochte Jenna nicht hören. Sie entfernte sich sofort von der Tür und stellte sich wieder neben McIntyre. Ihr war übel, doch sie mimte die gute, geduldig wartende Mitarbeiterin.

Drummond riß die Tür auf und kam mit großen Schritten heraus.

»All das«, sagte er und wiederholte seine Geste von vorhin. »Sie haben das viel zu naturgetreu auf Ihre Karte gebracht, viel zu fleißig. Die mexikanischen Behörden dürfen auf keinen Fall merken, wie groß und bedeutend dieser Fund ist. Ihre Karte muß das alles verharmlosen, es muß aussehen wie ein Grabungsort, der besondere Aufmerksamkeit nicht lohnt.« Drummond zeigte auf die majestätischen Tempel, auf die mit Hieroglyphen verzierten Paläste und die gewaltige terrassenförmige Pyramide, deren breite, hohe Treppen, die an jeder Seite nach oben führten, von riesigen Schlangenköpfen bewacht wurden. »Denn heute in zehn Tagen muß das alles dem Erdboden gleich sein. Hören Sie, McIntyre?« Er funkelte den Projektleiter an. »Sie kennen den Auftrag. Sie kennen den Arbeitsplan. Nehmen Sie Bulldozer. Vorschlaghämmer. Dynamit. Wenn nötig, benutzen Sie die Fingernägel. Heute in zehn Tagen muß die Förderanlage stehen und das andere alles nicht mehr da sein. Machen Sie es dem Erdboden gleich. Verstreuen Sie den Schutt. Transportieren Sie ihn ab. Schütten Sie Löcher damit zu. Lassen Sie ihn von Helikoptern fortschaffen. Mir egal, wie Sie es machen. Das alles will ich nicht mehr sehen!«

Sechstes Kapitel

I

Alexandria, Virginia

Der sichere Ort befand sich im zweiten Stock, abermals in einer Wohnung eines verzweigten Gebäudekomplexes, wo Buchanan unauffällig logieren konnte. Nach der Ankunft in Washington hatte er sich aus einer Telefonzelle bei seinem Leitoffizier gemeldet. Eine schroffe Männerstimme befahl ihm, um drei Uhr nachmittags auf den Stufen vor der Kongreßbibliothek zu sitzen. Genau zur angegebenen Zeit blieb ein Mann mittleren Alters in blauem Blazer und grauer Hose neben ihm stehen, um sich den Schuh zuzubinden. Als er weiterging, verbarg Buchanan den kleinen Briefumschlag, den der andere ihm zugeschoben hatte. Er wartete noch fünf Minuten, bevor er die Bibliothek betrat, wo er eine Herrentoilette aufsuchte und sich in eine Kabine einschloß. Dort öffnete er den Umschlag, nahm seinen Codeschlüssel heraus und las eine Mitteilung, die ihm einen neuen Namen gab, einige biographische Informationen dazu, eine Anschrift in Alexandria und eine Apartmentnummer. Papier und Umschlag waren recht ungewöhnlich, denn als Buchanan sie in das Becken warf, lösten sie sich sofort auf. In der Abteilung ›Literatur über Washington‹ sah er in einem Adressenverzeichnis nach, welche Hauptstraßen sich in der Nähe des Apartments befanden. Gegen sechs Uhr abends stieg er wenige Blocks von seinem Ziel entfernt aus einem Taxi und legte den Rest der Strecke zu Fuß zurück. Aus Gewohnheit benutzte er Umwege, um etwaige Verfolger abzuschütteln.

Auf dem Zettel hatte sein neuer Name gestanden: Don Colton. Er war angeblich Schriftsteller für ein bestimmtes Reisemagazin, das – so vermutete Buchanan – seiner Behörde angegliedert war. Reiseschriftsteller ist eine hervorragende Tarnung, dachte Buchanan, denn ein solcher Mann ist, wie der Begriff schon sagt, häufig unterwegs, und die Nachbarn halten es deshalb nicht für sonderbar, wenn sie ihn selten oder nie zu Gesicht bekommen. Seinen Leitoffizieren hatte natürlich nicht genügend Zeit zur Verfügung gestanden, diese Tarnung für ihn genau nach Maß zu schneidern, weshalb er automatisch annahm, daß es sich bloß um eine vorläufige Identität handelte, eine Allzweckrolle, die für alle paßte und die für Notfälle diente. Als Don Colton befand er sich vermutlich in der Warteschleife und würde früher oder später unter irgendeinem anderen Namen Gott weiß wohin geschickt werden.

Er benutzte nicht den Fahrstuhl, sondern die Feuertreppe zum zweiten Stock. Da die meisten Menschen den Lift bevorzugen, war die Möglichkeit geringer, auf der Treppe jemandem zu begegnen. Er gelangte in einen Korridor, der von Neondeckenlampen beleuchtet wurde. Wie erwartet, war niemand in Sicht – die anderen Mieter waren bereits von der Arbeit nach Hause zurückgekehrt. Als er über den grünen strapazierfähigen Teppichboden ging, hörte er aus den Wohnungen links und rechts Musik, Stimmen und Badgeplätscher. Endlich stand er vor dem Apartment Nummer 327, öffnete die Tür und trat ein.

Er schaltete das Licht an, warf einen prüfenden Blick auf die Wohnküche und schloß die Tür ab; dann checkte er die Schränke, Bad und Schlafzimmer. Ans Fenster trat er erst, nachdem er das Licht wieder gelöscht und die Vorhänge zugezogen hatte. Dann ließ er sich auf das Sofa fallen. Er war sicher. Jedenfalls im Augenblick.

2

Das Apartment besaß die Atmosphäre eines Hotelzimmers: alles sauber, aber funktionell und unpersönlich. Ein Teil des Wohnraums war in ein Minibüro mit Schreibtisch und kompletter PC-Anlage verwandelt worden. Auf dem Couchtisch lagen einige Nummern der Zeitschrift, für die er angeblich tätig war, und als Buchanan sie durchblätterte, stieß er auf Artikel, die ein Don Colton verfaßt hatte. Das war ein weiteres Zeichen dafür, daß Don Colton eine Allzweckidentität war. Don Colton – zumindest der jetzige Träger dieses Namens – würde sich hier wohl nicht lange aufhalten.

Trotzdem mußte Buchanan seine Rolle als Colton glaubhaft gestalten. Deshalb las er zunächst die angeblich aus seiner Feder stammenden Beiträge. Als er den zweiten zur Hälfte überflogen hatte – er handelte von Tahiti –, merkte er mit einemmal, daß schon zwei Stunden verstrichen waren. Hatte er wirklich so lange gebraucht, um ein paar Seiten zu lesen? War er eingeschlafen? Die ›mexikanischen Kopfschmerzen‹ machten ihm wieder zu schaffen. Müde erhob er sich, ging in die Küche und schenkte sich einen Bourbon ein. Die Flasche stand neben Gin und Rum auf dem Kühlschrank. Er fügte Eis und Wasser hinzu und überlegte, was er zuerst tun sollte – duschen oder eine Dose Chili öffnen. Am nächsten Tag würde er sich um saubere Kleidung kümmern müssen, denn die, die im Schlafzimmer hing, war ihm zu klein.

Als das Telefon klingelte, stellte er das Glas ab und starrte den Apparat an, der auf einem Tisch neben dem Sofa stand. Es läutete zum zweitenmal. Er nahm einen kleinen Schluck Bourbon, um ruhiger zu werden. Es klingelte zum drittenmal. Mit zusammengekniffenen Augen betrat er das Wohnzimmer und nahm den Hörer ab.

»Hallo.« Er versuchte, seiner Stimme einen neutralen Klang zu geben.

»Don!« rief eine männliche Stimme überschwenglich. »Hier ist Alan! Ich war nicht sicher, ob Sie schon zurück sind. Mann, wie geht es Ihnen?«

»Gut«, antwortete Buchanan. »Recht gut.«

»War die Reise okay?«

»Der Rest, ja.«

»Ja, auf Ihren Postkarten stand was von Schwierigkeiten in anderen Städten. Aber Sie haben alles gepackt, stimmt's?«

»Ja, richtig.«

»Das ist ja großartig. Hören Sie, Kumpel, ich weiß, es ist schon spät, aber wir haben uns seit einer Ewigkeit nicht mehr gesehen. Was meinen Sie? Haben Sie schon gegessen? Haben Sie Lust, sich mit mir zu treffen?«

»Nein, ich habe noch nicht gegessen.«

»Na, dann komme ich einfach mal rüber!«

»Einverstanden, warum nicht?«

»Toll, Don. Kann es gar nicht erwarten. Ich bin in einer Viertelstunde da. Überlegen Sie mal, wo Sie essen möchten.«

»Irgendwo, wo es gemütlich ist und nicht so voll. Vielleicht mit Klaviermusik.«

»Genau meine Vorstellung, Don, genau.«

»Bis gleich.« Buchanan legte den Hörer auf und massierte sich die schmerzenden Schläfen. ›Postkarten‹ und ›Klaviermusik‹ waren Parole und Gegenparole, die, der Nachricht in der Bibliothek zufolge, bei der Kontaktaufnahme benutzt werden sollten. Seine Auftraggeber ließen also nicht lange auf sich warten.

Beruhigt trank er seinen Bourbon.

3

Eine Viertelstunde später, auf die Minute pünktlich, klingelte es an der Tür. Buchanan äugte durch den Spion und sah einen korpulenten Herrn, mit kurzem Haarschnitt und in den Vierzigern, der ein braunkariertes Sportsakko trug. Die Stimme am Telefon war Buchanan unbekannt, daher war er nicht überrascht, diesen Mann noch nie gesehen zu haben. Im stillen hatte er gehofft, daß einer der Leitoffiziere auftauchen würde, mit denen er früher schon gearbeitet hatte. Es wurde zu oft gewechselt.

Vorsichtig öffnete er. Schließlich war es nicht selbstverständlich, daß der Besucher sein Kontaktmann war. Aber der andere zerstreute sofort seine Befürchtungen, indem er mit demselben fröhlichen Ton sprach wie am Telefon.

»Don, Sie sehen ja toll aus. Auf Ihren Karten stand nichts davon, daß Sie schlanker geworden sind.«

»Ich habe das Essen nicht vertragen. Kommen Sie herein, Alan. Ich habe nachgedacht, vielleicht sollten wir doch nicht essen gehen. Mir ist nicht nach Klaviermusik.«

»Wie Sie wollen.« Der Mann, der sich als Alan ausgegeben hatte, was zweifellos ein Deckname war, trug einen kleinen Aktenkoffer aus Metall bei sich und sagte nichts mehr, bis Buchanan die Tür verschlossen hatte. Plötzlich änderte er sein Verhalten, wie ein Schauspieler, der aus seiner Rolle schlüpft, sobald er die Bühne verläßt. Er benahm sich geschäftsmäßig. »Das Apartment wurde heute nachmittag gründlich durchsucht. Keine Wanzen. Wie geht es Ihnen?«

Buchanan zuckte mit den Achseln. Eigentlich fühlte er sich wie ausgepumpt, aber seine Ausbildung verbot ihm, sich Schwächen anmerken zu lassen.

»Heilt die Wunde gut?«

»Die Infektion ist zurückgegangen.«

»Okay«, sagte der andere einfach. »Was ist mit dem Kopf? Ich habe gehört, Sie sind ...«

»Dummer Unfall.«

»In dem Bericht, den ich erhielt, stand etwas von Gehirnerschütterung.«

Buchanan nickte.

»Und eine Schädelfraktur.«

Buchanan nickte abermals. »Aber nur eine Impressionsfraktur. Ein Knochensegment wurde innen gegen das Gehirn gedrückt, daher die Gehirnerschütterung. Es ist also kein Riß im Gebälk. So schlimm ist es nicht. In Fort Lauderdale war ich einen Tag zur Beobachtung im Krankenhaus. Dann hat mich der Arzt entlassen.«

Alan setzte sich auf das Sofa, ohne Buchanan aus dem Auge zu lassen. »So stand es im Bericht. Dort hieß es auch, daß noch ein Checkup nötig ist, um festzustellen, ob die Quetschung am Hirn zurückgegangen ist.«

»Könnte ich herumlaufen, wenn es sich nicht gebessert hätte?«

»Ich weiß nicht.«

»Wenn ich gemerkt hätte, daß die Verletzung meine Einsatzfähigkeit beeinträchtigt, dann hätte ich es gemeldet.«

»Lobenswert. Und wenn Sie glaubten, Sie brauchen mal etwas Urlaub, dann würden Sie es sagen – oder?«

»Na klar.«

Der andere schwieg und sah Buchanan nachdenklich an, bevor er am Kombinationsschloß seines Aktenkoffers drehte und ihn dann aufschnappen ließ. »Wir haben einigen Papierkram zu erledigen.«

Endlich rückt er mit meiner neuen Identität raus, dachte Buchanan, aber er hatte gleichzeitig ein ungutes Gefühl. Irgend etwas an der Haltung des Mannes mißfiel ihm. In seiner achtjährigen Tätigkeit als Undercoveragent hatte Buchanan mit Leitoffizieren verschiedenster Art gearbeitet. Sympathisch zu sein war keine Bedingung für diesen Job, und manchmal blieb auch einfach keine Zeit, etwas höflich zu sagen. Es hatte auch wenig Sinn, sich mit jemandem anzufreunden, dem man höchstwahrscheinlich nie wieder begegnete. Zuweilen fühlte Buchanan sich zu jemandem hingezogen, wie zum Beispiel zu Jack und Cindy Doyle. Er wappnete sich zwar gegen solche Gefühle, doch ergab es sich gelegentlich, und jedesmal fühlte er beim Abschied eine innere Leere. So konnte er sehr gut verstehen, warum der korpulente Typ die Angelegenheit so geschäftlich wie möglich abwickeln wollte. Nein, das war nicht der Grund für Buchanans Unbehagen. Es lag an etwas anderem, und er konnte es nur auf seine schlechten Erfahrungen mit Bailey schieben, auf seinen Instinkt, der ihm befahl, besonders vorsichtig zu sein.

»Hier ist die unterschriebene Empfangsbestätigung«, sagte Alan. »Nun können Sie mir die Papiere von Victor Grant geben.«

Buchanan traute diesem Alan nicht. »Sind weg«, antwortete er achselzuckend.

»Wie bitte?«

»Als ich in Fort Lauderdale den Wagen ins Wasser schob, mußte ich die Papiere drin lassen, damit die Behörden einen Anhaltspunkt für die Identifikation des Fahrers hatten, nachdem seine Leiche nicht aufzufinden war ... Ich meine, damit sie zu dem Schluß kamen, daß es sich um einen Victor Grant handelt.«

»Sie haben *alles* zurückgelassen?«

»Führerschein. Kreditkarte. Sozialversicherungskarte – alles. Alles in einer Brieftasche in der Jacke, damit es nicht davontrieb. Der Polizei wäre es komisch vorgekommen, wenn sie nur einen Führerschein gefunden hätte.«

»Den Paß hätten Sie behalten müssen. Wenn ein Experte den prüft, kann es eine Menge Fragen geben, die die Leute im State Department nicht beantworten können. Und dann ist es möglich, daß man uns fragt.«

»Ich konnte ihn nicht mitnehmen«, log Buchanan. Tatsächlich befand sich das Dokument im Schlafzimmer in einer kleinen Reisetasche, die er zusammen mit Körperpflegemitteln und ein paar Kleidungsstücken zum Wechseln vor der Abreise aus Florida gekauft hatte. Die Tasche enthielt auch die Pistole, die Jack Doyle ihm gegeben hatte. Davon wollte er Alan ebenfalls nichts erzählen.

»Wenn die Behörden den Fall Victor Grant gründlich untersuchen würden«, fuhr Buchanan fort, »sollte ihnen nichts seltsam vorkommen. Stellen Sie sich vor: Sie haben meine Brieftasche, sie haben meinen Koffer – er liegt im Kofferraum des Wagens. Sie haben sämtlichen Besitz von Victor Grant. Es fehlen nur seine Leiche und sein Paß! So funktioniert das nicht. Ein guter Detektiv könnte auf den Gedanken kommen, daß Victor Grant seinen Tod vorgetäuscht hat und, den Paß in der Tasche, auf und davon ist. Mit dem einzigen Dokument, das er braucht, wenn er das Land verlassen will! Da er aber zusammen mit der Brieftasche in der Jacke steckt, haben die Behörden einen Verdachtspunkt weniger, über den sie sich den Kopf zerbrechen können.«

»Clever, Buchanan«, sagte der andere. »Die Sache hat nur einen Haken.«

»Welchen?«

»Die Polizei hat ihn nicht gefunden.«

»Was? Dann muß er weggeschwommen sein.«

»Ohne die Brieftasche?«

»He, die war schwerer. Woher soll ich wissen, wie das passiert ist? Mein Befehl lautete, Victor Grant verschwinden zu lassen. Ich habe ihn nach bestem Wissen und Gewissen befolgt.«

Alan blickte ihn prüfend an. »Sie müssen hier unterschreiben und bestätigen, daß Sie mir den Paß nicht aushändigen konnten.«

»Wie Sie wünschen.« Buchanan unterzeichnete und gab das Formular zurück.

»Zum nächsten Punkt der Tagesordnung.« Geschickt, wenn auch mit dem Ausdruck des Unwillens, kippte der korpulente Mann den Inhalt einer Tüte auf den Couchtisch, einen Wust von Zeitschriften, Katalogen, Werbeschreiben von Video- und Schallplattenclubs und anderen Massendrucksachen. »Ihre Post«, erklärte er.

Buchanan nickte. Um unter einem Decknamen glaubwürdig zu erscheinen, benötigte er mehr als nur gefälschte Papiere. Post, zum Beispiel. Es war nicht normal, wenn man keine Post erhielt. Rechnungen mußten bezahlt werden. Briefe mußten eintreffen und Zeitschriften.

Wenn Buchanan einen neuen Auftrag bekam und die Wohnung wechselte, gab er eine Identität auf, um eine andere anzunehmen. Da er keine Vorkehrungen traf, die Postzustellung an seine vorherige Identität zu sperren, trafen unweigerlich noch Sendungen ein. Um jeglichen Verdacht zu vermeiden, hinterließ er bei den Vermietern jedesmal eine Nachsendeanschrift, eine unverfängliche Adresse, im allgemeinen eine Privatfirma, die Buchanans Behörde unterstellt war.

»Ist etwas dabei, um das wir uns kümmern müssen?« fragte Alan. »Ein paar Kleinigkeiten, die wir noch erledigen sollten? Darüber müssen wir uns klar sein, bevor wir das Zeug hier verbrennen.«

Buchanan sah die Post durch. »Nein. Die Zeitschriften und Kataloge können wir wegwerfen.«

Als er eine Postkarte herausgriff, rann ihm ein Schauer über den Rücken. »Sie ist an Peter Lang adressiert. Den Namen habe ich vor sechs Jahren das letztemal benutzt. Warum, zum Teufel, war sie so lange unterwegs?«

»Wieso lange? Sehen Sie sich den Stempel an. Wurde erst letzte Woche in Baltimore eingeworfen.«

»Letzte Woche?« Buchanan fror. »Wer sollte mit Peter Lang Kontakt aufnehmen – nach sechs Jahren? Wer erinnerte sich an ihn? Wem ist noch daran gelegen?«

»Genau das haben wir uns auch gefragt.« Alans prüfender Blick wurde drohend. »Und warum eine Postkarte und kein Brief? Und wie verstehen Sie den Text?«

Verwirrt las Buchanan. Eine handgeschriebene Mitteilung in schwarzer Tinte, die Züge klein und mit dünnem Strich, die Buchstaben schwungvoll, aber pedantisch.

Die Handschrift einer Frau. Kein Name.

Sechs Sätze, einige unvollständig und scheinbar unverständlich.

Aber nicht für Buchanan. Er brauchte keine Unterschrift, um den Absender zu erraten. Er bewunderte ihre indirekte Methode, denn sie war sich sicher, daß einige Leute, vor allem Buchanans Vorgesetzte, die Zeilen vor ihm lasen.

4

Hier die verdammte Postkarte. Hätte nie gedacht, daß ich sie mal schreibe. Ich hoffe, Dein Versprechen war ernst gemeint. Am selben Ort zur selben Zeit wie letztesmal. Verlasse mich auf Dich. BITTE.

Buchanan las die Karte mehrmals und sah schließlich seinen gespannt wartenden Besucher an.

»Na, wer ist das?« fragte Alan.

»Es ist eine Frau, die ich kannte, als ich noch Peter Lang war. Ich habe sie für Täuschungsmanöver benötigt.«

»Ist das alles?«

Buchanan zuckte mit den Achseln.

»Wer war sie, Buchanan?«

»Es ist so lange her, ich weiß nicht mal mehr ihren Namen.«

»Machen Sie mir nichts vor. Ihr berühmtes Gedächtnis sollte Sie bei dieser Frau plötzlich im Stich lassen?«

»Ich erinnere mich nur an Wesentliches. Dazu gehörte sie nicht.«

»Warum hat sie nicht unterschrieben?«

»Sie war ein Schelm – daran kann ich mich erinnern. Vielleicht hat sie geglaubt, eine Postkarte ohne Unterschrift ist pfiffig und geheimnisvoll.«

»Und trotzdem wissen Sie, wer der Absender ist?«

»Solche Scherze hat sie öfter gemacht. Unverständliche Mitteilungen ohne Unterschrift. Ich fand sie im Bad, in meinem Schlafanzug, unter der Tür durchgeschoben. Wie gesagt, sie war ein Schelm. Andererseits wirklich hinreißend, und nie wieder habe ich eine so schöne und elegante Handschrift gesehen.«

»Aber was bedeutet die Karte?«

»Verdammt, das möchte ich auch wissen. Vielleicht war sie high, als sie sie geschrieben hat. Oder sie hat sich bemüht, witzig zu sein, und merkte nicht, wie unverständlich sie war.«

»Einfach so – nach sechs Jahren entschließt sie sich plötzlich, Ihnen zu schreiben.«

»So spontan war sie immer.«

»Und was soll ›Am selben Ort zur selben Zeit wie letztesmal‹ heißen?«

»Keine Ahnung, worauf sie da anspielt.«

Der andere blieb unbeweglich sitzen. Er fixierte Buchanan, wie um ihn zu verunsichern und ihm ein Zeichen der Schwäche zu entlocken.

Nach fast einer Minute seufzte Alan und streckte die Hand nach der Karte aus. Er schob sie in die Tüte zu den Zeitschriften, Katalogen und Prospekten, die vernichtet werden sollten, stopfte alles in seinen Aktenkoffer und schloß ihn ab. »Wir sprechen uns bald wieder, Buchanan.« Er erhob sich.

»Moment mal.«

»Stimmt was nicht? Oder haben Sie vergessen, mir etwas zu sagen?«

»Wo sind meine neuen Dokumente?«

»Neue Dokumente?«

»Führerschein, Paß und Kreditkarte, die Dokumente für Don Colton.«

Der andere verzog das Gesicht. »Sie haben was falsch verstanden. Sie erhalten keine neue Identität.«

»Was soll das heißen?«

»Sie brauchen keine. Miete, Telefongebühren und die anderen Rechnungen werden von einer unserer Deckfirmen per Post bezahlt. Hier sind genügend Lebensmittel, also brauchen Sie kein Scheckbuch zum Einkaufen und eine Kreditkarte für Restaurants oder Ähnliches auch nicht. Und da wir Sie gern in greifbarer Nähe haben, sind Personaldokumente zum Anmieten eines Wagens auch nicht nötig.«

»Und was ist mit Kleidern? Ich brauche eine Kreditkarte für Neuanschaffungen – in Fort Lauderdale habe ich einiges zurückgelassen. Die Sachen im Schrank sind zu klein.«

»Auf dem Regal im Schlafzimmer liegt ein grauer baumwollener Jogginganzug. Der paßt Ihnen bestimmt und reicht fürs erste. Wenn ich Sie ins Krankenhaus zum Chekkup fahre, bringe ich Ihnen ein paar Sachen mit.«

»Ist das alles? Sie lassen mich hier einfach hängen, und ich kann nicht mal meine Identität nachweisen?«

»Buchanan, wir wollen gar nicht, daß Sie Ihre neue Identität nachweisen. Wir wollen nicht, daß Don Colton die Wohnung verläßt. Don Colton ist unsichtbar. Er lebt seit Jahren in diesem Block, und niemand kennt ihn. Er reist viel herum, verstehen Sie. Solange Sie hier drinnen bleiben, wird niemand Sie stören, und wir möchten auch nicht, daß *Sie* jemanden stören. Verstanden?«

Buchanan kniff die Augen zusammen. »Ja, verstanden.«

»Sie dürfen sich nicht mal eine Pizza kommen lassen.«

»Ich habe gesagt, verstanden. Und überhaupt – wie kann ich mir eine Pizza bestellen, wenn ich fast blank bin?«

»Gut.« Alan nahm den Aktenkoffer und ging zur Tür.

»Wann höre ich wieder von Ihnen?«

»Wenn wir den Schaden von Cancún, Mérida und Fort Lauderdale unter Kontrolle haben. Vorhin sagten Sie, daß Sie um Urlaub bitten würden, wenn Sie ihn nötig haben. Nach unserer Einschätzung brauchen Sie dringend Ruhe und Entspannung. Sie sind lange im Einsatz gewesen, Buchanan. Jetzt haben Sie Zeit für etwas Ruhe.«

»Und was ist, wenn ich keine Ruhe will?«

Alan hielt den Türknopf fest. »Es ist merkwürdig, Buchanan. Ich weiß, wie fanatisch Sie mit Ihren verschiedenen Identitäten umgehen. Haben sich eine detaillierte Geschichte für jedes Ihrer Pseudonyme ausgedacht. Haben so gegessen, sich so gekleidet und genauso bewegt, wie nach Ihrer Meinung dieser Mensch es tun würde. Sie haben jedem eine eigene Persönlichkeit gegeben.«

»Korrekt. Nur auf diese Weise kann ich überleben.«

»Klar. Und man hat mir erzählt, daß Sie jedem Einsatzleiter fast an die Gurgel springen, der Sie mit Ihrem eigentlichen Namen anredet. Das habe ich eben getan – und nicht nur einmal. Sie hätten mich auffordern müssen, Sie Don Colton zu nennen.«

»Das ist doch ganz normal. Solange ich Don Coltons Dokumente und Background nicht habe, kann ich mich nicht in ihn verwandeln.«

»Na, dann hätten Sie darauf bestehen sollen, als Victor Grant angeredet zu werden.«

»Wie konnte ich das?«

»Ich verstehe nicht.«

»Victor Grant ist tot.«

»Fur Sie – aber nicht für die Polizei. Das ist ein wesentlicher Unterschied.« Alan öffnete die Tür. »Bleiben Sie brav zu Hause. Machen Sie es sich gemütlich. Ich melde mich wieder.«

5

Buchanan lehnte sich mit dem Rücken an die geschlossene Tür. So viel war fehlgeschlagen, daß er nicht wußte, wo er beginnen sollte.

Versuche es mal damit: Du hast ihn wegen des Passes belogen und ihm die Pistole verschwiegen. Ich wollte sie behalten. Ich traue ihm nicht.

Na, in dem Punkt hattest du vermutlich recht. Egal, wie man das Gespräch bezeichnen will: Ein neuer Auftrag war das nicht. Und er hat dir neue Dokumente verweigert. Es war eher ein Verhör …

Die Postkarte!

In der Küche mixte sich Buchanan noch einen Bourbon mit Wasser und nahm einen großen Schluck.

Die Postkarte.

Warum hast du ihm auch in diesem Punkt nicht die Wahrheit gesagt?

Weil er zu neugierig war.

Andererseits: Da kommt eine Postkarte an. Sie ist für einen Mann bestimmt, der nicht mehr existiert, das heißt, den du seit sechs Jahren nicht mehr darstellst. Darüber muß man doch stolpern. Verständlicherweise wollen sie wissen, was da vorgeht. Warum hast du ihm nicht gesagt, wer diese Frau ist?

Weil ich nicht sicher bin. Scheiße. Die Wahrheit ist, daß du Angst hast. Du bist verwirrt und hast Angst. Die ganze Zeit hast du nicht an sie gedacht. Hast dich gezwungen, nicht an sie zu denken. Und nun auf einmal spukt sie dir wieder durch den Kopf, und du weißt nicht, wie du damit umgehen sollst. Eines ist ganz sicher – du hast etwas dagegen, daß sie sich mit ihr beschäftigen.

6

Hier die verdammte Postkarte. Hätte nie gedacht, daß ich sie mal schreibe.

Als sie ihm an jenem Abend sagte, sie wolle ihn nie wieder sehen, war sie wütend. Er solle sich keine Mühe geben, mit ihr in Verbindung zu treten. Und wenn sie je etwas von ihm wolle, dann würde sie ihm halt eine verdammte Karte schikken.

Ich hoffe, Dein Versprechen war ernst gemeint.

Er hatte darauf geantwortet: Egal, wie weit in Zeit und Raum sie voneinander getrennt wären, sie brauchte ihn bloß zu bitten, und er wäre zur Stelle.

Am selben Ort zur selben Zeit wie letztesmal.

31. Oktober, Halloween-Tag. Daran erinnerte er sich genau, weil soviel Trubel war, Kostüme, Musik. Es war kurz vor Mitternacht gewesen, im Café du Monde in New Orleans.

Verlasse mich auf Dich. BITTE.

Großbuchstaben! Das sah fast aus wie ein Hilfeschrei. Das paßte nicht zu ihr und konnte nur bedeuten: Sie schwebte in Gefahr.

Er starrte auf seinen Drink und stellte sich vor, in welcher Aufregung sie die Karte geschrieben haben mußte. Vielleicht hatte sie nur wenige Augenblicke Zeit gehabt, mußte ihre Nachricht auf das Wesentliche reduzieren und hoffen, daß er sie verstand.

Sie will nicht, daß jemand außer mir weiß, wo und wann sie mich trifft. Sie hat unheimliche Angst.

7

Der Mann, der sich Alan nannte, hatte Buchanans Wohnung verlassen und entfernte sich durch den grellerleuchteten Korridor. Er war erleichtert, daß niemand zufällig aus einer anderen Tür trat und ihm begegnete. Wie Buchanan benutzte er die Feuertreppe, stieg aber nach oben in den nächsten Stock. Als er Stimmen hörte, wartete er, bis das Geräusch des Lifts sie unterbrach, und eilte dann durch den Korridor bis vor die Tür eines Apartments, das unmittelbar über dem von Buchanan lag. Er klopfte zweimal, wartete und wiederholte das Zeichen. Das Schloß schnappte, er wurde rasch eingelassen.

Die Wohnung war nur schwach erleuchtet. Er konnte nicht erkennen, wer anwesend oder wie sie eingerichtet war. Kaum fiel die Tür hinter ihm wieder zu, klickte ein Schalter, und im Wohnzimmer wurde es hell. Schwere Vorhänge verhinderten, daß das Licht von draußen zu sehen war.

Fünf Leute waren im Raum: der Colonel in blauem Straßenanzug, Major Putnam in gelbbrauner Hose und braunem Blazer, Captain Weller und zwei Posten in Zivil, von denen einer ihn eingelassen und hinter ihm wieder abgeschlossen hatte.

Die drei Offiziere beachteten Alan kaum. Nach einem kurzen Blick hingen sie wieder wie gebannt an einer Reihe von Überwachungsmonitoren, auf denen Buchanans Wohnung zu sehen war. Auf einem langen Tisch standen mehrere Videorecorder, die alles aufnahmen, was eine Etage tiefer geschah. Auf einem anderen Tisch arbeiteten einige Tonbandgeräte. Von einem Sofa und zwei an der Wand stehenden Stühlen abgesehen, bestand die Einrichtung nur aus elektronischen Geräten. Kein Wunder, daß auf Befehl des Colonels beim Öffnen der Korridortür das Licht gedimmt wurde – niemand durfte sehen, was sich in diesem Apartment befand.

Alan stellte den Aktenkoffer auf den Arbeitstisch zwischen Küche und Wohnzimmer, neben eine Schachtel mit Pfannkuchen und eine dampfende Kaffeemaschine.

»Was hat er getan, seit ich gegangen bin?« fragte er. Die Frage galt jedem, der sich die Mühe machen wollte zu antworten. Als Zivilist fühlte er sich nicht verpflichtet, militärische Rangbezeichnungen zu benutzen. Ja, ihm stank es, daß die Herren der Special Operations Division sich für etwas Besseres hielten als die Agency.

Nach einer Pause antwortete Captain Weller, ohne Alan dabei anzusehen oder sich von den Bildschirmen loszureißen. »Lehnte sich an die Tür. Rieb sich den Kopf. Scheint Kopfschmerzen zu haben. Ist in die Küche gegangen. Hat sich noch einen Drink eingegossen.«

»Noch einen?« fragte Alan mißbilligend.

Der tadelnde Tonfall zwang Major Putnam, den stellvertretenden Kommandeur, sich an ihn zu wenden. »Das ist nichts Ungewöhnliches. Alkohol ist eine seiner Waffen. Er benutzt ihn, um seine Gegenspieler in Sicherheit zu wiegen. Wenn er seine Alkoholtoleranz nicht aufrechterhält, ist er ebenso leicht verwundbar wie ohne Schußwaffe.«

»Das habe ich noch nie gehört«, sagte Alan skeptisch. »Wenn er ganz mir unterstünde, wäre ich beunruhigt. Aber bei dieser Aktion lief ja von Anfang an nichts im üblichen Rahmen, stimmt's?«

Der Colonel drehte sich um. »Seien Sie nicht so herablassend.«

»Ich bin nicht herablassend. Ich habe nur auf die Notwendigkeit der Selbstbeherrschung hingewiesen.«

»Hinweis verstanden«, antwortete der Colonel. »Wenn er sich nach diesem Drink noch einen mixt, dann mache ich mir Sorgen.«

»Okay. Aber wir haben noch mehr, worüber wir uns Sorgen machen müssen. Was halten Sie von meinem Gespräch mit ihm?«

Eine Bewegung auf einem der Monitore ließ alle aufmerksam werden.

Buchanan kam mit seinem Drink aus der Küche.

Auf einem anderen Monitor erschien er im Wohnzimmer und ließ sich auf das Sofa fallen. Er legte die Füße auf den

Couchtisch, lehnte sich zurück und strich sich mit dem vom Eis beschlagenen Glas über die Schläfen.

»Ja, das sieht man – Kopfschmerzen«, sagte Alan.

»Oder vielleicht nur müde vom Streß und von der Reise«, sagte die Frau, Captain Weller.

»Eine neue Computertomographie wird zeigen, was sich in seinem Kopf abspielt«, stichelte Alan.

Die Frau wandte sich um. »In seinem Gehirn, aber nicht in seinen Gedanken.«

»Das meinte ich. Ich habe Sie gefragt, was Sie von meinem Gespräch mit ihm halten.«

»Seine Erklärung zum Paß machte Sinn«, sagte der Major. »Ich an seiner Stelle hätte ihn wahrscheinlich mitgenommen, aber ich bin eben nicht an seiner Stelle. Ich besitze nicht sein Talent, Rollen zu spielen. Ein durchgeweichter Paß, der Victor Grants Identität bestätigt, ohne die Herkunft des Passes preiszugeben, hätte seinen Tod glaubhafter gemacht.«

»Zugegeben. Das Dumme ist nur, daß der Paß nicht gefunden worden ist«, stellte Alan klar.

»Unglücklicher Zufall.«

»Unsere Meinungen gehen in diesem Punkt auseinander. Darüber sprechen wir später noch mal«, sagte Alan. »Was ist mit der Postkarte?«

»Auch diese Erklärung machte Sinn«, antwortete der Major.

»Unser Gespräch bewegt sich im Kreis«, sagte Alan. »Mir reißt bald die Geduld. Wenn Sie ihn reinwaschen wollen, warum haben Sie mich dann herbestellt? Ich habe Frau und Kinder, die nicht mehr wissen, wie ich eigentlich aussehe.«

»Reinwaschen?« mischte sich der Colonel ein. Seine Stimme klang wie Stahl auf Stein. »Mir reißt bald die Geduld mit Ihnen! Der Mann, den Sie die Ehre hatten zu befragen, ist mit Sicherheit der beste Undercoveragent, der mir je unterstellt war. Er hat länger überlebt und mehr gefährliche Einsätze durchgeführt als jeder andere Ermittler in meiner Praxis. Ein außergewöhnlicher Mann, und nur mit dem größten Bedauern erwäge ich seine Liquidierung.«

Aha, dachte Alan, jetzt kommt er endlich zur Sache. Er deutete auf die beiden Posten. »Sind Sie sicher, daß Sie über ein so heikles Thema in Anwesenheit dieser ...«

»Die sind zuverlässig«, unterbrach ihn der Colonel ärgerlich.

»Genau wie Buchanan.«

»Niemand bezweifelt Buchanans Zuverlässigkeit. Es war nicht seine Schuld, daß er aufgeflogen ist. Niemand konnte ahnen, daß ein alter Bekannter in das Restaurant in Cancún kam, als er den beiden Drogenhändlern gerade den Ball zuspielte. Der schlimmste Alptraum eines Undercoveragenten – kollidierende Identitäten. Und niemand konnte voraussehen, daß Bailey so verdammt hartnäckig ist und Beweise beibringt, die Buchanan in drei verschiedenen Rollen zeigen ...«

»Und Sie dazu«, ergänzte Alan spöttisch.

»Deshalb habe ich Ihnen die Befragung überlassen. Ich trete nie wieder direkt mit ihm in Kontakt. Aber nun ist das Kind in den Brunnen gefallen, und *Ihre* Leute haben auch Fehler gemacht. Wenn in Fort Lauderdale mehr Zeit gewesen wäre, hätte ich eins meiner Beobachterteams eingesetzt. So mußte ich darauf vertrauen, daß Sie ... Ihre Leute haben mir versichert, sie hätten Baileys Hotelzimmer auf den Kopf gestellt und alle Fotos an sich genommen.«

»So hat man auch mich informiert«, sagte Alan.

»Die Information stimmt aber nicht. Keine Fotos von Buchanan und mir wurden sichergestellt. Bevor Bailey verhört werden konnte, explodierte die Bombe in der Kühlbox.«

»Gemäß dem Befehl.« Alan blieb fest. »Der Standortsender in der Boxwand sollte das Team zu Bailey führen, nachdem Buchanan das Geld überreicht hatte. Dann sollte der Plastiksprengstoff durch Fernsteuerung gezündet werden. Problem Bailey gelöst.«

»Sie stellen das vereinfacht dar, um das Versagen Ihrer Leute zu entschuldigen. Der genaue Befehl lautete zu warten, bis Bailey sich mit seiner Komplizin traf. Die Plastikbombe wurde gewählt, weil sie eine bequeme Methode war, mit beiden abzurechnen.«

»Falls sie sich trafen«, sagte Alan betont. »Aber wenn Bailey sie nun bereits abgefunden hatte und sie nicht mehr zusammenkamen? Oder wenn Bailey das Geld nahm und die Box stehenließ?«

»Sie geben also zu, daß Ihre Leute übereilt gehandelt haben.«

»Unsinn! Die Bombe ist von selber losgegangen.«

»Von selber?«

»Der Bombenexperte dachte, er habe den ferngesteuerten Zünder auf eine Radiofrequenz eingestellt, die in jener Gegend nicht genutzt wird. Aber die vielen Jachten in Fort Lauderdale ... Alle sind mit Sende- und Empfangsgeräten ausgerüstet. Anscheinend gibt es dort unten keine ungewöhnlichen Radiofrequenzen.«

»Verdammt«, sagte der Colonel. »Die Bombe hätte ja hochgehen können, bevor Buchanan die Box an Bailey übergab.«

»Ich begreife nicht, warum Ihnen das Sorgen bereitet. Gerade haben Sie über die Möglichkeit gesprochen, Buchanan liquidieren zu lassen.«

Um ein Haar hätte der Colonel mit der Faust auf den Tisch voller empfindlicher elektronischer Geräte geschlagen. »Glauben Sie etwa, ich würde ohne weiteres den Tod eines Offiziers befehlen, der mir viele Jahre lang ehrlich gedient hat?«

»Ob er ehrlich ist, ist noch nicht erwiesen.« Alan deutete auf einen der Monitore – Buchanan saß zusammengesunken auf dem Sofa, die Augen geschlossen. »Ich bin nicht davon überzeugt, daß er mir die Wahrheit gesagt hat.«

»Über den Paß?«

»Den meine ich nicht. Die Postkarte. Die macht mich mißtrauisch. Ich glaube, er hat etwas verschwiegen und mich belogen.«

»Warum?«

»Ich bin nicht sicher. Wie Sie selber sagten, hat er ungewöhnlich lange als Undercoveragent unter verschiedenen Identitäten gearbeitet. In Mexiko hat er sehr viel körperliche Schmerzen ertragen. Sein Kopf tut ihm offenbar noch immer weh. Vielleicht macht er schlapp. Es gibt Fotos von Ihnen und ihm, die nicht zu finden sind. Außerdem eine Frau, die Bailey mit Buchanan und Sie mit Buchanan gesehen hat. Da bleiben eine Menge Fragen offen.«

»Buchanan würde nie singen«, beharrte der Colonel. »Er würde nie unsere Sicherheit gefährden. Ich habe eine Entscheidung getroffen. Er wird vom aktiven Dienst zurückgestellt. Wir ziehen ihn langsam aus dem Verkehr, damit er keinen Kulturschock kriegt. Ich hoffe, er ist bereit, Ausbilder zu werden. Seine Tage als Agent sind vorüber.«

»Wenn ich ihn morgen zur CT bringe ...«

»Worauf wollen Sie hinaus?«

»Ich schlage vor, ihm eine Wahrheitsdroge zu verabreichen und ihn dann nach der Postkarte zu fragen«, sagte Alan.

»Nein.«

»Aber ...«

»Nein«, wiederholte der Colonel. »Er ist *mein* Agent, und ich weiß, wie er auf ein Verhör unter Drogen reagieren würde. Er würde sich herausgefordert fühlen, beleidigt, verraten. Erst dann hätten wir ein Problem.«

»Dann bestehe ich darauf, ihn wenigstens zu überwachen. Etwas an ihm stört mich. Und die Postkarte beunruhigt mich am meisten.«

»Ihn überwachen?« Der Colonel deutete auf den Monitor, der Buchanan zeigte, wie er, das Glas an die Schläfe gepreßt, noch immer auf dem Sofa saß. »Wir lassen ihn keine Sekunde mehr allein. Aber damit ist das Problem nicht gelöst.«

8

Buchanan hatte am Abend zuvor nicht bemerkt, daß der korpulente Mann ihn während der Befragung mit seinem richtigen Namen anredete. Kaum wurde er darauf hingewiesen, machte ihn sein Name plötzlich befangen. Er war ein so guter Imitator, daß er in den vergangenen acht Jahren sich selten als Buchanan gefühlt hatte. Das wäre mit den verschiedenen Personen, die er darstellte, unvereinbar gewesen. Er gab nicht bloß vor, jemand anders zu sein. Er *war* der andere, und er mußte es sein. Der kleinste Fehler bei der Imitation konnte seinen Tod bedeuten. Den Namen Buchanan hatte er so gründlich aus seinem Bewußtsein verbannt, daß er sich nicht umgedreht hätte, wenn ihn jemand hinter ihm unerwartet gerufen hätte.

Als Alan ihn zum CT-Test fuhr, krümmte sich Buchanan jedesmal innerlich, wenn sein Begleiter ihn mit seinem wahren Namen anredete. Und es geschah offensichtlich mit Absicht. Er fühlte sich bloßgestellt, bedroht. Nenn mich nicht so, verdammt noch mal. Wenn gewisse Leute herauskriegen, wer ich wirklich bin, ist es aus mit mir, dachte er.

In der Privatklinik, die vermutlich seiner Behörde angeschlossen war, wurde er abermals nervös, denn der für ihn zuständige Arzt nannte ihn ständig Buchanan.

Verdammt, sie haben sich nicht mal die Mühe gemacht, mich hier unter irgendeinem Allerweltsnamen anzumelden.

Dazu wären keine Dokumente nötig gewesen. Mr. John Smith oder Robert Richardson hätte für die ärztliche Untersuchung genügt. Aber auf dem Befund, den der Arzt in der Hand hält, steht mein richtiger Name. Ich verstehe, daß sie das Pseudonym Don Colton schützen wollen. Das hätte ich gar nicht zu benutzen brauchen, ich hätte mich irgendwie anders nennen können. So aber ist mein Name mit der CT verknüpft, und jeder, der die Unterlagen vergleicht, kann mich mit Victor Grants CT in Verbindung bringen.

»Eine gute Nachricht. Die Quetschung ist beträchtlich

zurückgegangen, Mr. Buchanan«, sagte der Arzt. »Es gibt keine Anzeichen für einen neurologischen Schaden. Das Zittern in der rechten Hand hat aufgehört. Ich führe dieses frühere Symptom auf Ihre verletzte Schulter zurück.«

»Und die Kopfschmerzen?«

»Nach einer Gehirnerschütterung können die Kopfschmerzen geraume Zeit andauern. Darüber würde ich mir keine Gedanken machen.«

»Logisch. Ist ja auch nicht Ihr Kopf.«

Der Arzt überhörte den Versuch zu scherzen. »Wenn Sie wollen, kann ich Ihnen etwas dagegen verschreiben.«

»Ein Medikament mit der Aufschrift ›Bei Einnahme dieses Präparats nicht Auto fahren und körperliche Anstrengungen vermeiden‹?«

»Ja, genau.«

»Nein, danke. Da bleibe ich lieber bei Aspirin.«

»Wie Sie wollen. Kommen Sie in einer Woche wieder, falls Sie dann noch Schwierigkeiten haben.«

Schwierigkeiten? dachte Buchanan. Meine Schwierigkeiten kannst du nicht lösen.

9

»Würden Sie mir verraten, was hier gespielt wird?« fragte Buchanan auf der Rückfahrt von der Klinik. Es war ein grauer Tag im späten Oktober, Sprühregen besprenkelte die Windschutzscheibe.

Alan blickte kurz zu ihm hinüber und konzentrierte sich sofort wieder auf den Verkehr. Er schaltete die Scheibenwischer ein. »Ich weiß nicht, was Sie meinen.«

»Warum wurde meine Tarnung aufgehoben?«

Der Nieselregen ging in einen Wolkenbruch über. Alan setzte die Scheibenwischer des Heckfensters in Bewegung. »Aufgehoben? Wie kommen Sie denn darauf?«

Buchanan musterte ihn kühl.

Alan schaltete die Scheinwerfer ein.

»Bald gibt es nichts mehr, woran Sie herumfummeln können, um meinen Fragen auszuweichen. Was wollen Sie noch machen? Das Radio anstellen und die Sender durchprobieren oder an den Straßenrand fahren und das Öl wechseln?«

»Was reden Sie da, Buchanan?«

»Über meinen Namen. Zum erstenmal seit acht Jahren benutzen ihn die Leute einfach so. Ich werde absichtlich bloßgestellt. Warum?«

»Ich habe es Ihnen gestern abend erklärt. Es ist Zeit, daß Sie mal ausspannen.«

»Deshalb braucht man doch die Grundregeln nicht zu verletzen.«

»Hören Sie, der Arzt ist kein Sicherheitsrisiko – er ist als unbedenklich eingestuft.«

»Die Regeln wurden unnötig verletzt. Auf keinen Fall mußte er für die Beurteilung meiner Gesundheit wissen, wer ich bin. Und er hat meine Schulterverletzung erwähnt, ohne sich die Schulter anzusehen. Von mir hat er es nicht erfahren. Was habt ihr ihm sonst noch erzählt? Wie ich zu der Wunde gekommen bin?«

»Natürlich nicht.«

»Diese Situation empfinde ich nicht als Entspannung. Ich bin nicht nur beurlaubt – ich werde abgehängt. Habe ich recht?«

Der andere fuhr auf die Überholspur.

»Ich habe Sie was gefragt. Werde ich abgehängt?«

»Nichts ist ewig, Buchanan.«

»Hören Sie auf, mich so zu nennen.«

»Wie sonst sollte ich Sie nennen? Wer glauben Sie, wer Sie sind?«

Buchanan wußte keine Antwort.

»Ein Agent mit Ihrem Talent und Ihrer Erfahrung würde einen tollen Ausbilder abgeben.«

Buchanan schwieg.

»Haben Sie erwartet, Ihr Leben lang als Geheimagent zu arbeiten?«

»Darüber habe ich nie nachgedacht.«

»Machen Sie mir nichts vor.«

»Aber es ist so. Ich habe tatsächlich nie darüber nachgedacht. Nie habe ich während eines Einsatzes darüber nachgegrübelt, wer ich bin. Wenn man als Agent Pläne für das Rentenalter schmiedet, fangen die Schwierigkeiten an. Da vergißt man, wer man angeblich ist. Man benimmt sich nicht rollengemäß, und das kann leicht dazu führen, daß man den Ruhestand gar nicht erst erreicht.«

»Na, dann denken Sie jetzt mal darüber nach.«

»Warum tut man mir das an? Ich habe nichts vermasselt. Mich trifft keine Schuld. Ich habe es wieder in Ordnung gebracht. Die Operation wurde nicht gefährdet.«

»Oh, aber es hätte Schlimmes passieren können.«

»Und auch das wäre nicht mein Fehler gewesen«, erwiderte Buchanan.

»Streiten wir uns nicht über Fehler. Sprechen wir über Tatsachen und mögliche Folgen. Vielleicht ist Ihre Glückssträhne zu Ende. Das Fazit lautet: Sie sind zweiunddreißig. In unserem Geschäft sind Sie damit als Senior abgestempelt. Acht Jahre? Mann, ein Wunder, daß Sie noch am Leben sind! Zeit, den Hut zu nehmen.«

»Die Tatsache, daß ich noch am Leben bin, beweist mein Format. Ich verdiene es nicht ...«

Der Regen trommelte auf das Wagendach. Die Scheibenwischer flatterten lauter.

»Haben Sie schon mal Ihre Akte gesehen?«

Trotz der Schmerzen schüttelte Buchanan den Kopf.

»Wollen Sie sie sehen?«

»Nein.«

»Ihr psychologisches Porträt ist sehr aufschlußreich.«

»Bin nicht interessiert.«

»Sie haben eine ›dissoziative Persönlichkeit‹ – so bezeichnet man das.«

»Hören Sie nicht? Ich bin nicht interessiert.«

Alan wechselte wieder die Spur und behielt trotz des Regens die Geschwindigkeit bei. »Ich bin kein Psychologe, trotzdem hat die Akte mich überzeugt. Sie mögen sich selber nicht. Sie tun alles, um nicht in Ihr Inneres blicken zu müssen. Sie wären lieber ein anderer, ohne genau zu wissen, wer.«

Buchanan sah düster auf die vom Regen verschleierten Autos.

»Im Alltagsleben wäre das eine Belastung. Aber Ihre Ausbilder merkten, was für ein Glück sie hatten, als der Computer aus einer Übersicht Ihr Porträt aussuchte. Bereits in der High School zeigten Sie Talent – einen unwiderstehlichen Drang wäre zutreffender – zum Schauspielern. Und die Chefs der Special Operations Division in Fort Benning und Fort Bragg haben Ihnen tolle Noten für Ihre Kampfbereitschaft gegeben.«

»Hören Sie auf damit.«

»Sie sind der ideale Geheimagent. Kein Wunder, daß Sie acht Jahre lang die unterschiedlichsten Personen verkörpern konnten und daß Ihre Vorgesetzten glaubten, Sie könnten das durchhalten, ohne zusammenzubrechen. Das heißt, Sie sind ja in Ihrer Jugend bereits zusammengebrochen. Die Tätigkeit als Geheimagent war Ihre Heilmethode. Sie haben sich selber so sehr gehaßt, daß Sie für die Chance, Ihrem Ich zu entfliehen, alles erdulden, alles auf sich nehmen wollten.«

Ganz ruhig packte Buchanan Alan am rechten Ellbogen. Mit dem Mittelfinger fand er den gesuchten Nerv und drückte zu.

Der Mann schrie auf. Vor Schmerz zusammenzuckend, verlor er die Gewalt über den Wagen, die Hinterreifen schleuderten auf dem nassen, glatten Belag. Hinter ihnen und auf der Überholspur wichen andere Fahrer erschrocken aus und hupten laut.

»Einigen wir uns«, warnte ihn Buchanan. »Entweder Sie halten das Maul oder Sie merken, was passiert, wenn man bei neunzig Stundenkilometer die Gewalt über ein Fahrzeug verliert.«

Das Gesicht des anderen war aschfahl, der Mund weit geöffnet, und Schweißperlen standen ihm auf der Stirn, als er das Fahrzeug wieder unter Kontrolle zu bringen versuchte.

Er nickte.

»Gut«, sagte Buchanan. »Ich habe gewußt, daß wir uns verstehen.« Er löste den Griff und saß starr da, den Blick nach vorn geheftet.

Alan murmelte etwas.

»Wie?« fragte Buchanan, obwohl er wußte, was der andere gesagt hatte.

Und das alles wegen deines Bruders.

10

»Was tut er im Augenblick?« fragte Alan, als er die Wohnung betrat. »Nichts«, antwortete der muskulöse Major. Er schlürfte Kaffee aus einem Styroporbecher und beobachtete die Monitoren. Er trug wieder Zivilkleidung.

»Na, etwas muß er doch machen.« Alan sah sich um – der Colonel und Captain Weller waren nicht anwesend.

»Nein«, sagte Major Putnam. »Nichts. Als er heimkam, dachte ich, er würde sich einen Drink eingießen, ins Bad gehen, lesen, fernsehen, Gymnastik treiben – irgendwas. Aber er ist bloß zum Sofa gegangen. Und da sitzt er, seit Sie sich verabschiedet haben. Regungslos.«

Alan näherte sich den Monitoren. Er rieb sich den rechten Ellbogen. Der Nerv, den Buchanan abgeklemmt hatte, schmerzte noch immer. Er beobachtete Buchanan. »Mein Gott.«

Buchanan saß kerzengerade, reglos, mit versteinerter Miene, den Blick auf einen vor ihm stehenden Stuhl gerichtet.

»Mein Gott«, wiederholte Alan. »Katatonisches Syndrom. Weiß der Colonel davon?«

»Ich habe ihn angerufen. Ich soll ihn weiter beobachten. Worüber haben Sie sich mit ihm unterhalten? Als er wiederkam, sah er …«

»Darüber *unterhalten* haben wir uns nicht, aber ich habe beiläufig seinen Bruder erwähnt.«

»Herrgott noch mal! Sie wissen doch, das Thema ist tabu.«

»Ich wollte ihn testen.«

»Nun, jetzt haben Sie die Reaktion.«

»Ich habe eigentlich eine ganz andere erwartet.«

11

Buchanan erinnerte sich an die alte Geschichte von dem Esel, der zwischen zwei Ballen Heu steht. Sie sind gleich groß und strömen den gleichen verführerischen Duft aus. Trotzdem verhungert der Esel, denn er sieht keinen Grund, den einen Ballen dem anderen vorzuziehen.

Die Fabel veranschaulicht das Problem der Willensfreiheit. Die Fähigkeit zu wählen, die von den meisten als selbstverständlich betrachtet wird, hängt von bestimmten Bedingungen ab, und sind diese nicht gegeben, so kann ein Mensch ohne jeden Antrieb sein, genau wie Buchanan im Augenblick.

Sein Bruder …

Buchanan hatte hart daran gearbeitet, die Erinnerung an ihn auszulöschen. In den letzten acht Jahren war es ihm gelungen, jenes bedeutsame Ereignis zu verdrängen, das sein Verhalten bestimmt hatte. Nur äußerst selten, wenn er sich spätabends schwach und müde fühlte, hatte wohl das Schreckgespenst im Dunkel seines Unterbewußtseins gelauert und darauf gewartet, ihn anzuspringen. Jedesmal hatte er mit ganzer Entschlossenheit in seinem Innern eine Mauer errichtet, um das Phantom zu vertreiben.

Jetzt, seines Rollenspiels beraubt, ohne Identität und ohne den Reiz einer neuen brenzligen Aufgabe, stiegen die sorgfältig verdrängten Erinnerungen wieder auf und versuchten, von seinem Bewußtsein Besitz zu ergreifen.

Sein Bruder. Tommy.

Zwölf Jahre alt.

War tot. Und er hatte ihn getötet.

Buchanan war zumute, als befände er sich in einem Eisblock. Er konnte sich nicht bewegen. Er saß auf dem Sofa, Beine, Rücken und Arme waren wie abgestorben, der ganze Körper kalt, wie gelähmt. Er starrte noch immer auf den Stuhl, ohne ihn wahrzunehmen, ohne Zeitgefühl.

Fünf Uhr. Sechs Uhr. Sieben Uhr.

Das Zimmer lag im Dunkeln.

Tommy war tot. Und er hatte ihn getötet.

Er hatte den durchbohrten Körper umklammert und loszureißen versucht. Tommys Wangen waren kreidebleich. Der Atem war blubbernd gekommen. Das Stöhnen klang wie Gurgeln. Es war … Blut.

»Tut weh. Sehr weh.«

»Tommy, mein Gott, es tut mir leid. Das wollte ich nicht.«

Wollte nur herumalbern.

Dachte nicht, daß Tommy das Gleichgewicht verliert und in die Grube fällt. Wußte nicht, daß ein spitzer Pfahl darin steckt.

Eine Baugrube. An einem Sommerabend. Zwei Brüder auf der Suche nach Zeitvertreib.

Buchanan war damals fünfzehn Jahre alt.

Noch immer katatonisch verkrampft, saß er kerzengerade auf dem Sofa. Er hatte das Gefühl, als höbe ein Teil seines Bewußtseins die Arme und versuche, die schreckliche Erinnerung zurückzudrängen. Seit den Tagen und Nächten vor Tommys Beerdigung und seit dem furchtbaren Sommer waren ihm die Einzelheiten lange nicht mehr so gegenwärtig gewesen wie jetzt, jene schuldbeladene, scheinbar endlos lange Trauerzeit, die schließlich ein Ende fand, als …

»Nur ich bin schuld.«

»Nein, nein, du hast es ja nicht gewollt«, hatte ihn seine Mutter beruhigt.

»Ich habe ihn getötet.«

»Es war ein Unfall.«

Buchanan hatte ihr nicht geglaubt, und sicherlich wäre er wahnsinnig geworden, wenn er nicht eine Möglichkeit gefunden hätte, sich vor seinen eigenen Gedanken zu schützen. Die Antwort schien denkbar einfach: Werde ein anderer.

Dissoziative Persönlichkeit ... Buchanan versetzte sich an die Stelle der von ihm bewunderten Sportler und Rockstars, von beliebten Film- und Fernsehschauspielern. Er begann Bücher zu lesen und verschlang Romane, um selber zu dem Helden zu werden, der wie in Trance über sich hinauswuchs. Im Herbst jenes Jahres schloß er sich in der High School der Schauspielgruppe an, einzig und allein von dem Wunsch getrieben, die Fähigkeiten zu fördern, die er zur Aufrechterhaltung seiner Schutzrollen brauchte.

Vielleicht zur Bewährung oder Selbstbestrafung oder sogar, um seinen frühen Tod heraufzubeschwören, wurde er nach dem Abschluß Soldat, aber nicht bei einer beliebigen Waffengattung, sondern es mußten die Special Forces sein. Der Name sagte alles – etwas Besonderes sein. Er wollte sich opfern, Buße tun. Und noch etwas: Wenn er genug vom Tod gesehen hatte, dann würde ihm der Tod vielleicht nicht mehr soviel bedeuten. Auch der Tod des Bruders womöglich nicht ...

Jetzt rissen sie ihm seine Maske ab, nahmen ihm den Schutzschild seiner Decknamenexistenz und entblößten die Schuld, die ihn gezwungen hatte, Agent zu werden.

Buchanan? Wer zum Teufel war Buchanan? Jim Crawford war ein Mann, den er verstand. Genau wie Ed Potter und Victor Grant und all die anderen. Von ihnen wußte er, wie sie sich kleideten, welche Art Musik, welche Partei und welcher Frauentyp ihnen gefiel ...

Wer also war Buchanan? Es war auffällig, daß Buchanan und seine Vorgesetzten nur seinen Nachnamen gebrauchten. Unpersönlich. Objektiv. Nach acht Jahren, in denen er Hunderte von Menschen gespielt hatte – nein, gewesen war –, wußte Buchanan jetzt nicht, wie er sich selber darstellen sollte. Welche charakteristischen sprachlichen Wendungen benutzte er? Hatte er spezielle Vorlieben? Welche Art Kleidung, Essen und Musik bevorzugte er? War er religiös? Besaß er Hobbys? Lieblingsstädte? Was war ihm wichtig?

Herrgott, er wollte gar nicht wissen, wer Buchanan war. Die Geschichte von dem Esel zwischen zwei Ballen Heu beschrieb sein eigenes Dilemma. Er war zwischen zwei Personen gefangen: zwischen Victor Grant, der tot war, und Don Colton, der noch nicht fertig war. Ohne eine ihm von der Befehlszentrale verpaßte Identität fühlte er sich wie gelähmt.

Der Instinkt ständiger Wachsamkeit riß ihn aus seinen Gedanken. In dem stillen Raum hörte er das Kratzen eines Schlüssels an der Wohnungstür. Plötzlich war sein Körper nicht mehr kalt und taub. Die Teilnahmslosigkeit war verflogen, vom Adrenalin vertrieben.

Während jemand im Flur langsam die Tür öffnete, so daß von draußen das grelle Neonlicht eindrang, war Buchanan bereits vom Sofa aufgesprungen. Mit wenigen Schritten verschwand er im dunklen Schlafzimmer. Ein Schalter klickte. Buchanan zog sich weiter zurück. Licht überflutete das Wohnzimmer. Dann ein metallisches Scharren, als der Schlüssel aus dem Schloß gezogen wurde. Vorsichtige, kurze Schritte schoben sich über den Teppichboden.

Er straffte sich.

»Buchanan?« Eine bekannte Stimme. Es war Alan, doch die Stimme klang wachsam, unruhig. »Buchanan?«

Argwöhnisch geworden, wollte Buchanan auf diesen Namen nicht reagieren. Trotzdem zeigte er sich und war gleichzeitig bemüht, sich teilweise im Dunkel des Schlafzimmers zu halten.

Alan wirbelte herum, auf seinem Gesicht spiegelten sich Besorgnis und Überraschung.

»Halten Sie nichts von Läuten oder Anklopfen?« fragte Buchanan.

»Sorry.« Alan fuhr sich verlegen mit der rechten Hand über das braunkarierte Sportsakko. »Ich dachte, Sie schlafen und ...«

»So haben Sie gedacht, Sie machen es sich gemütlich, bis ich aufwache.«

»Nein«, antwortete Alan, »nicht unbedingt.«

»Also, was gibt's?«

Der Mann, der sich normalerweise selbstsicher, ja fast brüsk benahm, schien wie verwandelt.

»Ich wollte nur mal nachsehen, ob Sie okay sind.«

»Warum sollte ich nicht okay sein?«

»Sie ... äh, im Wagen waren Sie so aufgebracht ... und ...«

»Ja, und was?«

»Ich hab mir halt Sorgen gemacht.«

Buchanan kam aus dem Schlafraum. Als er nähertrat, blickte Alan verstohlen auf eine bestimmte Stelle an der Wand.

Aha, dachte Buchanan. Die Wohnung wird also elektronisch überwacht – und nicht nur von Wanzen. Auch von versteckten winzigen Kameras.

Bei seiner Ankunft am Tag zuvor war er erleichtert gewesen, endlich einen sicheren Zufluchtsort erreicht zu haben. Er hatte keinen Grund gesehen, das Apartment nach Wanzen zu durchsuchen. Zumindest in diesem Punkt glaubte er anfangs, diesem Alan vertrauen zu können.

Überwachung per Video – das deutet immer auf etwas Brisantes hin, dachte Buchanan. Etwas ist ihnen unheimlich, so daß sie mich genau beobachten. Aber was? Was ist ihnen an mir nicht geheuer? Eines ist klar, ich habe meinen Beobachtern einen höllischen Schrecken eingejagt, weil ich den ganzen Nachmittag und den halben Abend wie erstarrt dasaß. Alan wurde hergeschickt, um nachzusehen, ob ich durchdrehe. Warum streicht er sich so nervös über das Jakkett? Nach der Attacke auf seinen Ellbogen überlegt er wahrscheinlich, ob ich schon so verrückt bin, daß er die Pistole ziehen muß.

Die Kameras übertragen jede meiner Bewegungen, aber Alan möchte nicht, daß ich das merke.

Buchanan fühlte sich befreit. Das Gefühl, auf der Bühne zu stehen, verschaffte ihm die Motivation, sich selber zu spielen.

»Ich habe geklopft«, sagte Alan. »Sie haben es wohl nicht gehört. Da Sie die Wohnung nicht verlassen dürfen, dachte ich, schau ich mal nach Ihnen.« Sein Selbstvertrauen kehrte zurück. »Ihre Kopfverletzung da. Vielleicht, dachte ich, hat er sich wieder gestoßen. Vielleicht ist er in der Dusche ausgerutscht oder so. Deshalb entschloß ich mich nachzusehen. In dieser Wohnung befrage ich häufig Agenten und besitze daher einen Schlüssel.«

»Nun muß ich wohl geschmeichelt sein, weil Sie sich Sorgen machen.«

»He, es ist gar nicht so leicht, mit Ihnen auszukommen.« Alan rieb sich den rechten Ellbogen. »Es gehört zu meinen Pflichten, mich um die Leute zu kümmern, die mir zugeteilt sind.«

»Hören Sie. Die Sache im Auto heute früh ... Es tut mir leid.«

Alan zuckte mit den Achseln.

»Ich bin es einfach nicht gewohnt, nicht unter Druck zu stehen«, erklärte Buchanan.

Alan zuckte wieder mit den Achseln. »Verständlich. Manchmal spürt ein Agent den Druck selbst dann noch, wenn er gar nicht mehr da ist.«

»Da wir gerade dabei sind ...«

»Wobei?«

»Druck.« Buchanan deutete zum Badezimmer, ging hinein, schloß die Tür und leerte seine Blase.

Gewiß war im Bad genau wie in den anderen Räumen eine Minikamera in der Wand versteckt, doch es war ihm gleichgültig, ob sie ihn beim Pinkeln observierten oder nicht. Selbst wenn seine Blase nicht so gedrückt hätte, wäre er ins Bad gegangen.

Weil er allein sein wollte. Weil er Zeit zum Nachdenken brauchte.

12

Hier die verdammte Postkarte. Hätte nie gedacht, daß ich sie mal schreibe. Ich hoffe, Dein Versprechen war ernst gemeint. Am selben Ort zur selben Zeit wie letztesmal. Verlasse mich auf Dich. BITTE.

Buchanan kam aus dem Bad, drinnen spülte es noch. »Gestern abend haben Sie Ruhe und Entspannung erwähnt.«

Alan wurde mißtrauisch. »Und?«

»Na, nennen Sie das Ruhe und Entspannung – hier eingesperrt zu sein?«

»Wie ich bereits sagte, Don Colton muß unsichtbar bleiben. Wenn Sie rein und raus gehen, halten die Nachbarn Sie für Colton, und wenn der nächste Don Colton auftaucht, werden sie stutzig.«

»Was wäre, wenn ich nicht hier wäre? Ich – Buchanan. Auf Urlaub. Seit acht Jahren habe ich keinen gehabt. Wer würde das merken? Wen würde es kümmern?«

»Urlaub?«

»Unter meinem eigenen Namen. Könnte mir guttun, zur Abwechslung mal ich selber zu sein.«

Alan legte den Kopf schief, schien aber interessiert.

»Nächste Woche habe ich noch einen Arzttermin«, sagte Buchanan. »Bis dahin haben Ihre Leute und der Oberst wahrscheinlich entschieden, was mit mir geschehen soll.«

»Wohin würden Sie gehen? Ohne Paß können Sie das Land nicht verlassen.«

»Das Land möchte ich sowieso nicht verlassen. Nicht zu weit, in den Süden – nach New Orleans. In zwei Tagen ist Halloween. Da kann man sich in New Orleans gut amüsieren.«

»Davon habe ich gehört. Angeblich soll man sich in New Orleans sogar zu jeder Zeit gut amüsieren können.«

Buchanan nickte. Seine Bitte schien so gut wie erfüllt.

Er würde jedoch nicht als Buchanan fahren, sondern als der Mensch, der er vor sechs Jahren gewesen war: der Charterpilot Peter Lang – ein im Grunde unkomplizierter, fröhlicher Typ mit einer Vorliebe für Jazz, Gin-Fizz und Chili, aber mit einer ziemlich komplizierten Liebesaffäre am Hals.

Siebentes Kapitel

I

Buchanan fuhr mit der Bahn nach New Orleans, denn für diese Art zu reisen sprachen einige Gründe. Erstens fand er es entspannend. Zweitens war er in seinem Schlafwagenabteil ungestört. Und drittens dauerte es länger als mit dem Flugzeug und füllte die Zeit aus. Eigentlich hatte er bis zum nächsten Abend, bis Halloween, nichts zu tun. Gewiß, er hätte den Tag mit Sightseeing verbringen können, doch er kannte die Stadt bereits, den Hafen, das Französische Viertel, den Garden District, den Pontchartrain-See, Antoines Restaurant, Preservation Hall und vor allem die exotischen Friedhöfe.

Der Hauptgrund dafür, den Zug und nicht das Flugzeug zu benutzen, bestand jedoch darin, daß es auf Bahnhöfen keine Abtastsonden und Scanner gab. So konnte er die 9er Beretta mitnehmen, die Jack Doyle ihm in Fort Lauderdale gegeben hatte. Sie lag zwischen zwei Oberhemden und Unterwäschegarnituren neben Victor Grants Paß und seinem Kulturbeutel in der kleinen Segeltuchtasche. Noch immer verbittert über die Probleme mit den Vorgesetzten und über seinen eigenen Zustand, war er froh, was den Paß betraf, gelogen und die Waffe nicht erwähnt zu haben. Daß er nie zuvor bei der Befragung nach dem Einsatz etwas vertuscht hatte, hätte ihm vielleicht zu denken geben oder ihn zumindest warnen müssen, daß er seelisch mehr gestört war, als er ahnte. Wie er so am Fenster seines abgeschlossenen Abteils saß, das Rattern der Räder im Ohr, und die leuchtenden Herbstfarben der Landschaft von Virginia vorüberziehen sah, strich er sich unentwegt über den schmerzenden Kopf und war froh darüber, die Waffe nicht irgendwo in Don Coltons Apartment versteckt zu haben. Wenn er es getan hätte, wäre er von den Kameras aufgenommen worden. Wie es schien, war seine Geschichte überzeugend gewesen. Andernfalls hätten seine Vorgesetzten ihm weder Geld noch auf seinen wirklichen Namen ausgestellte Dokumente gegeben und ihm die Reise gestattet.

Peter Lang. Er mußte sich alles über ihn ins Gedächtnis zurückrufen. Er mußte Peter Lang werden. Sich als Pilot auszugeben, war für ihn nicht schwierig, denn er war tatsächlich Pilot. Er hatte die Lizenz während seiner Ausbildung erworben. Mit den Berufen, die er für seine Pseudonyme benutzte, war er, fast ausnahmslos, einigermaßen vertraut, und auf einigen Gebieten war er wirklich ein Fachmann.

Als schwierig stellte sich für ihn der erneute Aufbau der Person Peter Langs heraus, seines Verhaltens, seiner Eigenarten und Persönlichkeit. Buchanan hatte sich nie Notizen gemacht, weil es nach seiner Meinung albern und außerdem riskant war, eine Rolle zu dokumentieren. So war er gezwungen, sich auf sein Gedächtnis zu verlassen, was bei der Vielzahl der Pseudonyme, Einsätze und Kontakte sein Erinnerungsvermögen auf eine harte Probe stellte.

2

Peter Lang hatte sich in New Orleans als angeblicher Charterpilot aufgehalten und für eine Firma gearbeitet, die Probebohrungen für Ölgesellschaften durchführte. Offiziell beförderte er Techniker und Gerät an verschiedene Orte in Mittelamerika. Seine eigentliche Aufgabe bestand jedoch darin, Zivilberater der Special Forces zu geheimen Flugplätzen im Dschungel von Nicaragua zu bringen, wo sie Contras im Kampf gegen das kommunistische Regime ausbildeten. Da unverhohlene militärische Einmischung als kriegerischer Akt galt, trugen die Soldaten, die Lang nach Nicaragua flog, genau wie er Zivil und besaßen wie er falsche Pässe.

Da New Orleans und Miami von allen Städten am meisten mit der geheimen Hilfe für die Contras in Verbindung gebracht wurden, interessierten sich Enthüllungsjournalisten sehr für dortige Privatfirmen, die Flüge nach Lateinamerika durchführten. Eine Maschine, die planmäßig legale Güter nach El Salvador, Honduras und Costa Rica transportierte, landete unter Umständen unplanmäßig und illegal in Nicaragua und lud Männer anstelle von Gerät aus. Ein Reporter, der diese unbefugte militärische Einmischung der USA nachweisen konnte, war Kandidat für den Pulitzerpreis. Aus diesem Grund mußte Buchanan damals seine Tarnung besonders umsichtig anlegen. Deshalb bat er seine Arbeitgeber, ihm eine Ehefrau an die Seite zu stellen, eine Frau, die ihrem Mann im Geschäft half, gern flog und Spanisch sprechen konnte, die im Idealfall Lateinamerikanerin war und darum nicht auffiel, wenn sie ihren Mann auf seinen häufigen Flügen nach Lateinamerika begleitete. Buchanans Absicht hatte darin bestanden, neugierigen Berichterstattern vorzuspiegeln, daß er keine Kontakte zu Nicaragua hatte. Schließlich – so sollten sie glauben – würde kein Ehemann so kaltschnäuzig sein, die eigene Frau in ein derart gefährliches Bandenkriegsgebiet mitzunehmen.

Die zur Verfügung gestellte Ehefrau war Lateinamerikanerin, eine lebhafte, attraktive Frau von fünfundzwanzig Jahren, die Juana Mendez hieß. Ihre Eltern stammten aus Mexiko und waren inzwischen amerikanische Staatsbürger. Sie war Sergeant im militärischen Geheimdienst und in San Antonio, Texas, aufgewachsen. Peter Lang alias Buchanan gab San Antonio auch als Heimatort an und hatte vor seinem Einsatz einige Wochen dort verbracht, um sich mit der Stadt bekannt zu machen. So konnte ihn niemand bei unzutreffenden Angaben über San Antonio ertappen. Da Juana ständig an seiner Seite war, würde es schwerfallen, ihn auszufragen; denn wenn er keine Antwort wußte, würde Juana in die Bresche springen.

Mit vollen vier Monaten war dies Buchanans bisher längster Auftrag gewesen. Die ganze Zeit hatten er und Juana in einem kleinen Apartment im ersten Stock eines malerischen Schindelhauses mit reich verzierten, schmiedeeisernen Geländern und einem hübschen, blumengeschmückten Hof gewohnt. Es befand sich in der Dumaine Street im Französischen Viertel. Sowohl er als auch Juana waren sich der Gefahr einer gefühlsmäßigen Bindung bewußt. Sie versuchten, die für die Öffentlichkeit gedachten vertrauten Gesten ganz professionell wirken zu lassen. Sie taten ihr möglichstes, sich von der erzwungenen, intimen Gemeinsamkeit – Mahlzeiten, Wäsche waschen, Benutzung desselben Badezimmers und Schlafzimmers nicht beeinflussen zu lassen. Sie schliefen auch nicht miteinander, aus Gründen der Disziplin. Aber ebensogut hätten sie es tun können, denn der Geschlechtsverkehr ist ja nur ein Teil – und oft ein kleiner Teil – einer funktionierenden Ehe und hat manchmal gar keine Bedeutung. Buchanan und Juana spielten ihre Rolle so gut, daß sie sich am Ende etwas betreten gestanden, sich genau wie Ehepartner vorzukommen. Wenn er nachts neben ihr lag und sie leise atmen hörte, fand er ihren Duft berauschend. Er erinnerte ihn an den Duft von Zimt.

Gemeinsamer Streß verbindet stark. Während eines Feuergefechts mit nicaraguanischen Sandinisten hätte Buchanan seine Maschine nicht erreicht und auf der primitiven Startbahn im Dschungel nie in Startposition gebracht, wenn Juana ihm mit ihrem Sturmgewehr nicht Schützendeckung gegeben hätte. Durch das Fenster des langsam rollenden Flugzeugs hatte er sie aus dem Dschungel zur geöffneten Luke spurten sehen. Sie hatte sich blitzschnell umgedreht, mit ihrem M-16-Gewehr in die Büsche gefeuert und war weitergerannt. Kugeln aus dem Dschungel ließen vor ihr die Erde aufspritzen, wieder drehte sie sich um und feuerte. Mit einem waghalsigen Wendemanöver brachte er das Flugzeug in die richtige Position und schoß dann mit seinem M-16 durch die offene Luke. Kugeln schlugen in die Bordwand. Als sie sich in die Maschine warf, löste er die Bremsen und raste über die holprige Lichtung. Sie kletterte auf ihren Platz und nahm, an der Luke festgeklammert, die Sandinisten im Dschungel unter Beschuß. Als ihr Magazin leer war, griff sie nach Buchanans Waffe und schoß sie ebenfalls leer. Erst dann schnallte sie sich lachend an, um nicht hinauszufallen, während das Flugzeug zweimal hopste und sich dann mit einem Ruck, die Baumspitzen streifend, in die Luft hob.

Wenn das eigene Leben von einem Partner abhängt, fühlt man sich ihm verbunden. Buchanan hatte dieses Gefühl in der Gesellschaft von Männern erlebt. Doch bei diesem viermonatigen Einsatz hatte er es zum erstenmal mit einer Frau erfahren und war am Ende ein besserer Ehemann, als er eigentlich sein wollte. Denn er verliebte sich in sie.

Er hätte sich natürlich nicht verlieben dürfen. Verzweifelt hatte er mit sich gerungen, das Gefühl zu unterdrücken. Es gelang ihm nicht. Die Versuchung, mit Juana zu schlafen, war groß, und doch verletzten sie ihr Berufsethos nicht durch intime Beziehungen. Eine andere Regel übertraten sie, die Regel, nach der sie ihre Rollen nicht mit der Wirklichkeit verwechseln durften. Buchanan akzeptierte diese Vorschrift nicht, denn seine Stärke bestand ja gerade darin, daß er seine jeweilige Rolle mit der Wirklichkeit verwechselte. Solange er in die Haut eines anderen schlüpfte, existierte diese Person wirklich.

Eines Abends kam Juana vom Einkaufen nach Hause, Buchanan saß vor dem Fernsehapparat.

»Alles in Ordnung?« Er ging ihr entgegen, denn ihm war ihr ernstes Gesicht aufgefallen. »Ist etwas passiert?«

Offenbar ohne seine Frage wahrgenommen zu haben, stellte sie die Tasche mit Lebensmitteln ab und begann auszupacken. Er merkte aber, daß sie gar nicht auf die Waren achtete. Vielmehr galt ihre ganze Aufmerksamkeit einem Werbezettel für ein Jazzkonzert, den man ihr auf der Straße überreicht hatte. Sie zog ihn aus der Tasche. Als Buchanan das kleine Kreuz in der oberen rechten Ecke entdeckte, verstand er ihre Beunruhigung. Der, von dem sie den Zettel erhalten hatte, mußte ihr Kontaktmann gewesen sein. Das kleine Kreuz, mit Filzschreiber geschrieben, war das Signal, die Operation zu beenden.

Ein neuer Auftrag wartete auf sie.

Juanas sonst so fröhliche Stimme klang gepreßt. »Natürlich habe ich gewußt, daß wir eines Tages einen neuen Auftrag kriegen.« Sie schluckte. »Nichts dauert ewig, stimmt's?«

»Stimmt«, antwortete er ernst.

»Also ... Glaubst du, daß wir weiter zusammenarbeiten werden?«

»Ich weiß nicht.«

Juana nickte nachdenklich.

»Meistens läuft es anders.«

»Ja.«

Am Abend vor ihrer Abreise aus New Orleans waren sie durch das Vieux Carré gebummelt. Es war Halloween, und im Französischen Viertel war es turbulenter zugegangen als sonst. Alle Passanten trugen Kostüme, sehr viele gingen als Skelett. In den engen Straßen tanzte, sang und trank die Menge. Jazzmelodien, teils melancholisch, teils fröhlich, hallten aus offenen Türen, verschmolzen miteinander, rauschten vorbei an den schmiedeeisernen Geländern der Balkons und brandeten als Echo hinauf in den Himmel, der die Großstadtlichter reflektierte.

Buchanan und Juana hatten ihren Bummel im Café du Monde am Jackson Square beendet. In dem berühmten Freiluftrestaurant gab es zwei Spezialitäten: *café au lait* und *beignets,* mit Puderzucker bestäubte Krapfen. Jeder Stuhl war besetzt. Viele der kostümierten Zecher brauchten Koffein und Kohlehydrate zur Neutralisierung des Alkohols, bevor sie weiterfeierten. Buchanan und Juana stellten sich am Eingang an. Eine angenehme Brise wehte vom Mississippi herüber. Endlich führte ein Kellner sie zu einem Tisch und nahm ihre Bestellung auf. Angesichts der feiernden Menge fühlten sich die beiden fehl am Platz und in gedrückter Stimmung. Sie sprachen über das Thema, das sie bisher vermieden hatten. Buchanan erinnerte sich nicht, wer es angeschnitten hatte, aber im wesentlichen ging es darum, ob nun alles vorbei sei oder ob sie sich auch weiterhin treffen wollten. Als Buchanan unmittelbar mit dieser Frage konfrontiert wurde, war ihm plötzlich klar, wie absurd sie war. Peter Lang würde es schon am nächsten Tag nicht mehr geben. Wie also konnte Peter Lang eine Beziehung zu seiner Frau aufrechterhalten, die am nächsten Tag ebenfalls nicht mehr existierte?

Ihre Unterhaltung ging im Lärm der Menge unter. Buchanan sagte leise, daß ihr gemeinsamer Auftritt zu Ende sei, und Juana blickte ihn an, als rede er unverständliches Zeug.

»Mich interessiert nicht, wer wir waren«, sagte sie. »Ich spreche über uns.«

»Ich auch.«

»Nein. Jene Leute gibt es nicht, wohl aber uns. Morgen beginnt die Wirklichkeit, das Spiel ist aus. Was sollen wir tun?«

»Ich liebe dich«, sagte er.

Leicht zitternd sagte sie: »Auf diese Worte habe ich gewartet. Ich habe darauf gewartet, daß du das sagst ... Gehofft ... Ich weiß nicht, wie es geschehen ist, aber ich empfinde genauso. Ich liebe dich.«

»Ich möchte dir sagen, daß du mir immer nahe sein wirst.«

Juana reagierte nicht.

»Ich möchte dir auch sagen«, fuhr Buchanan fort, »daß ...«

Das Gespräch wurde durch den Kellner unterbrochen, der ein Tablett mit dampfendem Kaffee und heißen *beignets* auf den Tisch stellte.

Nachdem der Mann in der Schürze gegangen war, beugte sich Juana über den Tisch. »Was redest du da?« fragte sie mit leiser, bebender Stimme.

»... daß du mir immer nahe sein wirst. Ich werde mich stets mit dir verbunden fühlen. Wenn du jemals Hilfe brauchst, wenn ich je etwas für dich tun kann ...«

»Moment mal. Das hört sich ja wie ein Abschied an.«

»... werde ich da sein. Jederzeit. Überall. Du brauchst bloß darum zu bitten. Es gibt nichts, was ich nicht für dich tun würde.«

»Du Scheißkerl. Das ist nicht fair. Ich bin gut genug, mein Leben an deiner Seite zu riskieren. Ich bin gut genug, um als Tarnung herzuhalten. Aber nicht gut genug, dein Privatleben mit mir zu teilen.«

»Das habe ich nicht gemeint.«

»Woran liegt es dann? Du liebst mich und gibst mir den Laufpaß?«

»Ich wollte mich nicht verlieben. Ich ...«

»Es gibt nicht viele Gründe für einen Mann, sich von einer Frau zu trennen, die er angeblich liebt. Im Augenblick fällt mir nur einer ein: Sie ist nicht gut genug für ihn.«

»Hör mal zu ...«

»... und der Grund ist, daß ich Lateinamerikanerin bin.«

»Nein. Überhaupt nicht. Das ist Wahnsinn. Bitte. Hör mal zu.«

»Hör du mir mal zu. Ich könnte ein Glücksfall für dich sein. Gib mich nicht auf.«

»Ich muß ...«

»Du mußt? Warum? Wegen der Leute, für die wir arbeiten? Zum Teufel mit ihnen. Sie wollen, daß ich weitermache. Aber das habe ich nicht vor.«

»Mit ihnen hat das nichts zu tun«, sagte Buchanan. »Nur mit mir. Mit dem, was ich tue. Wir könnten nie eine Beziehung miteinander haben, weil ich bald nicht mehr derselbe bin. Ich werde bald ein Fremder für dich sein.«

»Wie bitte?«

»Ein anderer sein.«

Sie starrte ihn an, weil sie auf einmal begriff, was er da sagte. »Du ziehst deine Arbeit ...«

»Meine Arbeit ist alles, was ich habe.«

»Nein, du könntest *mich* haben.«

Buchanan musterte sie, wandte den Blick ab und sah sie wieder an. Er biß sich auf die Lippe und schüttelte bedächtig den Kopf. »Du kennst mich nicht. Du kennst mich nur in meiner Rolle.«

Sie war entsetzt.

»Ich werde immer dein Freund sein«, sagte Buchanan. »Denk daran. Ich schwöre es dir. Wenn du jemals Hilfe brauchst, wenn du mal in der Patsche sitzt, brauchst du dich bloß zu melden, und egal, wie lange es her ist, egal, wie weit weg ich bin, ich werde ...«

Juana war aufgesprungen, ihr Stuhl scharrte laut über den harten Fußboden. Andere Gäste waren aufmerksam geworden.

»Wenn ich dich mal benötige, schreibe ich dir eine verdammte Karte.«

Die Tränen zurückhaltend, war sie aus dem Restaurant gerannt.

Sie hatten nicht wieder miteinander gesprochen. Als er in ihre gemeinsame Wohnung zurückkehrte, hatte sie bereits gepackt und war gegangen. Wie ausgehöhlt, hatte er die ganze Nacht nicht geschlafen. Er saß im Dunkeln auf dem Bett, das sie geteilt hatten, und starrte auf die gegenüberliegende Wand.

3

Schon wieder, dachte Buchanan. Er war in seinen katatonischen Zustand verfallen und hatte nun das Gefühl, von weither zurückzukommen. Im Abteil war es dunkel. Jenseits des Fensters wurde die Nacht nur von vereinzelten Lichtern aus Farmhäusern durchbohrt.

Er blickte auf das Leuchtzifferblatt von Peter Langs Pilotenuhr und stellte verwirrt fest, daß es bereits acht Minuten nach zehn war. Er hatte Washington kurz vor zwölf Uhr mittags verlassen, der Zug hatte also Virginia längst durchquert und befand sich bereits mitten in North Carolina, wahrscheinlich sogar schon in Georgia. Wo ist die Zeit geblieben, fragte sich Buchanan erschrocken. Was ist mit mir los?

Mit schmerzendem Kopf erhob er sich, machte Licht und schloß rasch die Vorhänge, um nicht mit seinem Spiegelbild konfrontiert zu sein. Das hagere Gesicht kam ihm unbekannt vor. Er öffnete seine Reisetasche, nahm drei Aspirintabletten aus dem Kulturbeutel und schluckte sie mit Wasser, das er am winzigen Waschbecken der eingebauten Toilette holte.

Er versuchte, sich ganz auf die Gegenwart zu konzentrieren, denn er mußte in seine alte Rolle schlüpfen, mußte wieder Peter Lang werden und als dieser voll handlungsfähig sein. Er durfte nicht weiter in die Luft starren. Denn schließlich dienten die Reise nach New Orleans und die Enträtselung von Juanas Postkarte nur dazu, sich selber eine neue Aufgabe zu stellen und die Orientierung wiederzufinden.

Juana! Er mußte sich in die Gestalt des Peter Lang einfühlen und auf das Wiedersehen mit seiner »Ex-Ehefrau« vorbereiten. Sie war jetzt wohl einunddreißig Jahre alt. Er überlegte, ob sie ihre Figur behalten hatte. Sie war eher klein gewesen und schlank, aber der durch die militärische Ausbildung trainierte Körper hatte das kompensiert. Ein herrlicher, fester und kräftiger Körper. Ob ihr dunkles Haar noch so kurz war? Damals hätte er es gern durch die Finger gleiten lassen, es gepackt und zärtlich daran gezogen. Ob ihre dunklen Augen noch so feurig glänzten und der Mund noch diese sinnlichen Konturen hatte? Sooft sie sich in etwas vertiefte, pflegte sie die Lippen zu schürzen und sie leicht nach vorn zu schieben. Er hätte sie gern ebenso liebkost wie das Haar.

Vielleicht hätte ich sie nicht aufgeben sollen. Vielleicht hätte ich …

Nein, dachte er. Die Vergangenheit ist eine Falle. Rühre nicht daran. Es tut dir sichtlich nicht gut, denn du verfällst wieder in diese Starre. In deinen früheren Existenzen hast du eine Menge unvollendeter Dinge zurückgelassen und viele Menschen, die du gern hattest – oder die zumindest deine anderen Ichs gern hatten. Aber nie zuvor bist du zurückgekehrt. Das wagst du jetzt zum erstenmal. Sei vorsichtig!

Warum hat sie die Karte geschickt? Was hat sie für ein Problem?

Das Schlimme ist: Ich erinnere mich an Juana Mendez deutlicher als an Peter Lang. Aber was ich versprochen habe, muß ich wohl halten.

Nein, raunte eine warnende Stimme. *Du* warst das nicht – es war Peter Lang.

Genau. Und der bin ich zur Zeit wieder.

Was ich damals sagte, war ernst gemeint. Ich habe es versprochen.

4

Froh und erleichtert, vom Hungergefühl abgelenkt zu werden und sich bewegen zu können, schloß Buchanan-Lang die Abteiltür auf und sah nach, ob sich im Korridor jemand näherte. Gerade wollte er gehen, da fiel ihm ein, daß das einfache Türschloß nicht sicher war. Er nahm deshalb die kleine Reisetasche mit Paß und Waffe an sich und ging in Richtung Speisewagen.

Dieser befand sich drei Wagen weiter und war, als er ihn betrat, fast leer; einige Fahrgäste tranken Kaffee, die Kellner räumten das schmutzige Geschirr von den Tischen. Die Deckenlampen spiegelten sich in den Fenstern, sie ließen das Innere besonders hell erscheinen und tauchten alles, was draußen lag, in tiefes Schwarz.

Buchanan ging auf den nächsten Kellner zu.

Der müde aussehende Mann kam seiner Frage zuvor. »Tut mir leid, Sir. Wir haben geschlossen. Frühstück gibt's morgen um sechs.«

»Ich bin eingenickt und habe leider verschlafen. Ich bin am Verhungern. Haben Sie nicht etwas, damit mein Magen nachts nicht so laut knurrt?« Diskret steckte Buchanan ihm einen Zehndollarschein zu.

»Ja, Sir. Ich verstehe. Ich will sehen, was sich tun läßt. Vielleicht ein paar Roastbeef-Sandwiches zum Mitnehmen?«

»Hört sich gut an.«

»Und vielleicht ein Sodawasser?«

»Ein Bier wäre besser.«

»Nun«, ertönte eine Stimme hinter Buchanan, »an Bier

habe ich zwar nicht gedacht, aber für den Fall aller Fälle habe ich vorgeplant und ein paar Sandwiches bestellt.«

Buchanan ließ sich seine Überraschung nicht anmerken und zögerte nur kurz, bevor er sich langsam umsah. Selbst als er die Frau erblickte, verzog er keine Miene.

Sie hatte langes, aufregend feuerrotes Haar. Sie war groß, höchstens dreißig, von athletischem Wuchs. Hohe Stirn, markant geformte Wangenknochen, die Gesichtszüge eines Models.

Buchanan war dieser Frau schon einmal begegnet. Das erstemal in Mexiko – sie hatte ihn vor dem Gefängnis in Mérida fotografiert. Das zweitemal in Fort Lauderdale, in der Nähe von Pier 66. Sie hatte Aufnahmen gemacht, als er auf dem Kanal mit seinem Boot neben Big Bob Bailey lag.

Diesmal trug sie eine braune Popelinhose und eine khakifarbene Safarijacke mit vielen, zum Teil vollgestopften Taschen. Über der linken Schulter hing die Kameratasche, in der rechten Hand hielt sie, was nicht ganz zum Expeditions-Look passen wollte, eine pralle Tüte.

Mit der linken Hand gab sie dem Kellner einen Dollarschein. »Danke sehr«, sagte sie lächelnd. »Hätte nicht gedacht, daß mein Bekannter überhaupt noch kommt. Danke für Ihre Geduld.«

»Ist in Ordnung, Madam.« Der Kellner steckte das Geld ein. »Wenn Sie sonst noch etwas ...«

»Nein, vielen Dank.«

Der Kellner räumte weiter ab, die Frau wandte sich wieder an Buchanan. »Ich hoffe, Ihr Herz hängt nicht an den Roastbeef-Sandwiches. Auf meinen ist Geflügelsalat.«

»Moment mal! Kennen wir uns?«

»Das fragen Sie mich, nach allem, was wir gemeinsam durchgestanden haben?« Ihre smaragdgrünen Augen zwinkerten.

»Verehrteste, ich habe keine Lust auf einen Flirt. Bestimmt gibt es eine Menge anderer Kerls im Zug, die Sie anmachen ...«

»Okay, wenn Sie darauf bestehen, spielen wir das Spiel durch. Kennen wir uns? In gewisser Hinsicht, ja. Man könnte sagen, wir sind Bekannte, obwohl wir uns persönlich nie kennengelernt haben.« Sie schien amüsiert.

»Ich möchte nicht unhöflich sein ...«

»Macht mir nichts aus. Daran bin ich gewöhnt.«

»Sie haben zuviel getrunken.«

»Keinen einzigen Tropfen. Ich wünschte, es wäre nicht so. Ich habe mich zu Tode gelangweilt, während ich hier so lange auf Sie wartete. Andererseits ...« Sie sprach den Kellner an. »Ein Bier – das klingt gut. Glauben Sie, das ist noch möglich?«

»Gewiß, Madam. Noch etwas?«

»Sagen wir, vier Bier, und Sie können die Roastbeef-Sandwiches dazulegen. Ich habe das Gefühl, es wird eine lange Nacht.«

»Vielleicht wäre dann Kaffee ...«

»Nein. Bier genügt.« Der Kellner entfernte sich. »Außer Sie möchten gern Kaffee«, fügte sie, an Buchanan gewandt, hinzu.

»Mir wäre es lieber, Sie würden mir verraten, was zum Teufel Sie eigentlich von mir wollen.«

»Um ein Interview bitten. Ich bin Reporterin.«

»Und das hat was mit mir zu tun?«

»Wollen wir wetten?«

Buchanan schüttelte den Kopf. »Das ist absurd.« Er setzte sich in Bewegung.

»Nein, ehrlich. Ich wette, ich kann Ihren Namen erraten.«

»Eine Wette heißt, daß man etwas gewinnen oder etwas verlieren kann. Ich wüßte nicht, was ich dabei gewinnen könnte.«

»Wenn ich Ihren Namen nicht errate, lasse ich Sie in Ruhe.«

Buchanan dachte nach. »Okay«, sagte er seufzend. »Wenn ich Sie auf diese Weise abschütteln kann. Wie lautet mein Name?«

»Buchanan.«

»Falsch. Peter Lang.« Er ging weiter.

»Beweisen Sie es.«

»Ich brauche nichts zu beweisen. Meine Geduld ist zu Ende.« Er entfernte sich.

Sie folgte ihm. »Hören Sie, ich hatte gehofft, die Sache vertraulich zu besprechen, aber wenn Sie sich sträuben – bitte. Sie heißen weder Peter Lang noch Jim Crawford, Ed Potter, Victor Grant oder Don Colton. Sie haben diese Namen nur benutzt. Und viele andere. Aber Ihr wahrer Name ist Buchanan, Vorname – Brendan, Spitzname Bren.«

Verkrampft blieb Buchanan am Ausgang des Speisewagens stehen.

Ohne sich seine Spannung anmerken zu lassen, vergewisserte er sich, daß die Tische in diesem Teil des Wagens nicht besetzt waren. Er spielte den verärgerten Unschuldigen. »Was muß ich tun, um Sie loszuwerden?«

Durch den Mittelgang steuerte der Kellner auf sie zu. »Hier sind die Sandwiches und das Bier.« Er überreichte ihr eine zweite Tüte.

»Danke. Was bin ich Ihnen schuldig?« Sie zahlte und gab ihm noch einmal Trinkgeld.

Buchanan und sie waren wieder allein.

»Also, was meinen Sie? Wenigstens bekommen Sie von mir etwas für Ihren knurrenden Magen. Da Sie in keinem der Wagen saßen, haben Sie vermutlich ein Einzelabteil. Warum gehen wir nicht ...?«

»Wenn ich tatsächlich alle von Ihnen genannten Namen benutze, muß ich in ziemlich dunkle Geschäfte verwickelt sein.«

»Darüber will ich mir kein Urteil bilden.«

»Also was bin ich? Mitglied der Mafia? Geheimagent? Fürchten Sie sich nicht, mit mir allein zu sein?«

»Wer behauptet, daß ich allein bin? Sie glauben doch wohl nicht im Ernst, daß ich diesen Auftrag ohne Unterstützung ausführe.«

»Sagen Sie bloß, die beiden Kerle da am anderen Ende des Wagens gehören zu Ihnen«, sagte Buchanan. »Sie gehen gerade, aber nicht in unsere Richtung. Ich habe nicht den Eindruck, daß Sie einen Begleiter haben.«

»Wer es auch ist – er würde sich nicht sehen lassen.«

»Klar.«

»Ich glaube, wenn Ihnen jemand folgte, würde er sich auch nicht sehen lassen.«

»Warum sollte mir jemand folgen?« Buchanan überlegte, ob das eigentlich so unwahrscheinlich war. »Das ist, glauben Sie mir, die verrückteste Begegnung … Okay. Ich habe Hunger. Ich merke schon, Sie lassen nicht locker. Essen wir was.«

Er öffnete die Tür zu seinem Abteil, das Rattern der Räder wurde lauter. »Aber ich warne Sie. Sie werden es mit mir nicht leicht haben.«

»Was für ein Zufall: Sie mit mir nämlich auch nicht.«

5

Buchanan riegelte die Tür ab und übersah scheinbar ihre mißtrauische Musterung des Abteils. Er klappte den kleinen Tisch von der Wand und sicherte ihn in seiner Halterung. Darauf leerte er die Tüten und breitete alles auf dem Tisch aus. Er achtete darauf, die Roastbeef-Sandwiches zu nehmen, denn er wußte nicht, ob sie etwas in die Geflügelsalat-Sandwiches gemixt hatte, während sie auf ihn wartete. Er öffnete zwei Bierflaschen.

Die ganze Zeit blieb sie stehen. In dem engen Abteil war sich Buchanan ihrer weiblichen Reize sehr bewußt.

Er reichte ihr eine der beiden Flaschen, biß von einem Sandwich ab und setzte sich. »Sie glauben, Sie kennen meinen Namen. Sie meinen sogar, daß ich mehrere Namen habe. Und wie heißen Sie?«

Sie nahm gegenüber Platz und strich sich eine Strähne ihres roten Haares aus der Stirn. Ihre Lippen hatten die gleiche Farbe. »Holly McCoy.«

»Und Sie sind von Beruf Reporterin?« Buchanan nahm einen Schluck Bier, sie rührte ihre Flasche nicht an. »Für welche Zeitung?«

»›Washington Post‹.«

»Hatte ich lange abonniert. Ich kann mich nicht erinnern, je einen Ihrer Artikel gelesen zu haben.«

»Ich bin neu. Das soll mein erster großer Beitrag werden.«

»Verstehe.«

»Für die ›Post‹, meine ich. Vorher war ich Sonderberichterstatterin bei der ›Los Angeles Times‹.«

»Aha.« Buchanan aß. Das Roastbeef war nicht schlecht, ein bißchen trocken, doch Mayonnaise und Salat glichen das aus. Er trank noch einen Schluck Bier. »Ich dachte, Sie haben Hunger. Sie essen aber gar nicht.« Sie zwang sich, an ihrem Sandwich zu knabbern, und er fuhr fort: »Wie war das mit dem Interview? Und mit den Namen, die ich angeblich habe ... Wie gesagt, ich bin Peter Lang.«

Das war ein Fehler, den Buchanan bedauerte. Als sie ihn im Speisewagen so unvermittelt angesprochen hatte, war ihm als erstes natürlich jener Name eingefallen, auf den er sich im Augenblick konzentrierte. Seine Identitäten waren ihm durcheinandergeraten. Für Peter Lang besaß er keine Papiere. Das mußte er in Ordnung bringen.

»Ich muß Ihnen etwas gestehen. Ich habe gelogen. Sie wollten mich in Ruhe lassen, wenn Sie meinen Namen erraten. Als Sie mich mit meinem richtigen Namen anredeten, gab ich mich für einen anderen aus und hoffte, Sie damit loszuwerden.«

»Haben Sie aber nicht geschafft.«

»Jetzt will ich ehrlich sein.« Er stellte die Flasche hin, zog ein Etui aus der Gesäßtasche und zeigte ihr seinen Führerschein. »Mein Name ist Brendan Buchanan, Spitzname: Bren. Allerdings hat mich schon lange niemand Bren genannt. Wie haben Sie das rausbekommen?«

»Sie sind bei der Armee.«

»Wieder richtig. Nochmals – wie haben Sie das rausbekommen? Es geht Sie zwar nichts an, aber ich bin Hauptmann bei den Special Forces. Mein Stützpunkt ist Fort Bragg. Ich habe Urlaub und fahre nach New Orleans. Bin noch nie dort gewesen. Worum geht's? Sie stehen auf Soldaten, ja? Ist es das?«

Sie neigte den Kopf, eine Bewegung, die ihren anziehenden Nacken zur Geltung brachte. »In gewisser Weise.«

»Warum sagen Sie es nicht frei heraus? Sie haben mir noch immer nicht verraten, woher Sie meinen Namen wissen. Bisher habe ich mitgespielt. Worum geht es?«

»Tun Sie mir einen Gefallen? Ich möchte Ihnen ein paar Codewörter nennen.«

»Codewörter? Was soll das?«

»Verraten Sie mir, ob sie Ihnen bekannt sind: Sonderkommando 160. Seaspray. Intelligence Support Activity. Yellow Fruit.«

Himmel, dachte Buchanan, ohne seinen Schreck zu zeigen. »Davon habe ich nie gehört.«

»Warum wohl glaube ich Ihnen das nicht, hm?«

»Hören Sie, Mrs. McCoy ...«

»Bleiben Sie ruhig. Lassen Sie sich die Sandwiches schmecken, und ich erzähle Ihnen eine Geschichte.«

6

Die Geschichte begann im Jahre 1980. Nach der mißglückten Befreiung der im Iran festgehaltenen amerikanischen Geiseln durch Spezialkommandos stellte sich heraus, daß die USA eine wirkungsvolle Antiterrorgruppe benötigten, die in der Lage war, selbständig und ohne Unterstützung von militärischer oder ziviler Seite zu operieren. Eigens dazu wurde ein Joint Special Operations Command geschaffen, das die Einsätze von Kommandos aller Truppengattungen zu koordinieren hatte. Eine Unterabteilung mit der Bezeichnung Special Operations Division war für die Organisation solcher Einsätze in der U.S. Army zuständig.

Während Holly McCoy redete, trank Buchanan sein Bier aus und öffnete noch eine Flasche. Er knüllte das Butterbrotpapier zusammen, stopfte es in eine Tüte und unterdrückte ein Gähnen. »Das hört sich ja an wie ein historischer Vortrag und nicht wie eine Geschichte. Vergessen Sie nicht, ich bin Fort Bragg zugeteilt. Ich bin über alle Einzelheiten der fehlgeschlagenen Geiselbefreiung unterrichtet.«

»Bestimmt wissen Sie noch mehr als das«, sagte Holly McCoy. »Aber immer eins nach dem anderen.«

Buchanan zuckte mit den Achseln.

»Die Special Operations Division beschäftigte sich zuerst mit der Frage des Transports. Delta Force mußte so schnell und unauffällig wie möglich in die Einsatzgebiete gelangen. So kam es zur Aufstellung von Sonderkommando 160 und von Seaspray.«

Buchanan mußte sich wieder sehr zusammenreißen, um bei der Erwähnung dieser Codewörter ruhig zu bleiben. Sein Magen verkrampfte sich, und er täuschte abermals ein Gähnen vor. »Entschuldigung. Das bedeutet nicht, daß Sie mich langweilen. Erzählen Sie weiter und trinken Sie Ihr Bier aus.«

Holly schob sich das Haar wieder aus der Stirn, warf ihm einen ungehaltenen Blick zu und fuhr fort: »Sonderkommando 160 war eine geheime Armee-Einheit, die Lufttransporte für Delta Force, für die Special Forces und für die Rangers bereitstellte. Seaspray war eine streng geheime Lufteinheit der Armee, die Flugzeuge von zivilen Mittelsmännern kaufen ließ, sie mit den modernsten Geräten ausstattete und bei kleineren Geheimmissionen einsetzte. Die Aufträge kamen von der CIA, aber Seaspray arbeitete auch für die Drug Enforcement Administration, eine andere zivile Agentur. Und da begann nach meiner Meinung der Ärger. Zivilisten und Militärs arbeiteten zusammen und verheimlichten das vor dem Pentagon und dem Kongreß.«

Buchanan schlürfte Bier und schaute auf die Uhr. »Es ist fast Mitternacht. Ich würde vorschlagen, daß Sie jetzt zur Sache kommen – bevor ich eventuell doch einschlafe.«

»Die Gefahr besteht kaum. Denn Ihr Interesse ist viel größer, als Sie zugeben.«

»Interesse an Ihnen! Allerdings sind mir Frauen lieber, die weniger reden.«

»Passen Sie auf. Das nächste Problem für die Special Operations Division war die Beschaffung von Informationen unter militärischen Gesichtspunkten. Deshalb wurde Intelligence Support Activity, die ISA, ins Leben gerufen.«

Mein Gott, dachte Buchanan. Woher zum Teufel hat die Frau diese Informationen?

»Das war die nächste geheime Militäreinheit«, fuhr Holly fort. »Sie hatte die Aufgabe, als Zivilisten getarnte Soldaten im Notfall im Ausland einzusetzen, beispielsweise bei einem Terroranschlag auf einem Flughafen. Sie erkundeten das Terrain für einen möglichen Einsatz und lieferten nicht nur Informationen, sondern leisteten auch taktische Unterstützung. Das war etwas Neues – ein militärisches Einsatzkommando, das zivil getarnt arbeitet und Daten beschafft, die normalerweise von der CIA geliefert werden. Die Intelligence Support Activity arbeitete so vertraulich und verdeckt, daß die meisten Topbeamten im Pentagon nichts davon wußten. Theoretisch gab es die ISA gar nicht.«

Buchanan öffnete die nächste Flasche. Bald wollte er die Augen schließen und so tun, als habe ihn der Alkohol schläfrig gemacht.

»Passen Sie auf«, wiederholte Holly. »Was jetzt kommt, wird Ihnen gefallen. Die Special Operations Division hatte ein Problem: Wie sollte man diese illegalen Einheiten geheimhalten, sogar vor dem Pentagon? Die Antwort lautete: durch eine Sicherheitsabteilung, die wiederum ebenfalls illegal war. Der Codename war Yellow Fruit. Abermals handelte es sich um Militärangehörige, die als Zivilisten auftraten. Sie waren wie Zivilisten gekleidet, sie arbeiteten angeblich in Zivilberufen, in Wirklichkeit aber sicherten sie Seaspray, die ISA und einige andere Militäreinheiten nach außen ab. Yellow Fruit hatte dafür zu sorgen, daß alles schön im verborgenen geschah.«

Holly beobachtete Buchanan und wartete gespannt auf seine Reaktion.

Er stellte die Bierflasche hin und machte ein ganz kluges Gesicht. »Faszinierend.«

»Ist das alles, was Sie zu sagen haben?«

»Nun, die Operation war ja ein voller Erfolg«, antwortete Buchanan, »vorausgesetzt, Sie haben mir kein Märchen aufgetischt. Sie muß geklappt haben, denn sonst hätte ich von Yellow Fruit oder ISA oder Seaspray oder Sonderkommando 160 schon mal gehört.«

»Zum erstenmal glaube ich, daß Sie wahrscheinlich die Wahrheit sagen.«

»Wollen Sie damit andeuten, daß ich Sie belügen würde?«

»Jedenfalls in diesem Fall nicht. Denn Seaspray und Yellow Fruit wurden schließlich doch enttarnt und aufgelöst. Sie existieren nicht mehr. Zumindest nicht unter diesen Bezeichnungen. Mir ist bekannt, daß Seaspray später wieder auflebte, und zwar unter dem Codenamen Quasar Talent.«

»Na, wenn sie nicht mehr existieren, dann ...«

»Das betrifft nur einige. Andere operieren ganz normal weiter. Und wieder andere wurden neu aufgebaut und sind noch geheimer und viel effektiver. Zum Beispiel Scotch and Soda.«

7

»Scotch and ...?« Buchanan lief es kalt über den Rücken.

»So lautet der Deckname einer militärischen Einsatzgruppe. Sie arbeitet mit der DEA, also der Drug Enforcement Administration, und der CIA zusammen, um mittel- und südamerikanische Drogenkartelle zu infiltrieren und von innen heraus zu zerstören. Da die betreffenden Regierungen die Anwesenheit bewaffneter amerikanischer Soldaten in Zivil auf ihrem Territorium nicht genehmigt haben, verstößt dieses Unternehmen gegen das Gesetz.«

»Entweder Sie haben eine verdammt rege Fantasie, oder Ihre Informanten befinden sich in einer Nervenklinik. Wie auch immer, es hat nichts mit mir zu tun. Ich weiß nichts von all dem Zeug, warum also ...?«

»Sie haben für ISA gearbeitet und wurden vor einem halben Jahr zu Scotch and Soda versetzt. Sie sind einer der vielen Soldaten der Special Operations Division, die faktisch als militärischer Zweig der DEA und der CIA im Ausland tätig sind.«

Buchanan richtete sich langsam auf. »Na schön, jetzt habe ich die Nase voll. Genug. Was Sie mir unterstellen, ist grotesk. Wenn Sie diesen Quatsch in Gegenwart der falschen Leute erzählen, könnte Ihnen irgendein Dummkopf – etwa ein Politiker – tatsächlich glauben. Und dann säße ich bis zum Hals in der Scheiße. Bis zum Ende meiner Laufbahn müßte ich blöde Fragen beantworten. Wegen Ihrer Hirngespinste.«

»Hirngespinste, meinen Sie?« Holly fischte aus ihrer Kameratasche eine Kopie seines Phantombilds und Abzüge der Fotos, die Big Bob Bailey ihm bereits in Fort Lauderdale gezeigt hatte. »Die sehen ziemlich real aus.«

Buchanan schnürte sich die Brust zusammen, als er das Phantombild und die Aufnahmen aus Frankfurt und Mérida betrachtete. Einige kannte er nicht, zum Beispiel eins am Pier 66 in Fort Lauderdale, das vom Ufer aus aufgenommen worden war; Holly McCoy hatte den Winkel so gewählt, daß im Hintergrund ein Ortsschild zu sehen war.

Um Gottes willen, dachte er, diese Fotos wurden doch angeblich vernichtet. Was ist nach meiner Abreise aus Fort Lauderdale passiert? Hat das Team alles vermasselt?

»Na und?« fragte er. »Was sollen diese Bilder?«

»Sie sind wirklich nicht zu schlagen. Sitzen mit unbewegter Miene vor mir und … Sie würden alles ableugnen, egal, wie handfest die Beweise sind.«

»Die Fotos beweisen überhaupt nichts. Wovon reden Sie eigentlich?«

»Hören Sie. Sie sind hier in drei verschiedenen Rollen zu sehen.«

»Man sieht drei Männer, die mir etwas ähneln, und was immer sie tun, es hat meines Erachtens nichts mit Agententätigkeit zu tun.«

»Jim Crawford. Ed Potter. Victor Grant.«

»Ich weiß nicht, was das alles soll. Ich frage Sie noch einmal: Woher wissen Sie meinen Namen? Woher wissen Sie, daß ich Soldat bin? Wer zum Teufel hat Ihnen verraten, daß ich mit diesem Zug fahre?«

Holly schüttelte den Kopf. »Vertraulich.«

»Es gibt eine einfache Methode nachzuweisen, daß Sie sich irren. Sie wissen, daß ich Buchanan heiße und in Fort Bragg stationiert bin. Erkundigen Sie sich. Sie werden nichts weiter hören, als daß ich Hauptmann und Spezialist für Geländeausbildung bin. Das ist alles. Kein Spionagezeug.«

»Ich habe mich erkundigt. In einem haben Sie recht. Ich habe nur erfahren, was Sie eben sagten. Es gibt haufenweise Akten über Sie. Da Sie so viel wegen Ihrer seltsamen Geländeausbildung unterwegs sind, habe ich niemanden getroffen, der Sie tatsächlich kennt.«

»Sie haben die falschen Leute gefragt.«

»Verraten Sie mir, an wen ich mich wenden soll. Nein, lassen Sie's. Es ist mir klar, daß jeder von Ihnen Genannte naturgemäß Mitwisser der Verschwörung wäre.«

»Mir platzt der Kragen.«

»Zumindest tun Sie so. Ich habe das Gefühl, bei Ihnen ist alles nur Schwindel und Verschleierung, eine Schicht über der anderen. Ihr Name, Ihre Personalien. Wer sagt mir, daß Buchanan nicht auch ein Pseudonym ist!«

»Zum Teufel, Holly, beides zugleich geht nicht. Sie behaupten, nach der Wahrheit zu suchen, glauben mir aber kein Wort. Gesetzt den Fall, ich gebe zu, daß ich bei Scotch and Soda mitmache. Sie würden wahrscheinlich erwidern, daß ich lüge und in Wahrheit zu einer ganz anderen Truppe gehöre.«

»Sie sind sehr geschickt. Ehrlich – mein Kompliment.«

»Nehmen wir an, Sie hätten recht«, argumentierte Buchanan weiter. »Ist es nicht dumm von Ihnen, mich als Spion zu bezeichnen? Was wäre, wenn ich mich bedroht fühlte? Ich könnte versuchen, Sie zum Schweigen zu bringen.«

»Das glaube ich kaum. Sie würden nur gegen mich vorgehen, wenn Sie wüßten, daß Sie damit kein neues Risiko eingehen. Aber ich habe mich abgesichert.«

»Sie scheinen Ihrer Sache verdammt sicher. Haben Sie tatsächlich geglaubt, ich würde wegen dieser Fotos die Kontrolle über mich verlieren und ein Geständnis ablegen? Selbst wenn ich es täte, könnte ich es später widerrufen. Ihr Wort gegen meins. Außer …«

Buchanan riß ihr die Kameratasche von der Schulter. Sie versuchte vergebens, es zu verhindern, denn er hielt ihr mit der Linken die Handgelenke fest und öffnete die Tasche mit der Rechten. Er entdeckte einen kleinen Kassettenrecorder, dessen Spulen sich leise summend drehten.

»Sieh mal einer an. Ich bin sozusagen ein Opfer der ›Versteckten Kamera‹. Nur handelt es sich in unserem Fall um ein verstecktes Mikro. Sie sind ja eine ganz Schlimme!«

Buchanan zog das Gerät heraus und folgte dem Draht zu einem Minimikrofon, das im Verschluß der Tasche verborgen war.

»Sie können es mir als Reporterin nicht übelnehmen, daß ich es wenigstens versucht habe.«

Buchanan schaltete das Gerät ab. »Und was hat es Ihnen gebracht? Ich sagte Ihnen doch, ich habe mit dem ganzen Kram nichts zu tun. Mehr haben Sie nicht aufgenommen – nur mein Dementi.«

Holly hob die Schultern. Ihr Selbstvertrauen war etwas erschüttert.

»Jetzt machen wir Ernst.« Buchanan trat näher. »Ziehen Sie sich aus.«

Sie riß den Kopf hoch. »Was?«

»Ziehen Sie sich aus, oder ich besorge das.«

»Das kann doch nicht wahr sein!«

»Meine Dame, wenn Sie Männer im Zug anmachen, müssen Sie damit rechnen, daß selbige etwas mehr als schöne Worte wollen. Ziehen Sie sich aus!«

»Lassen Sie mich in Ruhe!«

Draußen trommelte jemand an die Abteiltür.

»Imponiert mir«, sagte Buchanan. »Schneller, als ich dachte.«

Auf Hollys Gesicht spiegelten sich Furcht, Erleichterung und Verwirrung.

Buchanan öffnete die Tür einen Spalt. Ein großer Kerl in den Dreißigern – mit eckigem Kinn, breitschultrig, Typ Ex-Footballspieler – wollte gerade die Schulter dagegen rammen. Buchanans plötzliches Erscheinen überraschte ihn.

»Und wen haben wir hier?« fragte Buchanan. »Den Ehemann?«

Der mürrische Mann sah an ihm vorbei, um sich zu überzeugen, daß Holly unversehrt war.

»Oder den Boyfriend? Antworten Sie«, drängte Buchanan, »mir fällt kein anderer Begriff ein.«

»Einen Eingeweihten.«

»Dann können Sie sich ja unserer Party anschließen.« Buchanan forderte den Mann zum Eintreten auf. »Es lohnt nicht, im Korridor zu stehen und die Nachbarn zu wecken. Ich hoffe nur, wir passen alle rein in dieses enge Loch.«

Der Typ trat langsam ein, das kantige Gesicht argwöhnisch verkniffen.

Buchanan spürte den Druck der breiten Schultern gegen seine Seite. Es gelang ihm, die Tür zu schließen. »Ein Glück, daß Sie nicht noch mehr Gäste mitgebracht haben. Dann wäre der Sauerstoff knapp geworden.«

»Lassen Sie die Scherze«, forderte ihn der Kerl auf. »›Ziehen Sie sich aus‹ – was bezweckten Sie mit dieser Aufforderung?«

»Ich wollte *Sie* kennenlernen, Mister«, antwortete Buchanan.

Dem Hünen blieb vor Staunen der Mund offen stehen.

»Der Recorder da ist ein bißchen arg auffällig«, erklärte Buchanan der Journalistin. »Sie wollten, daß ich ihn finde. Ich hätte mich nach dem Abschalten sicher gefühlt. Ich hätte was gesagt, was ich später nicht hätte dementieren können. Ihr Wort gegen mein Wort. Was ich jedoch nicht erfahren sollte: Meine interessanten Aussagen würden durch ein zweites Mikrofon, irgendwo an Ihrem Körper befestigt, an Ihren Partner weitergegeben, der in einem Abteil in der Nähe wartete. Das Mikro war nur zu finden, wenn ich eine Leibesvisitation durchführte, also dachte ich: Versuch's doch und sieh mal, was passiert.« Er wandte sich an den Mann. »Und hier sind Sie.«

»Sie ...« Holly sprach den Fluch nicht aus.

»Gibt es noch etwas, was Sie wissen möchten? Es ist nämlich spät, und ich bin müde. Ich brauche etwas Schlaf.«

»Kommen Sie, Holly«, forderte der Bodyguard sie auf.

Buchanan drückte sich an der Wand entlang und öffnete mit einiger Mühe die Tür. »Danke – Sie haben Bier und Sandwiches bezahlt. Sie wissen, wie man einen Mann bei guter Laune hält.«

Hollys Augen wurden ganz schmal. »Ich bleibe.«

»Seien Sie vernünftig«, ermahnte sie der Begleiter.

»Ich weiß, was ich tue.«

»Ich finde das alles sehr aufregend«, unterbrach sie Buchanan. »Aber ehrlich – ich bin müde.«

»Ich auch. Aber ich bleibe.«

»Einverstanden ... Wenn Sie das von meiner Ehrlichkeit und Ehrbarkeit überzeugen kann. Sie können sich gern vergewissern, daß ich selbst im Schlaf nichts Besonderes auszuplaudern habe.«

»Holly! Überlegen Sie sich das genau«, warnte sie ihr Gorilla.

»Ich bin absolut sicher, daß mir nichts passiert, Ted.«

»Stimmt, Ted«, sagte Buchanan. »Ihr passiert nichts. Ich verspreche, ihr nicht die Kleider vom Leib zu reißen. Gute Nacht, Ted.« Buchanan ließ ihn hinaus. »Bleiben Sie auf dieser Welle. Ich schnarche – hoffentlich stört Sie das nicht beim Schlafen.«

Ted verschwand in einem Abteil drei Türen weiter. Buchanan winkte ihm erleichtert nach und kehrte dann zu Holly zurück.

Er schloß die Tür hinter sich ab und sah seinen Übernachtungsgast fragend an. »Welche Position ist Ihnen lieber? Oben oder unten?«

»Machen Sie sich keine falschen Vorstellungen. Ted ist ein kräftiger Bursche. Wenn er glaubt, daß ich nicht sicher bin, wird er ...«

»Welche Koje, hätte ich gern gewußt.«

»Wie bitte?«

»Ich spreche von Betten.« Buchanan zog mit einem Hebeldruck das obere Bett herunter und begann, das untere für die Nacht herzurichten. »Ich weiß nicht, was Sie bei mir erreichen wollen. Abgesehen davon schlage ich vor, wir werfen eine Münze hoch und klären, wer zuerst ins Bad geht. Und wenn Sie zufällig keine Zahnbürste dabei haben, können Sie meine benutzen.«

8

»Ich habe sie mehrmals gefragt, woher sie meinen richtigen Namen und so viele meiner Pseudonyme kennt und wie sie mir folgen konnte.« Buchanan stand in einer Telefonzelle in der verkehrsreichen Loyola Avenue unweit des Bahnhofs in New Orleans. Es war ein feuchtwarmer Tag unter einem Oktoberhimmel von verschwommenem Blau, doch er achtete nur auf die Worte am Telefon und auf einen möglichen Verfolger.

»Wir klären das«, sagte die tiefe Stimme des Kontaktoffiziers. »Ändern Sie Ihre Pläne nicht und tun Sie, was Sie sich vorgenommen hatten. Wir melden uns wieder. Wenn es neue Probleme gibt, rufen Sie uns sofort an. Vergessen Sie folgendes nicht: Das angebliche Belastungsmaterial – die Fotos – beweist gar nichts.«

»Eigentlich dürfte sie die Aufnahmen gar nicht mehr haben. Was war in Fort Lauderdale los, nachdem ich weg war? Das Problem sollte doch gelöst werden.«

»Wir gingen davon aus, daß die Frau nur eine Hilfskraft war. Niemand hat geahnt, daß sie Journalistin ist. Als sie nicht wieder aufkreuzte, schien sie nicht mehr wichtig. Bleiben Sie gelassen. Genießen Sie Ihren Urlaub. Die Frau kann nichts beweisen.«

»Berichten Sie dem Colonel, daß er auf einem der Bilder ebenfalls zu sehen ist.«

»Ich berichte es ihm. Bleiben Sie heute abend zwischen sechs und acht Uhr in Ihrem Hotelzimmer, falls wir Kontakt mit Ihnen aufnehmen wollen. Nach acht behalten Sie die vor Ihrer Abreise vereinbarten Treffpunkte im Auge.«

Unzufrieden legte Buchanan auf, nahm seine Reisetasche und verließ die Telefonzelle.

Holly McCoy und ihr Begleiter spähten hinter den Bäumen eines nahegelegenen Parks hervor. Verdammt, dachte Buchanan, und ging ihnen entgegen. »Jetzt reicht es mir. Ich lasse mir durch Ihre ständige Schnüffelei nicht den Urlaub vermiesen.«

Holly McCoy war enttäuscht, daß er sie entdeckt hatte. »Wen haben Sie angerufen? Ihre Vorgesetzten, um ihnen zu sagen, daß wir Ihnen auf die Schliche gekommen sind?«

»Einen alten Freund, der hierhergezogen ist. Das geht Sie aber gar nichts an.«

»Beweisen Sie es. Kommen Sie, wir besuchen ihn. Wie heißt er?«

»Verehrteste, die Sache wird dadurch nicht besser, daß Sie ...«

»Holly. Bitte nennen Sie mich Holly. Nachdem wir beinahe die Nacht miteinander verbracht haben, können wir uns auch mit dem Vornamen anreden, finde ich.«

Buchanan wandte sich an den Begleiter. »Was immer man Ihnen zahlt, es ist nicht genug. Sie müssen ihr die ganze Zeit zuhören – geraten Sie da nicht in Versuchung, sich einen Strick um den Hals zu legen und allem ein Ende zu machen?« Er steuerte auf den Eingang eines Postamts zu.

»Brendan!« rief Holly.

Buchanan reagierte nicht.

»Bren!«

Buchanan ging weiter.

»He!« rief sie. »In welchem Hotel wohnen Sie?«

Er wandte sich um. »Warum soll ich es Ihnen leicht machen? Verdammt, finden Sie es doch selber raus.«

Vor dem Postamt stieg gerade ein Fahrgast aus einem Taxi. Buchanan warf sich hinein und nannte sein Ziel. Der Fahrer fädelte sich in den Verkehrsstrom ein, und Buchanan hörte noch Hollys beinahe verzweifelt klingenden Ruf:

»He, wohin fahren Sie, Buchanan?«

Aber er war nicht mehr Buchanan.

9

Um Juana in New Orleans zu helfen, mußte er Peter Lang auferstehen lassen, denn schließlich hatte dieser ihr seine Unterstützung versprochen. Und Peter Lang hatte sich in sie verliebt. Doch Holly McCoy verfolgte nicht Peter Lang, sondern Brendan Buchanan. Also mußte dieser die Journalistin täuschen und von ihrem Vorhaben abbringen. Also würde sich Peter Lang als Buchanan ausgeben müssen, der wiederum Peter Lang spielen würde, um die Orte zu besuchen, die ihm vor sechs Jahren so gefallen hatten.

Peter Lang wäre sicherlich in einem Hotel im Französischen Viertel abgestiegen, das Brendan Buchanan theoretisch genausowenig kannte wie New Orleans und seine abendlichen Attraktionen. Also hatte er ein erstklassiges Hotel gewählt, das allerdings weit weniger malerisch war – das Holiday Inn-Crowne Plaza. Die Reservierung lautete auf den Namen Brendan Buchanan. Er trug sich ins Gästebuch ein und ließ sich zu seinem Zimmer im elften Stock bringen. Nachdem der Boy gegangen war, verriegelte er die Tür, nahm die Pistole und Victor Grants Paß aus der Reisetasche und steckte sie ein. Denn das Zimmer könnte ja durchsucht werden.

Zwei Minuten später begab er sich über die Feuertreppe in das Foyer. Er sah sich nach allen Seiten um – Holly McCoy war nicht in Sicht –, verließ das Hotel und bestieg das Taxi, das er hatte warten lassen.

»Wo soll's denn hingehen, Sir?« fragte der Fahrer, ein älterer Schwarzer mit silberweißem Haar.

»Zum Metairie-Friedhof.«

»Jemand verstorben, Sir?«

»Und ob.«

»Beileid, Sir.«

Im Sitz zurückgelehnt, bewunderte Buchanan scheinbar die Sehenswürdigkeiten, als das Taxi durch die Tchoupitoulas Street fuhr, die Schnellstraße 90 erreichte und sich der Metairie Road näherte.

Wie viele andere alte Friedhöfe in New Orleans, so zeichneten auch den riesigen, im Jahre 1873 gegründeten Metairie Cemetery lange Reihen von Galeriegräbern aus. Jedes war mehr als dreißig Meter lang und vier Etagen hoch, mit Nischen versehen, die, nachdem man die Särge hineingeschoben hatte, zugemauert worden waren. Das am Mississippi gelegene Areal war so flach, daß Bestattungen im vorigen Jahrhundert wegen des feuchten Bodens über der Erde erfolgen mußten. Zwar hatte die moderne Kanalisation seither die Bodenfeuchtigkeit gesenkt, doch nun bestand eine Tradition, so daß die meisten Begräbnisse auch heute noch auf die alte Weise stattfanden.

Peter Lang war häufig hierhergekommen, denn der Metairie Cemetery hatte ihm am besten gefallen. Als Vorwand für die Besuche diente seine Vorliebe für das Schaurige und sein Interesse für Geschichte; der wahre Grund jedoch war, daß sich die zahllosen Ecken und Winkel ausgezeichnet für tote Briefkästen eigneten.

Diesmal trieb Buchanan-Lang ein anderes Motiv hierher: die Erinnerung an Juana. Sie hatte ihn oft bei seinen Besuchen begleitet, und bald entsprach ihre Bewunderung für alte Gräber der seinen. Er erinnerte sich ganz besonders daran, wie entzückt sie beim erstenmal von dem Miniaturmausoleum der Josie Arlington war, vor vielen Jahren eine der bekanntesten Bordellwirtinnen der Stadt. Josie hatte verfügt, daß ihr Grab aus rotem Stein gebaut und mit Granitfackeln verziert werde. Als Buchanan-Lang nun vor dem Bauwerk stand, glaubte er Juanas Lachen zu hören. Der Dunst am Himmel hatte sich aufgelöst. Aus tiefem Blau stach unbarmherzig die Sonne, und in der plötzlichen Helle, die mit dem düsteren, zerfallenden Friedhof kontrastierte, wähnte er, Juana neben sich zu haben, mit zurückgeworfenem Kopf, strahlend lächelnd, die Hand auf seiner Schulter. Er hätte sie gern umarmt.

Und an diesem Abend würde er es tun.

»Ich hätte dich nie aufgeben dürfen«, sagte er, als hätte er Juana vor sich. »Mein Leben wäre ganz anders verlaufen. Ich habe ernst gemeint, was ich vor sechs Jahren sagte: Ich liebe dich. Zumindest liebt dich Peter Lang.«

Und was ist mit Buchanan-Lang? fragte er sich.

10

Sechs Uhr abends.

Den Anweisungen folgend, wartete er in seinem Hotelzimmer. Zunächst spielte er mit dem Gedanken, beim Zimmerservice etwas zu essen zu bestellen, doch er hatte keinen rechten Appetit. Er dachte nur an Juana und stellte sich das Wiedersehen mit ihr vor. Unaufhörlich zog in seiner Fantasie der letzte gemeinsam verbrachte Abend vor sechs Jahren an ihm vorüber, und er bedauerte noch immer die versäumte Gelegenheit, mit ihr zusammenzubleiben.

Er saß auf einem Sessel, und mit einem Mal war der Raum in Dunkel getaucht. Um den Sonnenuntergang zu bewundern, hatte er die Vorhänge nicht zugezogen. Eben noch war der Himmel blutrot gewesen, jetzt war er pechschwarz. Verwirrt sah er auf die Uhr.

Viertel zehn?

Nein, das war nicht möglich. Die Schatten narrten ihn wohl, er konnte die Zahlen auf dem Leuchtzifferblatt nicht erkennen. Er schaltete die Tischlampe an und sah nochmals auf die Uhr. Nein, er hatte sich nicht geirrt. Unbemerkt waren mehr als drei Stunden vergangen. Mein Gott, dachte er, das ist schon das dritte oder vierte Mal in den letzten drei Tagen. Bin ich denn so geistesabwesend, daß ich meine Umgebung völlig vergesse?

Er begab sich ins Badezimmer und ging dann auf und ab,

um wieder ein Gefühl für Bewegung zu bekommen. Als er am Telefon auf der Kommode vorbeikam, sah er bestürzt, daß die kleine rote Warnleuchte aufblinkte.

Aber ich habe doch das Telefon gar nicht läuten hören, dachte er.

Da er befürchtete, sein Kontaktoffizier könnte versucht haben, ihm Instruktionen durchzusagen, wählte er rasch den Operator.

Nach dreimaligem Klingeln meldete sich eine weibliche Stimme. »Zentrale.«

Er gab sich Mühe, ruhig zu sprechen. »Hier Zimmer elf vierzehn. Meine Warnleuchte blinkt auf.«

»Einen Augenblick, Sir, ich sehe mal ... Ja. Mrs. Holly McCoy hat um dreiviertel sechs eine Nachricht hinterlassen. Sie lautet: ›Wir wohnen im selben Hotel. Warum treffen wir uns nicht später?‹ Wenn Sie möchten, Sir, kann ich Sie mit dem Zimmer der Dame verbinden.«

»Nein, vielen Dank. Das ist nicht nötig.«

Buchanan legte mit gemischten Gefühlen auf. Er war erleichtert, denn er hatte keine dringende Nachricht seiner Vorgesetzten versäumt. Ebenso beruhigend war es, daß die Mitteilung von Holly McCoy notiert wurde, *bevor* er in sein Zimmer zurückgekehrt war. Der Journalistin war es also gelungen, sein Hotel ausfindig zu machen. Ihn störte nicht nur ihre Beharrlichkeit, es war noch etwas anderes. Wie war sie auf seine Spur gekommen? War sie so hartnäckig, daß sie in Hunderten von Hotels in und um New Orleans angerufen und sich nach ihm erkundigt hatte?

Als ich das Zimmer buchte, hätte ich einen anderen Namen benutzen sollen, dachte er. Nun mal langsam. Gerade die falschen Namen haben dir das ja eingebrockt. Wenn Holly McCoy gemerkt hätte, daß du ein Zimmer unter einem Pseudonym buchst, dann wäre sie erst recht mißtrauisch geworden. Deine Vorgesetzten hätten sich gewundert, warum in aller Welt du ein Zimmer unter einem nicht genehmigten Pseudonym reservierst. Du bist hier auf Urlaub, nicht bei einem Einsatz.

Doch eigentlich war es sehr wohl ein Einsatz, und die

vereinbarte Zeit für das Treffen war nahegerückt: Er mußte um elf Uhr im Café du Monde sein.

Er vergewisserte sich, daß das graue Sportsakko die Pistole verdeckte, die er hinten in den Gürtel gesteckt hatte, verließ das Zimmer, schloß ab und ging schnell die Feuertreppe hinunter.

11

Auf fast unheimliche Weise ähnelte die Nacht jener Nacht vor sechs Jahren. Wie Buchanan draußen feststellte, lag ein Anflug von Regen in der milden Oktoberluft, und vom Mississippi wehte eine angenehme Brise herüber, genau wie damals.

Sorgfältig hielt er nach Holly McCoy Ausschau. Auf dem Weg durch die Tchoupitoulas Street ging er absichtlich langsam, um nicht aufzufallen, und eine weitere Parallele zu dem Abend vor sechs Jahren drängte sich ihm auf. Es war Halloween. Viele Passanten waren kostümiert, und die beliebteste Verkleidung schien das Skelett zu sein: ein schwarzes, eng anliegendes Gewand mit phosphoreszierenden, aufgemalten Knochen, dazu eine schwarze Larve, auf der in Weiß ein Totenschädel prangte. Da so viele Leute ähnlich aussahen, war er nicht sicher, ob er verfolgt wurde. Holly McCoy brauchte ja nichts weiter zu tun, als eine Maske zu tragen und darunter das auffällige rote Haar zu verbergen.

An diesem Abend fiel Buchanan tatsächlich auf, denn er gehörte zu den wenigen Menschen, die nicht kostümiert waren. Beim Überqueren der Canal Street in Richtung Vieux Carré drang Musik an sein Ohr, erst schwach, dann deutlicher, das anschwellende Dröhnen des Schlagzeugs und die Klage des Blues. Bands auf der Straße standen im Wettstreit mit den Musikern in den Bars. Jazz in vielen Stilen pulsierte durch die engen, bevölkerten Straßen des Französischen Viertels, wo die Halloween-Fans zur Feier der Nacht der Toten tanzten, sangen und tranken.

Buchanan versuchte, in der Menge unterzutauchen. Bis zum Rendezvous am Café du Monde blieb ihm weniger als eine Stunde, und er wollte dies nutzen, um das Treffen mit Juana abzusichern.

Er fand das Gedränge lästig. Es hinderte ihn, so schnell wie möglich voranzukommen und gelegentlich in einem Hof oder einer Gasse zu verschwinden. Jedesmal, wenn er seine Ausweichtaktik anwenden wollte, stand er plötzlich vor einer Gruppe von Menschen, und kein Verfolger hätte Mühe gehabt, ihm auf den Fersen zu bleiben. Einem Straßenhändler kaufte er eine Teufelsmaske ab und merkte sofort, daß sie seine Sicht stark behinderte. Da er mit Leuten zusammenstieß, nahm er sie wieder ab. Jetzt war es fast elf Uhr, er mußte sich zum Café du Monde durchkämpfen.

Am schmiedeeisernen Zaun des Hackson Square entlang ging er bis zur Decatur Street, wartete im Dunkel und behielt den Treffpunkt im Auge.

Hier herrschte zu seinem Erstaunen nicht solch ein Gedränge und Lärm wie in anderen Straßen. Er sah sich mehrmals um – kein Verfolger zu sehen. Und doch fühlte er sich beobachtet. Endlich verließ er seinen Posten, überquerte den Platz und näherte sich dem Café du Monde. Er war, so schien ihm, in die Wirklichkeit zurückgekehrt.

Es war ein großes, massives Gebäude, das durch seine Fassade auffiel; sie bestand aus hohen, breiten Torbogen, die das Café praktisch zum Terrassenlokal machten. Bei heftigem Regen wurde das Innere durch grün-weiß gestreifte Markisen geschützt, doch im allgemeinen – wie an diesem Abend – trennte lediglich ein hüfthohes Eisengeländer die Gäste im Restaurant von den Passanten. Wie vor sechs Jahren war es auch an diesem Abend voller als gewöhnlich, und auf dem Bürgersteig warteten Gäste in langer Reihe geduldig auf Einlaß.

Buchanan suchte vergebens nach Juana und hoffte, daß sie sich angesichts der Menschenmenge entschlossen hatte, draußen auf ihn zu warten. Sie würden den Trubel hinter sich lassen und Arm in Arm einen ruhigeren Ort aufsuchen.

Zum Café du Monde gehörte ein Anbau, kleiner als der

Hauptteil, mit einem grün-weißen Dach, das von weit auseinanderstehenden weißen Pfosten getragen wurde. Suchend glitt sein Blick über die Leute, die dort eng beieinander um kleine runde Tische saßen. Aber keine Juana. Er wechselte den Standort, um das Innere des Restaurants aus einem anderen Winkel zu sehen, ließ jedoch auch die Schlange der Wartenden nicht aus den Augen.

Was ist nun, wenn sie sich zur Vorsicht auch kostümiert hat, überlegte er. Dann ist sie für mich nicht zu erkennen. Vielleicht nahm sie sich auch einfach Zeit, bevor sie sich ihm näherte. Entschlossen, sie zu finden, betrat er das Restaurant. Sie mußte hier sein. Die Postkarte konnte nichts anderes bedeuten: Sie brauchte seine Hilfe.

»He, Kumpel, anstellen«, rief eine Stimme.

»Sir, warten Sie bitte, bis Sie an der Reihe sind«, forderte ihn ein Kellner auf.

»Verstehen Sie, ich bin mit jemandem verabredet und ...«

»Bitte, Sir. Am Ende der Schlange.«

Er trat zurück auf den Bürgersteig. Seine Kopfschmerzen wurden schlimmer, als er, auf den Zehenspitzen stehend, das Gewühl im Inneren überflog. Eine kostümierte Gruppe schob sich an ihm vorbei, er wirbelte herum. Ob vielleicht Juana zu ihnen gehörte?

Das Messer fuhr ihm in die Seite. Scharf, erst kalt, dann heiß. Es war wie ein Faustschlag, und er verlor das Gleichgewicht. Er stöhnte. Beim Anblick seines Blutes schrie jemand auf. Die Menschen drängten hastig zur Seite, ein Mann stieß ihn an. Buchanan versuchte, den Blutfluß aufzuhalten, und rutschte aus. Das Eisengeländer stürzte scheinbar auf ihn zu.

Nein! schrie er unhörbar. Nicht auf den Kopf! Nicht schon wieder! Ich darf mir nicht den Kopf ...!

Achtes Kapitel

I

Cuernavaca, Mexiko

Die schwarze Limousine und die Begleitfahrzeuge rollten im Schneckentempo über die Insurgentes-Sur-Autobahn, denn im Wochenendverkehr vom smogverpesteten Mexico City gen Süden gab es den üblichen Stau. Nach ungefähr sechzig Kilometern erreichte die Kolonne Cuernavaca, den beliebtesten und gleichzeitig teuersten Ferienort der Hauptstädter. Es war nicht schwer zu verstehen, warum die Reichen und Mächtigen an jedem Weekend hierherkamen. Geschützt in einem schönen, bewaldeten Tal gelegen, besaß Cuernavaca Weite, Stille, angenehmes Klima und vor allem saubere Luft. Hier hatten schon die Azteken-Herrscher ihre Paläste erbaut, später auch Cortez.

Die Limousine glitt durch die vornehmen Straßen eines ruhigen Wohngebiets und hielt vor dem wuchtigen Eisentor einer Villa. Majestätische, schattenspendende Bäume überragten die hohe Steinmauer, die das weitläufige Grundstück umschloß. Der uniformierte Chauffeur stieg aus und näherte sich einem hinter dem Zaun stehenden bewaffneten Posten. Sie wechselten ein paar Worte, der Fahrer zeigte ein amtliches Schreiben vor, und die Wache rief aus einem Holzhäuschen neben der Einfahrt im Haus an. Wenig später kam der Soldat zurück, öffnete das Tor und gab der Limousine den Weg frei. Als die anderen Wagen folgen wollten, hielt er sie mit erhobener linker Hand zurück, während ein zweiter Wächter erschien und das Tor verschloß.

Als der Wagen des Besuchers vor den Stufen des Palazzos hielt, öffnete sich eine der breiten Doppeltüren, und ein aristokratisch wirkender Herr mit Schnurrbart trat heraus – Esteban Delgado. Daß er keinen Diener zur Begrüßung seines Gastes geschickt hatte, sollte ein Ausdruck seiner Ehrerbietung sein. Er wirkte noch dünner als vor einer Woche in

Acapulco. Das Adlergesicht war bleich, und er selber hätte fast den Gerüchten über seinen ernsten Gesundheitszustand geglaubt, hätte er nicht gewußt, daß er lediglich unter unerträglicher Spannung litt. Am Fuß der Freitreppe stehend, zwang er sich zu einem Lächeln, als Raymond ausstieg, der junge Amerikaner mit dem angenehmen Äußeren. Man hatte den Eindruck, daß dieser Mann gute Laune ausstrahlte, doch Delgado ließ sich nicht täuschen; denn selbst wenn er lächelte, blieb seine Miene kalt.

Raymond übersah den Hausherrn. Er machte sich kurz ein Bild von der Sicherheit des Grundstücks, war mit wenigen Schritten am Wagen und öffnete die Tür. Ein älterer Mann mit dicken Augengläsern und dichtem weißen Haar stieg aus.

»Professor Drummond, ich hatte keine Ahnung, daß Sie mich besuchen wollen.« Delgados Heiterkeit wirkte gezwungen. »Anderenfalls hätte ich Ihnen zu Ehren einen Empfang gegeben.«

Drummond schüttelte Delgado fest die Hand, fixierte ihn und antwortete nach kurzem Schweigen auf spanisch. »Ich hatte geschäftlich in Mexico City zu tun und wollte etwas mit Ihnen besprechen. Von Ihrem Büro erfuhr ich, daß Sie sich hier aufhalten. Wenn Sie eine Stunde für mich Zeit hätten ...«

»Gewiß doch.« Delgado geleitete Drummond und seinen Assistenten die Treppe hinauf. »Es ist mir eine Ehre, Sie in meinem Heim begrüßen zu dürfen. Die Diener werden uns einige Erfrischungen bringen. Hätten Sie gern Rum und Coca-Cola? Oder vielleicht ...«

»Ich bin Antialkoholiker. Aber trinken Sie ruhig, wenn Sie möchten.«

»Ich könnte selbstverständlich auch Limonade kommen lassen.«

Sie traten in die matt erleuchtete Villa und durchquerten die kühle Marmorhalle, wo ihre Schritte widerhallten. Am Ende eines Korridors führte Delgado Drummond und Raymond in ein mahagonigetäfeltes, mit Ledermöbeln ausgestattetes Arbeitszimmer, das Jagdtrophäen, aber auch zahlreiche Gewehre in Glasvitrinen enthielt, darunter kostbare Stücke. Raymonds Augen verrieten Interesse, was selten vorkam. Schon brachten zwei Diener die Erfrischungen und verschwanden umgehend wieder. Weder Drummond noch Raymond berührten ihre Gläser.

Drummond lehnte sich zurück, gebieterisch und kerzengerade saß er da, die langen Arme auf die Sessellehnen gestützt. »Ich vermute, Ihre Mitarbeiter haben es Ihnen bereits mitgeteilt, aber wir müssen darüber sprechen, wie wir uns verhalten wollen.«

Delgado tat, als verstehe er nicht.

»Die Frau, Señor. Es wird Sie nicht überraschen zu hören, daß sie verschwunden ist.«

Delgado blieb das Herz beinahe stehen, doch er ließ sich nichts anmerken. »Ja, die Frau. Tatsächlich habe ich Informationen erhalten, daß sie verschwunden sei.«

»Und?«

Delgado versuchte, seiner Stimme einen harten Klang zu geben. »Was gedenken Sie zu unternehmen?«

»Ich habe bereits alle Hebel in Bewegung gesetzt, um sie aufzuspüren. Alles wird durchforscht – ihr gesamter Background, jeder nur erdenkliche Ort, jede Person, von der sie Unterschlupf oder Hilfe zu erwarten hätte.«

»Und doch haben Sie zwei Wochen nach der Flucht noch nichts erreicht.«

Drummond nickte zustimmend. »Ihre Gewährsleute arbeiten ausgezeichnet.«

»Das beantwortet meine Frage nicht. Was gedenken Sie zu unternehmen?«

»Ihre Person betreffend? Nichts«, antwortete Drummond. »Unsere Vereinbarung gilt nach wie vor.«

»Dem kann ich nicht zustimmen. Sie haben die Vereinbarung nicht eingehalten. Sie versicherten mir, Sie könnten die Frau unter Kontrolle halten. Sie betonten, daß sie mein Problem lösen würde.«

»Das hat sie getan.«

»Zeitweilig. Da sie jedoch geflohen ist, bleibt das Problem bestehen.«

Drummond kniff die Augen zusammen. »Da bin ich anderer Meinung. Dieses Verschwinden kann Ihnen nicht zur Last gelegt werden.«

»Und wenn sie singt?«

»Das wird sie nicht. Hätte sie das beabsichtigt, wäre es bereits geschehen. Nur so kann sie ihr Leben retten. Sie weiß, daß wir sie andernfalls zur Vergeltung exekutieren würden. Aus Prinzip. Ich glaube, aus Furcht wird sie schweigen. Und um ein Zeichen zu geben, daß wir von ihr nichts zu befürchten haben, sofern wir sie in Ruhe lassen. Ich müßte sagen: Daß sie nichts zu befürchten haben. Denn es ist schließlich Ihr Problem. Ich habe Ihnen nur einen Dienst erwiesen, indem ich Ihnen die Möglichkeit einer Korrektur Ihres Desasters anbot.«

Wut trieb Delgados Puls in die Höhe. »Unsinn. Es geht um eine geschäftliche Vereinbarung.«

»Ich lasse mich nicht auf Wortklaubereien ein. Ich wollte Ihnen nur mitteilen, daß ich mein Vorhaben durchzuführen gedenke – trotz des Verschwindens der Frau.«

Die Spannung hielt Delgado nicht mehr auf seinem Platz. »Das dürfte für Sie schwierig werden. Der Direktor des Nationalinstituts für Archäologie und Geschichte ist wütend, weil Sie die Grabungsstätte in Yucatán kontrollieren. Er drängt die Regierung zu einer umfassenden Untersuchung.«

»Halten Sie ihn davon ab«, warnte Drummond.

»Er ist dazu entschlossen.«

Nun erhob sich Drummond. »Ich brauche bloß noch ein paar Wochen. Ich habe es fast geschafft. Ich lasse mich nicht bremsen.«

»Geben Sie acht, daß Sie nicht scheitern.«

»Ich scheitere nie.« Drummond wurde wütend. »Ich bin ein unversöhnlicher Partner. Wenn Sie mich enttäuschen, dann werde ich veranlassen, daß Sie es bereuen.«

»Wie das? Wenn Sie die Frau nicht aufspüren und sie den Mund hält.«

»Sie diente nur dem Zweck, Sie zu schützen. Um Sie zu kompromittieren, benötige ich nur dies.« Drummond schnalzte mit den Fingern.

Raymond öffnete seine Aktentasche und überreichte Drummond einen großen Briefumschlag, der eine Videokassette enthielt.

Drummond gab das Kuvert an Delgado weiter. »Natürlich eine Kopie. Gehen Sie vorsichtig damit um. Lassen Sie das Band nicht herumliegen. Ihre Frau oder Ihre Tochter könnten neugierig werden. Oder der Präsident. Sie wollen doch nicht, daß er es in die Finger bekommt. Ein politischer Skandal wäre eine Gefahr für seine Regierung und würde selbstverständlich Ihre Chancen zunichte machen, sein Nachfolger zu werden.«

Delgado umklammerte die Videokassette, Schweiß rann ihm über den Rücken.

Auf einmal öffnete sich die Tür. Delgado sah erschrocken seine Frau eintreten. Intelligent, kultiviert und gebildet, beherrschte sie ihre Rolle als Ehefrau eines einflußreichen Politikers perfekt. Sie war die Schwester von Delgados bestem Freund, dem Präsidenten Mexikos. Sie fand sich mit der häufigen Abwesenheit ihres Mannes ab und wußte zweifellos über seine Affären Bescheid. Doch war sie immer zur Stelle, wenn er bei öffentlichen Anlässen ihrer symbolischen Unterstützung bedurfte.

»Entschuldige, wenn ich störe, mein Lieber. Ich wußte nicht, daß du Besuch hast. Wie geht es Ihnen, Mr. Drummond?« fragte sie in tadellosem Englisch.

»Ausgezeichnet«, antwortete Drummond auf spanisch. »Und wie geht es Ihnen? Hoffentlich gut, Señora.«

»Danke, mir geht es gut. Darf ich Sie zum Dinner einladen?«

»Vielen Dank, aber ich kann leider nicht länger bleiben. Wir, Ihr Mann und ich, hatten nur ein paar Dinge zu besprechen. Ich muß nach Europa fliegen.«

»Sie sind uns jederzeit willkommen«, sagte sie. »Esteban, ich gehe in den Garten.« Sie schloß die Tür.

Im Zimmer herrschte betretenes Schweigen.

»Denken Sie darüber nach«, nahm Drummond das Gespräch wieder auf. »Seien Sie kein Narr und machen Sie nicht alles kaputt, wofür Sie so hart gearbeitet haben. Wahren Sie die Chance, noch Größeres zu erreichen. Betrachten Sie das Video, vernichten Sie es und halten Sie sich an die Abmachungen.«

Delgado ließ sich seine rasende Wut nicht anmerken. Du bedrohst mich, dachte er. Du gefährdest mein Verhältnis zu Frau und Tochter. Eines Tages aber wirst du keine Macht mehr über mich haben. Und dann vernichte ich dich.

»Übrigens, der Direktor des Nationalinstituts für Archäologie und Geschichte ...«, sagte Drummond. »Als ich Sie aufforderte, ihn an weiteren Einmischungen zu hindern, meinte ich, Sie sollten ihn entfernen. Ersetzen Sie ihn durch jemand, der kompromißbereit ist, keinen Ärger macht und sich für finanzielle Zuwendungen erkenntlich zeigt.«

2

New Orleans

»Willkommen unter den Lebenden. Wie fühlen Sie sich?«

Buchanan war verlegen. Er verstand nicht sofort, was die weibliche Stimme gefragt hatte, und antwortete zögernd.

»Es schmerzt.«

»Das glaube ich.« Die Frau lachte leise. Es klang nicht spöttisch, sondern drückte Mitgefühl aus.

Es dauerte noch etwas, bevor Buchanan begriff, daß er im Krankenhaus lag. Er wußte nicht, was ihn mehr quälte, der pochende Schädel oder die stechende rechte Seite. Der Kopf war dick umwickelt, und die Seite fühlte sich steif an.

»Ich habe mir Sorgen gemacht.«

Er sah sie scharf an, denn er hatte eine Krankenschwester erwartet, die sich über sein Bett beugte, oder gar – als ein Geschenk des Himmels – Juana. Doch die Stimme hatte keinen lateinamerikanischen Akzent. Der Anblick des roten Haars ließ ihn bestürzt erraten, wer vor ihm stand.

»Bleiben Sie ruhig«, sagte Holly McCoy. »Alles in Ordnung. Sie kommen bald wieder auf die Beine.«

»Nun, Sie sind ja wieder zu sich gekommen.« Ein Arzt

war eingetreten, sein weißer Kittel hob sich beinahe gleißend von der schwarzen Haut ab. Er betrachtete die Fieberkurve, die am Fußende des Bettes hing. »Die Nachtschwestern mußten Sie in regelmäßigen Abständen wecken, um Ihre Nervenreaktionen zu testen. Erinnern Sie sich daran?«

»Nein.«

»Erinnern Sie sich an mich?«

»Nein.«

»Gut. Denn ich habe Sie auch gar nicht behandelt, als Sie gestern abend auf die Unfallstation gebracht wurden. Beantworten Sie meine Fragen ehrlich. Sagen Sie jedesmal, was Ihnen auf Anhieb einfällt. Verstehen Sie?«

Buchanan nickte und zuckte bei dieser Bewegung vor Schmerz zusammen.

»Wissen Sie, warum Sie hier liegen?«

»Niedergestochen.«

»Wieder eine richtige Antwort. Wissen Sie, wo?«

»Seite.«

»Nein, ich meine, an welchem Ort man Sie niedergestochen hat.«

»Vieux Carré. Café du Monde.«

»Genau. Sie wurden auf dem Bürgersteig vor dem Restaurant überfallen. Sobald Sie sich kräftig genug fühlen, erwartet die Polizei Ihre Aussage. Allerdings hat Ihre Bekannte meines Wissens bereits die meisten notwendigen Angaben gemacht.«

Holly nickte.

»Wenn Sie glauben, daß geteilter Schmerz halber Schmerz ist – Sie sind nicht der einzige«, beruhigte ihn der Arzt. »Gestern nacht wurden mehrere Opfer von Straßenräubern eingeliefert, und nicht alle hatten soviel Glück wie Sie. Bei einigen ist der Zustand kritisch.«

»Straßenräuber?«

»Ich habe der Polizei den Täter beschrieben«, sagte Holly. »Obwohl das nicht weiterhilft. War als Pirat verkleidet. Gestern waren fast alle Leute maskiert.« Sie hielt ihm einen Plastikbecher hin und steckte ihm ein gebogenes Trinkröhrchen zwischen die Lippen. Das Mineralwasser war erfrischend.

»Sie befinden sich im medizinischen Zentrum der Universität von Louisiana«, erklärte der Arzt. »Man hat Ihre Wunde mit zwanzig Stichen genäht. Sie haben Glück gehabt. Wichtige Organe wurden nicht verletzt. Eher eine lange Schnittwunde, die Klinge ist nicht tief eingedrungen.«

Die Polizei weiß demnach Bescheid, dachte Buchanan. Verflucht, ich hatte eine Waffe bei mir. Sie wurde bestimmt gefunden. Und der gefälschte Paß von Victor Grant. Man wird wissen wollen …

»Als sie hinfielen, haben Sie sich am Kopf verletzt. Gehirnerschütterung«, sagte der Arzt. »Der neurologische Befund scheint negativ zu sein. Auch wenn es Sie langweilt, daß jeder Ihnen dieselben Fragen stellt … Zum Beispiel: Wie viele Finger sind das?«

»Drei.«

»Wie alt sind Sie?«

»Zweiunddreißig.«

»Wie heißen Sie?«

Keine Antwort.

»Wie heißen Sie?« wiederholte der Arzt.

»Peter Lang.« Buchanan stieß heftig den Atem aus.

»Nee. Falsch. Die Papiere in Ihrer Brieftasche, die der Räuber übrigens nicht erwischt hat, nennen einen anderen Namen.«

»Brendan Buchanan.«

»Schon besser. Noch einmal: Wie heißen Sie?«

»Brendan Buchanan.«

»Warum zuerst Peter Lang?«

»Ein Freund von mir. Muß ihm dringend mitteilen, was mit mir los ist.«

»Mrs. McCoy kann ja für Sie anrufen. Sagen Sie Ihrem Freund, er brauche sich keine Sorgen zu machen. Die Gehirnerschütterung scheint nicht so schwer zu sein, wie der CT-Befund vermuten ließ.«

Wenn meine Brieftasche den angeblichen Straßenräuber vielleicht gar nicht interessiert hat? Aber was hat er dann gewollt, überlegte Buchanan. Und dann: In meinem Paß steht gar nicht ›Brendan Buchanan‹, sondern ›Victor Grant‹.

Warum hat der Arzt meine falsche Antwort als richtig bezeichnet? Als nächstes wird man mich wegen der Pistole befragen. Scheiße!

Eine Schwester maß ihm den Blutdruck. »Einhundertfünfzig zu fünfundsiebzig.«

Der Arzt nickte zufrieden. »Könnte schlimmer sein. Versuchen Sie, die Augen so weit wie möglich zu öffnen. Ich muß Ihnen mit dieser Lampe in die Pupillen leuchten. Gut. Folgen Sie meiner Hand. Lassen Sie mich mal Ihre Reflexe an den Kniegelenken testen. Jetzt streiche ich Ihnen mit dem Perkussionshammer über die Fußsohlen. Sehr schön. Ihre Reflexe sind normal, die Lunge ist in Ordnung. Der Herzschlag ist kräftig und regelmäßig. Ich bin optimistisch. Versuchen Sie zu ruhen. Heute nachmittag komme ich wieder.«

»Ich bleibe bei ihm.« Holly gab Buchanan noch einmal zu trinken.

»Während er ruht, soll er möglichst wenig sprechen. Andererseits soll er nicht viel schlafen. Erst, wenn ich sicher bin, daß keine Gefahr mehr besteht.«

»Verstehe. Ich will ihm nur ein Gefühl der Geborgenheit geben«, sagte Holly.

»Liebevolle Zuwendung kann nie schaden.« Schon im Gehen sah sich der Arzt noch einmal um. »Über Wunden können Sie sich eigentlich nicht beklagen, Mr. Buchanan. Wie sind Sie zu der Schulterverletzung gekommen?«

»Ah, sie stammt ...«

»Ein Unfall auf dem Wasser«, warf Holly rasch ein. »Eine Schiffsschraube.«

3

Ungeduldig wartete Buchanan, bis der Arzt und die Schwester gegangen waren, dann drehte er den Kopf und sah Holly groß an.

Sie lächelte gewinnend. »Möchten Sie noch Wasser?«

»Was ist hier los?« Buchanan bereitete das Atmen

Mühe, seine Stimme war bloß ein rauhes Flüstern. »Wie bin ich …?«

»Überanstrengen Sie sich nicht. Gestern abend bin ich Ihnen vom Hotel aus gefolgt.«

»Wie haben Sie erfahren, wo ich wohne?«

»Das ist vertraulich. Alles andere habe ich Ihnen erzählt. Lassen Sie mich reden. Irgendwann – so dachte ich – muß er ja das Hotel verlassen. Hinten gibt es nur den Dienstboteneingang. Ich konnte mir aber nicht vorstellen, daß Sie die Angestellten auf sich aufmerksam machen wollten, also wartete ich vor dem Hotel, auf der anderen Straßenseite. Sie wissen, ich habe Ted dabei, und er behielt die Hinterfront im Auge. Wir verständigten uns per Funksprechgerät. Als Sie auf die Straße traten, war ich eine von vielen Maskierten. Ich bin Ihnen gefolgt.«

Holly ließ ihn trinken. »Übrigens, habe ich die Frage des Arztes nach Ihrer Schulterverletzung richtig beantwortet? Ein Unfall auf dem Wasser? Das hat doch Victor Grant vor der mexikanischen Polizei ausgesagt, nicht wahr?«

»Ich weiß nicht, was Sie meinen.«

»Schon gut.«

Ihm fielen langsam die Augen zu. Woher bloß kriegt sie ihre Informationen, dachte er noch.

4

Der Arzt deutete auf das unberührte Thunfisch-Sandwich. »Ihr mangelnder Appetit macht mir Sorgen.«

»Krankenhausessen habe ich noch nie gemocht.«

»Mr. Lang …«

»Buchanan.«

»Richtig, Mr. Buchanan. Ich wollte Sie nur testen. Wenn Sie bald entlassen werden wollen, sollten Sie das Sandwich essen und die Schwester um ein zweites bitten.«

Buchanan riß sich zusammen und griff nach dem Brot.

»Kommen Sie, ich helfe Ihnen«, sagte Holly.

»Lassen Sie. Der Doktor will wahrscheinlich sehen, ob ich es selber kann.«

»Sie sind ein Menschenkenner. Sobald Sie Ihr Sandwich gegessen haben, möchte ich, daß Sie aufstehen und sich etwas Bewegung verschaffen. Ins Bad gehen, zum Beispiel. Ich muß mich davon überzeugen, daß die Beine und Ihr ganzer Körper funktionieren.«

»Hat Ihnen schon mal jemand gesagt, daß Sie ein Sklaventreiber sind?«

Der schwarze Nachkomme von Sklaven zog die Augenbrauen hoch. »Wenn Sie schon scherzen können, sind Sie auf dem Weg der Besserung. Nach dem Lunch untersuche ich Sie noch einmal.«

Kaum war er gegangen, legte Buchanan den Rest des Sandwiches auf den Teller.

»Würden Sie das wohl für mich aufessen oder wegwerfen, damit es aussieht, als hätte ich alles vertilgt?«

»Seien Sie tapfer und essen Sie, damit Sie hier rauskommen.« Hollys smaragdgrüne Augen glitzerten spitzbübisch.

»Wie kriegen Sie Ihre Augenfarbe hin? Mit getönten Kontaktlinsen?«

»Französische Augentropfen, sie betonen die eigene Augenfarbe. Viele Filmstars benutzen sie. Den Trick habe ich gelernt, als ich in Los Angeles arbeitete. Das wäre übrigens was für Sie, wenn Sie Ihr Äußeres ändern wollen. Da brauchten Sie nicht mit getönten Kontaktlinsen herumzufummeln.«

»Warum sollte ich mein Aussehen verändern?«

Sie war wütend. »Sie geben sich nicht geschlagen.«

»Genausowenig wie Sie. Gestern abend – was ist geschehen? Sie haben nicht zu Ende berichtet.«

»Ich bin Ihnen durch das Vieux Carré bis zum Café du Monde gefolgt. Es war inzwischen elf Uhr. Sie schienen jemanden zu suchen.«

»Einen alten Bekannten, mit dem ich verabredet war. Im Café du Monde.«

»Ich stand gegenüber, konnte also nicht alles sehen. Sie

kamen aus dem Café schnell wieder heraus. Es entstand ein Gedränge, als eine Schar Maskierter hereinwollte, die sich wie Betrunkene benahmen. Einer von ihnen – er war als Pirat verkleidet – rempelte Sie an. Und plötzlich griffen Sie sich an die Seite und wirbelten herum. Eine Frau schrie auf. Die Leute gingen Ihnen schnell aus dem Weg. Sie stolperten über jemanden und schlugen mit dem Kopf auf das Geländer. Ich rannte zu Ihnen und beobachtete noch, daß der Kerl im Piratenkostüm ein Messer in den Gürtel steckte und in der Menge auf der Straße verschwand. Ich rannte zu Ihnen und versuchte, das Blut zu stillen. Inzwischen rief ein Kellner wegen eines Rettungswagens an.«

»Wird Ihnen beim Anblick von Blut nicht kodderig?«

»Wo denken Sie hin? Wenn Sie mir unter den Händen wegsterben, kann ich meine Story nicht zu Ende schreiben.«

»Und ich dachte die ganze Zeit, Sie fühlen sich von meiner Person angezogen.«

»Von welcher Person? Sie haben sie so oft gewechselt.«

Er schob den Rest des belegten Brotes beiseite. »Ich gebe es auf. Mir fällt nichts weiter ein, womit ich Sie überzeugen könnte, daß ...«

»Sie haben völlig recht. Es gibt nichts, womit Sie mich überzeugen könnten. Und die Ereignisse des gestrigen Abends haben mich in meiner Meinung noch bestätigt. Der Verkleidete wollte Sie nicht ausrauben – das habe ich der Polizei nur vorgeschwindelt, damit sie keinen Verdacht schöpft. Nein, das war kein versuchter Raubüberfall, sondern versuchter Mord.« Sie richtete sich auf. »Warum? Mit wem wollten Sie sich treffen?«

»Holly, bitte! Ich möchte auch etwas fragen. Ich hatte etwas bei mir. Wenn das die Polizei gefunden hat, wird sie sich darüber mit mir unterhalten wollen.«

Holly ließ ihn in ihre Handtasche blicken. »Meinen Sie das hier?«

Es war seine halbautomatische Beretta.

»Ich entdeckte sie, als ich mich um Sie bemühte. Bevor Polizei und Rettungswagen eintrafen, habe ich sie Ihnen unbemerkt abgenommen.«

»Hat nichts zu bedeuten. Trage sie nur zu meinem Schutz.«

»Klar. Zum Beispiel bei einem Wiedersehen mit einem alten Bekannten. Selbst wenn Sie einen Waffenschein haben, hätte die Armee etwas dagegen, daß Sie im Urlaub bewaffnet herumlaufen.«

»Was soll das? Heutzutage sind viele Leute bewaffnet. Der Raubüberfall zeigt, warum.«

»Versuchter Mord, kein Raubüberfall.«

»Das bestätigt meine Meinung. Irgendein Idiot ist besoffen, vielleicht high von Drogen. Er hat ein Piratenkostüm an. Plötzlich glaubt er, wirklich einer zu sein, und sticht zu.«

»Das soll ich Ihnen abkaufen?«

»Hören Sie, ich habe keine Ahnung, warum er mich niedergestochen hat. Meine Theorie ist so gut wie jede andere.«

»Würden die Bullen Ihnen das abnehmen, wenn sie die anderen Sachen bei Ihnen gefunden hätten?«

Andere Sachen? Buchanan lief es kalt über den Rücken.

Nach einem Blick zur Tür griff sie in ihre Handtasche und zog unter der Pistole einen Paß hervor. »Die Sanitäter mußten Ihnen das Jackett ausziehen, um die Verletzung untersuchen zu können. Ich sagte ihnen, ich sei Ihre Freundin, und habe es an mich genommen. Zum Glück – für Sie.« Sie blätterte in dem Paß. »Victor Grant. Na, so was. Kein schlechtes Foto von Ihnen. Damals war Ihr Haar etwas kürzer. Zunächst hätten die Bullen Sie für einen Drogenhändler gehalten. Was ja fast der Wahrheit entspricht, sofern man weiß, daß Sie an geheimen Operationen wie Scotch and Soda beteiligt sind.« Holly steckte das Dokument wieder weg. »Nun? Ihnen fallen doch sonst immer so viele vernünftige Erklärungen für Ihr ungewöhnliches Verhalten ein. Welche Geschichte haben Sie diesmal auf Lager?«

Buchanan zog sich den Salatteller heran.

»Plötzlich hungrig? Wollen Sie Zeit gewinnen, bis Ihnen eine Begründung für die gefälschten Papiere eingefallen ist?«

Er legte die Gabel hin und seufzte. »Lassen Sie die Finger

davon. Tun Sie sich selber einen Gefallen und ziehen Sie sich diskret zurück. Vergessen Sie, was Sie da gesehen haben.«

»Kann ich nicht. Ich wollte schon lange den Pulitzerpreis. Und dafür kriege ich ihn.«

»Nehmen wir einmal an, Sie haben recht.« Buchanan hob die Hand. »Ich gebe nichts zu, ich stelle nur Vermutungen an. Die Leute, mit denen Sie es zu tun bekämen, spielen durchaus nicht nach Ihren Regeln. Sie haben ja keine Ahnung. Anstelle des Pulitzerpreises wartet ein Sarg auf Sie.«

»Soll das eine Drohung sein?«

»Es ist eine wohlgemeinte Warnung.«

»Glauben Sie nicht, daß ich mich abgesichert habe? Kopien meiner Aufzeichnungen liegen bei fünf verschiedenen Menschen, denen ich vertraue.«

»Klar. Zum Beispiel bei Ihrem Anwalt, Ihrem Redakteur, Ihrer besten Freundin.«

»So ist es.«

Buchanan schüttelte den Kopf. »Nun hören Sie mir mal gut zu, Holly. Wenn das, was Sie da herausgefunden zu haben glauben, wirklich so toll wäre, hätte man die Story schon längst veröffentlicht. Sie haben nichts weiter als Verdachtsmomente. Alle sind widerlegbar. Wenn aber jemand sich durch Ihre Notizen bedroht fühlt, ist es ihm ganz gleichgültig, ob Sie Kopien bei anderen Leuten deponiert haben. Es würde einfach beschlossen, Sie aus dem Weg zu räumen.«

»Und was ist mit Ihnen?«

»Sie meinen, ob *ich* Sie aus dem Weg räumen will? Warum sollte ich? Nochmals: Ich habe mit der ganzen Sache nichts zu tun. Ich habe Ihnen bloß einen Rat gegeben.«

»Nein, ich meinte, ob Sie sich nicht bedroht fühlen.«

»Wie kommen Sie darauf?«

»Wäre dieser Einsatz legal, würden Sie nicht unter Ihrem richtigen Namen reisen und einen gefälschten Paß bei sich tragen. Das hätten Ihre Leitoffiziere gar nicht gern. Nach allem, was in Mexiko und Florida vorgefallen ist, glauben sie,

sie hätten einen Revolverhelden in ihren Reihen. Sie werden sich fragen, was zum Teufel Sie mit einer Pistole und mit Papieren anstellen, die Sie offiziell gar nicht besitzen. Sie haben nämlich noch ganz andere Probleme als mich am Hals. Da gibt es bestimmt einen Plan, wie Sie mit Ihren Leitoffizieren in Verbindung bleiben. Wenn Sie den nicht eingehalten haben, werden die schon nervös sein. Am besten, Sie rufen dort mal an.«

»Falls Ihre Vermutung richtig sein sollte – glauben Sie wirklich, ich würde in Ihrer Gegenwart anrufen? Von einem ungesicherten Telefon aus?«

»Unternehmen Sie jedenfalls etwas. Die Herren verlieren sonst womöglich die Geduld mit Ihnen. Vergessen Sie nicht: Je länger Sie sich nicht melden, desto mehr verstärkt sich bei denen der Eindruck, daß Sie Ihrer Aufgabe nicht mehr gewachsen sind.«

Der Arzt kam zurück. »Wie ich sehe, hat sich Ihr Appetit wieder eingestellt.«

»Ja, ich bin gleich mit dem Salat fertig.«

»Dann machen Sie Ihren kleinen Spaziergang ins Bad. Mal sehen, ob ich mich dann dazu durchringe, Sie zu entlassen – unter die Obhut Ihrer fürsorglichen Freundin, versteht sich.«

5

In Turnschuhen, Jeans und einem kurzärmeligen blauen Hemd, die Holly ihm als Ersatz für seine blutbeschmierten Kleidungsstücke besorgt hatte, fühlte sich Buchanan in dem Rollstuhl wie ein Invalide. Die Krankenschwester, die ihn vom Lift durch die überfüllte Eingangshalle des Krankenhauses schob, bestand darauf, daß er sitzen blieb.

»Ich habe Ihnen versichert, daß ich gehen kann.«

»Bis Sie stolpern, hinfallen und dann das Hospital verklagen. Sobald Sie vor dieser Tür stehen, können Sie tun, was Sie wollen. Bis dahin bin ich für Sie verantwortlich.«

Sie half ihm beim Aufstehen. »Haben Sie nicht behauptet, Sie werden abgeholt?«

»Richtig«, log Buchanan.

Wo war Holly? Normalerweise hätte er Erleichterung verspürt, nicht mehr durch ihre Fragen belästigt zu werden, aber im Augenblick machte er sich Gedanken. Die Pistole und der Paß – er mußte sie zurückhaben. »Ich warte hier auf der Bank. Meine Bekannte wird gleich da sein.«

»Alles Gute, Mr. Buchanan.«

»Ich bin Mr. Lang.«

Die Schwester warf ihm einen fragenden Blick zu und zog mit dem Stuhl ab.

Kaum war sie im Haus verschwunden, war er wieder auf den Beinen. Er hatte sich nicht im Rollstuhl transportieren lassen wollen, weil er vor dem Verlassen des Krankenhauses noch telefonieren mußte.

Ohne zu wanken, betrat er wieder die Halle und ging auf eine Reihe von Telefonen zu. Mit zitternder Hand steckte er die Münzen in den Schlitz und sprach kurz darauf bereits mit einem der Leitoffiziere.

»Wo haben Sie gesteckt?« fragte die barsche Stimme.

Buchanan sprach so leise wie möglich und war froh, daß die Telefone neben ihm nicht benutzt wurden. »Ich lag im Krankenhaus.«

»Was war los?«

»Ein Kerl hat versucht, mich auszurauben«, log er. »Ich habe ihn nicht kommen sehen, er hat mich von hinten niedergestochen.«

»Meine Güte. Bei uns herrschte Aufregung, als Sie heute früh nicht an einem der Treffpunkte erschienen sind. Wir haben ein Team parat, falls Sie in Schwierigkeiten sind.«

»Ich hatte Glück. Die Verletzung ist nicht schlimm. Da ständig Schwestern ein und aus gingen, habe ich es nicht gewagt, bei Ihnen anzurufen, zumal die Telefongespräche im Hospital automatisch registriert werden. Jetzt habe ich zum erstenmal Gelegenheit, ungestört anzurufen.«

»Wir haben uns ganz schön Sorgen gemacht.«

»Entwarnung. Ich wurde am Treffpunkt erwartet – das bedeutet, es gibt eine Nachricht für mich. Wie lautet sie?«

»Es geht um die Reporterin aus dem Zug ... Ist Ihr Telefon wirklich sicher?«

»Ja.«

»Hier also die Mitteilung. Brechen Sie Ihren Urlaub nicht ab. Kümmern Sie sich nicht um die Frau. Wir unternehmen etwas, das sie garantiert abschreckt.«

Buchanan packte den Hörer fester.

»Finden Sie sich programmgemäß an den Treffpunkten ein. Wir informieren Sie, wenn es etwas Neues gibt. Over!«

Buchanan legte auf und starrte auf den Apparat, die Kehle trocken. ›Wir unternehmen etwas, das sie garantiert abschreckt.‹ Was, zum Teufel, sollte das bedeuten? ›Abschrekken‹ konnte vieles heißen. Man konnte Holly bei ihrem Vorgesetzten miesmachen, sie zu bestechen versuchen oder ihr einen gehörigen Schreck einjagen ... oder ... Buchanan mochte sich nicht vorstellen, daß Holly das Ziel einer ›finalen Abschreckung‹ sein könnte.

Nein, dachte er. Sie werden eine Journalistin nicht beseitigen, schon gar nicht eine von der ›Washington Post‹. Das würde der Story eher neue Nahrung geben.

Als er sich gerade die bange Frage stellte, wo sie wohl sein mochte, sah er sie. Holly saß nicht weit entfernt auf einem Stuhl, sie trug ein helles Jackenkleid, das ihr rotes Haar und die grünen Augen schön zur Geltung brachte.

Buchanan verbarg seine Überraschung.

Sie kam näher. »Haben Sie sich bei Ihren Vorgesetzten gemeldet?«

»Habe nur einen Bekannten angerufen.«

»Wer's glaubt ...«

»Schluß jetzt! Verschwinden Sie sofort aus meinem Leben und aus dieser Stadt.«

»Ich soll unsere nette Beziehung beenden? Sie versuchen nur, meine Gefühle zu verletzen.«

»Ich beschwöre Sie: Halten Sie sich von mir fern. Sie sind in Gefahr!«

»Was soll das heißen?«

Buchanan durchquerte die Halle und ging auf den Ausgang zu.

»So leicht werden Sie mich nicht los.« Ihre hohen Hacken machten kaum ein Geräusch auf dem Teppichboden. »Ich muß Ihnen etwas zeigen.«

»Bin nicht interessiert.« Er blieb an einem Springbrunnen stehen, schluckte zwei Tabletten, wischte sich das Wasser vom Mund und wandte sich dem Ausgang zu. »Woran ich tatsächlich interessiert bin: Ich will meine Sachen wiederhaben.«

»Kommt nicht in Frage.«

»Holly.« Er drehte sich abrupt um. »Tun wir mal so, als sei ich wirklich der, für den Sie mich halten. Was würde Ihnen nach Ihrer Meinung geschehen, wenn ich meinen Vorgesetzten erzähle, daß sich mein gefälschter Paß in Ihrem Besitz befindet?«

Die smaragdgrünen Augen strahlten noch intensiver. »Sie haben ihnen also nichts von mir erzählt?«

»Wieso sollte ich?«

»Ich war nicht sicher, ob Sie es tun. Sie wollen Ihre Vorgesetzten demnach nicht wissen lassen, daß Sie diesen Paß verloren haben. Wozu brauchen Sie ihn überhaupt? Können Sie nicht Ihren eigenen Paß benutzen?«

»Nein.« Buchanan betrachtete forschend die Menschen in der Nähe des Eingangs. »Ich besitze keinen. Mir ist nie einer ausgestellt worden.«

Sie standen jetzt auf der lauten Straße. »Wo ist Ihr Freund Ted? Ich dachte, daß er Sie ständig begleitet.«

»Er hält sich in der Nähe auf und wacht über meine Sicherheit.«

»Mit seinem Funksprechgerät? Ich rede nicht mehr mit Ihnen, oder Sie beweisen mir, daß nichts aufgezeichnet wird.«

Sie öffnete die Tasche. »Schauen Sie nach: kein Recorder!«

»Und meine Sachen sind auch nicht mehr drin. Wo haben Sie sie?«

»An einem sicheren Ort.«

Ein Paar kletterte aus einem Taxi und ging auf das Krankenhaus zu. Buchanan stieg überstürzt in den Wagen, und Holly drängte sich nach ihm hinein.

»Wohin?« fragte der Taxifahrer.

»Zum Crowne Plaza. Holly, ich spaße nicht. Ich will unbedingt meine Sachen wiederhaben. Geben Sie mir Ihren Zimmerschlüssel. Ich hole meinen Kram. Sie packen Ihren Koffer und melden sich ab.«

»Wer sagt Ihnen, daß ich das Hotel verlassen will?«

»Weil Sie sich nicht länger in meiner Nähe blicken lassen dürfen. Noch deutlicher kann ich es Ihnen nicht sagen.«

»Sie versuchen schon wieder, mich zu erschrecken.«

»Genau, und ich hoffe, meine Dame, es ist mir einigermaßen gelungen.«

6

»Bis hierher«, wies Buchanan den Fahrer an.

»Aber es sind noch zwei Blocks, Sir.«

»Ist in Ordnung. Machen Sie eine Stadtrundfahrt mit der Dame und kommen Sie in einer Viertelstunde zurück.« Buchanan fixierte Holly. »Ihren Zimmerschlüssel.« Er streckte die Hand aus.

Holly gehorchte. »Wird Ihnen allerdings nichts nützen. Ihre Sachen sind nicht in meinem Zimmer.«

»Wo sind sie? In Teds Zimmer?«

Sie schwieg.

»Holly, weder Sie noch Ihr Freund sollten sich mit meinem Eigentum erwischen lassen. Es wäre Ihrer Gesundheit nicht zuträglich.«

Ihr Gesicht erblaßte leicht, endlich schien sie seine Warnung verstanden zu haben. »Was kriege ich dafür?«

»Seelenfrieden.«

»Das reicht mir nicht.«

»Was verlangen Sie?«

»Ich möchte mich weiter mit Ihnen unterhalten.«

»Ich bin in einer Viertelstunde vor dem Hotel und nehme Sie in Empfang.«

Sie seh ihm in die Augen. »Okay. Die Sachen liegen in Teds Zimmer.«

»Wahrscheinlich haben Sie keinen Schlüssel.«

»Aber ja doch.« Sie gab ihm den Schlüssel. »Für den Fall, daß ich Ihre Sachen in Teds Abwesenheit holen wollte.«

»Sie haben sehr klug geplant.« Buchanan stieg aus.

7

Die zwei Blocks kamen ihm wie drei Kilometer vor. Im Gehen befreite sich Buchanan von seinem Kopfverband und warf ihn in einen Abfalleimer. Als er das Crowne Plaza erreichte, fühlte er sich leicht benommen, Schweiß stand ihm auf der Stirn.

Anstatt sofort Teds Zimmer aufzusuchen, entschied er sich dafür, zunächst nach seiner Post zu fragen. Im Foyer, in der Ecke neben dem Eingang, fiel ihm ein Mann Ende Zwanzig in einem blauen Blazer auf. Er saß in einem Sessel, las Zeitung und beobachtete ihn. Der Blick, mit dem er Buchanan maß, war kurz, aber intensiv. Und was den guten Agenten auszeichnet: Er ließ sich nicht anmerken, daß er Buchanan erkannt hatte.

Sie überwachen also das Hotel, dachte Buchanan. Sie halten aber möglicherweise nicht nach mir Ausschau, sondern nach Holly.

Ohne seinen Argwohn zu zeigen, ging er zum Empfang.

»Ja, Sir?«

»Haben Sie eine Nachricht für mich? Meine Zimmernummer ist …«

Der Angestellte wartete lächelnd.

»Meine Zimmernummer … Verdammt.« Buchanans Puls raste. »Ich habe sie vergessen.«

»Nicht schlimm, Sir. Sie brauchen mir bloß Ihren Namen

zu nennen. Der Computer ordnet ihn Ihrer Zimmernummer zu.«

»Victor Grant«, sagte Buchanan, ohne zu überlegen.

Der Angestellte tippte ihn ein, summte vor sich hin und sah auf den Bildschirm. Er runzelte die Stirn. »Tut mir leid, Sir. Dieser Name ist nicht erfaßt.«

»Victor Grant. Den müssen Sie doch haben.«

»Nein, Sir.«

Mein Gott, dachte Buchanan plötzlich. »Brendan Buchanan. Ich habe mich geirrt.«

»Wie soll ich das verstehen, Sir?«

»Ich bin Schauspieler, wir drehen hier in der Stadt einen Film. Im Film heiße ich Victor Grant. Ich habe mich so daran gewöhnt, daß ich ... Wenn ich mich derart mit einer Rolle identifiziere, müßte ich eigentlich allein schon dafür einen Oscar bekommen, meinen Sie nicht?«

»Jetzt haben wir es, Sir. Mr. Brendan Buchanan. Zimmer elf vierzehn. Nein, keine Nachricht für Sie.«

»Darf ich um meinen Schlüssel bitten? – Danke.«

Am Lift drückte er auf den Knopf und wartete, daß sich die Türen öffneten. Er spürte, daß der Mann vom Empfang ihm nachblickte. Nicht umdrehen, nicht umdrehen.

Bleib ruhig, Kumpel, auch wenn du deine Decknamen nicht mehr auseinanderhalten kannst und deine Zimmernummer vergißt.

Endlich öffneten sich die Türen. Er fuhr allein nach oben, sank schweißüberströmt gegen die Wand und fürchtete, sich übergeben zu müssen.

Zwei Etagen über seinem Zimmer stieg er aus und begab sich in Teds Zimmer. Er brauchte nicht einmal fünf Minuten, um die Waffe und Victor Grants Paß in dem Versteck unter der Matratze zu finden.

Buchanan betrachtete das Foto und war versucht, das Dokument zu zerreißen und im Waschbecken zu verbrennen. Schließlich war er hier in New Orleans, wenn nicht Brendan Buchanan, dann Peter Lang. Aber er verzichtete doch auf das Feuerchen in einem fremden Hotelzimmer.

Im Kleiderschrank fand er ein braunes Sportsakko, das

Ted gehörte. Obwohl dieser breitere Schultern hatte als er, paßte es ihm besser als erwartet. Er steckte den Paß in die Jacke und die Pistole hinter den Gürtel. Unbemerkt verließ er das Zimmer.

Auf dem Weg zu Hollys Apartment, zwei Türen weiter, dachte Buchanan über den Mann im blauen Blazer nach. Wenn das Hotel überwacht wurde, wäre dann nicht zu erwarten, daß auch jemand in Hollys Zimmer saß und sie packte, sobald sie eintrat? Vielleicht sollte ich mich da raushalten, vielleicht ist es klüger, direkt zum Lift zu gehen. Soll doch Holly selber achtgeben oder sich von ihrem Ted beschützen lassen. Ich habe, was mir gehört, warum sollte ich mir wegen Holly den Kopf zerbrechen! Doch je länger sie zögert, desto größer wird die Gefahr, daß einer auf sie lauert.

Er klopfte an ihre Tür, rief »Zimmerservice!«, klopfte abermals und schloß auf.

Niemand da. Im Handumdrehen stopfte er ihre Sachen in einen Koffer. Bei der Ankunft hatte Holly bestimmt die Nummer ihrer Kreditkarte angegeben. Auf einem Bord neben dem Fernsehgerät lag ein Formular für vorzeitig Abreisende, das er ausfüllte und aufs Bett legte. Erleichtert, daß sie nicht viel Gepäck besaß, schleppte er den Koffer und die Reisetasche die Feuertreppe hinunter und benutzte den Dienstbotenausgang. Die ganze Zeit sah er Hollys spitzenbesetzte Unterwäsche vor sich. Es war lange her, seit er sich zu einer Frau hingezogen gefühlt hatte. Er dachte nicht an Sex, sondern an Zuneigung, an Holly – und an Juana.

8

Die Anstrengung und die Hitze in seinem Körper trieben ihm den Schweiß aus allen Poren. Wegen der Verletzung mußte er den Koffer in der linken Hand tragen und die Reisetasche unter den linken Arm klemmen. Zum Glück war das Taxi schon da. Als der Fahrer bemerkte, daß Buchanan schwer zurechtkam, stieg er aus. »Kommen Sie, ich helfe Ihnen, Sir.«

Als Holly den Mann ihr Gepäck verstauen sah, öffnete sie die Wagentür und wollte aussteigen. »He, was soll das? Hab' ich gesagt, daß Sie meine Sachen packen sollen und daß ich ausziehen will?«

Buchanan drückte die Tür mit der ganzen Kraft seiner linken Hüfte vor Hollys Nase zu und sah dabei, daß sie nicht allein auf dem Rücksitz saß. »Nanu, lange nicht gesehen!« begrüßte er Ted durch das heruntergelassene Fenster.

»Ich habe ihn unterwegs einsteigen lassen«, erklärte Holly brummig. »Warum haben Sie nicht auch gleich für ihn gepackt?«

»Verzeihung, dafür reichte die Zeit nicht.«

»Jetzt spielen Sie also auch noch den Hoteldieb, Buchanan. Was unter der Matratze lag, mag Ihnen gehören. Aber das Sakko ist garantiert meines«, schimpfte Ted.

»Sehr gut beobachtet. Paßt wie angegossen – oder? Hier ist Ihr Schlüssel.«

Holly versuchte, die beiden abzulenken. »Haben Sie alles gefunden?«

»Sofort. Ted ist nicht sehr einfallsreich.«

»Und was fällt Ihnen ein? Sie bestimmen über mein Tun und Lassen, als wäre ich Ihre Sekretärin oder Ihre Komplizin. Verraten Sie mir wenigstens, wie es jetzt weitergeht – oder ich steige doch noch aus.«

»Bitte schön! Vielleicht sollten wir wirklich umkehren, damit ich Sie mit dem Typen bekannt machen kann, der im Foyer auf Sie wartet.«

»Soll das ein Witz sein?« fragte Holly.

»Ich hatte nicht den Eindruck, daß er Sinn für Humor hat.«

»Was Sie da reden, ist doch alles Scheiße«, fuhr Ted dazwischen.

»Für Sie vielleicht«, konterte Buchanan. »Was aus Ihnen wird, ist mir egal. Solange wir – Holly und ich – noch etwas miteinander zu klären haben, ist es mir lieber, sie ist in guter Verfassung.«

»Hören Sie auf, Panik zu machen«, warnte ihn Holly.

»Wohin geht die Fahrt, Sir?« Der Fahrer wartete.

»Die Schlepperei hat mich geschafft.« Buchanan wischte sich die Stirn ab. »Ich bin hergekommen, um mich an den Sehenswürdigkeiten zu erfreuen. Ich glaube, eine Dampferfahrt würde mir guttun. Bringen Sie uns doch zur Anlegestelle in der Toulouse Street. Es ist kurz vor halb drei, vielleicht erreichen wir die ›Natchez‹ noch.«

9

Die Dampforgel dudelte ›Way Down South in Dixie‹, der buntgeschmückte Raddampfer löste sich vom Kai und begann seine Fahrt den Mississippi stromaufwärts. Hunderte von Passagieren drängten sich auf den drei Decks an der Reling und betrachteten den vorüberziehenden Hafen, die Lagerhäuser, eine Raffinerie und ein Herrenhaus aus der Zeit vor dem Bürgerkrieg.

Den Fahrgästen schien die pralle Sonne nichts auszumachen, Buchanans Augen waren jedoch noch so empfindlich, daß er sich im Schatten des Baldachins am Heck aufhielt. Holly setzte sich neben ihn. Da die meisten Leute an der Reling lehnten, bestand kaum Gefahr, daß ihr Gespräch belauscht wurde.

»Ich verstehe nicht. Warum ein Dampferausflug?« Holly schüttelte den Kopf.

Buchanan trank einen Schluck Coca-Cola, die er für Holly und sich gekauft hatte, als sie an Bord gingen. »Ich brauche Zeit und einen Ort zum Nachdenken.« Er nahm noch zwei Schmerztabletten ein, schloß die Augen und legte den Kopf zurück.

»Sie hätten im Krankenhaus bleiben sollen.«

»Zuviel zu tun.«

»Ja, den schlammigen Mississippi betrachten. Es hat Ted überhaupt nicht gepaßt, daß er mit dem Gepäck zurückbleiben mußte.«

»Sie wollten mit mir sprechen – und ich mit Ihnen, aber mit keinem Dritten. Jetzt kann er uns nicht folgen. Und bald sind wir so weit entfernt, daß es keine Verbindung mehr zwischen Ihren beiden Funksprechgeräten gibt. Übrigens, wo haben Sie Ihres versteckt? In der Handtasche oder vielleicht hier?« Buchanan deutete auf ihren Ausschnitt.

»Okay.« Enttäuscht griff sie hinein, löste ein winziges Mikrofon und einen Miniatursender vom Büstenhalter und überreichte ihm beides. »Sie haben gewonnen.«

»Also worüber möchten Sie mit mir sprechen?«

»Zunächst mal die Frage: Wer wollte Sie töten? Bitte, tischen Sie mir nicht den Blödsinn über das Zufallsopfer eines Straßenräubers auf.«

»Wer – ja, das ist die große Frage. Okay, soviel will ich Ihnen erzählen. Ich bin nach New Orleans gekommen, um mich mit einem Bekannten zu treffen – das ist keine Lüge. Nur – es ist eine Frau. Das alles ist nicht geheim, es gibt also keinen Grund, es zu verschweigen. Seit sechs Jahren habe ich nichts von ihr gehört, aber vor wenigen Tagen schrieb sie mir eine Karte und bat um Hilfe. Sie ist ganz bestimmt nicht der Typ, der so etwas tut – außer es ist etwas Ernstes.«

»Diese Bekannte – war sie Ihre Geliebte?«

»Sind Sie Journalistin oder Klatschkolumnistin? Das geht Sie nichts an.«

»Sorry.«

Buchanan biß sich auf die Unterlippe. »Hätte meine Geliebte sein können – sein müssen. Vielleicht hätten wir sogar geheiratet.«

»Aber …?«

»Na, sagen wir so: mir fiel es schwer, mir darüber klar zu werden, wer ich eigentlich war. Jedenfalls sollte ich sie gestern abend im Café du Monde treffen. Sie ist nicht erschienen. Dafür kam der Kerl mit dem Messer.« Er lehnte sich im Liegestuhl zurück und glaubte, wieder den Druck der Waffe gegen den Rücken zu spüren. Da begriff er, daß die Pistole die Klinge abgelenkt und ihn vor einer gefährlicheren Verletzung bewahrt hatte.

Sein Mund war trocken, er trank einen Schluck. »Ist es Zufall, daß der Kerl auftauchte und mich als Opfer auswählte, während ich auf meine Freundin wartete, die merkwürdigerweise nicht erschien? Ich bemühe mich, meine Skepsis nicht zu übertreiben, aber solch einen Zufall kann man nicht einfach akzeptieren. Ich muß davon ausgehen, daß es zwischen meiner Bekannten und dem Messerstecher eine Verbindung gibt.«

»Und daß er versucht hat, Sie daran zu hindern, ihr wiederzubegegnen und ihr zu helfen?«

»Haben Sie eine bessere Erklärung?« fragte Buchanan.

»Nun, ich komme mit Ihrer Logik nicht klar. Da sie nicht gekommen ist, haben Sie nicht erfahren, was sie wollte. Folglich hätte man Sie nicht zu hindern brauchen, sie zu sehen.«

»Vielleicht befürchtete man, daß ich durchdrehen und alles daransetzen würde, sie zu finden und nach dem Grund ihres Hilferufs zu fragen.« Seine Stimme klang schärfer. »Wenn das zutrifft, war die Befürchtung gerechtfertigt. Denn genau das werde ich tun – sie suchen.«

10

Der Dampfer folgte einer Flußkrümmung.

»Im Krankenhaus meinten Sie, Sie hätten etwas, was ich mir ansehen sollte.«

»Ja, aber Sie haben mir ja keine Chance gegeben«, sagte Holly.

»Weil ich zuerst mein Eigentum zurückhaben wollte. Nun habe ich es wieder.« Er mußte das Spiel weiterspielen. »Was Sie mir zeigen möchten, sehe ich mir gern an. Ich tue alles, um Ihren Verdacht zu zerstreuen. Stellen Sie Ihre Fragen. Damit ich es hinter mir habe.«

Holly öffnete die Handtasche, warf ihm einen skeptischen Blick zu und zog drei zusammengefaltete Zeitungsausschnitte aus einem Umschlag.

Buchanan las das Datum auf dem ersten Artikel – »Eine Woche alt!« –, dann erst die Schlagzeile:

Explosion – drei Tote

> *Fort Lauderdale* – Gestern abend, kurz vor Mitternacht, zerstörte eine Explosion ein Auto auf dem Parkplatz von ›Paul's on the River‹ …

Buchanan ließ das Blatt sinken und wandte sich Holly zu. Auf keinen Fall durfte sie ihm etwas anmerken. »Drei Tote. Furchtbar. Aber was hat das mit mir zu tun? Warum zeigen Sie mir …?«

»Wollen Sie leugnen, daß Sie Robert Bailey kannten?«

»Ich weiß absolut nichts davon.« Er gab sich Mühe, ruhig zu erscheinen.

»Meist nannte er sich Big Bob Bailey. Vielleicht frischt das Ihr Gedächtnis auf.«

»Habe nie von ihm gehört.«

»Mein Gott, Buchanan, jetzt langt's aber! Sie und ich, wir wissen beide, daß er Ihnen in Cancún über den Weg lief. Ich war dort.«

Buchanan durchfuhr es wie ein Schlag.

»Ich saß in einer Ecke des Restaurants und habe alles beobachtet«, fuhr Holly fort. »Club Internacional. Dort hat Ihr ganzer Ärger begonnen – als Bailey Ihre Identitäten durcheinanderbrachte.«

Sie berichtete ihm, was sie von Bailey über die Vorgänge in Cancún gehört hatte.

»Sie sind keine Reporterin, sondern eine Märchentante. Wann soll das gewesen sein? Ich war nie in Cancún. Ich war nie …«

»Nicht unter Ihrem Namen Brendan Buchanan, aber als Ed Potter, verdammt noch mal. Ich sagte doch, daß ich im Restaurant saß, und Sie wissen, daß ich Sie vor dem Gefängnis in Mérida fotografiert habe. Das beweist zwar nicht, daß Sie Bailey kannten, aber ich war Zeuge, als die Polizei ihn zu Ihnen ins Gefängnis brachte. Die Bilder, auf denen Sie und Bailey in Fort Lauderdale zu sehen sind, kennen Sie ja bereits.«

»Ja, ich habe die Fotos betrachtet und gebe zu, daß einer der Männer mir entfernt ähnlich sieht. Aber ich war das nicht. Und in Fort Lauderdale bin ich nie gewesen.«

»Nicht als Brendan Buchanan, aber als Victor Grant sind Sie unbestreitbar in Fort Lauderdale gewesen.«

Er schüttelte den Kopf, wie um seine Enttäuschung darüber auszudrücken, daß sie an ihrer Wahnvorstellung festhielt. »Einer der Männer auf den Fotos ist also Bailey? Haben Sie diesen Mann gekannt?« fragte Buchanan weiter. »Sind Sie ihm gefolgt? Warum sind Sie so interessiert ...«

»Ich bin nicht ihm gefolgt, sondern Ihnen. Und warum ich an Bailey interessiert bin? Weil er für mich arbeitete!«

Buchanan verspürte einen Druck im Magen.

»Oh, er hat noch nicht für mich gearbeitet, als er Ihnen in Cancún über den Weg lief. Erst danach. Wie sagt man doch in Ihren Kreisen? Ich habe ihn angeworben. Eintausend Dollar zuzüglich der Spesen. Bailey war völlig abgebrannt. Er hat ohne zu überlegen zugegriffen.«

»Schmeißen Reporterinnen immer so mit Geld herum?«

»Tolle Story – hohe Unkosten.«

»Ihr Chefredakteur wird nicht sehr zufrieden sein mit Ihrem Bericht, fürchte ich.«

Hollys Wut war unbeschreiblich. »Bringt man Leuten wie Ihnen als erstes bei, alles abzustreiten, auch wenn es noch so offenkundig ist? Oder haben Sie den Kontakt zur Realität verloren und reden sich ein, das sei ja alles gar nicht so gewesen? Nur, weil es einem anderen passierte, wobei der andere Sie selber waren?«

»Das mit diesem Bailey tut mir leid«, sagte Buchanan. »Schrecklich. Doch glauben Sie mir – ich hatte nichts damit zu tun.«

Und das war seine ehrliche Meinung. Sie hatten Plastiksprengstoff in der Kühlbox versteckt, die ich ihm übergab, sagte er sich. Ich hatte keine Ahnung davon.

Buchanan las den zweiten Zeitungsausschnitt, den er in der Hand hielt.

Mord – Selbstmord

Fort Lauderdale – Von einem Nachbarn telefonisch herbeigerufen, untersuchte die Polizei heute morgen eine Schießerei in der Glade Street, Plantation. Sie fand Jack Doyle (34) und seine Frau Cindy (30) tot in ihrem Haus, beide durch Kugeln getötet. Es wird angenommen, daß Mr. Doyle, über die Krebserkrankung seiner Frau verzweifelt, die Schlafende mit einem 38er Revolver erschoß und anschließend Selbstmord beging.

Buchanan überflog die Notiz zunächst nur, dann las er sie Wort für Wort. Er merkte nichts von der Bewegung des Dampfers, hörte weder die stampfenden Maschinen noch das Plätschern des Schaufelrads. Er vergaß die Leute an der Reling, die Bäume am Ufer und die feuchtwarme Brise, die ihm über das Gesicht strich. Für ihn gab es nur das Stückchen Zeitungspapier.

»Tut mir leid«, sagte Holly.

Es dauerte eine Weile, bevor er merkte, daß sie gesprochen hatte. Er antwortete nicht. Wie gebannt sah er auf die Notiz.

»Wollen Sie behaupten, Sie kannten ihn nicht? Hüten Sie sich, denn ich habe Sie und Jack Doyle zusammen fotografiert.«

»Nein.« Was er gerade gelesen hatte, machte ihn benommen. Zum erstenmal in seiner langen Laufbahn als Undercoveragent tat er das Unvorstellbare: Er gab seine Tarnung auf. »Nein«, wiederholte er, »ich leugne es nicht. Ich habe Jack Doyle gekannt. Auch seine Frau Cindy, die ich gern mochte, sehr gern.«

»Mir fällt etwas auf.«

»Was?«

»Ihr Gesichtsausdruck. Sie sind ein verdammt guter Schauspieler, aber niemand ist perfekt. Sie haben tatsächlich nichts über den Tod von Bailey und den Doyles gewußt.«

»Stimmt.« Buchanan fiel das Sprechen schwer. »Ich habe es nicht gewußt.« Er griff nach der Cokebüchse und trank. Ihn beschlich kurz der Verdacht, daß er hereingelegt wurde und die Ausschnitte nicht echt waren. Im nachhinein war das, was Bailey und den Doyles geschehen war, vom Standpunkt der Operation und der taktischen Logik her so richtig, daß kein Zweifel mehr möglich war. Ja, er war getäuscht worden, doch nicht von Holly.

»Vielleicht war es Zufall«, sagte Holly, »daß Jack Doyle seine Frau in derselben Nacht getötet hat, in der Bailey in die Luft flog.«

»Nein.«

»Sie glauben, es war Doppelmord?«

»Es gibt keine andere Erklärung.«

»Wieso sind Sie so sicher?«

Buchanan deutete auf die Notiz. »›… die Schlafende mit einem 38er Revolver erschoß …‹ Nein!«

»Ich kann Ihnen nicht ganz folgen. Warum sollte er nicht einen 38er Revolver benutzen?«

»Weil er bei den SEALs war.«

»Ja, das ist eine Spezialeinheit der Navy. Trotzdem …«

»Er verstand etwas von Waffen. Für ihn war ein 38er bloß ein Spielzeug. Er hatte zwar einen – für Cindy, zu ihrem Schutz während seiner Abwesenheit. Aber es gab noch viele andere Schießeisen im Haus. Die Waffe seiner Wahl wäre eine 9-mm-Halbautomatik gewesen. Er liebte seine Frau so sehr, daß ich ihn um diese Liebe beneidete. Ihre Erkrankung war ernst, sie sprach nicht auf die Behandlung an. Und doch hatte sie noch nicht den Punkt erreicht, an dem die Schmerzen ihre Würde untergraben hätten. Wenn es soweit war, wenn Jack mit Cindys Einwilligung den Entschluß faßte, sie von ihrem Leiden zu erlösen, dann hätte er verdammt noch mal kein Kaliber benutzt, von dem er nichts hielt.«

»Ihre Welt ist so ganz anders als meine. Ethische Überlegungen, welche Waffe man bei einem Mord und Selbstmord am besten benutzt. Das soll kein Werturteil sein. Es ist nur so: Mein Vater war Anwalt und billigte Waffen nicht.

Von Filmen abgesehen, habe ich zum erstenmal eine gesehen, als ich über einen Bandenkrieg in Los Angeles berichtete.«

»Verstehe.« Buchanan hatte kaum zugehört.

»Also«, fragte Holly, »falls es sich um einen Doppelmord handelt, wer ist dafür verantwortlich? Die gleichen Leute, die Bob Bailey töteten?«

»Was weiß ich!«

»Sie kennen die dritte Meldung noch nicht.«

Er blickte auf den Text und hatte ein ungutes Gefühl.

Unfallopfer noch nicht gefunden

Fort Lauderdale – Taucher suchen weiter nach der Leiche von Victor Grant, dem vermutlich einzigen Insassen eines Mietwagens, der gestern nacht ein Geländer durchbrach und im Intracoastal Waterway südlich der Oakland Park Avenue versank. Zahlreiche leere Bierdosen lassen die Behörden vermuten, daß Grant betrunken war und die Kontrolle über den Wagen verlor. Im Unfallfahrzeug wurden ein Koffer und eine Windjacke mit einer Brieftasche und Victor Grants Ausweis gefunden. Die Polizei nimmt an, daß der Körper des Verunglückten aus einem offenen Fenster trieb und in einem der örtlichen Docks hängenblieb.

Buchanan glaubte, er sei abgestürzt und werde nie unten ankommen. »Ich habe mich nur deshalb nicht mit Händen und Füßen gesträubt, Ihnen den Paß zurückzugeben, weil ich jede Seite abfotografiert habe«, sagte Holly. »Ich besitze Bilder von Ihnen aus Fort Lauderdale und kann nachweisen, daß Sie mit Bailey und Doyle zu tun hatten. Diese Meldung liefert den Beweis, daß sich ein Mann namens Victor Grant in Fort Lauderdale aufhielt und in derselben Nacht verschwand, in der Bailey und Doyle starben. Sind Sie noch immer der Meinung, daß mein Chefredakteur von der Story enttäuscht sein wird?«

Buchanan zuckte zusammen, als sei er tatsächlich unten angekommen und dabei hart aufgeschlagen.

»Ich warte. Was halten Sie jetzt von meinem Bericht?«

»Die eigentliche Frage ist: Was fühle ich?« antwortete er.

»Ich verstehe nicht.«

»Daß Ehrgeiz die Menschen so dumm macht! Die Antwort lautet: Ich habe Angst. Und die sollten Sie auch haben. Ich bin ein Wahrsager, haben Sie das gewußt? Ich habe tatsächlich die Fähigkeit, die Zukunft vorauszusagen. Und nach dem, was ich eben von Ihnen gehört habe, garantiere ich Ihnen: Heute in vier Wochen sind Sie tot, wenn Sie nicht die Finger von Ihrer Story lassen.«

Holly traute ihren Ohren nicht.

»Und wenn ich nicht die Rolle meines Lebens spiele, blüht mir dasselbe.« Seine Stimme klang rauh. »Dafür werden die Leute sorgen, die Jack Doyle und Bob Bailey auf dem Gewissen haben. Drücke ich mich verständlich aus? Wollten Sie das hören?«

»Mir ist es egal, ob Sie es weiterhin abstreiten oder nicht ...«

»Hören Sie doch richtig zu!« Er sprach so laut, daß einige Leute in der Nähe aufmerksam wurden.

Er rückte näher, seine Stimme war ein heiseres Flüstern. »In Ihrer Welt fürchtet man, beim Verstoß gegen das Gesetz erwischt zu werden. In *meiner* Welt gelten andere Gesetze. Wenn man sich bedroht fühlt, erschießt man den anderen oder stürzt ihn auf die Straße oder überfährt ihn – und dann speist man gut und fühlt sich im Recht, weil man sich ja nur verteidigt hat. Morgen um diese Zeit sind Sie ganz bestimmt und unwiderruflich tot, wenn wir meine Leute bis dahin nicht überzeugen können, daß Sie keine Bedrohung darstellen. Da sogar ich Schiß habe, sind Sie bekloppt, wenn es Ihnen nicht ebenso geht.«

»Sie ziehen wieder eine Schau ab. Sie wollen mich bloß durch Tricks dazu bringen, auszusteigen.«

»Ich geb's auf«, stöhnte er.

11

Buchanan betrat die Empfangshalle des Crowne Plaza Hotels. Während er auf den Fahrstuhl wartete, merkte er, daß der Mann im blauen Blazer durch einen anderen im Jogginganzug ersetzt worden war. Auch er tat so, als läse er eine Zeitung und war in allem eine Kopie des ersten: nicht ganz dreißig Jahre alt, gut gebaut, kurzer Haarschnitt, stechender Blick.

Angehöriger des Militärs, dachte Buchanan, genau wie der andere. Sie warten noch auf Holly.

Er fuhr hinauf zum elften Stock und zog den Schlüssel aus der Tasche. Hollys Enthüllungen auf dem Schiff, dazu die Schmerzen in der Seite und am Kopf hatten ihn erschöpft. Er brauchte Ruhe, er mußte nachdenken.

In seinem Zimmer warteten drei Besucher auf ihn. Sie hatten sich nicht versteckt, denn sie wollten ihn nicht erschrecken und schon gar nicht zu einer defensiven Reaktion veranlassen. Es waren Alan, Major Putnam und Captain Weller, die attraktive Blondine; alle in Zivil. Captain Wellers Seidenbluse und ihr blauer Rock waren auffallend eng geschnitten. Anscheinend sollte ihr Outfit in der Öffentlichkeit von den beiden Männern ablenken.

Buchanan warf einen Blick ins Bad, entdeckte dort aber niemanden. Der Schrank stand offen – auch er war leer. Die späte Nachmittagssonne erhellte den Raum. Er zog den Schlüssel ab, verriegelte die Tür und blieb in etwa zwei Meter Entfernung von den dreien stehen.

»Sie scheinen nicht überrascht zu sein«, sagte der Major.

»Ich hatte mal einen Ausbilder, der erklärte uns immer: ›Das einzige, worauf Sie stets gefaßt sein müssen, ist das Unerwartete.‹«

»Ein guter Rat«, stimmte die Frau zu. »Wie ich höre, wurden Sie von einem Straßenräuber attackiert.«

»Auf den war ich allerdings nicht gefaßt.«

»Was macht die Verletzung?«

»Heilt. Wo ist der Colonel?«

»Er ist verhindert«, antwortete Alan. »Sind Sie nicht neugierig, wie wir hereingekommen sind?«

Buchanan schüttelte den Kopf.

»Captain.« Der Major war schlecht gelaunt. »Sie sind um dreiviertel zwei im Foyer beobachtet worden. Da wollten Sie wohl Ihr Zimmer aufsuchen, taten es aber nicht. Seitdem waren sie verschwunden. Wo sind Sie in den vergangenen drei Stunden gewesen?«

»Habe eine Dampferfahrt gemacht.«

»Haben Sie die Journalistin vorher oder nachher ausgecheckt?«

»Das wissen Sie also? Die Journalistin hat mich bei dem Ausflug begleitet.«

»Was?« Captain Weller beugte sich nach vorn, ihre Bluse spannte über der Brust. »Hat man Sie nicht informiert, daß wir nach ihr suchen?«

»Mir wurde mitgeteilt, sie solle ›abgeschreckt‹ werden. Da sie mir ständig auf den Fersen blieb, habe ich mich entschlossen, sie auf meine Weise zu warnen. Ich habe sie so eingeschüchtert, daß sie die Story aufgibt.«

»Sie …? Wie haben Sie das geschafft?«

»Indem ich ihre eigenen Dokumente gegen sie benutzte. Diese hat sie mir gezeigt.« Buchanan zog die Ausschnitte aus einer Sakkotasche und legte sie auf den Couchtisch. Der Major riß sie an sich und las. »Alan, als Sie mir über die Vorgänge in Fort Lauderdale berichteten, haben Sie einige Dinge ausgespart.«

»Ich hielt es nicht für nötig, Ihnen von Bailey und Doyle zu erzahlen.«

»Warum?«

»Je weniger Sie über Bailey wußten, desto besser. So wäre bei einem Verhör Ihre Verwirrung echt gewesen. Was die Doyles betrifft, so wollten wir Sie nicht damit belasten. Schließlich haben Sie kurz zuvor mit ihm zusammengearbeitet.«

»Ich habe die Journalistin davon überzeugt, daß es ein Doppelmord war.«

»Was haben Sie getan? Mein Gott!« rief der Major.

»Ich habe sie aufgefordert, sich einmal folgendes vorzustellen: Wenn Bailey getötet wurde, weil er mich erpreßte, und die Doyles, weil sie zuviel wußten, was wäre dann den Leuten, die unbedingt Scotch and Soda – den Namen hat sie genannt! – geheimhalten wollen, noch alles zuzutrauen! Sie begriff, wie groß die Gefahr für sie war und daß so eine Story nicht den Einsatz ihres Lebens lohnt. Sie sitzt in einem Taxi zum Flughafen, um mit der nächsten Maschine nach Washington zu fliegen. Es wird keine Story geben.«

»Das nehmen Sie ihr ab?«

»Ja. Denn ich habe ihr gedroht, sie selbst ans Messer zu liefern, wenn sie die Geschichte veröffentlicht. Sie glaubte mir.«

Es herrschte Schweigen.

»Ich sage Ihnen, sie hat aufgegeben«, betonte Buchanan.

Der Major und Captain Weller sahen sich an.

Na, macht schon, schluckt den Köder, dachte Buchanan.

»Wir brauchen sämtliche Fotos und Negative.« Alan rutschte unruhig hin und her.

»Kein Problem«, antwortete Buchanan. »Sie hat bereits zugestimmt, sie mir komplett zu übergeben.« Er zog einige Bilder aus der Innentasche seines Sakkos. »Diese hier hatte sie bei sich.«

»Und Sie sind wirklich sicher, daß sie die Abmachung einhält?« wollte der Major wissen.

»Die will nichts als raus aus der Sache, so schnell es geht.«

»Sie müssen sehr glaubhaft gewesen sein.«

»Das ist meine Spezialität.«

»Sie könnte die Fotos zuvor kopieren und Zweitnegative herstellen«, gab der Major zu bedenken.

»Oder einige Aufnahmen zurückhalten«, ergänzte Captain Weller. »Der sicherste Weg ist und bleibt, sie ganz auszuschalten.«

Alan wurde unruhig und erhob sich vom Bett. »Ich weiß nicht.« Besorgt schüttelte er den Kopf. »Wäre damit wirklich etwas geklärt? Selbst wenn sie liquidiert würde, müßten wir noch befürchten, daß Kopien ihrer Unterlagen bei Freunden deponiert sind. Niemand könnte uns garantieren, daß alles gefunden würde. Angst kann als Motivation sehr wirkungsvoll sein. Wenn Buchanan glaubt, daß er die Situation entschärft hat und keine Notwendigkeit für Gewalt mehr besteht, sollten wir vielleicht seiner Empfehlung folgen. Ihr Tod könnte eher Probleme schaffen als klären.«

Buchanan seufzte im stillen vor Erleichterung. Ich habe ihn an der Angel. Er spielt mit. Nun brauche ich bloß noch …

»Ich muß mit dem Colonel sprechen«, wandte der Major ein.

»Versteht sich«, sagte Alan bissig. »Der hat das letzte Wort. Die Agency überläßt die Entscheidung gern der Truppe und wäscht ihre Hände in Unschuld.«

Scheiße, dachte Buchanan, ich habe nur einen Aufschub erreicht. Rasch änderte er seine Taktik.

»Da ist noch etwas, was Sie dem Colonel mitteilen sollten.«

»Und das wäre?«

»Ich nehme meinen Abschied.«

Sie reagierten erstaunt.

»Es ist doch, wie ich hörte, geplant, mich aus dem aktiven Dienst zu entfernen und als Ausbilder einzusetzen. Warum auf halbem Weg stehenbleiben? Nehmen Sie meinen Abschied an. Sobald ich vom Fenster weg bin, stelle ich keine Gefahr mehr für Sie dar.«

»Gefahr? Wieso Gefahr?« fragte der Major.

»Das ist doch klar: *Ich* bin das eigentliche Problem.«

Der Raum schien enger zu werden.

»Ich wiederhole, Buchanan: Was soll das?«

»Sie wären nie in Schwierigkeiten geraten, wenn ich in Cancún und Fort Lauderdale nicht Pech gehabt hätte. Die Operation wäre nicht mehr gefährdet, wenn ich von der Bildfläche verschwinde. Ich bin gestern abend nicht von einem Straßenräuber verletzt worden. Der Kerl hat für Sie gearbeitet.«

»Das ist lächerlich«, rief Captain Weller.

»Er benutzte keine Feuerwaffe, damit es nicht wie Profi-Arbeit aussah. Deshalb bin ich nicht sofort darauf gekommen. Kein geübter Killer würde zum Messer greifen, weil es im Vergleich zur Kugel nicht zuverlässig ist. Auch zu riskant, weil man ja aus nächster Nähe arbeitet. Der angebliche Amateur war also ein getarnter Profi. Bailey, die Doyles und ich – alle tot. Seltsam, ja. Doch jeder Todesfall ließe sich ohne Verdacht auf einen Zusammenhang oder gar auf Konspiration erklären. Und wenn die Journalistin nun durch einen Sexualmord …?«

Keiner sagte ein Wort.

»Alles nur wegen der Fotos, auf denen Sie, Major Putnam, und Sie, Captain Weller, und – wichtiger noch – der Colonel festgehalten sind. Wenn ich kompromittiert würde, wäre das nicht schlimm, denn Sie wissen, ich würde Sie nie belasten. Anders, wenn Sie beide und gar noch der Colonel auf der Titelseite der ›Washington Post‹ erschienen wären. Darüber brauchen Sie sich jedoch keine Sorgen mehr zu machen. Die Reporterin schreibt ihren Bericht nicht. Und selbst wenn ich sie nicht überredet hätte – die Bilder allein sagen nichts aus, denn meine Beteiligung an Scotch and Soda ist unbekannt. Sie brauchen sich nicht die Mühe zu machen, die Frau zu killen – und mich. Ich tue uns allen einen Gefallen und verschwinde.«

Die anderen waren wie erstarrt. Der Major räusperte sich und sah Captain Weller und Alan verlegen an.

»Na los«, sagte Buchanan, »wir haben ein Problem und müssen darüber sprechen.«

»Captain, wissen Sie, wie sich das anhört?« fragte der Major unsicher.

»Sagen Sie's.«

»Als litten Sie unter Verfolgungswahn.«

»Gut. Niemand hat meine Liquidierung angeordnet. Tun wir so, als sei es ein Raubüberfall gewesen. Wie Sie wollen. Ich bin neugierig, auf welche abenteuerliche Weise Sie es das nächstemal versuchen werden.«

»Wenn man Sie so reden hört …« Der Major blickte ihn

finster an. »Ich bin froh, daß wir uns entschlossen hatten, Sie zu observieren. Kein Zweifel: Sie waren zu lange als Undercoveragent tätig.«

»Etwas Ruhe würde Ihnen guttun«, fügte Alan hinzu. »Sie sind gerade erst aus dem Krankenhaus entlassen und stehen noch unter Schockeinwirkung.«

»Schließlich sind Sie niedergestochen worden und haben sich zum zweitenmal den Kopf verletzt. Ich an Ihrer Stelle ...«

»Woher wissen Sie das mit dem Kopf?« unterbrach Buchanan Captain Weller. »Ich habe es niemandem erzählt.«

»Eine Vermutung.«

»Oder Ihr Killer hat es Ihnen berichtet.«

»Buchanan, Sie sind offensichtlich in Panik. Ich möchte – nein, ich befehle Ihnen, sich in diesem Zimmer aufzuhalten, sich zu beruhigen und etwas zu schlafen. Morgen früh, neun Uhr, sind wir wieder hier und setzen unser Gespräch fort. Hoffentlich sind Sie dann in besserer Verfassung.«

»Ehrlich, ich werfe Ihnen nicht vor, daß Sie die Aktion nicht gefährden wollen«, schloß Buchanan. »Aber wir wollen nichts unter den Teppich kehren, sondern offen darüber sprechen. Da ich Ihnen eine brauchbare Lösung angeboten habe, ist mein Tod nicht mehr nötig.«

Alan schüttelte besorgt den Kopf und folgte den beiden anderen ernst zur Tür.

12

Unsicher auf den Beinen, riegelte Buchanan ab. Ich verliere die Kontrolle, dachte er.

Im Schlafzimmer zog er mit ruckartiger, schmerzhafter Bewegung die Vorhänge zu. Als er sich auf dem Bett ausstreckte, tat ihm die ganze rechte Seite weh. Er empfand die Dunkelheit als beruhigend. Sein Gehirn arbeitete weiter. Habe ich es geschafft? Sind sie überzeugt? Was werden sie beschließen?

Er begriff nicht, warum er so sehr um Hollys Sicherheit besorgt war, schließlich hatte er sie erst vor wenigen Tagen kennengelernt. Theoretisch waren sie Gegner, und ein großer Teil seiner Mißerfolge war auf ihre Einmischung zurückzuführen. Genau genommen waren Jack und Cindy Doyle durch ihre Schuld gestorben. Aber die Wahrheit war, daß nicht Holly McCoy die Doyles getötet hatte, sondern seine eigenen Leute. Ebenso wie Bailey. Und mich hätte es auch erwischt, wenn Bailey in meiner Gegenwart die Kühlbox geöffnet hätte, um einen Blick auf das Geld zu werfen.

Diese Holly McCoy. Warum fühle ich mich so von ihr angezogen, überlegte er. Es hatte eine Zeit gegeben, da hätte er, um die Sicherheit der Operation nicht abermals zu gefährden, einfach alles gutgeheißen, selbst die Liquidierung der lästigen Reporterin. Und nun …

Merkwürdigerweise ist es inzwischen die Operation, die mir völlig gleichgültig ist.

Mag sein, ich werde ein Mensch.

Ja, aber welcher Mensch?

13

»Noch einmal«, sagte Alan. »Ich will das ganz genau wissen.« Er saß am Steuer eines gemieteten Pontiac, Major Putnam neben ihm und Captain Weller auf dem Rücksitz. »Ist Ihnen etwas über einen Befehl zur Liquidierung von Buchanan bekannt?«

»Absolut nicht«, antwortete Captain Weller.

»Ich habe keinerlei Anweisungen dieser Art erhalten«, sagte Major Putnam.

»Und ich auch nicht«, fügte Alan hinzu.

»Wie war das mit Jack und Cindy Doyle?« fragte der Major. »Ich dachte, es handelt sich um Mord und Selbstmord.«

»Ich auch«, sagte die Frau. »Von einem Befehl zur Liquidierung der Doyles ist mir nichts bekannt.«

»Und wie steht es mit dem Mordanschlag auf Buchanan?« bohrte Alan weiter.

»Die logischste Erklärung ist nach wie vor ein Raubüberfall«, sagte Major Putnam.

»In einer Menschenmenge vor einem Restaurant?« Alan packte das Steuer fester. »Ich höre zum erstenmal von einem Taschendieb, der die Aufmerksamkeit auf sich lenkt, indem er den niedersticht, dem er die Brieftasche ziehen will.«

»Wie wäre es mit einem Freak, dem es Spaß macht, Leute vor aller Augen zu erdolchen?« fragte Captain Weller.

»Das klingt schon besser«, entgegnete Alan. »Die Tat eines Verrückten. Das wäre zumindest eine plausible Erklärung.«

»Es geht darum, daß Buchanan uns für die Täter hält, und das ist genauso verrückt«, wandte der Major ein.

»Glauben Sie, er nimmt das tatsächlich an?« fragte Captain Weller. »Er ist ein hervorragender Schauspieler und auf genau kalkulierte Wirkungen aus.«

»Mich hat er jedenfalls überzeugt«, sagte Alan.

»Warum sollte er uns was vorlügen?« fragte Major Putnam.

»Um die Tatsachen zu verschleiern. Um uns zu verwirren und unsere Aufmerksamkeit von der Journalistin abzulenken.«

»Warum?« wiederholte der Major.

»Der Tod der Journalistin würde in der Tat eher Probleme schaffen als lösen«, gab Alan zu bedenken. »Wenn sie wirklich eingeschüchtert ist und nichts schreibt, ist unser Zweck erreicht.«

»Ich glaube, es ist am besten, wir unternehmen im Augenblick nichts und lassen alles auf uns zukommen«, argumentierte Captain Weller.

»Es ist gut, daß die Entscheidung nicht bei uns liegt, sondern beim Colonel«, sagte der Major.

»Hat nun jemand versucht, Buchanan umzulegen oder nicht?« Alan ließ nicht locker. »Kein Irrer, sondern ein Profi, der auf Befehl handelte. Und wenn der Befehl nicht von uns kam, von wem dann?«

14

Die Regel lautete: Wenn ein Kontaktmann nicht pünktlich am vereinbarten Ort erschien, gab es vierundzwanzig Stunden später einen Ersatztermin. Wenn es auch diesmal nicht klappte …

Darüber wollte sich Buchanan nicht den Kopf zerbrechen. Er ging durch das Französische Viertel – belebte, enge Straßen, aus allen Ladeneingängen Dixieland, Blues, Tanz auf dem Bürgersteig, Trubel … Da die Menschen jetzt keine Masken mehr trugen, wäre es nicht schwer gewesen, etwaige Verfolger zu bemerken. Mit einem unangenehmen Gefühl im Bauch ließ er den dunklen Jackson Square hinter sich, überquerte die Decatur Street und begab sich zum gutbesuchten Café du Monde. Um nicht wieder von drängenden Menschen am Eintreten gehindert zu werden, war er bereits um Viertel elf gekommen.

Er ließ sich seine Ungeduld nicht anmerken, als er wartete, bis ihn ein Kellner an mehreren Säulen vorbei durch die schwatzende Menge in eine entlegene Ecke führte. Zufälligerweise genau zu dem Platz, den er gewählt hätte, um den Eingang beobachten zu können.

Dennoch war er nicht zufrieden, er mußte ganz sichergehen. Als er eine Chance entdeckte, stand er auf und setzte sich an einen gerade frei gewordenen Tisch in der Mitte des Restaurants. Ungefähr hier, so erinnerte er sich, hatte er mit Juana vor sechs Jahren gesessen. Wenn sie kam, würde sie ihn ohne Schwierigkeiten finden, denn ihr Blick würde zuerst in diese Richtung fallen.

Als der Kellner ihn nach seinen Wünschen fragte, bestellte er die Spezialität des Hauses: *café au lait* und *beignets,* außerdem ein Glas Wasser für seine Kopfschmerztabletten.

Bald würde Juana kommen. »Ich liebe dich«, hatte er ihr gestanden. »Ich möchte dir sagen, daß du mir immer nahe sein wirst. Ich werde mich stets mit dir verbunden fühlen. Ich schwöre es dir. Wenn du jemals Hilfe brauchst, wenn du mal in der Patsche sitzt, brauchst du bloß darum zu bitten, und egal, wie lange es her ist, egal, wie weit weg ich bin, ich werde …«

»Fehlt Ihnen etwas, Sir?«

»Wie bitte?«

»Sie sitzen seit einer halben Stunde hier und haben weder den Kaffee noch die *beignets* berührt.«

»Eine halbe Stunde?«

»Andere Gäste würden gern Platz nehmen.«

»Ich warte auf jemanden.«

»Dennoch – andere Gäste würden gern …«

»Bringen Sie mir noch mal dasselbe. Hier sind zehn Dollar für Ihre Mühe.«

»Vielen Dank, Sir.«

Mitternacht. Ein Uhr. Die Leute ringsherum warfen ihm spöttische Blicke zu.

Um zwei Uhr wußte er, daß es keinen Sinn hatte, noch länger zu warten.

Was war um Gottes willen geschehen? Sie brauchte seine Hilfe. Warum durfte er ihr nicht beweisen, wie sehr er sie liebte? Und daß er zu allem bereit war.

15

Buchanan packte seinen Koffer und legte ein ausgefülltes Checkout-Formular auf das Bett. Es war drei Uhr nachts, niemandem fiel auf, daß er das Hotel durch einen Hintereingang verließ. Er hielt ein Taxi an.

»Wohin, Sir?« Der Fahrer war mißtrauisch, als könne ein Mann, der um diese Zeit mit einem Koffer unterwegs war, nur Böses vorhaben.

»Zu einer Autovermietung, die die ganze Nacht geöffnet hat.«

Der Fahrer überlegte kurz. »Steigen Sie ein. 'n bißchen spät für 'ne Reise.«

»Kann man wohl sagen.«

Buchanan sank auf den Rücksitz und dachte nach. Fliegen wäre einfacher gewesen, aber er wollte nicht bis zum Morgen auf die erste Maschine warten. Einerseits könnten Major Putnam, Captain Weller und Alan früher eintreffen und ihn im Hotel abfangen. Andererseits hatte er nicht genug Geld für ein Ticket in der Tasche und hätte mit Kreditkarte zahlen müssen. Doch die lautete auf den Namen Brendan Buchanan und würde sie auf seine Spur führen.

Auch bei der Autoverleihfirma mußte er die Karte benutzen, doch dort würde der Zielort seiner Reise nicht notiert werden. Wenn er Glück hatte, würden seine drei Quälgeister sich damit abfinden, daß er, wie angekündigt, den Abschied genommen und sich ins Privatleben zurückgezogen hatte. In einer intakten Gesellschaft würde man das nicht als eine Bedrohung, sondern als eine noble Geste deuten. Um die Gedanken der Offiziere in diese Richtung zu lenken, hatte er seinen Entschluß mit ein paar formellen Floskeln zu Papier gebracht, den Umschlag mit Alans Namen versehen und beim Portier für ihn hinterlegt.

»Wir sind da, Sir.«

Buchanan schreckte auf und erblickte eine hellerleuchtete Autovermietung in der Nähe einer Tankstelle.

»Wenn ich Sie wäre, Sir, würde ich mich beim Fahren nicht übernehmen. Sie sehen kaputt aus.«

»Danke. Es wird schon gehen.«

Muß mich bemühen, beim Mieten des Autos munterer auszusehen, dachte er.

Gleich darauf schob ihm ein noch wesentlich müder aussehender Mann mit Brille einen Mietvertrag über den Tisch. »Ich brauche Ihre Kreditkarte und Ihren Führerschein. Zeichnen Sie die Versicherungsklausel ab und unterschreiben Sie unten.«

Wenn bloß die Kopfschmerzen aufhören wollten. Er durfte jedoch keine Tabletten mehr nehmen. Juana zuliebe. Er mußte jetzt alles dransetzen, sie wiederzufinden, und ihm fiel nur ein einziger Ort ein, wo er mit der Suche beginnen konnte.

16

»Es ist erledigt«, sagte Raymond.

Alistair Drummond, der in seinem Privatjet saß und einen Bericht las, hob den Blick. Der Rumpf der Maschine vibrierte leicht, während sie über den Himmel jagte. »Einzelheiten«, befahl er.

»Eben habe ich eine Radiomeldung erhalten. Der Direktor des Nationalinstituts für Archäologie und Geschichte ist gestern morgen bei einem Autounfall in der Nähe des Nationalpalastes in Mexico City ums Leben gekommen.«

»Tragisch. Haben wir Beweise, daß Delgado dafür verantwortlich ist?«

»Der Mann, den er beauftragt hat, arbeitet für uns. Wenn wir es wünschen, belastet er Delgado, vorausgesetzt, wir garantieren ihm Straffreiheit.«

»Ist schon ein Nachfolger bestimmt worden?«

Raymond nickte.

»Ein Beamter, der mit unserem Vorhaben einverstanden ist?«

Raymond nickte abermals. »Und Geld wird ihn noch zugänglicher machen.«

»Gut«, sagte Drummond mit brüchiger Stimme. »Die Frau ist nicht mehr nötig, selbst wenn wir sie finden. Als Druckmittel gegen Delgado brauchen wir sie nicht mehr, denn wir haben etwas anderes in der Hand. Aller Wahrscheinlichkeit nach wird Delgado der nächste Präsident des Landes, vorausgesetzt, daß wir seine Verbrechen nicht enthüllen. Wir können beweisen, daß er den Tod des Institutsdirektors befohlen hat – lassen Sie ihn das wissen. Und daß seine politische Zukunft nach wie vor von mir abhängt.«

»Ja, Sir.«

»Wenn er Präsident ist, habe ich noch mehr Einfluß.«

»Allen Einfluß, den Sie brauchen.«

»Aber beinahe wäre aller Einfluß verloren gewesen – wegen dieser verdammten Frau. Wenn Ihre Leute sie finden ...«

»Ja, Sir?«

»Sorgen Sie dafür, daß ... Na, Sie wissen schon.«

Neuntes Kapitel

I

San Antonio, Texas

Buchanan traf bei Einbruch der Dunkelheit ein. Er war auf der Bundesstraße 10 gen Westen gefahren, von New Orleans nach Baton Rouge, an vielen kleinen Orten vorbei nach Texas. Die Schmerzen im Kopf und an der Seite hatten ihn gezwungen, unterwegs mehrmals eine Pause einzulegen. In Beaumont hatte er am frühen Vormittag ein Hotelzimmer genommen, um zu duschen, sich zu rasieren und ein paar Stunden zu schlafen. Der Portier wunderte sich, daß er bereits um zwölf wieder abreiste. Auf diese Weise die Aufmerksamkeit auf sich zu lenken, war ungeschickt, ebenso ungeschickt, wie aus Mangel an Bargeld die Kreditkarte zu benutzen. Seine Spur verlief also nicht im Sand, obwohl er längst weitergefahren war, bevor Alan und die anderen ihm bis hierher hätten folgen können. Sein Ziel kannten sie nicht, konnten es jedoch anhand der Unterlagen über seine früheren Einsätze vielleicht erraten. Da er seit der Trennung von Juana viele Aufträge gehabt hatte, dürfte es geraume Zeit dauern, bis sie auf den Zusammenhang zwischen ihr, New Orleans und San Antonio stießen. Und bis dahin war er schon ganz woanders.

Unterwegs aß er Fast food – Hamburger, Pommes frites, üppig belegte, große Sandwiches, Tacos –, die er mit Coca-Cola hinunterspülte. Dreimal hielt er auf Rastplätzen und machte ein Nickerchen. Er parkte den gemieteten Chevrolet in der Nähe der Toiletten, wo ihn das Lärmen von Reisenden und Fahrzeugen hinderte, fest einzuschlafen, denn er wußte, in diesem Fall würde er erst am nächsten Tag wieder aufwachen.

Er durfte sich nicht aufhalten, er mußte schnell nach San Antonio. Warum hatte Juana sich an ihn gewandt? Kannte sie sonst niemanden, den sie um Hilfe bitten konnte? Warum ausgerechnet er? Er fand darauf keine Antwort.

Ihm war nur eines bewußt: Mit ihm war etwas geschehen. Etwas Schreckliches. Er versuchte zu bestimmen, wann es begonnen hatte. Je mehr er über die dramatischen Ereignisse in Cancún, Mérida und New Orleans nachdachte, desto sicherer war er, daß seine Angst nicht erst dort seinen Anfang genommen hatte. Es handelte sich nicht um ein physisches, sondern um ein mentales Trauma, das sein Talent bedrohte, seine Identität nach Belieben zu wechseln.

Nachdem Victor Grant zu Grabe getragen worden war, hatte Buchanan eine neue Identität erwartet, war aber von Alan enttäuscht worden. Seither blieb ihm nichts anderes übrig, als er selber zu sein.

Doch wer zum Teufel war das? Er war so lange nicht Brendan Buchanan gewesen, daß er nicht wußte, wer das eigentlich war. Oberflächlich betrachtet, wußte er nicht einmal so grundlegende Dinge, wie sich Buchanan gern kleidete oder was er gern aß. Vom Standpunkt der Psychologie betrachtet, hatte er keinerlei Kontakt mehr zu sich selber. Er war ein Schauspieler, der so in seinen Rollen aufging, daß er, als sie ihm weggenommen wurden, einem Vakuum glich.

Ohne eine Rolle war er ein Nichts, und ihm wurde bewußt, wie brutal ihn die Erkenntnis traf, für den Rest seines Lebens Brendan Buchanan sein zu müssen. Um Brendan Buchanan zu entrinnen, wollte er lieber wieder Peter Lang werden und nach dem wichtigsten Menschen in dessen Leben suchen. Oder wahrscheinlich in seinem eigenen Leben, denn je länger er grübelte, desto deutlicher wurde ihm bewußt, welch positive Wende sein Dasein wohl genommen hätte, wäre er vor sechs Jahren mit Juana zusammengeblieben.

2

An einer Raststätte für Fernlastfahrer hinter Houston rief er aus einer Telefonzelle an. Der einzige Mensch in Buchanans Welt, den er mochte, war Holly McCoy – und das empfand er als ebenso faszinierend wie beunruhigend. Er kannte sie erst seit wenigen Tagen, und sie stellte eine Bedrohung für ihn dar. Und doch stand er unter dem Zwang, sie ebenso beschützen zu müssen wie Juana aus seinem Leben als Peter Lang. Er hoffte, seine Vorgesetzten davon überzeugt zu haben, daß Holly ihre Story nicht weiterverfolgen wollte, und er mußte sie in ihrem Entschluß bestärken. Da ihr Telefon vermutlich abgehört wurde, wollte er den Namen Mike Hamilton benutzen und eine Nachricht auf ihren Anrufbeantworter sprechen oder bei einem Kollegen im Büro der ›Washington Post‹ hinterlassen. Dort war sie zufällig, als er anrief.

»Wie geht es?«

»Ich überlege, ob ich einen Fehler gemacht habe«, antwortete Holly.

»Es war kein Fehler, glauben Sie mir.«

»Wie ist die Verhandlung gelaufen? Gut?«

»Ich weiß es noch nicht.«

»Ach!«

»Haben Sie ihnen das Versprochene geschickt?«

»Noch nicht.«

»Tun Sie es. Unbedingt!«

»Das Material ist so interessant. Ich finde es schrecklich, daß ...«

»Tun Sie es«, wiederholte Buchanan. »Verärgern Sie sie nicht.«

»Wenn ich die Story aufgebe, komme ich mir wie ein Feigling vor.«

»Mehr als einmal habe ich etwas Dummes getan, weil ich mir nicht wie ein Feigling vorkommen wollte. Rückblickend war mein Stolz die Sache nicht wert. Ich muß weiter. Der beste Rat, den ich Ihnen geben kann ...« Er wollte etwas Beruhigendes sagen, doch ihm fiel nichts ein. »Machen Sie sich weiter keine Gedanken über Tapferkeit und Feigheit. Folgen Sie Ihrem gesunden Menschenverstand.«

Er legte auf, stieg rasch wieder in den Wagen und kehrte auf den vielbefahrenen Highway zurück. Vor ihm stand die Sonne am Horizont. Er blinzelte, denn das grelle Licht war ihm unerträglich.

Folgen Sie Ihrem gesunden Menschenverstand?

Weise Ratschläge kannst du geben, dachte er, nur selber nimmst du keine von dir an.

3

Kurz nach neun Uhr abends ließ er die gras- und baumbestandene wellige Prärie des östlichen Texas hinter sich und erreichte das Lichtermeer von San Antonio. Sechs Jahre zuvor hatte er die üblichen Touristenausflüge unternommen und The Alamo besucht, den restaurierten Palast des einstigen spanischen Gouverneurs, die San José Mission und La Villita, den rekonstruierten Teil einer ursprünglich spanischen Ansiedlung aus dem achtzehnten Jahrhundert.

Weiterhin hatte er viel Zeit in den Vororten verbracht, zu denen auch Castle Hills gehörte, wo Juanas Eltern wohnten. Juana hatte einen falschen Namen benutzt, damit niemand ihre Eltern ermitteln und sie über die Tochter und deren vermeintlichen Ehemann ausfragen konnte. Buchanan kannte sie nicht, wußte aber, wo sie wohnten. Er schlug sofort die Richtung zu ihrem Haus ein und war, obwohl er sich mehrmals verfuhr, erstaunt, wie gut er sich noch erinnerte.

Juanas Eltern besaßen ein einstöckiges Haus, einen Backsteinbau mit Schindeldach, zur Straße hin mit gepflegtem Rasen und schattenspendenden Eichen. Buchanan parkte am Bordstein und sah, daß im Wohnzimmer Licht brannte. Er stieg aus, schloß die Wagentür ab und betrachtete sein Spiegelbild im Schein einer Straßenlaterne in der Scheibe. Sein markantes Gesicht wirkte müde, doch als er sich das

Haar gekämmt und die Kleidung geordnet hatte, sah er halbwegs anständig aus.

Prüfend blickte er die Straße auf und ab und suchte gewohnheitsgemäß das Dunkel danach ab, ob das Grundstück beobachtet wurde. Wenn Juana in Schwierigkeiten steckte, was die Postkarte und mehr noch die versäumte Verabredung nahelegten, wenn sie sich auf der Flucht befand, war anzunehmen, daß ihre Feinde die Eltern observierten. Die militärisch ausgebildete Juana hätte nie Namen und Anschrift ihrer Eltern preisgegeben, doch in den vergangenen sechs Jahren konnte manches geschehen sein.

Die Straße schien sicher – in der Nähe des Hauses war kein Auto geparkt, an der Ecke lungerte keiner herum, der scheinbar auf einen Bus wartete. In den erleuchteten Nachbarhäusern spielte sich normales Familienleben ab. Sollte sich ein verdächtiger Beobachter in den Büschen verbergen, dürfte es ihm in dieser gutbürgerlichen Gegend schwerfallen, nicht die Aufmerksamkeit von Hunden und den Argwohn von Passanten zu erregen.

Buchanan benötigte nur wenige Augenblicke, das alles zu registrieren. Ein Fremder hätte ihn bloß für einen Besucher gehalten, der sich das Haar kämmt, bevor er zum Haus ging. Die Nacht war mild, in der Luft hing der Duft gefallenen Herbstlaubs. Drinnen ertönte vom Soundtrack einer TV-Unterhaltungssendung stammendes Gelächter. Er drückte auf den Klingelknopf. Über die knarrenden Holzdielen näherten sich Schritte, und am verglasten Vordereingang erschien eine Silhouette.

Im Licht einer über ihm aufleuchtenden Lampe sah er eine Lateinamerikanerin in den späten Fünfzigern, mit schulterlangem Haar und einem attraktiven, ovalen Gesicht. Die ausdrucksvollen dunklen Augen, die ihn an Juana erinnerten, verrieten Intelligenz und Einfühlungsvermögen. Weder am Briefkasten noch unter der Klingel gab es ein Namensschild.

Sie schloß auf und öffnete die Tür, ohne die Sicherheitskette zu lösen. Sie sprach durch den schmalen Spalt.

»Ja?«

»Señora Mendez?«

»*Sí.*«

»*Perdone.* Ich weiß, es ist schon spät. Ich heiße Jeff Walker und bin ein Bekannter Ihrer Tochter.« Buchanan hatte auf dem Defense Language Institute in Monterey, California, Spanisch gelernt, um sich auf den Einsatz in Mexiko vorzubereiten. »Ich habe sie seit ein paar Jahren nicht gesehen und weiß nicht, wo sie jetzt lebt. Ich halte mich einige Tage in der Stadt auf und ... Nun, ich hoffte, daß sie hier ist. Können Sie mir helfen?«

Sie betrachtete ihn mit gewissem Mißtrauen, das durch Wohlwollen gemildert war, weil er sich ihrer Muttersprache bediente. Von Juana wußte er, daß ihre Eltern, obwohl zweisprachig, das Spanische vorzogen und es nicht mochten, wenn Amerikaner sie zwangen, sich englisch zu unterhalten.

»*Conoce a mi hija?*«

»*Sí,* ich kenne Ihre Tochter.« Er sprach weiter spanisch. »Wir waren hier in Fort Sam Houston stationiert.« Das war nur Tarnung für ihre eigentliche Aufgabe im militärischen Nachrichtendienst und bei den Special Forces in Fort Bragg gewesen. »Wir sind prima miteinander ausgekommen, manchmal sind wir ausgegangen. Schade, daß die Verbindung abgerissen ist, doch ich war eine Zeitlang in Übersee ... Ich würde Juana sehr gern guten Tag sagen.«

Ihr Mißtrauen war noch nicht überwunden. Sie hätte ihn nicht so lange angehört, wenn er nicht spanisch gesprochen und Fort Sam Houston erwähnt hätte. Er mußte seine Glaubwürdigkeit noch auf andere Art beweisen. »Haben Sie noch Ihren Hund, den Golden Retriever? Wie hieß er bloß – Pepe. Juana hat diesen Hund geliebt! Wenn sie nicht über Baseball sprach, dann von Pepe. Wenn sie dienstfrei hatte, hat sie ihn gern am Fluß ausgeführt.«

Die Mutter wurde zugänglicher. »Pepe ist im letzten Jahr gestorben.«

»Ach, das tut mir aber leid, Señora. Ein Haustier zu verlieren ist fast wie ...«

»Sie sagten, Sie heißen Jeff Walker?«

»Ja, richtig.«

»Ich kann mich nicht erinnern, daß sie von Ihnen gesprochen hat.«

»Na ja, sechs Jahre ist eine lange Zeit. Dafür hat mir Juana eine Menge über Sie erzählt. Daher weiß ich, daß Sie die besten Geflügel-*fajitas* in der ganzen Stadt zubereiten.«

Sie lächelte leise. »Sie waren Juanas Lieblingsgericht.« Das Lächeln verschwand wieder. »Ich könnte mich erinnern, wenn ich Sie schon einmal getroffen hätte. Warum hat Juana Sie nie zu uns eingeladen?«

Buchanans Beunruhigung wuchs. Warum stellt sie all diese Fragen? Was zum Teufel ist hier los?

4

Zwei Blocks weiter parkte ein grauer Lieferwagen mit foliebeschichteten Scheiben vor einem Haus, das auf einem Schild im Vorgarten zum Verkauf angeboten wurde. Das Auto stand bereits seit einigen Tagen dort, und die Nachbarn hatten sich nicht besorgt gezeigt. Sie fühlten sich eher beruhigt, denn der Fahrer, ein Privatdetektiv, hatte bei allen Anliegern vorgesprochen und erklärt, Vandalismus im Wohngebiet habe eine Wachgesellschaft auf Veranlassung ihrer hiesigen Kunden dazu bewogen, einige Häuser observieren zu lassen, vor allem das leerstehende Gebäude, das sich als Ziel für solche Übeltäter geradezu anbot. Hätten die Nachbarn die auf der Geschäftskarte angegebene Telefonnummer gewählt, wäre ihnen von einer Sekretärin mitgeteilt worden, daß die Auskunft ihres Mitarbeiters stimmte. Natürlich hätte die Sekretärin verschwiegen, daß sie in einem fast kahlen Büroraum in der Innenstadt saß und daß es die Firma vor zwei Wochen noch gar nicht gegeben hatte.

Duncan Bradley, der Detektiv, war achtundzwanzig Jahre alt, groß und schlank, trug Turnschuhe und einen baumwollenen Jogginganzug. Er bevorzugte legere Kleidung, denn bei längeren Überwachungen war sie bequem, und sein jetziger Auftrag versprach sehr lange zu laufen.

Er und sein Kollege arbeiteten in Zwölfstundenschichten, weshalb der Lieferwagen mit einer Kochgelegenheit und einer Toilette ausgestattet war. Die Arbeitsbedingungen waren denkbar beengt. Im Augenblick sah Duncan auf den Monitor einer Minifernsehkamera, die auf dem Dach des Wagens installiert und als Lüftungshaube getarnt war. Die Kamera war mit einem so hochleistungsfähigen Objektiv ausgerüstet, daß das Nummernschild des blauen Chevrolet zu erkennen war, der zwei Blocks entfernt stand. Sie besaß darüber hinaus modernste Nachtaufnahmetechnik, weshalb Duncan deutlich das grünschimmernde Bild eines Mannes sehen konnte, der aus dem Wagen stieg.

»Zweiter November«, sprach Duncan auf einen Kassettenrecorder, »einundzwanzig Uhr dreißig. Eben ist ein bisher unbekannter Mann eingetroffen.« Duncan beschrieb Fahrer und Auto bis hin zum Nummernschild aus Louisiana.

Er schaltete den Kassettenrecorder ab, drehte das Empfangsgerät lauter und rückte die Kopfhörer zurecht. Der Empfänger war mit zahlreichen Minitransmittern verkabelt, die Duncan in die Telefone und Lichtschalter überall im Hause Mendez eingebaut hatte. Die Wanzen waren an das Lichtnetz des Hauses angeschlossen.

An dem Tag, an dem Duncan den Auftrag erhalten hatte, wartete er, bis die zu Überwachenden die Wohnung verließen. Sein Komplize verfolgte die beiden bis zu einem Einkaufszentrum. Für den Fall, daß sie eher als erwartet zurückkehrten, konnte er per Mobiltelefon auf Duncans Piepser ein Warnsignal auslösen. Duncan, der durch die Verandatür ins Haus eingedrungen war, hatte innerhalb von vierzig Minuten alle Mikrofone eingebaut.

Skalen auf der Empfängerkonsole ermöglichten ihm die Regulierung der Lautstärke jedes Senders, die Anlage war im übrigen so ausgestattet, daß der Ton jedes einzelnen Geräts getrennt auf Band aufgenommen werden konnte. Bisher hatte es dazu wenig Gelegenheit gegeben. In den beiden vergangenen Wochen hatte er nichts erfahren, was nicht als normale Alltagsgespräche zu bezeichnen war. Wenn die Bewohner sich eines Codes bedienten, um Geheiminformationen auszutauschen, so war Duncan davon bisher nichts aufgefallen. In Telefongesprächen ging es nur um den üblichen Tratsch aus der Nachbarschaft. Señor Mendez betrieb eine Autoreparaturwerkstatt. Am Abend sahen die Eheleute meist fern, und sie hatten seit Beginn der Überwachung nicht miteinander geschlafen.

Duncan verstand Spanisch – das war einer der Gründe, weshalb er den Auftrag bekommen hatte. Schon bei den ersten Worten des Besuchers wurde er hellwach, denn der Besucher, der sich Jeff Walker nannte, fragte ohne Umschweife nach Juana Mendez. Duncan hörte gespannt zu, justierte und achtete darauf, daß die Tonbandgeräte jedes Wort aufnahmen. Gleichzeitig drückte er auf einen Knopf an seinem Mobiltelefon, die gewünschte Nummer war gespeichert. Er preßte das Gerät ans Ohr und hörte ein Summen. Es summte ein zweites Mal, dann meldete sich eine angenehme männliche Stimme, die die Störungen übertönte. »Hier Tucker.«

»Duncan Bradley. Wollte nur melden: Hier tut sich was.«

5

»Ja, warum hat Juana mich nicht mit nach Hause gebracht? Das habe ich mich auch gefragt. Ich glaube, es lag daran, daß sie nicht sicher war, ob Sie und Ihr Mann einverstanden wären.«

Das war sehr gewagt, doch Buchanan mußte etwas tun, um sie von ihren Vorbehalten abzubringen. Etwas stimmte nicht; er wußte nicht, was es war.

»Warum hätten wir nicht einverstanden sein sollen?« Die dunklen Augen sprühten kaum gezügelten Unwillen. »Weil Sie Amerikaner sind? Das ist verrückt. Die Hälfte der Angestellten meines Mannes sind Weiße, auch viele von Juanas Schulfreundinnen. Wir haben keine Vorurteile.«

»Entschuldigen Sie, das meinte ich nicht. Ich hatte nicht

die Absicht, Sie zu beleidigen. Juana hat mir erzählt, daß Sie nichts dagegen hätten, wenn sie sich mit jemandem traf, der kein Lateinamerikaner war.«

»Warum hätten wir also Einwände haben sollen?«

»Weil ich kein Katholik bin.«

»Oh«, kam es ganz leise.

»Dies war – so hörte ich – das einzige, was Sie von Juana erwarteten: Wenn sie sich je ernsthaft für einen Mann interessierte, müßte er Katholik sein. Es war Ihr Wunsch, daß Ihre Enkel im katholischen Glauben erzogen würden.«

»Ja, das ist wahr. Das habe ich oft zu ihr gesagt. Sie kennen Sie tatsächlich gut.«

Aus dem Hintergrund ertönte eine barsche Stimme. »Anita, mit wem unterhältst du dich da? Warum dauert es so lange?«

Juanas Mutter warf einen Blick zur Wohnzimmertür. »Warten Sie«, sagte sie zu Buchanan und schloß die Tür.

Er hörte leisen Wortwechsel.

Señora Mendez kam zurück. »Bitte, treten Sie ein.« Das klang nicht froh, und sie machte eher ein unglückliches Gesicht, als sie die Tür verriegelte und ihn ins Wohnzimmer führte.

Ein kleiner Mann in den Fünfzigern mit pechschwarzem Haar und noch dunkleren Augen als die Frau saß in einem Lehnsessel. Das runde Gesicht war zerfurcht, er trug Arbeitsschuhe und einen blauen Overall mit der Aufschrift MENDEZ MECHANICS. Er rauchte eine Zigarre und hatte eine Flasche mexikanisches Bier in der Hand.

»Wer sind Sie?« Wegen der Lachstürme im Fernsehprogramm war er schwer zu verstehen.

»Wie ich Ihrer Frau bereits sagte, heiße ich ...«

»Ja. Jeff Walker. Aber wer sind Sie wirklich?«

»Verzeihung, ich verstehe nicht.«

Juanas Mutter wurde unruhig.

»Ich bin ein Bekannter Ihrer Tochter«, antwortete Buchanan.

»Das behaupten Sie. Nennen Sie mir ihren Geburtstag.«

»Warum in aller Welt ...«

»Beantworten Sie meine Frage. Wenn Sie tatsächlich ein so guter Bekannter sind, dann wissen Sie, wann Juana Geburtstag hat.«

»Wenn ich mich recht erinnere, im Mai – am zehnten.«

»Stimmt, aber das kann man in den Akten nachlesen. Ist sie gegen etwas allergisch?«

»Señor Mendez, was soll das? Ich habe Juana seit einigen Jahren nicht gesehen. Es fällt mir schwer, mich plötzlich zu erinnern …«

»Das dachte ich mir.«

»Ich erinnere mich, sie hatte Probleme mit Koriander. Das hat mich gewundert, denn es ist in der lateinamerikanischen Küche ein gängiges Gewürz.«

»Muttermale?«

»Das geht zu weit.«

»Beantworten Sie die Frage.«

»Sie hat eine Narbe am rechten Bein, ganz oben, fast an der Hüfte. Sie stammt von einer Verletzung – sie ist als Kind über einen Stacheldrahtzaun geklettert. Was kommt nun noch? Wollen Sie auch wissen, wieso ich die Narbe kenne? Ich hätte nicht herkommen sollen. Ich hätte Freunde von Juana fragen sollen, ob sie etwas über sie wissen.«

Buchanan wandte sich zur Tür.

»Pedro!« rief Anita scharf.

»Warten Sie«, sagte der Vater. »Bitte, bleiben Sie, wenn Sie tatsächlich ein Freund meiner Tochter sind.«

Buchanan nickte.

»Ich habe Ihnen diese Fragen gestellt, weil …« Pedro war völlig durcheinander. »In den letzten zwei Wochen haben sich schon drei Freunde nach Juana erkundigt. Allesamt Burschen wie Sie. Keiner der Männer hatte sie in den letzten Jahren getroffen. Anders als Sie, kannte sie keiner näher. Einer behauptete gar, mit ihr in Fort Bragg ausgebildet worden zu sein. Dabei war Juana nie dort stationiert. Ein anderer hatte angeblich mit ihr das College in San Antonio besucht und war verwirrt, als ich ihn nach dem Namen fragte. Er schien auch nicht zu wissen, daß sie das College gewechselt hatte – was jeder ihrer Freunde wußte.«

Buchanan schüttelte den Kopf. Offenbar hatte ein dilettantischer Spürhund die Aktion nur überflogen, anstatt gerade auf die Details zu achten.

»Der dritte war angeblich mit ihr ausgegangen, als sie zusammen in Fort Sam Houston beschäftigt waren. Als wir fragten, warum wir ihn nie kennengelernt hatten, blieb er die Antwort schuldig. Sie konnten da wenigstens Auskunft geben und wußten sogar Persönliches. Also, noch einmal: Jeff Walker, wer sind Sie, und haben Sie eine Ahnung, ob Juana in Gefahr ist?«

Buchanan mußte rasch eine schwere Entscheidung treffen. Pedro Mendez wollte ihn ins Vertrauen ziehen. Oder wollte er ihm bloß eine Falle stellen? Wenn Buchanan den wahren Anlaß seines Besuchs nannte, könnte Pedro ihn für einen weiteren falschen Freund halten, der nach Juana fahndete.

Er beschloß, das Risiko einzugehen. »Ich fürchte, daß sie in Gefahr ist.«

Pedro stieß die Luft aus, als hätte er endlich erfahren, was er wollte, obwohl ihn die Information erschreckte.

»Ich habe es geahnt«, sagte Juanas Mutter. »Was für eine Gefahr ist das? Reden Sie! Wir ängstigen uns zu Tode.«

»Anita, sprich nicht über Tod.« Pedro wiederholte die Frage seiner Frau: »Was für eine Gefahr ist das?«

»In der vergangenen Woche erhielt ich eine Nachricht von Juana. Sie war etwas vage, damit nur ein Eingeweihter verstehen konnte, was sie schrieb. Sie brauchte ganz dringend Hilfe. In New Orleans gibt es ein Restaurant, das wir beide sehr gern hatten. Ohne es zu erwähnen, bat sie, mich dort mit ihr zu treffen. Da sie nicht erschien, muß etwas nicht in Ordnung sein. Deshalb bin ich hierher gekommen, denn Sie sind die einzigen, über die ich vielleicht Verbindung mit ihr aufnehmen kann. Ich dachte, Sie hätten eine Ahnung, was los ist.«

Die beiden schwiegen.

Endlich sprach Anita. »Nein. Wir machen uns bloß Sorgen, weil sie sich ganz anders als sonst benommen hat. Seit einem Dreivierteljahr haben wir nichts von ihr gehört. Im allgemeinen ruft sie einmal in der Woche an, selbst wenn sie unterwegs ist.«

»Womit verdient sie ihr Geld?«

Pedro und Anita waren befangen.

»Es hat etwas mit Sicherheit zu tun«, sagte Pedro.

»Mit der nationalen Sicherheit?«

»Sicherheit von Einzelpersonen. Sie besitzt hier in San Antonio ein eigenes Büro. Mehr hat sie uns nicht erzählt. Sie sprach nie über Einzelheiten und meinte, das wäre ihren Klienten gegenüber nicht fair.«

Gut, dachte Buchanan. Sie ist Profi geblieben.

»Na schön«, sagte er, »sie hat also lange nichts von sich hören lassen. Und plötzlich stehen da einige Männer vor der Tür, geben sich als alte Bekannte aus und wollen wissen, wo sie steckt.«

Buchanans Resümee hatte wohl zu nüchtern geklungen. Juanas Eltern änderten ihr Verhalten. Ihr Blick wurde härter, vorsichtiger, und das Bedürfnis, über ihre Sorgen zu sprechen, wurde erneut von Mißtrauen verdrängt.

Er wechselte scheinbar das Thema. »Entschuldigen Sie. Darf ich Ihr Bad benutzen?«

Mürrisch gab Pedro sein Einverständnis. »Den Flur entlang. Erste Tür links.«

»Danke.«

Das Badezimmer war hell, weiß und sehr sauber. Buchanan riegelte ab, spülte und wusch sich die Hände. Er ließ das Wasser laufen, öffnete lautlos das Arzneischränkchen, nahm eine Nagelfeile heraus und schraubte damit die Deckplatte des Lichtschalters ab. Ohne die Drähte zu berühren, löste er den Schalter aus der Anschlußdose und sah nach, was dahinter verborgen war. An den Drähten hing ein winziges Mikrofon mit Sender. Weil die meisten Menschen glauben, im Bad unbeobachtet zu sein, vermuten sie dort am allerwenigsten eine Wanze. Deshalb suchte Buchanan stets zuerst im Bad.

Okay, dachte Buchanan, die Telefone sind bestimmt auch angezapft. Nun geht's los.

Er drehte den Wasserhahn zu, riegelte die Tür auf und

kehrte ins Wohnzimmer zurück. Juanas Eltern hatten sich leise über ihn unterhalten.

»Señor Mendez, es ist mir sehr peinlich«, stammelte Buchanan. »Beim Händewaschen habe ich eben wohl etwas beschädigt. Das Wasser läuft nicht ab. Es tut mir leid, ich ...«

Mißmutig stand Pedro auf und ging mit großen Schritten ins Bad.

Buchanan überholte ihn im Flur und legte einen Finger auf die Lippen. Pedro verstand die Geste nicht und wollte fragen, was das zu bedeuten hatte. Buchanan preßte ihm die Hand auf den Mund, schüttelte heftig den Kopf und bewegte lautlos die Lippen: *Nicht sprechen.* Pedro war erschrocken. *Das Haus ist verwanzt,* fuhr Buchanan lautlos fort.

Pedro begriff noch immer nicht. Er wollte sich aus Buchanans Griff befreien, doch dieser faßte ihn mit der linken Hand am Hinterkopf, ohne die andere Hand zu lösen. Er schob Pedro ins Bad und dirigierte dessen Kopf so, daß er in die Anschlußdose sehen konnte. Als Handwerker mußte er über das Verlegen von Leitungen Bescheid wissen und war bestimmt auch mit anderen Methoden der Verdrahtung genügend vertraut, um zu erkennen, daß es sich bei dem kleinen Gerät um einen Miniatursender handelte. Pedro riß die Augen auf.

Comprende? fragte Buchanan stumm.

Pedro nickte nachdrücklich, und Buchanan gab ihn frei.

Pedro wischte sich über den Mund, sah Buchanan an und rüttelte an einem Hebel. »Da, alles in Ordnung. Sie haben bloß den Hebel nicht richtig hochgezogen.«

In einer Tasche von Pedros Overall steckten mehrere Kugelschreiber und ein Notizblock. Buchanan zog den Block und einen Kugelschreiber heraus und schrieb: *Im Haus können wir nicht sprechen. Wo und wann können wir uns treffen?*

Pedro las und schrieb: *Morgen früh um sieben. Meine Werkstatt ist in der Loma Avenue 1217.*

»Ich traue Ihnen nicht«, fuhr er plötzlich auf.

Das klang so überzeugend, daß Buchanan nicht auf Anhieb begriff.

»Verlassen Sie mein Haus.«

»Aber ...«

»Raus.« Pedro packte ihn am Arm und zog ihn durch den Flur. »Muß ich es noch deutlicher sagen? Raus hier!«

»Pedro!« Anita kam aus dem Wohnzimmer gerannt. »Was tust du? Vielleicht kann er uns helfen.«

»Verschwinden Sie!« Pedro schubste ihn zur Haustür.

Buchanan widersetzte sich scheinbar. »Warum? Was habe ich falsch gemacht? Vor ein paar Minuten haben wir uns noch über Ihre Tochter unterhalten, und auf einmal ...«

»Etwas stimmt bei Ihnen nicht«, sagte Pedro. »Ich glaube, Sie machen gemeinsame Sache mit den anderen Männern. Sie sind kein Freund von Juana. Gehen Sie. Sofort. Bevor ich die Polizei rufe.«

Pedro schob den Riegel zurück und riß die Tür auf.

»Sie irren sich«, ermahnte Buchanan ihn.

»Nein, *Sie.* Und Sie machen einen großen Fehler, wenn Sie sich noch einmal hier blicken lassen.« Pedro gab ihm einen Stoß.

Buchanan stolperte nach draußen. Das Licht über dem Eingang blendete ihn. »Was fällt Ihnen ein, Señor!«

»Pedro!« rief Anita.

»Ich weiß nicht, wo meine Tochter ist. Und wenn ich es wüßte, Ihnen würde ich es nicht sagen!« schrie Pedro.

»Ihr Benehmen, Señor, ist unerhört – unbegreiflich!«

6

»Komm mal schnell her.« Duncan Bradley sprach in das Mobiltelefon und lauschte gleichzeitig der Übertragung aus dem Haus. »Der Kerl hat Mendez auf jeden Fall gegen den Strich gebürstet. Mendez hält ihn für einen Kumpel von uns. Sie brüllen sich gegenseitig an. Mendez wirft ihn raus.«

»Bin gleich dort. Nur noch zwei Blocks.«

»Viel zu weit.« Duncan beobachtete gebannt das grüngetönte Bild auf der Überwachungsanlage. »Jetzt geht der Typ über den Rasen zu seinem Wagen. Bevor du hier bist, ist er weg.«

»Ich habe dir doch gesagt, ich bin in der Nähe. Kannst du meine Scheinwerfer nicht sehen? Wenn er losfährt, falle ich unter den anderen Autos auf der Straße nicht auf«, sagte Tucker. »Er schöpft keinen Verdacht.«

»Er steigt ein«, sagte Duncan.

»Geht klar. Seine Autonummer habe ich bei der Registrierstelle in Louisiana per Computer abgerufen. Der Wagen gehört einem Autoverleih in New Orleans.«

»Das hilft uns nicht weiter.«

»Das ist nicht alles. Ich habe die Firma angerufen. Habe mich als Polizist des Staates Texas ausgegeben und einen Unfall vorgetäuscht. Er heißt Brendan Buchanan – das steht auf der Mietvereinbarung.«

Auf dem einen Monitor kamen Tuckers Scheinwerfer immer näher, auf dem anderen gingen die Scheinwerfer des Chevrolet an, und der Wagen fuhr ab.

Tuckers Jeep Cherokee raste an dem Lieferwagen vorbei.

»Brendan Buchanan?« fragte Duncan. »Wer zum Teufel ist Brendan Buchanan? Und was hat er mit der Frau zu tun?«

»Die Zentrale holt Informationen über ihn ein.« Tuckers Rücklichter wurden zu kleinen roten Punkten, die den verschwindenden Lichtern des Chevrolet folgten. »Inzwischen kriege ich raus, wo er wohnt. Wir besuchen ihn mal.«

7

Zu einem Sendegerät gehört ein Empfangsgerät. Anzunehmen, daß der Empfänger sich in einem Gebäude befindet, dachte Buchanan. Allerdings dürfte es in dieser anständigen Gegend mit Einfamilienhäusern einem Überwachungsteam schwerfallen, ein Haus zu übernehmen. Eher irgendein Fahrzeug. In unmittelbarer Nähe des Hauses waren keine Autos geparkt – das war ihm gleich aufgefallen, und er versicherte sich noch einmal, als er zu seinem Wagen ging. Er warf Pedro Mendez einen wütenden Blick zu, der noch immer vor der Haustür stand.

Verdammt gut gemacht, Pedro, dachte Buchanan. Sie haben Ihren Beruf verfehlt – Sie haben das Zeug zu einem Schauspieler.

Als Buchanan sein Auto aufschloß, sah er nach beiden Seiten, und da fiel ihm dieser Lieferwagen in zwei Blocks Entfernung auf. Da das Fahrzeug im Dunkeln zwischen weit auseinanderstehenden Straßenlaternen stand, bemerkte er es nur, weil es von den Scheinwerfern eines nahenden Autos in helles Licht getaucht wurde.

Ich hätte Lust, euch auch einen Besuch zu machen, dachte Buchanan, während er den Motor anließ und davonfuhr. Einige Leute sind so scharf darauf, Juana zu finden, daß sie das Haus elektronisch überwachen lassen. Trotzdem wissen sie nicht mit Bestimmtheit, ob Juana nicht doch bereits mit ihren Eltern Verbindung aufgenommen hat. Also werden die anonymen Verfolger ungeduldig und schicken einen angeblichen Bekannten Juanas zum Haus. Ohne Erfolg. Ein zweiter wird geschickt. Wieder kein Erfolg. Und dann noch einer …

Ist das logisch? überlegte er. Es muß ihnen doch klar sein, daß drei ›alte Bekannte‹ in einer Woche die Eltern mißtrauisch machen würden. Warum also sollten sie …?

Ich habe es, dachte Buchanan. Sollte Juana tatsächlich mit ihren Eltern Kontakt haben, wollen die Verfolger erreichen, daß sie von der Überwachung ihrer Eltern erfährt. Man bedroht sie, indem man eine Gefahr für die Eltern vorspiegelt, und hofft, die Tochter damit aus ihrem Versteck zu locken.

Da ich aufgekreuzt bin und das Überwachungsteam mit einem Unsicherheitsfaktor rechnen muß, könnten die Kerle die Geduld verlieren und sich nachdrücklich mit den Eltern unterhalten. Ich muß Pedro und Anita warnen.

Und was ist mit mir? rätselte Buchanan und bog um eine

Ecke. Ich bin plötzlich auf der Bildfläche erschienen und habe die gleichen Fragen wie die anderen Leute gestellt, aber mit mir haben sie nicht gerechnet. Ich funke ihnen dazwischen. Deshalb werden sie mir auf den Zahn fühlen wollen.

Als Buchanan zum drittenmal abbog, folgte ihm immer noch derselbe Wagen, der sich schon in der Straße, in der die Mendez wohnten, an ihn gehängt hatte.

8

Falls Church, Virginia

Der Colonel hatte sich für ein Motel am Rande der Stadt entschieden und unter einem Pseudonym ein Zimmer reservieren lassen. Seine drei Mitarbeiter trafen ein, ihre Kleidung feucht vom Novemberregen, der sie nach ihrem Flug von New Orleans auf dem Washington National Airport empfangen hatte.

Sie sahen müde aus, sogar Captain Weller, die für gewöhnlich in jeder Lebenslage Elan ausstrahlte. Das blonde Haar wirkte strähnig, die Bluse war zerknautscht. Sie zog die Jacke aus, ließ sich auf das Sofa fallen und kickte die hochhackigen Schuhe von den Füßen. Major Putnam und Alan hatten rote, eingefallene Wangen, wahrscheinlich eine Folge der Ermüdung durch den Flug, verstärkt durch die dehydrierende Wirkung von Alkohol.

»Können wir Kaffee haben?« fragte Captain Weller.

»Dort drüben«, antwortete der Colonel nicht eben freundlich. »Dort steht die Kanne.« Im Gegensatz zu seinen Besuchern war er fit und munter, seine Zivilkleidung sah gepflegt aus.

Alan, der einzige echte Zivilist im Raum, lockerte die zerknitterte Krawatte, knöpfte den obersten Hemdenknopf auf und goß eine Tasse voll. Alle waren erstaunt, als er Weller den Kaffee brachte. »Was sollen wir hier eigentlich?« fragte er in die Runde. »Hätte das nicht bis morgen Zeit gehabt? Ich bin völlig fertig.«

Der Colonel unterbrach ihn mit stahlharter Stimme. »Ich hoffe, Sie sind auch mit Ihrem Lagebericht fertig. Und kommen Sie mir nicht damit, daß Sie hier nicht sprechen wollen, weil sie den Telefonen nicht trauen.«

»Hören Sie«, sagte Alan, »wenn wir mit tragbaren Verzerrern ausgerüstet wären, hätte ich telefoniert, soviel Sie wollen, aber gebranntes Kind scheut das Feuer, Colonel. Wir müssen auf besonders strenge Sicherheit achten.«

»Dem kann ich nur zustimmen.« Der Regen trommelte gegen das Fenster und ließ den tristen Raum noch trostloser erscheinen. »Aus diesem Grund habe ich Ihnen befohlen, hier zu sein und nicht zu Hause im Bett mit Ihrer Frau.«

Alans Züge verhärteten sich. »Befohlen, Colonel?«

»Will mir nicht einer von Ihnen sagen, was los ist?« Die Stimme des Colonels klang eisig. »Major Putnam, Sie sind bisher ungewöhnlich schweigsam gewesen.«

»Vieles wissen Sie bereits.« Der Major rieb sich den Nakken. »In New Orleans wollten wir Buchanan in seinem Hotelzimmer aufsuchen. Er reagierte nicht auf unser Klopfen. Schließlich baten wir ein Dienstmädchen, das Zimmer zu öffnen. Wir fanden nur ein unterschriebenes Checkout-Formular und beim Portier diese an Alan gerichtete Mitteilung.«

Der Colonel nahm sie entgegen und überflog sie.

»Er schreibt, daß er uns einen Gefallen tut, indem er untertaucht. Was halten Sie davon?«

»Zum Teufel, ich weiß es nicht. Ein einziges Durcheinander. Vielleicht hat er recht.«

»Verdammt, haben Sie vergessen, daß Sie Offizier der U. S. Army sind?«

»Nein, Sir, das habe ich nicht.«

»Warum muß ich Sie daran erinnern, daß Captain Buchanan sich unerlaubt von der Truppe entfernt hat? Ein Deserteur! Unsere Agenten können nicht einfach alles hinschmeißen und sich davonmachen, vor allem dann nicht, wenn sie so viel wissen wie Buchanan. Jetzt haben wir ein absolutes Sicherheitsproblem.«

Alan stellte seine Tasse so unsanft auf den Tisch, daß der

Inhalt überschwappte. »Bei dieser Operation ist von Anfang an was schiefgelaufen: Angehörigen der Armee wurden Aufgaben zugeteilt, die eigentlich von Zivilisten erledigt werden müßten.«

»Meinen Sie mit ›Zivilisten‹ die Agency?« wollte der Colonel wissen.

»Genau.«

»Nun, wenn die CIA ihre Arbeit ordentlich gemacht hätte, dann hätte man uns doch nicht um Unterstützung gebeten, stimmt's? Ihr habt aber gemerkt, daß ihr ein Team von tüchtigen, schlagkräftigen Leuten braucht, die für euch die Kastanien aus dem Feuer holen. Also habt ihr uns ersucht, das Risiko zu übernehmen. Der Kampf gegen die Drogenmafia war deshalb so eine Pleite, weil ihr die Oberbosse als Informanten brauchtet und ihnen dafür Immunität garantiert habt. Es ist ein bißchen kitzlig, Leute fertigzumachen, mit denen man eben noch gut freund war. Also sollen wir sie zur Strecke bringen und es so machen, daß ihr dabei nicht in Verdacht kommt.«

»Es ist ja nicht einer meiner Männer, der plötzlich glaubt, ein freier Mitarbeiter zu sein, und sich davonmacht«, stellte Alan klar.

»Captain Buchanan hätte sich nicht davonmachen können, wenn Ihre Leute das Hotel ordentlich überwacht hätten.«

»Die waren nicht beauftragt, das Hotel zu überwachen«, entgegnete Alan. »Wenn mir die Verantwortung übertragen worden wäre ... Für den ganzen Schlamassel ist einzig die Armee verantwortlich. Soldaten sollten die Finger von ...«

»Genug davon«, unterbrach ihn der Colonel. »Wie verfahren wir mit Buchanan?«

Captain Weller räusperte sich. »Ich habe sein Kreditkartenunternehmen angerufen, mich als seine Frau ausgegeben und behauptet, ihm sei die Karte gestohlen worden. Ich hatte erwartet, daß er sich ein Flugticket gekauft hat. Das war ein Irrtum. Wie ich in Erfahrung brachte, wurde unter seinem Namen in New Orleans ein Wagen gemietet. Dann ein Motelzimmer in Beaumont, Texas. Dort ist er nur wenige Stunden geblieben, wie unsere Leute vor Ort erfahren haben. Mittags ist er wieder abgereist. Offenbar will er sich nirgendwo lange aufhalten.«

»Wohin will er?«

Sie schüttelte den Kopf. »Er scheint in westliche Richtung zu fahren. Das Kreditkartenunternehmen hat versprochen, mich zu benachrichtigen, sobald man ihn geortet hat.«

»Und was haben Sie davon, wenn Sie erfahren, daß sich Buchanan vor ein paar Tagen irgendwo in Texas ein Paar Schuhe gekauft hat? Das führt doch zu gar nichts. Bis wir dort sind, ist er schon tausend Meilen weiter. Schade um die Zeit. Warum lassen Sie den Mann nicht untertauchen, wie er es vorgeschlagen hat?« fragte Alan.

»Gestern abend behaupteten Sie, er sei davon überzeugt, daß wir ihn umlegen wollten«, sagte der Colonel.

»Stimmt.«

»Dieser Verdacht ist absurd. Er muß verrückt sein, wenn er glaubt, wir seien gegen ihn. So! Und was ist mit der Journalistin? Leidet die vielleicht auch unter Verfolgungswahn und weiß nicht, was sie tut? Es heißt, sie habe ihre Nachforschungen aufgegeben. Aber einen Beweis dafür haben wir nicht.«

»Egal, was wir beschließen, wir müssen es nur rasch tun«, sagte der Major. »Für mich arbeiten über zwanzig Undercoveragenten in Lateinamerika, die von mir Unterstützung erwarten. Solange ich mir den Kopf über Buchanan zerbrechen muß, besteht das Risiko, daß etwas anderes schiefgeht. Wenn Buchanan bloß mitgezogen hätte! Er hätte bloß an seiner Geschichte mit Victor Grant festzuhalten brauchen und Ausbilder werden sollen.«

9

Als sie sich der Innenstadt von San Antonio näherten, fiel der Verfolger nicht mehr so auf, denn er war bemüht, möglichst im Schutz anderer Autos zu fahren. In den besser beleuchteten Straßen konnte Buchanan erkennen, daß er einen grauen Jeep Cherokee benutzte.

Buchanan hielt an einer Tankstelle, tankte voll und bezahlte seine Rechnung im Büro. Inzwischen parkte der andere in einiger Entfernung.

Ein Stück weiter hielt Buchanan an einem Mini-Einkaufsmarkt, aß in einem Schnellimbiß eine mit Rindfleisch und Bohnen gefüllte Enchilada und trank eine Cola dazu.

Die ganze Zeit behielt er den Jeep im Auge, der am Rand des Einkaufszentrums im Dunkeln wartete. Der Fahrer saß am Steuer und telefonierte.

Buchanan verließ das Restaurant durch eine Hintertür neben der Toilette und schlich durch eine finstere Seitengasse zu dem Jeep. Das Telefon und die Beobachtung des Vordereingangs nahmen den Mann so in Anspruch, daß er Buchanan, der sich auf der Beifahrerseite von hinten näherte, nicht bemerkte. Kaum hatte der Schnüffler – er war nicht ganz dreißig Jahre alt – den Hörer hingelegt, öffnete Buchanan die Tür, stieg ein und stieß ihm die Pistole in die Rippen.

Er stöhnte vor Schmerz auf.

»Wie heißen Sie?« fragte Buchanan.

»Frank … Frank Tucker.«

»Wir machen eine kleine Rundfahrt.«

Der andere war vor Schreck wie gelähmt.

»Fahren Sie los, oder ich knalle Sie ab.«

Tucker gehorchte.

»So ist es recht. Schön in den Verkehr einfädeln. Behalten Sie beide Hände am Lenkrad.«

»Was wollen Sie?« Die Stimme des Mannes bebte.

»Na, zuerst mal …« Buchanan tastete mit der freien Hand Franks Windjacke ab. Er fand ein Halfter, aber keine Waffe. »Wo ist die Kanone?«

Tuckers nervöser Blick glitt auf das Handschuhfach.

Buchanan öffnete es und fand einen Smith & Wesson-Revolver.

»Wo sind Ihre Kumpel?«

»Ich habe keine Kumpel.«

»Mag sein. Das kriege ich bald raus. Wenn Sie lügen,

schieße ich Sie ins rechte Knie. Für den Rest Ihres Lebens sind Sie dann ein Krüppel. Wenden Sie an dem Laden da – wir fahren zurück.«

»Hören Sie, ich weiß nicht, was das soll. Ich gebe Ihnen mein ganzes Geld und …«

»Verschonen Sie mich mit dem Quatsch. Vorsicht! Ich habe gesagt, beide Hände ans Lenkrad.«

Buchanan entsicherte die Pistole und stieß sie Tucker härter in die Rippen.

»Lassen Sie das, Mann. Wenn ich über einen Hubbel fahre, geht das Ding vielleicht los.«

»Dann fahren Sie eben nicht über einen Hubbel. Was sind Sie – Offizieller oder Privater?«

»Ich weiß nicht, was Sie wollen.«

»Für wen arbeiten Sie?«

»Ich arbeite für niemanden.«

»Okay, Tucker. Sie machen sich also einfach einen Spaß daraus, mich zu beschatten.«

»Ich habe Sie nicht beschattet. Ich kenne Sie gar nicht.«

»Natürlich nicht. Wir sind einfach zwei Fremde, die sich zufällig begegnen und zufällig Schießeisen bei sich haben.« Buchanan musterte ihn. »Bulle sind Sie nicht. Wenn Sie einer wären, hätten Sie ein Team zur Absicherung hinter sich. Sie könnten zur Mafia gehören, aber Windjacke und Jeep Cherokee entsprechen nicht ganz deren Stil. Was sind Sie?«

Keine Antwort.

»Ich finde es langweilig, mit mir selber zu sprechen. Wenn Sie nicht sofort antworten, schieße ich in beide Knie.«

»Schon gut, schon gut.« Tucker standen Schweißperlen auf der Oberlippe. »Ich bin Privatdetektiv.«

»Endlich lernen wir uns kennen. Wo sind Sie ausgebildet worden, Tucker? Na los, lassen Sie die Unterhaltung nicht einschlafen. Ihre Ausbildung. Wo …?«

»Habe mich so eingearbeitet.«

»Hab ich mir gedacht.«

Das Telefon schnarrte.

»Nein, Hände ans Lenkrad. Der Anrufer kann warten. Warum sprechen wir nicht persönlich mit ihm? Wir fahren zurück nach Castle Hills.«

10

Duncan Bradley lag auf der Matratze in seinem Lieferwagen und beobachtete auf dem Monitor das Haus von Pedro Mendez. Er trug noch die Kopfhörer, obwohl es, seitdem der Mann namens Jeff Walker hinausgeworfen worden war, nichts mehr zu belauschen gab. Schweigend war das Ehepaar schlafen gegangen.

Duncan versuchte, seinen Komplizen telefonisch zu erreichen, und gab nun auf, nachdem es zehnmal geklingelt hatte. Tuckers Schweigen beunruhigte ihn, obwohl es dafür gewiß eine vernünftige, harmlose Erklärung gab. Zum Beispiel könnte ja Tucker diesem Jeff Walker in ein Hotel gefolgt sein. Dennoch griff Duncan noch einmal zum Apparat und drückte auf den Knopf, der ihn automatisch mit Tucker verbinden sollte.

Dazu kam es nicht mehr, denn auf dem zweiten Bildschirm nahm er eine Bewegung hinter dem Lieferwagen wahr. Es war Tuckers Jeep Cherokee, der angehalten hatte. Die Scheinwerfer wurden abgestellt, und Duncan atmete erleichtert auf. Mit Tuckers Autotelefon mußte etwas nicht in Ordnung sein, und nun war er zurückgekommen, um ihm persönlich mitzuteilen, was er über Jeff Walker erfahren hatte.

Sobald Tucker aus dem Jeep ausstieg und sich der hinteren Tür des Lieferwagens näherte, erhob sich Duncan, kroch auf Händen und Knien hin und öffnete.

»Was ist denn mit deinem Telefon los? Ich habe versucht ...« Ihm verschlug es die Sprache. Vor Überraschung machte er den Mund nicht zu, denn neben Tucker stand Jeff Walker. Und er hielt ein Schießeisen in der Faust.

11

Pedro Mendez war wütend, weil das Klingeln gar kein Ende nehmen wollte. Die Sorgen um seine Tochter, der verwirrende Besuch von Jeff Walker und die Befürchtungen wegen der Wanze im Bad hatten ihn so erregt, daß er nicht einschlafen konnte. Was würde Jeff Walker zu berichten haben, wenn sie sich am nächsten Tag in der Werkstatt trafen? Ruhelos hatte er sich hin und her gewälzt, bis er schließlich wider Erwarten eingedöst war. Und nun läutete die verdammte Klingel.

»Anita, bleib liegen«, befahl er, als er unsicher auf die Beine kam und Bademantel und Pantoffeln anzog. Er holte einen Baseballschläger aus dem Schrank und rannte die Treppe hinunter. Durch die verglaste Tür nahm er auf der düsteren Veranda die Silhouette eines Mannes wahr.

Seine Entschlossenheit, niemanden hineinzulassen, geriet ins Wanken, nachdem er das Verandalicht eingeschaltet hatte und den ungeduldigen Jeff Walker erkannte, der Pedro wortlos aufforderte, die Tür zu öffnen.

Pedro gehorchte, achtete jedoch darauf, die Sicherheitskette nicht zu entfernen. »Was wollen Sie ...?«

»Schnell. Ich muß Ihnen etwas zeigen.« Jeff Walker deutete in Richtung Straße.

Dort machte Pedro undeutlich den geparkten Lieferwagen aus. »Was wollen Sie hier um diese Zeit?«

»Bitte. Es geht um Juana. Es ist wichtig. Kommen Sie!«

Pedro verdrängte seine Zweifel und wollte Jeff Walker reinlassen. Der rannte jedoch zu dem Lieferwagen. »Los, kommen Sie!« rief er noch einmal.

Pedro hatte Mühe, ihn einzuholen. »Was wollen Sie mir zeigen? Wessen Wagen ist das?«

Jeff Walker riß die Tür des Laderaums auf und knipste eine Taschenlampe an. Zwei Männer – nackt, die Hände hinter dem Rücken mit den Hemdsärmeln, die Füße mit den Hosenbeinen gefesselt und der Mund mit Unterwäsche verstopft – lagen auf dem Boden des Fahrzeugs, mit ihren Gürteln aneinandergebunden.

»Ich weiß, unter den gegebenen Umständen ist es nicht leicht festzustellen«, sagte Jeff Walker. »Sind das die beiden Kerle, die bei Ihnen waren und sich nach Juana erkundigt haben?«

Pedro nahm die Lampe, trat näher und beleuchtete ein Gesicht nach dem anderen. »Ja. Wie haben Sie ...?«

»Das sind die Lauscher.«

Pedro ließ den Lichtstrahl über den Innenraum gleiten, wo auf Regalen die elektronische Ausrüstung untergebracht war. Das ganze Haus muß ja ... Pedro bekam schwache Knie.

Jeff Walker zog Frank Tucker den Knebel aus dem Mund. »Wer hat noch mit euch gearbeitet?«

Dem Mann fiel das Sprechen schwer, denn durch das saugfähige Gewebe war ihm der Mund ausgetrocknet.

Pedro zuckte zusammen, als Jeff Walker Tucker die Pistole an die Hoden hielt. »Wer war der dritte?«

»Er hat stundenweise für uns gearbeitet. Bloß einen Tag. Er ist zurück ...« Er merkte, daß er zuviel verriet, und schwieg.

»Wohin?« fragte Jeff Walker. Als er keine Antwort erhielt, seufzte er. »Ich glaube, Sie nehmen mich nicht ernst.« Er stopfte ihm das Unterzeug wieder in den Mund und riß ihm mit einer Zange aus einem offenen Werkzeugkasten ein Büschel Schamhaare aus.

Tucker schrie stumm auf, Tränen quollen ihm aus den Augen.

Pedro war entsetzt. Gleichzeitig hatte er solche Angst um Juana, daß er am liebsten den Kopf des Gefangenen gepackt und gegen den Boden geschlagen hätte, um ihn zum Reden zu zwingen.

Jeff Walker wandte sich Duncan Bradley zu, nahm ihm das Unterzeug aus dem Mund und redete scheinbar sehr vernünftig mit ihm. »Ich bin sicher, daß Sie nicht dasselbe über sich ergehen lassen wollen. Wenn ich alle Haare ausgezupft habe, brenne ich die Stoppeln mit Streichhölzern ab. Danach sieht das da unten aus wie die Gurgel eines durchgebratenen Truthahns. Und diese Gurgel werde ich dann ...« Er tat, als schneide er etwas ab.

Tucker warf sich noch voller Schmerzen hin und her.

»Wohin ist Ihr stundenweise beschäftigter Komplize zurückgekehrt?« fragte Jeff Walker. »Sie sprechen nicht mit texanischem Akzent. Wo kommen Sie her?«

Walker näherte sich mit der Zange Bradleys Unterleib.

»Philadelphia«, stieß dieser hervor.

»Sie überwachen das Haus, um Juana Mendez zu finden. Warum?«

Keine Antwort.

»Pedro, holen Sie Streichhölzer.«

Pedro schickte sich zum Gehen an. Buchanan war von seiner wütenden Entschlossenheit überrascht.

»Warten Sie«, preßte Bradley hervor. »Ich weiß es nicht. Das ist die Wahrheit. Wir hatten den Auftrag, nach ihr zu fahnden und herauszukriegen, wo sie steckt.«

»Und wenn sie gefunden war – was dann?« drängte Jeff Walker.

Der Befragte gab keine Antwort.

»Sie enttäuschen mich. Sie brauchen eine Warnung.« Jeff Walker beugte sich über den Komplizen und benutzte wieder die Zange.

Pedro begann Walkers Taktik zu begreifen: Die zugefügten Schmerzen waren weniger physisch als psychisch.

Tucker schlug wild um sich, das tränenüberströmte Gesicht verzerrt. Da sie zusammengekoppelt waren, wurde der eine durchgeschüttelt, wenn der andere sich aufbäumte.

»Noch mal oder reicht das?« fragte Walker. Bradley riß vor Panik die Augen weit auf. »Was sollte mit Juana geschehen, sobald ihr sie gefunden hattet?«

»Fragen Sie das die Leute, die uns angeheuert haben.«

»Wer sind die?«

»Keine Ahnung.«

»Sie wissen nicht, warum Ihre Auftraggeber Juana in ihre Gewalt bringen wollen. Sie wissen auch nicht, wer sie sind. Sie wissen als Detektive eine ganze Menge nicht. Und ich kriege schlechte Laune. Also, zum letztenmal: Wer hat Sie angeheuert?«

»Ein Mittelsmann. Kenne seinen Namen nicht.«

»Wie ist der Mittelsmann zu erreichen?«

»Telefonisch.«

»Welche Nummer?«

»Sie ist gespeichert ...« Bradley deutete mit dem Kinn auf das Mobiltelefon, das auf dem Boden lag. »Bloß die Wahlwiederholungstaste drücken, dann Taste acht und die Sprechtaste.«

»Wissen die von mir?«

»Ja.«

»Wie lautet euer Codewort?«

»Yellow Rose.«

Jeff Walker griff zum Telefon. »Ich hoffe um euretwillen, daß ihr die Wahrheit sagt.« Er drückte die drei genannten Tasten und wartete auf Antwort.

Die Verbindung war sofort hergestellt. Pedro stand nahe genug, um eine sympathische Männerstimme zu hören: »Brotherly Love Escort Service.«

Was nun folgte, erregte Pedros Erstaunen: Jeff Walker ahmte perfekt Bradleys Stimme nach.

»Hier Yellow Rose«, meldete sich Buchanan. »Der Kerl, der heute abend zum Haus von Mendez gekommen ist, gefällt mir nicht. Habt ihr noch mehr Informationen über ihn?«

Die Stimme am anderen Ende klang nicht mehr sympathisch. »Nur, was ich dir gesagt habe. Er heißt nicht Jeff Walker, sondern Brendan Buchanan. Er hat den Wagen in New Orleans gemietet und ... Sorry. Gespräch auf einer anderen Leitung.« Die Verbindung wurde unterbrochen.

Buchanan wartete, beunruhigt, daß diese Leute seinen richtigen Namen so schnell erfahren hatten.

Die Verbindung stand wieder, die Stimme klang angespannt. »Gut, daß du angerufen hast, seht euch vor! Unser Computerfreak hat herausgekriegt, daß Brendan Buchanan Hauptmann bei den Special Forces ist.«

Verdammt, dachte Buchanan.

»Es war also richtig, die Sache ernst zu nehmen«, sagte Buchanan. »Vielen Dank für die Warnung. Wir werden uns in acht nehmen.«

Er drückte den Knopf ENDE. Während seines Gesprächs war die gewählte Nummer auf einem Display am Telefon erschienen. Er hob Block und Bleistift vom Boden auf, notierte die Nummer und steckte den Zettel in die Hemdentasche.

Gerade überlegte er, welche Fragen er noch stellen sollte, da hörte er plötzlich sich nähernde Schritte. Anita Mendez, mit einem Hausmantel bekleidet, kam mit ängstlichem Gesicht über den Rasen zum Lieferwagen.

»Anita«, forderte Pedro sie auf, »geh zurück ins Haus.«

»Das tue ich nicht. Es geht um Juana. Ich will wissen, was los ist.«

Erschrocken blieb sie am Wagen stehen, als sie die nackten gefesselten Männer erblickte. *»Madre de Dios.«*

»Die Männer können uns bei der Suche nach Juana helfen«, sagte Pedro. »Es ist nicht anders möglich. Geh wieder.«

Anita sah ihn wütend an. »Ich bleibe hier.«

»Hat Juana ein Büro hier in der Stadt?« fragte Buchanan.

»Ja«, antwortete Anita. »In ihrem Haus. Sie hält sich aber selten dort auf.«

»Ich habe keine Zeit, bis morgen früh zu warten. Können Sie mich gleich hinbringen?«

»Glauben Sie, sie ist dort?« fragte Pedro.

»Nein, aber vielleicht erfahre ich aus ihren Unterlagen, warum jemand aus Philadelphia sie verfolgt.«

Anita ging zurück. »Ich ziehe etwas an und fahre Sie hin.«

»Wir beide bringen Sie hin«, fügte Pedro hinzu und folgte ihr.

»Hört zu, Nackedeis. Wenn Juana hier ein Haus besitzt, muß es Leute geben, die dort aufpassen.«

Bradley antwortete Buchanan nicht.

»Die sanfte Tour oder die andere?« Buchanan hielt ihm die Zange unter die Nase.

»Ja, ein zweites Team.«

»Wie viele Leute?«

»Zwei.«

»Sie lösen sich ab?«

»Ja.«

Buchanan dachte nach. Dabei fiel ihm ein länglicher Gegenstand auf, der an der Wand hing. Er ließ den Lichtkegel der Taschenlampe darübergleiten, und ein kalter Schauer rieselte ihm über den Rücken.

Es war ein Präzisionsgewehr mit modernstem Infrarotvisierfernglas. Der Zweck der Überwachung war nicht die Festnahme Juanas – sie sollte sterben, sobald sie gesichtet wurde.

13

Das Haus lag in den Hügeln südlich der Stadt, am westlichen Ufer des San Antonio River. Die Fahrt dauerte eine Dreiviertelstunde. Pedro saß am Steuer des Lieferwagens, Buchanan befand sich zur Bewachung der Gefangenen im Laderaum, und Anita folgte in dem Jeep Cherokee. Unterwegs zwang Buchanan Tucker, ihm die Telefonnummer des vor Juanas Haus postierten Scharfschützen zu nennen.

Das Telefon klingelte ganz leise. »Yellow Rose Two«, antwortete eine rauhe Männerstimme.

»Hier Frank«, sagte Buchanan und ahmte Tuckers Stimme nach. »Gibt's was?«

»Verdammt still. Seit zwei Wochen nichts. Ich glaube, wir verschwenden unsere Zeit.«

»Wenigstens kriegen wir es bezahlt. Ich bleibe bei Duncan und beobachte die Eltern. Inzwischen schicke ich dir einen Kumpel raus. Er fährt den Jeep, damit du erkennst, daß er zu uns gehört. Er verschafft sich durch die Haustür Einlaß. Er muß etwas nachprüfen, das wir wahrscheinlich vergessen haben.«

»Ich glaube nicht, daß das eine gute Idee ist. Wenn sie ihr Haus beobachtet und mit sich ringt, ob sie es betreten soll, wird sie dadurch abgeschreckt.«

»Du hast recht. Aber ich habe keine andere Wahl. Es war nicht mein Vorschlag. Es ist ein Befehl.«

»Typisch«, sagte der Mann. »Sie bezahlen uns für einen Job, und wir dürfen ihn nicht ordentlich durchziehen.«

»Laß nur den Kumpel, den ich schicke, seinen Job erledigen.«

»Geht klar. Bis später.« Eher, als du erwartest, Freundchen, dachte Buchanan.

14

Kurz nach ein Uhr morgens wies Pedro Buchanan darauf hin, daß Juanas Haus höchstens noch zwei Kilometer entfernt war.

»Das reicht. Halten Sie an.«

Nachdem Anita hinter ihnen gestoppt hatte, stieg er aus und befahl beiden, zu warten und die Gefangenen gut zu bewachen. Er fuhr mit Tuckers Jeep Cherokee über eine nebelverhüllte Anhöhe und folgte für den Rest der Strecke einer gewundenen, teilweise von Bäumen gesäumten Straße.

Pedro und Anita hatten ihm das Haus beschrieben, und so fand er es gleich. Es war ein hölzerner Flachbau, zum Schutz vor Überschwemmungen auf Pfählen errichtet, und erinnerte ihn eher an eine gemütlich-rustikale Wochenendhütte. Auf der kiesbestreuten Einfahrt drosselte er den Motor.

Er hatte ein komisches Gefühl im Nacken, als er vor der Haustür stand. Da Nebel vom Fluß heraufzog, war es denkbar, daß der Schütze zwar die abschwenkenden Scheinwerfer gesehen, aber das Fahrzeug nicht erkannt hatte. Halte dich an das Szenario, das du ihm vorgegeben hast, dachte Buchanan.

Er öffnete die beiden Schlösser mit dem Dietrich und spürte beim Eintreten den Modergeruch eines Hauses, das schon geraume Zeit unbewohnt war. Selbst in der Dunkelheit fühlte er sich beobachtet, schloß die Tür und tastete an der Wand nach einem Lichtschalter. Eine Lampe leuchtete auf – er befand sich im Wohnzimmer, das mit TV-Gerät, Videorecorder und Stereoanlage ausgestattet war, aber an Möbeln wenig mehr als ein Ledersofa, einen Couchtisch und einen Schaukelstuhl enthielt. Offenbar hatte Juana hier nicht viel Zeit verbracht, denn sonst hätte sie sich bei der Ausstattung größere Mühe gegeben.

Buchanan durchquerte den Raum und schloß aus dem Staub auf Sofa und Couchtisch, daß sie seit Monaten nicht mehr hier gewesen war. Er warf einen Blick in die Küche, drehte das Licht an und nahm die Ordnung und die spärlichen Geräte zur Kenntnis.

Vom Flur führte eine Tür ins Arbeitszimmer. Als er die Deckenlampe anschaltete, fiel ihm auf, daß auch hier alles auf das Notwendigste reduziert war: ein Aktenschrank aus Metall, ein Drehstuhl, ein Holztisch, darauf Computer, Laserprinter, Monitor, Telefon, eine Architektenleuchte, ein gelber Notizblock und ein Krug mit Bleistiften und Kugelschreibern. Ansonsten war der Raum kahl. Kein Teppich, keine Bilder.

Buchanan hoffte, daß der im Nebel lauernde Scharfschütze trotz seiner Verwunderung über die nacheinander aufflammenden Lichter den Instruktionen folgen und nicht nachforschen würde. Er öffnete die oberste Schublade des Aktenschranks, wobei ihm zwei Details auffielen. Erstens handelte es sich um eine Hängeregistratur, und zweitens waren die alphabetisch geordneten Akten von A bis DO zusammengeschoben und durch eine Lücke vom Rest der Ordner von DU bis L getrennt. Also war eine Mappe des Buchstabens D entfernt worden – von Juana oder aber von einem Eindringling, der genau wie Buchanan etwas suchte.

Er zog den zweiten Kasten mit den Ordnern von M bis Z auf und bemerkte, daß eine Mappe des Buchstabens T fehlte. Im untersten Schub fand er eine 9-mm-Browning-Halbautomatik. Die Grundausstattung, dachte er.

Er schloß die Schublade wieder und begann in einigen Unterlagen von A bis L zu lesen, bis sich ein Schema ergab.

Juana hatte hauptsächlich als Bodyguard von Frauen aus der Geschäftswelt, der Politik und der Unterhaltungsbranche gearbeitet sowie für Frauen von Prominenten, vornehmlich als Begleiterin auf Reisen in spanischsprachige Länder. Es war also kein Wunder, daß sie monatelang nicht nach Hause kam. Ihre Abwesenheit war demnach leicht zu erklären, möglicherweise war sie einfach unterwegs.

Warum aber die Postkarte? Warum braucht sie meine Hilfe?

Die Vorstellung, ihr Interesse an ihm könnte persönlich und nicht beruflich motiviert sein, schob er rasch beiseite, denn die Bitte um ein Wiedersehen hätte einer so ungewöhnlichen, geheimnisvollen Art der Kontaktaufnahme nicht bedurft. Und es würden dann nicht Scharfschützen im Hinterhalt liegen, um sie bei der ersten Gelegenheit abzuknallen. Nein, zweifellos schwebte Juana in Gefahr. Gerade wenn sie sich für längere Zeit im Ausland befand, hätte sie es nicht versäumt, ab und zu ihre Eltern anzurufen. Schon gar nicht ein Dreivierteljahr lang. Jedenfalls nicht freiwillig.

Am Ende jeder Akte stieß Buchanan auf Kopien von ausgestellten Rechnungen und eingegangene Schecks. Juanas Tätigkeit war ziemlich erfolgreich gewesen, die Honorare reichten von fünftausend Dollar für Beratungen bis zehntausend Dollar für einen zweiwöchigen Einsatz als Bodyguard oder hunderttausend Dollar für zwei Monate in Argentinien. Im letzten Fall war es, wie einer angehefteten Notiz zu entnehmen war, sogar zu einer Schießerei gekommen. Nach überschlägiger Berechnung verdiente sie ungefähr eine halbe Million Dollar im Jahr. Dabei lebte sie so einfach und seltsamerweise auch ohne jegliche Sicherheitsvorkehrungen. Was hatte sie mit ihrem Geld gemacht, hatte sie es gespart oder investiert und sich vorgenommen, mit etwa fünfunddreißig Jahren aufzuhören? Buchanan konnte nur raten. Er durchsuchte das Büro, fand jedoch kein Sparbuch, keine Kontoauszüge oder einen anderen Hinweis, wo und wie sie ihr Vermögen angelegt hatte. Da er weder im Briefkasten noch auf dem Couchtisch Post gefunden hatte, hob entweder das Postamt die Sendungen auf oder ihre Eltern hatten sie abgeholt.

Mit einemmal begann das Zimmer sich um ihn zu drehen, Buchanans Beine gaben nach, so daß er sich erschöpft auf den Wippsessel gleiten ließ und die pochenden Schläfen rieb. Die Stichverletzung schmerzte ebenso wie die fast verheilte Wunde an der Schulter, und die Naht juckte.

Die Unterlagen, dachte er. Wer so in die Enge getrieben war, daß er Juana töten wollte, hätte ihr Heim in der Hoffnung durchsucht, einen Hinweis auf ihren Aufenthaltsort zu finden. Wenn sie sterben sollte, weil sie zuviel wußte, dann hätte man nach Papieren geforscht, die Rückschlüsse auf die Täter zuließen, und sie vernichtet.

Ein Name beginnt mit D, ein zweiter mit T. Buchanan lehnte sich zurück, der Sessel knarrte. Die einzelnen Seiten sahen wie Computerausdrucke aus, also könnte das ganze Archiv im Computer gespeichert sein. Plötzlich merkte er, daß das Knarren nicht vom Sessel, sondern aus dem Flur kam.

15

Buchanan drehte langsam den Kopf.

Ein Mann stand in der Tür, Mitte Dreißig, etwa ein Meter fünfundsiebzig groß und siebzig Kilo schwer. Das rotblonde Haar war kurz geschnitten. Das Gesicht entsprach dem schlanken Körperbau eines Joggers. Er trug Cowboystiefel, Jeans, ein verblichenes Jeanshemd und eine entsprechende Jacke, die ihm etwas zu groß war und seine Schlankheit betonte.

»Haben Sie gefunden, was Sie wollen?« Der Akzent des Oststaatlers wollte nicht zu seiner Aufmachung als Cowboy passen.

»Noch nicht.« Buchanan nahm die Hände vom Kopf. »Ich muß noch da und dort suchen.«

Nachdem ich eingedrungen war, dachte er, habe ich die Haustür verriegelt. Niemand ist mir gefolgt. Wie ist der …? Der Schweinehund hat nicht draußen aufgepaßt, sondern hat sich irgendwo im Haus versteckt.

»Wo zum Beispiel haben Sie noch nicht gesucht?«

»In der Datei.«

»Na, lassen Sie sich nicht stören.«

»Okay.« Buchanan drückte auf die Taste ON.

Als der Computer zu summen begann, sprach der Mann wieder. »Sie sehen verdammt schlecht aus, Kumpel.«

»Habe ein paar schwere Tage gehabt. Mir fehlt vor allem Schlaf.«

»Hier herumzuhängen ist auch beschissen. Warten, immer nur warten. Dort habe ich mich hingehauen.« Er deutete auf das nächste Zimmer. »Zum Fürchten. Kein Wunder, daß die Frau es verschlossen hielt. Vermutlich sollten die Eltern nicht sehen, was drin ist. Zuerst habe ich gedacht, es sind Körperteile.«

»Körperteile?« Buchanan war verwirrt.

»Das Zeug in dem Zimmer. Wie in einem Horrorfilm. Verdammt schräg. Hat Ihnen das keiner gesagt?«

Wovon redet der Kerl bloß? dachte Buchanan. »Wahrscheinlich meinten sie, es ist nicht wichtig. Sie haben nur die Akten erwähnt.«

»Der Computer ist bereit.«

»Richtig.« Buchanan wollte den Killer nicht aus den Augen lassen, doch blieb ihm keine andere Wahl. Denn wenn er sich nicht um seinen Job kümmerte, würde der andere noch mißtrauischer werden, als er es ohnehin war.

Der Cursor blinkte auf dem Bildschirm auf: Der Benutzer wurde aufgefordert, das gewünschte Programm zu wählen.

»Wie ist Ihr Name?« wollte der Cowboy wissen.

»Brian MacDonald.« Buchanan nannte ein Pseudonym, das er vor längerer Zeit einmal benutzt hatte. Brian MacDonald war angeblich Programmierer gewesen, und um die Identität glaubhaft zu machen, war Buchanan auf diesem Gebiet ausgebildet worden.

»Schaffen Sie es nicht? Ich hatte keine Probleme, als ich

auftragsgemäß etwas löschen mußte. Darüber wissen Sie doch Bescheid, oder?«

»Ja, aber an diesen Unterlagen bin ich nicht interessiert.«

Buchanan drang langsam in das Programm ein, obwohl er sich durch die Gegenwart des Mannes stark abgelenkt fühlte. Der Cowboy schien lauter und stoßweise zu atmen. Beunruhigte ihn etwas?

»Klappt es nicht? Wissen Sie nicht, wie es weitergeht? Soll ich es Ihnen zeigen?«

»Danke.« Wäre Buchanan allein gewesen, hätte er im Dateiverzeichnis einfach nach D und T gesucht, aber das wagte er nun nicht. Wenn der Killer Textteile gelöscht hatte, würde er sich wundern, warum Buchanan sich ausgerechnet für diese Namen interessierte. »Aber ich muß etwas gegen die verdammten Kopfschmerzen tun.« Langsam erhob er sich und massierte sich mit der Linken den Nacken. »Gibt es hier irgendwo Aspirin?«

Der Mann deutete in Richtung Badezimmer. »Schauen Sie doch mal im Arzneischrank nach.«

»Sehr gut.«

Das Badezimmer wirkte verstaubt. Wände, Fliesen, Duschvorhang – alles Grau-Weiß, wieder nur das Notwendigste. Buchanan blieb nichts anderes übrig, er mußte scheinbar nach den Tabletten suchen, obwohl die Kopfschmerzen im Augenblick seine geringste Sorge waren. Er öffnete das Schränkchen.

Da ertönte ein Summen. Überrascht sah er auf das Mobiltelefon, das er links am Gürtel trug. Er hatte es aus dem Lieferwagen mitgenommen, denn das Telefon im Jeep war fest installiert. Wahrscheinlich rief Pedro oder Anita an, um ihn zu warnen. Oder es war ein Anruf von den Auftraggebern der Spitzel aus Philadelphia.

Buchanan konnte es nicht einfach weiterklingeln lassen, das wäre noch verdächtiger gewesen.

Als er das Gerät vom Gürtel lösen wollte, bewegte sich etwas im Flur. Der Killer stand in der Tür und hatte plötzlich auch ein Telefon in der Hand. Er mußte es aus seinem Versteck geholt haben. Er sah nicht gerade fröhlich aus.

»Komisch«, sagte er. »Ich habe nie was von Brian MacDonald gehört. Eben will ich Duncan im Lieferwagen anrufen. Wollte mich erkundigen, ob Sie sauber sind. Und da klingelt es bei Ihnen! Das kann doch nur bedeuten, daß Sie das Telefon von Duncan haben, und ich frage mich, was zum Teufel ...«

Während er noch sprach, griff er unter die weite Jeansjakke, wo vermutlich ein Halfter verborgen war.

»Purer Zufall«, antwortete Buchanan. »Sie rufen Duncan an, und ich werde gleichzeitig von einem anderen angerufen. Ich zeige es Ihnen.« Er hielt ihm mit der linken Hand das Telefon hin. Mit der rechten fuhr er unter seine Jacke und zog die Pistole aus dem Gürtel. Der andere riß kaum eine Sekunde nach ihm die eigene Waffe heraus.

Buchanan feuerte und erwischte den Mann an der Brust, so daß dieser zurücktaumelte, ohne jedoch die Pistole loszulassen. Die zweite Kugel drang in die rechte Schulter. Durch Reflexe ausgelöst, schnellte die Hand mit der Waffe in die Höhe. Der dritte Schuß traf ihn in die Stirn und warf ihn um. Sein Arm streckte sich in Richtung Decke, der verkrampfte Zeigefinger jagte eine Kugel in die Decke. Putz bröckelte ab.

Der Cowboy fiel auf den Hartholzfußboden im Büro. Er keuchte, erschauerte und bewegte sich nicht mehr. Eine Blutlache breitete sich aus.

Buchanan war mit wenigen Schritten bei ihm, stieß die Pistole mit dem Fuß beiseite und forschte nach Lebenszeichen. Die Augen waren aufgerissen, und die Pupillen reagierten nicht, als er sich mit dem Finger näherte. Schnell durchsuchte er die Kleidung des Toten. Er fand nichts als einen Kamm, etwas Kleingeld, ein Taschentuch und eine Brieftasche, die er auf den Tisch legte. Aus dem Wohnzimmer holte er einen Läufer, auf den er die Leiche rollte und den Flur entlang durch Wohnzimmer und Küche zum Hintereingang zog.

Die Nacht verbarg ihn. Er schleifte die Last über eine Veranda, drei Stufen hinunter und durch das gleich dahinter beginnende Gebüsch bis zum Fluß. Vorsichtig zog er den Teppich zum Ufer hinunter, wo er einen Baumstamm fand, über den er den Leichnam warf. Dann schob er den Stamm ins Wasser und sah zu, wie der Körper hineinrutschte, sobald die Strömung ihn gepackt hatte. Den Teppich warf Buchanan in den Fluß, so weit er konnte, und ließ die Pistole des Toten folgen, die er sich unter den Gürtel geschoben hatte. Und schließlich schleuderte er noch das Mobiltelefon des Killers und drei Patronenhülsen aus der eigenen Waffe in die Fluten. Er starrte vor sich hin, atmete zur Beruhigung ein paarmal durch und rannte zum Haus zurück.

16

Das Dröhnen der Schüsse noch im Ohr verriegelte er die Hintertür. Die Anstrengung hatte die Schmerzen an Seite und Schulter wieder verstärkt. Er fand noch einen Läufer und zerrte ihn ins Büro, wo er ihn über die Blutlache breitete. Dann öffnete er das Fenster, um frische Luft hereinzulassen. Bei der Durchsuchung der Brieftasche des Toten stieß er auf annähernd dreihundert Dollar, einen Führerschein und eine Kreditkarte, beide auf den Namen Charles Duffy aus Philadelphia ausgestellt. Das war wahrscheinlich ein falscher Name. Wenn diese Papiere gut genug für einen Berufskiller waren, dann eigneten sie sich auch für Buchanan. Er steckte die Brieftasche ein – nun besaß er eine neue Identität. Selbst wenn jemand in dieser entlegenen Gegend die Schüsse gehört hatte und Nachforschungen anstellte, würde im Hause alles ganz normal aussehen, bis auf das kleine runde Loch in der Decke, das nur dann Verdacht erregen würde, wenn man die Putzteile auf dem Fußboden liegen sah. Buchanan sammelte sie auf und ließ sie verschwinden.

In aller Eile setzte er sich vor den Computer, sah auf das Dateiverzeichnis, ließ den Cursor von A nach D gleiten und drückte die RETURN-Taste. Während die gewünschten Informationen erschienen, riß er die obere Schublade des Aktenschranks auf und hob die Ordner mit dem Buchstaben D heraus. Um festzustellen, ob vorher einige Akten entnommen worden waren, mußte er die Namen mit jenen auf dem Bildschirm vergleichen. Dabei machte er sich keine großen Hoffnungen. Der Tote hatte zugegeben, ein paar Daten im Computer gelöscht zu haben. Mit großer Wahrscheinlichkeit waren Computerdatei und Handakten identisch; es würde ihm folglich nicht gelingen zu ermitteln, welche Unterlagen fehlten.

Buchanan arbeitete weiter. Für alle Namen in der Datei existierten entsprechende Schnellhefter. Erschöpfe lehnte er sich zurück – er hatte nur seine Zeit vergeudet. Es hatte sich nicht gelohnt, hierherzukommen und sein Leben zu riskieren. Er hatte nichts weiter erfahren, als daß jemand entschlossen war, Juana zu töten – und das war ihm nicht neu. Er rieb sich die geschwollenen Augenlider, warf noch einen Blick auf den Bildschirm und wollte ihn abschalten. Doch im letzten Augenblick entschloß er sich weiterzumachen, wie hoffnungslos es auch sein mochte.

Er zog die Hand von der OFF-Taste zurück und wollte gerade etwas eingeben, da rieselte ihm ein Schauer über den Rücken. Seine Augen hatten ihn genarrt, er hatte den Namen DRUMMER mit DRUMMOND verwechselt – und beim erstenmal angenommen, DRUMMER sei doppelt gespeichert. Er war sicher, keine Akte mit der Aufschrift DRUMMOND gefunden zu haben, aber in seinem Zustand konnte er sich selber nicht mehr trauen. Mit zitternden Händen wühlte er nochmals in dem Aktenfach – nichts über einen Drummond. Unglaublich, dachte er. Auch der Killer hat sich offenbar durch die Ähnlichkeit der Namen Drummer und Drummond täuschen lassen.

Buchanan wollte nun die Datei DRUMMOND auf den Bildschirm holen, doch zu seiner Enttäuschung blieb er leer. Vermutlich hatte der Killer den Text eliminiert, danach aber vergessen, den Namen im Dateiverzeichnis zu löschen.

Unter dem Buchstaben T fiel Buchanan eine beträchtliche Zahl spanischer Namen auf, darunter ein TOMEZ, zu dem es ebenfalls keine Akte gab. Ein Zufall? Wohl kaum, denn auch diesmal blieb der Bildschirm leer, als er die Datei aufrief.

Fluchend schaltete er den Computer aus und überlegte, was er in diesem Haus noch tun konnte, um Juanas Geheimnissen auf die Spur zu kommen. Das Zimmer fiel ihm ein, das der Killer abgesperrt gefunden hatte. Warum war ihm dieser Raum unheimlich vorgekommen? Was hatte er gemeint, als er sagte. »Zuerst habe ich gedacht, es sind Körperteile«?

17

Buchanan verließ das Büro und ging durch den kurzen Flur zum nächsten Zimmer auf der linken Seite. Die Tür stand offen, es brannte kein Licht, so daß nicht zu erkennen war, was sich darin befand. Er tastete an der Wand nach einem Lichtschalter. Als die Deckenlampe aufleuchtete, kniff er die Augen zu, wegen der Helligkeit und des bestürzenden Anblicks, der sich bot.

Er begriff, warum der Killer zunächst geglaubt hatte, es handle sich um Körperteile. Überall, eine Ecke ausgenommen, wo eine Matratze lag, standen Tische mit Gegenständen, die Nasen, Ohren, Kinnen, Wangen, Zähnen und Stirnen ähnelten, und überall waren Spiegel mit Lichtleisten angebracht. Auf einem Tischchen türmten sich Perücken in verschiedenen Farben und mit unterschiedlichen Frisuren, auf einem anderen mehrere Make-up-Sets. Und was man für Körperteile halten konnte, waren prothesenähnliche Gebilde, wie sie in der plastischen Chirurgie für die Rekonstruktion verletzter Gesichter benutzt wurden.

Juana hatte ähnlich gearbeitet wie er, nur mit dem Unterschied, daß er neue Identitäten annahm, während sie sich neue Gesichter modellierte. Er selber war mit Verkleidungen nie gut zurechtgekommen, was nicht bedeutete, daß er sich nicht manchmal einen Bart stehen ließ, Kontaktlinsen benutzte, die die Farbe seiner Augen veränderten, oder die Frisur wechselte. Wenn seine Vermutungen zutrafen, hatte Juana bei jedem Auftrag nicht nur ihre Persönlichkeit, sondern ihr Äußeres völlig verwandelt, nicht bloß die Kleidung, sondern auch Gesichtszüge, Gewicht und Größe. Er fand Einlagen, die ihre Brust üppiger erscheinen ließen oder ihr das Aussehen einer Schwangeren verliehen. Da standen geschickt gearbeitete Turnschuhe mit Spezialeinlagen und Make-up, mit dem sie ihre Hautfarbe aufhellen konnte.

Juana hatte ihn übertrumpft – sie war die perfekte Verwandlungskünstlerin. Auf seinem Gang durch das Haus fand er es enttäuschend und befremdend, nirgendwo ein Bild von ihr zu sehen. Er wäre so gern an ihre braunen Augen, an das glänzende schwarze Haar und das ungewöhnlich schöne Gesicht erinnert worden. Er wurde den Verdacht nicht los, daß die Verfolger alle Fotos an sich genommen hatten, um sich die Suche nach ihr zu erleichtern. Sollte das zutreffen, dann wären auch die Bilder keine große Hilfe, weil es von Juana kein verläßliches Konterfei gab. Und ihn beschlich die fürchterliche Gewißheit, daß die Frau, in die er (oder Peter Lang oder wer immer er war) sich verliebt hatte, so wenig greifbar war wie ein Phantom. Genau wie er. Trotzdem mußte er Juana aufspüren.

18

Er machte das Fenster im Büro zu und wischte mit dem Taschentuch die Fingerabdrücke von allem ab, was er berührt hatte. Er löschte sämtliche Lichter und schloß nach einem letzten prüfenden Blick den Vordereingang mit dem Dietrich wieder ab. Wenn der Komplize des Killers zur Ablösung eintraf, würde er nicht gleich begreifen, was sich abgespielt hatte. Der Bericht an seine Bosse würde verworren klingen und das Durcheinander verstärken, das durch das Verschwinden der beiden Scharfschützen vor dem Haus der Eltern entstanden war. Nur soviel war sicher: Juanas Feinde wußten, daß ein Mann namens Brendan Buchanan bei den Eltern gewesen war, und daraus ergab sich, daß er für die Ereignisse dieses Abends verantwortlich gemacht werden würde. Morgen früh, dachte er, werden sie Jagd auf mich machen. Nein, sie werden Brendan Buchanan jagen. Wenn ich Glück habe, wird es eine Weile dauern, bevor sie merken, daß ich Charles Duffy geworden bin.

Er klopfte auf die Brieftasche, die er dem Toten abgenommen und eingesteckt hatte, stieg in den Jeep Cherokee und fuhr rückwärts auf die dunkle Straße. Nach zwei Kilometern stieß er auf den Lieferwagen, der in einer nebligen Senke stand. Die Hand auf dem Rücken, damit er im Notfall schnell die Pistole ziehen konnte, stieg er aus. Im Nebel nahm er eine Bewegung wahr, sah gespannt hin und war erleichtert, als er Anita erkannte. Sie berichtete, daß Pedro im Lieferwagen bei den beiden gefesselten Gangstern saß.

»Das Telefon hat mehrmals geklingelt.«

»Ich weiß«, sagte Buchanan.

»Wir haben nicht abgenommen, weil es nicht unser Zeichen war.«

»Das war richtig.« Buchanan atmete auf, nachdem er sich vergewissert hatte, daß bei den Gefangenen alles in Ordnung war.

»Haben Sie Juana gefunden?« fragte Pedro.

»Nein.«

»Dann war das alles zwecklos. Was machen wir nun?«

»Lassen Sie mich mal mit den beiden Männern allein. Setzen Sie sich zu Ihrer Frau in den Jeep.«

»Warum?« Pedro wurde mißtrauisch. »Wenn Sie die Burschen nach Juana fragen wollen, dann will ich dabeisein.«

»Nein, manchmal ist es besser, wenn man etwas allein tut. Lassen Sie mich mit den Männern allein.«

Zögernd verließ Pedro den Lieferwagen.

Buchanan vergewisserte sich, daß die Mendez' im Jeep Platz nahmen, und schloß erst dann die Fondtür.

Er leuchtete den Männern nacheinander mit der Taschenlampe ins Gesicht. »Ihr hättet mir sagen sollen, daß sich der Posten im Haus aufhielt.«

Ihre Augen waren vor Schreck aufgerissen, die Gesichter wirkten eingefallen.

»Nun ist er tot. Das ist eure Schuld. Ihr seid in einer schwierigen Lage.« Er zog die Pistole und nahm Tucker den Knebel aus dem Mund.

»Hab ich mir gedacht«, sagte Tucker. »Darum haben Sie die beiden weggeschickt – sie sollen nicht Zeuge sein, wie Sie uns umlegen.«

Buchanan holte eine Decke aus einer Ecke des Fahrzeugs.

»Na klar«, sagte Tucker verzweifelt. »Eine Decke gibt einen guten Schalldämpfer ab.«

Buchanan deckte Tucker und seinen Komplizen zu. »Ich will nicht, daß ihr euch eine Lungenentzündung holt.«

Tucker war erstaunt.

»Wenn es umgekehrt wäre, was würdet ihr mit mir tun?«

Tucker schwieg.

»Wir sind uns ähnlich und sind es doch wieder nicht. Sie und ich – wir haben beide schon getötet. Nur mit dem Unterschied, daß ich kein Killer bin.«

»Ich weiß nicht, wovon Sie reden.«

»Begreifen Sie die Nuance nicht? Um es deutlicher zu sagen: Ich werde euch nicht töten.«

Tucker war zwischen Angst und Verwirrung hin- und hergerissen, denn Gnade gab es in seiner Welt nicht.

»Vorausgesetzt, ihr haltet euch an die Regeln.«

»Was für Regeln?«

»Erstens. Bis Sonnenuntergang seid ihr gefesselt. Ihr kriegt Essen und Wasser und dürft euch erleichtern. Aber ihr bleibt im Lieferwagen. Ist das klar?«

Tucker runzelte die Stirn und nickte.

»Zweitens. Wenn ihr freigelassen werdet, krümmt ihr Pedro und Anita Mendez kein Haar. Sie wissen nichts über mich, sie wissen nichts über ihre Tochter. Sie haben von der ganzen Sache keine Ahnung. Wenn ihr sie foltert oder andere Mittel einsetzt, um sie zum Sprechen zu zwingen, flippe ich aus. Wenn ihnen etwas geschieht, sorge ich dafür, daß eure schlimmsten Ahnungen sich erfüllen. Ihr könnt euch verstecken, ihr könnt falsche Namen annehmen – es wird euch alles nichts helfen. Für den Rest eures Lebens werdet ihr euch aus Furcht ständig umblicken. Leute aufzuspüren ist nämlich mein Geschäft. Verstanden?«

Tucker schluckte. »Ja.« Der andere nickte nur mit zitterndem Kopf.

Buchanan stieg aus, ohne die Tür zu schließen, und winkte Pedro und Anita herbei.

Pedro wollte etwas auf spanisch sagen.

Buchanan unterbrach ihn. »Nein. Wir müssen englisch sprechen. Ich will sicher sein, daß diese Typen jedes Wort verstehen.«

Pedro war verwirrt.

»Das wird ein schwerer Tag für Sie – Sie müssen die beiden bewachen. Sorgen Sie dafür, daß der Lieferwagen nicht entdeckt wird. Stellen Sie ihn zum Beispiel hinter einer Ihrer Werkstätten ab.« Er erläuterte, was er den Gefangenen befohlen hatte. »Lassen Sie die beiden bei Sonnenuntergang frei.«

»Aber …«

»Keine Sorge. Die tun Ihnen nichts. Sie verlassen nämlich sofort die Stadt. Stimmt's?« fragte er Tucker, der beflissen nickte.

»So ist es recht. Nun muß ich nur noch wissen, ob ihr zu einer bestimmten Zeit anrufen müßt, damit euer Brötchengeber weiß, daß alles paletti ist.«

»Nein.«

»Sind Sie sicher? Euer Leben steht auf dem Spiel. Vorsicht also.«

»Wir brauchen nur anzurufen, wenn wir Fragen oder etwas zu melden haben.«

»Damit wäre das erledigt.« Buchanan wandte sich an Pedro und Anita. »Ich brauche etwas zu essen und einen Platz zum Schlafen.«

»Sie könnten sich bei uns ausruhen«, sagte Anita.

»Vielen Dank, aber mir ist es lieber, wenn Sie nicht wissen, wo ich mich aufhalte. Je weniger Sie wissen, desto besser. Solange diesen Verbrechern klar ist, daß sie von Ihnen nichts erfahren, sind Sie sicher. Halten Sie sich bloß an die Abmachung. Lassen Sie die beiden bei Sonnenuntergang frei. Auf dem Weg in die Stadt muß ich meinen Wagen holen. Ich habe mein Gepäck drin.«

»Und was wird danach? Nachdem Sie sich ausgeruht haben?« fragte Pedro.

»Ich verlasse San Antonio.«

»Wohin gehen Sie?«

Buchanan antwortete nicht.

»Ich hoffe, nach Philadelphia, um die Leute zu suchen, die diese Männer angeheuert haben.«

Buchanan gab wieder keine Antwort.

»Was hat sich in Juanas Haus abgespielt?«

»Nichts, was Sie wissen müßten, Pedro. Sie nehmen den Lieferwagen, ich bewache die beiden, und Sie, Anita, folgen uns im Jeep.«

»Und was ist mit Juana?«

»Sie haben mein Wort. Ich werde nicht aufgeben.«

19

Halbinsel Yucatán

McIntyre, der braungebrannte, zähe Projektleiter, lag, vom Fieber geschüttelt, in einem Blockhaus, das die Arbeiter kurz nach ihrer Ankunft auf dem Gelände errichtet hatten. Damals bedeckten noch dichtstehende Bäume und Buschwerk die Ruinen.

McIntyre mußte seine ganze Kraft zusammennehmen, um sich mit dem gesunden Arm den Schweiß von der Stirn zu wischen. Er wünschte aus tiefster Seele, daß er sich nie auf diesen Vertrag mit Alistair Drummond eingelassen hätte. Er hatte dem beträchtlichen Honorar und dem ebenso großzügigen Bonus nicht widerstehen können, den Drummond versprochen hatte, wenn das Projekt erfolgreich zu Ende geführt sei. McIntyre hatte in vielen Ländern der Erde gearbeitet, weil er den Drang verspürte, die Wildnis zu bändigen und Ordnung anstelle von Chaos zu setzen. Dieser verrückte Auftrag jedoch hatte ihn gezwungen, Ordnung zu zerstören und Chaos zu schaffen. Dafür wurde er nun bestraft.

Selbst die Erde schien erzürnt über das abscheuliche Vorgehen von McIntyre und seinen Bautrupps. Vielleicht war es auch der Zorn der Götter, zu deren Ehre die Tempel einst erbaut worden waren. Ein ungewöhnlicher Gedanke für mich, dachte McIntyre, denn er war nie religiös gewesen.

Zerstört die Ruinen, macht sie dem Erdboden gleich, hatte Drummond befohlen. Und mit jeder Sprengung und jedem knirschenden Biß eines Bulldozers, mit jedem hieroglyphenbedeckten Steinquader, der in eine Grube geworfen wurde, hatten die Erde und die Götter der Unterwelt protestiert. Regelmäßig wiederkehrende Beben hatten das Lager durchgerüttelt, und sie wurden von einer weiteren Heimsuchung begleitet: Unzählige Schlangen krochen aus Löchern und Rissen in der Erde, wie eine Seuche breiteten sie sich aus und konnten nur bekämpft werden, indem man sie mit Kerosin übergoß und verbrannte. McIntyre hatte es selbst angeordnet – und die Schlangen hatten sich gerächt.

Als er am Tag zuvor, kurz nach Sonnenaufgang, einen Schraubenschlüssel aus einem Werkzeugkasten holen wollte, verspürte er plötzlich einen zuerst stechenden, dann brennenden Schmerz am rechten Handgelenk. Er sah gerade noch eine kaum dreißig Zentimeter lange Schlange aus dem Kasten gleiten und in einem Stapel von Brettern und Bohlen verschwinden. In Panik lief er zum Sanitätszelt hinüber. Der Arzt des Camps, ein unrasierter Kerl, der ständig eine Zigarette im Mund und eine Whiskeyfahne hatte, spritzte ein Gegengift und desinfizierte die Bißwunde. Dabei wiederholte er immerfort, McIntyre habe großes Glück gehabt, daß die Fangzähne nicht größere Blutgefäße getroffen hätten.

McIntyre zitterte trotzdem vor Angst und Schmerzen.

Selbst wenn er das richtige Gegenmittel bekommen hatte, brauchte er dringend Behandlung in einem Krankenhaus. Das nächste größere Hospital befand sich in Campeche, fast zweihundertfünfzig Kilometer entfernt. Bisher war noch keine Straße durch den Dschungel gelegt worden, auf der Fahrzeuge die Ruinenstadt verlassen konnten. Die einzige Möglichkeit, McIntyre noch rechtzeitig nach Campeche zu bringen, war mit dem Hubschrauber. Doch zwei der Helikopter waren nach Vera Cruz geflogen, um Versorgungsgüter heranzuschaffen, und wurden erst in zwölf Stunden zurückerwartet. Der dritte stand defekt im Lager und mußte erst repariert werden.

McIntyre verschwamm alles vor den Augen, und er nahm Geräusche nur noch gedämpft wahr. Das Brüllen der Bulldozer, die Detonation der Sprengungen und das Getöse der Bohrhämmer schienen von weither zu kommen und nicht aus den Ruinen direkt vor seinem Büro. Der einzige Laut, auf den er verzweifelt hoffte, war das Knattern eines Hubschraubers. Bisher vergebens. Wenn nicht bald der im Lager stehende Chopper repariert wurde oder die anderen zurückkehrten, würde er sterben. Dabei hatte Alistair Drummond unter anderem angemessene ärztliche Betreuung garantiert. Da er dieses Versprechen nicht gehalten hatte, würden wahrscheinlich all die anderen Zusagen – etwa in bezug auf Bonus oder Honorar – auch nicht erfüllt werden.

Dieser Verdacht war den anderen Beschäftigten noch nicht gekommen. Sie setzten nur alles dran, so schnell wie möglich von hier fortzukommen, und rückten dem Dschungel und den Ruinen deshalb mit Berserkerwut zu Leibe. Nichts gebot ihrem Eifer Einhalt, weder die Erdstöße noch die Schlangen und schon gar nicht McIntyres drohender Tod. Hartnäckig waren sie geblieben, trotz aller Versuche der Indianer, sie zu vertreiben. Die Arbeiter hatten die Eingeborenen gejagt und jeden Gefangenen getötet. Die Leichen warfen sie in Brunnen, was einer Nachahmung jener Menschenopfer gleichkam, wie sie einst die Maya praktiziert hatten.

Im Delirium hörte McIntyre, daß sich die Bürotür öffnete. Das Geräusch der draußen vorbeifahrenden Bulldozer drang lauter herein. Dann wurde die Tür wieder geschlossen, Schritte näherten sich seinem Lager auf dem gestampften Fußboden.

Eine zärtliche Hand strich ihm über die Stirn. »Du hast noch Fieber.« Eine weibliche Stimme – Jenna. »Fühlst du dich besser?«

»Nein.« McIntyre zitterte, der Schweiß floß ihm in Strömen aus allen Poren.

»Hier, Wasser.«

»Kann nicht.« Das Atmen fiel ihm schwer. »Ich bringe es wieder raus.«

»Halte noch durch. Die Mechaniker arbeiten wie verrückt, um den Chopper zu reparieren.«

»Es geht nicht schnell genug.«

Jenna kniete sich neben das Feldbett und hielt ihm die linke Hand. McIntyre erinnerte sich, wie erstaunt er gewesen war, als ihm eine Frau als Landvermesserin des Projekts vorgestellt wurde. Er hatte kein Hehl daraus gemacht, daß dies kein geeigneter Ort für ein weibliches Wesen sei. Sie hatte seine chauvinistische Einstellung bald widerlegt und bewiesen, daß sie im Dschungel genau wie ein Mann zurechtkam. Sie war etwas über vierzig, wie McIntyre, hatte honiggelbes Haar, feste Brüste und ein nettes Lächeln. Seit drei Monaten arbeiteten sie zusammen, und McIntyre hatte sich in sie verliebt. Er hatte es ihr nie gestanden, denn er fürchtete, zurückgewiesen zu werden. Wenn er abgeblitzt wäre, hätte das die Zusammenarbeit unerträglich gemacht. Sobald die Arbeit beendet war, wollte er ihr …

Sie streichelte seine Hand und kam näher. »Ich wette, einer der Chopper kommt aus Vera Cruz zurück, bevor der hier repariert ist. Denn Drummond wird erwartet. Wir bringen dich mit seinem Hubschrauber ins Krankenhaus.«

»Drummond?«

»Erinnerst du dich nicht?« Jenna wischte ihm mit einem feuchten Tuch über die Stirn. »Wir haben darüber gesprochen, als ich vor einer halben Stunde das Sprechfunkgerät benutzte. Wir haben gefunden, was Drummond will. Es lag die ganze Zeit direkt vor unserer Nase. Drummonds Übersetzung enthielt die Anleitung. Wir waren zu clever und haben uns die Suche zu schwer gemacht. Wir gingen nämlich davon aus, daß die Anweisung nur bildlich gemeint ist. Dabei ist sie wortwörtlich zu verstehen. Der Gott der Dunkelheit. Der Gott der Unterwelt. Der Gott der Pyramide. Es war so verdammt einfach, Mac! Nachdem deine Leute die Pyramide geschleift hatten, war nicht zu übersehen, warum die Maya sie gerade an dieser Stelle errichteten. Wir haben gefunden, was Drummond sucht.«

Zehntes Kapitel

I

Washington, D. C.

Halb zwei Uhr nachmittags. Sobald Buchanan mit einer Maschine der TWA aus San Antonio angekommen war, steuerte er auf das nächste Münztelefon im National Airport Terminal zu. Auf dem fünfstündigen Flug hatte er etwas geschlafen. Obwohl seine Wunden und der Kopf noch immer schmerzten, fühlte er sich etwas wohler als in den vergangenen Tagen. Er reiste unter dem Namen Charles Duffy und hatte alles unter Kontrolle.

Ein Kollege von Holly bei der ›Washington Post‹ nahm ab, teilte ihm mit, daß sie gerade auf einem anderen Apparat sprach, und fragte nach seinem Namen.

»Mike Hamilton«, antwortete Buchanan, wie es mit Holly vereinbart war. Er setzte voraus, daß der Colonel und Alan sie überwachen ließen und aufpaßten, ob sie ihr Versprechen hielt. Bestimmt würde sich der Verdacht gegen sie erhärten und schreckliche Folgen haben, wenn sie erfuhren, daß Buchanan weiterhin Kontakt zu ihr hatte. Doch selbst für den Fall, daß Holly keine Gefahr drohte, durfte er seinen wirklichen Namen nicht benutzen, denn auch nach ihm wurde bestimmt gefahndet.

Überlegungen wie diese schossen ihm durch den Kopf, als er unruhig darauf wartete, daß Holly an den Apparat kam. Dabei stellte er auch seine Motive in Frage. Was wollte er eigentlich von ihr? Aus einer streng geheimen militärischen Operation konnte man nicht so einfach aussteigen wie aus dem Job in einer Pizzabude. Acht Jahre als Undercoveragent hatte er jeden Befehl befolgt. Er war Soldat und hatte Gehorsam geschworen. Er war auf seine Zuverlässigkeit stolz gewesen. Und plötzlich hatte seine Disziplin einen Knacks bekommen. Er war weggelaufen, nicht einmal in die Zukunft, sondern in die Vergangenheit, und nicht als er selber, sondern in einer seiner Rollen.

Er spielte mit dem Gedanken, den Colonel anzurufen. Er konnte seinen Fehler eingestehen und sich bereiterklären, als Ausbilder tätig zu sein oder zu tun, was immer man ihm befahl. Doch ein stärkeres Gefühl setzte sich durch: Ich muß Juana wiedersehen.

Das hatte er wahrscheinlich laut gedacht, denn plötzlich war Holly am Apparat. »Wie bitte? Ich habe nicht verstanden, was Sie gesagt haben. Mike, sind Sie es?«

Buchanan richtete sich auf. »Ja, ich bin's.«

Bevor er in San Antonio abgeflogen war, hatte er in ihrer Wohnung angerufen, um sich zu vergewissern, daß sie sich in Washington aufhielt und er die Reise nicht umsonst unternahm. Da war sie bereits aufgestanden und wollte gerade zur Arbeit gehen; sie hatte den Hörer abgenommen und sich nicht auf den Anrufbeantworter verlassen. Da ihr Telefon vermutlich abgehört wurde, hatte er sich als Mike Hamilton gemeldet und vage ein Treffen vereinbart. Daran knüpfte er jetzt an.

»Zurück aus Kalifornien? Bleibt es bei unserem Lunch?« fragte sie.

»Wenn Ihr Terminkalender es zuläßt.«

»Na, für Sie immer. Ich warte am McPherson Square auf Sie.«

»Lassen Sie mir eine Dreiviertelstunde Zeit.«

»Keine Eile.«

»Bis bald.« Buchanan hängte den Hörer ein. Das Gespräch war gut gelaufen. Ganz ungezwungen hatte es die Worte *Keine Eile* enthalten, einen Code, den sie in New Orleans abgesprochen hatten und der soviel bedeutete wie ›Keine Gefahr‹. Das entsprechende Codewort Buchanans war *Bis bald*.

Er nahm seine Reisetasche und schloß sich den zahlreichen Fluggästen an, die gerade mit einer anderen Maschine eingetroffen waren. National Airport und Dulles Airport wurden ständig von verschiedenen Regierungsstellen überwacht, in erster Linie deshalb, weil sich in Washington die Überzeugung durchgesetzt hatte, die Terroristen aus dem Mittleren Osten hockten in den Startlöchern, um den lange verschobenen Angriff auf die innere Sicherheit der Vereinigten Staaten auszuführen. Buchanan hegte nicht den Verdacht, der Colonel könnte den Flughafen seinetwegen beobachten lassen. Schließlich widersprach es jeder Logik, daß Buchanan ausgerechnet nach Washington kam. Außerdem hatten die Spürhunde des Colonels ihn mit Hilfe seiner Kreditkarte ja nur bis nach San Antonio verfolgen können. Vor der Abreise aus Texas hatte Buchanan seinen Wagen bei einer Filiale der Mietwagenfirma abgegeben. Und damit verlief die Spur im Sand. Den Verfolgern dürfte es schwerfallen dahinterzukommen, daß er von da an Charles Duffys Namen und Kreditkarte benutzt hatte.

Er ging auf dem Terminal in Washington nur das Risiko ein, daß jemand ihn zufällig erkannte. Das würde allerdings nur geschehen, wenn er auffiel – und so unvorsichtig war er nicht.

2

Vor Hollys Rückkehr nach Washington hatte Buchanan vorgeschlagen, sie solle ihm am Telefon einen ganz normalen Ort für ein Treffen in der Innenstadt nennen. Er mußte zu ihren täglichen Gewohnheiten passen und Unauffälligkeit garantieren, er mußte mehrere Zugänge haben und durfte nicht überfüllt und unüberschaubar sein.

Unter diesen Aspekten war McPherson Square ideal. Er war so zugänglich wie ein Restaurant, aber viel weitläufiger und befand sich nur wenige Blocks von Hollys Büro entfernt, weshalb er sich für ein Rendezvous geradezu anbot.

Es gelang Buchanan, vor der vereinbarten Zeit zu erscheinen. Er stand an einer belebten Bushaltestelle und beobachtete das Zeitungsgebäude in der L-Street. Holly trat heraus und ging die Fifteenth Street entlang. Im Augenblick war er weniger an ihr als an möglichen Verfolgern interessiert. Erst als er sie aus dem Auge verlor, bummelte er mit anderen Passanten bis zur Ecke. Dort wartete er auf grünes Licht und spähte die Fifteenth Street hinunter, von wo Holly sich ihrem Ziel an der K-Street nähern mußte.

Sie war in einen Regenmantel in Gelbbraun gekleidet, neutral, unauffällig. Die dazu passende Mütze verbarg ihr Haar, so daß sie sich nur durch die Kameratasche, die sie anstelle einer Handtasche bei sich hatte, von anderen Fußgängern in ähnlichen Mänteln unterschied. Langsam folgte er ihr und beobachtete dabei das Gebiet um den Platz. Auf der anderen Straßenseite fiel ihm ein Mann in brauner Lederjacke auf, der Holly nicht aus den Augen ließ. Alle paar Meter rückte er etwas am rechten Ohr zurecht, neigte den Kopf nach links und bewegte die Lippen.

Hellwach geworden, bemerkte Buchanan einen zweiten Mann. Er trug einen Straßenanzug, hatte einen Schirm in der Hand und schaute mehrmals auf die Uhr, als sei er verabredet. Auch er faßte sich ans Ohr, und zwar immer dann, wenn der erste sprach. Sie waren also mit hörgeräteähnlichen Empfängern und mit Minimikros ausgerüstet, die am Revers getragen wurden.

Welche Gruppe war nun hinter Holly her: die Leute des Colonels von der Special Operations Division oder Alans Leute von der CIA? Als Holly die K-Street erreichte und auf den Park zusteuerte, konnte Buchanan die beiden Verfolger von hinten sehen. Sie hatten schmale Hüften und extrem breite Schultern, einen Körperbau, der die Angehörigen der Special Operations Division auszeichnete. Denn während ihrer Ausbildung wurde in erster Linie auf Schnelligkeit und kräftige Muskeln im Oberkörperbereich geachtet. Ihm fielen jetzt aber auch noch zwei weitere Männer auf, von gleicher Gestalt und ebenfalls in Zivilkleidung, die offenbar vorausgeeilt waren und den Park sicherten. Der Colonel mußte Holly für sehr gefährlich halten, anders waren so viele Beobachter nicht zu erklären. Sie hatten Hollys Telefon abgehört und wußten genau, wann und wo sie sich mit

Mike Hamilton treffen wollte. Buchanans Vorsicht war also berechtigt gewesen.

Anstatt Holly in die Anlagen zu folgen, blieb Buchanan zurück, bog in die K-Street ein und umrundete den nächsten Block. Von dort waren die kahlen Bäume und Holly auf einer Bank in der Nähe des Standbilds von General McPherson zu sehen. Die vier breitschultrigen Männer hatten sich verteilt und standen fast unbeweglich da, gelegentlich faßten sie zum Ohr oder neigten den Kopf, die Augen auf Holly geheftet, und musterten jeden, der sich näherte.

Wie kann ich ihr eine Mitteilung zukommen lassen? dachte Buchanan.

Auf der I-Street kam er an einem Schwarzen vorbei, der ein kleines Schild mit der Aufschrift ›Ich arbeite für etwas Essen‹ in der Hand hielt. Seine Kleidung war einfach und sauber, er war rasiert, die Lederschuhe waren geputzt, wenn auch schiefgetreten, und er hatte einen Haarschnitt nötig.

»Haben Sie etwas Geld für einen Hamburger übrig?« fragte er. Aus seinen Augen sprach unterdrückte Bitterkeit. Scham und Wut lagen im Widerstreit; man merkte ihm an, wie er beim Betteln um Würde rang.

»Ich glaube, bei mir ist mehr drin«, antwortete Buchanan.

Der Schwarze zog die Augenbrauen zusammen, Verwirrung gemischt mit Vorsicht verdrängte die anderen Gefühle.

»Sie wollen arbeiten?« fragte Buchanan.

»Na ja, ich weiß nicht, woran Sie denken, hoffentlich nichts Strafbares. Eben hat mich einer angequatscht und gemeint, wenn ich arbeiten will, soll ich mir 'nen Job verschaffen. Er hat faules Schwein zu mir gesagt und ist weitergegangen. Woher nehmen und nicht stehlen, frag' ich Sie. Wenn ich 'n Job gefunden hätte, müßte ich hier nicht herumschnorren und mich blöd anquatschen lassen, Mister.«

»Was halten Sie von hundert Dollar für fünf Minuten Arbeit?«

»Einhundert Eier? Für soviel, da tät ich ... Moment mal. Wenn's um Stoff geht oder um Schmierestehen, dann sind Sie bei mir falsch ...«

3

In einem sicheren Apartment fünf Häuserblocks nördlich der ›Washington Post‹ ging der Colonel auf und ab und riß beim ersten Läuten des Telefons den Hörer an sich. »Home Video Service.«

»Da spielt sich nichts ab«, sagte eine Männerstimme. »Wer dieser Mike Hamilton auch sein mag, er wollte sich zwanzig nach zwei mit ihr treffen. Jetzt ist es bereits dreiviertel drei, und man merkt ihr an, daß es ihr allmählich zu dumm wird, hier im Regen herumzusitzen.«

»Behalten Sie sie weiter im Auge, bis sie ins Büro zurückkehrt und unser Mann in ihrer Abteilung wieder übernehmen kann«, sagte der Colonel.

»Mag sein, was sie gerade tut, gehört zu ihrer Schnüffelarbeit. Nur weil der Kerl am Schreibtisch neben ihr noch nie von einem Mike Hamilton gehört hat, schließt das jedoch nicht aus, daß dieser Hamilton auch ein harmloser Bekannter von ihr sein könnte.«

»Könnte, Major Putnam? Ich habe etwas dagegen, wenn meine Offiziere vage Vermutungen anstellen. Sie und Hamilton sprachen miteinander wie gute Bekannte. Und das soll völlig harmlos sein?«

»Nun, die meisten Menschen sprechen nicht in Rätseln, wenn sie sich mit jemandem zum Lunch verabreden.«

»Meinen Sie das sarkastisch, Major Putnam?«

»Nein, Sir, keinesfalls. Ich denke bloß laut und versuche, die Situation zu analysieren. Nach meiner Meinung würde sie sich nicht so offen mit Hamilton treffen, wenn es etwas mit uns zu tun hätte. Wir haben unsere Dateien überprüft – mit einem Hamilton hatten wir es bisher nicht zu tun.«

»Kein Hamilton? Halten Sie es für nebensächlich, daß

Buchanan auf Decknamen spezialisiert ist? Also wenn Hamilton nun nicht sein richtiger Name ist?«

Kurzes Schweigen. »Ja, Sir, ich verstehe.«

»Seit ihrer Rückkehr aus New Orleans hat sie nichts Ungewöhnliches unternommen. Jetzt tut sie zum erstenmal etwas, das wir uns nicht ganz erklären können. Um ihretwillen hoffe ich, daß es uns nicht betrifft. Ich möchte davon ausgehen, daß sie die bewußte Story wirklich aufgegeben hat. Gleichzeitig interessiert mich, wer Mike Hamilton ist.«

»Colonel, Sie können sich auf mich verlassen. Bleiben Sie am Apparat. Gerade erreicht mich eine Mitteilung des Überwachungsteams ... Jemand nähert sich der Frau.«

Der Colonel starrte unbeweglich auf die gegenüberliegende Wand.

»Falscher Alarm, Sir«, kam die Stimme wieder. »Ein Schwarzer mit einem Plakat, der einen Job sucht. Er bettelt alle Leute im Park an.«

Der Oberst schien aus einem Trancezustand zu erwachen. »Beobachten Sie weiter. Informieren Sie mich. Ich muß ganz genau wissen, was die Frau unternimmt.« Heftig unterbrach er die Verbindung.

»Warum lassen Sie es nicht mal laufen?« fragte Alan, der auf einem Stuhl in der Ecke saß. »Was geschehen soll, das geschieht – ob Sie nun das Telefon fixieren oder nicht.«

»Sie scheinen das nicht ernst zu nehmen.«

»Oh, ganz im Gegenteil. Für mich ist es nur ein Beweis dafür, wie sehr diese Operation uns entglitten ist. Anstatt die Zügel fest in die Hand zu nehmen, vergeuden Sie Ihre Kräfte und machen sich Sorgen um Buchanan und diese Journalistin.«

»Vergeuden?«

»Nach meiner Ansicht sind beide Probleme gelöst. Soll doch Buchanan ein Loch graben und sich selber beerdigen. Er ist abgehauen – und das ist gut. Er wird bald vergessen sein. Und die Journalistin – na, ohne Buchanan ist ihre Story ein Witz. So einfach ist das. Wenn sie sich nicht an die Vereinbarung hält, streiten wir alles ab. Wir beschuldigen sie, um ihrer Karriere willen verlogene Schauergeschichten zu verbreiten und den guten Ruf der ›Washington Post‹ zu untergraben. Wir fordern sie auf, den mysteriösen Fremden herbeizuschaffen, der angeblich wer weiß wie viele Identitäten besitzt.«

»Vielleicht schafft sie das.«

»Was heißt das?«

»Sie ist schuld daran, daß Buchanan auf und davon ist. Vielleicht geht es nicht nur um Berufliches. Schließlich wollte er sie beschützen. Möglicherweise gibt es etwas Persönliches zwischen den beiden.«

Alan machte ein skeptisches Gesicht.

»Übrigens hat er auch die Fähigkeit, seine Stimme überzeugend zu verstellen«, fuhr der Colonel fort. »Sind Sie noch nicht darauf gekommen, daß dieser Mike Hamilton Buchanan sein könnte?«

4

Unter normalen Umständen wäre Holly von der verdammten Parkbank aufgestanden, auf der sie seit zwanzig nach zwei im Regen saß. Inzwischen war er schon fünfundzwanzig Minuten zu spät dran. Sie wurde das Gefühl nicht los, daß sie sofort gehen sollte. Zwar würde es auffallen, morgen abermals hierherzukommen, doch weniger als wie eine Schwachsinnige im Regen zu sitzen. Als Holly endlich entschlossen aufstand, fiel ihr zu ihrer Linken ein Mann auf, ein Schwarzer mit einem Schild – ›Ich arbeite für etwas Essen‹. Er sprach gerade eine Frau an, die durch den Park eilte. Sie schüttelte energisch den Kopf und rannte vorbei. Der Bettler setzte seinen Weg fort. Im Regen war die Schrift auf dem Schild schon ziemlich zerlaufen.

Holly empfand Mitgefühl, als sich der Arbeitslose einem anderen Passanten näherte, diesmal einem Herrn, der sich schnell entfernte, als sei der Schwarze Luft. Das Schild begann sich aufzulösen.

Ach, verflucht, dachte Holly, so hat die Sache wenigstens

für den armen Kerl etwas Gutes. Sie griff in die Kameratasche, holte einen Dollar aus der Geldbörse und gab ihn dem Mann. Sie war niedergeschlagen und hätte ihm, um ihre Stimmung zu heben, mehr gegeben, wäre ihr nicht Buchanans Warnung eingefallen, nichts Ungewöhnliches zu tun.

»Vielen Dank, Madam.« Was er dann sagte, erschreckte sie. »Mike Hamilton meint, Sie werden beobachtet.«

Ihr Puls begann zu stottern.

»Sie sollen rübergehen zur Metro, Eingang Fourteenth Street. Zum Metro Center fahren. Den östlichen Ausgang benutzen und in Richtung National Portrait Gallery gehen. Er nimmt Kontakt mit Ihnen auf.«

Er steckte den Dollar ein und schlenderte davon.

Sie wartete ein bißchen. Der Regen tropfte ihr von der Mütze. Dann tat sie das Natürlichste von der Welt: Sie sah sich nach allen Seiten um, schüttelte verärgert den Kopf und verließ den Park.

Sie schlug den Weg zum Büro ein, blieb plötzlich stehen, als sei ihr etwas Besseres eingefallen und begab sich in die entgegengesetzte Richtung zum Metro-Eingang Fourteenth Street. Dabei entsprach ihr vorgetäuschtes Zögern durchaus ihren tatsächlichen Gefühlen, denn Buchanan hatte ihr die mögliche Gefahr sehr drastisch geschildert. Die Leute, für die er arbeitete, hatten getötet; sie handelten nach ganz anderen Gesetzen als den ihr vertrauten. Ein Pulitzerpreis wäre, wenn sie unter der Erde lag, auch kein Trost.

Und was ist mit der Verantwortung des Journalisten? Und mit seiner Pflicht, skandalöse Vorgänge aufzudecken? Holly war diesen Fragen ausgewichen, indem sie ihre Entscheidung verschoben und sich eingeredet hatte, die Story würde noch besser, wenn sie die weitere Entwicklung abwartete. Sie hatte ihr Vorhaben nicht aufgegeben, sie hatte es bloß auf kleiner Flamme weiterköcheln lassen. Warum aber war sie so erschrocken, als Buchanan sich bei ihr meldete? Was wollte er? Wenn sie die couragierte Reporterin war, für die sie sich immer gehalten hatte, müßte sie eigentlich froh darüber sein. Statt dessen war ihr zumute wie bei einem Alptraum.

Zehn Minuten später stieg sie die verstopfte Treppe der Metro Center Station hinauf, kam auf die verkehrsreiche G-Street und näherte sich dem monumentalen klassizistischen Block der National Portrait Gallery. Trotz des schlechten Wetters waren auch hier Arme in zerschlissenen, durchnäßten Kleidern unterwegs, die um Geld, Essen, Arbeit und Obdach bettelten und manchmal Schilder trugen, auf denen sie ihre Wünsche kundtaten.

Einer von ihnen trug das gleiche Schild wie der Schwarze im Park ›Ich arbeite für etwas Essen‹. Sie wollte vorübergehen.

»Halt, Holly. Geben Sie mir fünfundzwanzig Cent«, sagte der Bettler.

Als sie ihren Namen hörte, fuhr sie wie elektrisiert zusammen und erkannte im gleichen Augenblick in dem Mann mit Schlapphut und dem schmutzigen Gesicht Buchanan.

»Meine Güte!« sagte sie.

»Nicht sprechen, Holly. Geben Sie mir nur eine Münze.«

Sie gehorchte, kramte in der Tasche und fand es schön, wie er ihren Namen aussprach.

Buchanan redete leise. »Drummond und Tomez – nur die Nachnamen. Das ist alles, was ich habe. Leute, die Bodyguards brauchen. Kriegen Sie raus, wer das sein könnte. Treffen Sie mich heute abend um acht im Ritz-Carlton. Lassen Sie sich von der Telefonistin mit dem Zimmer von Mike Hamilton verbinden. Klar? Okay. Gehen Sie weiter.«

Die ganze Zeit hielt er die Hand auf und wartete auf Hollys Almosen. »Danke, Madam. Gott segne Sie«, sagte er laut und steckte es ein. An einen näherkommenden Mann gewandt, fragte er: »Haben Sie fünfundzwanzig Cent übrig, Sir?«

Holly strebte weiter auf die National Portrait Gallery zu und hoffte, daß sie ganz natürlich wirkte. Es gelang ihr, sich gelassen zu bewegen, doch in ihrem Inneren herrschten Furcht und Verwirrung.

5

Der große blaue Helikopter warf einen gleitenden Schatten über den dichten Dschungel von Yucatán. Alistair Drummonds Haltung wurde immer starrer, je mehr er von Raymond hörte. »Brendan Buchanan?« fragte er mit seiner brüchigen Stimme.

»Ein Ausbilder bei den Army Special Forces, stationiert in Fort Bragg. Er mietete einen Wagen in New Orleans und fuhr nach San Antonio, um die Eltern der Frau zu besuchen. Unser Posten vor Ort hat angerufen und mitgeteilt, daß er den Namen Jeff Walker benutzt und als Bekannter der Tochter auftritt.«

Drummonds Blick war argwöhnisch. »Warum benutzt jemand ein Pseudonym? Doch nur, weil er etwas zu verbergen hat. Fragt sich, was. Was will er von der Frau?«

»Wir wissen es nicht«, antwortete Raymond. »Die beiden Männer, die auf das Haus angesetzt waren, sind spurlos verschwunden. Ebenso derjenige, der im Haus vor der Stadt auf der Lauer lag. Sein Kumpel hat unter einem Teppich frische Blutspuren und in der Decke einen Einschuß entdeckt. Es wäre unklug, einen Zusammenhang mit Buchanans Erscheinen auszuschließen. Ich habe Anweisung gegeben, ihn zu erledigen, sobald er sich blicken läßt.«

Drummonds greisenhafter Körper zitterte. »Nein. Ziehen Sie den Befehl zurück. Suchen Sie ihn. Vielleicht führt er uns zu ihr. Waren die beiden zusammen in Fort Bragg? Ermitteln Sie, welche Beziehung zwischen den beiden besteht.«

6

Während des Fluges von San Antonio hatte Buchanan mehrere Anrufe in Washington getätigt, um zwei Zimmer für die Nacht zu buchen. Wie erwartet, war es eine frustrierende Beschäftigung, denn die meisten guten Hotels in der

Hauptstadt sind stets besetzt. Wie es der Zufall wollte, hatte er im Ritz-Carlton Glück. Das Ritz gehörte zu den elegantesten Hotels der Hauptstadt. Es besaß eine angenehme Atmosphäre und war im Stil eines englischen Jagdclubs ausgestattet, mit vielen europäischen Einrichtungsgegenständen sowie mit englischen Gemälden aus dem achtzehnten und neunzehnten Jahrhundert, die meisten davon Pferde- und Hundedarstellungen.

Nach dem kurzen Gespräch mit Holly in der Nähe der National Portrait Gallery war ihm aufgefallen, daß ihr noch immer zwei Männer folgten, während man sich für ihn offensichtlich nicht interessierte. Trotzdem bediente er sich umständlicher Manöver – dazu gehörte die Benutzung von Untergrundbahn, Bussen und Taxis –, um sicherzugehen, daß niemand hinter ihm her war. Er brauchte zwei Stunden bis zum Ritz-Carlton. Als erstes duschte er, dann verband er die Wunde an der Seite neu. Nachdem er trockene Sachen angezogen und einen beim Zimmerservice bestellten Hamburger verzehrt hatte, legte er sich aufs Bett, um neue Energie zu speichern und sich zu konzentrieren.

Letzteres fiel ihm schwer, denn die langen Reisen der beiden vergangenen Tage und die Aktionen dieses Tages hatten ihn ermüdet. Wegen der anhaltenden quälenden Kopfschmerzen hatte er sich noch einmal Tabletten besorgt. Da er kein Narr war, wußte er, daß es sich nicht um vorübergehende Beschwerden handelte, sondern um die Folgen der Kopfverletzungen. Er brauchte einen Arzt, doch jetzt war keine Zeit, sich um seine Person Sorgen zu machen. Ein Arzt würde ihn wahrscheinlich für eine Woche zur Beobachtung ins Krankenhaus einweisen. Das bedeutete, daß ihn seine Gegner dort aufspüren und sowohl Holly als auch Juana in erhöhte Gefahr geraten könnten. Das durfte er auf keinen Fall riskieren.

7

Pünktlich um acht Uhr abends klingelte das Telefon. Buchanan richtete sich auf und sprach mit neutralem Tonfall: »Hallo.«

»Mike?« Hollys tiefe, sinnliche Stimme, unverkennbar.

»Ja. Wo sind Sie?«

»An einem Haustelefon im Foyer. Soll ich nach oben kommen? Welche Zimmernummer haben Sie?«

»Im Augenblick zwei zweiundzwanzig. Gehen Sie aber bitte zum Zimmer vier zwölf, und beachten Sie dabei folgendes. Sie fahren mit dem Lift zum zweiten Stock, dann benutzen Sie die Treppe und gehen zum vierten. Wenn jemand im Foyer das Display am Lift abliest, glaubt er, Sie seien im zweiten geblieben.«

»Bin schon unterwegs.«

Buchanan legte auf und rief die Telefonistin an. »Bitte stellen Sie bis morgen früh um acht keine Gespräche durch.«

Er nahm seine Reisetasche und verließ den Raum, ohne das Licht zu löschen. Das Schild mit der Aufschrift ›Bitte nicht stören‹ baumelte bereits an der Tür. An der Feuertreppe stehend, hörte er den Fahrstuhl im zweiten Stock halten.

Kurz nach ihm erreichte Holly Zimmer vier zwölf, das Buchanan für Charles Duffy gebucht hatte. Nachdem er sie eingelassen und die Tür verriegelt hatte, überraschte sie ihn. Sie ließ nämlich ihre Tasche auf einen Stuhl fallen, umarmte ihn und klammerte sich zitternd fest. Er war nicht sicher, ob sie ihm nur vorspielte, wie aufgelöst sie war.

»Solch ein Leben – wie halten Sie das aus?« fragte sie, an seine Schulter gepreßt.

»Das ist doch normal.«

»Normal?« Ihre Stimme wurde leiser.

Sie löste sich von ihm und wirkte verstört. Die Vorhänge waren geschlossen, Regen prasselte gegen das Fenster. Sie schlüpfte aus der nassen Regenkleidung und schüttelte sich das Haar locker.

Buchanan hatte vergessen, wie rot das Haar, wie grün die Augen waren. Für ihn war sie sehr anziehend, er spürte noch die Berührung ihrer Brust und zwang sich, zur Tagesordnung überzugehen.

»Ich brauchte ein Zimmer, in das Ihre Verfolger nicht hineinplatzen. Wenn sie sich bei der Rezeption erkundigen, glauben sie, Ihr Versteck und Ihren Bekannten gefunden zu haben.«

»Sie kalkulieren alles ein.«

»Nur so überlebe ich.«

Sie rieb sich die verschränkten Arme, als sei ihr kalt.

»Haben Sie schon etwas gegessen?« fragte Buchanan.

»Nein.«

»Ich bestelle etwas beim Zimmerservice.«

»Ich habe keinen Appetit.«

»Sie müssen doch etwas essen. Vielleicht wenigstens Kaffee oder Tee?«

»Wie wäre es, wenn Sie mir verraten würden, was die beiden Namen, die Sie mir nannten, mit meiner Geschichte zu tun haben?«

»Gar nichts.«

»Was? Warum haben Sie mich dann überhaupt angerufen? Warum haben Sie mir all das zugemutet, die Verfolger, die geheimen Botschaften?«

»Weil mir keine andere Wahl blieb. Ich brauche Ihre Hilfe.«

Holly warf den Kopf zurück. »Sie brauchen meine Hilfe? Was könnte …«

»Drummond und Tomez. Leute, die Bodyguards nötig haben. Was haben Sie ermittelt?«

»Wozu dient die Information?«

»Besser, Sie wissen nichts darüber.«

»Scheiße! Seit wir uns im Zug nach New Orleans getroffen haben, bin ich von Ihnen zum Narren gehalten worden. Alles muß nach Ihrem Kopf gehen, und Sie verstehen es verdammt gut, Leute zu manipulieren. Nun, dieses Mal funktioniert das nicht! Wenn ich Ihnen helfen soll, muß für mich etwas dabei herausspringen. Worum geht es? Vielleicht eignet sich die Sache für eine neue Story? Eine Hand wäscht die andere.«

Er zögerte scheinbar. »Vielleicht haben Sie recht.«

»Herrgott noch mal, was sind Sie bloß für ein Mensch. Nie hören Sie auf, Theater zu spielen. Ich glaube, Sie wollten es mir schon die ganze Zeit erzählen, nur soll es den Anschein haben, als erwiesen Sie mir einen Dienst. Und nicht umgekehrt.«

Buchanan begann zu grinsen. »Sie sind zu clever für mich. Wie wär's mit Kaffee?«

»Tee. Und wenn Sie mir etwas erzählen, dann kriege ich auch wieder Appetit.«

8

»Es hat etwas mit der Frau zu tun, von der ich in New Orleans sprach«, begann Buchanan, nachdem er telefonisch das Essen bestellt hatte. »Mit der ich mich am Café du Monde treffen sollte.«

Holly nickte. »Mit Ihrer früheren Geliebten.«

»Nein, wie gesagt, wir waren kein Liebespaar.« Er wurde nachdenklich. »Eigentlich haben meine Probleme damit angefangen, daß ich mich ihr nicht anvertraute.«

Holly verzog keine Miene, nur die Augen wurden schmaler und prüften ihn.

»Meine letzten Worte zu ihr waren, sie könne mich nicht lieben, weil sie mich nicht kennt. Denn sie kannte nur den, der ich zu sein vorgab.«

»Ich weiß nicht, ob Sie die Wahrheit sagen oder die Realität schon wieder zurechtbiegen.«

»Nein, es ist wahr, selbst wenn Sie mir nicht glauben. Etwas Ehrlicheres werden Sie von mir nie hören. Ich will ihr helfen, weil ich der Mann sein möchte, der ich damals war. Ich möchte wählen können, wer ich bin, und so bleiben. Ich habe den ständigen Wechsel satt.«

»Sie haben den ständigen Wechsel satt? Warum so

kompliziert? Warum jemand anders sein und nicht Sie selber?«

Buchanan schwieg.

»Sie mögen sich nicht?«

Buchanan schaute starr geradeaus.

»Wie hieß diese Frau?«

Er zögerte. Instinkt und Ausbildung warnten ihn, ihr Auskunft zu geben. Er bereitete sich auf eine Lüge vor – und sagte doch die Wahrheit. »Juana Mendez.«

»Und wie ist der aktuelle Stand der Dinge?«

»Nachdem Sie aus New Orleans abgereist waren ...« Er berichtete von seinem Aufenthalt in San Antonio, den getöteten Mann erwähnte er jedoch mit keinem Wort. »Drummond und Tomez – ihre Akten waren als einzige nicht zu finden. Juana arbeitete als Spezialistin für Sicherheitsfragen. Ich muß annehmen, daß diese beiden zu ihren Kunden gehörten.«

Nachdenklich holte Holly ihre Aktentasche vom Stuhl und öffnete sie. »Meine Informationen stammen aus dem Archiv der ›Washington Post‹.«

»Deshalb mußte ich mich an Sie wenden. Ich kenne niemanden, der mir das Notwendige so schnell beschaffen kann wie Sie.«

»Wissen Sie, Sie sollten mal versuchen, einen Mann mit Taktgefühl zu imitieren. Mir ist klar, daß Sie aber auch das nur dann täten, wenn dabei etwas für Sie herausspringt. Trotzdem, es hätte Sie nichts gekostet, bei mir den Eindruck zu erwecken, daß Sie mich reizvoll finden.«

»Oh, tut mir leid.«

»Wenn Sie bei Juana Mendez auch so charmant waren, ist es kein Wunder, daß es nicht geklappt hat.«

»Na, ich will ja alles wiedergutmachen.«

Holly überlegte kurz. »Mal sehen, ob uns das weiterhilft. Drummond und Tomez. Trotz meiner Vermutungen habe ich erst gründlich nachgeforscht, bevor ich Schlußfolgerungen zog.«

»Mit Drummond ist sicherlich Alistair Drummond gemeint. Ein reicher, international bekannter Industrieller.

Der würde ins Bild passen, zumal er machtbesessen sein soll.«

Holly zog ein Buch und einen Hefter aus der Aktentasche. »Bettlektüre. Seine Biographie und einige Ausdrucke aktueller Meldungen über ihn.«

»Und was ist mit Tomez?«

»Das war schwieriger. Haben Sie in letzter Zeit Puccini gehört?«

Buchanan machte ein verdutztes Gesicht.

»Puccini, Verdi, Donizetti? Kommen Sie jetzt darauf? Wie wäre es mit Titeln? ›La Bohème‹, ›La Traviata‹, ›Lucia di Lammermoor‹.«

»Opern? Keiner meiner Charaktere hat sich was daraus gemacht, sonst könnte ich Ihnen einen Vortrag über das Thema halten. Was hat das alles mit dem Namen Tomez zu tun?«

»*Maria* Tomez. Ist mir sofort eingefallen. Ich wollte mich vergewissern, ob es nicht andere berühmte, reiche oder mächtige Leute namens Tomez gibt, die mir unbekannt sind.« Holly zog noch mehr aus der Tasche. »Es gibt einige, aber sie interessieren in unserem Zusammenhang nicht. Maria Tomez ist heute die umstrittenste, begabteste und unwiderstehlichste Mezzosopranistin der Opernwelt. Sie allein kommt in Frage.«

»Was macht Sie so sicher?«

»Weil Alistair Drummond und Maria Tomez seit einem Dreivierteljahr liiert sind, trotz des Altersunterschieds.« Holly machte eine nachdrückliche Pause. »Und Maria Tomez ist vor zwei Wochen verschwunden.«

»Verschwunden?«

»Das behauptet zumindest ihr Exgatte. Lesen Sie keine Zeitungen?« fragte Holly.

»In den letzten Wochen blieb mir dazu keine Zeit.«

»Nun, heute morgen ist er in New York City zur Polizei gegangen und hat versichert, daß sie seit mindestens zwei Wochen vermißt ist. Um nicht als Spinner abgestempelt zu werden, hat er ungefähr zwanzig Reporter von Presse und Fernsehen mitgebracht. Das war vielleicht eine Show!«

Buchanan schüttelte den Kopf. »Warum sollte man ihn als Spinner behandeln?«

»Weil ihre Scheidung eine ziemlich üble, in aller Öffentlichkeit ausgetragene Angelegenheit war. Seither hat er sie immer wieder diffamiert. Vor kurzem strengte er einen Prozeß gegen sie an mit der Behauptung, sie habe bei der Aufteilung des Besitzes falsche Angaben über ihren Vermögensstand gemacht. Er erhob Anspruch auf zehn Millionen Dollar. Verständlicherweise könnte die Polizei annehmen, sie sei seinetwegen verschwunden. Aber der Exgatte schwört, er sei davon überzeugt, daß ihr etwas zugestoßen sei.«

Holly hielt Buchanan eine Seite aus der ›Washington Post‹ des Vortages und ein Porträt aus der Sonntagsbeilage derselben Zeitung hin, das vor fünf Jahren erschienen war. Er las beides. Der Künstleragent Frederick Maltin hatte Maria Tomez entdeckt, als sie im Alter von zweiundzwanzig Jahren die Titelpartie in einer ›Tosca‹-Aufführung in Mexico City sang. Bei allem Talent und einer temperamentvollen Ausstrahlung hatte sie es als Mexikanerin zunächst schwer gehabt und mußte sich mit Provinzbühnen, meist in Lateinamerika, zufriedengeben. Da sie in ihrem Heimatland ausgebildet worden war, hatte sie gegen Vorurteile von Fachkreisen in den USA und in Italien anzukämpfen, wo sie bei den bedeutendsten Häusern vorsang.

Frederick Maltin war vom ersten Augenblick an von ihr fasziniert. Nach der Vorstellung schickte er ihr Blumen in die Garderobe und legte eine Visitenkarte mit seiner Telefonnummer in Mexico City bei. Als sie ihn am nächsten Morgen anrief, wertete er es als gutes Zeichen, daß sie sich selber meldete und nicht etwa ihr Agent. Daraus konnte man schließen, daß sie entweder keinen Agenten hatte oder sich nicht darauf verließ, daß er Maltin anrufen würde. Sie stand also als Sängerin zur Verfügung. Wie Maltin später vielfach betonte, war Marias damaliges Arbeitspensum unmenschlich, und er hatte ihr versprochen, das zu ändern, wenn sie sich ihm anvertraute. Er wollte sie zu einem Star der Opernwelt machen und dafür sorgen, daß sie Ort und

Zeit ihrer Auftritte selbst bestimmen durfte. Zwei Jahre später hatte er sein Versprechen erfüllt, und inzwischen waren sie auch verheiratet.

»Aber offensichtlich auf die Dauer nicht glücklich.« Buchanan strich sich über den schmerzenden Kopf.

Holly nickte. »Die Ehe scheiterte schließlich, weil Maltin nicht aufhören konnte, sie zu bevormunden. Er überwachte alles, was sie tat, und war so dominierend, daß sie zu ersticken fürchtete. Sie hielt es so lange wie möglich aus. Nach fünfzehn Jahren verließ sie ihn von einem Tag zum anderen. Es war, als sei in ihrem Inneren etwas zerbrochen. Sie trat nicht mehr auf und war nur noch selten in der Öffentlichkeit zu sehen.«

Buchanan überflog noch einmal den Zeitungsausschnitt, um sein Gedächtnis aufzufrischen. »Die Scheidung fand vor einem halben Jahr statt, wenige Monate, nachdem das Verhältnis mit Alistair Drummond begonnen hatte. Warum sollte eine relativ junge Frau – sie ist jetzt wohl siebenunddreißig – sich einen Mann von über achtzig aussuchen?«

»Mag sein, daß Drummond nichts von ihr will. Denkbar, daß er sie nur beschützen wollte und nichts dafür verlangte als das Vergnügen ihrer Gesellschaft«, sagte Holly.

»Sie hat sich also zurückgezogen, und ihr Ex behauptet, sie sei ganz verschwunden. Er könnte sich irren, oder er lügt. Denn immerhin ist er ein PR-Experte. Vielleicht macht er solch ein Aufsehen aus Rache – weil sie sich seinen Ansprüchen hinsichtlich der Vermögensaufteilung widersetzt.«

»Oder es ist ihr tatsächlich etwas passiert.«

»Aber was?« Er wurde ungeduldig. »Und was hat das mit Juana zu tun? Hat Juana für Tomez und Drummond gearbeitet? Verstecken sich die beiden irgendwo?«

Es klopfte. Buchanan fuhr zusammen.

»Zimmerservice«, kam eine männliche Stimme aus dem Korridor.

Buchanan war erleichtert. »Moment.« Er sprach leise auf Holly ein. »Wer weiß – nehmen Sie lieber Ihre beiden Taschen und kriechen Sie in den Schrank. Hier, vergessen Sie Mantel und Mütze nicht.«

»Ich habe Sie schon einmal gefragt. Wie halten Sie solch ein Leben aus?«

Er schloß den Schrank. Durch den Spion in der Zimmertür nahm er verzerrt die Gestalt eines livrierten Hotelangestellten und seinen Servierwagen wahr.

Ohne sich seine Unruhe anmerken zu lassen, öffnete er. »Entschuldigung, es hat etwas gedauert.«

»Kein Problem.« Der Zimmerkellner rollte den Wagen herein, den er im Handumdrehen in einen Tisch verwandelte und darauf die Speisen anrichtete.

Buchanan zeichnete die Rechnung ab und legte als Trinkgeld fünf Dollar drauf.

»Vielen Dank, Mr. Duffy.«

»Schon gut.« Er verriegelte erleichtert die Tür.

Holly stieg mit bleichem Gesicht aus dem Schrank. »In Ihrem Geschäft darf man wohl niemandem trauen. Für Sie gibt es wohl keine harmlosen Menschen.«

»Nein«, sagte er entschieden.

9

Anstatt die bestellte Pasta primavera zu essen, blickte er auf die Uhr und ging zum Telefon. Vor seiner Abreise aus San Antonio hatte er Pedro gebeten, zu dieser Zeit an einer Telefonzelle in der Nähe seiner Werkstatt zu warten. Buchanan wollte fragen, ob nach der Freilassung der Gefangenen alles in Ordnung war.

Pedro sollte englisch sprechen, wenn er bedroht wurde. Zu Buchanans Erleichterung sprach er spanisch.

»Irgendwelche Probleme?«

»Die Männer haben die Abmachung scheinbar befolgt. Als ich sie freiließ, sind sie ohne ein Wort abgehauen. Ich glaube aber nicht, daß sie weit weg sind«, sagte Pedro. »Sie sind in der Nähe und beobachten uns.«

»Das nehme ich auch an. Dachte ich mir doch, daß sie die Stadt nicht verlassen. Bauen Sie die Mikrofone in Ihrem Haus nicht aus. Verhalten Sie sich wie immer. Zwei Tatsachen schützen Sie: Erstens glauben die Kerle, daß Sie nicht wissen, wo Ihre Tochter steckt, und zweitens müssen Sie gesund und munter sein, falls Juana sich mit Ihnen in Verbindung setzt. Wenn man Ihnen etwas antut, reißt die mögliche Verbindung zu Juana ab. Pedro, ich muß Sie etwas fragen: Sagt Ihnen der Name Maria Tomez etwas? Hat Juana sie je erwähnt?«

»Die Sängerin? Ich habe keine Ahnung von der Oper, aber ich habe sie gesehen. Vor einiger Zeit ist sie hier aufgetreten. Ich erinnere mich, weil uns Juana in diesem Zusammenhang ausnahmsweise einmal etwas über ihre Tätigkeit erzählte. Ihre Aufgabe war es, sich um Sicherheitsfragen bei der Aufführung zu kümmern. Deshalb hatten wir Plätze in der ersten Reihe. Maria Tomez sang wie ein Engel, ich war ganz hingerissen. Doch was hat das mit Juana zu tun? Was hat eine Opernsängerin, die mal hier war ...?«

»Das weiß ich noch nicht. Hören Sie gut zu, Pedro. Ich rufe Sie von Zeit zu Zeit in Ihrem Büro an, um zu erfahren, ob man Sie in Ruhe läßt. Ich benutze den Namen Ben Clark. Können Sie sich das merken – Ben Clark? Ich werde mich nach einem Ford erkundigen, den Sie für mich reparieren sollen. Wenn Sie sagen, daß die Reparatur sehr teuer wird, weiß ich, daß Sie in Gefahr sind. Dann bin ich so bald wie möglich bei Ihnen und helfe Ihnen.«

»Ben Clark?«

»Richtig. Machen Sie's gut, Pedro.«

»Ich danke Ihnen, Jeff Walker, wer immer Sie sind.«

So ist's gut, dachte Buchanan und legte den Hörer auf. Wer immer ich bin.

Holly sah ihn merkwürdig an.

»Was ist los? Warum sehen Sie mich so an?«

»Ben Clark? Einen Ford? Hier sind Sie Charles Duffy. An der Rezeption sind Sie Mike Hamilton. Peter Lang haben Sie auch erwähnt. Ganz zu schweigen von den x anderen Namen ... Wie zum Teufel finden Sie sich da selbst noch zurecht?«

»Das frage ich mich manchmal auch.« Um dem Thema auszuweichen, begann er zu essen und merkte nach dem ersten Bissen, wie hungrig er war.

Holly legte die Gabel hin. »Seit der Entlassung aus dem Krankenhaus hatten Sie keine Minute Ruhe. Finden Sie nicht, Sie sollten mal ein bißchen langsamer treten?«

»Geht nicht. Sobald wir gegessen haben, muß ich wegfahren.«

»Wohin?«

»Besser, Sie wissen es nicht.«

»Richtig, Sie trauen ja niemandem. Beinahe hätte ich das vergessen.«

»Nicht deswegen, sondern weil Sie schon gefährdet genug sind.«

»Sie haben es wieder mal geschafft.«

»Was?«

»Sie haben mir wieder einen Schrecken eingejagt. Gerade fühlte ich mich halbwegs wie ein normaler Mensch, da erinnern Sie mich ...«

»Es gibt nichts Normales.«

»Stimmt! Daß ich daran nie denke.«

10

Buchanan begleitete sie die Feuertreppe hinunter bis zum zweiten Stock. »Wenn Sie angehalten werden, drohen Sie mit der Polizei. Sollte es ernst werden, erzählen Sie, daß Sie für einen Artikel über das Verschwinden von Maria Tomez und ihre Beziehung zu Drummond recherchieren. Was Mike Hamilton betrifft, bezeichnen Sie ihn als vertrauliche Quelle, als unzufriedenen Mitarbeiter von Drummond.«

Bevor sie Zimmer vier zwölf verließen, hatte Buchanan Bücher und Artikel in seiner Reisetasche verstaut und ein Checkout-Formular ausgefüllt, das er aufs Bett flattern ließ.

In einer kurzen Notiz teilte er mit, daß Mike Hamilton auch abreise und daß alle Kosten wie vereinbart – über Charles Duffys Kreditkarte abzurechnen seien.

Im zweiten Stock schob er Holly in den Aufzug: »Wo wohnen Sie?«

Sie nannte ihm die Adresse.

»Ich verlasse das Hotel kurz nach Ihnen, folge Ihnen in einem Taxi – vorausgesetzt, ich werde nicht verfolgt. Inzwischen hat Ihr Taxi Sie nach Hause gebracht. Lassen Sie an einem offenen Fenster das Licht an, damit ich weiß, daß alles okay ist.«

»Warum ein Taxi? Ich bin mit meinem Wagen hier.«

»Auch gut. Achtung, gleich öffnet sich die Fahrstuhltür. Jetzt los!«

Sie strich ihm über die Wange. »Seien Sie vorsichtig.«

Noch als sie längst gegangen war, spürte er die Berührung ihrer Hand.

11

»Buchanan!«

Als er sich durch den Nieselregen vom Hotel entfernte und seinen Namen hörte, hatte er sich beinahe automatisch umgedreht. Das war falsch, wie er sofort merkte, und er hielt in der Bewegung inne. Doch das genügte dem Verfolger bereits.

»Ja, Sie! Buchanan!«

Buchanan ging weiter, ohne die Gangart zu wechseln, ohne ein Anzeichen von Hast, obwohl er sich gehetzt fühlte. Hinter ihm auf dem nassen Bürgersteig näherten sich schnelle Schritte, seine Erregung stieg. Es war wohl nur eine Person, aber er wagte nicht, sich umzusehen. Es war halb elf Uhr nachts, es herrschte nur schwacher Verkehr, nur vereinzelt blitzten Autoscheinwerfer durch die feuchte Dunkelheit. Er hatte die Massachusetts Avenue verlassen und war in die Twentyfirst Street in Richtung Süden eingebogen.

Er befand sich, wie er mit laut klopfendem Herzen feststellte, in einer Einbahnstraße, was bedeutete, daß alle Autos von hinten kamen und nach Süden fuhren. Wollte er wissen, ob ein Wagen auf ihn zuhielt, mußte er den Kopf wenden, was das Mißtrauen des Verfolgers nur noch steigern würde – nein, *der* Verfolger, denn der erste hatte Verstärkung bekommen.

»Verdammt, Buchanan!« ertönte eine andere Stimme in gefährlicher Nähe hinter ihm.

Es blieb nichts anderes übrig – Buchanan wirbelte herum und stand einem gutaussehenden Mann Mitte Zwanzig gegenüber, der ruckartig eine defensive Haltung einnahm. Aber nicht schnell genug. Buchanan schlug ihm gegen die Brust, nicht hart, sondern so kalkuliert, um ihn aus dem Gleichgewicht zu bringen, ohne ihm die Rippen zu brechen.

Der andere strauchelte, atmete kräftig ein und fing damit den Stoß teilweise ab. Diese geübte Reaktion und die kompakte Brust verrieten ihm, daß er es nicht mit einem Zivilisten, sondern mit einem Soldaten zu tun hatte. Gleichzeitig holte Buchanan mit dem rechten Bein aus und drehte es so, daß sein Fuß den Mann an der Außenseite des linken Oberschenkels erwischte. Dort liegt der Hauptnerv, der bei einer Verletzung unerträgliche Schmerzen und eine zeitweilige Lähmung zur Folge hat.

Wie erwartet, faßte sich der Mann stöhnend ans Bein und fiel lang hin. Ein zweiter Verfolger rannte fluchend auf Buchanan zu. Der warf ihm seine Reisetasche entgegen und zwang ihn damit, auszuweichen und abwehrend die Hand zu heben. Bevor er die Waffe ziehen konnte, stieß Buchanan ihm die Handkante hart gegen das Nasenbein. Knirschend gab der Knochen nach. Buchanan nutzte die momentane Betäubung des Mannes, ihm den Ellbogen in das Zwerchfell zu rammen und ihm, als er sich vor Schmerzen krümmte, die Pistole wegzunehmen.

Dann machte er kehrt, packte den ersten Mann, der gerade mühsam wieder hochzukommen versuchte, und schlug ihm den Kopf mit aller Kraft gegen einen Laternenpfahl. Der zweite Mann hatte alle viere von sich gestreckt und holte blutrotzend und röchelnd durch die zugeschnürte Kehle Luft.

An der Front hätte Buchanan die beiden getötet, unter den gegebenen Umständen wollte er die Sache nicht schlimmer machen, als sie ohnehin schon war. Wenn er die Leute des Colonels ins Jenseits beförderte, bekämen sie beim nächstenmal den Befehl, ihn nicht bloß gefangenzunehmen, sondern ebenfalls zu exekutieren. Oder gab es diesen Befehl bereits? Schließlich hatte der eine die Waffe ziehen wollen.

An der Ecke Massachusetts Avenue und Twenty-first Street standen ein gutgekleideter älterer Mann und seine Frau und starrten entsetzt in Buchanans Richtung. Sie schrie laut, er nahm sie in die Arme.

Buchanan schnappte sich seine Reisetasche und rannte los, weil jeden Augenblick ein Streifenwagen eintreffen konnte. Der Schrei hatte ohnehin zwei Männer alarmiert, die um die Ecke geflitzt kamen. Buchanan steigerte sein Tempo, denn kaum hatten die beiden ihn gesehen, gingen sie zum Angriff über und zogen die Waffen. Nun bestand kein Zweifel mehr. Das war kein Überwachungsteam, sondern ein weiteres Killerkommando des Colonels.

Was hatten sie Holly angetan? Daran durfte er jetzt nicht denken, zunächst mußte er sein Leben retten und diese verdammte Einbahnstraße verlassen. Er näherte sich der P-Street, entdeckte eine Lücke zwischen zwei herannahenden Wagen und schlüpfte in der Hoffnung hindurch, daß sie ihm Schutz gewähren würden. Denn die Männer hatten ihn bereits im Visier. Ein Auto hupte, Bremsen quietschten. Er rettete sich auf den Bürgersteig und rutschte in einer Pfütze aus, ohne das Gleichgewicht zu verlieren. Er bog um die Ecke, da krachten zwei Schüsse, und ein Fenster in seiner Nähe zersplitterte.

Buchanan rannte wie ein Wahnsinniger und packte die Pistole fester, die er dem Mann mit dem zertrümmerten Nasenbein entrissen hatte. Die Regenschleier schienen dichter zu werden, die Nacht dunkler. Die Straße war still, kein Wetter für Fußgänger. Eine trübe Laterne ließ das Schild einer nach Süden führenden Straße erkennen. Hopkins Street stand darauf. Er hastete weiter, die Reisetasche behinderte ihn, aber er durfte sie nicht zurücklassen, denn er brauchte die Bücher und die Unterlagen.

Hinter ihm Flüche, Keuchen, schnelle Schritte. Er zuckte zusammen, als Kugeln neben ihm einschlugen. An der nächsten Ecke drehte er sich um und kniete nieder, den Ellbogen aufs Bein gestützt. Der Arm zitterte, Schweiß, mit Regentropfen vermischt, rann ihm über die Stirn.

Buchanan zielte nach Gefühl, drückte dreimal rasch hintereinander ab. Die Schüsse hallten in der engen Straße wider, er hörte die ausgeworfenen Hülsen auf das Pflaster fallen und gleichzeitig Gefluche, doch war nicht festzustellen, ob eine seiner Kugeln getroffen hatte. Denn beide Verfolger lagen flach auf dem Boden und ballerten. Ihr Mündungsfeuer blitzte, ein Geschoß schlug in das Eckhaus ein, ein Steinsplitter traf Buchanan dicht am rechten Auge. Noch dreimal drückte er ab, die Männer rollten nach links, um hinter geparkten Wagen Deckung zu suchen.

Sobald er die Männer nicht mehr sah, duckte er sich und spurtete zum Ende der Straße. Eine Sirene heulte und kam immer näher. Ein Fenster wurde geöffnet, jemand schrie etwas hinunter. Aber er achtete nur auf die schnellen, schallenden Schritte, die ihm folgten.

Zwei Männer tauchten vor ihm auf. Buchanan gab zwei Schüsse ab, so daß sie auseinanderstoben und in Hauseingängen verschwanden.

Er lief im Zickzack, um kein Ziel zu bieten. Eine Kugel zupfte ihn am linken Ärmel, eine zweite pfiff am rechten Ohr vorbei. Diesmal hörte er keine Schüsse, sondern ihm wohlbekannte gedämpfte Laute, als würden Kopfkissen ausgeklopft. Die Männer hatten Schalldämpfer auf ihre Waffen gesteckt, weshalb das Krachen seiner eigenen Pistole nur noch lauter wirkte. Die Sirene kam näher und näher, eine zweite stimmte in das Geheul ein.

Buchanan sprintete nach links in Richtung Twentieth Street, als er plötzlich vor sich wie auch von rechts und links Scheinwerfer auf sich gerichtet sah. Er wußte nicht, wohin, wollte kehrtmachen, doch es war zu spät, die Lichter kamen direkt auf ihn zu.

Bremsen quietschten, der Wagen war nicht mehr zum Stehen zu bringen. Buchanan hechtete nach vorn, landete auf der Motorhaube und rutschte vor, um den Aufprall abzufangen. Das Gesicht gegen die Windschutzscheibe gepreßt, erkannte er zu seiner Verblüffung das leuchtendrote Haar von Holly McCoy, die am Steuer saß.

Ihr Gesicht war schreckverzerrt, ein stiller Schrei. Buchanan riß den Kopf hoch, spähte vorsichtig über das Dach des schleudernden Wagens und sah die beiden Killer an der Kreuzung. Er hob die Pistole und drückte viermal ab. Genaues Zielen war nicht möglich, doch es genügte, die Männer in den Schutz der Nebenstraße zu treiben.

»Losfahren, Holly! Nicht stehenbleiben! Los!«

Der Wagen hörte auf zu schleudern und kam wieder in Fahrt. Buchanan rutschte nach oben und stieß mit dem Gesicht hart gegen die Windschutzscheibe. Verzweifelt sah er sich um – sie hatten die Twentieth Street erreicht, eine nach Norden führende Einbahnstraße. Holly mußte links abbiegen und sich in den Verkehr einordnen. Der Seitenschwung schob ihn über das nasse Blech. Die Reisetasche in der einen Hand, die Pistole in der anderen, konnte er sich nirgendwo festhalten. Er glitt weiter und bereitete sich auf den Aufprall auf der Straße vor. Ellbogen an den Körper, abrollen, den Kopf hoch, schrie er sich innerlich zu, klammerte sich mit dem rechten Ellbogen am Außenspiegel fest und zog die Beine an. Der Spiegel gab unter seinem Gewicht nach, doch er löste den Arm nicht, sackte tiefer und immer tiefer, die Füße nur wenige Zentimeter über der Straße. Als der Spiegel abbrach, landete Buchanan unsanft auf der Straße, mitten in einer Pfütze, völlig ausgepumpt.

Schwankend kam er auf die Füße. Noch mehr Scheinwerfer, Sirenen, schnelle Schritte. Holly bremste scharf, setzte ein paar Meter zurück und betätigte die automatische Türentriegelung. Buchanan riß die Hintertür auf, warf sich hinein und knallte die Tür zu. Geduckt schrie er: »Los, Holly! Weiter!«

12

Sie gehorchte, sah angestrengt an den hin- und herschwingenden Scheibenwischern vorbei und vergewisserte sich im Innenspiegel, ob die Sirenen zu Polizeiwagen gehörten, die ihre Verfolgung aufgenommen hatten. Die Scheinwerfer hinter ihr hielten jedoch Abstand, auf dem Bürgersteig waren keine ballernden Männer zu sehen, und die Sirenen klangen schon ferner.

»Was ist geschehen?« fragte sie bestürzt.

Buchanan erklärte es rasch und drückte sich tief auf den Rücksitz, um nicht gesehen zu werden.

»Sind Sie verletzt?« Sie hatte feuchte Hände.

»Ich glaube, die Naht ist etwas aufgerissen.« Seine Stimme klang gepreßt. »Wenn's nicht schlimmer ist, bin ich okay.«

»Bis zum nächstenmal.«

»Ein Glück, daß Sie zufällig hier entlanggefahren sind.«

»Das war nicht rein zufällig. Als Sie gejagt wurden, rannten Sie auf die Straße zwischen zwei vorbeifahrende Wagen.«

»Stimmt, aber woher wußten Sie ...?«

»Der zweite Wagen hupte – das war ich. Nachdem der Parkplatzwächter des Hotels ihn mir gebracht hatte, entschloß ich mich, einmal um den Block zu fahren und nach Verfolgern Ausschau zu halten. Außerdem wollte ich mich überzeugen, ob Sie das Hotel unbeschadet verlassen hatten. Ich kam Ihnen entgegen und wurde Zeuge der Schießerei. Sie sind mir vor den Wagen gerannt, bevor ich Sie auf mich aufmerksam machen konnte.«

»Ich wollte Sie nicht auch noch in diese Sache hineinziehen. Wirklich nicht. Tut mir leid, Holly.«

»Nun ist es einmal geschehen. Ich bin auch nicht unschuldig. Ich hätte es ja ablehnen können, mich mit Ihnen zu treffen. Soll ich ehrlich sein? Ich dachte, Sie wollen mir etwas mitteilen, das mich wieder auf meine Story zurückbringt. Nun muß ich dafür büßen.«

»Sie haben es also begriffen.« Er sprach zögernd. »Die

andere Seite hält uns beide für gefährlich, weil wir zusammen erwischt wurden. Was vorher bloß ein Verdacht war, ist jetzt Gewißheit: Ihr Leben ist in allergrößter Gefahr.«

Holly versuchte, ruhig zu atmen. »Ich hatte noch einen anderen Grund. Der war noch törichter und hatte nichts mit der Story zu tun. Im Innersten verspürte ich den Wunsch, Sie wiederzusehen. Dumm, was?« Sie wartete. »Sagen Sie nichts. Lassen Sie meine Worte einfach im Raum stehen. Damit ich mir wie eine Idiotin vorkomme.«

»Nein, ich ... Ich fühle mich geschmeichelt.«

»Lassen Sie sich lieber was Netteres einfallen oder, so wahr ich hier sitze, ich halte an ...«

»Ich versuche nur, Ihnen zu erklären, daß ich auf diesem Gebiet nicht besonders gewandt bin. Für mich ist es eine neue Erfahrung, daß jemand mich mag. Nie blieb ich lange genug an einem Ort, um eine Beziehung anzuknüpfen.«

»Aber doch wenigstens einmal ...«

»Ja, mit Juana. Stimmt. Einmal.«

»Und ich riskiere mein Leben und helfe Ihnen, eine fremde Frau zu finden. Nicht zu fassen!«

»So einfach ist die Sache nicht. Es geht nicht nur darum, daß ich nie Gelegenheit hatte, eine Beziehung anzuknüpfen, sondern auch darum, daß ich nie lange genug dieselbe Person war. Nicht ich will Juana finden, es ist Peter Lang.«

»Peter Lang? Das sind doch Sie! Haben Sie nicht gesagt, daß er eine Ihrer Identitäten war? Ich glaube, ich schreie gleich!«

»Nicht doch. Später, jetzt nicht. Bringen Sie uns raus aus der Stadt.«

»Wohin?«

»Nach Norden – nach New York. Zu Frederick Maltin, dem Ex von Maria Tomez. Noch etwas. Halten Sie mal an einer Telefonzelle.«

13

Ein Uhr morgens, auf der Strecke zwischen Washington und Baltimore. Holly hielt bei einer Raststätte am Highway 95. Buchanan stieg aus und ging zum Telefon.

Ein Mann nahm ab. »Potomac Catering.«

»Hier spricht Proteus. Ich muß den Colonel sprechen.«

»Er ist im Augenblick nicht hier, Sie können eine Nachricht hinterlassen.«

»Richten Sie ihm aus, ich hätte die Botschaft verstanden. Es wird keine Schwierigkeiten geben. Ich hätte seine vier Männer töten können. Er soll mich in Ruhe lassen, und Holly McCoy auch. Melden Sie ihm, daß ich untertauchen will. Und daß meine Beziehung zu Holly McCoy rein privater Natur ist und nichts mit der Sache zu tun hat. Sorgen Sie dafür, daß ihn jedes Wort erreicht.«

Er legte auf und wußte, daß die Nummer des von ihm benutzten Telefons automatisch auf einem Display im Büro des ›Caterers‹ erschien. Falls der Colonel Buchanans Friedensangebot akzeptierte, würden sie ab sofort Ruhe haben. Wenn nicht …

Er eilte zum Wagen zurück und nahm diesmal neben Holly Platz. »Ich habe getan, was ich konnte. Fahren wir weiter.«

Er hob seine Reisetasche hoch und schnitt vor Schmerzen eine Grimasse. Er zog sich die Hose aus.

»He, was soll denn das?«

»Ich wechsle die Kleider, bin völlig durchnäßt.« Im Licht vorbeiflitzender Wagen untersuchte er die Wundstelle. »Und ich blute. Ich hatte recht – ein paar Stiche sind aufgegangen.« Er fischte eine Tube antibiotische Salbe und Verbandszeug aus der Tasche und begann, sich zu verarzten. »Wissen Sie, was ich gern hätte?«

»Ein normales Leben?«

»Nein, bloß Kaffee und Sandwiches.«

14

In einem Apartment fünf Blocks nördlich der ›Washington Post‹ verzog der Colonel das Gesicht und legte auf.

»Wollen Sie meinen Rat hören?« fragte Alan, der auf dem Nebenanschluß mitgehört hatte.

»Nein.« Streß und Übermüdung zeichneten das schmale Gesicht des Offiziers.

»Na, hören Sie trotzdem.« Ein sprießender Bart betonte Alans feiste Wangen. »Buchanan gibt Ihnen ein Zeichen. Er will Frieden. Gehen Sie darauf ein.«

»Wieso?« fragte der Colonel trocken. »Ich bin es nicht gewöhnt, Ratschläge von Zivilisten anzunehmen. Vor allem dann nicht, wenn sie nicht begreifen, wie schwerwiegend Buchanans Vergehen ist. Ein Soldat darf seine Einheit nicht im Stich lassen. Schon gar nicht Buchanan. Er weiß zuviel, und er ist und bleibt ein Sicherheitsrisiko. Sonst herrscht Chaos.«

»Und Schießereien auf offener Straße sind kein Chaos? Das alles hat gar nichts zu tun mit Prinzipien oder mit Sicherheit. Es geht nur um Ihren Stolz. Ich hatte große Bedenken, als sich das Militär in Operationen eines zivilen Nachrichtendienstes einschaltete. Es schmeckt Ihnen nicht, Ratschläge von Zivilisten anzunehmen? Dann sollten Sie mal in unserer Verfassung lesen. Denn genau das ist Ihre Pflicht: sich beraten zu lassen. Wenn die Agency nicht das Sagen hätte, wären Sie unabhängig, und das würde Ihnen gefallen, was? Eine Privatarmee, mit der Sie machen können, was Sie wollen. Ihre Privatkriege.«

»Verschwinden Sie. Dauernd jammern Sie, daß Sie Frau und Kinder nicht mehr sehen. Gehen Sie nach Hause.«

»Damit Sie allein schalten und walten können? Ich bleibe hier, bis diese Angelegenheit geklärt ist.«

»Dabei wird Ihnen Hören und Sehen vergehen.«

»Buchanan behauptet, daß seine Beziehung zu der Journalistin nichts mit Ihnen zu tun hat.«

»Und das glauben Sie?«

»Er ist kein Dummkopf. Auch er hat nichts zu gewinnen, wenn er gegen Sie arbeitet. Aber wenn Sie ihn jagen, wird er aus Wut gegen Sie arbeiten. Und, ehrlich gesagt, Colonel, Buchanan ist der letzte, den ich als Feind haben möchte.«

Elftes Kapitel

I

Buchanan erwachte mit rasenden Kopfschmerzen und blickte auf die Uhr: acht Uhr morgens. Holly fuhr auf der Madison Avenue in New York City nach Norden.

»Sie hätten mich wecken sollen«, sagte er.

»Damit Sie mich unterhalten? Nein, Sie brauchten Schlaf. Mir hat die Stille nichts ausgemacht. Da hatte ich Gelegenheit nachzudenken.«

»Worüber?«

»Ich machte mir klar, daß es für mich kein Zurück gibt. Vorwärts heißt die Devise.«

»Sie dürfen es nicht übertreiben, sonst machen Sie schlapp. Ich bin nicht der einzige, der Schlaf brauchte.«

»Ich habe unterwegs auf Rastplätzen immer mal die Augen zugemacht, für ein paar Minuten.«

»Jedenfalls sieht man Ihnen nicht an, daß Sie fast die ganze Nacht durchgefahren sind.«

»Kosmetik wirkt Wunder. Und die Waschbecken an Raststätten. Übrigens, wenn wir die Sache durchziehen wollen, müssen Sie sich rasieren.«

Er rieb sich über das Kinn. Aus seinem Necessaire nahm er einen Rasierapparat und begann damit über die stoppeligen Wangen zu schaben.

»Tut das nicht weh?«

»Man gewöhnt sich daran. Bei Einsätzen war das oft die einzige Möglichkeit, einigermaßen anständig auszusehen.«

Sie stellte keine Fragen zu diesen Einsätzen und konzentrierte sich nur auf die Straße.

»Ist noch etwas Kaffee übrig?« fragte er.

»Nein. Da wir aber gerade ...«

Sie hielt am Straßenrand, rannte bei laufendem Motor in eine Kaffeestube und kam kurz darauf mit zwei dampfenden Styroporbechern zurück.

»Das Sherry-Netherland Hotel ist nur einen Block weiter, in der Fifth Avenue. Es war in dem Artikel in der ›Post‹ erwähnt. Wie wollen Sie vorgehen?«

»Erst mal suchen wir einen Platz zum Parken. Dann überprüfen wir, ob Frederick Maltin beobachtet wird.«

»Warum sollte er beobachtet werden?«

»Um eine peinliche Sache aus der Welt zu schaffen. Man hat wohl nicht erwartet, daß er solch einen Wirbel veranstaltet, die Presse alarmiert und auf das Verschwinden von Maria Tomez aufmerksam macht. Ich vermute, sie – wer immer ›sie‹ sind – wollen das in Ordnung bringen.«

2

Das Sherry-Netherland befand sich schräg gegenüber vom Plaza Hotel in der Fifth Avenue, nicht weit entfernt von einem Eingang zum Central Park. Trotz des noblen Ambiente in der Gegend fiel es Buchanan und Holly nicht schwer, überzeugend als Touristenpärchen aufzutreten. Sie schlenderten um den Block, blieben vor Schaufenstern stehen, beobachteten den Eingang zum Park und erkundeten gründlich das Umfeld.

»Natürlich können in den umliegenden Häusern Aufpasser sitzen«, warnte er und fotografierte mit Hollys Kamera einen Wolkenkratzer. »Unter den Passanten entdecke ich keinen Verdächtigen.«

Sie setzten sich auf eine Bank neben das mit Goldbronze überzogene Standbild von General William Tecumseh Sherman.

»Zeit für Ihre kleine Rolle. Ich fürchte, die ist ziemlich schwierig.«

»So?«

»Sie müssen nämlich eine Journalistin imitieren.«

Sie stieß ihm den Ellbogen in die Seite.

Er lachte. »Hoffentlich haben Sie Ihren Presseausweis bei sich.«

»Immer. In der Kameratasche.«

»Und ich bin Ihr Assistent. Nennen Sie mich ... Wie hieß der Kerl, der Ihnen in New Orleans hinterherlief?«

»Ted.«

»Richtig. Nennen Sie mich Ted. Wir kommen also beruflich zu Mr. Maltin. Am besten überlassen Sie dem Assistenten die Tasche.«

Sie näherten sich dem überdachten Eingang des Sherry-Netherland. Buchanan nickte dem livrierten Portier zu, ging durch die Drehtür und betrat das Foyer vor Holly, um sich umzusehen. Nichts Bedrohliches, dachte er, und wartete auf Holly.

»Sie wünschen, Sir?« Der Hotelangestellte sprach wie üblich den männlichen Teil des Paares an. Da Buchanan den Assistenten spielte, sah er Holly mit hochgezogenen Augenbrauen an und wartete auf ihre Antwort.

Sie schlüpfte sofort in ihre Rolle. »Ich bin Reporterin.« Sie zeigte den Presseausweis vor.

Der Livrierte warf einen flüchtigen Blick darauf und achtete nur auf den Namen der Zeitung und sonst nichts.

»Ich würde gern mit Mr. Maltin sprechen.« Holly steckte den Ausweis ein.

»Sind Sie angemeldet?«

»Nein, aber wenn er nicht beschäftigt ist, würde ich gern zehn Minuten seiner Zeit in Anspruch nehmen.«

»Einen Augenblick.« Er ging zur Rezeption und telefonierte. Nachdem er wieder aufgelegt hatte, sagte er: »Mr. Maltin möchte nicht gestört werden.«

»Gestern konnten es ihm nicht genug Presseleute sein.«

»Ich kann Ihnen nur sagen, daß er nicht gestört werden möchte.«

»Rufen Sie ihn bitte noch einmal an. Wirklich, es ist wichtig. Ich habe Informationen über seine vermißte Frau.«

Der Mann zögerte.

»Wenn er erfährt, daß Sie ihm das nicht mitgeteilt haben, gibt es Ärger.«

»Einen Augenblick.« Er telefonierte abermals und wirkte

irritiert, als er sich wieder an sie wandte. »Mr. Maltin wird Sie empfangen. Kommen Sie.«

Sie folgten ihm zu den Fahrstühlen. Nachdem sie eingestiegen waren, drückte er auf den Knopf für den neunundzwanzigsten Stock und fuhr mit hinauf.

Oben angekommen, wartete er, bis Holly am Apartment von Frederick Maltin klingelte. Erst als dieser die Tür öffnete, Holly und Buchanan mißtrauisch musterte und widerwillig zum Eintreten aufforderte, zog sich der Angestellte in den Lift zurück. Schnell, als würde er verfolgt, schloß Maltin die Tür und führte sie in einen riesigen, luxuriös ausgestatteten Raum, von wo man eine hinreißende Aussicht auf die Fifth Avenue im Süden und den gegenüberliegenden Central Park hatte.

»Ich weiß nicht, welche Informationen Sie angeblich über meine geschiedene Frau haben. Sie sind auch nicht mehr wichtig, denn ich habe gerade von ihr gehört.«

Buchanan mußte sich sehr zusammennehmen, um keine Fragen zu stellen. Es war – so schrieb es ja das Szenario vor – Hollys Szene, und sie wurde ihrer Rolle gerecht. »Da sind Sie gewiß erleichtert.«

»Natürlich, sehr.« Frederick Maltin war ein Mann zwischen vierzig und fünfzig, mittelgroß, weder schlank noch dick, mit schütterem graumelierten Haar. Er war teuer gekleidet, und es war unmöglich, die kostbaren Manschettenknöpfe und die diamantenbesetzte Cartier-Uhr zu übersehen.

»Sie baten um zehn Minuten, doch kann ich Ihnen soviel Zeit nicht opfern«, fuhr Maltin fort. Die dünne Stimme klang herrisch.

»Gewiß wollen Sie doch der Presse die gute Nachricht mitteilen«, sagte Holly. »Gestern gab es so viel Aufregung um Ihre Behauptung, daß ihr etwas geschehen sei.«

»Ja, in der Tat. Sie und andere Reporter möchten gewiß ihre Fans davon in Kenntnis setzen, daß sie wohlauf ist.«

Holly schien verwirrt. »Wie Sie das so sagen ... Es hört sich ja fast so an, als hätten Sie die Medien noch nicht informiert.«

»Die Nachricht hat mich eben erst erreicht. Ich muß das erst verarbeiten. Sie können sich meine Erleichterung vorstellen.« Maltin zog ein burgunderrotes seidenes Taschentuch aus der Brusttasche des maßgeschneiderten blauen Zweireihers und wischte sich über die Stirn.

Von wegen erleichtert, dachte Buchanan.

»Was hat Ihre ehemalige Frau Ihnen mitgeteilt?« fragte Holly. »Wo hat sie sich in den letzten beiden Wochen aufgehalten?«

Maltin verzog keine Miene. »Im Ausland. Sie hat mir den Ort genannt, wünscht jedoch nicht, daß ich Genaueres bekanntgebe. Sie möchte noch eine Zeitlang wegbleiben, um Ruhe zu finden. Sie fürchtet, daß wieder einmal die Reporter über sie herfallen werden.«

»Nun, könnten Sie wenigstens andeuten, wo sie ist?«

»In Frankreich. Mehr will ich nicht sagen.«

»Wissen Sie, warum sie verschwunden ist?«

»Sie wollte eine Reise unternehmen. Ich war durch diese unseligen juristischen Verwicklungen enerviert und nahm irrtümlicherweise an, ihr müsse etwas Schreckliches zugestoßen sein.«

Buchanan sah sich aufmerksam um und hatte plötzlich einen schwachen Tabakgeruch in der Nase. Dabei stand nirgends in diesem gepflegten Raum ein Aschenbecher. Der Zigarettenrauch kam aus einem anderen Bereich des geräumigen Apartments.

»Ich muß Ihnen etwas gestehen«, fuhr Maltin fort. »Meine Reaktion war unangemessen heftig, weil Maria telefonisch für mich nicht zu erreichen war. Als sie vor wenigen Wochen ihre Wohnung verkaufte und sich in Luft aufzulösen schien, war ich wütend, denn sie hatte mich über ihre Absichten in Unkenntnis gelassen. Es schien mir unvorstellbar, daß sie so selbständig handeln konnte. Obwohl wir geschieden waren, machte ich mir die allergrößten Sorgen um sie. Ich bildete mir ein, daß sie Opfer eines Verbrechens geworden war.«

»Ja«, sagte Buchanan. »Haben Sie etwas dagegen, wenn ich Ihr Bad benutze?«

»Und ob! Kommt nicht in Frage.«

»Es ist ein Notfall. Es muß sein.« Er steuerte auf eine Tür am anderen Ende des Zimmers zu.

»Warten Sie. Was fällt Ihnen ein?« rief Maltin wütend. »Bleiben Sie stehen. Sofort!«

»Ich habe Ihnen doch gesagt, ich muß auf die Toilette.« Buchanan öffnete die Tür und betrat ein luxuriös eingerichtetes Eßzimmer.

Maltin rannte ihm nach. »Wenn Sie weitergehen, rufe ich die Polizei!«

Buchanan beachtete ihn nicht. Der Zigarettengeruch wurde stärker. Er öffnete eine Tür zu seiner Linken und stand in einem mit Eichenmöbeln ausgestatteten Arbeitszimmer. Überrascht richtete sich ein Mann auf, der rauchend an einem großen Schreibtisch lehnte. Er war Mitte Dreißig und gehörte mehr oder weniger zu jener Sorte, der man am liebsten auswich.

»Entschuldigung«, sagte Buchanan, »ich dachte, hier geht's zum Bad.«

»Nicht schlimm«, antwortete der Fremde.

Links unter seinem Anzug wölbte sich der Kolben einer Waffe. Um sie zu ziehen, mußte er die rechte Hand benutzen, in der er jedoch die Zigarette hielt. Er beugte sich nach vorn, als wolle er Asche über dem Papierkorb abstreifen, warf jedoch die Zigarette hinein und griff nach links.

Zu spät. Buchanan packte die Kameratasche am Tragriemen, führte einige schnelle Umdrehungen um seine Achse aus und schwang sie kräftig. Mit lautem Knall traf sie den Mann am Kiefer, so daß er zur Seite kippte und die Augen verdrehte. Blut floß ihm aus dem Mund. Stöhnend landete er auf dem Orientteppich.

»Mein Gott!« Frederick Maltin starrte entsetzt auf den am Boden Liegenden. »Sind Sie nicht ganz bei Trost? Wer sind Sie überhaupt?«

»Einer, der mal eben auf die Toilette wollte, aber dieser Gentleman hier hatte partout etwas dagegen – und Sie auch. Warum denn, verdammt noch mal?«

Buchanan zog die Pistole. Maltin verschlug es den Atem,

und auch Holly, die hinter ihm hergelaufen war, zuckte zusammen. Er näherte sich dem Verletzten, richtete die Waffe auf seine rechte Schläfe und nahm ihm den Revolver ab. Er prüfte den Puls, drehte ihm den Kopf zur Seite, damit er nicht an seinem eigenen Blut erstickte, und stand kopfschüttelnd wieder auf. »Ein Blutfleck auf dem Teppich – tut mir leid, Mr. Maltin. Sie sollten sich die Leute besser ansehen, mit denen Sie sich einlassen.« Er bemerkte eine Tasche auf dem Schreibtisch und öffnete sie. »Oder Geschäfte machen. Wieviel Geld ist da drin? Sieht nach vielen Hundertdollarscheinen aus, in Bündeln zu zehntausend Dollar.« Buchanan nahm sie heraus und türmte sie übereinander. »Mal sehen: einhunderttausend, zweihunderttausend? Gar nicht so schnell zu zählen. Nach meiner Schätzung liegen hier eine Million Dollar.«

Maltin stand mit offenem Mund da, er war bleich im Gesicht. Holly fuhr sich durch ihre roten Haare, fassungslos über das, was sich eben vor ihren Augen abgespielt hatte.

»Hinknien, Mr. Maltin!«

Maltin zitterte. »Warum?«

»Fragen Sie nicht.« Buchanan gab Holly den Revolver. »Hier. Wenn Maltin aufzustehen versucht, machen Sie von der Waffe Gebrauch.« Mit einem drohenden Blick auf Maltin verließ er das Arbeitszimmer. »Wohin gehen Sie?« rief Holly ihm mit schriller Stimme nach. »Nachsehen, ob wir allein sind.«

3

Vorsichtig, die Pistole im Anschlag, schlich er von Zimmer zu Zimmer und forschte überall nach. Einen Mann hatte er gestellt. Das hieß aber nicht, daß sich nicht noch andere im Apartment versteckt hielten.

Erleichtert, seinen Verdacht nicht bestätigt zu finden, kehrte er ins Arbeitszimmer zurück, untersuchte abermals den Mann am Boden und fesselte ihm dann mit dem eigenen Gürtel die Hände. Auf Maltins Gesicht stand der Schweiß, den er gar nicht so schnell abwischen konnte; das burgunderrote Taschentuch war schon durchnäßt.

»Setzen Sie sich, Fred. Sie werden doch nicht ohnmächtig werden. Können wir Ihnen etwas bringen? Ein Glas Wasser? Etwas Brandy? Fühlen Sie sich wie zu Hause.«

Maltins Gesicht war grau wie Zement. Er schwitzte immer stärker und nickte mit einem Anflug von Verzweiflung. »Da drüben im Schreibtisch. In der obersten Schublade.«

Buchanan zog sie auf. »Aber, aber, Fred! Sie enttäuschen mich. Sie sind doch nicht etwa ein Kokser? Böser Junge, Fred.« Er brachte ein Fläschchen mit weißem Pulver zum Vorschein und stellte es auf den Schreibtisch. »Bedienen Sie sich.«

Maltin sah ihn haßerfüllt an, zog den Stöpsel heraus und schnupfte das Kokain erst durch das eine, dann durch das andere Nasenloch.

»Sie haben da ein bißchen Schnee an der Lippe, Fred.«

Maltin wischte das Pulver mit dem Finger weg und leckte ihn ab.

»So ist's recht. Nicht verschwenderisch sein. Geht's jetzt besser, Fred? Können wir uns ein bißchen unterhalten?«

»Sie Schweinehund.«

Blitzschnell schlug ihm Buchanan so hart ins Gesicht, daß sein Kopf zur Seite gerissen wurde und weiße Koksflokken aus der Nase flogen.

Vor Schreck hielt sich Holly die Hand vor den Mund.

Buchanan schlug ihn auf die andere Wange, diesmal noch kräftiger. Der Kopf schnellte in die andere Richtung.

Maltin weinte hemmungslos. »Bitte, töten Sie mich nicht.« Er jammerte, die Augen erbärmlich zugekniffen, tränenüberströmt. »Bitte.«

»Sie haben nicht aufgepaßt. Ich will mich nur mit Ihnen unterhalten. Über den Kerl hier und das Geld. Bei legalen Geschäften schleppt niemand so viel Moneten mit sich herum. Wo kommt es her? Hat etwas mit Ihrer Exfrau zu tun, stimmt's? Sie haben nach ihr suchen lassen, und das hat jemandem nicht gefallen. Kurz gesagt, Sie hatten die Wahl: entweder eine Kugel in den Schädel oder eine Million Eier in bar. Nun, Sie sind kein Idiot. Für 'ne Million würden Sie jeden ans Messer liefern. Gleichgültig, ob Maria Tomez in Schwierigkeiten ist. Sie hat sich ja von Ihnen scheiden lassen. Soll das Miststück doch selber auf sich aufpassen. Stimmt's, Fred? Hören Sie genau zu: Sagen Sie mir, ob ich richtig liege, oder ich ohrfeige Sie, bis Ihnen der Kopf nach hinten steht.«

Er hob drohend die Hand, und Maltin zuckte zusammen. »Bitte nicht, nein, bitte.«

»Also dann reden Sie. Gehe ich recht in der Annahme, daß es Schweigegeld ist, wir sind hereingeschneit, als es übergeben wurde? Es lief so, schätze ich: Sie sollten die Medien zurückpfeifen. Da wir uns nicht abweisen ließen, haben Sie die Verhandlung unterbrochen und uns empfangen. Nur hatten Sie sich noch kein Szenario zurechtgelegt. Am Nachmittag, wenn die Reporter von gestern wieder herbestellt werden sollten, wäre Ihre Schau perfekt gewesen. Ist das richtig?« Buchanan holte wieder wie zum Schlag aus.

Maltin schluckte die Tränen hinunter und nickte plärrend.

»Damit das keine einseitige Unterhaltung wird, stelle ich Ihnen jetzt eine Frage. Sind sie bereit?«

Maltin rang nach Luft.

»Von wem stammt die Kohle?«

Maltin antwortete nicht.

»Fred, ich rede mit Ihnen.«

Maltin biß sich auf die Lippe und schwieg weiter.

Buchanan seufzte. »Ich fürchte, ich muß Sie rausschikken, Holly. Das ist nichts für Sie.«

»Drummond«, winselte Maltin.

»Verstehe nicht. Sie sprechen nicht deutlich genug. Lauter.«

»Alistair Drummond.«

»Junge, Junge. Der neue Lover Ihrer Exfrau. Und warum sollte Alistair Drummond Ihnen eine Million Dollar rüberschieben, wenn Sie den Mund halten?«

»Ich weiß nicht.«

»Bringen Sie mich nicht noch mehr in Rage. Warum sollte Drummond Sie bestechen? Überlegen Sie mal. Einfach so?«

»Ich sage Ihnen doch, ich weiß es nicht!«

»Sind Ihnen schon mal die Knochen gebrochen worden, Fred?« Buchanan ergriff den kleinen Finger von Maltins rechter Hand.

»Nein! Das ist die Wahrheit.« Maltin entriß ihm die Hand. »Fassen Sie mich nicht an, Sie Schweinehund! Lassen Sie mich in Ruhe. Es ist die Wahrheit. Ich weiß gar nichts!«

»Dann sagen Sie mir, was Sie vermuten.«

»Seit Maria mich verlassen hat und vor einem Dreivierteljahr diese Kreuzfahrt mit Drummond machte, ist mir alles unbegreiflich.«

»Kreuzfahrt? Welche Kreuzfahrt meinen Sie genau?«

»Vor Acapulco. Drummond besitzt eine Luxusjacht. Er bot ihr an, sich an Bord zu erholen, während die Scheidung vorbereitet wurde. Als Ehemann war ich ihr vielleicht zuwider, aber als Manager war ich weiterhin unentbehrlich für sie. Nach der Kreuzfahrt hat sie es jedoch abgelehnt, sich mit mir zu unterhalten. Sie hat sogar meine Anrufe nicht beantwortet. Bei einigen Gelegenheiten sah ich sie in der Öffentlichkeit, doch Drummonds Bodyguards ließen mich nicht in ihre Nähe. Ich habe gelitten, ich bin krank geworden ...«

»Keine Panik, Fred. Die Million reicht eine ganze Weile für Schnee. Wollen Sie meinen Rat hören? Ich an Ihrer Stelle würde die Moneten für eine Reise ausgeben. Denn ich bin ganz sicher: Alistair Drummond wird dafür sorgen, daß Sie den Mund halten und nicht noch mehr Geld fordern. Er wird Ihnen eine Dosis Koks verpassen, die Sie in höhere Sphären trägt. Sie verstehen, was ich meine. Ich bin überrascht, daß es nicht schon längst geschehen ist. Vielleicht hat er es verschoben, weil Sie gerade große Reden geschwungen haben. Wäre zu verdächtig. Ich rate Ihnen, hauen Sie ab und ändern Sie Ihren Namen. Graben Sie ein tiefes

Loch und setzen Sie sich hinein. Denn man wird Sie überall suchen.«

Maltins Gesicht war von Panik gezeichnet.

»Bis bald, Fred.«

»Aber ...?« Maltin deutete auf den bewußtlosen Mann. »Was ist mit ihm?«

»Nach meiner Meinung gibt es zwei Möglichkeiten. Entweder Sie lassen sich eine überzeugende Geschichte einfallen oder Sie verschwinden, bevor er aufwacht. Sorry, wir müssen weiter, Fred.«

4

Sie verließen das Sherry-Netherland.

»So was habe ich noch nie erlebt«, japste Holly.

»Gehen Sie langsamer«, warnte Buchanan. »Es soll nicht so aussehen, als ob wir davonlaufen.«

»Tun wir das etwa nicht?« flüsterte Holly aufgeregt. »Sie haben einem Mann den Kiefer gebrochen, wenn nicht das Genick. Maltin haben Sie mißhandelt. Er hat bestimmt die Polizei gerufen, sobald wir draußen waren.«

»Nein. Er packt seine Koffer. Sie haben so was noch nicht erlebt, und Maltin auch nicht. Er hat weder die Bullen noch den Hoteldetektiv angerufen, denn als wir gingen, wurden wir nicht angehalten.« Buchanan führte Holly zum Eingang des Central Park an der Seventh Avenue.

»Warum gehen wir ...?«

»Weil weniger Leute dort sind. Wir können uns ungestört unterhalten. Maltin hat höllische Angst.«

»Klar. Ich auch. Ich dachte, Sie haben die Kontrolle über sich verloren. Sie wollten ihm alle Knochen brechen!«

»Nein. Ich wußte, das war nicht nötig. Sie und Maltin haben nur geglaubt, ich tue es. Die Schau hatte Erfolg. Es war so etwas Ähnliches wie ein Verhör.«

Buchanan warf einen Blick auf Bäume und Büsche zu beiden Seiten des Weges.

»Und woher wissen Sie, daß er die Wahrheit gesagt hat?«

»Seine Augen haben es verraten. Maltin wechselt nie die Rolle. Ein Scheißkerl, der klein beigibt, sobald er keine Macht mehr hat. Ein normales Interview wäre Zeitverschwendung gewesen. Ich weiß, was wir als nächstes tun.«

»Was?«

Sie verließen den Park und standen im tosenden Verkehr der Avenue of the Americas.

»Denken Sie doch mal praktisch. Ein Hotel suchen. Etwas essen und schlafen. Ein bißchen recherchieren.«

»Und danach?«

»Suchen wir Alistair Drummonds Jacht.«

5

Sie benutzten die U-Bahn und drei verschiedene Taxis, um eventuelle Verfolger abzuschütteln, und landeten schließlich etwa dort, wo sie hergekommen waren. Es gelang ihnen, ein Zimmer im Dorset zu buchen. Sie holten Hollys Wagen aus dem Parkhaus und übergaben ihn dem Hotelangestellten. Bevor sie sich auf ihr Zimmer im zwanzigsten Stock begaben, trugen sie sich als Mr. und Mrs. Charles Duffy ein. Beim Zimmerservice bestellten sie Kaffee, Tee, Salate, Steaks, Folienkartoffeln, ein Baguette, Gemüse und Eiscreme. Sie duschten nacheinander. Als Buchanan in einem weißen Hotelbademantel aus dem Bad kam, trocknete sich Holly gerade die Haare.

Sie schaltete den Fön ab. »Setzen Sie sich und machen Sie den Oberkörper frei. Ich will mir Ihre Wunden ansehen.«

Ihre Berührung war erregend. Sie befühlte die fast geheilte Schußverletzung an der rechten Schulter und glitt tiefer zur Stichwunde. »Hier sind ein paar Stiche aufgerissen.« Sie nahm antibiotische Salbe und Binden aus seiner Reisetasche. »Scheint aber nicht infiziert zu sein. Halten Sie still.«

»Autsch!«

»Ein harter Bursche wollen Sie sein?« Sie lachte.

»Wer sagt Ihnen, daß ich nicht simuliere, um Ihr Mitgefühl zu wecken?«

»Ich bevorzuge andere Methoden.«

»So?«

Sie strich ihm leicht über die Schultern, drehte ihn um und küßte ihn.

Es war ein langer Kuß. Zärtlich, mit leicht geöffneten Lippen. Ein zaghaftes Spiel mit der Zunge, zart, sinnlich.

Buchanan zögerte zunächst, doch dann umarmte er sie, hielt sie fest und spürte den straffen Rücken unter dem Bademantel.

Ihr Atem duftete. Sie atmete genüßlich aus und löste sich langsam von ihm. »Ja, du brauchst eindeutig mehr Zuneigung.«

Jetzt mußte Buchanan lachen. Er streckte die Hand nach ihr aus, um sie noch einmal zu küssen, wurde aber durch ein Klopfen unterbrochen.

»Zimmerservice«, rief der Kellner.

Buchanan wollte zur Tür gehen, aber Holly hielt ihn auf.

»Stopp! Wer wird denn so unvorsichtig sein«, flüsterte sie und drohte ihm auf dem Weg zum gemeinsamen Bett mit dem Zeigefinger. Sie griff unter sein Kopfkissen und reichte ihm die Pistole. »Braucht man so was nicht, wenn der Zimmerkellner kommt?«

Lachend steckte er die Waffe in die Bademanteltasche. »Du bist eine gelehrige Schülerin«, lobte er Holly und belohnte sie mit einem Kuß.

6

Bei Sonnenuntergang erwachte Buchanan. Er streckte sich und genoß das Gefühl, gut gegessen zu haben, nackt unter weichen Laken zu liegen und Hollys Körper neben sich zu spüren.

Sie war mit dem Bademantel bekleidet, er hatte seinen nicht wieder angezogen, nachdem sie sich geliebt hatten und vor Erschöpfung sofort eingeschlafen waren. Er fand sie hinreißend, ihren Humor, ihre sinnlichen Züge, den großen, schlanken Körper voll athletischer Anmut.

Er stand auf, zog den Bademantel an und setzte sich auf einen Stuhl, neben dem die von Holly mitgebrachten Bücher und Papiere lagen. Um Holly nicht zu wecken, rückte er eine Lampe heran, machte es sich bequem und begann zu lesen.

Zwei Stunden später hob sie den Kopf, rieb sich die Augen und blickte ihn lächelnd an. Sie war sogar im Halbschlaf wunderschön.

»Wie geht's?«

»Mir ist, als hätte ich gerade ein Gespenst gesehen.«

»Ich verstehe nicht. Mich?«

»Nein, hier in diesem Material.« Er hielt ein Buch auf den Knien. »Ich glaube, ich weiß, was da läuft. Mir wird nicht so schnell unheimlich, doch das jagt mir einen kalten Schauer über den Rücken.«

Holly setzte sich auf. »Wovon redest du?«

»Die Fotos in diesem Buch. Die haben so etwas ...«

Holly erhob sich, schloß den Bademantel und kam zu ihm. »Zeig mal her.« Sie zog sich einen Stuhl heran. »Welche Fotos?«

»Das ist eine Biographie über Maria Tomez. Ich habe nur kurz hineingeschaut, aber eines ist klar: Frederick Maltin hat sie nicht nur entdeckt und gemanagt – er hat sie geschaffen. Im wörtlichen Sinn. Ich habe sie nie auf der Bühne erlebt, aber sie soll nicht nur eine gute, sondern eine furiosleidenschaftliche Sängerin sein. Sieht sie nicht umwerfend sexy aus?«

»Zugegeben«, gähnte Holly.

»Aber nun guck dir mal diese frühen Bilder an.« Buchanan blätterte zurück. »Das ist Maria Tomez zu Beginn ihrer Karriere. Bevor sie Frederick Maltin traf und als noch keiner der Starkritiker sie zur Kenntnis nahm.«

Buchanan zeigte auf das Foto einer jungen dunkeläugigen Frau, pummelig, mit einer groben Nase und unsicherem Blick. Ohne jede Ausstrahlung.

»An dem Abend, als Maltin sie als Tosca sah, war sie nur

die zweite Besetzung und mußte einspringen, als der Star der Aufführung erkrankte.«

»Was mag Maltin in ihr gesehen haben?«

»Jemanden, den man beherrschen, den man formen und gestalten kann. Was hatte sie schon zu verlieren? Sie überließ sich ganz ihm und leistete absoluten Gehorsam.«

»Und dann?«

»Schau dir die folgenden Fotos an. Was fällt dir auf?«

»Na, sie wirkt von Mal zu Mal schlanker. Das kommt in ihrer plötzlich todschicken Kleidung vorteilhaft zur Geltung. Wie man sieht, hat sie auch eine neue Frisur, locker und gewellt. Eine gewisse wilde Ungezwungenheit.«

»Das ist mir auch aufgefallen. Stürmisch. Die Frisur hat etwas Leidenschaftliches an sich. Und nun dieses Bild.«

Holly schüttelte den Kopf. »Die Nase. Sie wurde korrigiert, ist jetzt schmaler und gerader.«

»Vergleiche das Foto mal mit dieser Aufnahme, ein Vierteljahr später.«

»Nun verstehe ich gar nichts mehr.«

»Sie lächelt.«

»Richtig.«

»Lächelt sie auch auf den Fotos vorher?« fragte er.

»Nein, nur auf diesem. Mein Gott, die Zähne! Es sind nicht ihre Zähne. Zuerst sind sie krumm und jetzt … Sie hat sie richten und überkronen lassen.«

»Oder Frederick Maltin hat dafür gesorgt. Er hat ihr innerhalb von zwei Jahren eine steile Karriere versprochen. Keine Veröffentlichung erwähnt jedoch die vielen künstlichen Korrekturen.«

»Und die ganze Zeit hat sie an Gewicht verloren«, sagte Holly ganz aufgeregt. »Ihre Garderobe wurde eleganter und läßt sie größer erscheinen.«

»Sieh nur die späten Fotos, nachdem sie eine Primadonna geworden war. Die Verwandlung geht weiter – hier, an den Augen, und betrachte mal den Schmuck.«

»Der ist zweifellos ein paar hunderttausend Dollar wert. Du hast recht, die Frau ist ganz und gar von Maltin durchgestylt. Dieser Kerl hat sie völlig neu erschaffen.«

»Die Tomez wurde reich – vielmehr sie und Maltin wurden reich. Zu ihrem Abkommen gehörte, daß sie ihn heiratete. Wobei ich nicht glaube, daß Maltin Interesse daran hatte, mit ihr zu schlafen. Ich vermute, er wollte ihre Finanzen kontrollieren, was am besten in seiner Eigenschaft als Ehemann *und* Manager möglich war. Fünfzehn Jahre lang hatte er sie in der Hand. Vielleicht drohte er damit, die wahre Geschichte ihres Erfolgs preiszugeben und Fotos – du weißt schon, VORHER und NACHHER — zu veröffentlichen, falls sie sich seinen Plänen widersetzte. Eines schönen Tages zu Beginn dieses Jahres wurde es ihr endlich zuviel. Sie verließ ihn. Sie hatte den alten, stinkreichen Drummond kennengelernt, und er wurde ihr ständiger Begleiter. Als die Gesellschaftsfotografen immer zudringlicher wurden, schlug er ihr vor, sich den Augen der Öffentlichkeit zu entziehen, und brachte sie auf seine Jacht, die vor der Westküste Mexikos lag. Ein Urlaub in ihrer Heimat. Drei Wochen lang blieb sie an Bord, dann flog sie nach New York zurück, kaufte sich eine Wohnung und gab die Oper auf. Sie ließ die ganze Welt wissen, daß sie ungestört sein wollte.«

»Und ein paar Monate später ist sie verschwunden«, spann Holly das Garn weiter. »Und deine Freundin Juana, die sie gelegentlich als Bodyguard begleitete, ist auch weg. Was ist vor zwei Wochen geschehen?«

»Das war nicht vor zwei Wochen. Ich glaube, es geschah bereits auf der Jacht.«

»Was hat sich dort abgespielt?«

»Die gestrige ›Washington Post‹ bringt deutliche Fotos. Eine Aufnahme von Maltin bei seiner Pressekonferenz. Ein neues Bild von Maria Tomez bei einem ihrer seltenen öffentlichen Auftritte – dunkle Brille, breitrandiger Hut. Man hat den Eindruck, sie hat sich die Kinnpartie operieren lassen. Und nun schau dir das an. Auch die Schulterpartie sieht anders aus.«

»Die Korrektur einer Nase ist eines, aber Kinnpartie und Schulter? Da handelt es sich um große chirurgische Eingriffe.«

»Genau. Deshalb glaube ich nicht, daß dieses letzte Foto Maria Tomez darstellt. Ich bin fast sicher, es ist Juana in der Rolle von Maria Tomez.«

7

»Aber wie ist so etwas möglich?« Hollys Frage klang enttäuscht. Sie fuhren mit hoher Geschwindigkeit auf einer verkehrsreichen Schnellstraße. »Filmstars haben ständig Doubles. Heutzutage sind Theatermasken so echt, daß Schauspieler ihr Aussehen glaubhaft verändern können. Aber unser Fall liegt anders. Wir haben es mit einer berühmten Opernsängerin zu tun. Egal, wie gut die Maske war, diese außergewöhnliche Stimme kann niemand nachahmen.«

»Das brauchte Juana auch gar nicht zu tun«, sagte Buchanan, noch immer wie gelähmt bei dem Gedanken, was seine Entdeckung bedeuten könnte.

Holly überholte einen Lkw und gab mehr Gas.

»Die Zeitungsmeldungen lassen keinen Zweifel zu«, sagte er. »Maria Tomez hat sich nach der Rückkehr von der Kreuzfahrt mit Drummond von der Bühne zurückgezogen. In New York hat sie sich hin und wieder kurz in der Öffentlichkeit gezeigt, in keinem Fall als Sängerin. Die Reporter wiesen jedesmal darauf hin, daß sie indisponiert gewesen sei. Juana konnte einzig die Stimme nicht imitieren, also ist sie dem aus dem Weg gegangen und hat Probleme mit dem Kehlkopf vorgetäuscht. Ansonsten sind beide Lateinamerikanerinnen, mit den gleichen charakteristischen Merkmalen in bezug auf Körperbau und Physiognomie. Schließlich hat Maria Tomez ihr Aussehen allmählich verändert, es mußte also nicht auffallen, wenn Juana nicht ihr absolutes Ebenbild war. Solange Juanas besonderes Make-up garantierte, daß die Ähnlichkeiten weitaus größer waren als die Unterschiede. Wir sprechen von einer Frau, die ihr Privatleben abschirmte und die nach ihrer Scheidung alle früheren

Kontakte abgebrochen hatte. Juana brauchte nur ein paar Anrufe zu beantworten, sich über eine Erkältung zu beschweren, sich kurz in der Öffentlichkeit zu zeigen oder den Bildreportern zur Verfügung zu stehen – und niemand kam darauf, daß sie nicht die Frau war, die sie zu sein vorgab.«

»Nur du. Du hast es gemerkt.«

»Weil ich einen Grund hatte, Verdacht zu schöpfen, und das Maskenarsenal in ihrem Haus kenne. Ich kann es nicht fassen, wie perfekt sie auf ihrem Gebiet war. Das hätte ich nie so gut gekonnt.«

»Warum ist Juana ein Double geworden? Das ist die Frage.«

»Des Rätsels Lösung liegt bei Drummond. Marias Rückzug ins Privatleben und das Bedürfnis nach Abgeschiedenheit kamen nach der Kreuzfahrt. Drummond akzeptierte Juana als Maria Tomez, und einer seiner Ganoven schmierte Frederick Maltin, damit er nicht mehr mit Reportern sprach. Jetzt wird mir alles klar«, sagte Buchanan bitter. »Zwei sind verschwunden.«

»Zwei?«

»Nicht Maria Tomez, sondern Juana hat sich vor einigen Wochen davongemacht. Drummond überschlägt sich fast, sie wiederzufinden. Warum? Wenn ich nicht irre, hat Maria Tomez Drummonds Jacht vor einem Dreivierteljahr nie verlassen. Es war Juana, und Drummond will die Vertauschung geheimhalten.«

Hollys Hände verkrampften sich am Lenkrad. »Was hat sich bloß auf dieser Jacht abgespielt?«

8

Zum La Guardia Airport waren sie mit Hollys Wagen und nicht mit dem Taxi gefahren, denn es wäre aufgefallen, wenn sie ihn für unbestimmte Zeit in der Garage des Dorset Hotels abgestellt hätten. Im Parkgeschoß des Terminals hingegen war dies nichts Ungewöhnliches.

Sie hatten sich sehr beeilen müssen. Es war ihnen gelungen, zwei Tickets für die letzte Maschine nach Miami zu buchen, und so erreichten sie den Flugsteig gerade noch zur rechten Zeit. Während des Flugs schliefen sie vor Aufregung nicht und aßen, obwohl sie keinen Appetit verspürten, die von der Stewardeß servierte Lasagne.

Kurz vor der Fahrt zum Flughafen hatte Buchanan telefonisch Erkundigungen über Drummonds Jacht eingeholt und von der Vereinigung der Schiffsversicherer in Long Beach erfahren, daß sie zur Zeit bei Key West vor Anker lag.

9

Key West, Florida

Mitternacht war schon vorbei, als Buchanan und Holly in Miami eintrafen. Mit Charles Duffys Kreditkarte mieteten sie einen Wagen und machten sich auf den Weg nach Key West, fast zweihundertfünfzig Kilometer über die Florida Keys nach Südwesten. Sie hielten mehrmals an, um sich Kaffee zu kaufen, und lösten sich beim Fahren ab, damit einer immer etwas ruhen konnte.

Kurz vor Morgengrauen erreichten sie ihr Ziel, die südlichste Siedlung des nordamerikanischen Kontinents, die Insel Key West. Nur sechseinhalb Kilometer lang und zweieinhalb Kilometer breit, galt sie als eines der letzten Zentren der Gegenkultur in den USA. Atmosphäre und Architektur der Stadt waren eine exotische Mischung von Einflüssen Westindiens, Kubas und der Bahamas. Doch all das interessierte Buchanan nicht. Nachdem sie in einem billigen Motel ein paar Stunden Schlaf gefunden hatten, aßen sie etwas und widmeten sich ihrer Aufgabe. Sie bummelten eine Stunde lang durch den geschäftigen Hafen und nutzten dabei jede Gelegenheit, Straßenhändlern und Fischern scheinbar nebensächliche Fragen zu stellen. Bald standen sie am Kai an ein Geländer gelehnt, atmeten die feuchte, würzige Meerluft und beobachteten ihr Ziel.

Drummonds Jacht, die sich schneeweiß gegen das Blaugrün des Golfs von Mexiko abhob, lag in etwa hundert Meter Entfernung vor Anker. Ihr schnittiges Profil mutete Buchanan bedrohlich an, wie die gebogene Klinge eines scharfen Jagdmessers. Das weite Sonnendeck am Heck, das von den Fenstern der oberen Decks gut zu überblicken war, erinnerte ihn an Schickeria und Exhibitionisten.

Andererseits kam ihm die Jacht trotz ihres Glanzes wie in ein schwarzes, unheilverkündendes Tuch gehüllt vor.

»Manchmal, wenn du in Gedanken versunken bist, verändert sich der Ausdruck deiner Augen und deines Gesichts«, sagte Holly. »Dann siehst du wie ein Fremder aus.«

»Inwiefern?«

»So ernst, so bekümmert?«

»Damit wir uns richtig verstehen, das hat nichts mit Maria Tomez zu tun«, antwortete Buchanan. »Ich will wissen, was mit ihr geschehen ist, das stimmt, aber vor allem will ich wissen, was aus Juana geworden ist.« Er riß sich vom Anblick der Jacht los und sah Holly an, die seinen Blick verwirrt erwiderte. »Vieles davon verstehe ich selber nicht. Zum Beispiel meine Gefühle für dich. Erst muß ich die Vergangenheit bewältigen, bevor ich mich auf die Zukunft einlasse. Wenn das hier alles vorbei ist, können wir beide über unsere Beziehung sprechen.«

Der Wind blies Holly durchs Haar. Sie dachte über seine Worte nach und nickte. »Ich habe nicht angenommen, daß es etwas Dauerhaftes wird. Es war nicht geplant, ich habe mich hinreißen lassen. Wir sind einer Meinung. Eins nach dem anderen. Was unternehmen wir, wenn wir die Jacht gefunden haben?«

»Du hast mitgekriegt, wie ich mit den Fischern und Straßenhändlern gesprochen habe, lockere Gespräche mit einigen gezielten Fragen. ›Abschöpfen‹ wird diese Technik genannt. Der Unterschied zu einem Interview besteht darin, daß die von *dir* Befragten meist wissen, worum es geht, in *meinem* Fall dürfen sie es nicht merken.«

Holly hörte aufmerksam zu. Er erzählte ihr von seiner Ausbildung, während der er diese Methode in Bars üben mußte. Er verwickelte Fremde in eine Unterhaltung und erreichte es, daß sie so persönliche Dinge wie die Nummer ihrer Sozialversicherungskarte oder ihr Geburtsdatum preisgaben.

»Abschöpfen – die Kunst, Leute auszufragen, ohne daß sie es merken, gilt als eine Standardmethode bei Agenten, die militärische, politische und Industrie-Geheimnisse sammeln. Eine Information führt zur nächsten. Im allgemeinen braucht man Zeit dazu, mehrere Gespräche, aber manchmal geht es auch schnell. Wie diesmal, denn ich muß etwas über Juana erfahren. Wenn sie noch am Leben ist«, Buchanans Kehle wurde eng, »muß ich sie aus ihrer Lage befreien.«

»Wie stellen wir das an?«

»Du mußt dich so geben wie du bist – sexy und begehrenswert.«

»Soll das ein Kompliment sein?«

»Viel mehr als das. Eben hat eine Barkasse von Drummonds Jacht losgemacht und bringt drei Matrosen an Land.«

Sie folgte seinem Blick und kniff im Sonnenlicht, das sich im Wasser spiegelte, die Augen zusammen.

»Wir passen auf, wohin sie gehen«, erklärte er ihr. »Mag sein, sie haben einen Auftrag zu erledigen, kann aber auch sein, sie haben ihren freien Tag. Wenn sie eine Bar aufsuchen, ist die Gelegenheit für uns günstig. Ich hoffe, du spielst auch dabei mit.«

10

»Verdammt, ich wollte von vornherein nicht die weite Fahrt hierher machen«, schrie Buchanan. »Was habe ich davon? Sobald ich mich umdrehe, zwinkerst du jedem Burschen zu, bei dem sich die Hose vorn ausbeult.«

»Sprich doch leiser«, ermahnte ihn Holly.

»Harry hat mich vor dir gewarnt. Er hat gesagt, ich soll dich keine Minute aus den Augen lassen. Er meinte, du vögelst mit jedem, der in der Lage ist, 'nen Ständer zu kriegen. Je jünger, desto besser.«

»Sprich doch leiser«, bat Holly flehentlich.

Sie saßen in der Coral Reef Bar, die Wände in ihrer Ecke waren mit einem Fischnetz und einem ausgestopften Schwertfisch dekoriert.

Buchanan saß hingelümmelt in einem Kapitänsstuhl und goß bereits das dritte Bier in sich hinein. »›Sprich doch leiser‹ – das ist alles, was du sagst. Treffen wir doch ein Abkommen. Ich spreche leiser, und du behältst die Höschen an. Kellner, noch zwei Bier.«

»Ich mag nicht mehr«, sagte Holly.

»Wer sagt denn, daß ich es für dich bestellt habe? Kellner, ich habe es mir anders überlegt. Bringen Sie mir einen Bourbon on the rocks.«

»Du hast schon zwei in der anderen Kneipe getrunken. Zwei Bier hier und ... Dave, es ist erst Mittag, um Himmels willen.«

»Halt die Klappe, okay?« Buchanan schlug auf den Tisch. »Ich trinke, wann ich will. Wenn du nicht mit jedem ins Bett steigen würdest ...«

»Sir, Sie stören die anderen Gäste«, sagte ein großer Kerl, blond, mit Bürstenschnitt und straffen Muskeln unter dem T-Shirt.

»Wieso?«

»Sir, wenn Sie sich nicht beherrschen, muß ich Sie bitten, das Lokal zu verlassen.«

»Bitten Sie, solange Sie wollen, Kumpel, ich bleibe hier.« Buchanan kippte den Rest des Biers hinunter und schrie dem Kellner zu: »Wo bleibt mein Bourbon?«

Die Leute warfen ihm unwillige Blicke zu.

»Dave«, sagte Holly.

Buchanan schlug abermals auf den Tisch. »Ich habe dir gesagt, du sollst den Schnabel halten, verdammt!«

»Nun reicht's«, sagte der kräftige Kerl. »Gehen wir, Kumpel.«

»He!« protestierte Buchanan, als der Rausschmeißer ihn packte. »Was, zum Teufel ...?« Er wurde hochgerissen, stieß, scheinbar haltlos schwankend, gegen den Tisch und warf dabei Gläser um. »Mann, Sie brechen mir den Arm!«

»Würde mir Spaß machen, Kumpel.« Er drehte Buchanan den Arm auf den Rücken und drängte ihn zum Ausgang.

»Worauf wartest du noch? Los – gehen wir«, schrie Buchanan Holly zu und warf ihr wütende Blicke zu.

Holly überhörte die Aufforderung.

»Ich habe gesagt, gehen wir!«

Holly reagierte nicht. Sie zuckte zusammen, als Buchanan draußen vor der Bar zu brüllen begann. Langsam hob sie das Bierglas und trank einen kleinen Schluck. Ihre Hand zitterte. Sie stellte das Glas hin und wischte sich die Augen.

»Alles in Ordnung?«

Vor ihr stand ein gutaussehender, braungebrannter Mann, Mitte Zwanzig, der eine weiße Uniform trug.

»Wirklich, ich möchte Sie nicht belästigen. Davon haben Sie die Nase bestimmt voll. Sie sehen ein bißchen durcheinander aus. Darf ich Ihnen etwas bestellen, das Sie beruhigen wird?«

Holly wischte sich die Augen und versuchte, Würde zu zeigen. Sie blickte ängstlich zur Tür. »Gern.«

»Einen Cognac für die Lady.«

»Ich wäre Ihnen dankbar, wenn Sie aufpassen würden, daß er nicht handgreiflich gegen mich wird.«

11

Im regen Treiben der Touristen und Fischer am Kai lehnte Buchanan unbeachtet am Geländer und verfolgte die Barkasse, die durch das blaugrüne Wasser auf die weiße Jacht zuhielt. In Begleitung der drei Matrosen, die auf ihr Schiff zurückkehrten, befand sich eine rothaarige Frau, die angeregt mit den Männern plauderte.

Als sie an Bord gingen, nickte Buchanan und verlor scheinbar das Interesse. Er bummelte am Hafen entlang und behielt unauffällig die Jacht im Auge, ganz damit beschäftigt, die Stadt zu fotografieren, obwohl er in Wirklichkeit das Teleobjektiv von Hollys Kamera als Fernglas benutzte. Sie hatte zwar darauf bestanden, daß sie sehr gut auf sich selber aufpassen könne, und doch war nicht auszuschließen, daß sie dort drüben in Gefahr geriet. Sie hatten vereinbart, daß er auf dem schnellsten Weg zu ihr käme, wenn sie auf Deck erschien und aufgeregt wirkte.

Gegen fünf Uhr legte die Barkasse ab und brachte die drei Matrosen und Holly wieder an Land. Sie kletterte auf den Kai, küßte einen der Männer zum Abschied auf die Wange, fuhr dem nächsten durchs Haar und umarmte den dritten. Offensichtlich mit sich zufrieden, schlenderte sie in die Stadt.

Buchanan erwartete sie bereits in dem kleinen, schattigen Motelzimmer. »Wie ist es gelaufen?« fragte er besorgt, als sie eintrat.

Sie zog die Sandalen aus und setzte sich erschöpft aufs Bett. »Den Jungs ist es ganz schön schwergefallen, die Pfoten von mir zu lassen. Ich hatte keine Minute Ruhe. Mir ist zumute wie nach einem Marathonlauf.«

»Willst du einen Schluck Wasser? Ich habe etwas Obst gekauft, wie ist es damit?«

»Ja, Obst wäre schön. Eine Orange – großartig. Also, zur Jacht. Die Besatzung besteht aus fünfzehn Mann, die sich beim Landgang abwechseln. Drummond ist in ihren Augen – ich zitiere einen der Matrosen – ein selbstherrliches Arschloch. Er flößt ihnen Angst ein, wenn er sich an Bord befindet. Aber sobald die Katze fort ist, tanzen die Mäuse und bringen zuweilen Frauen an Bord.«

Buchanan legte Bleistift und Notizblock auf den Tisch. »Zeichne mir mal einen Lageplan der einzelnen Räume und Decks auf. Ich muß eine genaue Vorstellung haben, jede Einzelheit, die dir einfällt. Du bist sicher müde, Holly. Tut mir leid, das wird eine Weile dauern.«

12

In Key West gab es eine Menge Geschäfte für Tauchsportartikel, so daß Buchanan sich ohne Mühe einen Tauchanzug ausleihen konnte. Da das Wasser warm war, hätte er eigentlich keine isolierende Hülle benötigt, doch er wollte die heilende Stichwunde schützen und verhindern, daß Schorfteile ins Wasser gelangten und Haie und Barrakudas anlockten.

Die Kopfschmerzen plagten ihn nach wie vor, es war ein Gefühl, als bestünden seine Nerven aus ledernen, bis zum Zerreißen gespannten Strängen. Doch Schmerzen durften ihn nicht beunruhigen, er mußte weiterschwimmen durch die Nacht, zusätzlich getarnt durch die schwarze Ausrüstung. Die Arme locker an den Seiten, bewegte er die in Flossen steckenden Füße nur leicht, geräuschlos und ohne weiße Schaumkronen entstehen zu lassen. Das Gesicht hielt er, obwohl er es vorher geschwärzt hatte, so lange wie möglich unter Wasser. Die Sterne leuchteten, die Mondsichel stieg langsam auf, als er sich der Jacht näherte.

Endlich packte er die Ankerkette und spähte nach oben. Weder Schritte noch Stimmen. Er nahm Maske und Schwimmflossen ab, band sie an die Kette und begann hinaufzuklettern. Langsam, lautlos zog er sich hoch bis zum Klüsengatt, das zum Hineinkriechen zu eng war. Doch boten Klüse und die wuchtige Kette genügend Spalten, in die er sich mit den geflochtenen Gummischuhen krallen konnte, bis er sich, um Gleichgewicht ringend, am Rand des Bugs festklammerte. Er schwang sich hoch, hielt vergebens Ausschau nach Matrosen oder elektronischen Überwachungsinstallationen und glitt über die Reling auf das schwach erleuchtete Deck.

Als er Deckung suchend unter eine Außentreppe huschte, merkte er, daß er nasse Spuren hinterlassen hatte. Über ihm waren einige Fenster erleuchtet, auch in den Treppenaufgängen und Laufgängen brannten Lampen, doch nur schwach, so daß sich genügend dunkle Ecken zum Verstekken fanden. Er schlich auf rutschfesten Sohlen weiter bis zu einem Korridor, wo er eine steile Treppe erklomm.

Er folgte Hollys exaktem Lageplan. Angespannt lauschend, erreichte er das Mitteldeck und folgte wieder einem Korridor. Von den Türen interessierte ihn nur die letzte, denn dort hatten die Matrosen Holly nicht hingeführt.

»Zutritt verboten«, so hatten sie gesagt.

»Warum denn das?«

»Wir haben keine Ahnung. Sie ist immer verschlossen.«

Der Raum lag zwischen Drummonds Kabine und dem großen, luxuriös ausgestatteten Salon, dessen Fenster eine Aussicht auf das Sonnendeck achtern gestatteten. Buchanan nahm zwei kurze Metallhaken aus der Tasche. Gerade hatte er das erste der beiden Schlösser geöffnet, da hörte er auf der Treppe am anderen Ende des Ganges Schritte. Es gelang ihm, den Dietrich lautlos in das zweite Schloß zu schieben.

Die Schritte kamen näher. Jetzt waren sie fast am Ende der Treppe angelangt.

Buchanan drehte den Türknopf, schlüpfte in den düsteren Raum und machte die Tür hinter sich zu. Mit angehaltenem Atem preßte er das Ohr gegen das Schott und lauschte. Draußen war es still, Buchanan fand einen Lichtschalter und knipste an.

Der Anblick stimmte ihn nachdenklich. Der schmale, mit Drummonds Kabine verbundene Raum enthielt mehrere Reihen von Monitoren und Videorecordern. Er drehte die Lautstärke auf Null und ließ die Monitoren laufen. Kurz darauf erschienen auf den Bildschirmen verschiedene Räume, zur Zeit unbenutzte Schlafkabinen und Decks. In einigen Fällen hatte die Bildwiedergabe einen grünen Schimmer, was darauf hindeutete, daß die verborgenen Kameras mit Infrarottechnik ausgestattet waren.

Aha, dachte Buchanan, Alistair Drummond belauscht seine Gäste gern. Der Alte begibt sich in sein Schlafzimmer, verriegelt die Tür und kommt hier herein, um zuzusehen, was die Besatzungsmitglieder oder – wichtiger noch – die Gäste tun: wie sie sich ausziehen, die Toilette benutzen, miteinander schlafen, saufen, fixen und so weiter. Und alles kann aufgezeichnet und wieder abgespielt werden.

Buchanan wurde auf einen verschlossenen Metallschrank aufmerksam, in dem er mindestens hundert beschriftete Videokassetten fand, die – aufgenommen zwischen August 1988 und Februar 1990 chronologisch geordnet waren. Er fand eine Kassette über die bewußte Kreuzfahrt, die im Februar 1990 stattgefunden hatte, und legte sie bei abgeschaltetem Ton ein. Die Bildqualität war hervorragend. Viele Aufnahmen in den verschiedenen Kabinen zeigten die Gäste in den intimsten und kompromittierendsten Situationen. Oraler Sex und Analverkehr waren offenbar besonders beliebt. Buchanan zählte dreizehn Männer, zumeist Machotypen, in mittlerem Alter, und zwölf Frauen, attraktiv und ebenso elegant wie freizügig gekleidet, die wie Huren behandelt wurden. Alle waren Lateinamerikaner und sprachen spanisch. Er regulierte den Ton und hörte über einen Ohrhörer konzentriert zu. Den Unterhaltungen entnahm er, daß die Frauen tatsächlich Prostituierte und die Männer Mitglieder der mexikanischen Regierung waren.

Alistair Drummond hatte diese Videos nicht zu seinem voyeuristischen Vergnügen aufgenommen. *Erpressung,* schoß es Buchanan durch den Kopf, und er erkannte im gleichen Augenblick bestürzt Maria Tomez. Er mußte die Bilder genauer betrachten, bevor er überzeugt war, daß es sich in der Tat um die Sängerin und nicht um Juana in ihrer Tomez-Rolle handelte. Man blickte auf das Sonnendeck achtern, und die Kamera war darüber in der Wand versteckt, was den schrägen Aufnahmewinkel erklärte. Der Soundtrack klang nicht ganz sauber, trotzdem waren in der Ferne Unterhaltungsmusik und das Lachen einer Frau zu hören.

Maria Tomez, in einem tief ausgeschnittenen Abendkleid, lehnte mit dem Rücken zur Kamera an der Heckreling und blickte auf das Kielwasser. Ein Mann sprach sie an, und sie wandte sich um. Im Bild erschien ein schlanker Lateinamerikaner im Dinnerjackett. Die Kamera zoomte auf den Mann.

13

Buchanan hatte eine Kopie des Films angefertigt und sie in einer Plastiktüte verstaut, die er in der Kabine fand. Ansonsten hatte er alles so gelassen, wie er es vorgefunden hatte. Er schloß die Tür und schlich hinunter zum Hauptdeck. Er löste Maske und Flossen von der Ankerkette und schwamm in Rückenlage zurück zur Küste, die Hand mit der Kassette über dem Wasserspiegel.

»Mein Gott«, sagte Holly. Ihr wurde fast übel. Der Film war zu Ende, und sie starrte voller Abscheu auf den Bildschirm. »Dafür soll Gott ihn mit Höllenqualen bestrafen!«

Sie war auf dem Videogerät im Motelzimmer Zeuge der Vergewaltigung und der Ermordung von Maria Tomez geworden, oder vielleicht mußte es umgekehrt heißen: des Mordes und der Vergewaltigung.

Der Fremde hatte sich der Sängerin genähert und gefragt, ob ihr kalt sei. Unter dem Vorwand, sie wärmen zu wollen, hatte er den Arm um sie gelegt. Maria Tomez befreite sich, doch er ließ sich nicht abweisen. Als sie sich zu wehren begann, redete er betrunken auf sie ein. »Ich mag keine Spielverderberinnen. Ich kriege jede, die ich will.« Er kicherte, umschlang sie fest mit den Armen und küßte sie auf Gesicht und Nacken. Sie wand sich, und als sie ihn wegschob, schüttelte er sie lachend und traktierte sie schließlich mit den Fäusten. Sie spuckte ihn an. »Hure!« zischte er und verpaßte ihr einen Faustschlag, der sie zu Boden warf. Der Hinterkopf schlug schwer gegen den eisernen Kasten mit dem Fallreep. Der Mann beugte sich vor, grapschte in das Kleid, das zerriß und die Brust entblößte. Hastig kniete er sich über sie und zerrte weiter an dem Stoff, bis der Bauch, der Unterleib und die Knie zu sehen waren. Er zog ihr die spitzenbesetzte Unterwäsche vom Leib und hielt dann einen Augenblick, wie von dem Anblick überwältigt, inne. Die Kamera erfaßte Maria Tomez, reglos und nackt, das Kleid zu beiden Seiten ausgebreitet wie gebrochene Flügel. Die Starre des Mannes war nur von kurzer Dauer, denn plötzlich öffnete er den Gürtel, ließ die Hose fallen und fiel über sie her. »Ist dir jetzt wärmer?« fragte er, als es vorbei war. Sie antwortete nicht. Er rüttelte sie. Sie bewegte sich nicht. Er ohrfeigte sie. Als sie sich noch immer nicht regte, packte er sie im Nacken, kniff sie in die Wangen und drehte ihr den Kopf hin und her. Schnaufend stand er auf, schnallte den Gürtel zu und stellte Maria Tomez, sich verstohlen umsehend, auf die Füße, lehnte sie gegen die Reling. Dann packte er sie, als wollte er sie wegtragen – und warf sie mit einem kräftigen Schwung beider Arme über Bord.

Buchanan schaltete die Geräte ab und ließ sich in einen Sessel fallen. Erst jetzt bewegte sich Holly wieder, kopfschüttelnd blickte sie nach unten.

»Ob sie bereits tot war, als ...«, fragte sie mit belegter Stimme.

»Ich weiß es nicht.« Er zögerte. »Vielleicht hat einer der Schläge ihr das Genick gebrochen. Ebensogut kann sie unter Schock gestanden haben und lebendig ins Wasser gefallen sein. Der Schweinehund hat nicht einmal nachgesehen. Es war ihm gleichgültig, ob sie lebte oder nicht. Es ging ihm nur um sich selber. Er benutzte sie, dann warf er sie weg. Wie einen Müllsack.«

»Und was geschah dann?« fragte sie bitter.

»Wahrscheinlich glaubte der Mörder, die Leute überzeugen zu können, daß sie über Bord gefallen sei. Er war schließlich betrunken, und das beeinträchtigte sein Denkvermögen. Es könnte sein, daß er in der Kabine seinen Rausch ausschlief und sich dann so erstaunt zeigte wie die anderen Gäste, als man Maria Tomez als vermißt meldete. Ohne Verdacht zu erregen, konnte er die Vermutung äußern, sie habe in betrunkenem Zustand das Gleichgewicht verloren und sei über Bord gefallen.«

»Aber Alistair Drummond kannte die Wahrheit«, sagte Holly.

Er nickte. »In seinem geheimen Überwachungsstudio hatte er alles am Monitor verfolgt. Und was wäre besser geeignet zur Erpressung eines Mitglieds der mexikanischen Regierung als ein Videofilm über Vergewaltigung plus

Mord? Der alte Drummond ist bestimmt vor Freude an die Decke gesprungen, zumindest innerlich. Ich nehme an, er hat dem Mörder mitgeteilt, was er auf dem Band hatte, und als Gegenleistung für gewisse Gefälligkeiten versprach er zu schweigen. Die erste Phase war nicht schwierig. Drummond brauchte nichts weiter zu tun, als den Helikopter zum Festland zu schicken und den Gästen später zu erzählen, Maria Tomez habe die Kreuzfahrt vorzeitig abgebrochen.«

»Die zweite Phase war schwieriger.«

»Ja, richtig. Drummond kam sich wohl als Genie vor, als ihm Juana einfiel, über die er irgendwie informiert war. Er brauchte ihr gar nichts Belastendes zu erzählen. Es genügte der Hinweis, Maria Tomez wünsche absolute Ruhe – und ein verlockendes finanzielles Angebot für den Auftritt als Double.«

»Wenn es nicht so abstoßend wäre, würde ich es als brillant bezeichnen.«

»Was aber verlangt Drummond von dem Kerl, den er erpreßt? Gewiß kein Geld. Du bist Reporterin. Erkennst du den Mann auf dem Videofilm?«

Holly schüttelte den Kopf. »Ich bin keine Mexiko-Spezialistin.«

»Das finden wir schon heraus.«

»Und wie?«

»Wir kehren nach Miami zurück.« Seine Stimme war stahlhart. »Und fliegen dann nach Mexico City.«

14

»Hier Buttercup.« Die Frau mit der rauhen Stimme sprach energisch ins Telefon und benutzte ihren Decknamen.

Die verschlafen klingende Stimme am anderen Ende verriet leise Verärgerung. »Hier Alan. Wie spät ist es? Meine Güte, fünf Uhr morgens. Erst vor einer Stunde bin ich ins Bett gekommen.«

»Ich hatte keine Gelegenheit, eher anzurufen.«

»Die Leute des Colonels haben überall nach Ihnen gesucht.«

»Das habe ich befürchtet. Kann ich ohne Risiko sprechen?«

»Es ist ein Verzerrer eingebaut. Warum rufen Sie mich an? Ich sagte doch, nur im Notfall.«

»Ich bin mit Leprechaun zusammen.«

»Ja, dachte ich mir.«

»Sie müssen verstehen. Er hat die Wahrheit gesagt. Sein Vorhaben hat nichts zu tun mit ... Sie wissen schon.«

»Auch das dachte ich mir. Ich glaube, er will wirklich Schluß machen. Seinen Vorgesetzten muß man gut zureden.«

»Aber wie?«

»Die Frage kommt etwas spät. Sie sind an der Situation schließlich nicht unschuldig. Wenn Sie sich von ihm ferngehalten hätten ...«

»Aber in Washington ist er auf mich zugekommen.«

»Das ändert nichts an der Tatsache. Sie sind zusammen. Mittäterschaft. Seine Vorgesetzten glauben, daß Sie beide die Vereinbarung nicht eingehalten haben.«

»Die Sache hat nichts mit denen zu tun. Wie kann ich ihnen das bloß begreiflich machen? Soll ich sie anrufen? Welche Nummer muß ich wählen?«

»Nein«, lehnte Alan scharf ab. »Damit wird alles nur noch schlimmer. Ihr Anruf wird sofort per Fangschaltung verfolgt und führt sie direkt auf Ihre Spur.«

»Was soll ich tun?«

»Trennen Sie sich von Leprechaun. Tauchen Sie unter. Bis ich Ihnen mitteile, daß Sie sicher sind.«

»Verdammt, hätte ich nur nie auf Sie gehört! Ich hätte Ihr Angebot ablehnen sollen.«

»Oh, das konnten Sie doch gar nicht. Die Story war einfach zu gut, um sie nicht aufzugreifen.«

»Und nun ist mein Leben in Gefahr.«

»Sie dürfen keine Fehler mehr machen. Es gibt noch einen Weg, alles zu retten.«

»Sie Schweinehund. Sie wollen immer noch die Story.«

»Ich habe daran gedacht, mit einem Journalisten Kontakt aufzunehmen, der *Ihre* Geschichte erzählt. Damit würde so viel Aufmerksamkeit auf Sie gelenkt, daß man es nicht wagen würde, Sie zu liquidieren. Dann würden Sie einsteigen ins Geschäft, und wir beide erreichen, was wir wollen.«

»Was *Sie* wollen. Ich möchte nichts weiter als ein normales Leben führen. Was immer man darunter versteht.«

»Ich wiederhole: Tauchen Sie unter. Schaffen Sie sich eine andere Identität an.«

»Und was wird aus Leprechaun?«

»Man kann nicht immer alles haben.«

»Was soll das heißen?«

»Manchmal gibt es ... Zwischenfälle.«

Als Holly aus der Telefonzelle blickte, die in der Nähe ihres Motelzimmers stand, fiel ihr in der grauen Morgendämmerung eine männliche Gestalt neben einem Farnstrauch auf.

»Ich kann nicht weitersprechen«, sagte sie und legte auf.

Buchanan löste sich aus dem Dunkel.

»Wolltest du nicht die Taucherausrüstung zurückbringen?« fragte Holly.

»Ja. Der Motelangestellte hat ein Trinkgeld bekommen, er erledigt das für mich, sobald das Geschäft geöffnet hat. Wen hast du angerufen?«

Sie wich seinem forschenden Blick aus.

»Wenigstens versuchst du nicht zu lügen und hattest genug Verstand, nicht das Telefon im Zimmer zu benutzen. Spielt aber keine Rolle. Die Region ist so klein, daß unsere Verfolger mit der automatischen Fangschaltung herauskriegen, wo wir uns aufhalten.«

»Nein, ich habe eine Privatnummer gewählt. Deine Leute kennen sie nicht.«

»Das denkst du. Für mich sind alle Telefone ein Risiko. Es muß ein wichtiger Anruf gewesen sein.«

»Ich habe es für uns getan. Ich wollte die Karre wenigstens zum Teil aus dem Dreck ziehen.«

»Welche Karre meinst du? Im Augenblick haben wir ein Überangebot an Karren.«

Sie biß sich auf die Lippe. »Wollen wir nicht lieber im Zimmer darüber sprechen?«

»Damit du Zeit hast, dir überzeugende Antworten auszudenken? Nein, wir reden gleich hier weiter.« Er packte sie am Arm und ging mit ihr den schmalen Weg entlang. Der Himmel hatte sich aufgehellt, die Brise wehte stärker, und die Vögel stoben nach ihrem Morgengezwitscher in alle Himmelsrichtungen auseinander.

»Na schön, ich wollte es dir schon in New York gestehen. Ich bin so erleichtert ... Von Anfang an war ich darüber informiert, daß du in Cancún bist. Deshalb war ich vor dir im Club Internacional und habe dich dann mit den beiden seltsamen Geschäftsleuten beobachtet.«

»Jemand in meiner Einheit hat mich hochgehen lassen.« Buchanan öffnete die quietschende Zimmertür. »Niemand sonst konnte wissen, wo ich war. Deine Informationen über Yellow Fruit, Seaspray, ISA, und Scotch and Soda konnten nur von einem meiner Vorgesetzten stammen.«

Er hatte Hollys Arm nicht losgelassen. Er führte sie ins Zimmer, machte Licht und drückte sie fest aufs Bett. »Wer?« fragte er.

»Was wirst du tun? Es aus mir herausprügeln?«

»Nein.« Er blickte ihr in die Augen. »Ich bin für Schadensbegrenzung.« Er packte sein Necessaire in die Reisetasche, sah nach, ob er etwas vergessen hatte, und ging zur Tür. »Du kannst mit dem Bus nach Miami zurückfahren.«

»Warte.«

Buchanan reagierte nicht.

»Warte. Ich kenne seinen richtigen Namen nicht. Er nannte sich Alan.«

Buchanan blieb stehen. »Mittelgroß. Rundliches Gesicht. Kurzes brünettes Haar. In den Vierzigern.«

»Ja, das ist er.«

»Ich kenne ihn. Er war vor einiger Zeit mein Leitoffizier. Er arbeitet für ...«

Holly faßte sein Zögern als eine Bewährungsprobe auf und entschloß sich, den Satz zu vollenden.

»... die CIA.«

Ihre Offenheit schien ihn zu beruhigen. Er steuerte auf das Bett zu. »Weiter.«

»Er hat rundheraus gesagt, was er will. Er ist gegen die Beteiligung des Militärs an zivilen Abwehroperationen. Wenn die Öffentlichkeit wüßte, wie gespannt das Verhältnis zwischen CIA und dem Militär inzwischen ist, müßte der Kongreß die Taktik der amerikanischen Geheimdienste eingehend überprüfen. Die CIA steht sowieso schon unter Druck. So hat er sich an mich gewandt und mir bestimmte Informationen zugespielt. Er bestand darauf, nie genannt und bloß als ›zuverlässige Quelle aus Regierungskreisen‹ zitiert zu werden. Warum siehst du mich so an?«

»Es macht keinen Sinn. Wenn Alan fürchtete, die Agency durch Aufdeckung ihrer Machenschaften mit dem Militär in Gefahr zu bringen, warum zum Teufel sollte er dann eine Journalistin ins Vertrauen ziehen?«

»Es war geplant, dich als Musterbeispiel für den Einsatz des Militärs im zivilen Sicherheitsdienst zu enttarnen. Der Sachverhalt wäre in deinem Fall ganz eindeutig. Wenn der Nachweis erbracht wäre, daß die CIA sich militärischer Einsatzkommandos bediente oder sie ihr aufgezwungen wurden, so mußte dem von ganz oben Einhalt geboten werden.«

»Verstehe.« Buchanans Stimme klang ironisch. »Du wärst eine Starjournalistin, und Alan hätte seinen Laden wieder unter Kontrolle.«

»So sah der Plan aus – aber es gibt ihn nicht mehr.«

»Wie meinst du das?«

»Deshalb mein Anruf bei Alan. Ich will aus der Vereinbarung aussteigen. Das habe ich ihm gesagt. Ich wollte ihn bitten, mit deinen Vorgesetzten zu sprechen, um ihnen zu versichern, daß du kein Risikofaktor mehr bist. Und ich auch nicht.«

»Hast du wirklich geglaubt, er würde da mitspielen? Wie kann man nur so naiv sein!«

»Alan tut es leid, daß alles so gekommen ist.«

»Mir kommen gleich die Tränen.«

»Ja, es tut ihm leid, daß ich jetzt von dem Colonel und seinen Leuten verfolgt werde. Er hat mir geraten, mich davonzumachen.«

»Ein verdammt guter Rat. Mach dich davon.«

»Nein. Ich lasse dich nicht allein.«

»Wie, zum Teufel, willst du mich zurückhalten?«

»Ich folge dir einfach.«

»Wieso? Glaubst du immer noch, ich eigne mich für eine Titelstory?«

Keine Antwort.

»Hör mal, ich habe keine Zeit für Vermutungen. Ich muß weg, bevor auf deinen Anruf hin ein Kommando hier aufkreuzt.«

»Ich will bei dir sein. Nicht nur, weil ich mich bei dir sicher fühle, obwohl das auch zutrifft ... Ich habe nicht erwartet, daß du so bist. Und daß ich mich zu dir hingezogen fühlen könnte.«

»Wer spielt nun Komödie?«

»Es ist die Wahrheit. Ich habe mich an dich gewöhnt. Verdammt, in Washington habe ich dir das Leben gerettet. Das beweist doch etwas.«

»Klar, und ich, ein abgehalfterter Agent, bin so toll, daß du dich in mich verliebt hast.«

Sie wollte etwas entgegnen.

»Schone deine Kräfte. Dein Wunsch wird erfüllt.«

Überrascht riß sie die Augen auf.

»Ich kann dich nicht zurücklassen. Es war ein Fehler, dir zu sagen, wohin ich fahre.«

»Ja, nach Mexico City.«

»Ich kann meine Pläne nicht ändern – wegen Juana. Ich habe geschworen, ihr zu helfen. Und ich halte mein Versprechen. Das heißt: Ich kann dich nicht herumlaufen lassen, bis sie dich erwischen und du ihnen verrätst, wo ich bin und was ich tue. Pack deine Sachen. Ich will weg von der Insel, bevor die Killer eintreffen.«

Holly atmete erleichtert auf. »Danke.«

»Spar dir das. Ich tue dir keinen Gefallen. Sobald ich sicher bin, daß du keine Gefahr mehr für mich darstellst, trenne ich mich von dir. Ich gebe dir nur einen Rat, Holly. Zwinge mich nicht, dich wie einen Feind zu behandeln.«

15

Halbinsel Yucatán

Eine Rauchwolke lag über der riesigen Lichtung. Mit dröhnenden Bulldozern, Kränen und anderen schweren Maschinen schritt die Arbeit voran, immer wieder unterbrochen von knatterndem Gewehrfeuer. Die gefällten Bäume wurden verbrannt, damit sie den Eingeborenen, die von ihren Angriffen auf die Bautrupps und die Ausrüstung nicht abließen, kein Versteck, keine Deckung boten. Die Steine der geschleiften Ruinen einst herrlicher hoher Pyramiden und Tempel lagen noch zwischen den Stahltürmen, die an ihrer Stelle errichtet worden waren.

Manchmal bebte die Erde, doch die Arbeiter und Wachposten nahmen keine Notiz mehr davon, denn sie hatten sich inzwischen an alles gewöhnt – an Erdbeben, Schlangen, Rauch und Schüsse. Worauf es ankam, war, mit dem Job fertig zu werden, das Geld einzustecken und abzuhauen.

Dahin bringt Alistair Drummond die Menschen, dachte Jenna und setzte, wie ihr befohlen war, die letzten Striche auf die archäologische Übersichtskarte, die veranschaulichen sollte, daß die Funde nicht so bedeutend waren, wie es Aufnahmen aus dem All den Wissenschaftlern suggeriert hatten. Ein paar unbedeutende Bauwerke. Haufenweise umherliegende Gesteinsbrocken, von Erdbeben an die Oberfläche geschleudert. Traurige Überreste einer einst einzigartigen Kultur. Mit einer Ausnahme: dem Spielfeld der Maya. Aus unerklärlichen Gründen hatte Drummond darauf bestanden, daß es erhalten blieb. Dort, auf dem spärlich mit Gras bewachsenen Rechteck, flankiert von einer steinernen Zuschauerterrasse, waren in lederne Rüstungen gekleidete Mannschaften zu einem tödlichen Spiel aufeinandergetroffen. Eine schwere Kugel mußte durch vertikal stehende Reifen an beiden Enden des Feldes geworfen werden. Vielleicht hatte Drummond den Kampfplatz nicht zerstören lassen, weil er seine eigene Grausamkeit symbolisierte, die Verfolgung eines Ziels um jeden Preis.

Er war in Begleitung von Raymond vor zwei Tagen im großen blauen Helikopter von Drummond Industries eingetroffen, um die letzte Etappe des Vorhabens selber zu leiten. »Sie haben gute Arbeit geleistet«, lobte er Jenna. »Sie erhalten zusätzlich einen Bonus.«

Sie hatte einen Dank gemurmelt, im stillen aber aufgeschrien: »Bloß heil hier rauskommen – nichts weiter.« McIntyre, der Projektleiter, war kurz vor der Ankunft des Hubschraubers gestorben.

»Beerdigen Sie ihn dort, wo die Eingeborenen nicht rankönnen. Nein, ich habe es mir anders überlegt. Verbrennen Sie ihn. Genau wie die anderen.« Mehr hatte Drummond nicht dazu gesagt.

»Die anderen«, das waren die Maya, die bei dem Versuch, die Schändung des geheiligten Landes zu verhindern, niedergemetzelt worden waren. Jenna war beinahe verrückt geworden, als sie von dem Massaker hörte. Einige Gebiete Mexikos waren so entlegen und besaßen so wenig Verbindung zur Außenwelt, daß niemand in der übrigen Welt eine Vorstellung davon hatte, was hier geschah. Wenn es eines Tages bekannt wurde, dann gäbe es keinerlei Spuren der Greueltaten mehr. Und wer würde schon reden? Etwa die Arbeiter? Nein, nur ein Narr würde das Schweigen brechen. Denn jeder würde für mitschuldig gehalten werden.

Nun stand sie im Büro mit den rohen Holzwänden und hörte sich wie betäubt Drummonds Kommentar zu ihren Karten an.

»Natürlich werden wir Fotos veröffentlichen, doch wird man vor allem Ihren grafischen Darstellungen Beachtung schenken.«

Da ging die Tür auf, Raymond erschien in Dschungelausrüstung, ein Gewehr in der Hand, das Gesicht rauchgeschwärzt und das Hemd blutbespritzt. »Drei hab ich wieder erwischt, aber es laufen noch viel mehr herum.«

»Machen Sie sich auf ein anderes Wild gefaßt – eines, das uns jagt«, eröffnete ihm Drummond.

»Wer ist es?« Für Raymond war das eine Herausforderung.

»Ein Toter. Charles Duffy. Erinnern Sie sich?«

»Ja, er hatte den Auftrag, das Haus der Frau in San Antonio zu beobachten. Vor drei Tagen ist er verschwunden.«

»Er wird nicht mehr vermißt. Seine Leiche wurde am Ufer des San Antonio River angespült. Erschossen. Dennoch, Mr. Duffy ist ein bemerkenswerter Mann. Obwohl er tot ist, hat er mit seiner Kreditkarte einen Flug von San Antonio nach Washington bezahlt, wo er kurz im Ritz-Carlton wohnte. Für ein paar Stunden des nächsten Tages hielt er sich im Dorset Hotel in Manhattan auf. Danach ist er in Begleitung einer Frau nach Miami geflogen und hat dort einen Wagen gemietet.«

Raymond dachte nach. »Was er in Washington wollte, begreife ich nicht, schon eher sein Absteigen im Dorset in Manhattan. In der Nähe befindet sich das Apartment der Frau.«

»Und das ihres Exgatten. Dieser hatte Besuch, einen Mann und eine Frau. Sie sind in die Geldübergabe hineingeplatzt.«

»Maltin weiß nichts«, sagte Raymond. »Sie haben ihn nur bezahlt, damit er die Aufmerksamkeit nicht mehr auf das Verschwinden dieser Frau lenkt.«

»Nichts?« Drummond war wütend. »Maltin weiß, daß *ich* ihn bezahlt habe. Das haben die beiden Besucher von ihm erfahren. Die Frau ist noch nicht bekannt – sie arbeitet angeblich für die ›Washington Post‹. Die Beschreibung des Mannes trifft genau auf den zu, der die Überwachung des Elternhauses gestört hat.«

»Buchanan?«

»Ja, Buchanan. Nun denken Sie mal scharf nach. Was hatte er wohl in Miami zu tun?« schnauzte Drummond.

»Die Jacht. Sie liegt in Key West vor Anker.«

»Genau. Der Kapitän meldet, daß drei Matrosen gestern eine Frau an Bord mitbrachten. Eine Frau mit rotem Haar.«

»Bestimmt hat sie Buchanan unterstützt. Sie hat erkundet, wie man sich an Bord schleichen kann.«

Drummond nickte. »Ich muß annehmen, daß er etwas über die Videokassette weiß. Und daß er sich nicht schmieren läßt. Suchen Sie ihn und bringen Sie ihn ein für allemal zum Schweigen.«

»Wo ist er zu finden?«

»Das ist doch klar, oder? Welches ist das nächste Glied in der Kette?«

»Delgado.«

»Ja. Gerade hörte ich von meinen Gewährsleuten auf dem Miami International Airport, daß ein Mann namens Charles Duffy zwei Tickets nach Mexico City gekauft hat. Mit dem Helikopter sind Sie bis zum Nachmittag dort.«

Zwölftes Kapitel

I

Mexico City

Die Abgase zahlloser Fabrikschornsteine und noch mit bleihaltigem Benzin fahrender Autos wurden von einer Inversionswetterlage über der Hauptstadt festgehalten und machten die Luft in der größten und am schnellsten wachsenden Metropole der Welt praktisch ungeeignet zum Atmen. Kaum hatte Buchanan mit Holly den Juarez International Airport verlassen, begann er zu husten. Die Klimaanlage ihres Taxis arbeitete nicht, trotzdem schlossen sie die Fenster. Lieber im Taxi schmoren, als den tödlichen Smog einatmen.

Sie waren in Key West gerade noch zur rechten Zeit abgefahren, um eine um acht Uhr morgens startende Maschine in Miami zu erreichen. Während des Fluges hatte Buchanan etwas geschlafen. Aufgrund seiner fortgesetzt unregelmäßigen Lebensweise fühlte er sich immer schlapper, und ständig plagten ihn Kopfschmerzen.

Auch belastete ihn die Verbitterung gegen Holly, denn er hatte ihr, trotz aller Warnungen einer inneren Stimme, vertraut. Es traf zu, daß sie ihm das Leben gerettet hatte und auch in anderer Hinsicht von großer Hilfe gewesen war. Er durfte dennoch nicht vergessen, daß sie Reporterin war. Er war wütend, daß diese Frau, mit der er sich eingelassen hatte, von Alan zu seiner Vernichtung ausgeschickt worden war.

Holly ihrerseits war schweigsam und schien zu fühlen, daß ihr jedes Wort falsch ausgelegt werden würde und Buchanan ihre Gegenwart nur so lange duldete, wie sie unauffällig blieb.

»Zum Nationalpalast«, wies er den Taxifahrer an. Der Nationalpalast, berühmt wegen seiner Bögen, Säulen und Patios, war der Sitz der mexikanischen Regierung.

Buchanan und Holly bahnten sich einen Weg durch die

Menge und betraten das Vestibül des Palastes, wo riesige szenische Wandmalereien von Diego Rivera den Hauptaufgang und die Korridore im Erdgeschoß schmückten. Sie schilderten die lange Geschichte des Landes von der Zeit der Azteken und Maya bis hin zur spanischen Eroberung, das Völkergemisch und die zahlreichen Revolutionen, und am Ende stand die idealisierte Zukunft, in der die mexikanischen Bauern glücklich arbeiten und im Einklang mit der Natur leben. Wenn man die Luftverschmutzung berücksichtigte, war es bis zu dieser harmonischen Zukunft noch ein weiter Weg.

In einem laut widerhallenden Gang sprach Buchanan einen Wärter an und wurde ans Ende der Eingangshalle geschickt. Dort befand sich ein Souvenirkiosk, wo er Bücher und Kunstgegenstände links liegen ließ und sich nur die Fotos von Regierungsbeamten an der Wand betrachtete. Er deutete auf eine Aufnahme, die auch Holly aufgefallen war: ein schlanker Lateinamerikaner mit Hakennase in den frühen Vierzigern.

»Das ist er«, sagte Holly.

Buchanan wandte sich an eine junge Verkäuferin und deutete auf das Bild. »Bitte, wie heißt dieser Herr?«

»Welcher? Der? Das ist Esteban Delgado, der Innenminister.«

»*Gracias*«, bedankte sich Buchanan. Beim Kauf eines Buches stellte er noch weitere Fragen und hatte fünf Minuten später, als sie das Geschäft verließen, erfahren, daß der Mann, der Maria Tomez vergewaltigt und ermordet hatte, nicht nur Innenminister war. Er war der zweitmächtigste Mann in Mexiko, der nächste Präsident, wie jedermann wußte.

»Ein Strolch wie Delgado würde alles drum geben, den Videofilm geheimzuhalten. Die Frage ist nur: Was braucht Drummond?«

»Und was ist aus Juana Mendez geworden?«

»Ja. Es geht letztlich um Juana.«

Der Name tat weh, genau wie das damit angedeutete ›Und nicht um dich‹.

»Dulde mich nicht nur«, bat Holly. »Nimm mich nicht bloß mit, weil du fürchtest, ich arbeite gegen dich. Ich bin nicht dein Feind. Ich möchte dir helfen.«

2

»Mein Name ist Ted Riley«, stellte Buchanan sich vor. Sie standen in einem mit Teppichen ausgelegten, holzgetäfelten Büro, an dessen Tür die Aufschrift MINISTRO DE ASUNTOS INTERIORES leuchtete. Eine grauhaarige Sekretärin mit Brille nickte und wartete.

»Ich bin der Dolmetscher von Señorita McCoy«, fuhr er fort und deutete auf Holly. »Wie Sie aus ihren Papieren ersehen können, ist sie Reporterin der ›Washington Post‹. Sie ist für kurze Zeit in Mexico City, um wichtige Regierungsbeamte zu interviewen und von ihnen zu hören, wie die Vereinigten Staaten von Amerika die Beziehungen zu Ihrem Land verbessern können. Wenn es möglich wäre, daß Señor el Ministro etwas Zeit für uns erübrigt? Wir wären Ihnen sehr verbunden.«

Die Sekretärin war voller Verständnis und drückte mit einer freundlichen Geste ihr Bedauern aus. »Señor Delgado wird diese Woche nicht mehr im Büro erwartet.«

Enttäuscht seufzte Buchanan. »Vielleicht könnte er uns an seinem jetzigen Aufenthaltsort empfangen. Die Zeitung, für die Señorita McCoy arbeitet, hält seine Ansichten für besonders wichtig. Wie überall bekannt, wird er wahrscheinlich der nächste Präsident sein.«

Die Sekretärin überlegte, sah Holly prüfend an und nickte. »Einen Augenblick, bitte.«

Sie verschwand in einem Raum nebenan, Buchanan und Holly sahen sich an.

Die Sekretärin kam nach drei Minuten wieder. »Señor Delgado hält sich in seinem Haus in Cuernavaca auf, eine Autostunde von hier. Ich beschreibe Ihnen den Weg. Der Minister lädt Sie zum Lunch ein.«

3

»Darf ich dich etwas fragen?«

Holly wartete auf eine Antwort, doch er konzentrierte sich ganz auf die Insurgentes-Sur-Autobahn, die nach Süden führte. »Jetzt kehrst du wohl wieder die Reporterin heraus«, sagte er schließlich kalt.

»Hör doch endlich auf, so ablehnend zu sein! Wie oft soll ich es dir noch sagen: Ich stehe auf deiner Seite, ich will dich nicht ins Verderben stürzen. Ich ...«

»Ich habe einen Fehler gemacht. Ich habe mir nämlich von einem gewissen Augenblick an keine Mühe mehr gegeben, dich zu manipulieren.«

»Ich verstehe nicht.«

»Ich habe mich nicht verstellt. Bei dir machte ich eine Zeitlang eine für mich völlig neue Erfahrung – ich habe keine Rollen mehr gespielt. Ohne es zu merken, wurde ich jemand, den ich ganz vergessen hatte: ich selbst. Ich bin dir als Brendan Buchanan gegenübergetreten.« Das klang bitter.

»Mag sein, daß ich mich deshalb zu dir hingezogen fühlte.«

Buchanan reagierte spöttisch. »Ich bin aber die einzige meiner Identitäten, die ich nicht mag.«

»Und jetzt weichst du dir selber aus, indem du wieder Peter Lang wirst, der nach Juana sucht?«

»Nein«, antwortete er. »Seit ich dich kenne, wurde mir Peter Lang immer unwichtiger. Juana ist wichtig, weil ... In Key West habe ich dir gesagt, daß ich über meine Zukunft nicht entscheiden kann, bevor ich nicht meine Vergangenheit bewältigt habe.« Endlich sah er sie an. »Ich bin kein Idiot. Ich weiß, daß ich nicht sechs Jahre zurückdrehen und wieder da anfangen kann, wo ich mit ihr aufgehört habe. Mein Leben ist wie ein Stapel Schachteln, die nichts miteinander zu tun haben. Ich muß sie verbinden, ich möchte ...«

Er zögerte, und Holly wartete.

»... ein Mensch werden. Und deshalb bin ich so sauer auf

dich. Ich habe das Visier heruntergelassen, und du hast mich verraten.«

»Nein.« Holly griff nach seiner Hand. »Ich schwöre bei Gott – ich bin keine Gefahr mehr für dich.«

4

Die Stille und die saubere Luft von Cuernavaca waren nach dem Lärm und der verpesteten Luft von Mexico City eine Erholung. Der Himmel war klar, die Sonne strahlte, das ganze Tal sah nach Ferien aus. In einem exklusiven Stadtteil folgte Buchanan den Anweisungen, fand die gesuchte Straße und kam zu einer hohen Steinmauer, deren großes Eisentor den Blick auf eine Gartenanlage freigab. Er hielt nicht an.

»Hier wollten wir doch rein – oder?« fragte Holly.

»Ja. Ich bin mir jedoch über einiges noch nicht im klaren. Es ist wohl Zeit, mich von dir zu trennen.«

Holly war erschrocken.

»Vieles kann passieren – ich will nicht, daß du da hineingerätst.«

»Ich hänge doch schon mit drin.«

»Findest du nicht, du übertreibst es etwas – nur damit du zu deiner Story kommst?«

»Ich pfeife auf die Story. Ich will nichts weiter als dir beweisen, daß ich es ehrlich meine. Delgado erwartet eine Reporterin. Das hast du selbst so eingefädelt. Ohne mich wirst du also nicht vorgelassen. Du hast dich als mein Dolmetscher ausgegeben. Nun spiel ihn auch.«

Buchanan trat scharf auf die Bremse und wendete. Dem Posten am Tor zeigte er Hollys Presseausweis und erklärte ihm, daß sie erwartet würden. Nach den üblichen Formalitäten wurde das Tor geöffnet, und Buchanan fuhr über die schattige, geschwungene Auffahrt zu dem zweistöckigen Palazzo.

»Ich bin aufgeregter als vor meinem Besuch auf Drummonds Jacht«, sagte Holly.

»Immer mit der Ruhe. Das machen wir mit links. Ich muß mir bloß ein Bild von Delgados Sicherheitsvorkehrungen machen. Deine Rolle dürfte nicht allzu schwer sein. Zieh einfach dein Interview durch. Dir kann nichts passieren. Was man von Delgado nicht sagen kann, wenn ich herauskriege, wie er zu packen ist.«

Er parkte vor der Villa und wirkte völlig ruhig. Beim Aussteigen fielen ihm weitere Posten auf, auch Fernsehüberwachungsanlagen, durch Alarmanlagen gesicherte Fenster, Bewegungsmelder in den Büschen.

Dem Diener, der sie durch eine kühle Marmorhalle geleitete, nannte Buchanan ihre Namen. Sie kamen an einer breiten Treppe vorbei und erreichten am Ende eines Korridors ein mahagonigetäfeltes Arbeitszimmer, das mit Jagdtrophäen sowie zahlreichen Gewehren und Schrotflinten in Glasvitrinen ausgestattet war.

»Willkommen«, sagte Delgado.

Buchanan erkannte ihn sofort, er erinnerte sich lebhaft an die Bilder von der Vergewaltigung und dem Mord an Maria Tomez.

Der Minister kam ihnen entgegen, sein Englisch war fließend, wenn auch die Syntax etwas geschraubt klang. »Es ist mir jedesmal ein Vergnügen, mit amerikanischen Pressevertretern zu sprechen, vor allem, wenn sie für eine so hervorragende Zeitung wie die ›Washington Post‹ arbeiten. Señorita ...? Verzeihung, ich habe den Namen vergessen, den mir meine Sekretärin ...«

»Holly McCoy. Und das ist mein Dolmetscher, Ted Riley.«

Delgado gab ihnen die Hand. »Gut.« Er beachtete Buchanan kaum und widmete sich Holly, deren Schönheit ihn anscheinend faszinierte. »Da ich Englisch spreche, brauchen wir Ihren Dolmetscher nicht.«

»Ich bin auch Pressefotograf«, warf Buchanan rasch ein.

Delgado machte eine wegwerfende Geste. »Später haben Sie Gelegenheit zum Fotografieren. Señorita McCoy, darf ich Ihnen vor dem Lunch einen Drink anbieten? Vielleicht Wein?«

»Vielen Dank, aber es ist noch ein bißchen früh ...«

»Klar«, sagte Buchanan. »Ein Glas Wein wäre schön.« Es war keine Gelegenheit gewesen, Holly zu erklären, daß man einer Zielperson nie einen Drink abschlägt.

»Ich habe es mir anders überlegt«, sagte Holly.

»Weißen oder roten?«

»Weißwein, bitte.«

»Chardonnay?«

»Wunderbar.«

»Das gleiche für mich«, sagte Buchanan.

Delgado überhörte das und wandte sich an einen Diener, der an der Tür stand. »*Lo haga,* Carlos – mach schon.«

»*Sí,* Señor Delgado.«

Der Diener, der eine weiße Kellnerjacke trug, verschwand im Flur.

»Nehmen Sie bitte Platz.« Delgado führte Holly zu einem der Ledersessel.

Buchanan folgte und bemerkte auf der Terrasse hinter der Glastür einen Mann. Er war Amerikaner, Mitte Dreißig, gutgekleidet, blond, von angenehmem Äußeren. Er kam ins Zimmer.

»Ah, Raymond«, sagte Delgado. »Haben Sie Ihren kleinen Spaziergang beendet? Treten Sie ein. Ich habe Gäste, die ich Ihnen vorstellen möchte. Señorita McCoy von der ›Washington Post‹.«

Raymond deutete eine Verbeugung an und gab ihr die Hand. »Sehr erfreut.«

Etwas störte sie an der Berührung.

Raymond wandte sich an Buchanan. »Wie geht es Ihnen, Mr. ...?«

»Riley. Ted Riley.«

Bei Raymonds kräftigem Händedruck verspürte Buchanan einen stechenden Schmerz. Gleich darauf wurde die rechte Handfläche gefühllos. Entsetzt sah er Holly an, die erschrocken auf die eigene Hand sah.

»Wann wirkt es?« fragte Delgado.

»Wir bezeichnen es als Zweiphasendroge.« Raymond nahm einen Ring ab und legte ihn lächelnd in ein kleines Schmucketui, die blauen Augen unergründlich und kalt.

Holly sank auf die Knie.

Buchanans rechter Arm war völlig abgestorben.

Holly fiel ohnmächtig zu Boden.

Buchanan schnürte sich die Brust zusammen, sein Herz raste. Er sackte zusammen und bemühte sich verzweifelt, wieder aufzustehen. Es gelang ihm nicht, er war von Kopf bis Fuß wie gelähmt. Verzweifelt in seiner Hilflosigkeit, sah er nach oben und blickte in Delgados gemein grinsendes Gesicht.

»Die Droge stammt von der Halbinsel Yucatán«, sagte der Amerikaner eiskalt. »Es handelt sich um eine von den Maya benutzte Abart von Curare. Schon vor Hunderten von Jahren wurde sie von den Eingeborenen benutzt, um ihre Opfer zu lähmen, bevor man ihnen das Herz herausschnitt.«

Jetzt auch unfähig, den Kopf zu drehen, hörte Buchanan Holly röchelnd nach Atem ringen.

»Schön locker bleiben«, riet Raymond. »Ihre Lungen könnten sonst die Belastung nicht aushalten.«

5

Der Helikopter donnerte über den Himmel, doch von den Vibrationen im Rumpf spürte Buchanan nichts – er war noch immer am ganzen Körper gefühllos. Der Kabinenboden hätte ebensogut eine weiche Matratze sein können, denn ob hart oder sanft, heiß oder kalt, scharf oder stumpf, er merkte den Unterschied nicht.

Wie als Ausgleich waren Gehör und Sehvermögen erheblich gesteigert. Jedes Geräusch in der Kabine, besonders Hollys verzweifeltes Keuchen, war überlaut. Der Himmel strahlte in einem so intensiven Türkis, daß er, hätte er nicht die Augen schließen können, befürchtet hätte zu erblinden. Offenbar waren die Augen, genau wie Herz und Lunge, nicht von der Droge beeinflußt. Sein Herz schlug wild, was zweifellos zum Teil auf Angst zurückzuführen war, und ihn quälte Brechreiz. Wenn er erbrach, müßte er würgen und würde vielleicht ersticken. Er mußte seine Angst unter Kontrolle bringen, er durfte sich nicht gehenlassen. Je schneller das Herz arbeitete, desto mehr Luft benötigte die Lunge. Da aber die Brustmuskeln streikten, packte ihn panischer Schrecken vor der unwillkürlichen, erdrückenden Hyperventilation.

Konzentriere dich, dachte er, konzentriere dich.

Mit größter Anstrengung versenkte er sich in ein beruhigendes Mantra und rang um einen einzigen, einen beherrschenden Gedanken, der sein Durchhaltevermögen stärkte. Juana, dachte er. Juana. Muß überleben, um ihr zu helfen. Muß überleben, um sie zu finden. Muß überleben, um sie zu retten.

Das außer Rand und Band geratene Herz klopfte schneller, die Lunge quälte sich weiter. Nein, das Mantra wirkte nicht. Juana – sie war nur eine blasse Erinnerung, Jahre entfernt. Auf der Suche nach ihr hatte er eigentlich mehr sich selber gesucht.

Holly – er hörte sie immerzu nach Luft ringen. Ich muß Holly helfen, muß Holly retten, Holly …

Er war dankbar, daß er endlich wieder einen Zielpunkt hatte. Nicht als Peter Lang, nicht als eine seiner zahlreichen Identitäten, sondern als Buchanan wollte er um sie kämpfen. Dieser Vorsatz motivierte ihn. Nach vorn wollte er blikken, nicht zurück, wie bisher, wie stets, seit sein Bruder durch seine Schuld vor so langer Zeit gestorben war. Brendan Buchanan hatte nun eine Aufgabe, und sie war nicht ichbezogen. Es ging allein und ohne Vorbehalte darum, sich mit allen Kräften dafür einzusetzen, daß Holly überlebte. Nicht, weil er mit ihr zusammensein wollte, sondern weil sie nicht sterben sollte.

Der verstärkte Druck in den Ohren signalisierte ihm, daß der Helikopter zur Landung ansetzte. Da er den Kopf nicht drehen konnte, sah er nicht, wo Delgado und Raymond saßen. Er hörte nur ihr Gespräch.

»Ich verstehe nicht, warum ich unbedingt mitkommen mußte.«

»Ein Befehl, den Mr. Drummond mir per Funk übermittelte, als ich nach Cuernavaca flog. Sie sollen sich von den Fortschritten auf dem Gelände überzeugen.«

»Riskant«, sagte Delgado. »Es könnte bekannt werden, daß ich in das Projekt verwickelt bin.«

»Ich fürchte, das war Mr. Drummonds Absicht. Es wird Zeit, daß Sie Ihre Schuld begleichen.«

»Der skrupellose Schweinehund!«

»Mr. Drummond würde es als Kompliment betrachten, als Schweinehund bezeichnet zu werden. Er hat ein Faible für Tiere.«

Der Helikopter verlor weiter an Höhe, der Druck in Buchanans Ohren wurde schmerzhaft. Das hieß, daß er etwas fühlte! Nie hätte er geahnt, daß er Schmerzen begrüßen würde. Die Füße kribbelten, in den Händen piekte es wie mit Nadeln, die Naht an der Seite begann zu jucken, die fast verheilte Schußverletzung pochte, und die quälenden Kopfschmerzen stellten sich wieder ein. Diese Empfindungen kamen nicht alle auf einmal, sondern ganz allmählich. Und jede neue Empfindung ließ ihn hoffen. Er wußte, daß er sich bewegen konnte, wagte es aber noch nicht. Er mußte warten, bis seine Gliedmaßen wieder voll funktionstüchtig waren und bis der geeignete Augenblick …

»Ungefähr jetzt müßte die Wirkung der ersten Phase nachlassen«, sagte Raymond.

Buchanan wurde hart am linken Handgelenk gepackt, eine Handschelle schnappte zu. Dann wurde ihm der Arm auf den Rücken gedreht und mit einem Ruck an das rechte Handgelenk gefesselt.

»Bequem so?« Wie Raymond das fragte, hätte es auch an einen Geliebten gerichtet sein können.

Buchanan schwieg und tat weiter, als könne er sich nicht bewegen. Ein metallisches Klirren und Scharren drang an sein Ohr – auch Holly wurden Handschellen angelegt.

Das Dröhnen der Motoren ließ nach, und der Helikopter setzte auf dem Landeplatz auf. Buchanan war beim Öffnen der Luke eigentlich auf stechendes Sonnenlicht vorbereitet, doch die Sonne verhüllten dunkle Schwaden, die in die Kabine trieben. Der Geruch war so beißend, daß er unwillkürlich hustete. Rauch – in der Nähe brennt es, dachte er und unterdrückte vergebens den Hustenreiz.

»Die Droge hemmt den Speichelfluß«, sagte Raymond, zerrte Buchanan aus der Kabine und warf ihn auf den Boden. »Daher die trockene Kehle. Die Reizung wird sogar eine ganze Weile andauern.« Nach seinem Ton zu urteilen, bereitete ihm die Vorstellung von Buchanans Unbehagen Spaß.

Auch Holly hustete. Als Raymond sie neben Buchanan warf, stöhnte sie auf.

»Warum verbrennen Sie die vielen Bäume?« Delgado war bestürzt.

»Um eine möglichst weite Vorpostenlinie zu schaffen. Zum Schutz gegen die Eingeborenen.«

»Und wenn die Flammen ...«

»Mr. Drummond weiß, was er tut. Es ist alles unter Kontrolle.«

Raymond gab Buchanan einen Tritt.

Buchanan rang nach Luft und täuschte Schmerzen vor, die er so stark gar nicht empfand. Er war froh, daß sein Peiniger nicht die Seite mit der Stichwunde getroffen hatte.

»Aufstehen«, befahl Raymond. »Ich weiß, Sie schaffen das. Wenn nicht, befördere ich Sie mit den Füßen zum Büro.«

Um seiner Aufforderung Nachdruck zu verleihen, trat Raymond noch einmal härter zu.

Buchanan kam mühsam auf die Knie, schwankte und stand endlich auf den Beinen. Auch Holly erhob sich und konnte sich kaum aufrecht halten. Buchanan merkte, wie verschreckt sie war, und versuchte, ihr mit Blicken Mut zu machen. Es funktionierte nicht. Raymond gab beiden einen Stoß in den Rücken, so daß sie in Bewegung kamen, und trieb sie zu einem großen, teilweise von Qualm eingehüllten Blockhaus.

Buchanans Aufmerksamkeit war ganz von der hektischen Betriebsamkeit um ihn herum in Anspruch genommen, von hetzenden Arbeitern, vorbeiratternden Bulldozern und Lastwagen, von Kränen, die Stahlträger und Rohre bewegten. Durch den Maschinenlärm glaubte er einen Schuß zu hören, und ihm fielen zertrümmerte, mit Hieroglyphen beschriftete Quader auf, offenbar Ruinenreste. An mehreren Stellen entdeckte er die kümmerlichen Überbleibsel uralter Heiligtümer, und als der Rauch sich kurz lichtete, erblickte er eine Pyramide. Sie war jedoch nicht alt, und sie war nicht aus Steinblöcken errichtet.

Die gewaltige Konstruktion bestand aus Stahl und wirkte wie ein gigantischer Dreifuß. Obwohl er so etwas noch nie gesehen hatte, wußte er, was es war: ein Bohrturm. Öl – das war es also, wonach Drummond hier suchte, dachte er. Aber warum hat das Gebilde eine so ungewöhnliche Form?

Raymond gab der Tür zum Büro einen Schubs und drängte die Gefangenen hinein. Buchanan stürzte beinahe in den düsteren, muffigen Raum und kam unsicher zum Stehen, als Holly gegen ihn stolperte. Sie standen Auge in Auge Alistair Drummond gegenüber.

6

Keines der Fotos in der Biographie oder in den Zeitungsartikeln vermittelte einen Eindruck davon, wie absolut Drummond einen Raum beherrschte. »Mr. Buchanan«, sagte er.

Die Anrede war verblüffend. Wie hat er meinen Namen herausgekriegt? dachte Buchanan.

Drummond kniff die Augen zusammen. »Miß McCoy, ich hoffe doch, Raymond hat Ihnen den Flug angenehm gemacht. Señor Delgado, ich freue mich, daß Sie meiner Einladung gefolgt sind.«

»Sie wurde mir so übermittelt, daß mir wohl keine andere Wahl blieb.«

»Natürlich können Sie wählen. Entweder Sie wandern ins Gefängnis oder Sie werden der nächste Präsident Mexikos. Was ist Ihnen lieber? Wir sind hier ein gutes Stück weiter als erwartet. Morgen früh müßten wir eigentlich die

Pumpen anwerfen können. Treffen Sie die notwendigen Vorkehrungen, sobald Sie wieder in Mexico City sind. Sagen Sie Ihren Leuten, daß alles steht. Ich dulde keine Verzögerungen. Die Zahlungen wurden geleistet. Ich erwarte wie einst Lord Nelson von jedem, daß er seine Pflicht tut.«

»Haben Sie mich hierhergeholt, um mir zu sagen, was ich bereits weiß?«

»Ich habe Sie hierhergeholt, damit Sie sehen, wofür Sie Ihre Seele verkauft haben. Sonst könnten Sie womöglich vergessen, auf welchen Handel Sie sich eingelassen haben. Und um Sie daran zu erinnern, sollen Sie Zeuge sein, was mit meinen beiden Gästen geschieht.« Er wandte sich an Raymond. »Wieviel ist den Schnüfflern bekannt?«

»Das habe ich in ihrer Kameratasche gefunden.« Raymond legte eine Videokassette auf den Tisch.

»So, so. Dann wissen Sie weit mehr, als Sie wissen sollten.«

»Hören Sie, das alles ist gar nicht unsere Sache«, sagte Buchanan.

»Da haben Sie recht.«

»Ich bin nicht an Öl interessiert, und mir ist es egal, was Sie anstellen, um Delgado zu bestrafen. Ich habe nur ein Ziel: Juana Mendez wiederzufinden.«

Drummond zog die dichten weißen Augenbrauen hoch. »Tja, mit diesem Wunsch stehen Sie nicht allein da.«

Sie starrten sich an, und Buchanan fiel es plötzlich wie Schuppen von den Augen, als er die Zusammenhänge zwischen Maria Tomez, Juana, Drummond und Delgado erkannte. Ohne Delgado hatte Drummond nicht die Genehmigung erhalten, sein Projekt zu realisieren.

Die mexikanische Ölindustrie war in den Dreißiger Jahren verstaatlicht worden. Ausländern war es nicht gestattet, so stark Einfluß zu nehmen, wie es Drummond offenbar anstrebte. Da es sich hier um eine archäologische Fundstätte handelte, gewann das Problem noch an Bedeutung, doch wie es aussah, hatte Drummond die Frage der Archäologie gelöst, indem er die Ruinen einfach zerstörte. Sobald Delgado Präsident von Mexiko war, würde er erst recht nach

Drummonds Pfeife tanzen müssen. Für die Entdeckung und Entwicklung der Ölvorkommen würden in Drummonds Taschen heimlich ähnliche Riesenprofite fließen, wie sie vor der Verstaatlichung ausländische Ölfirmen eingesteckt hatten. Doch das war noch nicht alles, wie Buchanan wußte. Da gab es noch einen Aspekt, den er jetzt nicht analysieren konnte, weil er sich jetzt ganz auf seine Rettung konzentrieren mußte.

»Haben Sie Juana Mendez in Fort Bragg kennengelernt?« fragte Drummond.

Verzweifelt suchte Buchanan nach einer geeigneten Rolle und geeigneten Argumenten für seine Verteidigung. »Ja.«

»Wie ist das möglich? Sie arbeitete für den militärischen Geheimdienst?«

Da hatte Buchanan eine Erleuchtung und entschloß sich, die schwierigste Rolle seines Lebens zu spielen: sich selbst.

»Wissen Sie, Juanas Zugehörigkeit zum militärischen Geheimdienst war nur Tarnung.«

Drummond zeigte sich überrascht. »Sie war also Ihre Geliebte.«

Buchanan nickte. »Ich suche Juana Mendez, weil sie mir eine Postkarte schickte und mich um Hilfe bat. Als ich ihre Nachricht erhielt, erlaubte mir meine Einheit, die Sache zu klären. Ich habe mich regelmäßig gemeldet. Meine Einheit ist informiert, daß ich in Cuernavaca war, Señor Delgado treffen wollte und danach Sie. Glauben Sie mir, diese Männer kennen nur Befehl und Pflichterfüllung. Wenn Sie hierherkommen und uns beide nicht wohlbehalten vorfinden, hat Ihre letzte Stunde geschlagen.«

Drummond seufzte. »Wenn man berücksichtigt, daß Sie das eben ganz spontan erfunden haben, ist es eine ausgezeichnete Verhandlungsbasis. Ich bin ein Sammlertyp, haben Sie das gewußt? Deshalb bin ich hier. Journalisten« – er nickte Holly zu – »haben sich immer nach meinen Motiven gefragt. Was würden Sie sagen, Miß McCoy?«

»Macht«, brachte Holly heraus, obwohl sie große Angst verspürte.

»Zum Teil richtig. Was mich antreibt, das ist der

Wunsch, einmalig zu sein und einmalige Dinge zu besitzen, mich in einmaligen Situationen zu befinden, einmalige Menschen zu beherrschen. Ich begann mich für Yucatán zu interessieren, weil ich Sammler bin. Vor drei Jahren kam ein Mensch zu mir mit einem Objekt von unschätzbarem Wert. Die alten Maya hatten Bücher besonderer Art – lange, dünne Rindenstreifen, die so oft gefaltet wurden, bis sie kleinen Fächern glichen. Nur drei authentische Codices sind bekanntermaßen erhalten, ein vierter ist wahrscheinlich eine Fälschung. Aber es gibt einen fünften. Er ist echt, und er gehört mir. Er ist absolut einmalig, denn im Gegensatz zu den anderen, die im Grunde nur Verzeichnisse darstellen, bietet meiner handfeste Informationen. Natürlich wollte ich wissen, was die Hieroglyphen bedeuten, und so habe ich die Elite der Experten für Maya-Symbole angeheuert. Und so stieß ich auf die Tatsache, daß der Text umfangreiche Ölvorkommen in diesem Gebiet dokumentiert. Die Maya nannten das Öl den Gott der Dunkelheit, den Gott des schwarzen Wassers oder den aus der Erde strömenden Gott. Zuerst hielt ich das für Gleichnisse, dann war ich überzeugt, daß die Beschreibung wörtlich zu nehmen war. Zu Beginn dieses Jahres wurden diese Ruinen dank der Aufnahmen aus einer Raumfähre entdeckt. Weil ich Delgado in der Hand hatte, bekam ich die Kontrolle über diesen Ort, konnte meine Leute herholen, das Gebiet dichtmachen und mit der Suche beginnen.«

»Und dabei die Ruinen zerstören«, ergänzte Buchanan.

»Notwendig und nicht zu vermeiden.« Drummond hob die Schultern. »Außerdem hatte *ich* die Ruinen gesehen. Was interessiert es mich, ob andere sie sehen? Wie sich herausstellte, war die Quelle des schwarzen Wassers genau dort, wo der Text sagte: unter der Pyramide. Dieses Gebiet ist so instabil, daß die gängige Ausrüstung hier versagt. Aus diesem Grund hat niemand sich die Mühe gemacht, in dieser Region nach Erdöl zu bohren. Denn die periodisch auftretenden Erdbeben hätten die Bohrtürme zerstört. Mein Gerät aber ist so konstruiert, daß es dank seiner Elastizität Erdstößen standhält. Was dieses immens ergiebige Ölfeld jedoch wirklich einmalig macht, ist dies: Wenn es einmal ganz erschlossen ist, wird das Öl nicht gefördert.«

Buchanan muß sehr erstaunt ausgesehen haben, denn Drummonds Augen begannen vor Stolz zu funkeln. »Ja, es wird nicht gefördert und nicht verkauft, denn wenn so viel Öl auf den Markt gelangt, sinken die Ölpreise. Sobald Delgado Präsident ist, erhalte ich die Genehmigung, mit den anderen erdölproduzierenden Ländern dahingehend zu verhandeln, daß Mexiko entschädigt wird, wenn es sein Öl nicht auf den Markt bringt. Folglich wird auch weniger Öl verbraucht, und so könnte man mich eigentlich einen Wohltäter der Menschheit nennen.« Drummond griente mit verklärtem Blick.

O Gott, ein Größenwahnsinniger, der sich die Welt untertan machen möchte, dachte Buchanan und wollte das bestätigt haben. »Wenn ich das richtig sehe, möchten Sie als passionierter Sammler den ganzen Planeten in Ihren Besitz bringen.«

»Eins nach dem andern«, antwortete Drummond mit gespielter Bescheidenheit. »Für heute bin ich schon damit zufrieden, Sie und Ihre reizende Begleiterin in meinen Besitz gebracht zu haben.«

7

Die Sonne stand tief am Horizont, was die trübe Stimmung noch betonte, die der beißende Rauch verbreitete. Buchanan und Holly wurden zum einzigen Teil des Ruinenfeldes gedrängt, der auf Drummonds Anweisung hin unversehrt geblieben war.

Vor Buchanan erstreckte sich ein ebener, mit Steinen belegter Platz von etwa dreißig Meter Länge und acht Meter Breite. An allen Seiten war er von einer fünf Meter hohen Mauer umgeben, die sich oben zu einer Zuschauerterrasse erweiterte. Drummond stieg die Treppe hinauf, gefolgt von Delgado und Holly, von finsteren Posten bewacht.

Buchanan, dem, wie Holly, die Handschellen abgenommen worden waren, rieb sich die Handgelenke, um die Blutzirkulation anzuregen. Beim Anblick der mit Hieroglyphen und Zeichnungen bedeckten Mauern beschlichen ihn düstere Ahnungen.

»Die Akustik ist hier erstaunlich. Ich rede mit normaler Stimme, und es hört sich an wie aus einem Lautsprecher.« Drummond sprach von der Terrasse herab zu dem unten stehenden Buchanan. »Die Sportart trug den Namen *pok-a-tok*«, dozierte Drummond weiter. »Die Darstellungen ringsum zeigen die alten Maya beim Spiel. Sie benutzten einen Latexgummiball, ungefähr so groß und schwer wie ein Medizinball. Es ging darum, ihn durch die vertikalen Steinringe an den beiden Schmalseiten des Feldes zu werfen. Es ist anzunehmen, daß zu jedem Team ein Ring gehörte. Die alten Maya begriffen *pok-a-tok* nicht als bloße Entspannung, vielmehr besaß das Spiel für sie große politische und religiöse Bedeutung. Ihre Mythen erzählen davon, daß zwei Götter dieses Spiel einst miteinander spielten. Als Gewinn setzte jeder sein Volk ein. Es kann als erwiesen gelten, daß es gewöhnlichen Sterblichen nicht gestattet war, dem Match beizuwohnen, nur Adligen, Priestern und Mitgliedern des Königshauses. Des weiteren gibt es Beweise, daß *pok-a-tok* ein Präludium zum Menschenopfer war, gewöhnlich mit Kriegsgefangenen anderer Stämme gespielt wurde – und keiner übrigblieb.«

»Es wurde um Leben und Tod gespielt.« Raymonds Stimme kam von hinten, und Buchanan sah sich schnell um.

8

Was er sah, lähmte ihn und stellte seinen Verstand in Frage. Im ersten Augenblick glaubte er, Opfer einer Halluzination und eines durch Ermüdung und die Gehirnerschütterung getrübten Wahrnehmungsvermögens zu sein. Doch als Raymond, von der sinkenden Sonne rot angestrahlt, durch die Rauchschwaden nähertrat, zwang Buchanan sich zu der Einsicht, daß alles, mochte es noch so unwirklich erscheinen, unbestreitbar und auf erschreckende Weise Realität war.

Raymond war teilweise nackt. Taille und Unterleib waren durch dicke Lederplatten geschützt. Die entblößten Muskeln ließen eine Kraft und Kondition ahnen, die er nur durch tägliches Training erreicht haben konnte.

Buchanan, der sich vor seinem Einsatz in Mexiko in prächtiger körperlicher Verfassung befunden hatte, war lange auf Achse gewesen und hatte keine Zeit für sportliche Betätigung gefunden; dies und seine Verletzungen hatten zu einem Formtief geführt.

Die Lederausrüstung sah mehr als grotesk aus, aber was den fantastischen Anstrich noch verstärkte, war der Helm, von dem lange Federn, in vielen Farben schillernd, nach hinten wallten und die Illusion erzeugten, ein Maya-Krieger sei nicht bloß aus dem Rauch, sondern aus dem Nebel der Geschichte aufgetaucht. Er hatte einen großen Ball bei sich, den er auf den steinernen Boden fallen ließ; dem Aufprall folgte ein dumpfes Echo, ein Zeichen dafür, wie fest und schwer er war. Raymond schleuderte Buchanan den Lederschutz vor die Füße.

»Ziehen Sie sich aus und legen Sie dieses an.«

»Zum Teufel, nein«, rief Buchanan.

Raymond nahm den Ball auf und warf nach Buchanan. Da dieser, noch unter dem betäubenden Einfluß der Droge stehend, nicht rasch genug ausweichen konnte, wurde er leicht am linken Arm getroffen, was zu seinem Erstaunen so schmerzhaft war, als wäre es ein Stein gewesen.

»Ziehen Sie sich aus und legen Sie den Schutz an, sonst überstehen Sie nicht einmal die erste Spielminute«, riet ihm Raymond.

Langsam, um Zeit zu gewinnen, folgte er der Aufforderung und suchte fieberhaft nach einer Möglichkeit zur Flucht, doch gegen die Posten und ihre Maschinenpistolen war nichts auszurichten.

»Die habe ich selber entworfen«, prahlte Raymond, während Buchanan die rohen, dicken Lederschützer anlegte, »nach dem Vorbild der Zeichnungen dort.« Er deutete nach links, auf eine Darstellung unterhalb des aus der Mauerkrone ragenden Steinreifens.

Buchanan betrachtete das Bild genauer. Auf den ersten Blick sah der mit Rüstung und Kopfschmuck bekleidete Krieger Raymond auf verwirrende Weise ähnlich. Er konnte sich von der Figur nicht losreißen. Entsetzlich, denn der Krieger hielt einen abgeschlagenen Kopf, von dem das Blut tropfte, an den Haaren hoch.

»Das meinte ich mit Leben und Tod«, sagte Raymond. »Merken Sie sich: Die Strafe für den Verlierer war der Tod. Und der Sieger blieb nicht nur am Leben, er durfte die Hinrichtung sogar selbst vollziehen.«

»Wollen Sie damit sagen, daß ich frei bin, wenn ich gewinne?« fragte Buchanan mit heiserer Stimme.

»Die alten Mayas sahen das möglicherweise anders«, rief Drummond herüber.

»Was heißt das?«

»Einige Spezialisten auf dem Gebiet der Maya-Kultur vertreten die Theorie, daß nicht der Verlierer, sondern vielmehr der Sieger enthauptet wurde.«

»Das ist doch absurd«, widersprach Buchanan. »Wer hätte dann mitgespielt?«

»Dieser Theorie zufolge ist der Sieg eine solche Ehre, daß man auf einer Stufe mit den Göttern steht«, antwortete der Alte. »Der nächste logische Schritt war also, daß der Sieger geopfert wurde, damit er seinen Platz an der Seite der Götter einnehmen konnte.«

»Das hört sich an, als wären nur die Zuschauer auf ihre Kosten gekommen.«

»Richtig«, sagte der Greis. »Wie gesagt, ich habe eine Schwäche für das Einmalige. Mir steht die Ehre bevor, Zeuge eines seltenen Schauspiels zu sein. Zum erstenmal seit fünfhundert Jahren wird wieder *pok-a-tok* gespielt. Für mich.«

»Und was versprechen Sie sich davon? Erwarten Sie von mir, daß ich auspacke, damit man mir nicht den Kopf abschlägt?«

»Oh, ich denke schon, es wird im Spielverlauf nicht an schmerzhaften Aufforderungen mangeln, die Wahrheit zu sagen. Aber mir geht es eigentlich nicht um Sie, sondern eher um Miß McCoy. Denn ich bezweifle nicht, daß dieses Schauspiel sie zur Kooperation veranlassen wird. Um Ihnen weitere Mißhandlung zu ersparen, rückt Sie als Gegenleistung mit der Wahrheit heraus.«

»Es wird Ihnen nichts nützen«, betonte Buchanan. »Sie weiß nichts über meinen Auftrag.«

»Warten wir's ab. Raymond, sind Sie bereit?«

9

Der Ball traf Buchanan mit solcher Wucht im Rücken, daß er zu Boden ging und sich das Kinn an einer Steinplatte aufschlug; ohne die Lederrüstung wären wohl einige Rippen gebrochen gewesen. Nach Luft schnappend und ohne Rücksicht auf die Schmerzen, raffte er sich wieder auf und rannte auf den Ball zu. Raymond war zur selben Zeit dort, Buchanan rammte ihm den Ellbogen an die Schläfe und schleuderte ihn zur Seite. Bevor sein Gegner sich erholen konnte, war Buchanan am Ball und warf. An der Hüfte getroffen, taumelte Raymond zurück, das Geschoß prallte von der Lederrüstung und fiel klatschend auf den Boden.

»Nein, aber nein!« rief Drummond von der Tribüne. »So geht das nicht. Durch den Ring, nicht auf den Mann – darauf kommt es an!«

»Warum haben Sie Raymond das nicht erklärt? Er hat damit angefangen«, schrie Buchanan zurück.

»Halten Sie sich an die Regeln, Raymond«, schnauzte Drummond.

»Was sind das überhaupt für Regeln?« wollte Buchanan wissen.

»Tja, das ist die Frage.«

»Ja, das dachte ich mir.«

»Nein, verstehen Sie doch«, rief Drummond. »Das weiß

nämlich niemand. Die Regeln sind uns nicht überliefert. Wir müssen also improvisieren. Wer zuerst zehn Punkte hat, gewinnt.«

»Und was geschieht danach?«

»Hängt ganz von den Antworten ab, die ich von Ihnen und Miß McCoy bekomme«, krächzte Drummond.

Ohne vorherige Warnung stürzte Buchanan auf den Ball zu, nahm ihn auf und lief zum Ring. Als er zum Wurf ausholte, rempelte Raymond ihn mit der Schulter an, so daß er gegen die Steinmauer geschleudert wurde.

Buchanan stöhnte auf, wirbelte herum und schlug dem anderen den Ball vor die Brust. Ohne ihn loszulassen, drehte er sich um die eigene Achse und kam unter dem Reifen zum Stehen. Er warf und sah mit vor Freude höher schlagendem Herzen, daß er einen Punkt gemacht hatte. Der Ball war durch den Ring geflogen.

Raymond stieß Buchanan mit der Faust in den Rücken, so daß dieser nach vorn kippte.

»Nein, aber nein!« nörgelte Drummond. »Das verstößt gegen die Regeln.«

»Erklären Sie ihm das mal«, brüllte Buchanan. »*Ich* habe durch den Ring geworfen.«

»Aber nicht nach den Regeln! Sie dürfen die Hände nicht benutzen!«

»Nicht die Hände?«

»Wir wissen nicht viel über das Spiel.« Drummond gestikulierte aufgeregt. »Aber eines ist bekannt: Nicht mit den Händen – höchstens zum Aufnehmen des Balls, sonst nur Stöße mit den Unterarmen, Schultern, Hüften, Knien und mit dem Kopf. Wegen Regelverstoß bekommen Sie einen Strafpunkt. Nun müssen Sie elf Treffer landen, Raymond nur zehn. Es sei denn, er verstößt auch gegen die Regeln.«

»Weiterspielen!« ermahnte ihn Raymond, jagte zum Ball, warf ihn mit den Händen in die Luft und katapultierte ihn mit dem Ellbogen zum Reifen.

Mit dumpfem Klatschen landete der Ball in Buchanans Reichweite. Schon hatte er ihn sich geholt, da brachte Raymond ihn durch ein Tackling zu Fall, entriß ihm den schweren Ball und gewann den nächsten Punkt.

»Das macht aber keinen Spaß, Buchanan. Sie müssen sich mehr anstrengen«, meckerte der Alte.

Eher als erwartet, schnappte Buchanan sich den Ball, manövrierte listig zum Reifen und wartete auf den Angriff des anderen. Als Raymond ihn zu rempeln versuchte, wich Buchanan, den Ball an die Brust gedrückt, geschickt aus und stieß ihm das rechte Knie in die Nieren, so daß er ins Stolpern geriet und sich vor Schmerzen zusammenkrümmte. Mit dem Rücken zum Reifen, um den Gegner besser beobachten zu können, warf Buchanan den Ball hoch über den Kopf und stieß zufrieden die Luft aus, als er diesen Punkt holte.

»Blendende Koordination«, lobte Drummond. »Sie haben früher Basketball gespielt, wie ich merke.«

Raymond nutzte die Ablenkung. Er ging zum Angriff über und rammte Buchanan den Kopf in die Magengrube, so daß er hinfiel und zuckend nach Luft rang. Raymond riß inzwischen die Kugel an sich und gewann einen weiteren Punkt.

»Wie heißt Ihre Einheit?« fragte Drummond. »Dieses legendäre Team, das angeblich herkommt und Sie rettet oder mich umbringt, wenn ich Ihnen ein Haar krümme.«

Während Buchanan sich schwankend aufrichtete, beobachtete er Raymond und tat, als wollte er sich den Ball holen. Raymond attackierte ihn, Buchanan wich aus und schlug ihm abermals in die Nierengegend. Raymond stöhnte vor Schmerz und bekam die Gummikugel nur locker zu fassen. Buchanan entriß sie ihm und setzte zum Wurf an. Vergebens, denn Raymond stieß ihn von hinten, Buchanan stürzte auf den harten Ball, Raymonds Gewicht auf ihm. Raymond erhob sich schneller und erzielte den nächsten Punkt, während der noch am Boden liegende Buchanan konstatierte, daß die Naht seiner Stichwunde gerissen war. Blut floß seine Beine hinunter.

Aus dem Dschungel dröhnte ein Schuß, Rauch trieb über das Spielfeld.

Drummond hustete und spuckte aus. »Sie müssen sich mehr anstrengen. Nochmals: Wie heißt Ihre Einheit?«

»Der Teufel soll mich holen, wenn ich Ihnen geheime Informationen weitergebe.«

»Sie kennen den Teufel nicht. Wie heißt Ihre Einheit?«

Buchanan griff nach dem Ball, Raymond rannte los, um ihm zuvorzukommen, doch Buchanan trat seinem Widersacher mit dem rechten Fuß mitten in die ungeschützte Fläche zwischen den Schultern und dem Unterleib. Raymond wurde in die Luft gewirbelt, rollte auf den Rücken und rammte, kaum war er auf den Beinen, Buchanan mit aller Wucht beide Fäuste ins Gesicht. Für kurze Zeit war Buchanan wie blind und taumelte rückwärts, da schlug der andere abermals zu. Benommen und blutüberströmt erwartete Buchanan den dritten Hieb, deckte das Gesicht und pendelte hin und her, ohne etwas erkennen zu können.

»Wie heißt Ihre Einheit?« fragte Drummond wieder.

Raymond landete wieder einen Treffer, Buchanans Lippen platzten auf.

»Den Namen Ihrer Einheit!«

»Yellow Fruit!« schrie Holly.

»Yellow Fruit?« Drummond fand den Namen offenbar albern.

»Sie wollten den Namen der Einheit wissen. So heißt sie.« Hollys Stimme zitterte vor Angst. »Hören Sie auf. Mein Gott, das Blut! Merken Sie nicht, daß er am Ende ist?«

»Schön wär's«, rief Raymond und schlug wieder zu.

Buchanan ging in die Knie.

Weiter so, Holly. Er gab sich Mühe, etwas zu sehen. Verdammt, mach weiter. Lüge weiter.

Yellow Fruit. Sie hatte Drummond nichts von Scotch and Soda verraten, sondern ein Kommando genannt, das es gar nicht mehr gab. Sie hatte seine Lektion begriffen: Wenn es dir an den Kragen geht, verrate etwas Wertloses.

»Und was ist das genau – Yellow Fruit?« fragte Drummond.

»Eine geheime militärische Truppe der U.S. Army, die Teams der Special Operations Division absichert und mit

Informationen versorgt.« Hollys Stimme zitterte noch immer.

»Vorhin hat Buchanan beteuert, daß Sie kaum etwas davon wissen.«

»Verdammt, ich sagte, daß ich damit nichts zu tun habe. Ich will hier weg. Herrgott, Buchanan, so erzähl ihm doch, was er wissen will. Vielleicht läßt er uns dann laufen.«

»Nur zu«, sagte Drummond, »hören Sie auf ihren Rat und sagen Sie alles, was ich wissen will.«

Buchanan lag auf den Knien, den Kopf gebeugt. Plötzlich fuhr er hoch, schlug Raymond in die Magengrube und ließ einen Aufwärtshaken folgen, nach dem Raymond mit verdrehten Augen auf dem Spielfeld zusammenbrach. Der bunte Helm rollte zur Seite. Unsicher nahm Buchanan den bereits blutverschmierten Gummiball auf und schleuderte ihn aus der Hüfte zum Ring. Ihm wurde fast übel, denn er traf nur den Kranz.

Scheiße, dachte er und sah böse zu Holly hinauf. »Du Miststück, du Verräterin!« brüllte er. »Du hast mich an der Nase herumgeführt. Du wolltest nur deine Story!«

»Na und?« schrie sie zurück. »Hast du geglaubt, du bist so unwiderstehlich, daß ich mich in dich verliebe? Ich möchte lebend davonkommen, und du solltest auch deine Chance nutzen.«

Sein nächster Hüftwurf war ein Treffer.

»Mach' ich«, rief er, »um *mein* Leben zu retten. Du bist eine Gefahr für ihn, nicht ich. Du bist eine Klatschreporterin. Ich bin Soldat und kann den Mund halten!« Abermals erzielte er einen Punkt. »Und dieses Scheißspiel gewinne ich!«

Raymond hatte sich erhoben, Blut floß ihm aus dem Mund und tropfte auf die Lederrüstung. »Sie gewinnen mit Sicherheit nicht«, sagte er und jagte nach dem Ball.

Buchanan war mit einem Satz bei ihm und rutschte unter dem Ring beinahe in seinem eigenen Blut aus. Er versuchte, das Gleichgewicht zu halten, und verlor dadurch so viel Zeit, daß Raymond wieder einen Punkt machen konnte.

»Streiten Sie sich später mit Ihrer Braut«, höhnte er.

»Spucken Sie lieber aus, wie Sie mit Ihrer Befehlszentrale Verbindung aufnehmen.«

»Erst muß ich mit Mister Drummond einen kleinen Handel abschließen.« Buchanan krümmte sich vor Schmerzen, er war leicht benommen und mußte um Konzentration ringen. Er und Holly mußten das überleben. Spiel deine Rolle weiter, Holly.

»Welchen Handel?« fragte Drummond.

»Ich gebe Ihnen Auskunft, pfeife meine Einheit zurück und darf gehen. Aber das Luder kriegt ihre gerechte Strafe.«

»Glauben Sie im Ernst, ich würde mich an Abmachungen halten mit einem, der so gut wie tot ist?«

»Ich warne Sie. Sie spielen nicht nur mit meinem Leben, sondern auch mit Ihrem.« Buchanan hielt sich die Brust, ein stechender Schmerz ließ ihn nicht richtig durchatmen, wahrscheinlich war eine Rippe gebrochen.

»Und was ist mit Juana Mendez? Bedeutet auch sie Ihnen nichts mehr?«

Buchanan schwitzte. »Doch. Ihretwillen bin ich hier und halte weiter Ausschau nach ihr.«

»Sie bedeutet Ihnen wohl sehr viel?«

»Schon vor Jahren hätte ich sie heiraten sollen.«

»Buchanan, du bist ein Schwein«, brüllte Holly.

»Los, weiter!« befahl Drummond. »Wie nehmen Sie Verbindung zu Ihrer Einheit auf?«

Buchanan nannte ihm eine Wellenlänge und eine Telefonnummer.

»Er lügt«, schrie Holly.

Gut gemacht, dachte Buchanan. Weiter so, Holly. Spiel das Spiel mit. Bleib bei deiner Rolle, damit wir Zeit gewinnen.

»Er lügt, sagen Sie?« wandte sich Drummond an Holly.

»Diese Telefonnummer hat er nie benutzt.«

»*Sie* lügt! Ich muß mich um Mitternacht bei meinen Leuten melden. Lassen Sie mich Ihr Gerät benutzen ...«

»Alles Scheiße«, sagte Raymond, nahm den Ball und machte kurz hintereinander vier Punkte. »Alles nur Hinhaltemanöver. Ihr beide streitet euch nur zum Schein, um uns aus dem Konzept zu bringen.«

Als Raymond zum nächsten Wurf ansetzte, stürzte sich Buchanan auf ihn. Im gleichen Augenblick fing das Spielfeld an, sich wellenartig zu bewegen, und ihm wurde der Boden unter den Füßen weggerissen. Plötzlich setzte das Rattern der Baumaschinen aus, dafür wurde das Knistern der Flammen lauter, das Gewehrfeuer vervielfachte sich und vom Wald her klangen gellende Schreie herüber. Von der Terrasse drang tumultartiger Lärm und dann das Geräusch eines dumpfen Aufpralls.

»Buchanan!« schrie Holly. »Paß auf – hinter dir!«

Obwohl es riskant war, Raymond den Rücken zuzudrehen, sah Buchanan sich rasch um: Der Wachtposten war vom Rand der erzitternden Tribüne aufs Spielfeld herabgestürzt. Der Fall aus fünf Meter Höhe hatte den Mann betäubt. Die Maschinenpistole war seinen Händen entglitten. Buchanan versuchte, sie in seinen Besitz zu bringen, wurde aber zur Seite geworfen, als der schwere Ball ihn überraschend im Rücken traf. Die Schießerei und die Schreie nahmen kein Ende. Er konzentrierte sich ganz auf Raymond, der sich steifbeinig näherte.

»Sie haben verloren.« Die blauen Augen glitzerten erwartungsvoll, das höhnische Grinsen war grausam verzerrt. Er sah wie ein Wahnsinniger aus. »Damit töte ich Sie.« Er hob den Ball hoch. »Ich zertrümmere Ihnen den Schädel wie eine Eierschale.«

Benommen taumelte Buchanan zurück und fiel. Sein Gehirn schien anzuschwellen, er hatte unerträgliche Kopfschmerzen. Mit einigen geschickten Bewegungen kroch er zu dem bewußtlosen Posten und packte die Maschinenpistole.

Raymond stand schwankend vor ihm, den Ball über den Kopf erhoben.

Buchanan zielte und drückte auf den Abzug. Nichts geschah – die Automatik war blockiert.

Lachend nahm Raymond seine ganze Kraft zusammen, um Buchanan den Ball aufs Gesicht zu schmettern.

10

Mitten in der Bewegung erstarrte er. Die blauen Augen wirkten glasig, leerer noch als zuvor, die Gesichtszüge wie bei einer Lähmung verzerrt. Der Ball entfiel ihm und plumpste dumpf auf die Steine. Die Arme noch erhoben, ein blutiges Rinnsal am Mund, stürzte er nach vorn und schlug mit der Stirn auf. In seinem Rücken steckten drei Pfeile.

Buchanan hörte ein Geräusch und drehte sich um. Der Posten hatte sich von seinem Sturz erholt und hielt ein Klappmesser in der Hand. Buchanan riß den Bolzen der MP zurück, ließ die eingeklemmte Patrone herausrutschen und feuerte einen kurzen Stoß ab, unter dem der Wachtposten blutüberströmt zusammenbrach.

»Holly!« brüllte Buchanan. Die Terrasse lag verlassen. »Holly, wo bist du?«

»Hier oben. Ich liege hier oben.«

»Kannst du herunterkommen? Wo sind Drummond und Delgado?«

»Getürmt!« Sie hob den Kopf. »Als sie sahen ... Mein Gott.«

Buchanan duckte sich und spähte, die Waffe im Anschlag, ans Ende des Spielfelds. Er sah Schatten, dann menschliche Gestalten aus dem Rauch auftauchen. Ein kalter Schauer lief ihm über den Rücken. Es waren tatsächlich Maya-Krieger, klein und dünn, mit glattem schwarzen Haar und bronzefarbener Haut. Wie Raymond trugen sie Lederrüstungen und federgeschmückte Helme, und Buchanan überkam das bestürzende Gefühl, eintausend Jahre zurückversetzt zu sein.

Etwa ein Dutzend Krieger, mit Speeren, Macheten, Pfeil und Bogen bewaffnet, näherten sich und blieben vor Buchanan stehen. Der finstere Anführer ließ ihn nicht aus den Augen, bis der Weiße die MP langsam, mit der Mündung nach unten, sinken ließ. Aus der Ferne waren nur noch die knackenden Flammen, keine Schüsse mehr zu hören. Die Maya hatten sich endlich erhoben und ließen sich nicht mehr jagen.

Der Häuptling hob mit dem Ausdruck grimmiger Entschlossenheit die Machete. Buchanan glaubte auf die Probe gestellt zu werden und hielt die Waffe gesenkt. Mit einem Hieb schlug der Häuptling Raymond den Kopf ab, hielt ihn voller Verachtung an den Haaren hoch und schleuderte ihn mit einem Schwung zum Steinring. Er schlug gegen den Kranz, fiel schließlich trudelnd durch und landete wie ein überreifer Kürbis auf dem Spielfeld.

Der Anführer nickte, deutete mit der Machete nach vorn und führte seine Krieger an Buchanan vorbei, als sei er ohne Bedeutung. Sie wurden vom Rauch verschluckt.

Buchanan war einen Augenblick wie gelähmt. Seine Beine waren wackelig. Aus der aufgerissenen Stichwunde hatte er viel Blut verloren.

»Holly!«

»Ja, hier.« Das Gesicht furchtverzerrt, schien sie aus dem Nichts gekommen zu sein.

Buchanan legte ihr den Arm um die Schulter und humpelte vorwärts, die MP im Anschlag. Sie gingen durch den undurchdringlichen Rauch und fühlten sich auf einmal in eine fremde Welt versetzt. Das Spielfeld lag hinter ihnen und damit eine Zeit vor Hunderten von Jahren. Dort, wo einst eine steinerne Pyramide mit einem Tempel, eine heilige Stätte, ihren Platz gehabt hatte und die Energie des Alls vereinte, reckte sich der obszöne pyramidenförmige Bohrturm in den Himmel. Es herrschte beängstigende Stille, nur die Flammen krachten. Überall lagen tote Bauarbeiter.

»Mein Gott«, flüsterte Holly.

Ein metallisches Heulen ertönte, das Donnern eines Motors. Der Helikopter, dachte Buchanan. Drummond und Delgado hatten ihn erreicht. Er hob vom Boden ab, doch etwas war nicht in Ordnung. Er schaukelte, gewann nicht an Höhe, denn an die Gleitkufen klammerten sich Trauben von Männern und versuchten verzweifelt mitzukommen. Einer der Insassen hatte die Luke geöffnet und trat mit den Füßen auf ihre Hände, damit sie losließen. Der Hubschrauber bekam Schlagseite und stürzte in die brennenden Bäume.

Kurz darauf gab es eine gewaltige Detonation, die Leichen und Trümmer nach allen Seiten schleuderte. Die stählerne Pyramide wurde von einem großen Wrackteil getroffen. Einer der Träger brach, der Turm sank im Zeitlupentempo krachend um. Nur die Reste der einst geheiligten Bauwerke, die Überbleibsel von Ruinen, die Drummond stehengelassen hatte, schienen für die Ewigkeit gebaut.

»Hilfe!« rief eine schwache Stimme.

Buchanan erkannte sie, bevor er den Rufenden sah – Delgado. Er lag auf dem Rücken, ein Speer ragte ihm aus der Brust.

»Ziehen Sie ihn heraus«, röchelte er.

»Heraus? Sind Sie sicher?«

»Ja.«

»Wie Sie wollen.« Buchanan, der die Folgen kannte, packte den Speer und riß ihn hoch.

Delgados Schrei endete in einem Gurgeln. Blut schoß ihm aus dem Mund.

»Für das, was Sie Maria Tomez angetan haben, verdienen Sie nichts Besseres«, sagte Buchanan.

Holly und Buchanan klammerten sich aneinander. Die Sonne ging unter. Der purpurrot angestrahlte, rauchverhangene Ort schien völlig verlassen.

»Die Maya – wo sind sie geblieben?« fragte Buchanan und blickte sich abwehrbereit um, als er ein Geräusch hörte. Es war ein weiterer Überlebender. Alistair Drummond stolperte aus den windschiefen, rauchenden Resten des Blockhauses, in dem sich das Büro befunden hatte. Als der Alte Buchanan erkannte, versuchte er zu fliehen.

Geschwächt und hinkend folgte Buchanan ihm, beide fielen mehrmals zu Boden. Unbarmherzig jagte er ihn an hieroglyphenbedeckten Quadern und an Riesenknäueln zerknickter Träger vorbei, bis Drummond vor irgendeinem Hindernis erschöpft stehenblieb, sich umwandte und dem Feind stellte, der auf ihn zustolperte.

»Ich dachte, Sie seien mit dem Helikopter abgestürzt und bereits in der Hölle«, sagte Buchanan.

»Sie haben mich nicht mitgenommen. Unglaublich! Meine eigenen, von mir hochhezahlten Leute haben mich nicht einsteigen lassen.«

»Wie konnten Sie je glauben, ungestraft davonzukommen?«

»Aber ich bin ja davongekommen, wie Sie sehen. Die andern sind tot, ich nicht. Im übrigen bin ich in einem Alter, in dem man nicht mehr zur Rechenschaft gezogen wird und, vergessen Sie nicht, ich habe genug Geld, um mich freikaufen zu können – von allem und jedem. Wieviel verlangen Sie?«

»Sie irren sich, Drummond. Sie sind nicht reich, Sie sind ein armer Wicht.«

Buchanan streckte den Arm aus und stupste den Alten mit dem Zeigefinger an. Dieser lächerliche Druck genügte, ihn aus dem Gleichgewicht zu bringen, er schlug mit den dürren Armen wild um sich, schrie auf und fiel.

Eine tiefe, breite Grube hatte ihn an der weiteren Flucht gehindert. Dort hatten die alten Maya ihre Pyramide errichtet, um den Gott der Dunkelheit, den Gott des schwarzen Wassers, den aus der Erde strömenden Gott zu verbergen und gefangen zu halten. Wo eben noch die Stahlpyramide stand, die Drummond anstelle der steinernen errichtet hatte, brodelte jetzt dickflüssiges Öl. Es überzog sein Opfer wie mit schwarz glänzendem Lack und verschluckte es.

»Du warst so geil auf Öl – nun kannst du für alle Ewigkeit darin baden«, murmelte Buchanan, bevor er kraftlos zu Boden sank.

11

Undeutlich erkannte er Holly, die sich über ihn beugte.

Der Maya-Häuptling stand neben ihr, sein bunter Federschmuck strahlte im Sonnenlicht. Weitere Krieger kamen herbei, in den Händen blutbeschmierte Speere und Macheten. Holly schien sich der Gefahr, in der sie schwebte, nicht bewußt zu sein.

Buchanan versuchte, sie durch ein Handzeichen zu warnen. Er konnte sich nicht bewegen. Er wollte den Mund öffnen, doch die Lippen gehorchten nicht, er brachte kein Wort heraus. Ihm war, als drehte sich die Erde mit rasender Geschwindigkeit und ziehe ihn in einen Strudel. Im Delirium spürte er, daß er hochgehoben, auf eine Bahre gelegt wurde und schwebte. Obwohl er die Augenlider geschlossen hielt, sah er Bilder – eine hochaufragende Pyramide, riesige, in Stein gehauene Schlangenköpfe, beschwörende Hieroglyphen, herrliche Paläste und Tempel.

Dann tauchten sie in den Dschungel, sie trugen ihn über die breite Lichtung, weiter und immer weiter auf einem leicht erhöhten Pfad aus grauen Steinen.

Die Nacht hüllte sie ein, dennoch machten sie nicht halt. Holly ging neben der Bahre, der Maya-Häuptling, geleitet vom Mondlicht, zeigte den Weg.

Wie vor tausend Jahren, dachte Buchanan.

Sie kamen zu einem Dorf, passierten ein Tor und eine mannshohe hölzerne Palisade, wo im Schein flackernder Fackeln Hütten auszumachen waren, mit Wänden aus geflochtenen Lianen und Dächern aus Palmwedeln. Schweine und Hühner, von dem Zug aufgescheucht, flüchteten lärmend nach allen Seiten. Die Dorfbewohner standen erwartungsvoll da, klein, mit runden Gesichtern und mandelförmigen Augen, die Frauen in gespenstisches Weiß gehüllt.

Sie brachten Buchanan in eine Hütte und legten ihn in eine Hängematte. Frauen entkleideten ihn, und im Licht eines offenen Feuers betastete der Häuptling und Medizinmann die Verletzungen. Holly schrie auf und versuchte, ihm in den Arm zu fallen, wurde aber von den Indianern beruhigt. Zunächst vernähte er Buchanans Stichwunde, dann legte er eine Kompresse auf die alte Schußverletzung, bestrich die zahlreichen Quetschungen, Blutergüsse und Schrammen mit einer Salbe und untersuchte schließlich Buchanans Blessuren am Kopf. Offenbar hatte er einen Eingriff vor, denn er schabte mit einem Messer die linke Seite des Schädels kahl. Er setzte einen scheibengetriebenen hölzernen Bohrer an, dessen scharfe Spitze Buchanan qualvolle Schmerzen bereitete, so daß er in Ohnmacht fiel, fast verzückt im Gefühl unendlicher Befreiung.

12

»Wie lange bin ich bewußtlos gewesen?« brachte Buchanan mühsam heraus, die Worte wie Steine im Mund. Sein Geist war umnebelt, sein Körper schien nicht zu ihm zu gehören.

»Zwei Wochen.«

Er hob die rechte Hand und berührte den Kopfverband.

»Nicht anfassen«, warnte Holly. Sie tränkte ein sauberes Tuch in Regenwasser, das sie in einer ausgehöhlten Kokosnußschale gesammelt hatte, und wusch ihn. Er lag halbnackt in einer Hängematte vor der Hütte, von den angenehmen Strahlen der späten Nachmittagssonne erwärmt.

Er befeuchtete sich die trockenen, geschwollenen Lippen mit der Zunge. »Erzähle.«

»Du bist beinahe gestorben. Du hast viel Blut verloren, doch der Medizinmann konnte es stillen.«

»Was ist mit meinem Kopf?«

»Du hast getobt, von Krämpfen geschüttelt. Deine Augen waren riesig, ich dachte, sie fallen dir aus dem Kopf. Er hat dich operiert, um den Gehirndruck zu senken. Hat ein Loch in die Schädeldecke gebohrt, und das Blut ist durch die Hütte gespritzt.«

Buchanan verließen wieder die Kräfte, er schloß die Augen.

Holly gab ihm Regenwasser zu trinken.

»Er hat mir ein Loch in den Schädel gebohrt?« murmelte er.

»Primitive Chirurgie. Wie vor tausend Jahren. Man könnte glauben, hier ist die Zeit stehengeblieben. Keine Elektrizität, alles, was sie brauchen, gibt ihnen der Wald. Ihre Kleider sind selbstgemacht. Sie verbrennen zum Wasserkochen Maiskolben. Dann lösen sie die Asche im Wasser auf und benutzen sie als Seife zum Wäschewaschen. Sie nehmen die Wäsche wieder heraus und spülen sie in anderen Töpfen aus. Sie ist unglaublich sauber. Zum Schluß düngen sie mit dem Wasser ihre Felder.«

Buchanan hatte Mühe, sich zu konzentrieren, und ständig fielen ihm die Augen zu.

Zwei Tage später wachte er wieder auf. Von Holly hörte er, daß sein Gewichtsverlust beängstigend war und daß er unbedingt etwas essen müsse.

»Okay«, sagte Buchanan.

Sie tauchte einen Holzlöffel in das Tongefäß, prüfte, ob die Kürbissuppe auch nicht zu heiß war, und fütterte ihn.

»Köstlich.«

»Ich habe sie nicht selbst zubereitet. Eine Frau bringt das Essen und erklärt mir mit Gesten, was ich zu tun habe.«

»Und der Medizinmann?«

»Kommt zweimal am Tag und flößt dir einen Löffel dikken, süß riechenden Saft ein. Der hat wahrscheinlich eine Infektion verhindert. Wenn ich bloß ihre Sprache verstünde.«

»Warum haben sie sich so viel Mühe gegeben? Warum haben sie uns leben lassen?«

»Ich weiß es nicht. Sie behandeln dich wie einen Helden. Ich begreife es nicht.«

»Das hängt mit dem Spiel zusammen. Mit dem Kampf gegen Raymond. Sie haben erkannt, daß wir Drummonds Feinde waren und damit auf ihrer Seite stehen. Ich habe das Spiel verloren, und doch ... Es ist möglich, daß die Maya in alter Zeit den Verlierer so bedauerten, daß sie ihn umsorgten.«

»Warum sollten sie ihn bedauern?«

»Weil der Sieger geopfert wurde und zu den Göttern eingehen durfte.«

»Raymond ist aber nicht bei den Göttern.«

»Nein, und Drummond auch nicht. Er ist in der Hölle, wo er hingehört«, sagte Buchanan. »Er erinnert mich an den Colonel.«

»Wieso?«

Buchanan zögerte. »Über die Ereignisse auf dem Ölfeld

kannst du schreiben. Aber laß mich aus dem Spiel. Was ich dir jetzt erzähle, bleibt unter uns.«

»Wenn du so dumm bist und mir immer noch nicht vertraust …«

Buchanan rang sich zu einem Entschluß durch. »Dort auf dem Spielfeld habe ich dir wirklich vertraut. Du warst überzeugend, aber eines habe ich dir nicht abgenommen: daß du nur der Story wegen bei mir geblieben bist.«

»Und ich habe dir vertraut, obwohl du gesagt hast, es sei dir egal, wenn ich den Tod fände. Ich glaubte fest daran, daß du ihnen etwas vorspielst, und ich bin dir gefolgt, obwohl ich nicht wußte, wohin es führt. Was wolltest du damit erreichen?«

»Raymond hat es zum Teil erkannt. Ich wollte sie so verwirren, daß sie uns leben lassen mußten, bis sie herausgefunden hatten, wer von uns beiden die Wahrheit sagte. Am Ende hätten sie die Telefonnummern ausprobiert, und die automatische Fangschaltung hätte das Einsatzkommando des Colonels wirklich hierhergeführt. Ein bißchen Glück, und wir wären frei gewesen.«

»Nur mit unwahrscheinlich viel Glück.«

»Du sagst es! In einer solchen Situation kann man keine Pläne auf lange Sicht schmieden. Aber du und ich – wir waren ein gutes Team.«

»Nun, ich hatte ja einen guten Lehrer.«

»Wie gesagt: Der Colonel und Drummond sind sich sehr ähnlich. Auch der Colonel verfolgt *ein* Ziel, alles andere ist dem untergeordnet.«

»Das ist militärische Disziplin.«

»Nein, das ist menschenverachtende Selbstsucht. Ich bin sicher, daß er Jack und Cindy Doyle töten ließ. Und Bailey. Das Attentat auf mich in New Orleans hat er auch befohlen. Damit du niemanden befragen konntest und die Story mit mir starb. Er hat gegen seine eigenen Leute gearbeitet. Vielleicht sahnte er bei den Drogengeschäften ab, die Scotch and Soda in Lateinamerika arrangiert. Eines Tages werde ich das herauskriegen. Und dann werde ich mit dem Colonel abrechnen.«

»Was ist mit Juana?«

»Da Drummond und Delgado tot sind, wird keiner mehr nach ihr suchen. Damit könnte die Gefahr für sie gebannt sein. Sie muß es nur erfahren.«

»Dennoch – wie ich dich kenne, wirst du sie nie aufgeben.«

»Du willst wissen, ob sie mir noch etwas bedeutet?«

Holly nickte.

»Ja. Aber nicht dasselbe wie du.«

Sie sah ihn an.

»Sie ist eine Freundin, die Hilfe brauchte. Zu lange in meinem Leben durfte ich Freunden nicht helfen, die ich unter einem meiner anderen Namen gekannt hatte. Ich muß mich davon überzeugen, daß sie in Sicherheit ist und wieder ein normales Leben führen kann – ich meine, ein Leben, das sie für normal hält und ihren Eltern nicht zuviel Kummer macht. Ja, ich möchte sie gern mal wiedersehen, wissen, wo sie gewesen ist, und ihr erzählen, was ich alles angestellt habe, um sie zu finden und ihr beizustehen. Aber« Buchanan legte Holly die Hand auf den Arm – »Ehrenwort, sie ist nicht deine Rivalin.«

Holly konnte ihre Gefühle kaum noch beherrschen. »Was soll nun aus uns werden?«

»Eines ist gewiß. Hier wird uns der Colonel nie aufspüren.«

»Richtig. Man muß die Sache von der positiven Seite betrachten.«

»Gefällt es dir hier?«

»Mit dir, ja. Merkwürdig, obwohl du so kaputt aussiehst, ist da ein Ausdruck in deinen Augen ... Trotz deiner Wut auf den Colonel bist du sichtlich mit dir im reinen.«

»Da ist was dran. Ich habe das Gefühl, daß ich nicht mehr ein anderer bin, und ich möchte auch nie wieder ein anderer sein. Vielleicht liegt es daran, daß ich in letzter Zeit eine Menge durchgemacht habe. Vielleicht liegt es aber auch an dir. Manchmal denke ich: Als der Medizinmann die Trepanation vornahm, hat er nicht bloß eine Blutstauung in meinem Schädel beseitigt. Er hat etwas abfließen lassen, das mich lange belastete, seit meiner Jugend. Wenn mich nicht alles täuscht, habe ich die Vergangenheit abgeschüttelt. Jetzt will ich nur noch vorwärtsgehen – mit dir und ohne fremde Identitäten im Kopf. Ich werde nur noch ich sein und niemand sonst.«

»Es wird mir ein Vergnügen sein, dich kennenzulernen.«

»Weißt du, irgendwie bin ich auf mich selbst neugierig – und auf uns beide.« Es gelang Buchanan zum erstenmal, sich ohne Hollys Hilfe aufzurichten. Die Kraft dazu gab ihm sein Wunsch, sie zu küssen.

»Darauf habe ich sehr lange warten müssen«, sagte sie und hielt ihn fest.